Elina Backman

Brandmal

ELINA
BACKMAN

BRAND
MAL

THRILLER

Aus dem Finnischen
von Alena Vogel

PIPER

Mehr über unsere Autorinnen, Autoren und Bücher:
www.piper.de

Wenn Ihnen dieser Thriller gefallen hat, schreiben Sie uns unter Nennung des Titels »Brandmal« an *empfehlungen@piper.de*, und wir empfehlen Ihnen gerne vergleichbare Bücher.

Von Elina Backman liegen im Piper Verlag vor:
Die Saana-Havas-Reihe
Band 1: Brandmal
Band 2: Dunkelstrom

Die Übersetzung wurde von FILI, Finnisch Literature Exchange, gefördert. Wir bedanken uns herzlich.

FILI FINNISH LITERATURE EXCHANGE

Unser Versprechen für mehr Nachhaltigkeit
• Klimaneutrales Produkt
• FSC®-zertifiziertes Papier
• Hergestellt in Europa

FSC www.fsc.org MIX Papier | Fördert gute Waldnutzung FSC® C083411

ISBN 978-3-492-06265-7

Titel der finnischen Originalausgabe: »Kun kuningas kuolee«, Otava, Helsinki 2020

Published by agreement with Elina Backman and Elina Ahlback Literary Agency, Helsinki, Finland.
Redaktion: Susann Harring
Satz: Uhl + Massopust, Aalen
Gesetzt aus der Kepler
Druck und Bindung: CPI Books GmbH, Leck
Printed in the EU

»So schön ist die Erde
So hoch der Himmel
Das Lied der Vögel klingt
über blühende Hügel
Und schattige Wasser
So schattige Wasser«

TEXT UND MUSIK: KARI RYDMAN

»I could never climb those mountains, I could never be sleeping safely under the same stars as Timothy
Into the wilderness, away from the loneliness
You walked with the foxes dancing 'round your feet
they followed you to the last sleep
You walked with the foxes dancing 'round your feet
they followed you into your dreams
and they followed you …
Into the wilderness, away from the loneliness«

BURNING HEARTS »INTO THE WILDERNESS«

TEXT: JESSIKA NEUMAN, MUSIK: HENRY NEUMAN

»Ein stummer Troll jagt uns mehr Furcht ein als einer, der kreischt und tobt.«

ALEKSIS KIVI

DIE TÖCHTER DER STROMSCHNELLE

Hartola 1989

Sie sind die Töchter der Stromschnelle. Im Morgengrauen, wenn die Amseln singen und die Erde noch feucht und locker ist, schleichen sie sich zum Fluss. Dichter Nebel hängt über dem dunklen Wasser und lässt alles magisch aussehen.

Sie bekommen Gänsehaut, ziehen sich aus und waten in die Mitte des Flusses. Dort bleiben sie regungslos stehen, damit das Wasser von ihnen Besitz ergreift. Erst das Wasser, dann der Nebel. Sie trinken einen Zaubertrank aus Birkenrindenschalen, immer auf demselben Stein, immer die gleiche Menge. Anschließend machen sie der Stromschnelle ein Geschenk. Der Fluss fordert seinen Anteil, etwas, was er in seine Tiefen ziehen kann. Ihre Seele, ihre Reinheit, ihre unausgesprochenen Geheimnisse. Wenn das Opfer dargebracht ist, tanzen sie und warten. Sie warten darauf, dass das Tosen zunimmt, dass die Strudel stärker werden. Sie warten auf die sanfte Kühle des Nebels auf der Haut, auf Schönheit, die man nicht sehen oder hören, sondern nur spüren kann. Sie trinken aus dem rauschenden Fluss, lauschen den Klängen der Natur, atmen tiefer als jemals auf trockenem Boden. Sie spüren, wie sie gereinigt werden, und sie kichern, weil dies ihr Geheimnis ist. Sie warten, obwohl ihr Warten vergebens ist. Sie hoffen, da die Hoffnung nie stirbt. Erst als die Nacht endgültig vorüber ist, als die

Dämmerung zu einem hellen Morgen wird, gehen sie. Dann haben sie das Gefühl, ganz zu sein.

Sie sind die Töchter der Stromschnelle.

HARTOLA

September 1989

Harri Valkama war an diesem Tag der erste Kunde im Supermarkt. Wie gewohnt holte er sich ein Roggenbrot aus dem Brotregal, eine Vollmilch aus dem Kühlregal und an der Fleischtheke ein paar Hundert Gramm Schinken. Alles lief wie immer. Er hatte seinen Angelproviant, und vor ihm lag ein früher Morgen voller Vorfreude. An der Kasse überflog er die neuesten Zeitungsüberschriften und legte dann seine Einkäufe auf das Band.

»Zum Angeln?«, fragte die Kassiererin.

»Na klar«, antwortete Harri und packte mit routinierten Handgriffen die Einkäufe in die Kühltasche.

»Kassenzettel?«

»Nur wenn Ihre Telefonnummer draufsteht«, sagte Harri zwinkernd. Das Scherzen mit der Kassiererin war zur festen Gewohnheit geworden und versüßte ihm stets den Tag. Im Supermarkt verwandelte sich Harri im Handumdrehen in einen lockeren Charmeur.

Es war 07:10 Uhr, als Harri sein Auto startete und Richtung Tainionvirta-Fluss fuhr. Der dämmernde Morgen war mild, aber später würde es heiß werden. Harri ließ sein Auto am Straßenrand stehen und ging den restlichen Weg zu Fuß. Proviant und Klappstuhl in der einen Hand, Angelrute und -kasten in der anderen.

An seinem Stammplatz blieb er stehen und atmete tief durch. Er stellte den Stuhl auf, die Kühltasche daneben und öffnete den Angelkasten. In entspannter Manier suchte er sich einen seiner Lieblingsköder heraus, was sofort große Vorfreude auf den Fang in ihm auslöste. Die Uhr zeigte halb acht, als er den Köder das erste Mal ins Wasser warf. Das Licht des beginnenden Herbstes schimmerte schon hell zwischen den Bäumen hervor. Laut Fischkalender war heute ein günstiger Tag zum Angeln.

Die Luft roch nach Erde und nach dem Ende der Wachstumsperiode. Die Nachtigallen, die im Frühsommer noch ganz aus dem Häuschen gewesen waren, waren lange verstummt. Obwohl der Tag sommerlich warm werden würde, hatte er bereits eine herbstliche Grundnote. Harri liebte den Morgen, weil die Natur zusammen mit ihm zu einem neuen Tag erwachte. Weil er dann richtig allein sein konnte.

Entgegen seinen Erwartungen biss jedoch kein Fisch an. Harri blickte nachdenklich auf das strudelnde Wasser der Stromschnelle, als etwas Ungewöhnliches in sein Sichtfeld geriet. Weiter entfernt am Ufer trieb etwas auf der Wasseroberfläche, es hing im Treibholz fest. War das etwa ein Rehkadaver oder ein anderes großes Tier? Harris Neugier erwachte und wurde immer größer, je länger er auf das Wasser blickte. Er lehnte die Angel an eine Birke und schritt zögerlich am Ufer entlang, um eine bessere Sicht zu bekommen.

Als er näher herangekommen war, blieb er stehen. Jetzt konnte er genauer sehen, was seine Aufmerksamkeit erregt hatte. Schockiert starrte er auf das Bündel. Weiße Gliedmaßen, ein schwarzes Kleid, dessen dünner Rock auf der Wasseroberfläche trieb. Ein Mensch. Als Harris Gehirn endlich registrierte, was es war, fiel er auf die Knie. Vor ihm lag eine erstarrte Leiche im Wasser. Die Wurzeln der Böschung hatten sie aufgehalten, und der Fluss hatte sie nicht mehr weitertragen können. Die leichte Strömung ließ den toten Körper sanft auf und ab schaukeln. Ein Mädchen oder eine Frau. Sie lag auf dem Bauch, dem dunklen Wasser zugewandt. Zum Glück konnte er das Gesicht nicht sehen. Widerstrebend nahm er Einzelheiten wahr: schwarz lackierte Nägel, ein Metallgürtel, ein schwarzes Kleid, nackte Füße. Haare wie wallende Algen.

Das Leben ist ungerecht, war der erste Gedanke, der ihm durch den Kopf schoss. Er schloss die Augen, aber der Anblick hatte sich bereits in seine Netzhaut eingebrannt. Harri hatte im Laufe der Jahre sämtliche Kraftausdrücke aus seinem Wortschatz verbannt, aber jetzt kehrten sie zurück wie wütende Ameisen. Wie ungerecht, dass ein junges Leben so abrupt zu Ende gegangen war. Verdammte Scheiße noch mal, was für ein Anblick. Als er bei der Gemeinde seine Angelerlaubnis bezahlt hatte, hatte er nicht vorgehabt, Leichen aus dem Fluss zu fischen. Plötzlich fühlte sich Harri von der Natur betrogen. Der Gedanke rückte langsam in sein Bewusstsein. Auf einmal erkannte er, dass die ihn umgebende Schönheit des Frühherbstes nur Schein gewesen war, ein Trugbild. Ohne es zu wollen, stand er nun inmitten eines hässlichen, unnatürlichen Schauspiels. Eines Schauspiels, dessen Kulisse überraschend eingestürzt war und etwas Böses zum Vorschein gebracht hatte: den grausamen Tod. Strauchelnd kam Harri auf die Beine und war schon außer Atem, bevor er zu seinem Auto rannte. Er musste irgendwo telefonieren. So schnell wie möglich.

TEIL I

Helsinki, Mittwoch, 12. Juni 2019

Als Saana die Augen zum ersten Mal öffnet, schwankt und dreht sich das Zimmer. Sofort schließt sie sie wieder und fällt schnell zurück in einen unruhigen Schlaf. Zwei Stunden später schreckt sie verschwitzt hoch. Die Uhr zeigt jetzt halb elf. Sie steht auf, trinkt ein Glas Orangensaft und geht auf die Toilette, entscheidet sich dann aber, wieder ins Bett zu gehen. Als sie endlich vollständig aufwacht, ist es drei Uhr. Das Zimmer dreht sich nicht mehr so stark wie am Vormittag. Ihr Magen knurrt. Zuletzt hat sie vor dreizehn Stunden etwas gegessen und auch da nur die gesalzenen Nüsse von der Bar.

Im Moment spielt Zeit für Saana keine Rolle. Niemand erwartet sie irgendwo, niemand braucht sie. Aber der Hunger spielt durchaus eine Rolle. Und so bestellt sie sich an ihrem ersten Tag ohne Arbeit Essen über den Lieferservice.

Als die Pizza ankommt, öffnet sie mühsam im zerknitterten T-Shirt die Tür und schämt sich für ihren Zustand. Der Lieferant, ein Typ mit schwarzen Haaren und dunklen Augen, drückt ihr eilig eine Eineinhalb-Liter-Flasche Cola und einen unten noch heißen Pizzakarton in die Hand.

Den Rest des Tages wandert Saanas Blick zwischen Pizzakarton und Laptop hin und her, während sie sowohl Serien als auch die Trost spendende Pizza Margherita verschlingt. Gerade läuft *The Killing*, Staffel 2, Folge 3. Etwas düster, aber großartig. Süchtig machend. Sie sieht sich eine Folge nach der anderen an und freut sich, dass sie die Serie erst jetzt entdeckt hat. So erwarten sie noch fast zwei Staffeln perfekte Krimiunterhaltung. Linden und Holder. Lindens Wollpullover, ihr scharfer Verstand und das regnerische Seattle. Schon immer hat Saana Polizeiserien geliebt, obwohl sie auch etwas Verstörendes haben. Sie regen die Fantasie zu sehr an. Außerdem ist sie süchtig nach True-Crime-Podcasts, wenngleich sie ihr manchmal aufs Gemüt schlagen. Ihr Dauerfavorit ist darum *Hercule Poirot*, der sichere Zufluchtsort des Mordgenres und ein leichterer Klassiker. Eine Serie, die in eine ganz andere Welt entführt. Wie entspannend es doch ist, in das alte England einzutauchen und dem Leben der feinen Leute zu folgen, die sich für Banketts herausputzen und sich die Zeit in Hotels und Gutshäusern mit Dinieren, Jagen und Spaziergängen im Garten vertreiben. Was die Stimmung angeht, ist *Poirot* das Fröhlichste, was Saana erträgt. Morde passieren häufig, aber Poirot löst sie alle. Der Zuschauer kann einfach die Szenerie und die Landhausstimmung genießen und so gut wie möglich versuchen, die Hinweise auf den jeweiligen Mörder zu sammeln. Leider hat sie alle *Poirots* bereits viele Male gesehen. Entweder errät sie, wer der Täter ist, oder sie erinnert sich daran. *The Killing* ist viel fesselnder. Etwas Neues und auf einem ganz anderen Niveau.

Saana drückt auf Pause, um auf die Toilette zu gehen. Auf dem Weg zurück späht sie verstohlen durch die Wohnzimmervorhänge. Draußen scheint es warm und sonnig zu sein. Die Birken sind schon dicht belaubt und grün. Auch dieses Jahr hat es Saana überrascht, wie unmerklich sich das üppige Grün ausbreitet. Den ganzen Frühling über hat sie in der Redaktion gesessen und hastig unterhaltsame Online-Artikel in den Computer getippt. Im Laufe der Jahre haben David Bowies Tod, das Zikavirus sowie jede Menge kleine, bedeutungslose Klatschartikel ihren Arbeitstag gefüllt.

Fünf Übungen, mit denen Sie es noch zur Strandfigur schaffen.

Versteckte Juwelen: 10 unterschätzte Reiseziele in Europa.

Unsere Reporterin machte eine Woche jeden Tag drei Minuten lang Planks. Sehen Sie hier die unglaublichen Ergebnisse!

Der Darm ist unser zweites Gehirn – 5 Fakten über seine Funktion.

So wird Ihr Familienalltag leichter – Probieren Sie diese 15-Min.-Schnellrezepte für die ganze Woche!

Saana muss grinsen. Den ganzen Frühling über hat sie einfache Kochrezepte zusammengestellt, aber nach dem Fotografieren keines davon ausprobiert. Auch was die Planks angeht, blieb es bei der einen Testwoche. Eigentlich hat sie das ganze Frühjahr über nur gearbeitet. Sie hat Zeichen und Wörter gezählt, sich wegen Abgabeterminen gestresst, vor dem Rechner gesessen, manchmal bis spät in die Nacht. Nach der Arbeit war sie dann immer so kaputt gewesen, dass sie nur noch im Bett liegen und Netflix oder HBO Nordic schauen konnte. Unvorstellbar, nach solchen Arbeitstagen noch Rechnungen zu bezahlen, Staub zu saugen oder zu kochen. Graue Staubflusen schweben über den Holzboden, und durch den Briefkastenschlitz flattern regelmäßig Mahnungen herein. Ist das normal?, fragt sich Saana und stopft sich mehr Pizza in den Mund. Für all ihre Bekannten scheint es das zu sein. Alle arbeiten viel und haben es ständig eilig. Aber wohin und weswegen? Ihr scheint, als würden auch ihre Freunde Stress für etwas besonders Tolles halten. Alle arbeiten unter Hochdruck und schaffen es trotzdem noch ins Fitnessstudio. Keiner ist jemals niedergeschlagen oder erschöpft. Abends, wenn das Licht nur noch in einem Teil des Büros brennt, hat Saana an ihrem stillen Schreibtisch manchmal Symptome von Burn-out gegoogelt und nichts gefunden, was nicht auf sie zugetroffen hätte: »starke Müdigkeit, Zynismus und Minderung des beruflichen Selbstwertgefühls«. Das ganze Frühjahr über hat sie ihren Blick so selten vom Bildschirm abgewandt, dass sie nicht einmal bemerkte, wie sehr sich die Natur schon in Richtung Sommer entwickelte. Erst nur die Erde, die unter dem Schnee zum Vorschein kam, ein paar vereinzelte Zugvögel und Krokusse. Dann plötzlich alles auf einmal: der Frühsommer. Grüne Birken, Nachtigallen und Menschen in T-Shirts. Licht.

Sie steht auf und geht zurück zum Fenster. Welcher Tag ist heute? Mittwoch. Sie war gestern also tatsächlich bis in die Puppen unterwegs. Eine Abschiedsfeier mit nur wenigen Leuten, aber dafür umso mehr Getränken.

Der kräftige Gesang der Amsel auf dem Baum vor dem Haus ist bis ins Zimmer zu hören. Saana muss das Fenster schließen, damit der fröhliche Vogelgesang ihr nicht die dumpfe, graue Katerstimmung vermiest. *The Killing*, das regnerische Seattle, Pizza, Müdigkeit und Übelkeit. Ihre Komfortzone. Eigentlich idiotisch, sich im verkaterten Zustand etwas so Nervenaufreibendes anzusehen, bei dem ständig Mörder und Leichen auftauchen. Trotzdem muss es sein. Die Serie gibt ihr ein Gefühl der Geborgenheit und vertreibt die Einsamkeit. Ihre bedrückenden Gedanken werden auf angenehme Weise von der spannenden Handlung begraben.

Sie beißt in das letzte Stück Pizza. Wahrscheinlich hat sie bereits 1500 Kalorien intus. Die fettige Pizza macht durstig, aber wenigstens dreht sich das Zimmer nicht mehr vor ihren Augen. Während sie mit vollem Bauch auf dem Sofa liegt, denkt sie, dass doch eigentlich alles in Ordnung ist. Auch wenn die Frühjahrsmüdigkeit zuerst von Entlassungsgerüchten auf der Arbeit und schließlich von den schlechten Nachrichten abgelöst wurde, ist das Leben doch ganz okay. Alles wird gut werden.

Saana wirft einen Blick auf ihre gepackten Taschen im Flur und wechselt für den Rest des Abends in eine totale Liegeposition. Morgen wird sie die Stadt für den Sommer verlassen. Keine Katerstimmung mehr, sondern Sport und Meditation, frische Luft und grüne Smoothies. Alles, was Menschen an ganz normalen Tagen so tun. Aber noch nicht heute. Unter der Fleecedecke und mit dem Kopf auf dem Kissen sieht sie zufrieden zu, wie Netflix eine weitere Folge startet. Erst morgen wird auch in ihrem Leben ein neuer Abschnitt beginnen.

Am nächsten Morgen deuten nur noch ein leichtes Zittern ihrer Hände und etwas Sodbrennen darauf hin, dass sie einen Kater hatte. Der Regenerationsprozess dauert normalerweise ein bis zwei Tage. Tag eins: Schlaf nachholen, die Alkoholvergiftung aus dem Organismus führen und das Gift durch Pizza und Süßigkeiten ersetzen. Tag zwei: Fett, Salz und die Überdosis Zucker aus dem Körper leiten, Blähungen und vorübergehender Stimmungsabfall. Reue. Störung des Schlafrhythmus wegen des verschlafenen Katertages. Sinnestäuschungen und Albträume aufgrund von Schlafmangel. Schließlich Wut: nie wieder einen solchen Kater. Und dann: Tag drei. Alles vergeben, alles vergessen. Ein neues Leben, neue Versprechen, Demut und Regeneration. Die Illusion, dass man nie wieder Lust auf Wein haben wird. Tag sieben: Durst.

Saana steht mit der Kaffeetasse in der Hand in der Küche und sieht aus dem Fenster. Heute kann sie das Sonnenlicht und den Gesang der Vögel wieder ertragen. Sie nimmt ihr iPad vom Küchentisch, googelt »Hartola« und öffnet die Website der Gemeinde. »Hartola – die einzige Königsgemeinde Finnlands«, steht dort. Sie muss lachen, aber es ist kein Witz. Hartola bezeichnet sich selbst als Königsgemeinde, und auf YouTube gibt es ein Werbevideo namens »Hartola, das Königreich«. Sie klickt auf Play. In dem für kommunales Marketing typischen trockenen Stil präsentiert der Clip die Vorteile des Lebens in Hartola. Eine glückliche neue Einwohnerin berichtet, wie sie sich damals beim Umzug fragte, ob sie in den hiesigen Läden wohl Ziegenkäse bekäme. Anscheinend ja? Darüber schweigt sich das Video aus. Saana muss sich eingestehen, dass auch sie sich darüber Gedanken machen würde, ob sie im Sommer Rucola und Pecorino kaufen könnte. Schließlich sucht sie auf Google Maps noch nach der genauen Entfernung. Die schnellste Route vom Helsinkier Stadtteil Vallila nach Hartola beträgt hundertneunundsiebzig Kilometer. So weit wird sie vor ihren festgefahrenen Routinen fliehen können. So weit kann sie das stressige Frühjahr, den Burn-out und die Ungewissheit hinter sich lassen. An den Herbst versucht sie nicht zu denken. Sie wird hundertneunundsiebzig Kilometer weit vor sich selbst fliehen und sich bis auf Weiteres in eine Übergangsphase begeben. Das Ende des befristeten Vertrags wird sie zur Ruhe kommen lassen, an einem Ort, an dem sie sich immer wohlgefühlt hat.

Sie schaltet das iPad aus und steckt es in die Innentasche des Rucksacks. Die Freiheit beginnt jetzt. Sie macht alle Lichter aus, überprüft, ob die Kaffeemaschine ausgeschaltet, der Waschmaschinenhahn zugedreht, die Fenster geschlossen, der Kühlschrank leer und alles für eine zweimonatige Abwesenheit bereit ist. Die Zimmerpflanzen sind sowieso schon durch zu seltenes Gießen eingegangen. Dafür kann sie niemand anderem die Schuld geben, weil sie allein wohnt. Sie zerrt die zwei großen Koffer ins Treppenhaus und schließt die Wohnungstür hinter sich. Im Treppenhaus riecht es nach dem Leben fremder Menschen. Im Moment verrät der Geruch, dass nebenan jemand zum Mittagessen Hackfleisch brät. Saana hievt die unhandlichen Koffer in den kleinen Aufzug und beobachtet ungeduldig den Wechsel der Etagen. Kurz darauf stoppt der Aufzug rumpelnd im Erdgeschoss, und mit routinierten Handgriffen zieht sie das schwergängige und quietschende Gitter auf, um die Aufzugtür zu öffnen. Es ist erst 11:20 Uhr. Sie wird den Zwölf-Uhr-Bus gut erreichen.

Mit tiefer und schleppender Stimme heißt der Busfahrer die Passagiere auf der Fahrt nach Jyväskylä über Lahti und Heinola willkommen. Saana hat Busfahrten schon immer gemocht. Wenn man nicht selbst fahren muss, kann man einfach schlafen, lesen oder die wechselnde Landschaft betrachten, allein mit seinen eigenen Gedanken sein. Tschüss, Helsinki, du wirst mir nicht fehlen.

Auf der Höhe von Lahti kramt sie ihr kleines Notizheft aus der Tasche und schreibt sich selbst eine Liste.

Sommer in Hartola, Hauptpunkte:

- *genießen*
- *entspannen*
- *keine Zigaretten (oder nur mal kurz ziehen, nach einem Glas Wein oder Bier)*
- *kein Bier (nutzloses Getränk, bläht auf)*
- *kein Nägelkauen mehr*
- *Radfahren & joggen*
- *Walderdbeeren und Blaubeeren auf einen Halm fädeln (zumindest einmal)*
- *die kleinen Dinge genießen (wie sonst nur im Ausland)*
- *jugendliche Begeisterung wiederfinden (eigentlich bin ich immer noch verdammt jung, aber ein Enthusiasmus wie mit zwanzig wäre gut)*
- *schaukeln in der Gartenschaukel und draußen tagträumen*

- Zeitschriften und Krimis lesen
- Stress loswerden, Ruhe und Entspannung
- Parfüm wie als Kind selber machen (Flieder- oder Rosenblüten in ein Schraubglas)
- alte Schlager hören
- schreiben

Letzteres ist ihr größter Traum. Sie würde gern etwas Eigenes schreiben, einen erfolgreichen Krimi zum Beispiel. Während ihre Freunde das Klatschmagazin *Seiska* lesen, ist ihr geheimes Laster schon lange die Krimizeitschrift *Alibi*.

Als die Fahrt nach dem Halt in Heinola weitergeht, blickt Saana immer noch auf ihre Liste. Dort steht weder »neue Liebe« noch »Männer«. Ein »Sommer ohne Männer« kommt ihr entspannend und dunkel bekannt vor. Sie erinnert sich an den gleichnamigen Roman von Siri Hustvedt, den sie vor ein paar Jahren gelesen hat.

Zischend kommt der Bus an der Haltestelle zum Stehen. Der Busbahnhof von Hartola ist nur ein kleines, von der Hauptstraße zurückgesetztes Haus. Saana steigt aus und wartet, bis der Fahrer den Gepäckraum öffnet. Lächelnd bedankt sie sich für die Fahrt, nimmt ihre Koffer in Empfang und hält Ausschau nach einem vertrauten Gesicht. Eine Frau im Sommerkleid mit einer hellen, über den Boden streifenden Wolljacke winkt Saana vom Bahnhofsgebäude aus begeistert zu. Ihre Tante Inkeri. Der beste Mensch, den es gibt. Saana winkt zurück.

»Du bist genau wie deine Mutter«, ruft ihre Tante lachend, als sie Saanas umfangreiches Gepäck sieht. »Du kannst nirgendwo hinfahren, ohne dein halbes Zuhause dabeizuhaben.«

Saana verspürt eine flüchtige Sehnsucht, aber der Gedanke ist schnell wieder verschwunden. Ob sie in manchen Dingen tatsächlich wie ihre Mutter ist? Einen kleinen Teil von ihr wird sie immer in sich tragen, auch wenn keine Vergleichsmöglichkeit mehr besteht. Mit viel Schwung wirft Tante Inkeri die Taschen auf den Rücksitz ihres alten Käfers und bedeutet Saana, sich neben sie auf den Beifahrersitz zu setzen. Saana kommt nicht einmal dazu, ihre Tante zu warnen, dass im Rucksack der Laptop, das iPad und andere zerbrechliche Dinge sind. Vielleicht wäre es sowieso das Beste, wenn die Geräte kaputtgingen. Dann könnte sie sich endlich absolute Ruhe gönnen.

Der Käfer klappert über die sandige Landstraße, und Helsinki kommt ihr schon sehr weit weg vor. Die Häuser und Felder aus ihrer Kindheit fliegen vorbei. Saana kurbelt das Fenster herunter und streckt ihren Kopf hinaus. Sofort schlägt ihr staubiger Wind ins Gesicht. Die Luft riecht nach Sommer und gedüngten Feldern. Die Schottersteine scheppern gegen den Unterboden des Autos und werden von den Reifen an den Straßenrand geschleudert. Sie zieht ihren Kopf zurück. In Hartola angekommen, fühlt sich der Gedanke, den Sommer bei Inkeri zu verbringen, genauso gut an wie zu Hause, wenn nicht sogar besser. Kalter Weißwein auf den Stufen vor der Scheune, alte Frauenzeitschriften, Tratschen mit der Tante und natürlich deren leckeres Essen. Bereits jetzt im Auto glaubt sie den Rauch der angeheizten Holzsauna zu riechen. Weg von zu Hause wird alles einfacher sein. In Hartola wird sich die Arbeitslosigkeit wie Urlaub anfühlen, wie Freiheit. Bei Inkeri muss sie keine sinnlosen Dinge tun wie den Kleiderschrank aufräumen, Klamotten für den Flohmarkt sammeln, den Kellerschrank putzen, das Gewürzregal sortieren, Türklinken säubern, Kissen und Decken ausklopfen oder nach Arbeit suchen. Bei ihrer Tante gibt es keine Nörgelei. Saana wird sich einfach nur erholen. Sie wird den ganzen Stress und die Hektik wegschlafen, die ihr die Arbeit das Frühjahr über eingeimpft hat. Dann, nach und nach, wird sie sich wieder aufbauen.

Helsinki, Mittwoch, 26. Juni

Jenna geht die Neitsytpolku entlang und blickt auf ihr Handy. Sie ist sich nicht sicher, ob die Entscheidung richtig war. Heute sollte sie eigentlich trainieren, aber jetzt ist sie auf dem Weg zum Feiern, direkt nach der Arbeit. Sie sieht auf die Uhr. Es ist erst Viertel nach vier.

Jenna geht an schönen Altbauhäusern vorbei, und langsam wird vor ihr das blau schimmernde Meer sichtbar. »Komm am besten gleich, es kommen noch mehr«, hatte Elias gesagt, und sie hatte sich entschieden hinzugehen. Es dauert nicht lange, bis sie vor sich dumpfes Gelächter hört. Es kommt aus ihr bekannten Mündern: Auf der Terrasse der Bar *Mattolaituri* direkt am Meeresufer sitzen die Firmenpartner – und Elias, der Möchtegern-Partner, der Einzige, den Jenna im ganzen Büro kennt. Sie bleibt kurz vor dem Tisch stehen und setzt ein strahlendes Lächeln auf. Die Männer unterbrechen ihre Unterhaltung nicht. Nur Lars dreht sich um, und Jenna merkt, wie er ihren Körper von Kopf bis Fuß begutachtet. Unter seinem Blick fühlen sich ihr Shirt zu dünn und ihr Rock zu kurz an, aber sie ist trotzdem froh, dass sie noch ihre Party-Klamotten angezogen hat. Der Chef soll nichts an ihrem Äußeren auszusetzen haben. Sommerabende sind unvorhersehbar, darum hat sie auf der Arbeit immer sowohl Trainingsklamotten als auch ein Party-Top dabei.

»Einen Moment, die Dame«, sagt Elias und holt Jenna einen Stuhl vom Nachbartisch. Sie sieht zu, wie der Chef sein Glas leert.

»Das ging ja runter wie Wasser«, lacht Lars und schenkt sofort wieder alle Gläser voll.

»Was gibt's Neues?«, fragt Elias und setzt sich. Er drängt auch Jenna, sich zu setzen. Sie überlegt, was sie tun soll. Am Tisch sitzen nur Männer. Entgegen dem, was Elias ihr zu verstehen gegeben hatte, sind nicht »mehr« gekommen. Nur sie und die Männer.

»Apropos Neues!«, ruft Lars mit einem grunzenden Lachen.

Elias nickt und wirft eine Streichholzschachtel auf den Tisch. »Fire – Ideen, die anstecken« steht darauf. Jenna nimmt einen Schluck Champagner und beobachtet verstohlen, wie Lars prüft, ob die Schachtel Koks enthält. Ja. Auch diesmal wurden die Streichhölzer weggeworfen und stattdessen weißes Aufputschmittel eingefüllt. Lars hebt sein Glas und nickt. Elias beantwortet das Nicken entsprechend unauffällig. Ware abgeliefert, Ware entgegengenommen. Jenna rückt unruhig hin und her. Am liebsten würde sie eine Ausrede erfinden, um zu gehen, so sehr fühlt sie sich als Außenseiterin. Wo zur Hölle sind die anderen aus der Firma?

Die Männer handeln in ein paar Sätzen die Verkaufsprognose für das zweite Quartal ab und gehen dann zu wichtigeren Themen über: Sie werden in ihrem Stammlokal *Klippan,* das auf einer Insel im Helsinkier Hafen liegt, zu Abend essen. Mit schönem Meerblick und widerlichen Gesprächen über die letzten Saufabende. Nach drei Flaschen Champagner und ein paar Bier unterhalten sich die Männer irgendwann fast schreiend. Zum Glück trägt der starke Wind, der vom Meer herüberweht, das Schlimmste davon.

Jenna sieht sich um. Die warme Nachmittagssonne hat viele nach draußen gelockt, und am Strand gehen ganz normale nüchterne Leute mit ihren Hunden spazieren. Sie sieht wieder zum Tisch und muss sich ein Lachen verkneifen. Lars' Stirn glüht mittlerweile feuerrot. Lars Sundin ist ein Mann mit verbranntem Gesicht, der das mittlere Alter deutlich überschritten hat, aber wenig überzeugend die Surfer-Frisur eines Mittzwanzigers trägt. Jenna leert ihr erstes Glas. Die Nachbartische füllen sich langsam, doch egal, wie schnell die anderen Gäste trinken würden, es ist so gut wie unmöglich, den Vorsprung ihrer Begleiter noch aufzuholen.

Das *Mattolaituri* ist ein Ort, an dem man sich zur Schau stellt. Im Vorübergehen prüfen die Hundeausführer und Jogger aus dem Stadtteil Eira unauffällig, wer heute alles auf der Terrasse sitzt und ob sie jemanden kennen. Ab und zu grüßen die Männer jemanden. Jenna fühlt sich wie am VIP-Tisch. Die Männer klopfen sich gegenseitig auf die Schulter und tun, als ob nichts wäre. Sie sind daran gewöhnt, dass ihr Tisch auffällt, im Guten wie im Schlechten. Vor der Terrasse mit ihren feierfreudigen Besuchern ziehen still vereinzelte Segelboote vorbei. Jenna betrachtet sie. Die besten Monate zum Segeln stehen noch bevor. Als sie noch zu Hause wohnte, verbrachte sie mit ihren Eltern viel Zeit auf dem Wasser. Für einen flüchtigen Augenblick spürt sie eine unbestimmte Wehmut und Sehnsucht nach dem Meer.

Am Nachbartisch stoßen drei aufgestylte Frauen mit klirrenden Gläsern an. Jenna erkennt eine von ihnen – eine bekannte Bloggerin. Für einen Moment wünscht sie sich, genauso sorglos, schön und beliebt zu sein. Lars stellt sich etwas abseits, um zu rauchen. Auch er scheint ein ziemlich sorgenfreies Leben zu führen. Jenna kennt nicht viele, denen alles so zufliegt. Sie erinnert sich an die Namen all der Frauen, von denen sie weiß, dass Lars sie in den letzten Jahren gedatet hat. Es waren auch intelligente dabei ... Mit seinem Aussehen überzeugt er zwar nicht, aber vielleicht ist er unterhaltsam? Auf jeden Fall ist er verdammt reich. Sie lässt Elias nachschenken und sieht zu, wie Lars auf das Meer starrt. Für einen kurzen Moment wirkt er irgendwie echter und kleiner. Auch der war mal ein Kind, denkt Jenna und schlürft vergnügt an ihrem Champagner.

»Ziehen wir weiter«, sagt Lars, als er wieder an den Tisch kommt.

Die ganze Tischgesellschaft verstummt. Offensichtlich widerspricht man Lars nicht. Der Abend ist auf die Minute genau durchgeplant. Zuerst Champagner auf der Terrasse des *Mattolaituri,* dann Essen im *Klippan* und für den Rest des Abends zur VIP-Privatparty ins *Teatteri.* Lars hat anscheinend einige Namen auf die Gästeliste setzen lassen. Auch Jenna wird reinkommen, hat Elias versprochen.

Gegen sechs kommen die Männer mit großen, selbstgefälligen Schritten an dem Steg an, von dem das Boot zum *Klippan* ablegt. Jenna bemüht sich, in ihren High Heels hinterherzukommen. Der Alkohol ist ihr zu Kopf gestiegen. Sie fühlt sich unbesiegbar, gleichzeitig irgendwie seltsam schwach. Die *Silja*-Fähre nach Stockholm hat gerade den Hafen verlassen. Lars zieht den Signalwimpel an einem Pfosten nach oben, um anzuzeigen, dass sie übersetzen wollen. Der Bootsführer auf der Insel bemerkt es und gibt ihnen durch Handbewegungen zu verstehen, dass sie gleich ablegen können. Die Männer stehen herum und warten. Jenna hat Lust zu rauchen. In dem Moment klingelt Elias' Handy.

»Okay, wir sind schon da«, sagt er und beendet das Telefonat. Fünf Minuten später kommt ein Taxi angefahren, und zwei Mädchen steigen aus. Eine Rothaarige und eine Brünette. Elias empfängt die beiden galant und stellt sie Lars vor. Er umarmt beide lange und bietet ihnen einen Schluck von dem Flachmann aus seiner Brusttasche an. Die Mädchen ziehen die Brauen hoch, greifen dann aber eifrig zu. Endlich sind die Firmenpartner für einen Moment still. Sie sehen zu, wie zwei zierliche Mädchen verdutzt und kichernd zu starken Schnaps direkt aus der Flasche trinken. Jenna starrt mit offenem Mund auf die überraschende Wendung und verkneift sich den Kommentar, der ihr als Erstes einfällt: Die Mädchen sind jung, aber kein Jailbait.

Als das Boot kommt, hilft Lars zuerst den Frauen hinein. Zögerlich betrachtet Jenna die neuen Gesichter. Die Mädchen sind hübsch und stark geschminkt. Die Luft ist erfüllt von Gekicher, als die beiden nacheinander unsicher in das Boot steigen. Die Miniröcke und Stilettos erschweren den Prozess. Jenna folgt ihnen. Auch sie strauchelt in ihren High Heels und stützt sich auf Lars' Arm. Dieser weist die beiden Mädchen an, sich neben ihn zu setzen, und fragt freundlich nach nicht vorhandenen Neuigkeiten. Jenna setzt sich und bemerkt die hungrigen Blicke der Männer. Sie kann nicht anders, als über ihre eigene Rolle nachzudenken. Warum ist sie dabei? Zumindest arbeitet sie in der Firma. Fragend sieht sie Elias an: *Was soll der Scheiß?* Und Elias gibt ihr beinahe wütend zu verstehen: *Stell keine Fragen.*

Als sie die Treppen zum Restaurant hinaufgehen, lässt Jenna ihren Blick über die Uferlinie und den klaren Himmel schweifen. Helsinki. Nachdem die anderen hineingegangen sind, sieht sie, dass Elias und Lars draußen geblieben sind. Sie stehen mit dem Rücken zur Holzvilla. Jenna öffnet die Eingangstür, bleibt aber davor stehen, um zu lauschen.

»Unsere Praktikantin ist mit dabei. Was soll das, verdammt noch mal?«, fragt Lars und sieht Elias herausfordernd an.

»Es gab Probleme, eine Absage«, murmelt Elias. »Sie ist der Ersatz. Du weißt doch, dass ich drei besorge, wenn wir drei ausgemacht haben.«

Jenna glaubt, Unsicherheit in seiner Stimme zu hören. Lars

akzeptiert die Antwort und nickt stumm. Schnell schlüpft sie zur Tür hinein. Hat man sie etwa zu Vergnügungszwecken eingeplant? Das fühlt sich ziemlich scheiße an. Andererseits war der Abend bisher ganz lustig. Wenn nötig, könnte sie sich auf jeden Fall gegen die Männer behaupten.

Drei Stunden später diskutieren Jenna und Lars am Tisch über den aktuellen Kundenstamm und darüber, dass aus Sicht der Firma die Kunden selbst das größte Hindernis kreativer Entwürfe sind. Heutzutage traut sich niemand mehr, konventionelle Werbung zu kaufen. Alle wünschen sich etwas Individuelles und Cleveres, liebäugeln mit mutigen Ideen, aber letzten Endes wird so lange herumeditiert, bis alles doch wieder langweiliger Einheitsbrei ist.

»Mit langweiliger Arbeit gewinnt man keine Preise. Und alle wollen doch Preise. Die Marketingchefs wie die Agenturen«, sagt Lars, und Jenna sieht, wie er ihr dabei in den tiefen Ausschnitt späht.

»Da hast du unrecht«, antwortet sie und sieht Lars herausfordernd an. »Kunden wollen heutzutage vor allem ein überzeugendes Ergebnis. Man kann ihnen nicht mehr einfach alles, was irgendwie kreativ wirkt, vorsetzen. Man braucht Kapitalrendite«, wiederholt sie und merkt, dass sie etwas Aufputschendes braucht. Vielleicht eine Linie Koks.

»Lassen wir das Gerede über die Arbeit und gönnen uns endlich den Feierabend«, sagt Lars, als hätte er ihre Gedanken gelesen. Sie verfolgt, wie er unverhohlen weißes Pulver auf dem Tischtuch verteilt. Als er ihren zweifelnden Blick sieht, lacht er auf. »Keine Sorge. Wir sind die einzigen Gäste hier.«

Jenna hebt die Brauen und beugt sich über den Tisch. Als sie sich wieder aufrichtet und genussvoll zurücklehnt, spürt sie Lars' Blick auf sich ruhen.

»Du wirkst reif für dein Alter«, stellt er fest, und Jenna

lächelt. Vielleicht hat er recht. Zumindest ist sie resoluter als die anderen zwei Mädchen.

»Sieh mal an«, sagt Lars und zeigt auf Elias und die Rothaarige, die gerade vom Rauchen zurückkommen. »Wenn du genau hinschaust, siehst du, dass Elias das Hemd nicht mehr richtig in der Hose und den Scheitel auf der anderen Seite hat.« Lars schüttelt den Kopf. »Wo bleibt die verdammte Selbstbeherrschung? Diese jungen Tinder-Leute wissen richtiges Umwerben nicht mehr zu schätzen. Subtile Jagd.«

Jenna schmunzelt. Sie hat beschlossen, sich selbst noch ein paar Linien zu erjagen. Danach wird sie abhauen.

Gegen Mitternacht fahren sie aufs Festland zurück. Ein schwarzes Taxi wartet bereits auf dem Parkplatz neben dem Anlegesteg auf sie. Lars steht schwankend da und starrt aufs Meer hinaus. Der Wind peitscht Jenna die Haare ins Gesicht.

Eine halbe Stunde später betritt die Gruppe betrunken und äußerst durstig das *Teatteri*. Ein in Schwarz gekleideter Bodybuilder-Typ nickt Lars kaum merklich zu und öffnet ihnen das Seil vor der VIP-Treppe.

»Willkommen.«

Lars nickt, drückt dem Mann einen orangen Euroschein in die Hand und führt die Gruppe an einen Tisch auf der Terrasse. Wortlos lässt er die anderen Platz nehmen und geht zur Bar, um zu bestellen. Als er mit Wodka-Cranberry-Shots und zwei Flaschen Schampus zurückkommt, merkt Jenna, dass sie langsam Spaß hat. Lars scheint doch kein so übler Typ zu sein.

»Das ist hoffentlich Champagner und nicht irgendein billiger Schaumwein?« Jenna greift nach der Flasche und kontrolliert sorgfältig, aber eindeutig schon betrunken das Etikett. Lars' Nicken stößt allseits auf zufriedenes Gemurmel. Niemand ist jemals Zeuge davon geworden, wie Lars im *Teatteri* etwas anderes als echten Champagner bestellt hätte.

Helsinki, Donnerstag, 27. Juni

Jenna liegt bäuchlings auf dem Bett und blinzelt. Das Zimmer um sie herum sieht fremd aus. Wo ist sie? Ohne sich zu rühren, inspiziert sie den Raum. Groß und hell mit dunklem Parkettboden. Sie liegt niedrig, wahrscheinlich auf einem Futon. Die von draußen hereinkommenden Lichtstrahlen erleuchten einen Teil des Bodens und der hellen Wand. Auf ihrer Bettseite sieht sie eine lange Reihe Fenster und dahinter den leuchtend blauen Himmel. Keine Vorhänge. Auf einem Stapel Einrichtungsmagazine steht eine Tageslichtlampe, deren rote Ziffern 04:39 Uhr anzeigen. Es ist also erst früh am Morgen, und sie ist bei irgendjemandem gestrandet. Im selben Moment hört sie neben sich ein leises Knipsgeräusch. Für einen Augenblick ist sie wie erstarrt. Sie fühlt sich unwohl. Ihre Augen brennen. Was war das bloß? Schon wieder hat sie zu viel getrunken und Kokslinien gezogen. Die geben ihr immer ein kurzzeitiges Gefühl der Unbesiegbarkeit. Jetzt aber fühlt sie sich komplett hilflos. Wie lange liegt sie schon hier? Ängstlich späht sie nach links. Wer sitzt da neben ihr?

Fuck. Der Chef. Mit minimalen Bewegungen zieht sich Jenna die Decke über den Kopf und beißt die Zähne zusammen. Sie hat keinen blassen Schimmer, was in den letzten Stunden passiert ist. Was sie getan oder nicht getan haben. Sie weiß nicht mal mehr, wie sie in Lars Sundins Wohnung gekommen sind. Wahrscheinlich mit dem Taxi. Keine Ahnung, wann. Abgesehen davon ist sie immer noch betrunken. Aus irgendeinem Grund blitzt ein Boot in ihrem Kopf auf. Die letzten Stunden erscheinen ihr komplett verworren. Elias und seine Bitten. Das *Teatteri.* Das Koks und der Champagner. Bilder von Bar-Mitarbeiterinnen, die sich zu ihr herüberbeugen und ihr den freundlichen Tipp geben, sich doch besser mit Gleichaltrigen abzugeben. Sie selbst, die, von den Drogen ermutigt, mit Beyoncé-Attitüde kontert: *Mind your own business.* Sie kann niemand anderem Vorwürfe machen als sich selbst.

Jenna spürt, wie der Chef aufsteht. Vorsichtig lugt sie unter der Decke hervor und wartet, bis sein Rücken ins angrenzende Zimmer verschwunden ist, bevor sie sich aufsetzt. Was jetzt?, denkt sie, wickelt die Decke um sich und steht auf. Es ist noch zu früh. Um fünf Uhr morgens ist es schwierig, nach Hause zu kommen. Erst mal muss sie aber aufs Klo. Während sie durch das Zimmer tapst, schimpft sie innerlich mit sich selbst. Lars Sundin. Bestimmt ihr ältester Fick überhaupt. Der reiche, arrogante Chef von Fire. Immer, wenn Lars in der Firma an ihrem Platz vorbeigekommen war, hatte sie ihm Blicke zugeworfen. Aber nur ein bisschen und nur aus Höflichkeit. Als Elias sie am Freitagnachmittag überraschend angerufen und gefragt hatte, ob sie Lust auf Champagner hätte, hatte sie zugesagt, ohne zu zögern. Man kann nie wissen, welche Kontakte später einmal nützlich sein können. Aber jetzt hat sie aus Versehen mit dem alten Werbechef gevögelt und ist sich nicht mal sicher, was sie alles getan haben. Sie kommt sich billig und gescheitert vor.

Nach dem dritten Versuch findet sie die Toilette. Sie geht pinkeln und trocknet sich die Hände an einem dicken, weichen Luxushandtuch ab. Wie im Hotel. Das Handtuch riecht leicht nach Aftershave. Jenna entwirrt ihre vom Haarlack struppigen Haare und wickelt sie zu einem Dutt auf. Dann betrachtet sie sich im Spiegel. Sie hat schon mal besser ausgesehen, aber unter diesen Umständen, ohne Make-up und Entfernerlotion, lässt sie lieber die alte, verschmierte Schminke drauf. Nachdem sie eine Zeit lang ihr Spiegelbild betrachtet hat, öffnet sie die Türen des Spiegelschranks und untersucht den Inhalt. Ein paar Medikamente, Armani-Parfüm und Deos. Am Waschbeckenrand steht eine einzelne elektrische Zahnbürste von Braun. Keine Wechselklingen, keine Kosmetik oder Wattepads. Wasserhahn und Waschbecken glänzen vor Sauberkeit. Mit Sicherheit hat Lars eine Putzkraft. In der riesigen Wohnung scheint außer ihm niemand zu wohnen. Keine Ehefrau, keine Freundin. Gerüchten zufolge hat er ständig wechselnde Frauen. Bevor sie das Bad verlässt, prüft Jenna noch die Medikamentenpackungen. Wogegen nimmt der werte Herr wohl Tabletten? Nicht gegen etwas Ansteckendes, keine Aids-Medikamente. Das Erste ist Melatonin, das Zweite ein Dreifachwirkstoff gegen Migräne. Die dritte, schon fast leere Blisterpackung enthält Viagra. Jenna wird übel. Lars ist womöglich noch älter, als sie aufgrund seines Äußeren angenommen hat. Sie schließt den Arzneischrank und starrt ins Leere. Der gestrige Abend versetzt sie langsam wieder in einen schläfrigen Zustand. Dann macht sich die Katerübelkeit bemerkbar, und sie rafft sich auf.

Als sie aus der Toilette kommt, hört sie gedämpft, dass in einem der anderen Zimmer gesprochen wird. Sie erschrickt und ist kurz davor, in Panik zu geraten. Scheiße. Sie ist immer noch in Lars' Wohnung, es ist früh am Morgen, und sie weiß nicht, was sie sagen soll, wenn sie ihm gleich begegnen wird. Und mit wem zur Hölle redet er da eigentlich um diese Uhrzeit?

»Was willst du?«, hört sie ihn sagen.

Jenna geht zurück ins Bett. Sie zieht die Decke fest um sich und blickt beunruhigt auf ihren Klamottenhaufen auf dem Boden. Das knappe schwarze Party-Top und der Paillettenrock kommen ihr am helllichten Morgen und angesichts des bevorstehenden Heimwegs viel zu billig und schmuddelig vor. Ohne Vorhänge an den großen Fenstern fühlt sie sich wie im Aquarium. Inzwischen scheint die Junisonne hell herein. Sie steht wieder auf und tritt ans Fenster, betrachtet für einen Moment die friedliche Umgebung. In der Ferne zwischen den Häusern glitzert das Meer.

Das gedämpfte Reden bricht ab. Vermutlich hat Lars telefoniert. Sie bleibt noch etwas am Fenster stehen und nimmt all ihren Mut für die Begegnung mit ihm zusammen. Draußen stehen ein paar Häuser und ein sattgrün belaubter Baum. Sie kramt ihr Handy unter dem Kleiderhaufen hervor und stellt sich wieder ans Fenster, um ein absichtlich schlechtes Selfie zu machen. Note to self: Nie mehr so was! Im Hintergrund das Fenster, der Garten und sommerliches Morgenlicht. Gequält grinst sie in die Kamera. Dieses Bild wird nicht auf Social Media geteilt. Dann schaut sie wieder hinaus. Unter dem großen Baum bewegt sich etwas. Es wirkt fast so, als würde da eine dunkle Gestalt am Stamm lehnen und direkt zum Haus blicken. Jenna kneift die Augen zusammen, um besser sehen zu können. Das tiefe Morgenlicht blendet. Die verklebten künstlichen Wimpern trüben ihr die Sicht, außerdem sind die Äste des Baums im Weg. Sie fährt zusammen. Sie hat es sich nicht eingebildet. Da steht tatsächlich jemand. Schnell tritt sie einen Schritt zurück. Schließlich ist sie immer noch praktisch nackt. Hoffentlich hat die Person draußen nichts gesehen.

Jenna zieht ihre Klamotten an, aber im selben Moment wird ihr plötzlich wieder übel, und das Stehen fühlt sich gar nicht gut an. Sie setzt sich auf den Futon. Flashback, einige Stunden zuvor: ein paar schneeweiße Linien und ein Zungenkuss. *Du wirkst reif für dein Alter.* Bei Tageslicht betrachtet wirken Lars' Komplimente widerlich und kalkuliert. Das Zimmer beginnt, sich zu drehen, und die Übelkeit zwingt sie, sich wieder hinzulegen. Aus der Ferne ertönt ein leises Klicken. War das die Wohnungstür? Sie schafft es nicht zu reagieren. Ihr verkatertes Herz hämmert gegen ihre Rippen, und sie hat keine Kraft, sich zu bewegen. Sie sieht auf die Uhr. In die Arbeit kann sie so auf keinen Fall, also schickt sie eine kurze E-Mail an ihren Vorgesetzten: »Ich habe Magen-Darm-Grippe. Kann heute nicht kommen.« Dann rollt sie sich unter der Decke in Embryonalstellung zusammen und schläft fast auf der Stelle wieder ein.

Sie schreckt aus einem unruhigen Katertraum hoch und stellt fest, dass sie fünf Stunden geschlafen hat. Verdammt! Viel zu lange. Aber wenigstens fühlt sie sich etwas besser als am Morgen. Sie sammelt Tasche und Schuhe vom Boden auf, zieht ihre knappen Klamotten zurecht und schleicht dann leicht verunsichert zur Tür. Zeit, Lars zu begegnen. Sie geht an der Toilette vorbei und weiter durch den Flur in einen weitläufigen, loftartigen Raum. Eine leere Espressotasse steht einsam auf der Marmorplatte der Kücheninsel.

»Hallo?«, ruft Jenna. Ihre Stimme bricht, und ihr Mund fühlt sich trocken und pelzig an. Überall herrscht absolute Stille. Der Kühlschrank surrt leise. Wenn sie die Wahl hätte, würde sie Lars lieber nicht mehr treffen. Am liebsten würde sie einfach nur gehen und hoffen, dass die bruchstückhaften Bilder von seinen alten Händen auf ihrem Körper sich möglichst schnell verflüchtigen. Sie weiß schon, wie sie sich verhalten muss: kühl und distanziert, als ob nichts passiert wäre. Kein Aufhebens machen, keine Geschichten im Büro verbreiten. Sonst werden sie nur irgendwann gegen einen verwendet. Trotzdem wäre es gut, die Sache in Würde abzuschließen, Lars zu begegnen und dann erst nach Hause zu verschwinden, um in Selbstmitleid zu baden. »Lars?«, versucht sie es noch einmal, aber niemand antwortet. Sie hat Lust auf einen Kaffee, weiß aber nicht, wie man die komplizierte Espressomaschine bedient. Sie klettert auf einen der Barhocker. Die Metallteile fühlen sich kalt an ihren nackten Oberschenkeln an. Sie überkreuzt die Beine und wartet. Trotz des Katers dürfte sie noch gut aussehen, schätzt sie. Zumindest jung. Wenn auch mit nicht mehr akkuratem Makeup. Während sie darauf wartet, dass Lars in die Küche kommt, öffnet sie ihre Haare und beginnt, die Knoten mit den Fingern zu lösen.

Sie wüsste gern, was sie in der Nacht getan haben, würde sich aber nie trauen zu fragen. Sie kramt ihr Handy hervor. Wenn sie Lars anriefe, könnte sie den Prozess beschleunigen. Auf der Website von Fire sucht sie nach seiner Nummer und wählt. Beim Anblick der Seite läuft ihr ein seltsamer Schauer über den Rücken. Als ihr Cousin Elias ihr das Praktikum in der begehrten Firma anbot, war sie begeistert gewesen, aber ihr ist unbegreiflich, warum sie die Einladung gestern Abend nicht ausgeschlagen hat. Vielleicht, weil Elias ihr gesagt hatte, dass es helfen würde, einen Fuß in die Tür zu bekommen? Zuerst hatte sie geglaubt, sie wäre den anderen beiden Mädchen überlegen, da sie nicht als Begleitung dabei war, sondern um Kontakte zu knüpfen. Aber dann hatte man ihnen Koks angeboten. Während das Rauschmittel von ihren Schleimhäuten absorbiert wurde, beschloss sie, die Situation neu zu bewerten. Am Ende hatte sie sogar Spaß. Jetzt erinnert sie sich wieder. So war es.

Sie zuckt zusammen, als ein Handy, das wohl Lars gehören muss, zu vibrieren beginnt und dabei über die Marmorplatte des Küchentresens hüpft. Sie bricht den Anruf ab. Das Vibrieren hört auf. Wo auch immer Lars ist, er hat sein Telefon nicht dabei. Sie ruft noch einmal nach ihm, und als keine Antwort kommt, schleicht sie zu seinem Handy. Ihre Nummer ist als entgangener Anruf auf dem Display zu sehen. Lars verwendet auf seinem iPhone offenbar keinen PIN-Code, wahrscheinlich, weil er so alt ist. Jennas Blick fällt auf das Nachrichten-Symbol. Soll sie? Ein bisschen aus Rache entscheidet sie sich dafür, die

Nachrichten zu lesen. Es sind nur wenige. Sie blickt sich prüfend in der Wohnung um. Lars ist immer noch weg, und so riskiert sie es, etwas zu stöbern. Am 26.06.2019 um 18:09 Uhr hat er von einer unbekannten Nummer ein Bild geschickt bekommen. Sie betrachtet es, versteht aber nicht so recht, was da eigentlich zu sehen ist. Knochen? Eine Krone? Sie schließt die Nachrichten und öffnet die Bildergalerie, schreckt zusammen. Die ersten Bilder zeigen sie selbst, wie sie nackt im Bett liegt. Scheiße, was für ein Typ. Jenna wird speiübel. Der in der Nacht getrunkene Champagner, die Wodka-Cranberrys, die Gin Tonics und Mojitos beginnen langsam, in ihrem Bauch zu rumoren. In einzelnen Bildern blitzen Erinnerungen auf. Lars' runzlige Hände und die Krähenfüße um seine Augen, die halb leere Viagrapackung im Arzneischrank. Dann noch die heimlich gemachten Fotos von ihr. Sie legt das Telefon auf den Tisch, rennt zum Waschbecken und versucht, sich zu übergeben, aber es kommt nichts. Sie würgt nur Spucke und zähflüssigen, klaren Schleim hervor. Sich zu erbrechen würde ihr Erleichterung verschaffen, aber sie hat sich noch nie den Finger in den Hals stecken können.

Sie muss sich zusammenreißen. Sie geht zum Handy zurück, um zu überprüfen, ob die Fotos verschickt wurden. Wurden sie nicht. Schnell löscht sie sie alle und spürt, wie neben dem Brechreiz Hass in ihr aufsteigt.

»Arschloch«, sagt Jenna in die leere Wohnung.

Vielleicht ist Abhauen seine Art, ihr zu zeigen, wo sie steht. Ganz unten. In seinen Augen ist sie billig, eine absolute Null. Keine Verabschiedung wert.

»Fuck you, Lars Sundin«, sagt sie und geht zur Tür.

Vor dem Haus stellt sie fest, dass sie sich auf der Insel Suomenlinna befindet. Sie öffnet Google Maps, um den kürzesten Weg zum Anlegeplatz der Fähre zu finden. Auf wackligen Beinen folgt sie der vorgeschlagenen Route. Ihre Fußballen schmerzen, und die High Heels scheuern fürchterlich an ihren Fersen. Der Schotterweg knirscht unangenehm unter den Pfennigabsätzen. Gleich danach kommt auch noch Kopfsteinpflaster. Trotz des Windes ist die Luft warm. Jenna beschließt, die Schuhe in die Hand zu nehmen und barfuß zur Fähre zu laufen. Noch einmal dreht sie sich zum Haus um. Die Straße ist menschenleer. Wohin auch immer Lars verschwunden ist, ohne sein Handy ist es wohl kaum das Büro. Jenna schaudert bei dem Gedanken an Lars und dessen Körper dicht an ihrem. Spätestens die Nacktfotos, die er heimlich von ihr gemacht hat, machen alles eklig, schmutzig und gruselig. Hoffentlich verschwindet dieses Gefühl mit der Zeit. Sie zittert fast vor Wut. Ob sie sich irgendwie an Lars rächen kann? Wenn er doch einfach gar nicht existieren würde! In diesem Moment, als sie verkatert in Richtung Ufer schwankt, ahnt Jenna nicht, dass sich ihr Wunsch bald erfüllen wird. Sie wird Lars Sundin nie wiedersehen.

Hartola, Donnerstag, 27. Juni

Saana liegt auf dem Bett und tut nichts. Sie hat keine Energie für irgendetwas und ärgert sich darüber. Auf dem Tisch steht eine Tasse kalt gewordener Kaffee. Nicht einmal den hat sie geschafft zu trinken. Sie entsperrt das Handydisplay und geht auf Twitter. Nur ganz kurz, weil sie eigentlich gerade eine Social-Media-Pause macht. Aber seit dem Frühjahr folgt sie spaßeshalber der Polizei auf Twitter. Neben ihrer insgeheimen Jagd nach journalistischem Material und Storys sucht sie auch nach etwas Interessantem für sich selbst. Etwas, wo man ansetzen kann und was die Fantasie anregt. Bis jetzt hat allerdings noch nichts so richtig ihre Begeisterung geweckt. Zugegebenermaßen hat sie auch noch gar nicht richtig gesucht.

Polizeimeldungen @Polizeimeldungen 20.06.2019
Zerknautschtes Blech in Mittelfinnland

Zerknautschtes Blech? Eine ziemlich direkte Wortwahl für die Polizei, denkt Saana staunend und trinkt endlich einen Schluck Kaffee. Igitt. Total kalt. Trotzdem nimmt sie einen zweiten Schluck. So einfach erfährt man also von den Unfällen anderer Leute, denkt sie und stellt die Tasse auf den Tisch zurück.

Im Laufe der Woche hat sich herausgestellt, dass Hartola tatsächlich nichts zu bieten hat. Aber das hatte sie schließlich gewollt – einen Ort, an dem sie sich einfach ausruhen und entspannen, herumhängen und nachdenken kann. Aber jetzt, da sie wirklich Zeit zum Nachdenken hätte, fühlt sie sich elend, faul und enttäuscht. Sie legt sich auf das achtzig Zentimeter breite Bett im Gästezimmer ihrer Tante und starrt an die Decke. Langsam, wie aus Versehen, sinkt sie in einen ruhigen Schlaf.

»Aufwachen, Saana!«, flüstert Tante Inkeri und rüttelt sie energisch wach. »Du hast deinen Kater und wer weiß, was noch, lange genug ausgeschlafen. Eine Woche, um genau zu sein. Heute holen wir die Räder aus dem Schuppen und machen eine offizielle Tour durch Hartola«, sagt sie und lacht beim Anblick von Saanas Gesichtsausdruck. Es ist drei Uhr nachmittags. Ihre Tante meint also, es sei Zeit, dass Saana den Ort für sich entdeckt, sich an ihre Kindheitssommer erinnert, herumstreift und sich zur Abwechslung mal körperlich betätigt. Jeder wird depressiv, wenn er sich nicht bewegt. Inkeri ist sich sicher, dass Saana sich insgeheim nach Aktivität sehnt, auch wenn sie es nicht zugibt. Also nimmt sie die Zügel in die Hand und zwingt Saana aufzustehen. Immerhin ist Sommer, da kann man nicht drinnen herumliegen.

»Setzen wir uns vielleicht erst einmal auf die Gartenschaukel«, schlägt Inkeri vor und legt Saana, die langsam munter wird, eine Hand auf die Schulter. »Trinken wir einen Sommerwein?«

»Ja, gern«, sagt Saana lächelnd, und die Tante holt Gläser aus dem Haus. Sie weiß genau, wie sie Saana kriegen kann. Während sie Wein in zwei Saara-Hopea-Gläser mit grünem Stiel einschenkt, streichelt sie Saanas Wange.

»So schön, dass du gekommen bist«, sagt sie.

»Schön, hier zu sein.« Die Hand ihrer Tante fühlt sich kühl und beruhigend an.

»Wie geht es dir?«, fragt Inkeri.

»Ganz gut, glaube ich. Dass ich nicht mehr weiterarbeiten durfte, kam überraschend, aber es war vielleicht gut so. Jetzt kann ich innehalten. Die letzten zwei Jahre habe ich einfach nur wie verrückt gearbeitet. Und die Freizeit habe ich, na ja, zum Feiern genutzt«, bekennt Saana und nimmt einen Schluck Weißwein. Er ist genauso kalt und trocken, wie er sein muss.

»Hast du zurzeit jemanden?«, fragt Tante Inkeri neugierig und blickt sie verstohlen an.

»Nein. Ich bin in jeder Hinsicht ein komplizierter Fall.« Grinsend erhebt Saana das Glas auf ihre eigene Kompliziertheit.

»Na, man kann es auch so sehen: Es braucht mehr Mut, allein zu sein, als mit jemandem zusammen zu sein, nur um des Zusammenseins willen«, sagt Inkeri und schenkt ihnen noch etwas nach. »Aber wenn ich in meinem Leben eins gelernt habe, dann, dass man nicht lange nachdenken muss, wenn der richtige Typ auftaucht. Dann ist alles plötzlich seltsam klar.« Von der Schaukel aus blicken sie auf den saftig grünen Garten. »Vielleicht hast du einfach noch niemanden getroffen, der gut genug zu dir passt.«

Saana gefällt der Gedanke, und sie stößt mit dem Fuß leicht die Schaukel an. Die Johannisrosen blühen schon. *Rosa pimpinellifolia.* Sie könnte den restlichen Tag einfach hier sitzen und die Rosen betrachten.

»Hast du schon mal jemanden gehabt, mit dem es seltsam klar war?«, fragt Saana und sieht ihre Tante spitzbübisch an.

Inkeri lässt den Blick über den Garten schweifen, bevor sie wieder auf das Weinglas in ihrer Hand blickt. Dann, zu Saanas Überraschung, antwortet sie doch noch: »Es gab sogar ein paar, aber am Ende ist nichts weiter daraus geworden.«

Gegen Abend fahren Saana und Tante Inkeri leicht beschwipst mit dem Rad über die Feldwege von Hartola. Saana sitzt auf dem jahrzehntealten Fahrrad ihrer Tante, während diese ein neues Crescent fährt. Saana kennt Hartola aus den Sommern ihrer Kindheit, und Inkeri meint, nun sei der richtige Moment, um hier wieder neue Wurzeln zu schlagen. Alles mit den Augen einer Erwachsenen zu betrachten und sich noch einmal in die Landschaft ihrer Kindheit zurückzuversetzen.

»Die da hast du dir als Kind gern angeschaut«, ruft Inkeri und zeigt auf die in der Ferne emporragende rote Windmühle. »Und dort ist der Kunstsalon der Schriftstellerin Maila Talvio, eine offizielle Sehenswürdigkeit in Hartola«, fügt sie lächelnd hinzu.

Saana sieht sich um. Die wenigen Male, die sie als Erwachsene in Hartola war, hatte sie es immer so eilig, dass sie eigentlich nichts gesehen hat. Immer hat sie nur ihren Stress und ihre Sorgen im Gästezimmer ausgeschlafen und gedacht, dass es in Hartola nichts zu sehen gäbe. Damals stimmte das auch.

»Bei der nächsten biegen wir ab. Schauen wir mal, ob wir in den Garten der Villa kommen. Da ist um die Zeit bestimmt niemand mehr«, ruft Inkeri und fährt schneller. Saana muss über die Abenteuerlust ihrer Tante lachen und tritt in die Pedale. In diesem Augenblick gibt es nur die Radtour, die Feldwege durch das sommerliche Hartola, die alte rote Windmühle, das schöne Villenambiente und den Geruch von frisch gemähtem Gras.

Sie schieben die Fahrräder über den Hof der Villa. Dort wachsen schöne, hohe Fichten. Saana hat noch nie so große gesehen. Der Rasen ist gemäht, und alles wirkt äußerst gepflegt.

»Das ist die Villa Koskipää. Bestimmt erinnerst du dich an sie«, sagt Inkeri. Tatsächlich liegt etwas Vertrautes in der Umgebung, aber gleichzeitig wirkt auch alles fremd. Vielleicht war sie als Kind mit ihrer Mutter hier. »Das grüne Hauptgebäude dort wurde in den 1820ern gebaut, als der Familie Tandefelt die Villa gehörte. In den 1850ern ging sie an die Familie von Gerdten über«, erklärt ihre Tante.

Saana betrachtet das hübsche grüne Herrenhaus mit seinen massiven Säulen und die roten Nebengebäude. Dichte Farne, Apfelbäume und das Haus des Museumswärters. Das verblichene, abgeblätterte Grün der Tür. Saana hat schon immer alte Türen gemocht.

»In den Siebzigerjahren zog ein Mann, den sie nur den Baron nannten, in das Gebäude namens Vanha Koskipää dort drüben ein«, sagt Inkeri und zeigt auf die gelbe Villa nahe am Fluss. »Der letzte der Familie von Reichmann. Das Interieur des Hauptgebäudes spiegelt die Lebensbedingungen der adligen Gesellschaft in der Region Ost-Häme im 19. Jahrhundert wider«, fährt sie fort. »Das war jetzt direkt von der Internetseite des Ost-Häme-Museums. Ich wäre eine ziemlich gute Fremdenführerin, oder?«, sagt sie kichernd, und Saana nickt anerkennend. Tante Inkeri ist der allerbeste Tourguide.

»Hier gibt es übrigens wirklich sehr gute Führungen«, sagt sie. »Die solltest du dir unbedingt anschauen.«

Saana blickt sich neugierig um. Alte Herrenhäuser mit ihren großen Grundstücken erzeugen in ihr immer ein unerklärbares Gefühl von Freiheit. Wie toll wäre es, einmal den Sommer in so einem schönen Gutshaus zu verbringen, mit Sonnenhut auf dem Kopf und ohne Sorgen durch den Garten zu schlendern. Vielleicht würde sie in diesem Provinzdorf doch noch den Glanz finden, den sie als Kind mit Hartola verbunden hat.

Sie lassen die Fahrräder auf dem Grundstück stehen und gehen langsam hinunter zur gemächlich dahinplätschernden Stromschnelle. Silberweiden hängen über dem Wasser, und am Ufer befinden sich Hütten und Stege. Weiter weg sieht Saana eine Hängebrücke, eingerahmt von zwei Steinpfeilern. Ob sie früher vielleicht manchmal darübergerannt war? Seerosen und andere Wasserpflanzen besiedeln das Ufer. Sie beschließen hinüberzugehen. Die Brücke quietscht und knarzt unter Saanas Schritten.

»Horch mal«, sagt Tante Inkeri. Sie bleiben für einen Moment mitten auf der Brücke stehen und rühren sich nicht. Überall ist es still. Erst nach und nach sind einige kaum hörbare Geräusche auszumachen. Der Ruf eines Kuckucks in der Ferne. Das sanfte Gurgeln des Wassers. Amselgesang. Das Summen einer Stechmücke dicht am Ohr. Ab und an ein Auto auf der Hauptstraße. Saana lehnt sich ans Geländer und betrachtet die Villa zwischen den Bäumen. Ein Hauch von Dämmerung lässt sich am Himmel erahnen. Kühler Nebel schwebt über der Wasseroberfläche, und die Luft riecht nach feuchtem Gras und nassem Holz. Es ist herrlich. Sie stehen ganz still. Auf dem Wasser blühen hier und da ein paar Seerosen. Etwas weiter weg, am Unterlauf des Flusses, leuchtet eine einsame weiße Blume.

»Siehst du die?«, fragt Saana und zeigt auf die Blume, die sich wunderschön vom hereinbrechenden Dunkel abhebt. »Ist das auch eine Seerose?«

»Das ist eine Calla«, antwortet ihre Tante leise. »Die wachsen hier nicht.«

Saana sieht ihre Tante fragend an. »Warum ist sie dann dort?«

»Immer mal wieder taucht einfach eine Calla an der Stromschnelle auf.«

»Sie taucht auf?«, fragt Saana und starrt auf die weiße Blüte.

»Ich nehme an, sie soll an eine verstorbene Seele erinnern.«

Jetzt sieht Saana, dass die Pflanze gar nicht natürlich dort wächst. Sie lehnt an einem Uferstein.

»Die ist bestimmt für Helena«, sagt Inkeri und blickt auf das unruhige, dunkle Wasser.

»Helena?« Saana wird hellhörig und sieht ihre Tante interessiert an.

»Ja. Sie wurde damals tot in dieser Stromschnelle gefunden.«

Am Ende der Tour entscheiden sich Saana und Inkeri, in der örtlichen Kneipe noch etwas trinken zu gehen. Es ist der Donnerstag vor Mittsommer, in der Bar herrscht wenig Betrieb.

»Was ist das denn für ein heruntergekommener Schuppen!«, ist Saanas erster Kommentar, als sie hineingehen.

»Der gehört so«, antwortet der Barkeeper, und Saana wird rot. Der Kommentar war eigentlich an ihre Tante gerichtet.

Sie bestellen Lonkeros auf Eis und verziehen sich zu einem vom Alter gezeichneten Ledersofa im hinteren Teil der Bar.

»Ein Lonkero ist der beste Sommerdrink!«, stellt Saana fest, und sie erheben die Gläser.

»Du sagst es«, bestätigt Inkeri lachend und nimmt einen Schluck.

Die Eiswürfel klirren. Saana zeichnet mit den Fingern eine Linie auf das beschlagene Glas. Im Laufe des Abends reden sie über Saanas Lethargie nach der Kündigung und das stressige Arbeitsleben. Darüber, was ihr die Medienbranche alles genommen hat: eigene Ansichten, Kraft und Kreativität.

»Manchmal habe ich das Gefühl, dass ich gar nicht weiß, was ich aus mir machen soll. Um mich herum läuft das Leben einfach vor sich hin. Leute studieren, lernen jemanden kennen, heiraten, bekommen Kinder, gute Jobs, sammeln Bonuspunkte und jagen den günstigsten Krediten und Versicherungen hinterher«, sagt Saana.

»Und was machst du?«

»Alles ist irgendwie noch so offen. Ich arbeite ständig wie verrückt, stresse mich wegen Kleinigkeiten, esse Pizza oder träume vom Pizzaessen«, erwidert Saana mit einem halben Lachen.

»Es müssen nicht alle nach dem gleichen Muster leben. Ich selbst habe immer alles so gemacht, wie ich wollte. Aber es ist wichtig, die Kontrolle zu haben. Hast du das Gefühl, du hast dein Leben unter Kontrolle?«, fragt Tante Inkeri und dreht das Glas in ihrer Hand.

»Hmm«, murmelt Saana, und ihr wird klar, dass sie eher vor sich hin treibt. Sie fühlt sich wie eine willenlose Amöbe.

»Wenn du der Verantwortung aus dem Weg gehst, kann es passieren, dass du nur umherdriftest und den Eindruck hast, nicht einmal dein eigenes Glück beeinflussen zu können«, sagt Inkeri und starrt vor sich hin. »Du kannst die Verantwortung für dein Leben aber nicht abgeben.«

Vielen Dank, Inkeri. Jetzt fühle ich mich zu allem Überfluss auch noch komplett verantwortungslos, denkt Saana.

»Bist *du* glücklich?«, fragt sie und sieht Inkeri an. Sie hat viel über das selbstbestimmte Leben ihrer Tante nachgedacht. Keine Kinder, kein Mann, viel Kunst, Gartenarbeit, Bücher und Reisen.

»Natürlich bin ich glücklich. Ich lebe genau das Leben, das ich mir immer gewünscht habe. Ich bin für jeden Tag dankbar.«

Saana mustert sie etwas ungläubig. Kann es denn so einfach sein? Kann man einfach so behaupten, glücklich zu sein?

»Mein Problem ist wahrscheinlich, dass ich nicht einmal weiß, was ich eigentlich erreichen will. Es gibt so viele Alternativen, dass sie mich lähmen und ich dann gar keinen Weg wähle«, sagt Saana und beobachtet dabei aus dem Augenwinkel zwei einheimische Omas, die neugierig in ihre Richtung spähen.

»Dir fällt schon noch was ein«, sagt Tante Inkeri und erhebt ihr Glas. »Komm, trinken wir auf diesen Sommer. Das Schönste ist doch, dass ich meine Nichte den ganzen langen Sommer über bei mir habe!«

Saana nickt und betrachtet ihre Tante liebevoll. Wenn sie über etwas glücklich ist, dann darüber, dass es ihre Tante gibt.

»Was war das denn eigentlich für eine Geschichte mit dem toten Mädchen im Fluss?«, fragt Saana, als sie für einen Moment still dasitzen, jede in ihre Gedanken versunken.

»Das ist eine sehr traurige Geschichte. Du warst noch ganz klein, es ist also ziemlich lange her.«

»Was ist damals passiert?«

»Warte kurz, ich hole uns erst neue Drinks«, sagt Inkeri und geht zur Bar.

»Es ist jetzt dreißig Jahre her«, fährt sie fort, als sie mit zwei vollen Gläsern Lonkero zum Tisch zurückgekommen ist. »Helena wurde im Tainionvirta gefunden, ein Stück von der Hängebrücke entfernt.«

»Was ist mit ihr passiert?«, fragt Saana, aber ihre Tante zuckt nur mit den Schultern und nippt an ihrem Getränk.

»Und die Calla? Jemand legt immer wieder diese Blume an der Stromschnelle ab«, sagt Saana. »Eine schöne Geste«, fügt sie nachdenklich hinzu.

»Natürlich erinnern sich viele Einwohner von Hartola an den Vorfall«, antwortet Inkeri und winkt den beiden Omas, die sie von der Ecke aus neugierig beobachten, aggressiv zu. »Meine Nichte!«, ruft sie und deutet auf Saana. Die Omas drehen sich schnell weg und tun so, als wären sie gar nicht da.

»Den überraschenden Tod eines so jungen Menschen kann man unmöglich vergessen.«

»Was ist also passiert?«, fragt Saana. Statt auf Lonkero hat sie nun Durst auf eine spannende Geschichte.

»Ich weiß es nicht, die Polizei hat anscheinend nichts weiter herausgefunden. Oder angeblich nicht genug, was auf ein Verbrechen hindeutet. Helena wurde tot im Fluss gefunden, und laut Polizei war es entweder ein Unfall oder Selbstmord. Alles andere war nur Gerede im Dorf.«

»Alles andere?« Saana merkt, dass sie vor lauter Spannung die Worte ihrer Tante wiederholt.

»Ja. Es gab Gerüchte, dass Helena sich nicht selbst umgebracht haben konnte, im Vorfeld hatte nichts auf einen solchen Wunsch, eine solche Neigung hingedeutet. Alle hatten den Eindruck, dass sie glücklich war. Und für einen Unfall gab es da ein paar zu merkwürdige Umstände.«

Saana sieht Inkeri mit großen Augen an.

»Man muss natürlich bedenken, dass es in einem so kleinen Ort immer Gerede gibt«, flüstert diese und nickt in Richtung der neugierigen Omas. »Zum Beispiel die beiden. Die haben ihre Ohren überall, weil in ihrem eigenen Leben nichts passiert. Aber man kann es ihnen nicht verübeln. Hier ist so wenig los. Hartola ist ein ruhiger Ort. Oder vielmehr ein *Königreich,* wie es jetzt von der Gemeindeverwaltung genannt wird«, fügt sie mit Nachdruck hinzu. Saana lässt jedes der Worte auf sich wirken.

Am nächsten Morgen, dem Tag vor Mittsommer, wacht Saana deutlich früher auf als an den bisherigen Tagen. Sie muss ständig an das tote Mädchen denken. Trotz der kurzen Nacht geht sie munter in die Küche und findet ihre Tante Tee trinkend und Zeitung lesend am Tisch sitzen.

»Weißt du, was? Ich habe mir gedacht, dass ich zum Spaß ein bisschen den Tod des Mädchens recherchieren könnte«, sagt Saana und öffnet ein paar Schränke, um Kaffee und Filtertüten zu finden.

Tante Inkeri blickt von der Zeitung auf und lächelt. Sie ist sichtlich erleichtert darüber, dass Saana wieder zum Leben erwacht ist.

»Bekommst du die *Helsingin Sanomat?*«, fragt Saana überrascht, als sie die vertraute Zeitung sieht.

»Man muss doch wissen, was in der großen Stadt passiert«, sagt Inkeri. »Der Kaffee ist in dem Schrank dort, zweite Tür rechts.«

Es herrscht Stille, während Saana am Küchenschrank lehnt und das Durchlaufen des Kaffees beobachtet, dessen Duft sich langsam im Zimmer ausbreitet.

»Ende dieses Sommers ist es dreißig Jahre her«, sagt Tante Inkeri irgendwann.

Saana dreht sich zu ihr. Sie hat plötzlich das unerklärliche

Gefühl, dass gerade alles beginnt. Ob sie der Tod eines Menschen wieder zum Leben erwecken würde?

»Man hat Helena im Spätsommer gefunden. Ich weiß noch, dass ich schon alle Beeren geerntet hatte. Und deine Mutter hatte dich zwei Jahre zuvor bekommen.«

Während Saana wartet, bis die Kaffeemaschine auch die letzten Tropfen in die Kanne abgegeben hat, verfestigt sich der Gedanke immer mehr. Das hier ist ein klarer Beginn. Etwas, wo man ansetzen kann. Ganz aus dem Nichts. Der ungeklärte Tod eines jungen Mädchens.

Ich

Ich sehe zu, wie das orange glühende Eisen in das weiche, zitternde Fleisch eindringt. Das Zischen erinnert an das Geräusch eines Streichholzes, das man kurz nach dem Auspusten unter einen Wasserhahn hält. Als die Hitze ihren Zweck erfüllt hat, sehe ich dem Mann ein letztes Mal in die Augen und versuche, darin etwas zu finden. Demut oder Reue. Flehen, Panik, Betteln um Vergebung. Aber die Augen sind nur trüb, entmutigt, voller Schicksalsergebenheit. Ist der Mann tatsächlich so scharfsinnig? Hat er am Ende schon erraten, dass ihm nie wieder Gnade zuteilwerden wird? Dass endlich jemand gekommen ist, der ihn für seine Taten verantwortlich macht und ihn zwingt, dem Tod ins Gesicht zu blicken? Und dennoch, die trüben Augen und die Resignation sind eine leichte Enttäuschung. Wie einfach doch alles gegangen ist. Ich hätte mir Widerstand gewünscht, dass er zu Kreuze kriecht und seinen Glauben verliert. Dass er sich zu viele Hoffnungen macht und Überredungsversuche unternimmt. Aber nichts dergleichen. Nur stilles, resigniertes Ausharren. Als ob er wüsste, dass über ihn gerichtet wird. Vielleicht hat er tief in seinem Inneren auf ein Urteil gewartet. Und ein solches soll nun vollstreckt werden. Ich drücke den Kopf des Mannes unter Wasser und sehe zu, wie das Zappeln beginnt, sehe zu und höre gleichzeitig in mich hinein. Wie fühlt sich das an? Wie fühlt es sich an, jemanden sterben zu lassen? Wie fühlt es sich an, die letzten Atemzüge zu verfolgen, dem Leben ein Ende zu setzen? Wie fühlt es sich an, ein gerechtfertigtes Urteil zu fällen und sich selbst gottgleich zu machen? Das Zappeln wird stärker und hört schließlich auf. Nach nichts und dennoch richtig. So fühlt es sich an.

Suomenlinna, Donnerstag, 27. Juni

Es ist windig wie immer, aber anders als noch vor einer Woche liegt bereits die lang ersehnte Hitze in der Luft. Die Bäume biegen sich im starken Wind, als Aino mit ihrem Hund nach draußen geht. Der Meereswind bläst ihr die Haare ins Gesicht, und routiniert streicht sie sie zur Seite. Jeden Morgen geht sie zur selben Zeit ungefähr die gleiche Runde. Zuerst Kopfsteinpflaster, dann Feldweg, Felsen, Wiese, Sand und wieder Kopfsteinpflaster. Aino lässt Kramer schnüffeln und in aller Ruhe sein Revier markieren. Wie gewohnt gehen sie in Richtung Königspforte, der stillen Südspitze der Insel.

Die Festungsmauern wurden vor langer Zeit zum Schutz der Inselbewohner vor Wind, Schneestürmen und Eindringlingen errichtet und bieten immer noch einen beeindruckenden Anblick. Aino zieht Kramer näher zu sich heran, und schließlich bleiben sie an einer Maueröffnung stehen, durch die man zu den Felsen gelangt, zum Ende der Insel, abseits der Touristenroute. Sie späht durch die Öffnung. Der Wind bläst ihr salzige Luft ins Gesicht, und sie entspannt sich. Sie mag die frühen Morgenstunden, in denen man keine anderen Menschen sieht und es so scheint, als gehöre die Insel ihr allein. Sie mag Muster und Gewohnheiten, denen sie folgen kann, ohne nachzudenken. Routinen bewahren das Gehirn vor zu vielen Entscheidungen. Wenig später kommen Aino und Kramer an der geschlossenen Pizzeria vorbei. Kurz vor der Königspforte fängt der Hund plötzlich an, zu bellen und an der Leine zu zerren. Widerstrebend folgt Aino ihm zur Pforte. Kramer zieht nach vorne, sie zieht zurück. Das Würgen des Halsbands lässt Kramers Atem pfeifen. Was ist nur los mit ihm?

Kramer bleibt in der Toröffnung stehen und bewegt sich unruhig hin und her. Seine Glieder zittern vor Anspannung. Nachdem sie zu ihm aufgeschlossen und die Leine ganz kurz genommen hat, bemerkt Aino sofort, dass etwas anders ist als sonst. Der schöne Strand, die grüne Wiese, das Steindenkmal, die Eisenketten, die Treppen, die Wellen, der peitschende Wind. Inmitten all dessen ist etwas aufgetaucht, was Kramer und jetzt auch sie stark anzieht. Sie blickt die Treppe hinunter und hält den an der Leine ziehenden, zitternden Hund fest. Da unten liegt ein zusammengerolltes Etwas. Oder jemand. Wie tot. Aino kann nicht sagen, warum sie sofort weiß, dass er tot ist. Vielleicht ist es die Körperhaltung, irgendwie unnatürlich, wie arrangiert. Ob sie trotzdem die Treppe hinuntergehen sollte, um den Puls zu fühlen? Aino ist sich nicht sicher. Sie geht in die Hocke, um Kramer zu streicheln, und ruft: »Hallo, sind Sie okay?« Gleichzeitig kommt sie sich dumm vor. Sie weiß, dass sie keine Antwort bekommen wird. Der Mensch da unten ist tot wie ein Stein. Kramer winselt, und Aino wird von Ungläubigkeit, Abscheu, Angst und Traurigkeit überwältigt. Sie weiß nicht weiter.

»Hilfe!«, ruft sie endlich, aber der Wind trägt ihre Stimme sofort davon. An der Königspforte ist selten jemand so früh unterwegs. Sie tastet in der Jackentasche nach ihrem Handy und blickt sich unsicher um. Es ist kurz vor sieben.

»Hilfe!«, ruft sie noch einmal und merkt, dass ihr die Stimme versagt. Sie fühlt sich wie ein schwaches kleines Mädchen.

Nicht einen hörbaren Ton bekommt sie heraus. Mit zittrigen Fingern kramt sie das Telefon hervor, wählt 112 und wartet dann mit angehaltenem Atem darauf, dass ihr jemand die Verantwortung für dieses ganze Grauen abnimmt.

Helsinki, Donnerstag, 27. Juni

Jan schenkt sich im Büro eine Tasse Kaffee ein. In der alten, verkrusteten Maschine wird der Kaffee immer bitter, manchmal sogar fast ungenießbar. Trotzdem trinkt er eine Tasse nach der anderen. Die Zeit vergeht schleppend, und Jan merkt, dass er zwischendurch in eine Art Trance gleitet, obwohl er hellwach auf dem grünen Sofa sitzt, in dem er fast versinkt. Das Warten lastet ihm auf der Seele, er kann es nur schwer begreifen. Er nippt am Kaffee, verzieht das Gesicht und denkt an seine Mutter. Er selbst könnte in seiner Tätigkeit als Polizist theoretisch jederzeit sterben, aber seiner Mutter wurde ein konkreter Zeitraum prognostiziert: Wochen, nicht Monate. Jans Welt ist aus den Fugen geraten. Es geht ihm nicht gut, egal, wo er ist, aber bei der Arbeit ist es besser als allein zu Hause. Die Nacht im Büro ist bisher friedlich verlaufen, und daheim hätte er sowieso nicht schlafen können. Zu oft wacht er neuerdings in den frühen Morgenstunden auf, in der stillsten Phase der Nacht – der Stunde des Wolfs, der schlimmsten Zeit für Schlaflose.

Er will gerade den restlichen Kaffee in den Ausguss kippen, als das Telefon klingelt. Es ist Mertanen, Leiter der Mordkommission und diensthabender Kriminalhauptkommissar.

»Auf Suomenlinna wurde eine männliche Leiche gefunden.«

Mertanen kommt direkt zum Punkt, und Jan ist sofort ganz Ohr.

»Kein Standardfall, das Opfer wurde gezielt zur Schau gestellt, möglicherweise ein Ritualmord. Ich will, dass du von Anfang an gut über den Fall Bescheid weißt. Von der Helsinkier Mordkommission und der Spurensicherung sind die Ersten schon vor Ort, aber ich setze mich dafür ein, dass das unser Fall wird. Stell dich darauf ein, Ermittlungsleiter zu werden.«

Während er die wichtigsten Informationen hört, sieht Jan durch das Fenster hinaus auf den Parkplatz. Ein ganz normaler Donnerstag. Für manche ein vielversprechender Tag, an dem das Wochenende schon in greifbarer Nähe ist. Für Schichtarbeiter bloß ein Tag von vielen. Jans Gedanken drehen sich nur um den baldigen Verlust, aber jetzt kommt ein Fall dazwischen, der ihn aus dem traurigen Leerlauf rettet. Ein Fall, der sogar den stillen und schroffen Mertanen gleich zu Anfang wachgerüttelt hat. Jan notiert sich die nötigen Daten und schüttet endlich den kalten, bitteren Kaffee weg.

Der Versorgungstunnel zwischen Suomenlinna und dem Festland ist für den Polizei- und Rettungsverkehr geöffnet. Die Spurensicherung ist bereits vor Ort, und die Königspforte ist großräumig mit einem Polizeiband abgesperrt. Mit bedächtigen, gemessenen Schritten nähert sich Jan dem Geschehen. Das sommerliche Morgenlicht verschluckt die aufleuchtenden Blitze, während die Spurensicherung Details des Fundortes fotografiert. Eine Drohne surrt über allem wie ein riesiges Insekt und zeichnet das Gelände auf. Jan füttert sein Gehirn mit den Einzelheiten des Falls. Suomenlinna. Königspforte. Eine Leiche. Tötungsdelikt. Keine Augenzeugen. Opfer vorläufig unbekannt.

Er hebt das Absperrband an und tritt neugierig in den abgegrenzten Untersuchungsbereich. Kurz darauf betrachtet er die

Leiche. Seine Ankunft lässt die Spurensicherung in ihren weißen Ganzkörperanzügen innehalten. Er grüßt, und die Arbeit wird fortgesetzt. Die Helsinkier Mordkommission hat mit der Untersuchung begonnen, aber Jans Erscheinen am Tatort deutet darauf hin, dass die Ermittlungen möglicherweise an das zentrale Kriminalamt KRP übergehen. Er starrt nachdenklich vor sich hin, die anderen blicken sich immer wieder stumm nach ihm um. Sie würden ihn mit Sicherheit unterstützen.

Ein Mord. Jan sieht sich um. Nirgendwo Leute. Das windige Suomenlinna scheint heute Morgen lange zu schlafen. Auch der sommerliche Touristenansturm hat noch nicht begonnen. Jans Blick wandert langsam über die Felsen und die grüne Nachbarinsel. Das muss Vallisaari sein. Plötzlich legt ihm jemand die Hand auf die Schulter und grüßt ihn mit unverwechselbarer Stimme: »Howdy!«

»Heidi Nurmi«, antwortet er, bevor er sich überhaupt umdreht.

Heidi, eine Kriminalkommissarin, die er seit jeher kennt, war schon vor ihm da. Er tut so, als wüsste er darüber Bescheid, obwohl Mertanen sich nicht die Mühe gemacht hatte, ihm Einzelheiten mitzuteilen.

»Die Leiche ist eine bisher unbekannte männliche Person. Alter circa sechzig Jahre. Mehr wissen wir vorerst nicht«, sagt Heidi. »Ich könnte das Gespräch mit der Frau, die ihn gefunden hat, erledigen.«

Jan nickt. »Wer ist sie?«

»Eine Spaziergängerin mit Hund, die hier wohnt. Hier ist der Name, einen Moment, Aino Nieminen. Sie wartet dort oben bei der Pizzeria auf die Vernehmung und darauf, dass sie nach Hause kann. Es ist vielleicht am besten, den Fund einigermaßen aufzuarbeiten, bevor sie ihn vergisst«, meint Heidi und beobachtet Jan genau, spricht ihre Gedanken aber nicht aus.

Jan schweigt. Ihm kommt kein weiteres Wort in den Sinn.

Trotzdem – oder vielleicht gerade deswegen – ist er froh, dass es gerade Heidi ist, die ihn bei den Ermittlungen unterstützt. Sie haben schon zusammen studiert, und Heidi ist eine der scharfsinnigsten Ermittlerinnen, die er kennt.

Nach einem letzten Blick auf ihn entfernt sie sich, um die Augenzeugin zu befragen. Jan sieht sich das Ufer an und untersucht die Entfernungen. Die Kollegen um ihn herum nicken ihm zu und lassen ihn in Ruhe arbeiten. Das Absperrband flattert im Wind. Ab und zu hebt es jemand an und geht zielstrebig darunter durch. Jedem ist bewusst, dass alle noch so kleinen Zeichen, Widrigkeiten, Anhaltspunkte und Spuren registriert werden müssen. Man wird nicht aufhören, ehe nicht die gesamte Umgebung rund um die Königspforte durchkämmt ist.

»Habt ihr irgendetwas gefunden, was bei der Ermittlung der Identität helfen könnte?«, fragt Jan den Spurensicherer neben sich. »Leino, zentrales Kriminalamt«, fügt er hinzu, obwohl er weiß, dass man ihn kennt, aber ihm ist durchaus bewusst, dass sein jugendliches Aussehen für manche Leute nicht zu einem Ermittler passt. Allerdings ist selten etwas so, wie es auf den ersten Blick scheint.

»Lampi«, stellt sich der Mann, den er angesprochen hat, vor und gibt Jan die Hand. »So alles in allem tappen wir ziemlich im Dunkeln«, meint Lampi und deutet vage in Richtung Leiche. »In gewisser Weise wirkt das Ganze ziemlich klar und sorgfältig inszeniert. Das Opfer hat kein Handy, keinen Geldbeutel oder irgendetwas bei sich, aus dem die Identität hervorgehen würde. Die Vermisstenmeldungen werden bereits durchforstet. Schauen wir mal, ob es dort einen Treffer gibt.«

Jan tun sowohl das Opfer als auch die Frau, welche die Leiche gefunden hat, aufrichtig leid. Wenn sein Team gerufen wird, gibt es vieles, was einem leidtun kann.

»Hallo«, sagt Heidi und streckt der verweint aussehenden Frau ermutigend die Hand entgegen. »Sie haben ihn gefunden?«

Die Frau nickt, schüttelt kurz Heidis Hand und beugt sich dann hinunter, um den um ihre Beine streichenden Hund zu kraulen.

»Eine ziemlich schlimme Angelegenheit. Wenn Sie reden möchten, gebe ich Ihnen nach unserem Gespräch die Kontaktdaten eines Krisentherapeuten«, sagt Heidi, und die Frau nickt wieder.

»Um wie viel Uhr waren Sie unterwegs?«

»Wir waren irgendwann nach halb sieben hier«, sagt die Frau und nimmt die Leine des unruhig hin und her laufenden Hundes etwas kürzer.

Heidi weiß nicht, von welcher Rasse der Hund ist. Aus Haustieren hat sie sich nie viel gemacht.

»Ist Ihnen etwas Besonderes aufgefallen? Andere Menschen, Boote oder irgendetwas?«, fragt Heidi und sieht sie abwartend an. Die blonde, zarte Frau trägt einen Wollponcho und Reitstiefel und sieht aus wie eine Grafikerin oder Lehrerin. Sie schüttelt den Kopf.

»Wohnen Sie schon lange hier?«

»Bald zwanzig Jahre«, sagt sie schmunzelnd, und Heidi ist froh, das erste Mal Leben in ihrem Blick zu sehen.

»Toll hier«, bestätigt Heidi. An eine Wohnung auf Suomenlinna kommt man nur selten. »Wenn hier jemand mit dem Boot ankäme, was würden Sie als Ortskundige sagen, von wo aus könnte man das Boot sehen?«, fragt Heidi und lässt die Frau für einen Moment in Ruhe nachdenken.

»Ich würde dort nachfragen«, sagt die Frau und deutet auf die Bastion Kustaanmiekka. »Da wohnt niemand, aber der Gehweg verläuft oberhalb des Steilhangs da drüben.«

»Danke. Ich denke, damit wären wir auch fertig. Sie können nach Hause gehen und sich erholen«, sagt Heidi, und die Frau nickt noch einmal leicht. »Melden Sie sich, wenn Ihnen noch etwas einfällt«, fügt sie hinzu und geht zum Fundort zurück. Kurz darauf sitzt sie neben Jan und betrachtet die Leiche.

Die Mordkommission ermittelt jährlich in über tausend Todesfällen, und in den letzten Jahren sind die schlimmsten und schwierigsten davon über Heidis Tisch gegangen. Der Anblick eines auf dem Boden liegenden Toten ist nichts Neues für sie. Was Heidi eher schaudern lässt als eine Leiche, ist der Gedanke, dass sie sich durch die stetige Wiederholung an das ganze Grauen gewöhnt hat. Lediglich die Todesumstände jagen ihr manchmal einen kalten Schauer über den Rücken. Sie kann gar nicht mehr sagen, die wievielte Leiche letztendlich diejenige war, vor der sie nicht mehr zurückschreckte und die sie als »externes Objekt« ansehen konnte. War es der entzweigesägte Mann vor fünf Jahren oder einer der zahlreichen Fälle, in denen jemandem das Gehirn mit der Schrotflinte weggeballert wurde? So furchtbar das alles auch ist, der enge Kontakt mit dem Tod lässt Heidi das Leben mehr denn je wertschätzen.

Sie beugt sich über den Leichnam, um ihn genauer zu betrachten. Schürfwunden an Hals und Handgelenken. Die endgültige Todesursache muss noch bestätigt werden. Aufgrund der Spuren vermutet Heidi, dass der Mann ertrunken ist.

»Was denkst du?«, fragt sie Jan, ohne ihn anzusehen.

»Ich weiß es noch nicht«, antwortet er und starrt weiter vor sich hin.

Heidi zittert. Ihre Jacke ist nicht winddicht. Sie weiß, dass Jan bei neuen Ermittlungen am Anfang immer so aussieht wie jetzt: ein bisschen gleichgültig, als ob er nur ziellos vor sich hin schauen würde. Aber in Wahrheit registriert er alles.

Ein gewaltsamer Tod ist unnatürlich. Er zerstört die Harmonie und bringt die Ordnung und den Frieden der Natur durcheinander. Jan blickt auf das Meer und wieder auf die Leiche. Nach der Ankunft am Tatort will er zuerst die Atmosphäre in sich aufnehmen.

Er beugt sich über den Toten. Das erstarrte Gesicht verrät nichts darüber, wie schlimm das Ende war. Jan hat bereits die erste Theorie gehört: Tod durch Ertrinken. Sie befinden sich am Meeresufer, aber Hose und Schuhe des Opfers sind weder nass noch schmutzig. Das Ertränken hat am Wasser stattgefunden, aber etwas sagt ihm, dass dem Opfer noch mehr angetan wurde. Er bittet die Spurensicherung, das Suchgebiet bis zur Uferlinie sowie zur Steinmauer und den dahinter befindlichen, zahlreichen Hohlräumen auszudehnen.

Jan späht auf sein Handy. Im selben Moment fällt ihm seine Mutter ein, und ihm wird klar, dass er mit dem letzten Anruf rechnet. Dem Anruf, nach dem alles verstummen wird. Die Geschehnisse des Morgens rücken von ihm ab, wenn er an seine Mutter denkt. Er betrachtet alles wie durch einen Nebel. Er schwenkt den Arm, als würde er den Nebelschleier teilen, und nimmt wieder die grasbewachsenen Felsen, die massiven Eisenketten und die ferne Bewegung des Wassers wahr.

Das Meer verzeichnet hier starke Strömungen, aber ein toter Körper ist im Wasser überraschend leicht. Hätte sich der Mörder entschieden, das Opfer im Meer zu ertränken, wäre der Leichnam auf der Oberfläche getrieben. Dann hätte die Beseitigung der Spuren zwar zusätzliche Gewichte erfordert, aber die Angelegenheit wäre leicht und simpel gewesen. Weil die Spuren nicht verwischt wurden, muss man davon ausgehen, dass der Tote zur Schau gestellt werden sollte. Oder der Mörder hatte es eilig. Jan fragt sich, ob die Leiche früher gefunden wurde als vom Täter geplant. Theoretisch ist es möglich, dass sie mit dem Boot zur Königspforte gebracht wurde. Jedenfalls ist der Fundort außergewöhnlich. Sogar gewagt. Das Opfer kann noch nicht lange tot sein, höchstens ein paar Stunden. Vielleicht wurde der Ort mit Bedacht gewählt. Möglicherweise möchte der Täter damit etwas sagen. *Eine Leiche schwimmt auf dem Wasser. Du brauchst ordentlich Gewichte, um einen Toten zu versenken, der hartnäckig an die Oberfläche will.* Jan erinnert sich an diese Sätze aus seiner Studienzeit. Damals klangen sie wie direkt aus einem Mafiafilm, jetzt wirken sie ziemlich normal und einleuchtend.

Schweigend schauen sich Heidi und Jan die Umgebung genau an. Zwei blasse Wesen, die begreifen, dass heute alles wieder von vorne beginnt. Sie schätzen Abstände, suchen nach Hinweisen und nach Stellen, von denen aus man zum Fundort sehen kann.

»Wir haben Glück. Schau mal, wer da ist!«, unterbricht Heidi die geistige Arbeit und nickt unmerklich in Richtung eines in der Ferne erkennbaren Mannes. Ari Joki. Der beste Rechtsmediziner, den sie kennen. »Das stille Wasser«, wie er intern in der Mordkommission seit Jahren genannt wird. Das KRP kann von Glück sagen, dass so ein stilles Genie wie Joki sich aus irgendeinem Grund für eine Karriere als Rechtsmediziner und nicht etwa als Spitzenchirurg entschieden hat. Jokis Auftauchen vor Ort sagt jedoch nichts über die Kompetenzen der Ermittler aus, sondern vielmehr etwas über die Kaltblütigkeit des Täters.

»Todeszeitpunkt und Todesursache?«, fragt Jan sofort, als Joki bei der Leiche ankommt. Er achtet darauf, überflüssige Wörter auszusparen, weil er weiß, dass Joki Füllwörter nicht ausstehen kann.

»Wenn man das auf Anhieb ohne Untersuchung wüsste, bräuchte man euch nicht. Ich melde mich, wenn ich es weiß«, antwortet Joki in seinem typischen Stil, sichtlich zufrieden mit der eigenen Schlagfertigkeit, und beugt sich nachdenklich über den Fund.

Unwillkürlich denkt Jan, dass Joki einem Geier ähnelt. Einem Aasgeier, der Todesursachen riechen kann, lautlos und schnell. Darüber hinaus sieht er auch aus wie einer, mit seinem vogelartigen, kahlen Kopf auf einem langen, blassen Hals mit hervortretendem Adamsapfel, der beim Sprechen auf und ab hüpft.

Jan fragt sich, was die Direktion dazu gebracht haben könnte, Joki so schnell einfliegen zu lassen. In bestimmten, besonders anspruchsvollen Fällen kommt Joki vor der offiziellen Obduktion persönlich zum Tatort, aber das ist sehr selten.

»Personalien?«, fragt er nun und hebt die Hand der Leiche an, um unter die Nägel zu schauen.

»Noch nicht bekannt. Die Vermisstenmeldungen werden in diesem Augenblick überprüft.«

»Okay, dann auf den Obduktionstisch mit ihm«, ordnet Joki an und zieht sich routiniert die Handschuhe aus. Jan ist sich schon lange sicher, dass der Mann einen Röntgenblick hat.

Er steigt die Steinstufen hinauf und blickt von dort in das stille Totenreich hinunter. Von oben kann man weit auf das Meer hinaus und bis zu den umliegenden Inseln sehen. Vor der Königspforte liegt ein Pier, an dem regelmäßig die Fähre der *JT-Lines* anlegt, aber das hat Heidi bereits gecheckt. Die letzte Fähre ist dort noch vor Mitternacht in Richtung Marktplatz Helsinki abgefahren, und die erste Fähre an diesem Morgen hat ziemlich bald nach dem Auffinden der Leiche abgelegt, um 07:20 Uhr. Es war kein einziger Passagier an Bord, und jetzt ist das Gebiet bis zum Pier mit Polizeiband abgesperrt. Jan betrachtet die Königspforte. Man erkennt deutlich, dass hier eine ungewöhnliche Operation im Gange ist. Ein Fund, der in all seiner Grausamkeit eine ganze Schar von Menschen um sich versammelt hat. Jan schließt die Augen und sieht dennoch die blauen Lichter. Die lautlos blinkenden Einsatzfahrzeuge erinnern auf schreckliche Weise an die Unvorhersehbarkeit des Lebens und die eigene Sterblichkeit.

In der Schnellwahl sucht Jan Sakis Nummer. Saki ist im Team für die Hintergrundarbeit zuständig, für alles, was mit Nullen und Einsen erledigt werden kann. Er nimmt direkt nach dem ersten Klingeln ab. Der Anruf bei der Notrufzentrale wurde um 06:47 Uhr registriert. Der Bootsverkehr zur Insel, mögliche Pkw und Fährenpassagiere werden bereits unter die Lupe genommen. Auch mit Kameraaufnahmen von der Anlegestelle am Marktplatz kann Saki bald rechnen, denn aufgrund der Nähe zum Präsidentenpalast wird der Hafen flächendeckend überwacht. Es ist unwahrscheinlich, dass der Täter eine öffentliche Fähre benutzt hat, doch der Passagierverkehr der Fähren des Helsinkier Verkehrsverbunds HSL wird trotzdem überprüft. Sakis erste Aufgabe besteht darin, die Videoaufnahmen nach Spuren des Opfers zu durchsuchen. Die letzten vierundzwanzig Stunden des Opfers müssen Minute für Minute auseinandergenommen werden, so genau wie möglich. Sobald sie dessen Identität herausbekommen haben.

Heidi bittet Jan, bei ihr mitzufahren. Zunächst schweigen sie auf dem Weg durch den Versorgungstunnel zum Festland.

»Wir haben uns eine Zeit lang nicht gesehen«, fängt Heidi an. Sie fährt, wie immer, wenn sie zusammen im Einsatz sind. Jan ist noch nie gern Auto gefahren. Er sitzt lieber auf dem Beifahrersitz und denkt nach – oder fährt Fahrrad.

Heidi rast wieder wie verrückt. Sie ist der einzige ihm bekannte Mensch, der sich bei Vollgas hinter dem Steuer umziehen könnte.

»Musikwünsche?«, fragt sie, als das Radio im Tunnel rauscht. Weil Jan nicht antwortet, sucht sie auf Spotify nach seinem Lieblingssong, *Red Eyes* von The War on Drugs.

Jan sagt nichts, lächelt aber über die Songwahl.

»Erzählst du es mir endlich, oder muss ich es dir aus der Nase ziehen?«

Der halbdunkle Tunnel zieht sie beide in seine friedliche Welt hinein. Es gibt niemanden außer ihnen. Jan weiß, dass er Heidis Fragen nicht entkommen kann. Ihr entgeht selten etwas, auch wenn sie gar nicht so eng befreundet sind. Er holt tief Luft und gibt die Antwort, die Heidi erwartet hat.

»Mama wurde ins Terhokoti in die Hospizpflege verlegt«, sagt er leise, mit schwächerer Stimme als beabsichtigt.

»Das tut mir leid«, sagt Heidi und meint es auch so, das weiß er.

»Danke.«

»Sag Bescheid, wenn ich irgendwie helfen kann«, sagt Heidi. »Für etwas so Großes gibt es keine Worte, aber du weißt, dass ich da bin, wenn du reden willst. Oder eine Umarmung brauchst«, fügt sie leicht grinsend hinzu. Beide wissen, dass Jan nicht gerade zu den Umarmungstypen gehört.

Als sie aus dem Tunnel hinausfahren, werden sie vom hellen Morgenlicht geblendet. The War on Drugs sorgt für einen eindrucksvollen Hintergrundsoundtrack. Jan betrachtet die wechselnde Stadtlandschaft und schweigt. Auf der Tehtaankatu kommen sie richtig ins Rollen. Der Geschwindigkeitsmesser am Straßenrand zeigt 75 Stundenkilometer, eine deutliche Geschwindigkeitsüberschreitung.

»Ich frage trotzdem, weil ich nicht anders kann«, sagt Heidi, als sie hinter einer Straßenbahn der Linie 6 bremsen muss. »Was zum Teufel tust du bei der Arbeit? Warum bist du nicht bei ihr? Ihr braucht die gemeinsame Zeit, die ihr bald nicht mehr habt«, sagt sie und zieht mit energischen Lenkbewegungen aus dem toten Winkel heraus an der Straßenbahn vorbei, sobald sich die Möglichkeit bietet.

Für eine Sekunde rechnet Jan damit zu sterben. Heidi richtet ihren Blick mehr auf ihren Gesprächspartner als auf den Weg. Als sie eine Vollbremsung hinlegt, klammert Jan sich ans Armaturenbrett. *Was zum Teufel tust du bei der Arbeit? Warum bist du nicht bei ihr?* Ihre Worte klingen in seinem Kopf nach, aber er gibt keine Antwort, er kann es nicht. Er tut so, als sei nichts passiert. Als gäbe es keine gefährlichen Verkehrssituationen, keinen Tod, keine Verluste. Es ist nur ein ganz normaler Arbeitstag, und die Zeit drängt. Am Steuer sitzt Heidi, die aufs Gaspedal drückt, und auf dem Beifahrersitz Jan, der sich vor nichts fürchtet.

Im Büro setzt sich Jan an seinen Arbeitsplatz und legt die Füße auf den Tisch. Heidi steht hinter ihm und schnappt sich den alten Tennisball von seinem Schreibtisch. Auf Basis der dürftigen Informationen haben sie ein grobes, vorläufiges Personenprofil des Täters angefordert. Was will er mit seiner Tat bezwecken? Steckt ein Visionär dahinter, oder hat er aus niederen Beweggründen gehandelt? Hat er das Gefühl, eine höhere Aufgabe zu erfüllen, oder geht es ihm um Macht? Bei der Profilerstellung bekommen sie Hilfe vom hoch qualifizierten Kaj Johansson, aber er wird noch Zeit brauchen.

»Also gut«, beginnt Heidi und wirft Jan den Ball zu. Jan fängt ihn knapp und stellt seine Füße wieder auf den Boden. Der Sinn des Ballspiels besteht darin, alles laut auszusprechen, was einem in den Sinn kommt. Heidi achtet darauf, dass sie immer einfach drauflosfeuert, darum kommen sie auch meistens auf gute Ideen.

Jan vertraut Heidi, seit sie sich zum ersten Mal gesehen haben. Einen solchen ersten Eindruck bekommt man nicht von jedem. Nach außen gibt Heidi nicht unbedingt viel von sich preis. Sie ist auf natürliche Weise hübsch, aber irgendwie unnahbar und schwer zu lesen. Schnell hatte Jan in ihr die gleichen introvertierten Züge wie an sich selbst erkannt. Ihre Fähigkeit, Menschen zu durchschauen, hat ihn schon in Studienzeiten beeindruckt.

»Wer ist der Ermordete?«, fragt Jan und wirft den Ball zurück zu Heidi.

»Wer gehört zu seinem engsten Kreis?«, fragt Heidi, und Jan hat wieder den Ball.

»Die Königspforte. Hat der Fundort etwas zu bedeuten?«

»Normalerweise stammt der Täter aus dem nahen Umfeld des Opfers«, fügt Heidi hinzu. »Was bedeutet ›nah‹ in diesem Fall? Ehefrau? Freundin?«

»Warum wollte der Mörder die Tat sichtbar machen?«, fragt Jan.

»Sollte das Opfer für etwas bezahlen?«

Heidi ist einen Moment still und starrt ins Nichts. Dann fährt sie fort:

»Bleibt es bei dem einen Fall? Oder wird es noch mehr Opfer geben?«

Die Frage bleibt im Raum stehen. Heidi wirft Jan den Ball zu und wartet. Er fängt ihn und dreht ihn in den Händen hin und her. Es ist ein klassischer alter Tennisball. Vor Jahren hat er ihm ein grinsendes Gesicht aufgemalt, aber es ist schon fast verblichen. Wenn der Ball fliegt, verliert er kaum merklich dünne, neonfarbene Faserstückchen. Jan macht den Mund auf, um etwas zu sagen, schließt ihn jedoch wieder. Die Fragen sind absolut essenziell. Warum wurde das Opfer so zur Schau gestellt, dass man es findet? Wer ist der Mann?

Jan steht auf, legt den Tennisball auf den Schreibtisch, geht zum Whiteboard und schreibt mit einem schwarzen Boardmarker in die Mitte der weißen Fläche: »Männl. Person X, gefunden am 27.06.2019 um 06:45, gest. zw. 5 u. 6 Uhr?« Unter dem Text befestigt er Fotos, die vom Tatort gemacht wurden. Das Gesicht des Opfers. Sie haben ein paar Anhaltspunkte, und doch haben sie nichts.

Heidi setzt sich an den Computer, um grundlegende Informationen über die Königspforte zu suchen, und liest direkt von der Website von Suomenlinna vor:

»›Die Königspforte ist das Wahrzeichen von Suomenlinna. In den Jahren 1753–1754 wurde sie als Eingangspforte der Festung an der Stelle errichtet, an der das Schiff des Königs Adolf Friedrich von Schweden 1752 während seiner Inspektion der

Bauarbeiten an der Festung vor Anker lag.‹ Nichts, was direkt weiterhelfen würde«, sagt sie, nachdem sie für einen Moment still weitergelesen hat. »Meine Intuition sagt mir trotzdem, dass der Fundort kein Zufall ist.« Sie öffnet das Fenster, um »ihr erstarrtes inneres Auge wieder in Bewegung zu bringen«, wie sie das nennt.

Jan betrachtet den Himmel. Draußen ist es sonnig. Wenn die Urlaubssaison erst richtig losgeht, wird es garantiert kälter werden, und alle fahren panisch der Wärme hinterher, nach Griechenland, in die Türkei oder zumindest nach Estland. Auch er selbst, falls er nicht den ganzen Sommer arbeiten wird. Für eine Sekunde schweifen seine Gedanken ab, und ihm fällt wieder ein, wie der Großteil der Menschen in diesem Moment draußen einen normalen Donnerstag verbringt, manche von ihnen bereits im Sommerurlaub, während er und Heidi hier drinnen sitzen und einen brutalen Mord untersuchen. Morde sind für sie Alltag. Sie stochern in einer Welt herum, in der immer Dunkelheit herrscht.

Saki betritt mit einigen Papieren in der Hand das Zimmer.

»Was wir bis jetzt herausgefunden haben: Es gibt eine Augenzeugin, die am frühen Morgen möglicherweise ein Boot vor Suomenlinna gesehen hat, in der Nähe des Inselteils Susisaari. Sie hielt es für ein Fischerboot. Kein Sichtkontakt zum Bootsführer. Wir haben angefangen, die Videoaufnahmen von der Fähranlegestelle am Marktplatz durchzugehen, aber bis jetzt wissen wir noch nicht genau, wonach wir hinsichtlich des Täters oder des Opfers suchen. Vom Opfer bis jetzt noch keine Sichtungen auf dem Material. Unser Ziel ist es jetzt erst mal, Standbilder der Leute auf den Fähren zwischen spätnachts und frühmorgens zu machen.«

Jan nickt. Die eigens für diesen Fall zusammengestellte dreiköpfige Ermittlergruppe unter seiner Leitung blickt neugierig auf das fast leere Whiteboard, das zu füllen jetzt ihre wichtigste

Aufgabe ist. Von oben kam eine deutliche Order: Der Fall hat absoluten Vorrang, und Mertanen will als Leiter der Mordkommission des KRP ständig auf dem Laufenden gehalten werden. Leider wissen sie bis jetzt nur sehr wenig. Es ist wie ein Puzzle, dessen Teile man noch gar nicht kennt. Sicher ist bislang nur der Tod: ein neuer, anonymer Leichnam.

Jenna geht müde ihre gewohnte Joggingstrecke entlang. Obwohl es bewölkt ist, trägt sie eine Sonnenbrille. Sie will niemanden sehen und hat zu nichts Lust. Als sie für eine Zigarette vor der Villa Puotila stehen bleibt, klingelt ihr Handy.

»Was geht, Jenna?«, beginnt Elias das Telefonat.

»Passt schon«, antwortet sie und nimmt einen tiefen Zug.

»Gestern Nacht gut überstanden?«, fragt er und lacht.

»Mhm«, sagt sie und bläst Rauchringe. Ihre Gereiztheit wächst so schnell, wie die Rauchringe sich ausdehnen.

»Hast du was von Lars gehört?«, fragt Elias schließlich und wartet.

»Was gehört?«, fragt Jenna. »Ich will von diesem Wichser nie wieder was hören.« Sie geht weiter. Elias bringt sofort die Erinnerungen an den Abend und die ganze Verschwommenheit zurück. Die Fotos und die Unsicherheit, ob Lars sie weiterverbreitet hat, bevor sie sie von seinem Handy löschen konnte.

»Ich dachte nur, falls bei euch noch was läuft«, sagt Elias. Er fragt nicht, wie es ihr geht oder ob sie okay ist. Warum sollte er auch? Jenna wird klar, dass Elias' Freundschaft eine reine Farce ist.

»Lars kam heute nicht ins Büro, obwohl er bei einer Besprechung dabei sein sollte.«

»Aha«, sagt Jenna und bekommt allein beim Gedanken daran, dass sie am Montag wieder ins Büro muss, Angstzustände.

»Das ist gar nicht seine Art, niemandem Bescheid zu sagen«, murmelt Elias und bricht das Gespräch dann einfach ab.

Jenna bleibt stehen und starrt nachdenklich vor sich hin. Warum hat niemand etwas von Lars gehört? Es könnte ihr nicht egaler sein. Sie atmet tief ein und sucht dann auf dem Handy das Bild, das sie vor Lars' Schlafzimmerfenster von sich selbst gemacht hat. Du dummes, kleines Mädchen, sagt sie zu sich selbst und setzt ihren Spaziergang fort.

Sie denkt über Elias nach. Der liebe Cousin. Im Büro wissen alle Frauen, dass er verlobt ist und bald Vater wird. Trotzdem ist er jedes Wochenende unterwegs. Trotzdem hat er One-Night-Stands mit Frauen, die direkt aus dem Kundenkreis der Firma stammen.

Jenna hat niemandem erzählt, dass Elias ihr Cousin ist. Er hatte sie beschworen, nichts zu sagen, damit nicht herauskäme, dass er bei der Praktikantenauswahl eine Verwandte bevorzugt hatte. Sie ist sich allerdings nicht sicher, ob das der einzige Grund ist. Vielleicht will er ihr auch seine Macht demonstrieren. Immer wieder hat er deutlich gemacht, dass sie sich nicht in seine Angelegenheiten einmischen solle.

Am liebsten würde sie sich selbst ohrfeigen. Was tut sie da eigentlich? Wie konnte sie so idiotisch sein? Lars' fragwürdiges Verschwinden macht sie unruhig. Mit wem hatte er am frühen Morgen gesprochen? Sie erschaudert. Hatte draußen jemand gestanden und zum Fenster hereingeschaut? Hatte diese Person sie gesehen? Gesehen, dass Jenna sie gesehen hatte? Sie strengt ihr Gedächtnis an, aber schafft es nicht, ein deutliches Bild von der Gestalt heraufzubeschwören.

Als sie nach Hause kommt, betrachtet sie sich im verschmierten Flurspiegel. Sie würde sich gern versichern, dass sie perfekt ist, aber sie sieht nur ihre Fehler. Heute ist mal wieder so ein Tag. Der Gipfel der Unsicherheit, ein Tag, an dem sie sich unbedeutend und hässlich fühlt. Niemals würde sie es wagen, jemandem etwas von Lars zu erzählen, von dem ganzen bescheuerten Abend. Was hatte sie sich eigentlich dabei gedacht, mit Lars mitzugehen? Wann ist es zu spät, Nein zu sagen? Was hatte sie eigentlich erwartet? Dass sie sich den ganzen Abend unterhalten und anfreunden würden? Jedenfalls nicht, dass Lars sie im weggetretenen Zustand heimlich fotografieren würde. Aber sie war freiwillig mitgegangen. Warum ist sie nur so neugierig, warum hat sie nicht genug Selbstachtung? Warum findet sie Normalität und Sicherheit so langweilig? Und warum ist Lars nicht zum Meeting im Büro erschienen? Plötzlich verspürt Jenna eine gewisse Erleichterung. Sie stellt fest, dass sie sich über die Vorstellung freut, dass niemand von ihm gehört hat. Dieses Arschloch. Sie befeuchtet den Zeigefinger mit der Zunge und malt mit Spucke ein Lächeln auf ihr Spiegelbild.

Hartola, Donnerstag, 27. Juni

Inkeri hat Saana Kaffee gekocht, sich selbst eine Kanne Tee aufgebrüht und ist jetzt bei der Gartenarbeit. Der Duft von Kaffee und Johannisbeeren schwebt in der Küche, als Saana zum Schrank tapst und wie immer die große Teetasse mit den Rosen wählt, die größte, die es im Haus gibt. Sie reibt sich die Augen. Im rechten ist noch Schlafsand.

Draußen ist es bewölkt. Sie schenkt sich den riesigen Humpen mit Kaffee voll, gibt Hafermilch dazu und macht sich ein leckeres Sandwich mit Avocado, Käse und Tomaten. Dann trägt sie alles auf einem Korbtablett nach draußen.

Sie beißt kräftig in das Sandwich und betrachtet den mit Morgentau überzogenen Garten. Irgendwie fühlt sie sich schuldig. Darf man wirklich einfach faulenzen und den ganzen Sommer so verbringen, wie man will? Sie sprüht bereits vor Enthusiasmus. Endlich einmal beginnt sie etwas nur für sich. Etwas, bei dem sie völlig frei von Erfolgsdruck und strikten Deadlines ist. Die Geschichte des vor langer Zeit im Fluss gefundenen Mädchens wird ihr persönliches Projekt werden.

Sie hat bereits damit angefangen und den Schuppen durchstöbert. Inkeri hatte die Vermutung, dass irgendwo alte Ausgaben der *Hartolan Sanomat* mit Helenas Nachruf sein könnten. Nachdem sie zuerst die Schätze ihrer Tante – ausgestopfte Tiere, Hüte, Lederjacken, kaputte Möbel und schönes, in Vergessenheit geratenes Geschirr – bewundert hatte, fand sie einen Stapel alter Einrichtungszeitschriften, Schnittmuster und Lokalzeitungen. Die Suche hat sich gelohnt.

Saana verschlingt das Avocadosandwich und holt dann die am Vortag gefundene alte, vergilbte Zeitung hervor. Die kleine Todesanzeige steht in der Mitte der Ausgabe.

Zum Gedenken an Helena Toivio
Die in unseren Herzen leben,
verschwinden nicht.
Durch Schatten, Träume,
Jahre leben sie still in uns.

Unsere Helena Toivio wurde am 01.09.1989 tot im Tainionvirta gefunden. Die Redaktion nimmt Anteil an der Trauer der Familie Toivio.

Saana überlegt hin und her, während sie den üppig grünen Garten betrachtet. Je länger sie darüber nachdenkt, desto stärker wird ihr Gefühl, dass das genau der Fall ist, den sie sich erhofft hat. Sie wird wie eine True-Crime-Journalistin oder Krimi-Autorin vorgehen. Sie wird ermitteln und interviewen, bis sich nach und nach ein Gesamtbild von Helena und den Ereignissen rund um deren Tod ergibt. Selbst wenn sie nicht die ganze Wahrheit herausfinden sollte, könnte sie ihre Nachforschungen dokumentieren und am Ende eine Geschichte darüber schreiben. Vielleicht ließe sich auch ein interessanter True-Crime-Podcast daraus machen? Eine finnische Version des Podcasts *Serial* über das mystische Königreich von Hartola! Saana schmunzelt. Sie neigt dazu, zu voreilig zu sein und sich übertrieben hohe Ziele zu setzen, wodurch der Druck anzufangen oft unüberwindbar groß wird. Diese Sache hier muss sie im gemächlichen Tempo von Hartola angehen, und zwar so, dass sie sich keine Sekunde gestresst fühlt.

Das Wichtigste zuerst: Was ist über den Fall offiziell bekannt? Aus Polizeiserien und Krimis hat sie die Vorstellung, dass es über jedes Verbrechen irgendwo eine Art Ermittlungsakte geben muss. Da Helenas Fall bereits so lange zurückliegt, könnten die Unterlagen sogar öffentlich zugänglich sein, wenn man nur wüsste, wo man nachfragen muss. Auch im richtigen Leben fängt man wohl am besten bei der Polizei an.

Eine Stunde später läuft Saana schon durch das Zentrum von Hartola. Nachdem sie eine Zeit lang an der Hauptstraße entlangmarschiert ist, beginnt sie, sich zu wundern. Sie hat die Post, eine Alko-Filiale und das Gesundheitszentrum gesehen, aber keine Polizeistation. Mit dem Handy googelt sie »Hartola Polizei« und kommt sich dumm vor. Hier gibt es gar kein Polizeirevier. Es wurde aufgelöst, und die Dienststelle von Häme regelt nun die Angelegenheiten von Hartola.

Ob man der Polizei E-Mails schreiben kann, fragt sie sich, und ihr fällt auf, dass sie auf die massive Steinkirche zuläuft, die das Zentrum des Ortes beherrscht. Sie setzt sich auf eine Holzbank und sucht bei der Polizei von Häme nach der passenden E-Mail-Adresse. Zumindest könnte sie es versuchen. In einer kurzen Nachricht erklärt sie ihr Interesse an einem alten Fall über ein am 01.09.1989 im Tainionvirta gefundenes Mädchen namens Helena Toivio. Sie drückt auf *Senden* und überlegt, ob bei der Polizei so kurz vor der Urlaubssaison überhaupt jemand Zeit hat, seltsame Anfragen über eine so alte Sache zu beantworten.

Während sie auf der Bank sitzt, betrachtet sie die Steinkirche. Ihr kommt der Gedanke in den Sinn, Helenas Grab zu besuchen. Es wäre schön, die letzte Ruhestätte des Mädchens zu sehen. Gleichzeitig hat sie auch irgendwie ein schlechtes Gewissen. Darf sie sich einfach so den Tod eines Menschen aneignen, die Tragödie zu ihrer eigenen Geschichte machen?

Der Himmel hat sich verdunkelt, es sieht nach baldigem Regen aus. Saana beschließt, trotzdem noch schnell auf den Friedhof zu gehen. Dort liegen auch ihre Mutter und ihre Großeltern. Aber die sieht sie am liebsten in ihren eigenen warmen Erinnerungen, nicht als kalte Steine. Seit fünfzehn Jahren war sie nicht mehr bei den Gräbern, und auch jetzt besucht sie sie nicht.

Ihre Schnürstiefel knirschen auf dem Kiesweg. Vor der Kirche steht ein verblichener Aufsteller: »Gottes Segen sei mit dir! Die Kirche ist geöffnet.«

Der Friedhof liegt leer und verlassen da. Nichts rührt sich. Es kommt ihr vor, als sei sie die einzige Lebende hier. Ob in der Kirche tagsüber etwas los ist, fragt sie sich, als sie am Eingang vorbei in Richtung der Gräber geht. Sie überfliegt die eingravierten Geburtsdaten. Genau wie bei den Todesanzeigen in der Sonntagszeitung sucht sie nach ungewöhnlichen Namen, liest die Sprüche und rechnet das Alter der Verstorbenen aus. Sie muss sich eingestehen, dass sie beim Recherchieren manchmal absichtlich nach tragischen Dingen sucht, und was ist schon tragischer als der Tod eines jungen Menschen? Während sie zwischen den Gräberreihen hindurchläuft, merkt sie, wie sie sich selbst wieder in die Tiefen der Trauer begibt. Sie trauert um Kinder, Alte, Alleinstehende, die ihre Liebsten verloren haben. Helena. Sogar um sich selbst, das Ende ihres eigenen Lebens, obwohl sie völlig lebendig ist. Sie muss endlich mehr aus ihrem Leben machen.

Sie geht noch ein paar Reihen ab und denkt bereits über den Einkauf im Supermarkt nach. Vielleicht liegt Helena gar nicht hier. Aber dann fällt ihr Blick auf einen bekannten Namen.

HELENA ANNIKKI TOIVIO

*15.04.1974 † 01.09.1989

Es gibt größere Mächte als den Tod.

Es ist die Liebe, die Liebe bleibt.

Da ist sie also, denkt Saana und berührt den kalten Grabstein. Wie alt ist sie geworden? Zur Sicherheit rechnet sie noch einmal nach. Helena war bei ihrem Tod erst fünfzehn. Wie waren ihre eigene Weltauffassung und ihr eigenes Leben mit fünfzehn? Ziemlich anders als jetzt mit über dreißig. Trotz aller Krisen hat Saana schon seit einiger Zeit das Gefühl, dass das Leben sich Jahr für Jahr zum Besseren entwickelt.

Sie holt ihr Handy aus der Tasche und macht ein Foto von Helenas Ruheort. Was Helena wohl erzählen würde, wenn sie noch einmal sprechen könnte, überlegt sie, als sie zurück in Richtung Straße läuft. Die Wolken sind genauso dunkel wie zuvor, aber noch regnet es nicht. Mit etwas Glück käme sie noch vor den ersten Tropfen beim Haus ihrer Tante an.

»Guten Tag!«, hört sie eine Männerstimme aus Richtung der Kirche. »Sind Sie fündig geworden?«

Saana bleibt stehen und dreht sich um. In der offenen Tür der Kirche steht ein Mann in Wollpullover und Anzughose. Ein Kollar wölbt sich deutlich sichtbar aus dem Halsausschnitt des bunten Pullovers.

»Ja, bin ich, danke«, antwortet sie und geht aus Höflichkeit ein paar Schritte auf ihn zu.

»Was haben Sie denn gesucht?«, fragt der Geistliche und sieht sie abwartend an.

»Ich habe nur das Ambiente bewundert, die alten Gräber.« Sie hat beschlossen, nicht jedem Einwohner von Hartola, den sie auf der Straße trifft, gleich von ihrem Projekt zu erzählen.

»Ich glaube, ich habe Sie hier noch nie gesehen«, sagt der Mann und tritt aus der Tür.

»Mhm«, antwortet Saana. Aus irgendeinem Grund will sie das Gespräch nicht weiterführen. Sie möchte los zu ihrer Tante, um über ihren Besuch bei Helenas Grab zu schreiben.

»Waren Sie schon drinnen? Die Kirche ist sehr sehenswert!«, fährt der Mann fort.

»Nein, noch nicht«, sagt Saana und überlegt, ob sie dem Pfarrer direkt erzählen soll, dass sie nicht einmal Kirchenmitglied ist.

»Sie sind herzlich zur Besichtigung eingeladen, wann immer es Ihnen gelegen ist«, erwidert er und lächelt. »Bei uns in Hartola ist die Kirche immer offen. Wenn die Menschen hier etwas bedrückt, haben sie immer zumindest eine Adresse, zu der sie gehen können, und eine Person, die ihnen zuhört«, erklärt er und deutet mit dem Daumen auf sich. Und wie er zuhören kann!

»Verstehe«, antwortet Saana, sie möchte endlich fort. In Gegenwart von Pfarrern hat sie sich noch nie wohlgefühlt. Schnell kramt sie ihr Handy aus der Tasche, sieht auf das Display und tut so, als habe sie eine Nachricht bekommen, die sie zum Aufbruch zwingt.

»Na ja, ich muss jetzt los. Ich werde schon erwartet«, sagt sie und wendet sich ab, um zu gehen.

Der Pfarrer hebt zum Abschied die Hand und schreitet langsam zurück in die Kirche. Saana verfällt fast in einen Laufschritt und stellt fest, dass dieser alte Fall sie wachgerüttelt und ihr neues Leben eingehaucht hat. Neugier und Begeisterung vermischen sich mit Wehmut. Wie schnell doch für Helena alles vorbei war. Espenlaub zittert und raschelt sanft im Wind, und die ersten kleinen Tropfen beginnen zu fallen. Ich werde Helena wieder eine Stimme geben, verspricht sie sich selbst und fängt an zu rennen.

HARTOLA

Sommer 1989

Das an der Staatsstraße 4 gelegene Hartola war ein verschlafenes Kirchdorf, in dem das Leben in seinem eigenen gemütlichen Trott verlief. In der Gemeinde gab es ein paar Läden, eine Postfiliale, ein Polizeirevier, einen Bäcker, eine Kesoil-Tankstelle, die Bar Unioni *und die Volkshochschule von Ost-Häme. Der Friedhof nahm jedoch den meisten Raum im Zentrum des Ortes ein. Für die Toten gab es mehr Platz als für die Lebenden. Hartola war eine Königsgemeinde, in der laut Überlieferung im Jahr 1802 ein richtiger König logiert hatte. Das Dorf war wie abgestandene Luft in einer Wohnung, die lange niemand betreten hatte. Ein in der Zeit stehen gebliebener Ort, der verlassen wirkte, in dem man aber, wenn man nur genau hinsah, nach und nach Einzelheiten wahrnehmen konnte. Fahrräder, Erdbeerverkäufer und gutes Roggenbrot. Alte Häuser, Sommerfrischler und Geschichten. Neugierige Blicke, Schweigen. Geheimnisse. Und nach und nach zeichneten sich gegen das Licht verschiedene Farbtöne ab. Finnlands einziges Königreich, voller befremdlicher Selbstsicherheit. Die abgestandene Luft erfüllt von kleinen, im Sonnenlicht glitzernden Staubteilchen. Städtische Angestellte und Entscheidungsträger. Die Villa Koskipää und deren rote Windmühle. Der Fluss Tainionvirta. Der Tod.*

Helena saß in ihrem Zimmer und kraulte Neumann. Neumann war ursprünglich der Jagdhund ihres Vaters gewesen, aber Helena hatte ihn zu ihrem Hund gemacht, und schließlich hatte der Welpe die Erlaubnis erhalten, im Haus zu schlafen. In ihrem Zimmer hatte er seinen eigenen Platz auf dem Boden unter dem Poster der Band Dingo, nach deren Sänger sie ihn benannt hatte. Letzten Endes musste Neumann gar nicht mehr mit in den Wald. Er zog Helenas Aufmerksamkeit vor, und Vater brachte es nicht übers Herz, etwas daran zu ändern.

Die Familie Toivio besaß einen riesigen und eindrucksvollen Erdbeerhof. Dazu gehörte ein rotes Einfamilienhaus, ein alter Stall, der seit einer Renovierung warm und einladend wirkte, eine Baumschule sowie eine große Maschinenhalle, in der sich alle Arbeitsgeräte und Lagerräume befanden. Früher hatten Helenas Großeltern den Erdbeerhof geführt, jetzt taten es ihre Eltern. »Eine Generationenumwandlung« hatte Vater es damals genannt. Niemand hatte gelacht. Sie waren gläubige, lutherische Diener des Herrn. Lachen taten nur andere. Leichtlebige Schwerenöter und Leute, die kein großes Landgut zu führen hatten. Im Sommer raubten einem die Erdbeeren alle Energie. Da hatte man keine Zeit zum Lachen. Trotzdem genossen auch sie das Leben, auf ihre eigene Weise.

Bei Helena zu Hause wurden jeden Tag Erdbeeren gegessen. Im Herbst und Winter aus der Gefriertruhe, im Sommer frisch.

»Hast du nie die Nase voll davon?«, fragte Helenas beste Freundin Johanna einmal.

»Niemals!«, antwortete Helena.

Der Schlager Ich denke an dich, Elaine *ging Helena in jenem Sommer oft durch den Kopf, wenn sie über verlassene Wege und am dunklen Fichtenwäldchen vorbeiging. Er lief auch im Radio, das sie abends allein in ihrem Zimmer hörte. Sie wollte die schicksalhafte Elaine sein. »Wohin mein Weg auch führen mag, sei es dunkle Nacht oder helllichter Tag.« Heimlich, wenn niemand zusah, tanzte sie in ihrem schönen roten Kleid mit den großen weißen Punkten und dem zu tiefen Ausschnitt vor dem Spiegel. Sie war bereits fünfzehn, aber für ihre Eltern würde sie immer die kleine Helena sein. Von mehreren Seiten betrachtete sie sich im Spiegel, sah die langsame Entwicklung ihres Körpers und wie sich ihre Silhouette veränderte. Ihr war klar, dass sie eine Metamorphose durchlief, und sie stieß einen schwermütigen Seufzer aus. Sie wartete darauf, dass bald etwas passierte. Diesen Sommer würde sich alles verändern. Sie würde erwachsen werden.*

Wie jeden Sommer würde sie am Erdbeerstand arbeiten. Diese Aufgabe war ihr bereits bei der Geburt zugewiesen worden.

Morgens verkaufte sie aus einer bescheidenen Marktbude vor dem Supermarkt Erdbeeren der Sorte Polka. Zwischendurch hatte sie auch lange Arbeitstage, je nachdem, wie schnell die Erdbeeren weggingen.

»Der Erdbeerhof Toivio wünscht einen sonnigen Sommer!«, »Beerenstark!«, »Erdbeeren schließen den Magen!« Helena hatte kleine Dekoschilder für den Verkaufsstand gebastelt, für die sie viel Lob bekam. Der allgemeine Favorit war eine dicke, glücklich lachende Erdbeere auf einem Holzbrett, das die Hütte Jahr für Jahr zierte.

»Wenn man beim Einkaufen die lustige Erdbeere sieht, weiß man, dass der Sommer angefangen hat«, pflegte eine zahnlose Oma aus dem Dorf zu sagen. Auch die Kinder mochten die lachende Erdbeere und winkten ihr beim Vorbeigehen im Schlepptau ihrer Eltern zu. Helena konnte schon immer gut zeichnen und malen. »Helena ist ein ordentliches Mädchen«, sagten ihre Eltern und Verwandten. »Helena ist so nett«, meinten die Kinder aus der Umgebung. »Helena ist eine gewissenhafte Schülerin«, fanden ihre Lehrer. »Helena ist anständig und engelsrein«, sagten die Eltern. Aber Helena hatte noch andere Träume, als nur lieb und nett und gut in der Schule zu sein. Sie war eine junge, neugierige Frau, die von Abenteuern träumte.

Als man sie am ersten Septembertag ertrunken in der Stromschnelle fand, verfielen alle in Schweigen. So ein ordentliches und liebes Mädchen. Niemand verstand, wie sie einfach so tot sein konnte. Ihr Erdbeermädchen.

An einem Tag, an dem alles noch gut gewesen war, vor jenen schicksalhaften Ereignissen, die schleichend und unausweichlich auf den falschen Weg führten, lehnte sich Helena auf den Verkaufstresen. Ab und an holte sie unter der Theke neue Erdbeerschalen hervor. Es war bewölkt und heiß, aber die Erdbeeren hatten sich bisher gut verkauft. Fast alle Kunden waren mit vollen Händen wieder gegangen.

Helena beobachtete gern die vorbeigehenden Leute und die parkenden Autos. Sie verbrachte viel lieber Zeit mit Menschen als allein auf dem Feld, weit weg von allen. Die Verkaufshütte hatte ein Fenster, durch das man genau mitbekam, was in Hartola passierte: wer zusammen unterwegs war und wer allein, wer schlechte Laune hatte, wer Witze machte und über wen getratscht wurde. Aus dem Fenster konnte man auch die Jungs beobachten. Aber sie fühlte sich von niemandem in Hartola so angezogen, wie sie sich »Anziehung« vorgestellt hatte. Es musste ein Zustand sein, in dem einem die Luft wegblieb und man nicht anders konnte, als nach Atem zu ringen und den anderen mit den Augen zu verschlingen. Nein, so etwas hatte sie noch nie erfahren. Die Jungs aus Hartola bastelten nur an ihren Mopeds herum und ließen sich bemitleidenswerten Flaum auf der Oberlippe wachsen. Sie lasen keine Bücher, sondern tranken Dosenbier auf dem Marktplatz, spuckten durch die Gegend und erwarteten, dass ihnen die Mädchen zuflogen.

Helena aß die zerquetschten Erdbeeren vom Boden einer Schale und betrachtete neugierig die Menschen, wie sie kamen und gingen. Tief in ihrem Herzen war sie sich die ganze Zeit bewusst, dass sie auf etwas wartete. Darauf, dass genau ihr diesen Sommer etwas Besonderes passieren würde, da sich gerade sowieso alles veränderte. Dicke, dunkle Wolken waren innerhalb der letzten zwei Stunden langsam über dem Supermarkt aufgezogen. In einer Stunde oder zwei würde es ordentlich donnern. Mit etwas Glück würde sie vor dem Regen alles verkauft haben. In einem ihrer Augenwinkel juckte es. Sie rieb sich mit der rechten Hand das Auge und sah, dass eine Wimper an ihrem Zeigefinger hing. Im Moment waren keine Kunden da, und der Parkplatz war fast leer. Vorsichtig legte sie die Wimper auf die Daumenspitze, passte auf, dass der Wind sie nicht davonwehte, schloss die Augen und pustete. Während die Wimper davonflog, wünschte sie sich etwas Großes. Dass bald etwas Spannendes passieren würde, etwas, was die Normalität durchbrach.

Als am selben Sommernachmittag, an dem das Gewitter in der Luft lag, ein fremdes Auto vor dem Erdbeerstand hielt, weiteten sich Helenas Augen voller Neugier.

TEIL II

Helsinki, Donnerstag, 27. Juni

»Aufgepasst«, sagt Joki und macht eine Pause. Sie sind in Pikku-Huopalahti, um der Lösung des Falls einen Schritt näher zu kommen. »Todesursache: Ertrinken. In Lunge und Magen wurde Wasser gefunden. Alles deutet auf Sauerstoffmangel und Atemnot hin. Die Kleidung war fast trocken, weshalb der Kopf des Opfers möglicherweise in ein Wasserbehältnis getaucht wurde. Das wird auch von den blauen Flecken im Nacken gestützt. Der Täter hat Gewalt angewendet, da das Opfer sich gewehrt hat. Eine unangenehme Art zu sterben: Ertrinken, und dann noch dieser Fund an empfindlichster Stelle«, fährt er fort und bedeutet Jan, ihm zu folgen.

Jan seufzt. Es ist so weit. Ab sofort wird es ihm noch leichter fallen, seinen Kopf mit Arbeit zu füllen und Heidis Frage zu vergessen, seine Mutter zu vergessen. Die meiste Zeit döst sie sowieso und ruht sich aus. Was soll er also an ihrem Bett?

Joki hebt das weiße Laken an, das die erstarrte Leiche auf dem Obduktionstisch bedeckt.

»Schau dir das mal an«, sagt er in neutralem Tonfall. Bei ihm gibt es keine verschiedenen Stimmlagen, er ist einfach nur der lakonische Joki.

Jan sieht auf die Stelle, auf die der Gerichtsmediziner mit seinem Stift deutet, und muss den Blick sofort wieder abwenden. Ekelhaft. Joki zeigt direkt in den Schritt der Leiche. Auf den blau angelaufenen Hoden ist ein großer, blutunterlaufener Abdruck, der bereits langsam dunkel wird. Gegen seine Abscheu ankämpfend, schaut Jan noch einmal auf die Stelle und kann dieses Mal eine gewisse Logik in der Narbe erkennen. Er fokussiert seinen Blick noch stärker.

»Ein Brandzeichen. Das ist ein Brandzeichen«, sagt er dann.

»Es hatte nicht viel Zeit, um zu vernarben. Es wurde ins lebendige Fleisch gebrannt, und ich würde sagen, dass er kurz darauf gestorben ist. Der Rigor Mortis hatte beim Auffinden noch nicht eingesetzt, und in Anbetracht der aktuellen Starre können wir annehmen, dass er zwischen fünf und sechs Uhr morgens gestorben ist«, erklärt Joki und sieht Jan direkt in die Augen.

»Also, der Tote wurde circa um sechs Uhr morgens an der Königspforte abgelegt, weniger als eine Stunde, bevor er gefunden wurde«, rechnet Jan vor, »und in der Nähe der Königspforte ertränkt.«

»Wenn du mich fragst, ist das kein gewöhnlicher Fall. Der Täter wollte, dass die Leiche gefunden wird. Er wollte sie zur Schau stellen. Und was diese Geschichte so besonders macht, ist, dass der Tote markiert wurde«, fährt Joki fort, und Jan macht im selben Moment mit dem Handy eine Nahaufnahme vom Brandmal.

»Okay«, murmelt Jan. »Wir haben eine Leiche, und da draußen läuft jemand rum, der eindeutig seine Visitenkarte im Fleisch des Opfers hinterlassen wollte.«

Er wendet sich noch einmal zu den abstoßenden Hoden um, deren blutunterlaufene Haut abgestorben ist. Die Haare um das Mal herum sind stellenweise weggebrannt. Jan beugt sich noch tiefer hinunter. Er hält den Atem an, damit der von der Leiche ausgehende Gestank nicht über Mund und Nase bis in sein Bewusstsein dringt.

»Findest du auch, dass das wie eine Krone oder so was aussieht?«, fragt er und deutet auf das Zeichen.

»So würde ich das auch interpretieren«, bestätigt Joki. »Dem Mann wurde eine Krone in die Haut gebrannt, und dann wurde er ertränkt.«

»Mhm«, murmelt Jan.

»Ich bekomme bald die Ergebnisse, ob es im Blut möglicherweise Rückstände von Drogen gibt. Der Tote ist groß und für sein Alter in einem ganz guten Zustand. Am Körper finden sich keine größeren Spuren von Gewalteinwirkung, daher stellt sich die Frage, wie er überwältigt werden konnte. Ich tippe auf Elektroschocker oder Betäubung. Abgesehen von den blauen Flecken im Nacken gibt es keine sichtbaren Anzeichen eines Kampfes«, erläutert Joki und sieht auf die Uhr. »Jetzt ist es aber Zeit für ein spätes Mittagessen. Heute steht Stroganoff auf dem Plan. Du findest ja selbst hinaus«, fügt er hinzu, macht auf dem Absatz kehrt und öffnet die Tür zum Flur.

Jan schüttelt belustigt den Kopf. Nur Pathologen können sofort wieder ans Essen denken, nachdem sie einen toten Menschen auseinandergenommen haben. Joki ist ein schräger Vogel, aber es sei ihm gegönnt.

»Den Bericht liefere ich nach«, sagt Joki noch auf der Schwelle in seinem sachlichen Stil und sieht Jan nicht einmal mehr an.

Dieser nickt und bleibt allein inmitten der Leichenkühlzellen zurück. An der Decke surrt eine grelle Leuchtstoffröhre, ansonsten ist es still.

Jan betrachtet das Kühlfach, in das Joki gerade die Leiche geschoben hat. Er hat immer noch die schreckliche Narbe vor Augen. Eine eingebrannte Krone. Und als Fundort wurde die Königspforte gewählt. Ein Symbol für Macht? Abstammung? Erbe? Irgendetwas, worüber das Opfer herrschte oder versuchte zu herrschen?

Jan überlässt die kalten Leichen sich selbst und verlässt das Gebäude. Zu diesem Zeitpunkt ist es noch unmöglich zu sagen, warum dieser Mann ausgerechnet mit einer Krone markiert wurde. Aber mit diesem Zeichen haben sie jetzt etwas. Sie haben einen Hinweis, der umfassende Ermittlungen in Gang setzen wird. Eine Spur, die keine Zweifel mehr zulässt. Irgendwo wartet ein Mörder, der mithilfe eines sichtbaren Symbols auf seine Existenz aufmerksam machen wollte. Der Täter hat sauber gearbeitet, ohne Spuren zu hinterlassen, aber das Endergebnis sollten alle zu sehen bekommen. Jan möchte es sich noch nicht eingestehen, aber ein derart sorgfältiges Vorgehen gibt es selten. Im schlimmsten Fall handelt es sich hier erst um den Auftakt. Das erste Brandmal.

Jan lässt seinem Team Zeit und beschließt, zum Terhokoti-Hospiz zu fahren. Die schwarze Plörre aus dem Büro rumort in seinem Bauch, und sein Kopf schmerzt. Außerdem hat er Hunger. Wenn er sich in Arbeit stürzt, verlieren alle Grundbedürfnisse schnell an Bedeutung. Erst wenn die Schicht vorbei ist, kann er sich wieder selbst zur Kenntnis nehmen. Heute hilft nicht einmal die frische Luft gegen seinen festgefahrenen Zustand. Beim Anblick des 24h-Alepa-Supermarktes stellt sich ihm die Frage, ob er zu Hause etwas im Kühlschrank hat. Wann hat er überhaupt zuletzt gegessen? Er war schon immer schlecht darin, Hunger vorherzusehen und Essen auf Vorrat zu kaufen. Vor dem Supermarkt springt er vom Fahrrad. Etwas Kleines muss er sich einfach holen.

Eine Stunde später, nachdem er ein unter Schutzatmosphäre verpacktes, pappiges Dreieckssandwich und zwei Bananen gegessen hat, kommt Jan im Terhokoti an. Ihm fällt ein, wie Heidi ihn einmal gefragt hat, ob er noch nie von der Regel gehört habe, dass man nur eine Banane am Tag essen dürfe. Ernährungsempfehlungen zu befolgen ist auch nicht so sein Ding. Er sieht sich um. Überall ist es sauber und ruhig. So zweigeteilt ist sein Leben derzeit. Zuerst Kaffee, Bürokratie und schreckliche Verbrechen auf der Arbeit. Dann die melancholische Stille im Terhokoti, das Wissen über die Endlichkeit des Lebens. Gespräche über die Kindheit, gemeinsame Momente und die kürzer werdende Zeit – wenige Wochen, Tage womöglich.

Es fällt ihm jedes Mal sehr schwer, seine Mutter im Hospiz zu besuchen. In einem Haus, in dem alle im Sterben liegen. Sobald er Menschen auf dem Flur trifft, setzt er ein künstliches Lächeln auf. Ein alter Mann im Rollstuhl, eine junge Frau, die auf der Terrasse ein Buch liest. Warum sind sie hier? Die Angestellten bringen ungefragt Wasser. Sie schütteln Kissen auf, verabreichen Schmerzmedikamente und lächeln sanft. Obwohl die Patienten die Welt schon fast verlassen haben, kümmert man sich darum, dass zwischen den Knien ein weiches Kissen liegt, dass im Glas frisches Wasser ist und in der Vase Blumen sind. Es gibt nur das Hier und Jetzt. Die Vorhänge werden jeden Tag geöffnet, damit das Licht die letzten Augenblicke begleitet.

Wie es wohl ist, in ein Haus zu ziehen, aus dem man nie wieder ausziehen wird? Jan kann sich nicht vorstellen, wie sich seine Mutter fühlte, als sie aus dem Krankenhaus in das Hospiz verlegt wurde. Hier werden die Tage nach und nach weniger, bis sie irgendwann aufgebraucht sind. Niemand weiß genau, wie alles vor sich gehen und wie lange das Leben noch andauern wird. In der Sterbebegleitung verbringt man normalerweise nur Tage oder Wochen, keine Monate. Jan ergreift die Hand seiner Mutter. Sie scheint immer noch zu schlafen.

Jeden Tag bekommt sie Besuch von unterschiedlichen Leuten. Manche von ihnen begegnen ihrem bevorstehenden Tod, indem sie sich auf Erinnerungen an glückliche Momente konzentrieren. Andere möchten über praktische Angelegenheiten reden. Was will seine Mutter alles noch erledigt haben? Was muss noch organisiert werden? Wieder andere nutzen die zur

Neige gehenden Tage seiner Mutter und die mutmaßlich letzten Treffen dazu, sich über die eigene Trauer auszuweinen. Jan löst für einen Moment den Griff von ihrer Hand und nimmt erst jetzt den Helm vom Kopf. Seine Haare sind vom Radfahren leicht verschwitzt. Er weiß nicht, wessen Leid größer ist – das derjenigen, die gezwungen sind, sich von ihrem Leben zu verabschieden, oder das derer, die inmitten des Lebens zurückbleiben und den großen Verlust betrauern müssen. Das schmerzliche Gefühl, keine Kontrolle zu haben, lähmt ihn fast. Seine Mutter öffnet die Augen und lächelt, als sie ihn sieht. Er lächelt zurück. Das Lachen haben sie noch nicht verloren.

»Gibt es einen Ort, den du noch einmal sehen möchtest?« Er muss sich überwinden, diese Frage zu stellen. In den Augen seiner Mutter leuchtet ein kleiner Hoffnungsschimmer auf. Der Wald. Sie würde gern noch einmal in einen frühsommerlichen, saftig grünen, vor Wachstumsfreude strotzenden Wald gehen.

Als Jan aus dem Hospiz zurückkehrt, liegt ein Ordner auf seinem Schreibtisch, darin Jokis ausführliche Analyse der Obduktionsergebnisse und der darauf basierende Bericht über die Todesursache.

»Meine Abendlektüre«, murmelt Jan Saki zu, während er den dicken Stoß durchblättert.

Joki schreibt, dass im Blut außer Kokain keine Betäubungsmittel gefunden wurden. Da das Opfer darüber hinaus keine größeren Spuren von Gewalteinwirkung oder Kampf aufweist – von den Würgemalen am Nacken abgesehen –, kann davon ausgegangen werden, dass der Täter einen Elektroschocker verwendet hat, um sein Opfer zu überwältigen. Jan überfliegt die Ergebnisse, während er auf das Durchlaufen des bitteren Kaffees wartet, und hält bei den Bildern inne. Mordopfer sehen nie schön aus.

Helsinki, Freitag, 28. Juni

»Identifiziert!«, ruft Saki und hebt die Arme. »Die Leiche von der Königspforte wurde identifiziert! Beim Gebiss gab es ein Match.«

Jan und Heidi erwachen aus ihrer Gedankenschwere und drehen sich sofort zu ihrem Kollegen mit der Brille um. Saki klatscht in die Hände und reckt die geballten Fäuste in die Luft. So macht er das immer. Selbst kleine Arbeitserfolge quittiert er mit Siegesgesten.

»Okay, setzen wir uns noch mal kurz zusammen«, ruft Jan, und bald sitzen sie um einen Tisch.

Jan hat bereits sechs glückliche und arbeitsreiche Jahre bei der Kriminalpolizei hinter sich. Zu Beginn war er jung und hungrig. Jung kann man ihn jetzt nicht mehr nennen, aber hungrig ist er nach wie vor. Obwohl die Arbeit ihm nach und nach den übermäßigen Idealismus genommen hat, brennt er immer noch für das Lösen von Fällen. Trotz der bedrückenden Düsternis arbeitet er jeden Tag aufs Neue hartnäckig für die Aufklärung der Fälle und gegen das Unrecht.

Nicht alle hatten seinen schnellen Aufstieg in einen Vertrauensposten befürwortet, da er jung war und gerade erst seinen Abschluss gemacht hatte, aber die Resultate, die schnell gelösten Fälle und seine Beharrlichkeit hatten mit den Jahren die kritischen Stimmen verstummen lassen. Mittlerweile würde er die Haltung seiner zynischen, älteren Kollegen ihm gegenüber mit dem Wort »wohlwollend« beschreiben. Das heißt natürlich nicht, dass es nicht auch hin und wieder Reibereien gäbe.

Jan blättert die von Saki ausgedruckten Seiten durch und liest dabei die Fakten für alle laut vor.

»Bei dem an der Königspforte gefundenen Toten handelt es sich um Lars Ilmari Sundin. Seine Arbeitskollegen haben bestätigt, dass er am Donnerstag, dem 27. Juni, nicht zum vereinbarten Meeting erschienen ist, und meldeten ihn als vermisst. Das Opfer wurde 1958 in Jyväskylä geboren. Haarfarbe blond, Größe hundertdreiundachtzig Zentimeter. Wohnort Suomenlinna, geschieden, keine Kinder. Keine eingetragenen Delikte oder andere kriminelle Hintergründe, nicht einmal Bußgelder. Besitzt zwei Autos, die über die Firma laufen, und gerade kam die Bestätigung, dass beide in der Firmengarage stehen. Das Unternehmen heißt Fire, eine Werbeagentur, 2004 gegründet und immer noch aktiv. Fünfundvierzig Mitarbeiter. Sundin ist laut dem Handelsregister der Haupteigentümer. Angehörige werden noch ermittelt. Da sieht es aber dürftig aus. Die Eltern sind schon tot, keine Geschwister. War zweimal verheiratet, die Ex-Frauen wurden ausfindig gemacht. Eine wohnt in Turku und die andere in Schweden. Hier ein Bild von Sundin von vor ein paar Jahren.« Er hält ein Schwarz-Weiß-Foto hoch.

»Wenn irgendwie möglich, müssen wir herausfinden, wo er sich mindestens in den letzten zwei Tagen vor seinem Tod aufgehalten hat. Bis jetzt haben wir noch gar nichts, also interessiert uns erst einmal alles. Fangen wir also bei den Ex-Frauen und den Mitarbeitern von Fire an. Zu berücksichtigen ist, dass Lars am frühen Morgen ermordet wurde, nur kurz bevor er gefunden wurde. Er hatte ein paar Schürfwunden, die auf Fesseln hindeuten. Womöglich wurde er eine Weile gefangen gehalten, bevor er getötet wurde, aber alles passierte recht schnell. Die Leiche lag nicht lange dort.«

»Suomenlinna«, sagt Saki. »Er landete also nicht weit von zu Hause. Hier ist die Adresse«, murmelt er dann halb zu sich selbst, halb zu den anderen. Über den Kartendienst hat er bereits das Haus ausfindig gemacht.

»Nur wenige auf Suomenlinna wohnen so großzügig. Glückspilz«, meint Heidi beim Anblick des Hauses.

»Glück spielt für ihn keine Rolle mehr, dies nur zu deiner Information«, gibt Jan zurück. »Nehmen wir uns gleich das Haus vor. Die Leiche hatte kein Handy bei sich. Alle Geräte und Telefone in der Wohnung müssen überprüft werden. Die Spurensicherung muss sofort hinkommen. Vorläufig ist noch unklar, warum Sundin getötet wurde. Wir haben nur den Fundort«, sagt Jan und schaut auf sein Team. Vor ihm stehen die kompetentesten Ermittler Finnlands.

Sie sind es gewohnt, selbst im gröbsten Müll zu wühlen, den ihnen irgendwelche Spinner oder die Direktion hinwerfen. Unter Jans Führung ist bisher noch keine Voruntersuchung eingestellt worden oder ungelöst geblieben. Er wird alles aufklären. Das ist Jans stilles Versprechen. Er wird jeden Fall lösen, was immer es ihm auch abverlangen möge. Für gewöhnlich verlangt einem ein Fall alles ab. Zu viel. Das ganze Leben.

Sein Handy klingelt.

»Was gibt's?«, antwortet er, als er sieht, dass es Juha Mertanen ist.

»Die Presse läuft heiß«, antwortet Mertanen und macht eine Pause.

»Wie immer«, erwidert Jan. »Wenn du eine Stellungnahme brauchst, es ist die gleiche wie jedes Mal: Die Untersuchungen laufen, aber aus ermittlungstechnischen Gründen können wir vorerst keine Einzelheiten über den Fall bekannt geben. Es fehlen noch Zeugenaussagen.«

Mertanen brummt. Jedes Mal gehen sie gleich vor. Sie machen den Mund erst dann auf, wenn sie wirklich etwas zu berichten haben oder sie die Unterstützung der Öffentlichkeit benötigen.

»In diesem Fall halten wir die Identität des Opfers so lange wie möglich geheim, verstehst du?«, sagt Mertanen und räuspert sich. »Ein beschissener Fall, so kurz vor dem Urlaub. Ich hab meinen Sommerurlaub gerade auf Eis gelegt. Wir müssen die Ermittlungen so schnell wie möglich unter Dach und Fach bringen.«

Jan hasst Mertanens Lieblingsphrase »Verstehst du?«. Er wäre nicht einen Tag in dieser Position, wenn er nicht absolut verstehen würde. Wenn er keine schnellen Entscheidungen treffen könnte. Wenn er nicht sowohl im Jurastudium als auch auf der Polizeischule der Beste in seinem Jahrgang gewesen wäre. Bereits an der Uni durchlief er außerhalb der Vorlesungen die harte Schule des Kriminalamts.

Jan signalisiert Mertanen, dass er die Situation in ihrer Gesamtheit nur allzu gut verstehe.

»Ihr müsst bei den Ermittlungen verdammt sorgfältig vorgehen!«, knurrt sein Vorgesetzter und legt auf.

»Hier steht ›Fire – Ideen, die anstecken‹«, sagt Heidi und lenkt Jans Aufmerksamkeit damit auf sich. Während seines Telefonats hat sie mit dem Handy Lars Sundins Firma gegoogelt.

»Heidi, lass uns zusammen zu Sundins Wohnung fahren. Danach besuchen wir Fire. Und du, Saki, finde mögliche Handyverträge, die auf Sundins Namen laufen, und zieh gleich die Anrufhistorie raus. Ich nehme an, dass du mit deinen Skills auch alles andere herausfindest, was es über ihn zu wissen gibt«, fügt er hinzu. »Wenn auf dem Handy noch Daten zu Telefonmasten sind, gib Bescheid.«

»Fire, also Feuer auf die Eier«, kommentiert Heidi lakonisch, und niemand versucht auch nur zu lachen.

Jan spürt die Unruhe der ganzen Gruppe.

Als sie sich ins Auto setzen, knurrt sein Magen. Ihm wird bewusst, dass er in den letzten vierundzwanzig Stunden keine warme Mahlzeit zu sich genommen hat. Die helle Sonne, zu viel Kaffee und das lange Wachbleiben lassen ihn zittrig werden, und vor seinen Augen zucken Blitze. Er setzt die Sonnenbrille auf.

Bald sind sie in Eira. Hier, in der Nähe des Ufers, tragen die Menschen Sommerkleider, T-Shirts und Shorts. Jan selbst trägt Jeans und das ganze Jahr über dieselbe Barbour-Jacke. Ein Kind des Herbstes, hat seine Mutter manchmal gesagt. Zum Teil stimmt das auch. Bei Regen und Dunkelheit fühlt er sich wohler. Vor dem Seefahrerdenkmal mit dem ewigen Feuer sonnen sich die Leute auf dem Rasen.

Jan hat schon lange das Gefühl, in zwei verschiedenen Wirklichkeiten zu leben. Auf der einen Seite sind da die Finsternis, die Unklarheit, der Tod, die Angst. Auf der anderen ein strahlender Sommertag, das normale Leben, das kollektive Warten auf den Urlaub und die Jahr um Jahr teurer werdenden Eiskugeln. Er betrachtet das Leben und den Alltag aus einer ganz anderen Perspektive als die Menschen um ihn herum. Er sieht alles mit den Augen eines Ermittlers und Mörders zugleich. Aus der Dunkelheit heraus nimmt er all das wahr, woran andere nicht einmal zu denken wagen.

Innerhalb von fünfundvierzig Minuten erreichen Heidi und Jan Lars Sundins Wohnung auf Suomenlinna. Auch die Spurensicherung ist schon da und beginnt bereits mit der Untersuchung und Dokumentation. Fotos der Wohnung, mögliche Spuren von Besuchern. Jan geht lautlos durch die Zimmer. Schnuppert.

Die Luft im geräumigen Apartement kommt ihm stickig vor. Es ist eine Weile nicht gelüftet worden. Er sieht sich um. Keine Anzeichen eines Kampfes. Etwas an der ruhigen Atmosphäre der Wohnung sagt ihm, dass das Opfer sein Zuhause ganz normal verlassen hat.

Lars Sundins Handy liegt auf der Spüle. Es wird zur Abnahme von Fingerabdrücken in einen Beutel gesteckt. Jan sieht genau hin. Auf der Küchenbar steht eine einsame Espressotasse. Der Mann ist also so eilig oder zerstreut gegangen, dass er sein Handy vergessen hat. Jan nimmt es in die Hand und bedient es durch den Plastikbeutel hindurch, obwohl er weiß, dass der Inhalt der SIM-Karte ihm sowieso bald zugespielt wird.

»Igitt!«, hört er Heidis Stimme von der Toilette. Er marschiert zur anderen Seite der großen Wohnung.

»Was ist?«

Heidi zeigt auf die Spurensicherer. Eine Ermittlerin im Schutzanzug hat gerade mit der Pinzette ein gebrauchtes Kondom aus dem Mülleimer gefischt und in einen Probenbeutel gesteckt.

»Vielleicht übertreibst du ein bisschen«, sagt Jan und lacht über Heidis Reaktion. Diese zuckt nur mit den Schultern. Sie ist lange nicht mehr mit Samenflüssigkeit in Berührung gekommen.

»Sundin macht einen wohlhabenden Eindruck. Nichts weist in der Wohnung auf Diebstahl hin«, stellt Jan fest und bleibt für einen Moment stehen. »Alles wirkt so … sauber und aufgeräumt.«

»Mhm«, macht Heidi. »Hier wurde vor Kurzem klar Schiff gemacht.«

»Oder jemand klargemacht«, meint Jan. »In der Küche steht nur eine einzige leere Espressotasse. Es gab wohl kein romantisches Frühstück.«

»Also können wir annehmen, dass das Opfer nicht aus der

Wohnung entführt wurde«, sagt Heidi und beginnt, ein paar der *Monocle*-Magazine neben dem Bett durchzusehen, in der Hoffnung, dazwischen etwas zu finden.

»Sehe ich auch so«, sagt Jan und stockt. Sein Instinkt sagt ihm, dass der Mann die Wohnung auf eigenen Beinen verlassen hat. Aber die nächste Frage ist immer noch, wohin und warum. Warum ist er am frühen Morgen gegangen und kam nicht wieder zurück?

Eine Stunde später fahren Jan und Heidi schweigend zum Bürokomplex Mestaritalo. Die Nachricht von Sundins Tod hat die Mitarbeiter von Fire erreicht. Neben den Firmenpartnern warten auch viele der Angestellten auf weitere Informationen der Polizei. Jan und Heidi gehen zu der Industrietreppe, und Heidi überfliegt die Namen der Firmen auf dem Schild. Fire, 4. Etage. Der mächtige Lastenaufzug scheppert irgendwo in einem höheren Stockwerk, also beschließen sie, die Treppe zu nehmen. Eine aufgeregte junge Frau öffnet ihnen die Tür zum Büro und weist sie an, ihr zu folgen.

»Dass Lars tot ist, ist ein Riesenschock für uns alle. Die Teilhaber haben gesagt, wir sollen uns bedeckt halten. Am Montag halten wir eine Schweigeminute für Lars ab, aber die Deadlines machen Druck. Wir können neben Lars nicht auch noch Kunden verlieren, sagen sie«, plappert die Rezeptionistin, während sie vorneweg geht.

Im Großraumbüro hört man Tastaturen klappern und Mäuse klicken. »Du bist unter Freunden«, ertönt im Hintergrund der Slogan eines Radiosenders.

In dem Zimmer, in das die Empfangsdame sie führt und das von allen nur »Brooklyn« genannt wird, wie sie ihnen unaufgefordert mitteilt, hängen schwarz-weiße Fototapeten mit der Brooklyn Bridge und der Silhouette von Manhattan. Ein schlichtes, aus Europaletten und Furnierplatten zusammengebautes

Tischsystem dient als Konferenztisch. Jan sieht sich nach einem passenden Platz um und nimmt schließlich auf einem der Serie-7-Holzstühle Platz, die rund um den Tisch stehen. Heidi setzt sich neben ihn. Sie beginnen mit der Befragung der Firmenteilhaber. Sundins Kollegen sollen Licht in dessen letzte achtundvierzig Stunden bringen.

»Jaakko Lahti«, stellt sich ein untersetzter Mann mittleren Alters vor. Ihm gehören fünf Prozent von Fire. Beim Hereinkommen wirkt Lahti wie ein lauter, arroganter Streithahn, und es vergeht keine Minute, bis sich Jans erster Eindruck bestätigt.

»Wissen Sie, was mit der Firma passiert, wenn der Haupteigentümer tot ist? Ich werd's Ihnen sagen. Es kommen verdammt schwere Zeiten auf uns zu! Lars' Erben wollen mit Sicherheit seinen Anteil verkaufen«, erklärt er und hält dann inne. »Sie können also Ihre Sekretärin da bitten, das aufzuschreiben«, blafft er.

»Sie ist Kriminalkommissarin, genau wie ich«, kontert Jan kühl. »Spekulationen können Sie uns überlassen. Wann haben Sie Sundin zuletzt gesehen?«

Lahti hüstelt. »Lars hat letzten Mittwoch nach dem Zapfenstreich ungefähr zur gleichen Zeit das *Teatteri* verlassen wie ich. Eigentlich war es ja schon Donnerstag. Ich bin nicht mehr mit weitergezogen, weil Lars draußen irgend so ein Ding mit seiner Begleitung hatte. Also habe ich ein Taxi nach Hause genommen. Ich musste ja am nächsten Morgen fit fürs Meeting sein.«

»Hat diese Begleitung einen Namen?«, fragt Heidi und blickt Lahti abwartend an. Der Mann hat ein rotes Gesicht, und Jan nimmt einen Hauch von Whisky wahr. Die Frage amüsiert Lahti sichtlich.

»Wie hieß sie gleich, Jenny oder Jemina«, denkt er laut nach, und Heidi spitzt sichtlich die Ohren. »Und Elias, unser künftiger Partner, war noch dabei.«

»Können Sie den Namen der Frau noch einmal wiederholen? Wir müssen sie heute noch erreichen«, sagt Heidi mit bemüht neutralem Gesichtsausdruck, obwohl Lahtis vorlaute, überhebliche Art ihr ganz und gar nicht gefällt, wie Jan nur zu gut weiß.

»Eine unserer Praktikantinnen. Fragen Sie Elias.«

»Was meinten Sie mit ›irgend so ein Ding‹?«, fragt Heidi noch.

»Lars und Elias stritten sich wegen des Mädchens. Es war in einem ziemlich miserablen Zustand.«

Jan und Heidi tauschen einen Blick und überlassen Lahti wieder seiner Arbeit.

»Vorlaut, aber hinsichtlich der Ermittlungen harmlos«, meint Heidi, nachdem der Mann gegangen ist.

»Denke ich auch«, antwortet Jan, während er schon den Nächsten hereinwinkt.

»Elias Korhonen«, sagt ein blonder, geschniegelter Mann mit Schnauzbart, der in Jans Alter zu sein scheint, und schüttelt ihnen die Hand.

»Wann haben Sie Lars Sundin zuletzt gesehen?«, fragt Heidi und betrachtet Korhonens gepflegtes Äußeres. Sein Outfit ist sorgfältig zusammengestellt, bis hin zu den farbigen Socken und den zu kurzen Hosenbeinen.

»Ich habe ihn zuletzt am Mittwoch im VIP-Bereich des *Teatteri* gesehen. Ich bin ungefähr um halb drei nach Hause gegangen. Lars hat da noch aufs Taxi gewartet«, antwortet Korhonen.

»Wann waren Sie zu Hause?«, fragt Jan, und Korhonen wirkt erstaunt.

»Was ist denn das für eine Frage? Ich war um drei zu Hause bei meiner Freundin, also meiner Verlobten. Wir bekommen ein Kind.«

»Herzlichen Glückwunsch«, sagt Heidi und beobachtet, wie Korhonen verlegen wird.

»Danke.«

Das Alibi werden sie noch überprüfen.

»Okay«, sagt Jan. »Glauben Sie, Sundin hatte Feinde?«

Korhonen lacht laut auf. »Also, Namen kann ich Ihnen keine geben, aber hasst nicht jeder Werbetypen?«, sagt er und streicht sich über den gepflegten Schnurrbart. »Lars war nicht gerade ein einfacher Mensch.«

Jan mustert Korhonen genau. Irgendetwas signalisiert ihm, dass der junge Mann seine Gelassenheit nur spielt. Aber vielleicht ist er auch bloß angespannt, weil Jan Polizist ist und eine Obrigkeit repräsentiert, und nicht, weil er in den Mord verwickelt ist.

»Wissen Sie, wer an jenem Abend Lars Sundins Begleitung war?«, fragt Jan und sieht, wie Korhonen die Brauen hochzieht und einen Moment zögert.

»Jenna Nygren, eine Praktikantin«, antwortet er schließlich. »Sie hat sich krankgemeldet, aber hier ist ihre Nummer.« Jan nickt, schreibt die Nummer von Korhonens Smartphone ab und lässt den Mann gehen. Mit keinem Wort hat dieser einen vermeintlichen Streit erwähnt.

Heidi geht hinaus, um Jenna Nygren anzurufen, und Jan bleibt im leeren Konferenzraum sitzen. Er sitzt so lange in Gedanken versunken da, bis das automatische Licht ausgeht, das anscheinend an einen Bewegungsmelder gekoppelt ist. Er steht auf, um das Licht wieder anzuschalten. Zurück auf seinem Platz, blickt er auf seine Notizen. Langsam nimmt Sundins letzter Abend Gestalt an. Einige der Fakten hat Jan bereits beim *Teatteri* überprüft und von dort eine Bestätigung erhalten. *Laut Türsteher um 01:45 Uhr das Teatteri verlassen, Streit vor dem Restaurant, zwei Männer, eine Frau, um 02:05 Uhr ein Mann und eine Frau ins Taxi gestiegen. Vom Taxi Helsinki Info über Fahrt zum Ursula-Pier bekommen. Per Bootstaxi vom Festland nach Suomenlinna, mit »Begleitung« Jenna Nygren. Bootsführer hat Fahrt mit betrunkenem Paar bestätigt, auf Suomenlinna um ca. 02:50 Uhr an Land gegangen. Mann stützte fast weggetretene, blonde Frau. Private Abrechnungsvereinbarung mit dem Bootstaxiunternehmen, Sundin ist Stammkunde. Gegen drei Uhr morgens Ankunft in der Wohnung, die er irgendwann wieder verließ. Annahme: Jenna Nygren ist vor dem Mörder die letzte Person, die Sundin lebend gesehen hat.*

Heidi steckt das Handy weg und tritt aus der kleinen Toilettenkabine ins Foyer der Werbeagentur. Jenna Nygren hat gerade bestätigt, dass sie zu Hause ist.

»Wir nehmen Sundins Computer und die Liste mit den Kontaktdaten der Angestellten mit«, teilt Heidi der Rezeptionistin mit und signalisiert, dass sie die Namensliste sofort braucht. Die Helsinkier Polizei wird bei den restlichen Vernehmungen behilflich sein. Heidi muss unbedingt mit Jenna Nygren sprechen.

Während sie auf den Fahrstuhl wartet, googelt sie Lars Sundin und findet verschiedene Erwähnungen und Interviews in der Wirtschaftszeitung *Kauppalehti* und dem Marketing-Magazin *Markkinointi & Mainonta*, einige Effie-Awards, Preise für ihn und das Unternehmen bei der Top-Ten-des-Jahres-Gala sowie offensichtlich große Erfolge in Cannes. Der dort gewonnene bronzene Löwe wird sowohl auf der Website von Fire als auch in verschiedenen Artikeln besonders hervorgehoben. Die Suche nach Lars bringt fast nur Treffer zur Firma hervor. Wenn man Google glaubt, lebte er für seine Arbeit. Außerdem findet Heidi viele weitere Lars Sundins in Schweden und Norwegen. Wer hat dich umgebracht und warum?, fragt sie sich und starrt während der Aufzugfahrt auf das schwarz-weiße Profilbild von Lars, auf dem er fröhlich lacht.

Schon zwanzig Minuten später steht Heidi in einem Treppenhaus im Osten von Helsinki und blickt freundlich in das Gesicht einer jungen, verunsicherten Frau in einer engen weißen Bluse und schwarzen Stretch-Jeans. Die Brüste unter der Bluse wirken unnatürlich groß und fest. Sie sieht irgendwie tussig aus. Vielleicht liegt es an der dicken, orangefarbenen Make-up-Schicht, deren Rand sie nicht gut genug verwischt hat. Der Hals ist deutlich blasser als das Gesicht. Heidi fällt es schwer, Frauen zu verstehen, die eigentlich von Natur aus schön sind, aber ihr Äußeres mit allen erdenklichen Mitteln verschlimmbessern.

Jenna bittet Heidi herein.

»Sie haben sich auf der Arbeit krankgemeldet. Geht es Ihnen gut?«, beginnt Heidi, nachdem sie eingetreten ist.

Jenna nickt still, und Heidi begreift sofort, dass das Mädchen nicht krank ist. Schnell bekommt sie die nötigen Informationen von ihr. Die Antworten sind so klar und stimmig, dass Heidi nicht anders kann, als zu glauben, dass Jenna sich vorab ein möglichst neutrales und kühles Verhalten antrainiert hat.

»Und am frühen Morgen sind Sie dann mit Lars Sundin im Taxi zu seiner Wohnung gefahren?«, vergewissert sie sich und liest noch einmal die notierten Antworten von Jenna.

»Ja.«

»Nach zwei Uhr?«

»Ja.«

»In welchem Zustand waren Sie da? Erinnern Sie sich an alles?«

Jenna zuckt verlegen mit den Schultern.

»Gibt es noch etwas, worüber Sie reden wollen, damit es später keine bösen Überraschungen gibt?«, fragt Heidi und sieht Jenna fest in die Augen. Sie verkneift sich die Frage, was eine so junge Frau nachts bei Lars Sundin verloren hatte, warum sie nicht mit Gleichaltrigen unterwegs war. Stattdessen zwingt sie sich zu einem kleinen Lächeln, das signalisieren soll, dass es sich hier um ein »Gespräch unter Frauen« handelt. Sie beobachtet Jenna schweigend und hofft, dass diese endlich ihre

Pflicht begreift, die Stille zu brechen. Aber Jenna sitzt nur still da und blickt abwechselnd auf Heidi und auf die kleine Kochnische ihrer Einzimmerwohnung.

Für den Bruchteil einer Sekunde scheint sie zu zögern. Sie öffnet den Mund, schließt ihn aber gleich wieder. Wie ein Goldfisch.

»Ach, fuck!«, sagt sie endlich und sieht sich unruhig um. Dann flüstert sie: »Das Ganze war irgendwie ein bisschen zu fadenscheinig organisiert. Im *Klippan* waren wir drei Mädchen, ich und zwei andere. Und natürlich Lars, Elias und Jaakko. Irgendwann hatte ich das Gefühl, dass wir nur zum Vergnügen von denen dabei waren. Ich hab schon den Zusammenhang kapiert, hab's aber trotzdem verbockt, weil ich dann doch Spaß hatte. Ich fass es echt nicht, dass ich zu diesem alten Sack mitgegangen bin. Als ich ganz früh zum ersten Mal wach war, hab ich gehört, wie er telefoniert hat und dann gegangen ist«, berichtet Jenna und sieht aus, als würde sie alles aufrichtig bereuen. »Dieser Arsch hat mich fotografiert, als ich komplett benebelt war.«

»Aha«, sagt Heidi und sieht Jenna nun mit anderen Augen.

»Erinnern Sie sich an die Namen der anderen Mädchen?«

Jenna hebt ihre geschminkten Brauen. »Alina und vielleicht Fanni, aber ich weiß nicht, ob das ihre echten Namen sind.«

»Gibt es sonst noch etwas?«, fragt Heidi, und Jenna schließt einen Moment die Augen.

»Als ich so gegen fünf aufs Klo gegangen bin und gehört hab, wie Lars telefoniert hat, hab ich draußen unter dem Fenster vielleicht jemanden gesehen. Sah aus, als ob da jemand gewartet hat.«

»Wo?«, fragt Heidi nach.

»Also, ich hab gesehen, wie sich da unten was bewegt hat. Als ich später in die Küche gegangen bin, war Lars schon weg«, sagt Jenna und verstummt.

»Wie sah die Person ungefähr aus? Mann, Frau? Groß, klein?«, drängt Heidi.

»Kann ich nicht sagen.« Jenna lacht peinlich berührt. »Mir ging's so dreckig, dass ich's echt nicht weiß. Oder warten Sie mal.«

Nach kurzem Scrollen zeigt sie Heidi ein Foto auf ihrem Handy. Es ist das Selfie vor dem Fenster.

»Das hab ich in dem Moment gemacht«, sagt Jenna und lacht erneut, obwohl es sie augenscheinlich aufwühlt.

Heidis Aufmerksamkeit ist allerdings nicht mehr auf Jenna oder deren Gefühle gerichtet. Neugierig versucht sie, das Bild zu vergrößern, um zu sehen, was sich hinter Jennas rechtem Ellbogen befindet. Man sieht einen Baum und dicht daneben etwas Dunkles. Das Bild ist ziemlich unscharf und im Gegenlicht aufgenommen, aber es ist trotzdem ein erster Anhaltspunkt. Neben dem Baumstamm lässt sich eine dunkle Gestalt erahnen.

»Was, wenn der Typ mich gesehen hat?«, fragt Jenna dann. »Was, wenn der denkt, dass ich ihn gesehen hab, und mich jetzt auch umbringen will?«

»Damit ist kaum zu rechnen«, sagt Heidi, obwohl sie sich nicht sicher ist. Vorläufig wissen sie noch nichts über die Person, hinter der sie her sind. »Hier ist meine Nummer. Sie können jederzeit anrufen.« Sie reicht Jenna ihre Visitenkarte. »Und danke«, sagt sie das erste Mal an diesem Tag und meint es auch so.

Hartola, Freitag, 28. Juni

Saana scrollt wieder durch Twitter.

> *Polizeimeldungen @Polizeimeldungen 27.06.2019*
> Mann mittleren Alters tot in Helsinki aufgefunden

Sie überfliegt auch noch andere Überschriften, aber der Todesfall erregt ihre Aufmerksamkeit besonders. Sie öffnet den Tweet. Über einen Link gelangt man zur ausführlicheren Meldung der Polizei zum Thema.

> **Mann mittleren Alters am 27.06.2019 tot in Helsinki aufgefunden**
> Ein Mann mittleren Alters wurde bei der Königspforte auf Suomenlinna tot aufgefunden. Bei der Leiche handelt es sich um einen ca. 60 Jahre alten gebürtigen Finnen. Größe 183 cm, schlank, blonde Haare. Die Polizei sucht nach möglichen Augenzeugen. Hinweise bitte unter der Telefonnummer 0800–900333 oder per E-Mail an hinweise.kripo@poliisi.fi, Betreff »Männerleiche Königspforte«

Saana schließt Twitter und will gerade Instagram öffnen, als auf dem Bildschirm eine Benachrichtigung über eine neue E-Mail aufpoppt.

<raija.oras@poliisi.fi>
Guten Tag,
ich habe Ihre Anfrage an die Kriminalpolizei von Mikkeli weitergeleitet.
Mit freundlichen Grüßen
Raija Oras

Saana liest die Nachricht mehrere Male und überlegt, wie sie weiter vorgehen soll. Was würde ihr Lieblingsdetektiv Harry Hole zum Beispiel tun? Hole tränke Whisky und käme dann im Rausch zu einer Erkenntnis über etwas, was die ganze Zeit direkt vor seiner Nase war. Saana hasst Whisky und ist noch lange nicht so weit, dass sie irgendwelche Theorien entwickeln kann. Bisher ist nichts Ausschlaggebendes direkt vor ihrer Nase aufgetaucht oder in ihrem Unterbewusstsein zum Vorschein gekommen.

Sie hat einmal gelesen, dass der Täter überraschenderweise meistens aus dem direkten Umfeld des Opfers stammt und zum Beispiel der Ehepartner oder ein Familienmitglied ist. Als Motive reichen oft Liebe oder Eifersucht. Das Wichtigste ist, erst einmal so viele Informationen wie möglich über das Opfer und dessen Beziehungen zu sammeln. Erst dann ist es Zeit für Interpretationen.

Laut Tante Inkeri wohnen Helenas Eltern in Hartola und führen immer noch den Gutshof Toivio. Über den SMS-Auskunftsdienst fragt Saana die Daten zu Hilkka Toivio in Hartola ab und erhält schnell die Kontaktdaten von Helenas Mutter. Gerade ist sie dabei, ihren Mut zusammenzunehmen, um anzurufen, als das Handy in ihrer Hand klingelt. Auf dem Display erscheint eine unbekannte Nummer.

»Saana Havas«, meldet sie sich und wartet.

»Kriminalhauptkommissar Salminen von der Kripo Mikkeli, guten Tag«, erhält sie überraschend zur Antwort.

»Guten Tag«, sagt sie leicht stockend.

»Sie hatten sich nach einem alten Todesfall in Hartola aus den Achtzigern erkundigt.«

»Ja, richtig, ich würde gern die Ermittlungsakte einsehen«, antwortet Saana begeistert. Unglaublich, dass jemand von der Kriminalpolizei sie persönlich kontaktiert.

»Tatsächlich haben wir damals in dem Fall ermittelt«, sagt Salminen kurz.

»Könnte ich die Unterlagen mit nach Hause nehmen? Der Fall interessiert mich, weil, na ja, er interessiert mich einfach, und ich würde gern die Akte lesen«, stottert sie. Sie hat keine Ahnung, wie man mit einem Vertreter der Kriminalpolizei redet.

»Es ist so, dass die Daten geheim sind, da der Fall immer noch ungelöst ist.«

»Geheim?«, fragt Saana, um sich zu versichern, dass sie richtig gehört hat. Sie war davon ausgegangen, dass Fälle innerhalb von ein paar Jahrzehnten verjähren und die Daten danach automatisch für jeden zugänglich sind.

Salminen erklärt, dass ein ungelöster Fall die Dinge verkompliziert. Da die Ermittlungen nicht abgeschlossen wurden, sind die Unterlagen vertraulich. Außenstehende erhalten keinen Zugriff, solange die Ermittlungen noch andauern.

»Aber so eine alte Geschichte wird doch sicherlich gar nicht mehr weiter untersucht, oder?«, fragt Saana nach.

»Der Fall ist geheim, auch wenn keine aktiven Ermittlungen mehr laufen. Sie wurden damals eingestellt. Damit der Fall nach all den Jahren neu aufgerollt würde, bräuchte man neue Beweise oder stichhaltige Indizien.«

Saana weiß nicht, was sie sagen soll, und schweigt einen Moment. »Gab es manchmal neue Indizien bei alten Fällen?«

»Zuerst einmal sind die Beweismittel im Laufe der Jahrzehnte höchstwahrscheinlich verschwunden, weshalb neue Hinweise oder Zeugen nur sehr selten auftauchen«, erklärt Salminen. »Aber es kann natürlich vorkommen.«

Saana wartet, dass er fortfährt, doch es kommt nichts mehr.

»Würden nicht zum Beispiel Gerüchte innerhalb der lokalen Bevölkerung ausreichen, um den Fall wieder aufzunehmen?«, fragt sie. »Wenn zum Beispiel die Hälfte der Einwohner von Hartola glaubt, dass jemand das Mädchen getötet hat, interessiert das die Polizei nicht?«

»Die damaligen Gerüchte sind uns bekannt, aber reines Gerede reicht nicht aus, um den Fall zu lösen. Man bräuchte etwas mehr, zumindest Indizien.«

Saana ist verwirrt. Sie dankt dem Kommissar für den Anruf, obwohl ihr noch viele Fragen im Kopf herumschwirren. Helenas Tod wurde selbst in den Unterlagen der Kriminalpolizei offiziell als nicht gelöst vermerkt. Warum wurde die Untersuchung dann damals eingestellt?

Nach dem Telefonat ordnen sich die Einzelheiten in ihrem Kopf langsam neu. Wenn die Ermittlungen eingestellt wurden und der Fall damals weder offiziell als Selbstmord noch als Unglück deklariert wurde, gibt es an Helenas Tod eindeutig Unklarheiten. Das macht die Geschichte nur noch interessanter. Es könnte sich also um einen echten ungelösten Mord handeln.

Helsinki, Samstag, 29. Juni

Heidi öffnet den Mitarbeiterkühlschrank. Nur eine halb volle Kaffeemilch steht darin. Heidi riecht daran. Sie scheint noch in Ordnung zu sein. Während der Kaffee durch die Maschine läuft, sucht Heidi im Abtropfschrank ihre *Simpsons*-Tasse. Manchmal, wenn sie Glück hat, hat die Reinigungskraft sie in der Nacht gespült. So auch jetzt. Sie gießt den alten Filterkaffee in die Tasse, ein Schlückchen Milch dazu und ab zum Schreibtisch.

Jan grüßt Heidi und winkt hinter seinem Bildschirm hervor. Auch Saki ist bereits im Büro. Der neue Fall hat alle fest im Griff. Heidi ist sich nicht sicher, ob Saki in der Nacht überhaupt zu Hause war.

Heidi hat schon immer am besten unter leichtem Druck gearbeitet. Sie ist kompetent, effektiv und macht nie viel Aufhebens um sich selbst. Nie hatte sie das Gefühl, für die Direktion zu arbeiten. Stattdessen sieht sie sich im Dienst der Opfer und deren Angehörigen und möchte ihnen Klarheit und dadurch Frieden verschaffen.

»Gehen wir noch mal den Bericht von Joki durch«, beginnt Jan und wirft den dicken Papierstapel auf den Konferenztisch. Heidi blättert durch den Obduktionsbericht, und Jan referiert gleichzeitig die Hauptpunkte:

»Tod durch Ertrinken. Das Opfer wurde betäubt. Joki hält einen Elektroschocker für möglich. Vom Brandmal bis zum Eintreten des Todes ist seiner Meinung nach höchstens eine Stunde vergangen. Abgesehen vom Brandzeichen hat der Täter keine Informationen über sich hinterlassen. Auch unter Sundins Fingernägeln wurde nichts gefunden. Der Fundort ist sauber, keine Spuren. Da hat jemand ganze Arbeit geleistet.«

»Was noch?«, fragt Saki.

»Wir haben ein unscharfes Foto von einer Person vor dem Haus des Opfers. Jenna Nygren, die das Opfer wahrscheinlich zuletzt lebend gesehen hat, hat ein Selfie gemacht, bei dem man im Hintergrund etwas erkennen kann«, berichtet Heidi.

»Wurden die zwei anderen Mädchen ausfindig gemacht?«, fragt Jan, und Heidi nickt.

»Die Helsinkier Polizei hat sie vernommen, und bei beiden ist der weitere Abend gleich verlaufen: zuerst bis Betriebsschluss im Nachtclub *Skohan* und danach im *McDonald's* im Einkaufszentrum Forum. Für den Aufenthalt der Mädchen haben wir sowohl von der Garderobe im *Skohan* als auch von den Überwachungskameras im Forum Nachweise. Die beiden Neunzehnjährigen wurden von Elias Korhonen eingeladen. Nach den Aussagen zu schließen hatte eine der beiden, Alina Krohn, sich eine Zeit lang inoffiziell mit Korhonen getroffen. Sie hatten sich auf Tinder kennengelernt, und das Mädchen hatte keine Ahnung von Korhonens sonstigem Leben oder den Geschehnissen der späteren Nacht. Fanni war als Freundin von Alina mit dabei.«

»Die Telefondaten wurden überprüft«, sagt Saki und legt nun seine Ergebnisse vor. »Lars hatte nur eine einzige Nummer auf seinen Namen. Weitere Nummern sind nicht bekannt. In seinen Nachrichten haben wir das hier gefunden«, sagt Saki und zeigt ein Bild. »Hier sind Knochen zu sehen, ein Knochenkranz oder eine Knochenkrone.«

Jan nickt zustimmend.

»Von derselben Nummer wurde ein Anruf an Sundin getätigt, der etwas über eine Minute gedauert hat.«

»Gut, ein wichtiger Fund. Wissen wir schon etwas über die Nummer?«, fragt Jan.

»Die Ortungsdaten der Prepaidkarte wurden überprüft, und es gab nur einen Treffer bei einem Sendemast auf Suomenlinna, aber danach wurde die Nummer deaktiviert. Wir haben sie bereits in die Ermittlungen aufgenommen. Sollte der Anrufer die SIM-Karte erneut verwenden, kommen wir ihm auf die Spur.«

»Sind schon Daten über den Kauf der SIM-Karte und Überwachungsvideos vom Kaufort vorhanden?«, fragt Jan erwartungsvoll.

»Die Überwachungsvideos sind in Arbeit. Als Kaufort wurde der R-Kioski am Hauptbahnhof ermittelt.«

»Es ist anzunehmen, dass jemand anders dafür eingesetzt wurde.«

»Wir kennen den Verlauf von Sundins Abend in Grundzügen bis zu dem Punkt, an dem er nach fünf Uhr morgens aus seiner Wohnung verschwand. Die zentrale Frage ist jetzt, wo er ermordet wurde. Die Spurensicherung ist sich sicher, dass er bereits tot zur Königspforte gebracht wurde.«

»Sie ist übrigens ziemlich jung«, durchbricht Heidi die anschließende Stille. »Diese Jenna. Zu jung für sein Alter, wenn du mich fragst«, fügt sie hinzu, obwohl niemand fragt. »Es wird vermutet, dass er viele Feinde hatte. Laut seinen Kollegen sind Werbetypen gleichzeitig verhasst und beliebt, aber vor allem Ersteres«, fährt Heidi fort. »Man kann schwer anderer Meinung sein, vor allem, wenn man an diesen Jaakko Lahti denkt«, setzt sie noch hinzu und erntet einen missbilligenden Blick von Jan.

»Wir haben einen Toten, ein Brandmal und ein Bild von einer Knochenkrone, aber kein Motiv. Was hat jemanden dazu veranlasst, gerade Sundin umzubringen? Und wie viel Vorsprung hat der Täter bereits?«, fragt Jan.

»Dieser Elias Korhonen«, antwortet Heidi nachdenklich. »Er wirkt wie ein ziemlicher Mistkerl. Sein Name ist im Zusammenhang mit Kokainhandel aufgetaucht.«

Sie hatte mit großem Interesse die Berichte der Helsinkier Drogenfahndung gelesen, aber lediglich einen Kommentar über Korhonen gefunden, in dem er als »Kleindealer« eingeschätzt wird. Ein Freizeitkonsument, der viele Menschen kennt, aber nur für einen kleinen Kreis dealt. Nachdem sie die Papiere gelesen hatte, beschäftigte sie nur eine Frage: Wenn Elias Korhonen ein kleiner Fisch war, wer war dann der große? Zuerst hatte man Korhonen mit dem russisch-finnischen Luxushandel in Verbindung gebracht, aber seit Neuestem steht unter seinem Namen nur der Vermerk »weiterer Händler«. Die von dem Verbrecherkartell ins Land gebrachten Mengen sind laut Einschätzungen von internationalem Belang, und der Drogenring ist weiterhin aktiv. Das Kartell wird bereits seit zwei Jahren mithilfe von V-Leuten überwacht, aber nach wie vor fehlen stichhaltige Hinweise und genaue Informationen über die Hierarchie der Gruppe.

Die Jahre in der Mordkommission des KRP haben Heidi vieles gelehrt, vor allem, dass nichts ist, wie es auf den ersten Blick scheint. Warum gehen die Drogenermittlungen nicht voran, obwohl sie schon seit Jahren laufen? Was steckt dahinter, wenn bereits drei der im Bericht genannten Festnahmeversuche gescheitert sind? Ihr ist klar, dass sie sich mit ihrer Vermutung weit aus dem Fenster lehnt, aber die chaotischen Ermittlungen könnten auf einen Maulwurf hinweisen. Entweder ist einer der V-Leute bereits aufgeflogen, oder bei den Ermittlungen wird aufseiten der Polizei gepfuscht. Gerade in der Drogenfahndung scheint alles möglich.

Um nichts in der Welt würde Heidi in der Rauschgiftfahndung arbeiten. In der Theorie wie in der Praxis ist die Welt der harten Substanzen nebulös und unberechenbar. Die Grenzen verschwimmen, und die Arbeit fordert den Ermittlern ganz andere Dinge ab als den Kriminalbeamten bei der Mordkommission. Konsumenten, Händler, Anführer und Laufburschen. Mitunter verwischen die Grenzen sogar so stark, dass niemand mehr weiß, wer gut und wer böse ist.

Heidis Einschätzung nach ist Elias Korhonen der Einzige, der in den kurzen Vernehmungen bei Fire etwas verbergen wollte. In neunundneunzig Prozent der Fälle gelingt es ihr, Lügner zu entlarven. In ihrem Beruf ist das meistens sehr nützlich, im Privatleben nicht unbedingt. Ihre ungewöhnlich scharfe Beobachtungsgabe hat Jan veranlasst, ihr den Beinamen »Scanner« zu geben.

»Ich könnte natürlich noch mal mit diesem Korhonen reden«, meint Heidi, und Jan nickt.

Während sie in den Vernehmungsraum geht, um zu telefonieren, googeln Saki und Jan nach Knochenkronen.

»Hallo?«, meldet sich Korhonen.

»Heidi Nurmi von der Mordkommission.«

Elias ergreift das Wort, bevor sie irgendetwas fragen kann.

»Ich hab mir ein bisschen Sorgen gemacht, weil ich nichts von dem Streit zwischen Lars und mir erzählt habe«, sagt er und wirkt aufrichtig. »Wir haben darüber gestritten, dass Lars mit Jenna noch weiterziehen wollte. Ich wollte es verhindern, aber Jenna wollte nicht auf mich hören.«

Heidi schweigt und fragt sich, was der Anlass für diese Sorge sein könnte.

»Hatte der Streit etwas mit Drogen zu tun?«, fragt sie, und es gelingt ihr, Elias aus dem Konzept zu bringen. »Wir wissen, dass Sie kleine Mengen dealen.«

Elias fasst sich schnell wieder. »Nur zum Freizeitgebrauch,

Jenna hat damit nichts zu tun. Sie ist meine Cousine. Ich bin sozusagen ein bisschen für sie verantwortlich.«

»Nahm Sundin Drogen?«, erkundigt sich Heidi und kann durch die Leitung fast das Rattern in seinem Kopf hören.

»Ja, aber nur im ganz normalen Rahmen. Wenn er allerdings sein ganzes Leben so gelebt hat wie in den letzten Jahren, könnte ich wetten, dass man alle möglichen Leichen in seinem Keller findet.«

Kurz darauf entlässt Heidi ihn aus dem Gespräch. Sie muss jetzt etwas essen, um nachdenken zu können, und fischt ihre Lunchbox aus der Tasche. Sättigender Quinoa-Salat und zwei gekochte Eier. Eine gute, nahrhafte Mahlzeit verschafft ihr die nötige Kontrolle über ihren chaotischen Alltag. Die Dinge passieren so oder so, und sobald sie ein Verbrechen aufklärt, steht kurz darauf schon das nächste in der Warteschlange. Sie leert die Salatbox in Rekordgeschwindigkeit und bereut, keine größere Portion mitgenommen zu haben. Das Lösen eines brutalen, durchdachten Mordes macht hungrig.

Nach dem Essen kehrt sie mit den Gedanken wieder zum Fall zurück. Ihre Intuition sagt ihr, dass die Mitarbeiter von Fire wohl kaum etwas mit Sundins gewaltsamer Ermordung zu tun haben. Sie wird sich die Frage stellen müssen, was hinter den Kulissen dieser Werbemänner vor sich geht. Heidis Vermutung nach hat das Mordmotiv etwas mit einer Art Bestrafung, Rache oder Rechtfertigung zu tun. Je länger sie darüber nachdenkt, desto stärker wird ihr Gefühl, dass der so luxuriös lebende Lars für irgendetwas zur Rechenschaft gezogen werden sollte. Nur wofür? Heidi ist sich sicher, dass der Schlüssel zur Lösung in seiner Vergangenheit liegt. Und wenn das stimmt, muss es hier um etwas Schlimmeres als um Meinungsverschiedenheiten innerhalb der kleinen und geldorientierten Helsinkier Werbewelt gehen.

Hartola, Sonntag, 30. Juni

Saanas Magen schlägt vor Aufregung Purzelbäume. Schon seit zwei Tagen überlegt sie, mit welchen Worten sie ihr Anliegen vorbringen soll. Sie möchte Helena kennenlernen.

Natürlich muss sie zuerst anrufen. Man kann nicht einfach so auftauchen und Eltern nach der Tochter fragen, die sie vor dreißig Jahren auf tragische Weise verloren haben. Schließlich entscheidet sie sich dafür, die geplanten Sätze über Bord zu werfen, und drückt auf *Anrufen.* Jetzt gibt es kein Zurück mehr. Es tutet viele Male, dann endlich meldet sich eine leise Frauenstimme.

»Hilkka Toivio.«

Saana stellt sich vor und erklärt ihr Anliegen. Sie sei an Helenas Schicksal interessiert. Die Frau am anderen Ende ist für einen Moment still, bevor sie zu einer Antwort ansetzt.

»Helenas Tod ist schon so lange her, dass es mir vorkommt, als würden die Erinnerungen immer weiter verblassen. Trotzdem möchte ich die Erinnerungen nicht missen«, erklärt sie und klingt traurig. »Kommen Sie nur vorbei.«

Vierzig Minuten später fährt Saana mit dem Rad auf den Hof der Toivios ein.

Helenas Mutter ist eine herzliche, würdevoll gealterte Frau mit natürlichem Aussehen und Kurzhaarfrisur. Warum nur schneiden sich alle finnischen Frauen über fünfzig die Haare kurz?, überlegt Saana. Wenn sie selbst die sechzig überschreitet, lässt sie sich so lange graue Haare wie nur irgend möglich wachsen.

Schüchtern lächelt sie Helenas Mutter an und betritt den Flur. Sie weiß nicht, was sie sagen soll, und so bedankt sie sich einfach. »Danke, dass ich kommen durfte.«

Frau Toivio bittet Saana, ihr zu folgen.

»Ich habe uns Kaffee gekocht und einen Kuchen aufgetaut«, sagt sie, und Saana hat den Eindruck, dass sie sich wirklich über ihren Besuch freut. »Mit Beeren vom letzten Sommer. Zeit, dass er aufgegessen wird, wo doch schon die nächste Ernte reif wird.« Sie bittet Saana, auf dem Sofa Platz zu nehmen. Auf dem Tischchen davor stehen Kaffeetassen und ein Erdbeer-Rhabarber-Kuchen. Saanas Blick fällt auf das Sahnekännchen, und aus Höflichkeit erwähnt sie besser nicht, dass sie eigentlich lieber Hafermilch verwendet.

Sie überlegt, wo sie anfangen soll. Sie hätte gern ein Gesamtbild von Helenas Charakter, würde gern Geschichten hören, die sie aufgreifen könnte. Möglicherweise könnte sie auch Hinweise darauf finden, ob der Schuldige nicht auch aus dem Familienkreis stammen könnte. Sie versucht es mit Schweigen und hofft, dass Helenas Mutter das Bedürfnis verspüren wird, die Stille zu füllen.

Und das tut sie.

Frau Toivio beginnt mit Helenas Kindheit und den Errungenschaften ihrer Tochter. Ihre Erzählungen über Helenas Schulnoten und Talente sind vielleicht etwas zu ausführlich, aber Saana lässt sie reden und in Erinnerungen schwelgen. Man sieht der Frau an, dass sie stolz auf ihre Tochter ist. Saana nickt, um zu verdeutlichen, dass sie weiter zuhört, während sie sich ein zweites Stück des leckeren Kuchens nimmt. Er erinnert sie an ihre Großmutter.

»Ja, greifen Sie nur zu! Freut mich, dass er schmeckt«, sagt Frau Toivio und fährt direkt damit fort, von den schönen Gedichten zu erzählen, die Helena schrieb.

»Sie hat viel gelesen. Schon von klein auf.«

»Eine Poetin also«, sagt Saana lächelnd. »Haben Sie vielleicht noch ein paar von ihren Gedichten?«

»Jetzt, da Sie fragen, ja, bestimmt. Helena hat immer fleißig an den Kunstkursen in der Volkshochschule teilgenommen und danach auch direkt am Gedichtwettbewerb der Lokalzeitung von Hartola. Bestimmt habe ich auch das Gedicht noch irgendwo. Es wurden alle eingereichten Texte veröffentlicht.«

»Das wäre ja toll, wenn Sie es finden könnten«, sagt Saana und beugt sich vor, um nach ihrer Kaffeetasse zu greifen.

Helenas Mutter läuft zielstrebig zum riesigen Bücherregal und zieht bald darauf ein dickes, dunkles Fotoalbum aus den unteren Schubladen. Während sie durch die Seiten blättert, lächelt sie hin und wieder wie zu sich selbst. Was Fotos nicht alles in Erinnerung rufen. Schließlich hält sie bei einer Seite inne, an die ein Zeitungsausschnitt geklemmt wurde, und legt das Album vor Saana hin.

»Hier ist es. Helenas Gedicht wurde im August 1989 veröffentlicht, nur kurz bevor … Aber sie bekam nie eine Rückmeldung dazu und gewann auch keinen Preis. Ich lobte sie immer sehr, aber sie machte sich nichts daraus. Vielleicht wartete sie darauf, als neues Talent entdeckt zu werden, aber Hartola ist einfach kein Ort für sensible Menschen.«

Saana schmunzelt angesichts Frau Toivios Fähigkeit, die Begrenztheit des Ortes einzuschätzen. Schließlich ist sie durch und durch Hartolanerin. Saana betrachtet den Zeitungsausschnitt. In der Mitte der rechten Seite ist ein verzierter Kasten abgebildet, in dem steht:

Beiträge aus dem Gedichtwettbewerb – geschrieben von Helena Toivio

Der Wald ist so prachtvoll,
dass er unseren Blick weglenkt von dem,
was wir anstelle der Schönheit sehen sollten.
Das Donnern der Stromschnelle überdeckt alles,
was wir eigentlich hören müssten.

»Ist es nicht schön?«, fragt Frau Toivio und lächelt. Saana weiß nicht, was sie sagen soll. Es ist traurig und sogar unheimlich, dass Helena in ihrem letzten Gedicht die Stromschnelle erwähnte, in der sie am Ende tot aufgefunden wurde.

»Das Gedicht erweckt den Anschein, dass Helena etwas wusste, was sie nicht hätte wissen sollen«, sagt Saana, während sie den Text erneut betrachtet. »Haben Sie eine Ahnung, was das gewesen sein könnte?«

Frau Toivio sieht Saana leicht gekränkt an. »Helena war ein ordentliches und aufrichtiges Mädchen. In ihrem Leben gab es nichts zu verbergen, und wenn es etwas gegeben hätte, hätte sie es sicher erzählt.«

Saana nickt und versteht, dass sie zur nächsten Frage übergehen muss.

»Wenn Helena gern schrieb, wissen Sie, ob sie dann auch ein Tagebuch hatte?«, fragt sie, den Blick auf den Zeitungsausschnitt gerichtet.

»Ja, Tagebücher hatte sie. Als es passierte, nahm die Polizei alles mit. Wir bekamen die Bücher nie zurück.«

Saana blickt Frau Toivio erwartungsvoll an.

»Der Verlust des eigenen Kindes ist etwas, was man niemandem wünscht. Die schlimmste Art von Schmerz, die zeitlebens nicht mehr verschwindet. Ich kann es nicht richtig erklären, aber am Ende musste ich eine Entscheidung treffen. Dass ich im Augenblick lebe, mich nicht an die Vergangenheit klammere, sondern dankbar für die Momente bin, die ich mit Helena haben durfte. Wenn ich nicht wenigstens einen kleinen Teil meiner Tochter losgelassen hätte, hätte ich genauso gut selbst sterben können. Man kann nicht leben, wenn man seine Trauer komplett begräbt. Durch Gottes Gnade habe ich endlich eine Art Frieden gefunden.« Saana hört schweigend zu. Sie kann sich nicht vorstellen, wie es ist, die eigene Tochter zu verlieren, nicht einmal, wie es überhaupt wäre, eine Tochter zu haben. Einen solchen Schmerz begreift man wohl erst dann voll und ganz, wenn man eigene Kinder hat.

»Ich sehe mal nach, ob ich noch ein paar von Helenas Sachen finde«, sagt Frau Toivio und schiebt das Album auf Saanas Schoß. Saana legt es auf den Tisch und sieht sich um. Das Zimmer ist sauber und hübsch dekoriert. Für ihren Geschmack viel zu rustikal, aber es passt gut zu einem Bauernhof. Täfelchen mit Engeln, Stickereien, Holzkreuze und auf dem Schrank neben einer Kerze eine dicke Bibel. Auf dem Bücherregal stehen auch eine Menge eingerahmter Fotos. Saana geht zu den Bildern und betrachtet sie aus der Nähe. Ein Hochzeitsfoto von Helenas Eltern und in der letzten Reihe offensichtlich ein Bild von Helenas Konfirmation. Darauf ist ein junges Mädchen zu sehen, das scheu in die Kamera lächelt und eine dunkelrote Rose in der Hand hält. Saana nimmt das Foto in die Hand.

»Unsere hübsche Helena«, hört sie Hilkka Toivios sanfte Stimme hinter sich. Saana nickt und dreht sich um. Helenas Mutter hält einen staubigen Schuhkarton in Händen, auf dem »Schuhe und Taschen Hartola« steht.

»Die hier habe ich gefunden. Hier sind ein paar Fotos.«

Saana nimmt den Karton entgegen. Der Deckel ist noch leicht staubig, aber auf der Staubschicht sind ein paar saubere Stellen zu sehen. Frau Toivio hat den Deckel offensichtlich mit dem Ärmel abgewischt.

»Kann ich die Bilder mit dem Handy abfotografieren?«, fragt Saana hoffnungsvoll.

»Ja, tun Sie das ruhig«, antwortet Helenas Mutter offensichtlich erfreut darüber, dass ihre Trauer und ihr Verlust Saana interessieren, eine unbekannte Frau, noch dazu nach all den Jahren.

Saana setzt sich, um den Inhalt des Kartons zu untersuchen, und macht Bilder von den alten Klassenfotos. Auf mehreren Fotos aus verschiedenen Jahren ist dieselbe Lehrerin zu sehen. Saana überlegt, ob sie möglicherweise noch in der Gegend wohnt.

»Auf welcher Schule war Helena?«, fragt sie, während sie sich ein Bild genauer ansieht.

»In der Oberstufe von Hartola. Helena war eine gute Schülerin. Und sehr beliebt.«

»Und das hier war ihre Lehrerin?«, fragt Saana und überlegt, ob eine Beschreibung von Helena aus Sicht der Lehrerin vielleicht nützlich sein könnte.

»Leena Lehtonen, Lehrerin und Rektorin. Sie ist in Rente, wohnt aber noch hier, in Kaikulanmäki.«

»Danke«, sagt Saana, notiert sich den Namen und steht auf, um zu gehen.

»Meinen Sie, ich könnte noch mit Helenas Vater sprechen?«, fragt sie noch, obwohl es sie etwas nervös macht.

Frau Toivio hält einen Moment inne und sieht Saana direkt in die Augen. »Er ist ein guter Mann, aber alles andere als ein Redner«, erwidert sie schließlich, und Saana versteht. Sie darf nicht zu tief graben oder zu fordernd sein.

»Danke für Ihre Zeit. Sie sind die Erste, die es erfährt, sollte etwas aus der Sache werden.« Sie hofft, dass ihre Dankbarkeit aufrichtig ankommt.

»Gern geschehen. Viel Erfolg dabei. Aber falls Sie etwas erfahren, was die bisherige Geschichte verändert, bin ich mir nicht ganz sicher, ob ich es wissen möchte. Es erscheint mir sinnlos. Helena ruht in Frieden, und über all die Jahre habe ich mir mein eigenes Bild der Ereignisse geschaffen. Helena ist im Himmel. Nichts, was jetzt noch herauskommen sollte, ändert das.«

»Ich weiß nicht, ob ich die Frage stellen sollte, aber ich stelle sie jetzt einfach«, setzt Saana an, während sie im Flur bereits ihre Schuhe anzieht. »Wie, denken Sie, ist es damals passiert?« Dabei hebt sie ihren Blick vom Boden und sieht Frau Toivio zaghaft, aber ermutigend an.

Diese betrachtet für einen Moment ihre Hände.

»Ein Unglück«, antwortet sie dann leise. »Ich habe all die Zeit über geglaubt, dass Helenas Tod ein tragischer Unfall war. Sie werden auf Leute stoßen, die behaupten, Helena habe sich ertränkt. Aber ich glaube, ich kannte meine Tochter gut, und gottlose Selbstzerstörung war in keinster Weise Teil ihrer Persönlichkeit. Es kann nur ein fürchterlicher Unfall gewesen sein.«

Saana nickt schweigend. Dann, aus einer spontanen Eingebung heraus, umarmt sie Helenas Mutter, obwohl sie eigentlich kein Umarmungsmensch ist.

HARTOLA

Sommer 1989

Wenn Helena nicht gerade auf Anweisung der Eltern auf dem Feld arbeitete oder Erdbeeren verkaufte, verbrachte sie viel Zeit in der Bücherei. Sie las von alten Legenden, jung verstorbenen Schriftstellern und Musikern. Sie verschlang Arthur Rimbaud, Liebesgeschichten und traurige Schicksale. Durch Bücher reiste sie in ferne Länder, tauchte ein in die Köpfe verschiedenster Menschen, in deren Gedanken und Gefühle. Innige Liebe, glühende Leidenschaft, abgrundtiefer Hass, Neid, Melancholie, Tod, Scham, Trauer, Freude, Spaß und Spannung. Sie war immer gleichermaßen enttäuscht, wenn sie in die Gegenwart zurückkehrte, sei es in ihr eigenes Zimmer oder auf den harten Alvar-Aalto-Stuhl in der Bibliothek von Hartola. Aber sie hatte einen Plan. Sobald sie achtzehn wäre, würde sie wegziehen, nach Jyväskylä, Helsinki, Amerika – in die Welt.

Im Radio lief Lambada, *als sich Helena im Spiegel betrachtete. Sie sah ein junges Mädchen »im Teenageralter«, wie es in den Büchern immer ausgedrückt wurde. Ihre Hüften waren breiter geworden, ihre Haut fettiger, und auch ihre Regel hatte schon vor zwei Jahren eingesetzt. Aber die auffälligste Veränderung waren ihre Brüste. Zwei zaghafte Knubbel, die fast unmerklich gewach-*

sen waren – und dennoch viel später als bei einigen ihrer Freundinnen.

Sofort nachdem die Brüste sichtbar geworden waren, hatte sich vieles verändert. Helena hatte aufmerksame Blicke bemerkt, sogar, wenn sie mit ihren Eltern sonntags in die Kirche ging. Ihre Mutter hatte ihr noch keinen BH gekauft, und Helena ging gebeugter, um sich vor neugierigen Blicken zu schützen und in Ruhe gelassen zu werden. Dennoch wurde sie gesehen, von den Alten wie von den Jungen.

Im Juli begann die Verkaufssaison. In den ersten Tagen am Erdbeerstand stand Helena hauptsächlich herum und dachte über das bevorstehende Konfirmandenferienlager nach. Wie sie in den Augen der Eltern ihren Glauben vertiefen, sich ihrer eigenen Vorstellung nach aber mehr und mehr freischwimmen würde. Wenn die Gerüchte in der Schule und die Geschichten aus der Jugendzeitschrift Suosikki über die Abenteuer in Konfirmandenlagern stimmten, würde sie sich Hals über Kopf verlieben, sich betrinken, herumalbern, die Nächte durchmachen, rauchen, die Haare toupieren, mehr Kajal benutzen und hysterische Lachanfälle bekommen. Alles, was sie sich bislang nie hatte erträumen, geschweige denn ausprobieren können.

Als erneut das fremde Auto vorfuhr, versuchte Helena, sich nichts anmerken zu lassen. Sie ordnete Erdbeerschalen und beobachtete verstohlen, wie ein Mann ausstieg. Er trug einen eigenartigen, langen Mantel. Als er im Supermarkt verschwand, räumte sie nervös Erdbeerschalen hin und her, um etwas zu tun zu haben. Zu ihren lebhaften Träumen vom Konfirmandenlager konnte sie nicht mehr zurückkehren. Als der Mann urplötzlich direkt vor ihr stand, zuckte sie zusammen.

Sie sahen einander an. Es war, als könne er ihre Gedanken lesen. Er bemerkte die regen Veränderungen in ihr, sah ihre geheimsten Wünsche, schlimmsten Ängste und all die Fragen, auf *die es keine Antworten gab. Er blickte ihr tief in die Augen und sah ihre Sehnsucht und ihre Neugier. Über allem schwebte ein Drang nach dem Verbotenen. »Vertraue keinem Fremden«, »Nimm dich vor denen in Acht, die grundlos lächeln«, »Sprich nur mit Gläubigen des Herrn«, hatte ihre Mutter ihr eingeschärft. Aber an jenem Tag, in jenem flüchtigen Augenblick, spürte dieser unbekannte, gottlose, lächelnde Mann sofort, dass Helena bereit war, alle Regeln zu brechen.*

Helsinki, Sonntag, 30. Juni

Jan und sein Vater sitzen im Restaurant *Lehtovaara*. Einmal im Monat treffen sie sich zum gemeinsamen Mittagessen. Sie hatten den Vormittag bei seiner Mutter verbracht und waren dann gegangen, damit sie sich ausruhen konnte. Jan wollte seinen Vater nicht allein essen lassen. Beide sind sie schlecht darin, sich gut zu ernähren. Er schneidet sein Essen klein und achtet darauf, dass bei jedem Bissen sowohl ein Stück Kartoffel als auch ein Stück Steak auf der Gabel sind. Unterdessen hat sein Vater seinen Teller schon geleert und sieht aus dem Fenster. Nach langem Schweigen beginnt er endlich zu reden.

»Ein Grauschnäpper hat im Schuppen unserer Sommerhütte ein Nest gebaut«, sagt er und blickt an Jan vorbei ins Leere.

»Mhm.« Jan nickt. Er ist dankbar, dass sein Vater die bedrückende Stille gebrochen hat.

»Ich habe mich lange gewundert, woher der Dreck auf dem Boden kam, bis ich das Nest gesehen habe. Mit acht Eiern.«

»Können die denn da raus, wenn sie geschlüpft sind?«, fragt Jan.

»Unter der Dachtraufe ist ein Spalt. Ich wollte den eigentlich mit Draht zumachen, bin aber noch nicht dazu gekommen.«

Jan schweigt.

Sein Vater greift nach seinem Wasserglas und trinkt geräuschvoll.

Jan ruckt auf dem Stuhl hin und her und überlegt, was er sagen soll.

»Jetzt, da das Nest da ist«, sagt sein Vater und ordnet das Besteck auf seinem Teller neu an, »lasse ich es lieber.«

»Ja, denen passiert schon nichts da drin«, antwortet Jan, bevor er sich das letzte Stück Steak in den Mund schiebt.

»Meine ich auch«, sagt Vater. Dann wechselt er abrupt das Thema: »Kannst du nicht endlich einen anderen Beruf wählen?«

Jan kaut still vor sich hin.

»Ich verstehe einfach nicht, warum du dein Leben so verschwendest.«

»Indem ich Menschenleben rette? Und Durchgeknallte für ihre Taten verantwortlich mache?«

»Du setzt jeden Tag deine Sicherheit aufs Spiel, obwohl du ohne Weiteres einen sauberen Bürojob als Jurist haben könntest!«

Jan ist nicht überrascht. Diese Diskussion haben sie bereits oft geführt.

»Da würde ich es keinen Tag aushalten.«

Der Kellner kommt, und sein Vater reicht ihm seine EC-Karte, ohne den Blick von Jan abzuwenden. »Ich finde, du hast es noch nicht richtig versucht. Außerdem wirkst du erschöpft. Schläfst du genug?«

Jan blickt schweigend aus dem Fenster. Er würde das Gespräch gern beenden.

»Gut war's«, sagt Vater, steckt die Karte zurück ins Portemonnaie und stopft dieses in seine Brusttasche.

»Sehr lecker, danke.« Es kostet Jan Überwindung, das zu sagen, so genervt ist er. Sein Vater hat sein ganzes Leben lang versucht, ihn in eine bestimmte Richtung zu lenken. Auch jetzt noch, obwohl er bereits siebenunddreißig, eigenständig und beruflich erfolgreich ist.

Trotz seines Ärgers würde Jan ihn gern fragen, wie es ihm geht, wie die letzten Wochen für ihn waren. Aber er bringt es nicht über die Lippen.

»Ich habe gestern eine Nachtigall gehört«, sagt er stattdessen. »Bei den Wasserfällen in der Altstadt gibt es ein schönes Wäldchen, ein kleines Feuchtgebiet vor den Holzstegen der Insel Lammassaari. Das Wasser hat den Gesang schön weit getragen.«

»Du erinnerst dich vielleicht nicht, aber da war ich manchmal mit dir, als du klein warst«, antwortet sein Vater schmunzelnd.

»Sobald es die Arbeit wieder erlaubt, gehe ich noch mal hin«, sagt Jan und überlegt, ob sein Vater mitkäme, wenn er ihn nur bitten würde. Könnten sie den Ausflug zusammen genießen? Er weiß es nicht. Sein Vater wirkt müde und unter der harten Schale irgendwie zerbrechlich und alt.

»Ja, so viele Sommertage haben wir nicht mehr, an denen die Vögel richtig singen«, antwortet dieser und steht auf.

»Zum Glück sieht Mama den Sommer noch«, sagt Jan leise und schluckt. Die Trauer hat seinen Vater um Jahre altern lassen, denkt er. Im gut beleuchteten Restaurant sieht man es deutlich. Seine Schläfen sind silbergrau, und die Haut ist blass und transparent.

»Stimmt«, erwidert sein Vater und klopft ihm überraschend auf die Schulter. Noch als sie das Restaurant verlassen, spürt Jan, wie von der Stelle eine seltsame Wärme ausgeht. Umarmungen oder Berührungen sind zwischen ihnen nicht üblich.

Schweigend fahren sie vom Stadtteil Töölö nach Kallio. Seine Mutter fungiert als eine Art Vermittlerin zwischen ihnen beiden. Ohne sie wissen sie nicht, wie sie miteinander reden sollen. Jan vermutet, dass sein Vater im Großen und Ganzen stolz auf ihn ist, aber da er nie etwas Derartiges geäußert hat, ist er sich nicht sicher. Sein Augenmerk liegt eher auf den Dingen, die Jan noch verbessern könnte, als auf denen, die er gut gemeistert hat. Bestimmt will er trotzdem nur sein Bestes und hofft, dass Jan sich im Leben nicht mit zu wenig zufriedengibt.

Für seine Berufswahl erhielt Jan nie den Segen seines Vaters, und mittlerweile sehnt er sich auch nicht mehr danach. Schon vor Langem hat die Starrsinnigkeit seines Vaters eine Mauer zwischen ihnen errichtet. Während er den alten Mann beobachtet, der mit ausdrucksloser Miene hinterm Steuer sitzt, fragt er sich, ob die Mauer auch in die andere Richtung wirkt. Vielleicht hat auch er selbst unbemerkt eine Barrikade zwischen sich und der Außenwelt geschaffen.

Stunden später sitzt Jan vor dem Rechner und geht Bilder von Kronen durch, zu denen Saki ihm Links geschickt hat. Vater ist zurück ins Hospiz gefahren.

Jan scrollt durch die verschiedenen Modelle. Keines davon sieht aus wie das auf der Leiche. Er weiß nicht, ob äußere Übereinstimmungen überhaupt wichtig sind – oder nicht vielmehr die Botschaft hinter dem Zeichen. Dennoch suchen sie nach einer Referenz, einem Modell, dessen Stilmerkmale ihnen bei den Ermittlungen weiterhelfen könnten.

Saki hat auch nach Brandeisen gesucht. Die wahrscheinlichste Alternative ist ein in der Viehzucht gebräuchlicher Kolben oder ein selbst gemachtes Eisen. Er hat Jan dazu etwas ausgedruckt: »Brennstempel: In die Formspitze des Kolbens kann ein Text, Bild oder Logo eingraviert werden. Alternativ kann an der Spitze ein austauschbarer gravierter Stempel befestigt werden. Die gängigsten elektrischen Kolben: 200 W, 50 × 25 mm, 300 W, 70 × 35 mm, 400 W, 75 × 50 mm.« Jan misst die Abstände grob mit den Händen. Möglich, dass das Brandzeichen mit einem fünfundsiebzig mal fünfzig Millimeter großen elektrischen Kolben gemacht wurde. Falls der Mord im Freien verübt wurde, ist es jedoch unwahrscheinlich, dass er strombetrieben war.

Er bittet Saki, die Hersteller des entsprechenden Geräts ausfindig zu machen. Kaum jemand markiert sein Vieh mit Kronen, weshalb es möglich sein könnte, eine derartige Bestellung zurückzuverfolgen, falls sie nicht aus dem Ausland getätigt wurde. Natürlich könnte der Mörder oder die Mörderin das Brandeisen auch selbst angefertigt haben. Aber wenn es im Feuer erhitzt worden wäre, hätte man in der Umgebung Kohlereste gefunden.

»Vielleicht hat er einen kleinen tragbaren Gasbrenner benutzt?«, schlägt Saki vor. Eine gute Überlegung, findet Jan. Es wäre ein Leichtes, das Eisen mit einem solchen Gasbrenner zu erhitzen, den Hobbyköche für die Zubereitung von Crème brûlée verwenden.

Schlurfend und mit vom Duschen noch feuchten Haaren kommt Heidi herein. Jan vermutet, dass sie nicht zu Hause geduscht hat. Bei laufenden Ermittlungen ist so etwas wie »zu Hause« ein fremdes Konzept.

Seine Kollegin hat ihre Theorie bereits genannt. Könnte das Motiv Rache sein? Irgendwo muss man ansetzen, wenn man noch nichts hat, und versuchen, Theorien aufzustellen, die sich erst durch Beweise widerlegen lassen. Sie ist davon überzeugt, dass sie einen größeren Zeitabschnitt betrachten und Sundins Vergangenheit mit einbeziehen sollten.

»Wenn der Mörder ihn für seine Taten bestrafen wollte, muss sich sein Hass bereits über längere Zeit angesammelt haben. Seine Methode hat er nicht übereilt gewählt, sondern sorgfältig durchdacht und geplant. Höchstwahrscheinlich ist dem Ganzen sogar jahrelanger Groll vorausgegangen«, wiederholt Heidi nachdrücklich, als sie wieder vor dem fast leeren Whiteboard stehen. Jan nickt leicht, nicht überzeugt, sondern nachdenklich.

»Wir müssen Sundins Leben genauer auseinandernehmen«, bestätigt er.

»Machen wir einen Deal«, schlägt Heidi vor und nimmt gleichzeitig einen Papierstapel vom Tisch. »Saki hat mir Sundins Leben ausgedruckt. Fahr du für eine Weile heim. Du brauchst Ruhe. Aber ich kenne dich, du wirst dich sicher weigern, mit leeren Händen heimzugehen. Lies das hier, und sag Bescheid, wenn dir etwas ins Auge fällt!« Lächelnd nimmt Jan den Stapel entgegen. Heidi würde anscheinend alles tun, um ihm wenigstens etwas Last von den Schultern zu nehmen.

Vermutlich ist er der einzige Ermittlungsleiter, der es aushält, wenn auch mal jemand anders die Befehlsform verwendet. Aber Formfragen sind ihm nicht wichtig, solange alle am gleichen Strang ziehen. Das Gespräch wird durch eine eingehende Nachricht auf Heidis Smartphone unterbrochen.

»Es gab einen Bootsdiebstahl im Hafen Merisatama«, liest sie laut vor. »Ich werde den Besitzer interviewen. Er hat sein Boot genau in der Tatnacht als gestohlen gemeldet.«

»Gut!«, meint Jan. »Der Mörder hat bisher keine Spuren hinterlassen. Die Spurensicherung hat an der Königspforte keine Hinweise auf den Ort des Mordes gefunden, und wir gehen derzeit stark davon aus, dass der Täter Sundin im Boot festgehalten und ihn erst am Ende, möglicherweise schon tot, zur Königspforte gebracht hat.«

Jan sieht unauffällig auf die Uhr. Fast vier. Von den wenigen Stunden Schlaf, dem hohen Arbeitstempo und dem ständigen Stress brummt ihm der Kopf. Er muss zur Abwechslung einfach auf andere Gedanken kommen, um zu überleben.

Mit dem Rad fährt Jan zum Hauptbahnhof und sucht auf der Anzeigetafel nach dem M-Zug, bevor ihm einfällt, dass es diesen gar nicht mehr gibt. Er wurde durch eine neue Ringbahn und zwei andere Linien ersetzt, I und P.

»Bin schon im Zug«, schreibt er an Kaj, nachdem er endlich die richtige Linie gefunden hat, und schließt für einen Moment die Augen.

Als er zwanzig Minuten später an der Tür klingelt, hört er dahinter fröhliches Gequietsche. Kaj und Veera haben zwei kleine Kinder. Verneri ist fünf und Alma zwei. Beide stürzen sich sofort auf ihn. Mit ihnen fühlt sich Nähe spielerisch leicht an. Liebevoll wuschelt er Verneri durch die Haare und hebt Alma hoch.

Obwohl die Kinder mit ihren abendlichen Wutanfällen und ihrem Gequatsche ganz lustig sind, ist Jans liebster Moment der, wenn die Kleinen in ihren Pyjamas zum Gute-Nacht-Sagen kommen und alle fest umarmen. Dann stellt er sich vor, wie sie nebenan zugedeckt werden und begleitet vom Gemurmel der Erwachsenen aus dem Wohnzimmer erschöpft einschlafen. Als er selbst noch klein war, fand er so etwas immer sehr gemütlich.

Als die Kinder im Bett sind, hat er seine Freunde wieder ganz für sich. An Kajs und Veeras Blicken sieht er gleich, dass sie darüber nachdenken, wie sie seine Mutter zur Sprache bringen sollen. Sie drücken ihm ihr Mitgefühl aus, und er nickt. Jetzt, bei seinen Freunden, will er lieber nicht darüber nachdenken. Wie durch stille Übereinkunft verfallen alle in Schweigen. Jan weiß, dass Kaj und Veera für ihn da sein wollen, und hofft, dass ihnen seine Dankbarkeit bewusst ist, auch wenn er sie nicht äußern kann. Es tut gut, eine Weile weg von der Arbeit und der eigenen Wohnung zu sein.

»Wie läuft's mit den Frauen?« Veera wirft Jan einen verschmitzten Blick zu. Sie haben leckeres Pulled Pork zu Abend gegessen und nippen jetzt mit vollen Bäuchen an einem Single-Malt-Whisky, den Kaj geschenkt bekommen hat.

»Gar nicht«, antwortet Jan wie immer und leert sein Glas. »Viel Arbeit und so. Keine Ahnung, wie ich da jemanden treffen soll. Und dann kam auch noch …« Er stockt, und die anderen nicken. Die Krankheit seiner Mutter.

»Als ich Veera kennengelernt habe, hab ich mir immer Zeit freigeräumt, egal, wie viel Stress gerade war«, sagt Kaj lachend und stupst Veera liebevoll mit der Schulter an. »Obwohl es mir mittlerweile ein Rätsel ist, warum ich sie so oft treffen wollte.«

Veera schlägt mit dem Kissen nach ihm.

»Ich bin lieber allein als einfach mit irgendjemandem zusammen«, sagt Jan und begreift im selben Moment, wie wahr das ist. Es ist ihm nie schwergefallen, Frauen kennenzulernen. Meistens fanden sie ihn, aber in letzter Zeit wollte er nicht gefunden werden.

Veera sieht ihn prüfend an, fast, als würde sie abwägen, ob sie etwas sagen soll oder nicht.

»Du brauchst mal was anderes als nur die Arbeit und …« Sie verstummt mitten im Satz und weiß nicht, wie sie seine Mutter im Hospiz ansprechen soll. »Hat Kaj erzählt, dass ich da jemanden aus meinem Freundeskreis für dich hätte?« Sie steht auf, um Getränkenachschub aus der Küche zu holen. »Wir hatten in den letzten Jahren nicht viel Kontakt, aber ich hab irgendwie das Gefühl, dass ihr gut zusammenpassen würdet.«

Jan wirft eine Holzrassel in den Spielzeugkorb und antwortet nicht gleich. Die Rassel erreicht scheppernd ihr Ziel, und zur selben Zeit piepst sein Handy. Er schaut auf sein Smartphone – eine Nachricht von Heidi –, entscheidet sich aber dann dagegen, sie zu lesen. Bei etwas Dringendem würde sie schon anrufen.

»Sorry, ich hab nicht alles mitbekommen. Aber falls du schon wieder versuchst, mich zu verkuppeln – ich glaub nicht, dass ich das gerade packe.«

Veera kommt aus der Küche und reicht den Männern zwei kühle Flaschen Bier.

»Dieses Mal meine ich es wirklich ernst«, sagt sie und setzt sich aufs Sofa. »Deine Situation wird sich nie ändern. Du nimmst jeden deiner Fälle viel zu ernst. Wenn nichts draus wird, gebe ich zu, dass ich falschlag, und lass es endgültig bleiben, abgemacht?« Veera lächelt.

Jan wirft ihr einen gespielt ärgerlichen Blick zu. Endlich einmal ihr Eingeständnis zu hören, dass sie falschlag, klingt verlockend. Gleichzeitig hat er womöglich tief in seinem Innersten auf so etwas gehofft. Dass ihn einfach jemand zwingt zu handeln, wenn er es von selbst nicht hinbekommt. Seit über einem Jahr kann er sich auf nichts anderes als Arbeit konzentrieren. Er opfert sein normales Alltagsleben, um Geisteskranke der ganz dunklen Sorte zu jagen. Eine sehr spezielle und einsame Berufung.

Spätabends, auf dem Heimweg im ruckelnden Zug, liest er Heidis Nachricht. »Das Bootsmodell passt zur Beobachtung des Augenzeugen. Der Täter hat das Boot aus dem Kaivopuisto-Park gestohlen und ist damit nach Suomenlinna gefahren. Keine Kameras beim Anlegeplatz. Hab eine Fahndung nach dem Boot rausgegeben.« Sundins letzte Stunden sind geklärt. Der Täter hat ihn im Boot getötet und anschließend gebrandmarkt. Jan überlegt, was er tun würde, wenn er ein Boot loswerden müsste. Es verbrennen? Bestimmt hat Saki bereits bei der Küstenwache nach entsprechenden Beobachtungen gefragt.

Der Zug ist erst an der Station Pohjois-Haaga. Eine Viertelstunde bleibt ihm noch. Also kramt er die Akte, die Heidi ihm gegeben hat, aus seiner Sporttasche. »Lars Sundins Leben und Werk« steht darauf. Er lacht über Sakis Talent, in jede noch so düstere Stunde einen kleinen Schimmer à la John Irving zu bringen.

Draußen regnet es, aber im Zug ist es warm. Das fast leere Abteil wird von der lautstarken Unterhaltung einer Handvoll spanischer Touristen erfüllt. Ein paar Jugendliche sind voller

Vorfreude auf dem Weg zu den Bars im Zentrum, während er dasitzt und durch das Leben eines toten Mannes blättert.

In Jyväskylä geboren. Gymnasium Jyväskylä, Kunststudium im Ausland, nicht abgeschlossenes Studium an der Schwedischen Handelshochschule in Helsinki. Offensichtlich hat Sundin schon zu der Zeit seine Karriere in der Welt der Werbeagenturen begonnen. Jan blättert weiter durch den Stapel. Nichts, was einem direkt ins Auge stechen würde. Vielleicht sagt auch das etwas aus. Hatte Sundin Geheimnisse, die man nirgendwo schwarz auf weiß findet?

Der Zug hält am Hauptbahnhof, und Jan wirft die Akte zurück in die Sporttasche. Er blickt den Menschen nach, die zielstrebig in verschiedene Richtungen davongehen. Er selbst wird jetzt mit dem Fahrrad nach Hause fahren. Dort erwarten ihn nur die Möbel.

Helsinki, Sonntag, 30. Juni

Heidi isst ein Schokoladensofteis. Neben dem Café *Mutteri* hat sich eine Gruppe Biker in schwarzen Lederjacken versammelt, alle Tische sind besetzt. Es ist ein angenehm warmer Sonntagabend, und die Ermittlungen sind vorangegangen. Endlich haben sie etwas in Erfahrung gebracht: Der Täter hat ein Motorboot von einem der städtischen Liegeplätze gestohlen und ist damit zur Insel Suomenlinna gefahren. Die grausame Tat wurde im Boot begangen, welches nach dem 28. Juni nicht mehr gesichtet wurde. Heidi hat sich mit dessen Eigentümer im *Café Carusel* getroffen und eine genaue Beschreibung des Bootes erhalten.

Anschließend hat sie sich aus einem spontanen Impuls heraus das Eis geholt, um für einen kurzen Moment den Kopf frei zu bekommen und zu überlegen, was sie mit den paar freien Stunden anfangen soll. Es ist kurz vor sieben, als sie sich hinters Steuer setzt. Im Augenblick gibt es nichts zu tun, und seit über vierundzwanzig Stunden hat sie sich nicht ausgeruht. Sie atmet tief ein und stößt die Luft kräftig wieder aus. Der Mord an der Königspforte hat sowohl den gestrigen als auch den heutigen Tag fast vollständig in Anspruch genommen. Schon wieder ein Fall, der in ihren Träumen auftauchen und tagsüber so lange ihre Gedanken dominieren wird, bis er gelöst ist.

Das ist nicht normal, denkt sie, als sie das Auto startet. Immer das Gleiche zu Beginn eines neuen Projekts. Schlaflosigkeit, Gedankenkarussell, Arbeiten auf Hochtouren, seltsame Träume. Im Laufe der Jahre hat sie es mit Osteopathie, Meditation, Yoga, Extremsportarten, Eislochbaden und verschiedenen Ernährungsexperimenten versucht, um zur Ruhe zu kommen. Alles vergebens. Sobald ein neuer Fall beginnt, geht es von vorn los. Mit Motorbremse fährt sie auf die Ampel zu. Jan hat sie nie darum gebeten, sich um ihn zu sorgen. Darum sollte sie eigentlich damit aufhören und sich um sich selbst kümmern.

Gesagt, getan: Zu Hause verschlingt sie einen Teller Reis mit leider fader Hähnchensoße. Früher verschaffte ihr Training, Joggen, Boxen, Savate oder ein Besuch im Fitnessstudio Entspannung. Aber in den letzten Jahren hat nichts davon mehr geholfen.

Auch heute war sie im Fitnessstudio des Kulturzentrums Kaapeli. Dort trainiert sie in einer kompakten, gemischten Gruppe, die schon seit Jahren gemeinsam auf Sandsäcke und Schlagpolster eindrischt. Nach ihnen kommt immer eine Gruppe etwas zarterer Frauen. Der frühere Profiboxer und jetzige Profitrainer Kide, der auch Heidis Gruppe leitet, hat die spät am Abend trainierenden Frauen »Engel« getauft. Angeblich kanalisieren diese Frauen durch das Training ihren ganzen Männerhass. Heidi ist bewusst, dass ihre Kollegen aus der Gruppe finden, sie würde besser zu den Engeln passen, aber sie trainiert lieber mit kräftigen Typen, die kein Blatt vor den Mund nehmen.

Auf WhatsApp schreibt jemand, er sei gerade im *Hercules*. Die Ersten in ihrem Freundeskreis haben schon Sommerurlaub. Heidi betrachtet sich im Spiegel: graue Jogginghose, ausgeblichenes T-Shirt und kein BH. Sie ist unschlüssig. Das ist wahrscheinlich der letzte freie Abend der Woche, und noch dazu ist nicht mehr viel davon übrig. Zu Hause bleiben und dem Körper die Ruhe gönnen, die er wirklich braucht – oder ausgehen, um noch mehr Schlafmangel anzusammeln? Andererseits ist die einzige Methode, um die Gedanken an die Arbeit für einen Moment aus dem Kopf zu verbannen, ihn mit etwas anderem zu füllen. Und sie hat schrecklich große Lust auf Whisky.

Innerhalb von zehn Minuten ist sie draußen. Die Füße laufen fast von allein. Durch die Straßen des ruhigen, frühsommerlichen Helsinki geht sie zum *Hercules*. Während draußen Stille herrscht, ist die Bar von Stimmengewirr erfüllt. Sonntagabends gehen die Profis aus.

Heidi begrüßt ein paar entfernte Bekannte und bestellt sich einen Whisky. Dann schaut sie auf WhatsApp. Die letzte Nachricht ist von 23:01 Uhr. Ihre Freunde sind schon nach Hause gegangen oder weitergezogen. Sie hat keine Lust, ihnen zu folgen, und will lieber nur trinken. Nach dem dritten Whisky entdeckt sie weiter entfernt am Tresen ein bekanntes Gesicht. Die Blonde aus dem Fitnessstudio mit der aufrechten Haltung. Heidi hat sie dort sowohl als Trainerin arbeiten als auch selbst trainieren sehen. Die Frau blickt sich um, sieht Heidi aber nicht. Bestimmt würde sie sie sowieso nicht erkennen. Schließlich haben sie noch nie miteinander gesprochen.

Heidi leert ihr Glas und beobachtet die Frau unauffällig. Bikini-Fitness-Model ist das erste Wort, das ihr einfällt. Sie ist ziemlich aufgebrezelt: lange, platinblonde Haare, künstliche Fingernägel und knappe Klamotten. Mit ihrem Aussehen könnte sie eine Fitnessbloggerin sein. Heidi kann sich nicht erinnern, sie schon einmal woanders als im Kaapeli gesehen zu haben. Es kommt ihr vor, als habe sich die Frau vor geifernden Männern in eine Gay-Bar geflüchtet, um in Ruhe gelassen zu werden.

Eine größere Gruppe kommt an den Tresen und versperrt Heidis Sicht. Sie bestellt noch einen Whisky, nimmt einen großen Schluck und denkt darüber nach, nach Hause zu gehen. In den letzten Tagen war sie ungewöhnlich vernünftig. Ob sie heute mit dem Whisky auch so vernünftig sein könnte?

»Hey«, hört sie eine Stimme von rechts. Die Blonde steht überraschend neben ihr und spricht sie an.

»Selber hey«, antwortet Heidi und sieht nicht einmal zu ihr hin.

»Du boxt im Kaapeli, oder?«, fragt die Blonde, obwohl sie die Antwort offensichtlich kennt.

Heidi brummt zustimmend, hat aber keine Lust, vom Whiskyglas aufzuschauen.

»Du hast einen guten Schlag. Einen hervorragenden sogar«, redet die Frau auch schon weiter, ohne überhaupt auf eine Antwort zu warten. Heidi hebt nun doch den Kopf. »Ich bin Teil einer Frauengruppe, in der wir uns auf verschiedene Kampfsportarten konzentrieren. Wir machen aus zarten Frauen echte Kämpferinnen«, sagt die Frau und sieht Heidi fest in die Augen. »Hast du schon mal darüber nachgedacht, Trainerin zu werden? Deine Bewegungen sind total sicher, und ab und zu könnte ich etwas Unterstützung gebrauchen.«

»Mhm«, macht Heidi und fragt sich, ob die Blonde das genauso sehen würde, wenn sie wüsste, dass sie Polizistin ist.

»Denk drüber nach«, sagt die Frau und lächelt beim Anblick von Heidis widerwilligem Blick. »Jemand wie du könnte den anderen mehr Selbstsicherheit geben.«

Heidi leert ihr Glas und zieht ihre Lederjacke an. Für sie hat der Abend langsam seinen Zenit überschritten. Die Entspannung durch den Whisky ist verpufft, und auf ein Gespräch hat sie überhaupt keine Lust.

Jemand drängt sich erneut zwischen die beiden und bestellt einen Salmiaklikör. Idiot. Als er weg ist, stellt Heidi fest, dass die Blonde mit ihrem Barhocker noch näher an sie herangerückt ist.

»Ich bin nicht aus dem Grund hier, den du vielleicht annimmst«, sagt die Frau, während sie sich stolz auf ihrem Hocker aufrichtet. Für ihr Alter hat sie einen guten Körper. Der Raum dreht sich schon vor Heidis Augen, aber sie strengt ihren benebelten Kopf noch einmal an, um ihr Alter zu schätzen. Aufgrund der Haut um die Augen vielleicht fünfundvierzig, aber ansonsten sieht sie aus wie unter vierzig.

»Dann musst du mir unbedingt verraten, was ich deiner Meinung nach annehme«, sagt Heidi und lacht kurz auf, während sie bereits vom Barhocker steigt. Mit starrem Blick beobachtet sie die Menschen um sie herum, ohne wirklich etwas zu erkennen.

»Du denkst, ich hoffe, in einer Gay-Bar einen lustigen schwulen besten Freund zu finden, falls ich noch keinen habe«, sagt die Frau lachend und leert ihr Weißweinglas in einem Zug. »Laut *Sex and the City* mögen schwule Männer selbstbewusste und feminine Frauen. Ich bin weder Carrie noch Samantha. Trinkst du noch einen mit mir?«, fragt sie und deutet mit dem Kinn auf Heidis leeres Glas.

Heidi überlegt, ob sie noch Energie für irgendetwas oder irgendjemanden hat, und willigt dann ein.

»Warum nicht?«

»Was trinkst du?«, fragt die Blonde und versucht, mit ihrer Kreditkarte die Aufmerksamkeit des Barkeepers zu gewinnen.

»Whisky«, antwortet Heidi und spürt, wie der Alkohol mittlerweile ihre Sinne benebelt und ihren Kopf breiig macht. »Und doppelt bitte«, fügt sie hinzu.

»Zwei doppelte Whisky, ohne Eis, aber mit etwas Wasser.« Mit selbstsicherer Coolness gibt die Frau die Bestellung auf. Der Barkeeper nickt, und sie warten still auf die Getränke. Menschen kommen und gehen, und die Bar füllt sich langsam. Das Stimmengewirr überdeckt die Hintergrundmusik fast komplett. Jemand rempelt Heidi auf dem Weg zur Theke versehentlich an, woraufhin sie sich wieder auf ihren Barhocker setzt. Die Blonde nimmt die Gläser entgegen und lässt eines davon über den Tresen zu Heidi gleiten. Sie sitzen schon so nahe beieinander, dass sich ihre Knie berühren.

»Julia. Ich heiße Julia«, sagt sie und streckt Heidi die Hand entgegen.

»Heidi.«

»Was machst du beruflich, Heidi?«, fragt Julia. Jetzt kommt er also, der verkrampfte Dialog im Gegenzug für den doppelten Whisky, denkt Heidi. Warum ist sie nicht einfach heimgegangen?

»Du zuerst«, sagt Heidi und lächelt bemüht. Sie nimmt einen Schluck Whisky. Er brennt genau richtig auf der Zunge.

»Ich arbeite in der Gastronomie. Und ich leite Selbstverteidigungskurse, wie du ja schon weißt. Ich versuche, die Frauen zu ermutigen und ihnen Selbstvertrauen zu geben«, erzählt Julia. »Aber ich sehe auch die andere Seite, den Ort, an dem manchmal alles anfängt, nämlich die Bar. Ich organisiere Privatveranstaltungen für VIPs.«

»Zwei Welten«, bestätigt Heidi. Während sie an ihrem Glas nippt, stellt sie fest, dass sie ihre Vorurteile hinunterschlucken sollte. Julia scheint nett zu sein.

»Welche ist schlimmer?«

»Auf jeden Fall die VIP-Welt.« Julia kneift nachdenklich die Augen zusammen. »Geld regiert die Welt. Die Leute kapieren nicht, wann es besser ist, sich aus dem Staub zu machen«, meint sie ernst.

»Du setzt dich also für Frauen ein. Bestimmt weißt du, was man im Kaapeli über euch sagt. Dass du deine Boxerinnen zu Schlägerinnen ausbildest.« Heidi grinst, aber Julias Miene bleibt weiter nachdenklich und neutral.

»Ich tu mein Bestes«, sagt sie dann lachend, und Heidi merkt, dass ihr Julias Lachen gefällt. Trotzdem hat sie das Gefühl, dass das kein Scherz war. Julia wirkt, als würde sie alles für diese Frauen tun. Vielleicht sogar ein bisschen zu viel.

»Und du, was machst du?«, fragt Julia und wirkt aufrichtig interessiert. Heidi überlegt, warum Gespräche so oft mit dem Beruf anfangen. Viel lieber würde sie anderen nur auf der menschlichen Ebene begegnen, ohne Vorurteile oder Stereotype.

»Ich bin tatsächlich auch in der Sicherheitsbranche«, sagt sie und lächelt.

»Wirklich? Dann trinken wir darauf!« Sie lassen die dicken Whiskygläser gegeneinanderklirren. An der Bar herrscht großer Andrang. Heidi merkt, dass sie sich beinahe wohlfühlt. Ihr Gehirn arbeitet langsamer, sie ist dabei, die Kontrolle zu verlieren, und das fühlt sich befreiend an.

»Willst du denn wissen, warum ich hier bin?« Julia erhebt ihre Stimme über den Lärm und sieht Heidi direkt in die Augen.

»Nicht wirklich«, gibt Heidi zur Antwort und leert ihr Glas. »Aber du wirst es mir bestimmt trotzdem verraten.« Sie konzentriert sich auf ihren genüsslichen Rausch. Julia schweigt und beugt sich näher zu Heidi herüber. Ihre weiße Seidenbluse ist dünn, und Heidi kann nicht anders, als ihr auf die Brüste zu schauen. Aus dem Ausschnitt blitzt ein heller BH hervor. Heidi zwingt sich, ihren Blick auf den Tresen zu richten, stellt ihr Glas ab und schaut Julia aus Höflichkeit für ein paar Sekunden in die Augen.

»Danke für den Whisky«, sagt sie. Dann erst registriert sie, welchen Blick Julia ihr zuwirft.

Hartola, Dienstag, 2. Juli

Saana sieht zum Himmel. Es ist etwas bewölkt, aber nach Regen sieht es nicht aus. Sie hat beschlossen, zur Stromschnelle zu fahren, um Helenas Fundort unter die Lupe zu nehmen. Zuerst will sie aber das Herrenhaus besichtigen und dann am Fluss entlanggehen, sich die Strömung genauer ansehen und überlegen, an welcher Stelle Helena im Wasser gelandet sein könnte.

»Ich drehe eine Runde«, ruft sie in den Garten und hält Ausschau nach Inkeri.

»Okay«, antwortet ihre Tante und hebt den Blick von einem Beet mit Karottenkeimlingen, das mit Vlies abgedeckt ist. Sie jätet Unkraut und scheint in ihre Arbeit vertieft zu sein.

Saana greift wie gewohnt zum schönen Oma-Fahrrad, das für sein Alter noch in einem guten Zustand ist. Ein bisschen wie Tante Inkeri.

Innerhalb von zehn Minuten erreicht sie den Feldweg, über den man zur Hauptstraße Richtung Dorfzentrum gelangt. Das Fahrrad scheppert auf dem Waldweg, und der alte Sattel knarzt bei jeder Unebenheit. Die Strecke ist eine richtige Wellblechpiste.

Die üppige sommerliche Vegetation am Wegesrand verbreitet ihren Duft. Hier und da wachsen Lupinen und Weidenröschen. Auch ein paar Schwalben sind am Himmel zu sehen. Da sie hoch fliegen, sollte keine Regengefahr bestehen.

So muss ein Sommertag sein, denkt Saana lächelnd, während die Sonne hervorkommt und ihr die nackten Arme wärmt. Obwohl das Fahrrad ratternd auf und ab hüpft, tritt sie noch kräftiger in die Pedale. Bald fährt sie durch das sogenannte Zentrum von Hartola, von dem aus man schon fast die Villa Koskipää sehen kann.

Die rote Holzwindmühle taucht am Straßenrand auf. Saana hält an und nimmt ihr Handy aus dem Fahrradkorb. Warum nicht ein Bild machen, wenn man schon mal als Touristin unterwegs ist? Sie fotografiert die Mühle mit einem Feld im Hintergrund. #sommerlandschaft #hartola #visitfinland #thisfinland. Ihr erstes Instagram-Bild seit Langem.

Saana biegt nach links zur Villa Koskipää ab. Der Garten sieht ordentlich und gepflegt aus. Der Rasen breitet sich ringsum wie ein dichter Teppich aus. Tante Inkeri hat ihr erzählt, dass der Schriftsteller Mika Waltari eine Zeit lang in einem der Kornspeicher schrieb. Saana lehnt das Fahrrad an einen Schuppen und erkundet das Grundstück.

Plötzlich biegen ein ungefähr vierzigjähriger Mann und ein Paar um die Ecke. Der Mann geht voraus, deutet auf das Herrenhaus, die Rosen, die hohen Fichten und redet dabei ununterbrochen. Das Paar im Rentenalter hört zu und nickt. Offensichtlich handelt es sich um eine geführte Tour.

»Und hier ist das Haus, in dem noch bis letztes Jahr der Hausmeister mit seinem Sohn wohnte. Vor allem ihnen ist es zu verdanken, dass das Anwesen nach wie vor so gut erhalten ist«, erzählt er und zeigt auf eines der Gebäude. »Das Leben hier hat sich verändert, seit August von Reichmann aus der alten Villa auszog und zurück nach Deutschland ging«, fährt er fort und deutet auf das schöne gelbe Haus, das als Attraktion perfekt in das Profil der Königsgemeinde passt, weil es das Luxusleben der Adligen repräsentiert. »Der Hausmeister verbringt seine alten Tage in einer betreuten Wohngemeinschaft, aber sein Sohn arbeitet hier immer noch zum Spaß als Tourguide.«

Der ältere Mann bleibt stehen und starrt den Fremdenführer für eine Weile wortlos an, bevor er begreift.

»Das sind also Sie«, sagt er, sichtlich zufrieden mit seinem Erkenntnisvermögen. »Der Sohn des Hausmeisters.«

»Höchstpersönlich!«, antwortet der Guide lächelnd. »Dieses Gebäude dort war lange unser Zuhause. Wir gehen also gerade durch den Garten meines Elternhauses.«

»Wie lebte man hier?«, fragt die Frau und beugt sich vor, um an den schönen Johannisrosen zu riechen.

»Ganz normal. Nur in etwas besseren Verhältnissen als gewöhnlich. Von Reichmann verbrachte hier nur die Sommermonate. Wie Sie wissen, ist der finnische Sommer tendenziell recht kurz. Von Reichmann hatte von der nordischen Tradition gehört, zum Sommerabschluss einen venezianischen Abend zu veranstalten. Und so wurde von den Siebzigern bis Ende der Achtzigerjahre immer am letzten Augusttag ein Maskenfest ausgerichtet. Ein venezianischer Abend ist nicht nur ein Fest des zu Ende gehenden Sommers, sondern auch ein Fest des Wassers, des Feuers und des Lichts. Das Anwesen zeigte sich an jenen Abenden von seiner schönsten Seite«, berichtet der Guide und bedeutet dem Paar weiterzugehen. »Das Maskenfest wurde in von Reichmanns eigenem Haus abgehalten. Dem gelben dort. Damals war das alte Herrenhaus des Ost-Häme-Museums für die Öffentlichkeit noch nicht zugänglich.«

Saana folgt den dreien, die für einen Moment stehen geblieben sind, um sich die Getreidespeicher genauer anzusehen.

»Entschuldigung, ich habe zufällig mitgehört, dass Sie hier früher gewohnt haben.« Saana geht ein paar Schritte auf den Mann zu, als das Ehepaar in einem der Speicher verschwunden ist. »Wurde hier auch im Jahr 1989 ein Maskenfest veranstaltet?«, fragt sie und sieht den Guide mit unverhohlener Neugier an. Er ist blond, trägt Norwegerpullover und Jeans und mustert sie für einen Moment überrascht.

»Ich muss mit der Führung weitermachen, aber wenn Sie Fragen haben, kommen Sie nachher noch mal vorbei«, antwortet er dann sachlich und folgt dem Paar ins Kornhaus.

Saana muss über den wichtigtuerischen Stil des Mannes schmunzeln, aber sie lässt die Sache auf sich beruhen. Sie wird später zurückkommen.

Sie betrachtet das Gebäude, aus dem die Gruppe gekommen ist. Ein alter Keller. Sie geht die Treppe hinunter und spürt sofort eine feuchte Kühle auf der Haut. Unten angekommen, sieht sie, dass noch eine weitere Treppe in das schöne Kellergewölbe mündet. Abgesehen von einer alten Laterne an der Decke ist der Raum leer. Saana durchquert ihn und geht über die andere Treppe wieder hinauf. Aufgrund der feuchtkalten Luft sind die Stufen ein wenig nass. Am Hauptgebäude vorbei spaziert sie Richtung Flussufer. Die großen Bäume auf dem gepflegten Grundstück sind bestimmt über hundert Jahre alt. Anmutig strecken sie sich dem Himmel entgegen. Weiter unten sieht man die Hängebrücke, die über den Fluss führt.

Saana lässt das Villenanwesen mit seinen Nebengebäuden hinter sich und geht den sanft abfallenden Hang hinunter zum Wasser. Direkt am gegenüberliegenden Ufer steht eine Hütte, die aussieht wie eine Sauna. Von einer kleinen Terrasse führt eine steile Treppe ins Wasser. Tante Inkeri hat erzählt, dass Helena ungefähr hundert Meter von der Hängebrücke flussabwärts gefunden wurde. Der Tainionvirta fließt in gemächlichem Tempo vor sich hin, und am Ufer wächst dichtes, hohes Gras. Hier und da gibt es Brennnesseln. Saana stampft mit den Füßen auf, weil sie nicht sehen kann, wohin sie tritt. Sie hasst Schlangen. Schließlich findet sie einen großen Stein, auf den sie sich setzen kann. Er ist kühl und leicht glitschig.

Sie fragt sich, warum das Wasser des Tainionvirta so dunkel ist. Liegt es an der Tiefe oder an den Schatten der Vegetation? An beiden Flussufern wachsen zahlreiche hohe Bäume. Die verlassene Ufersauna ruht still und düster über der Stromschnelle.

Vom Fluss aus macht sie ein paar Fotos von der Villa. Dann wirft sie einen Stock ins Wasser und beobachtet, wie er langsam vom Strom davongetragen wird. Es ist nicht unmöglich, dass Helenas Leiche schon von hier aus in Richtung Unterlauf getrieben wurde.

Selbst jetzt im Sommer leuchtet das durch die Feuchtigkeit moosbedeckte Dach der Saunahütte in einem herbstlichen Waldgrün und Gelb. An der Hauswand ragt eine junge Silberweide empor, und wo die steile Holztreppe ins Wasser mündet, wachsen Seerosen. Ein schöner Ort, aber trotzdem irgendwie unwirtlich. Schwer vorstellbar, dass hier wirklich jemand nach der Sauna schwimmen geht.

Saana sieht auf die Uhr. Zwanzig Minuten sind vergangen. Womöglich ist die Führung gleich beendet. Als sie zum Anwesen zurückkehrt, ist das Ehepaar schon weg. Der Guide sitzt auf der Treppe und schaut in den Garten.

»Also dann«, sagt er, »was wollen Sie wissen?«

Er sieht Saana neugierig an, und sie erwidert seinen Blick. Seine Haare sind ganz verstrubbelt, und die Augen hinter den runden Brillengläsern sehen freundlich aus.

»Haben Sie vielleicht Lust auf einen Tee? Ich könnte selbst einen vertragen. Den ganzen Vormittag bin ich hin und her gelaufen«, sagt er und lächelt.

Saana nickt. Einladungen zum Kaffee oder Tee lehnt sie niemals ab. Menschen entspannen sich in der Regel, wenn sie eine Tasse vor sich stehen haben. Ein Heißgetränk erzeugt ein Gefühl von Geborgenheit. Man muss nicht groß nachdenken, wie man sich verhält, sondern kann sich einfach an seiner Tasse festhalten. Sie folgt dem Mann in eines der schönen Nebengebäude und dort in die Küche. Er schaltet den Wasserkocher ein, und sie setzt sich auf einen der alten Bauernstühle, um zu warten. Alles im Zimmer ist alt, aber schön. Sie mustert den Mann, bis er ihr plötzlich eine Teepackung der Marke Princess unter die Nase hält.

»Was ist es bei Ihnen?«, fragt er, und Saana braucht einen Moment, bis sie versteht, dass er den Aphorismus meint, der auf jedem Teebeutel steht.

»Khalil Gibran: Nur auf dem Pfad der Nacht erreicht man die Morgenröte«, liest sie ihm leicht verlegen vor.

»Solange der Mensch nicht den Rand des Abgrunds erreicht, wachsen ihm keine Flügel auf dem Rücken. Kazantzakis.«

Damit dreht er sich um, nimmt den Wasserkocher und gießt heißes Wasser in die Tassen.

»Ich habe von einem Todesfall gehört, der schon lange zurückliegt. Er hat mich zum Nachdenken gebracht«, beginnt Saana, sobald er ihr gegenübersitzt. Sie ist sich nicht sicher, was sie ihn eigentlich fragen will. Also zupft sie an ihrem Teebeutel herum und wartet. Als er nichts sagt, fährt sie fort: »Ein junges Mädchen namens Helena Toivio wurde 1989 hier im Fluss gefunden. Haben Sie von dem Fall gehört?«

»Mhm«, antwortet er, den Blick auf die Tasse gerichtet, und sein Gesichtsausdruck verändert sich irgendwie. Er sieht bekümmert aus. »Ja, ich habe davon gehört. Alle haben das.«

»Kannten Sie Helena?«

Er nickt schweigend. »Jeder kannte sie«, sagt er nach einer Weile und nimmt den Teebeutel aus der Tasse.

Saana schaut ihn immer noch an. Warum hat er nur so lange gezögert?

»Ich muss gleich noch eine Führung machen. Gibt es sonst noch was?«, fragt er, macht aber keine Anstalten zu gehen. Auch seinen Tee hat er noch nicht getrunken.

»Was war dieser Baron, der hier gewohnt hat, für ein Typ?«, fragt Saana.

»Von Reichmann? Er war, nun ja, etwas speziell. Er hegte und pflegte seine Blumen und hielt ein Zimmer der Villa immer kühl, damit die zarten finnischen Orchideen ideale Wachstumsbedingungen hatten. Er war ausgebildeter Tierarzt und praktizierte hier auch einige Jahre. Im Dorf wurde gesagt, dass er die Tiere hier besser kannte als die Menschen. Aber beim Maskenfest kam er natürlich immer unter Leute.«

»Kannten Sie ihn persönlich?«

»Sein vollständiger Name ist August von Reichmann. Dass ich ihn kannte, kann ich nicht wirklich behaupten. Er war einfach der Arbeitgeber meines Vaters und blieb lieber für sich. Aber hin und wieder spielte er mit mir auf dem Rasen Fußball, als ich klein war.«

»Wo könnte ich ihn finden?«, fragt Saana.

»Das letzte Mal war er im Herbst 1989 hier. Danach zog er aus Finnland weg«, sagt der Guide nachdenklich. »Er ist jetzt um die achtzig, falls er noch lebt.«

Saana wird hellhörig. Der Baron hat das Land also zu der Zeit verlassen, als Helena starb. Sie schreibt sich den Namen in ihr Notizheft: August von Reichmann.

»Hatte er Freunde oder Verwandte hier? Familie, eine Frau?«

»Von Reichmann hat seine Freiheit genossen und sein Leben geführt, wie er Lust hatte. Er hatte Enten und Wellensittiche. Ich glaube, mein Vater hat mal gesagt, dass Reichmann noch ein paar Verwandte in Deutschland hat, aber niemanden in Finnland. Er hatte das Anwesen damals von seiner Mutter geerbt, die wiederum von einem entfernten Verwandten.«

Saana rückt ihren Stuhl zurecht.

»Ob Helena 1989 auf dem venezianischen Abend war?«, fragt sie halb sich selbst, halb den Guide. »Wenn das Fest immer am letzten Augusttag stattfand und das Mädchen am 1. September nicht weit von hier im Fluss gefunden wurde, dann war das der Tag nach dem Fest.«

»Ich weiß nicht, ob die Polizei das endgültig herausgefunden hat«, antwortet er leise. »Aber es ist möglich, dass Helena teilnahm. Seither gab es kein Maskenfest mehr.« Er gießt einen kleinen Schluck Milch in seinen Tee.

»Erinnern Sie sich sonst noch an etwas? Wissen Sie, wer auf der Veranstaltung war?«, fragt Saana, nimmt den Teebeutel aus der Tasse und hält Ausschau nach etwas, worauf sie ihn ablegen kann.

»Legen Sie ihn einfach hier drauf«, sagt er und reicht ihr einen benutzten Pappteller. »Als Ortsfremde wissen Sie das sicher nicht, aber aus dem venezianischen Abend wurde immer ein großes Geheimnis gemacht. Nur wenige Bewohner aus Hartola wurden eingeladen, und niemand wusste genau, wer wann eine Einladung erhielt. Die Gästezahl war begrenzt.«

Saana nickt und schluckt ihren Unmut hinunter. Sie hat den Eindruck, als würde er sie behandeln wie ein kleines Mädchen, das sich hier nicht auskennt. Als wäre er auf ein Machtspiel aus. Vielleicht gehört das zum Berufsbild eines Fremdenführers. Um Informationen zu bekommen, muss man für eine geführte Tour bezahlen.

»Wie kam es Ihrer Meinung nach zu Helenas Tod?«, fragt Saana und beschließt, die Hälfte des lauwarmen schwarzen Tees stehen zu lassen.

»Vielleicht hat sie den falschen Menschen vertraut«, sagt er und genießt die anschließende Verwunderung in Saanas Gesicht.

»Aha.« Saana weiß nicht, wie sie fortfahren soll. Sie kommt zu dem Entschluss, ihre erste Vermutung über den Abend vor Helenas Tod als gegeben anzunehmen. *Helena nahm am Maskenfest teil.*

»Wissen Sie, wer mir eine Gästeliste geben könnte?«

»Von Reichmann. Der Baron war der Einzige, der wusste, wer eingeladen war. Aber er war wie gesagt seit Jahrzehnten nicht mehr in Hartola.«

Saana mustert den Mann genau. Er sieht erst nachdenklich aus, aber dann entspannt sich sein Gesicht etwas.

»Sie könnten vielleicht auch meinen Vater befragen. Er würde sich bestimmt über Besuch freuen.«

Saana schreibt sich die Adresse des Altenheims auf.

»Aber jetzt müssen wir aufhören. Die nächste Führung fängt gleich an.«

»Okay«, antwortet sie und erhebt sich. »Danke für den Tee.«

»Ich bin Rikhard«, stößt er plötzlich hervor und steht ebenfalls auf. »Wir haben uns noch gar nicht vorgestellt. Ich heiße Rikhard Falk, genannt Riku. Und Sie? Oder sagen wir du?«

»Saana«, antwortet sie und schüttelt ihm die Hand. Ihren Nachnamen lässt sie absichtlich weg. Der Mann hat einen scharfen Blick und eine seltsam starke Präsenz. Für einen kurzen Moment bringen seine blauen Augen sie durcheinander. Sie wendet den Blick ab und sieht ein Buch mit Fotos der Villa aus den vergangenen Jahrzehnten auf dem Schreibtisch liegen.

»Könnte ich so eins haben?«, fragt sie und greift bereits nach einem Exemplar.

»Das kostet dreizehn Euro.« Riku erzählt, dass das Museum von Ost-Häme erstmals alte Fotos über das Leben auf dem Anwesen und in der Region zu einem Band zusammengestellt hat. »Von Reichmann und seine preisgekrönten Orchideen«, steht unter einem der Fotos, auf dem ein lustig aussehender Mann einen Topf Orchideen im Arm hält. »Es stehen auch einzelne Geschichten über den Baron drin.«

Saana kramt in ihren Taschen und stellt fest, dass sie kein Bargeld dabeihat.

»Du kriegst es umsonst. Ein Geschenk für eine schöne Frau«, sagt Riku und lacht leise.

Saana bedankt sich peinlich berührt. Hat er gerade mit ihr geflirtet? Amüsiert tritt sie hinaus ins helle Sonnenlicht. Auf dem Heimweg geht sie im Kopf die Dinge durch, die sie als Nächstes anpacken will. Wer war der Baron? Wer war 1989 auf dem Maskenfest, und war die minderjährige Helena unter den geheimen Gästen?

HARTOLA

Sommer 1989

Helena musterte den Mann, der sie ansah und auf eine Antwort wartete. Er hatte gerade gefragt, ob es ihr möglich wäre, einmal pro Woche fünf Kilo Erdbeeren zur Villa Koskipää zu bringen.

»Über welchen Zeitraum sprechen wir?«, hakte sie nach, da sie die Bestellung nicht recht verstanden hatte.

»Solange die Erdbeeren reichen. Für die Lieferung zahle ich natürlich extra«, antwortete er und steckte sich einfach eine der Erdbeeren in den Mund. Am besten sollten sie donnerstags geliefert werden, und zwar von Helena persönlich, da sie so schöne, vielsagende Augen habe.

Helena errötete angesichts des Kompliments. Sie richtete ihren Blick auf die Erdbeeren und lächelte ihr schüchternes Lächeln. Dann fielen ihr ihre Brüste wieder ein. Während der Mann für einen Moment wieder auf die Erdbeeren sah, richtete sie sich auf, aber sein Blick verweilte nur auf ihren Augen.

Eine Woche später machte sich Helena mit der fünf Kilo schweren Erdbeerkiste auf dem Gepäckträger auf den Weg zur Villa. Sie kam langsamer voran als sonst, da sie vermeiden wollte, dass die Beeren durchgeschüttelt und gequetscht wurden. Dem Baron wollte sie nur das Beste bringen.

Sie fuhr in einem gemächlichen Tempo und betrachtete den dichten Fichtenwald. Die Bäume am Waldrand standen so eng beieinander, dass man dazwischen nichts als Schwärze erkennen konnte, selbst mitten am Tag. Helena fragte sich, was wohl hinter den Fichten lag. Ging der Wald noch endlos weiter, oder gab es mittendrin eine magische Lichtung wie im Märchen? Plötzlich hörte sie ein Knacken. Sie zuckte zusammen und trat in die Pedale. Sie hatte immer an Übernatürliches geglaubt, daran, dass der Wald eigene Kräfte besaß, obwohl sie eigentlich wusste, dass das reine Einbildung sein musste.

Ein Trauermantel flatterte vor ihr über den Weg, und sie hoffte, dass das kein Zeichen war. Dann konzentrierte sie sich wieder auf das Sonnenlicht, das wunderschön durch die Blätter gefiltert wurde, und dachte an den gut aussehenden Mann, der bei ihr am Erdbeerstand gewesen war. Er hatte ihr Fragen gestellt, die ihr noch nie jemand gestellt hatte. Bestimmt war er so alt wie ihr Vater, vielleicht sogar älter. Aber er hatte einen geheimnisvollen Charme, den ihr Vater sicherlich nicht einmal in jungen Jahren besessen hatte.

Helena hatte schon immer gewusst, dass im Herrenhaus ein Adeliger wohnte. Er verkehrte nicht mit den Leuten aus dem Dorf und war oft für lange Zeit weg. In Deutschland, sagte man. Nur für ein paar Monate jeden Sommer kam er nach Hartola.

Mit pochendem Herzen bog Helena in den Hof des Anwesens ein. Eigentlich war der Gedanke idiotisch. Sich für einen unbekannten Mann aus dem Ausland zu interessieren und sich dann auch noch für ihn aufzustylen, nur um Erdbeeren abzuliefern! Trotz Mutters strenger Regeln hatte sie sich geschminkt.

Schüchtern klopfte sie an die Eingangstür, strich sich eine verirrte Haarsträhne hinters Ohr und wartete. Niemand öffnete. Sie klopfte noch einmal, aber vergebens. Nach einer Weile schlussfolgerte sie, dass niemand zu Hause war. Sie hatte mit allem Möglichen gerechnet, aber nicht damit.

Dann hörte sie das Geräusch eines Rasenmähers aus dem Garten. Enttäuscht machte sie auf dem Absatz kehrt und ging auf die Suche nach dem Gärtner oder wem auch immer, damit sie die blöden Erdbeeren für den Baron endlich loswurde. Sie wusste, dass dieser einen eigenen Hausmeister und Chauffeur – in Personalunion – hatte, der mit seiner Familie in einem der Nebengebäude wohnte. Nachdem Helena ihm ein paar Handzeichen gab, stoppte der Mann am Rasenmäher die Maschine und schaute sie mit schief gelegtem Kopf an. Er entpuppte sich als der Hausmeister.

»Der Baron schläft bestimmt«, sagte er und rückte seine Brille zurecht. »Im Haus waren gestern bis spät in die Nacht Gäste«, fügte er hinzu und machte eine ausladende Geste in Richtung Villa.

Helena seufzte enttäuscht. Sie hätte die Erdbeeren auf den Boden werfen, sie verrotten lassen und nach Hause fahren mögen, fühlte sich leer und betrogen.

»Na gut, dann nehme ich sie wieder mit«, erwiderte sie, wobei ihr die Stimme fast versagte. Soll der Alte sie doch selber holen, wenn er Beeren vom Toivio-Hof haben will, fügte sie gedanklich hinzu. Der Mann musterte Helena kurz und zuckte dann mit den Schultern. Kurz darauf war der Garten wieder vom Brummen des Rasenmähers erfüllt.

Gerade als sie die Kiste wieder am Gepäckträger befestigt hatte, ging die Eingangstür auf. Der Baron kam heraus – mit einer Ente auf dem Arm. Er sah verschlafen aus, trug Boxershorts und darüber einen langen, seidenen Morgenmantel.

Beim Anblick von Helena erschrak er. Vorsichtig setzte er die weiße Ente ab, die sich daraufhin langsam watschelnd auf den Rasen zubewegte. Nachdem er das Mädchen für einen Moment genauer betrachtet hatte, wechselte sein Gesichtsausdruck von Müdigkeit zu Überraschung und schließlich zu Freude.

»Ich bin untröstlich! So früh habe ich dich nicht erwartet«, sagte er.

Helena war überrascht. Er erinnerte sich an sie!

»Hast du bereits gefrühstückt? Du musst mir beim Frühstück Gesellschaft leisten, wo du schon den Weg auf dich genommen hast«, fügte er in seinem charmanten Akzent hinzu und schenkte ihr ein ansteckendes Lächeln.

Helena vergaß sofort, dass sie enttäuscht, ja sogar wütend war, und folgte dem halb bekleideten Baron mit schüchternen Schritten hinein in einen großen Saal. Ihrem eigenen Empfinden nach war sie eher zu spät als zu früh. Es war schon nach zwölf. Im Haus war es kühl und dunkel. Es schien, als gäbe es zwei verschiedene Welten: die Villa Koskipää mit ihren großen, schönen Räumen und die Gemeinde Hartola mit ihren alltäglichen, nichtssagenden Häusern und den staubigen Landstraßen. Während sie dem Mann hinein ins Unbekannte folgte, blitzte in ihrem Kopf ein altes Tiermärchen über eine Löwenhöhle auf. Eine Beutetierspur nach der anderen führte in die Höhle hinein, aber keine einzige von ihnen wieder heraus.

TEIL III

Helsinki, Montag, 1. Juli

»Was ist denn mit dir passiert?«, fragt Jan, sobald er Heidi sieht. Sie sitzen zusammen im Auto, um noch einmal nach Suomenlinna zu fahren.

»Ach nichts«, antwortet Heidi und schaltet vom ersten direkt in den dritten Gang. Eine leichte Schnapsfahne hängt in der Luft, als sie den Mund öffnet.

»Okay, du siehst einfach aus, als ob du die ganze Nacht gesoffen und gevögelt hättest«, meint Jan und grinst in sich hinein. Es ist sein erstes Lächeln seit Langem.

Der Kommentar wäre völlig unangebracht gewesen, wenn Heidi sich ihm gegenüber nicht immer genauso unangemessen verhalten würde. Zwischen ihnen herrschte von Anfang an ein direkter, aber gleichzeitig warmer Umgangston. Zu Jans Überraschung kontert Heidi nicht sofort mit einer scharfen Antwort. Nach einer langen Pause gibt sie ein Grunzen von sich.

»Nee, da war wirklich nichts. Alles ganz normal. Der Abend ist nur ein bisschen länger geworden.« Aber ein kleines, fast unmerkliches Zucken in ihrem Augenwinkel verrät ihm, dass sie lügt.

An der Königspforte verkündet Heidi, dass sie eine Pizza oder einen Hamburger brauche. Jan antwortet, dass Essen jetzt gerade nicht an erster Stelle stehe. Wir haben nach wie vor verdammt wenig Informationen, denkt er. Suomenlinna hat ungefähr dreihundertfünfzig Wohnungen und achthundert Einwohner, aber nur eine Einwohnerin hat angegeben, ein Boot gesehen zu haben. Nur das Boot, keine Angaben über denjenigen, der es gefahren hat.

Jan registriert, dass Heidi trotz ihres Katers leichtfüßig die Treppe erklimmt. Sie hängt ihre sportlichen Hobbys nicht an die große Glocke, dabei übt sie sich seit Ewigkeiten unter anderem in Kampfsport. Jan weiß, dass sie momentan zumindest ins Fitnessstudio und zum Boxen geht. Während er ihren flinken Gang verfolgt, wird ihm klar, dass er abgesehen davon kaum über ihr aktuelles Leben informiert ist. Für gewöhnlich lenkt sie das Gespräch immer schnell auf andere Themen, weg von sich selbst.

»Kann es wirklich so einfach sein?«, denkt er laut nach und muss wegen der Sonne blinzeln.

»Was?«, fragt Heidi und nimmt eine Dose Snus aus der Jackentasche. Mit routinierten Handgriffen schiebt sie sich ein Beutelchen Tabak unter die Oberlippe.

»Einen Menschen mitten in einer Großstadt umzubringen und ihn dann öffentlich auszustellen.«

»Großstadt!«, antwortet Heidi und bricht in Gelächter aus. »Nennst du Helsinki wirklich eine Großstadt?«

Jan lacht nicht. Er spürt die salzige Meeresluft im Gesicht und lässt seinen Kopf für einen Moment vom starken Wind durchpusten. »Wenn man nach der Anzahl der Tötungsdelikte geht, ist Helsinki schon lange eine Großstadt«, sagt er und ignoriert Heidis Lachen. Eine große graue Stadt des Todes.

Am Nachmittag fährt Jan nach Vantaa zum Hauptquartier des KRP, um sich mit der Direktion über das weitere Vorgehen sowie die Ermittlungsressourcen hinsichtlich des Brandzeichenmordes zu besprechen. Er sitzt gerade mit der Staatsanwältin und Mertanen im kleinen Konferenzraum, vor sich halb ausgetrunkene Kaffeetassen, als sein Handy auf dem Tisch vibriert. Sein Vater ruft an.

»Sorry, da muss ich rangehen«, sagt er, schnappt sich das Handy und geht in den Flur. Mertanen sieht ihm mit finsterem Blick hinterher.

Nach der Begrüßung herrscht für einen Moment Schweigen. Jan erklärt, gerade in einem wichtigen Meeting zu sein, und fragt, ob es etwas Wichtiges gebe. Sein Vater antwortet, dass eigentlich nichts Besonderes los sei, er habe nur gerade festgestellt, dass es im Finnischen ein paar Vogelarten gebe, deren Namen schon verraten, wie ihr Ruf klinge. Man könne alles schon am Namen ablesen, das müsse man sich mal vorstellen.

»Aha«, sagt Jan. Er will seinen Vater nicht drängen, aber gerade hat er wirklich keine Zeit, sich dessen Geschwafel anzuhören.

Der Kommunikationsmanager kommt den Flur entlang, grüßt Jan und geht dann eilig an ihm vorbei. Jan nickt angespannt zurück.

»*Kuikka,* der Prachttaucher, und *Tiltaltti,* der Zilpzalp«, sagt sein Vater. »Das sind solche Beispiele.«

Jan hört nur mit halbem Ohr zu und schaut gleichzeitig durch die Glaswand in den Konferenzraum, wo die anderen das Meeting fortsetzen. Mertanen und die Staatsanwältin blicken sehr ernst drein.

»Ein englisches Beispiel für so einen Vogel wäre der Kuckuck. *Cuckoo.* Aber auf Finnisch heißt er aus irgendeinem Grund *Käki*«, fährt sein Vater fort.

»Stimmt«, antwortet Jan.

»Warum kann er nicht *Kukkuu* auf Finnisch heißen? Das wäre viel deutlicher und würde dem gleichen Prinzip folgen wie im Englischen«, überlegt sein Vater und macht eine Pause. »Dann gäbe es schon drei, den Prachttaucher, den Zilpzalp und den Kuckuck«, fügt er hinzu und verstummt dann.

»Ist ansonsten alles okay?«, fragt Jan direkt. Unerklärlicherweise fällt es ihm schwer, diese Frage zu stellen. Sein Vater kam immer gut zurecht oder hat zumindest den Eindruck vermittelt. Außerdem hat er immer viel gearbeitet, und aus Jans Sicht hat sich seine Welt stets um klar abgesteckte, große Projekte gedreht. Ob sein Vater heute wohl nicht in seiner Praxis ist?

»Alles okay«, kommt die etwas zu schnelle Antwort. Dann ist es wieder still. »Sie haben gesagt, dass die letzte Nacht schon schwieriger war«, fügt er leicht stotternd hinzu.

»Hm«, antwortet Jan sofort. »Ich komme vorbei, sobald ich kann.«

»Alles klar«, sagt sein Vater und legt auf.

Nachdenklich kehrt Jan zur Besprechung zurück. Die Einzelheiten zum Stand der Ermittlungen nimmt er nur noch als Hintergrundrauschen wahr. Sie haben nur noch einen Tag Zeit, bevor die Presse die ersten Schlagzeilen zum Brandzeichenmord veröffentlicht. Aber wie viel Zeit seine Mutter noch hat, weiß niemand.

Heidi mustert Jan forschend, als er vom Meeting zurückkommt. Er weiß, dass sie seine Trauer sieht, schafft es aber gerade nicht, über sein eigenes Leben zu reden. Auch will er seine ohnehin schon gestresste Kollegin nicht damit belasten. Ihn plagt das Gefühl, dass sie sich mit den Ermittlungen in einer Sackgasse befinden. Sie haben den toten Lars Sundin, das Brandmal und … das war's. Eigentlich haben sie nichts weiter. Beim Hinweistelefon sind ein paar Anrufe eingegangen, jedoch mit sehr fragwürdigen Inhalten. Verrückte und einsame Menschen sind überraschend aktive Anrufer, und falsche Behauptungen stören nur die Ermittlungen. In der Hoffnung auf mögliche Spuren wurde die Umgebung von Sundins Wohnung untersucht, aber die Ergebnisse sind vernachlässigbar.

Jan sieht auf sein Handy. Es klingelt schon wieder, dieses Mal eine unbekannte Nummer. Vermutlich ist es einer der zahlreichen neugierigen Journalisten. Die Presse verstärkt den Druck, den Fall zu lösen, aber sie bringt nicht wirklich die Ermittlungen durcheinander, da es im Grunde ja noch nichts gibt, was durcheinandergebracht werden kann. Ihn beschleicht die unerklärliche Befürchtung, dass jemand sie absichtlich ihre Zeit verschwenden lässt, bis er oder sie sich entschließt, ihnen weitere Hinweise zu geben. Es bleibt nur zu hoffen, dass diese Hinweise nicht in Form eines weiteren Toten auftauchen.

Hartola, Mittwoch, 3. Juli

Saana steckt das Handy in die Tasche. Vor ihr stehen nur ein paar Leute an der Supermarktkasse an, aber trotzdem geht es nicht vorwärts. Sie reckt den Hals und schaut an der älteren Frau vor ihr vorbei, um zu sehen, was an der Kasse so lange dauert. Die Kassiererin plaudert lächelnd mit den Leuten. Schnell erinnert sich Saana wieder daran, dass sie sich in Hartola befindet, auf dem Land, wo es niemand eilig hat. Hier hat man Zeit, sich mit den Kunden auszutauschen, und tut das auch gern und ausgiebig. Obwohl sie gar keinen Termindruck hat, wird sie unruhig. Diese innere Unruhe kommt immer zum Vorschein, wenn sie irgendwo Schlange steht.

Diesmal hat sie nur Kartoffeln, Lakritze und Vanilleeis im Einkaufskorb. Tante Inkeri hat versprochen, ihre berühmte Fischsuppe zu kochen. Die Bouillon aus Fischkarkassen köchelt schon vor sich hin, aber die ersten Sommerkartoffeln sind noch nicht geerntet. Zum Nachtisch gibt es Eis mit Erdbeeren.

Saana blickt zur Schlange neben ihrer. Es kommt ihr vor, als sei die rothaarige Kassiererin dort etwas schneller. Saana wechselt die Seite, obwohl ihr bewusst ist, dass das meistens nichts bringt. Sie bindet sich die Haare zum Pferdeschwanz und beobachtet belustigt, wie es neben ihr plötzlich vorangeht.

Geschieht ihr ganz recht. Schließlich hat sie genau das bestellt: Gemächlichkeit und keine Eile. Sie betrachtet die Kaugummipäckchen und Schokoriegel vor der Kasse und zwingt sich zu einem lockeren, aufmerksamen Lächeln.

»Brauchen Sie für das Gefriergut eine kleine Tüte?«, will die Kassiererin wissen und sieht sie fragend an.

»Nein danke«, antwortet sie schnell. Unbegreiflich, wie sich alle Kassierer Finnlands innerhalb weniger Jahre diese Frage nach der Tüte angewöhnt haben, die den Plastikverbrauch nur unnötig in die Höhe treibt.

Saana packt die Einkäufe in ihre Stofftasche und behält die Lakritztüte in der Hand. Sie liebt Lakritze. Die naturbelassene Sorte aus Kuusankoski ist die beste im ganzen Land. Allerdings gibt es sie nur in ein paar kleinen Läden. Jetzt muss sie sich mit der von Panda zufriedengeben, die man überall bekommt. Sie erinnert sich, dass sie als Kind beim Fabrikverkauf von Panda in Vaajakoski war. Sie steckt sich eine Handvoll weicher, teigiger Lakritze in den Mund und kaut glücklich auf der Masse herum, während sie zum Fahrrad geht. Aus ein paar Metern Entfernung bemerkt sie einen Zettel am Gepäckträger, der vorher noch nicht da war:

»Misch dich nicht in Dinge ein, die dich nichts angehen. Lass Helena in Frieden ruhen.«

»Was zur Hölle?«, murmelt sie mit vollem Mund.

Mit einem komischen Gefühl fährt sie in Tante Inkeris sattgrünen Garten ein und lehnt das Rad an die falunrote Scheunenwand. Sie nimmt die Einkaufstasche vom Lenker und geht nachdenklich zur Veranda. Den Zettel hat sie in der Hosentasche. Was diese Aufforderung wohl zu bedeuten hat? Offenbar verfolgt Hartola still, wie sie ihre kleinen Erkundigungen einholt. Wen könnte das schon stören?

Als sie die Tür öffnet, schlägt ihr der kräftige, köstliche Geruch von Fischsuppe entgegen. Inkeri steht am Herd. Saana kann es sich nicht verkneifen, ihrer Tante gleich davon zu erzählen, dass ihre Nachforschungen den Dorfbewohnern wohl nicht gefallen.

»Warum das denn?«, fragt Inkeri.

»Ich hab gerade eine Nachricht bekommen, in der steht, ich soll aufhören, in Helenas Fall rumzuschnüffeln«, antwortet Saana und legt das Gemüse zum Schälen und Schneiden auf das dicke Holzschneidebrett. Ihre Tante runzelt die Stirn, sieht jedoch nicht überrascht aus.

Eine halbe Stunde später ist die Suppe fertig, und sie setzen sich an den Tisch. Saana bestreicht sich ein Stück Kartoffelfladenbrot, das Inkeri am Vormittag gebacken hat, mit Butter.

»Das Schicksal dieses Mädchens hat eindeutig etwas an sich, was Anlass zu Nachforschungen gibt. Aber die Dorfbewohner sind irgendwie sonderbar. Wer könnte schon etwas gegen meine Nachforschungen haben, und warum geben alle nur so widerwillig Auskunft?«, überlegt Saana laut und verschlingt das Fladenbrot. Mit der beinahe geschmolzenen Butter schmeckt es himmlisch.

»Mhm, ich glaube, hier will niemand, dass man Fragen zu alten Geschichten stellt«, sagt Inkeri und nimmt sich ebenfalls ein Stück Brot.

»Ich bräuchte Hilfe von jemandem, der über alle Angelegenheiten im Dorf Bescheid weiß«, meint Saana und schöpft sich voller Vorfreude die köstlich aussehende klare Fischsuppe auf den Teller.

Ihre Tante denkt einen Moment nach und lacht dann.

»Du musst natürlich zum Friseursalon Eila und direkt bei ihr einen Termin ausmachen«, sagt sie kauend. Seit Saana denken kann, spricht ihre Tante ungeniert mit vollem Mund. »Wenn jemand über alles Bescheid weiß, was hier passiert ist, passiert und noch passieren wird, dann Eila«, verkündet sie voller

Stolz über ihren Einfall, und Saana nickt zufrieden. Sie bräuchte wirklich mehr Geschichten. Erzählungen, in denen sich auch wertvolle Informationen über Helenas Leben verbergen könnten.

Nach zwei Fladenbroten und zwei Tellern Suppe bedankt sie sich für das Essen und sucht die Kontaktdaten des Salons Eila heraus. Schon für morgen Nachmittag bekommt sie einen Termin zum Spitzenschneiden.

»Wenn man eines über kleine Ortschaften sagen kann, dann, dass sie immer voller Geschichten stecken. Kleinstadtmythen werden von Mund zu Mund verbreitet und dabei aufgebauscht. Man schwelgt in ihnen. Jedes Jahr wird der Mythenbestand mit neuen Intrigen und Theorien bereichert, weil in solch abgelegenen Dörfern nicht wirklich etwas passiert. Ich sag es dir gleich zu Beginn, damit du später nicht enttäuscht bist«, sagt Inkeri und beginnt, den Tisch abzuräumen. »Ziemlich viele glauben, dass etwas Schlimmes passiert ist, aber wenn ich mich recht erinnere, gerieten diese Zweifler damals in schlechtes Licht. Auch ich. Untereinander wird immer noch viel getratscht, aber es missfällt den Leuten, wenn eine Helsinkierin hier herumschnüffelt und am Ende noch das Bild der Königsgemeinde zerstört«, sagt sie mit einem kleinen Lachen.

Hinter dem Lachen glaubt Saana allerdings eine leichte Verbitterung zu hören.

Hartola, Donnerstag, 4. Juli

Am nächsten Morgen erwacht Saana erfrischt und steht auf, ohne auch nur einmal die Schlummertaste zu drücken. Heute hat sie drei große Aufgaben vor sich: einen Besuch bei Rikus Vater im Seniorenheim, ein Treffen mit Helenas ehemaliger Lehrerin und um 16 Uhr einen Friseurtermin bei Eila. So viele Erledigungen wie seit vielen Wochen nicht mehr. Bereits um 09:05 Uhr schwingt sie sich auf ihr Fahrrad und fährt zum Ikipihlaja, dem größten Pflegeheim von Hartola.

Der richtige Ort ist schnell gefunden. Entschlossen betritt sie das Haus und findet sich inmitten von Rollatoren, Krankenhausfluren, Spitzentischdecken und Handdesinfektionsmittel wieder. An der Rezeption wird sie von einer freundlichen schwarzhaarigen Frau begrüßt. Saana bringt ihr Anliegen vor, und die Frau betrachtet sie mit einem Anflug von Argwohn.

»Sie möchten also Eero Falk besuchen? Und sein Sohn Riku Falk hat das vereinbart?«, versichert sie sich. Das »Warum?« steht ihr dabei ins Gesicht geschrieben. »Wie war gleich Ihr Name?«

»Saana Havas.« Saana hält ihrem zweifelnden Blick entschlossen stand.

»Zimmer dreiunddreißig.«

Sie merkt, wie die schwarzhaarige Frau vor Neugier brennt. Hier im Seniorenheim kommen wahrscheinlich nur sehr selten unangemeldete Gäste vorbei. »Katja« steht auf ihrem Namensschild. Als Saana die Glastür öffnet und über den tomatenroten Linoleumboden geht, spürt sie den Blick der Frau in ihrem Nacken.

Im Flur riecht es nach Putzmittel. Etwas unsicher und aufgeregt klopft sie an die Tür. Von innen ertönt ein fröhlicher Gruß, und sie muss lächeln. Womöglich beruht die Freude über den Besuch auf Gegenseitigkeit. Eero Falk geht gebückt und trägt eine Brille. Saana sucht nach Gemeinsamkeiten mit Riku Falk, findet außer der Körpergröße und der Brille jedoch nichts. Der alte Mann bedeutet ihr, sich auf den Holzstuhl vor dem Fenster zu setzen.

»Von Reichmann?« Seine Augen erwachen zum Leben, und ein Grinsen breitet sich über sein Gesicht aus, als Saana ihm erzählt, was sie herführt.

»Der war vielleicht ein bemerkenswerter Mann!« Die bloße Erinnerung lässt seine Augen feucht werden.

Eine Dreiviertelstunde später schließt Saana die Tür des Seniorenheims hinter sich. Falk zeigte sich sehr sympathisch, aber es stellte sich schnell heraus, dass sein Gedächtnis schon ziemlich lückenhaft ist. Von Reichmann und die Zeit in der Villa Koskipää waren für ihn nur noch eine Reihe zusammenhangloser Sätze und Erinnerungen, die Saana nur schwer nachvollziehen konnte: der venezianische Abend, das sorgfältig gepflegte Anwesen und die lange Arbeitsbeziehung, die der alte Herr sogar wie eine Freundschaft schilderte. Den Baron beschrieb er als einen Mann, in dessen Garten Pfauen und Perlhühner herumspazierten, der in seinem Haus die schönsten Orchideen Finnlands züchtete, sich in feinste Seide kleidete, aber trotzdem am liebsten ein Plumpsklo benutzte.

Über Helena konnte er nichts Konkretes sagen. Etwas hat Saana bei dem Besuch dennoch erhalten: eine Adresse in Potsdam.

»Im Herbst 1989 reiste von Reichmann direkt nach dem Fest überraschend ab«, sagte Falk. »Verschwand einfach. Wir konnten uns nicht einmal mehr verabschieden. Danach kam nur noch eine Postkarte aus Deutschland.«

Saana betrachtet das vergilbte, karierte Stück Papier, auf das er die Adresse mit schnörkeliger, altertümlicher Schönschrift geschrieben hat. Von Reichmanns Kontaktdaten in Deutschland, der einzige Anhaltspunkt, den Falk noch von ihm hat. Vielleicht würde sie bei dieser Adresse etwas herausbekommen. Wenn sie den Baron erreichte, könnten die Ermittlungen sehr schnell voranschreiten. Sie gähnt und stellt fest, dass sie sich nach absoluter Stille und einem Mittagsschlaf sehnt. Der soziale Kontakt hat ihren Energiespeicher geleert.

»Wie sagten Sie?«, fragt die blonde, ältere Frau leicht verwirrt, und Saana braucht einen Moment, bis sie begreift, dass die gebrechlich und unsicher wirkende Dame nicht mehr richtig hört. Leena Lehtonen, Helenas frühere Lehrerin und Schulrektorin. Ziel Nummer zwei.

Bald darauf hat Saana die Ehre, auf dem geblümten Wohnzimmersofa zu sitzen. Frau Lehtonen tappt langsam umher, um alte Ordner zu suchen, und Saana nutzt die Wartezeit, um sich umzusehen. Es ist sauber und aufgeräumt. Am meisten springt ihr der hübsche Wandteppich in dunklen Farbtönen ins Auge. Das geräuschvolle Ticken der Wanduhr erfüllt den Raum, und Saana starrt auf die Zeiger. Lehtonen bewegt sich wie in Zeitlupe, aber Saana hat keine Eile.

»In den Achtzigern war das Schulgelände von einem zwei Meter hohen Maschendrahtzaun umgeben, manche haben die Schule deshalb Konzentrationslager genannt«, erzählt die alte

Dame vergnügt, als sie zum Sofa kommt. »Jetzt steht dort ein Arbeitslosenzentrum.«

Saana nickt höflich und versucht, das Lächeln nicht zu vergessen.

»Damals haben die Jugendlichen immer am Seestrand Aurinkoranta gefeiert. Nach Schulschluss haben sie sich dort zum Saufen getroffen«, fährt sie fort, und das Funkeln in ihren Augen verrät, dass die jahrelange Arbeit mit der Jugend weder ihren Geist noch ihre Sprache haben altern lassen – im Gegenteil. »Im Winter und auch sonst waren sie ab und zu in der Bar *Unioni*. Damals nahm man es mit dem Alter noch nicht so genau.« Die Erinnerung an früher bringt sie offenbar zum Lächeln.

»Aber Helena war noch ein Stück jünger, sie war keine von diesen Ruhelosen mit einem Hang zum Illegalen. Helena war brav und gewissenhaft. Ihre Freundin Johanna war wilder. Gehorchte nicht gern, aber nette Mädchen waren sie trotz allem. Ich habe sie übrigens damals noch gesehen.«

»Wann, Entschuldigung, was meinen Sie?« Saana wird aus ihren Gedanken gerissen, lehnt sich nach vorne und stellt die Frage mit lauter Stimme, beinahe rufend.

»Am letzten Abend. Ich habe Helena an der Tankstelle gesehen. Dort saß sie, als ob sie auf jemanden warten würde. Sie sah so glücklich aus, als ob das ganze Leben noch vor ihr läge. Aber das kann man nie wissen«, erzählt die Lehrerin, und ihre Stimme bricht. »Man weiß nie, was das Leben bringt.«

»Wissen Sie noch, ob sie in Begleitung war? Wie spät war es?«

»Bevor ich in die Sauna ging, so viel weiß ich noch. Vielleicht so gegen fünf. Helena saß dort und schien zu warten.«

Saana spürt die Neugier in sich erwachen, stellt aber gleichzeitig fest, dass die alte Frau langsam müde wird. Ihre Erzählungen driften noch weiter in die Vergangenheit ab, und Saana kann das Gespräch nicht mehr auf Helena lenken. Sie notiert sich »Johanna« und »Tankstelle 17 Uhr«. Jetzt gibt es schon zwei mutmaßliche Ereignisse, die an Helenas letztem Abend stattfanden: das Maskenfest und ein Zwischenstopp an der Tankstelle. Mit wem hatte sich Helena dort getroffen?

Begleitet vom Läuten der Türglocke, betritt Saana am Nachmittag den Friseursalon.

»Komm herein, ich bin gleich bei dir«, ruft eine raue Stimme aus dem Hinterzimmer.

Als Eila schließlich den kleinen Raum betritt, kommt es Saana vor, als wäre sie geradewegs in einen Almodóvar-Film hineingeraten, mitten in Hartola. Eila hat schwarze Haare und trägt einen toupierten Pagenschnitt, blauen Lidschatten und gelbe Plastikohrringe.

»Eila«, stellt sie sich vor und reicht ihr die faltige Hand.

»Saana«, erwidert Saana und wirft einen Blick auf Eilas gepflegte, lackierte Nägel.

»Du machst also Sommerurlaub hier in Hartola«, sagt Eila und wartet gar nicht erst auf eine Antwort. Sie führt Saana zum Friseurstuhl und hüllt sie flink in einen Frisierkittel. Mit dem Zeigefinger hebt sie ihr Kinn an und zieht mit dem Kamm einen schnurgeraden Mittelscheitel. »Wie viel soll ab?«

»Nur die trockenen Spitzen, fünf Zentimeter«, antwortet Saana. Sie hat Angst, ihre Haare, die sie mit viel Hingabe hat wachsen lassen, in die Hände einer rabiaten Friseurin der alten Schule zu legen.

»Erzähl, Mädchen, bist du nur hergekommen, um ein bisschen Landluft zu schnuppern, oder hast du was Besonderes vor?«, fragt Eila mit ihrer Reibeisenstimme.

Saana setzt ein breites Lächeln auf. »Ich bin Inkeris Nichte und verbringe den Sommer hier, um zur Ruhe zu kommen.« Sie sieht Eila wohlwollend an. »Um mich zu entspannen. Genau genommen bin ich gefeuert worden«, gesteht sie. Möglicherweise kommt Offenheit bei Eila am besten an.

»Ach, so was also«, sagt Eila und kämmt Saanas beinahe silberblondes Haar glatt.

»Eigentlich interessiere ich mich für einen alten Fall. Inkeri hat mir erzählt, dass du das ein oder andere über diesen Ort wissen könntest.«

Eila hält inne und sieht Saana durch den Spiegel an.

»Unsere Inkeri? Na, Inkeris Nichte helfe ich gern. Aber welchen Nutzen soll ich alte Schachtel schon haben?«, erwidert sie lachend, scheint aber selbst nicht an ihre eigene Unwissenheit zu glauben.

Saana erzählt, sie habe von Inkeri gehört, vor Jahrzehnten sei ein Mädchen im Fluss gefunden worden, dessen Tod nie ganz aufgeklärt worden sei. Anders als damals angenommen, müsse es sich dabei nicht unbedingt um einen Selbstmord oder ein Unglück handeln.

Eila nickt und schrammt beim Kämmen über Saanas Ohr.

»Helenas tragischer Tod war seit der Blütezeit der Villa eines der größten Ereignisse hier«, sagt sie im Plauderton. »Wusstest du, dass die Geschichte damals sogar eine Reporterin eines großen Magazins aus der Hauptstadt hergelockt hat?«

Saana schüttelt den Kopf.

»Sie drehte hier ihre Runden und schrieb am Ende zwei Doppelseiten über einen mysteriösen Todesfall in einer Kleinstadt, wie sie es nannte.«

»Hast du diesen Artikel vielleicht noch?«, fragt Saana sofort hoffnungsvoll.

»I wo, ich hebe nicht alles auf, obwohl ich sonst eigentlich zum Horten neige«, sagt Eila lachend. »›Das Schweigen um das Schicksal eines jungen Mädchens.‹ So hieß es dort ungefähr«, meint Eila und malt mit dem Kamm eine große Schlagzeile in die Luft.

»Zuerst freuten sich viele Leute hier darüber, dass ihr kleines Hartola landesweite Aufmerksamkeit bekam, bis sie den Artikel lasen.« Eila nimmt eine Sprühflasche aus dem Utensilienhalter und sprüht Saanas Haare mit Wasser ein. »Dann hat der Artikel die Einheimischen eher wütend gemacht.«

»Weißt du noch, welche Zeitschrift das war?«

»Was war das doch gleich, *Hymy* oder *Seura*«, sagt Eila, während sie im Wechsel sprüht und kämmt.

Saana schwört sich innerlich, den Artikel ausfindig zu machen.

»Ab da ging es mit den Gerüchten los. Der Artikel drehte sich auch um das unklare Schicksal von ein paar anderen jungen Frauen. Ein Mädchen namens Laura war zwei Jahre zuvor als vermisst gemeldet worden. Wahrscheinlich war sie nur abgehauen, aber die Reporterin malte alles eher in schwarzen Farben.«

»Laura?«, hakt Saana nach, und Eila nickt. »Laura Malm. Ihre Mutter war meine Kundin, bevor die Familie nach Joutsa zog.«

Saana wiederholt den Namen des Mädchens murmelnd.

»Da du so viel weißt«, fährt Saana in dem Bewusstsein fort, eine Goldgrube gefunden zu haben, »wie war Helena?«

Eila sieht sie verschmitzt an. Obwohl sie Saanas Schmeichelei bemerkt, antwortet sie gern.

»Helena war in jeder Hinsicht das Inbild eines anständigen Mädchens aus einer anständigen Familie. Lieb und höflich, immer hilfsbereit.« Im Spiegel sieht Saana Eilas warmes Lächeln. In Erinnerungen schwelgend, schiebt Eila ihren Hocker mit dem Fuß vor sie, um ihren Pony zu kämmen.

»Ein Einzelkind aus einer wortkargen, ordentlichen Familie, brav und freundlich«, fährt sie etwas leiser fort. »Außer in jenem Sommer vor ihrem Tod. Da hat sie sich meiner Meinung nach irgendwie verändert. Mach den Mund zu, wenn du keine Haare verschlucken willst.«

Saana sieht Eila gespannt an und schließt den Mund. Mit einem Nicken fordert sie sie auf, weiterzuerzählen.

»Helena wurde geheimnisvoller. In jenem Sommer strahlte sie etwas aus, was vorher nicht da war. Stille Selbstsicherheit oder Überheblichkeit. Als wüsste sie etwas, was andere nicht wissen.«

»Wann hast du sie das letzte Mal gesehen?«, fragt Saana und macht den Mund schnell wieder zu, damit nicht versehentlich Ponyhaare auf ihrer Zunge landen.

»Es war Anfang August. Sie kam hierher und wünschte sich *etwas anderes.* Einen neuen Style, nichts Gewöhnliches. Das werde ich nie vergessen. Nach diesem Besuch habe ich noch eine Weile über sie nachgedacht. Es dauerte einen Moment, bis ich kapierte, was mich so stutzig machte. Das Mädchen sprühte derart vor Energie, wie man es normalerweise nur in einem bestimmten Fall tut«, erklärt Eila schmunzelnd und geht zu Saanas Hinterkopf über. »Nämlich dann, wenn man so richtig verliebt ist.«

Saana denkt über das Gesagte nach. In wen war Helena verliebt?

»An was erinnerst du dich noch?«, fragt sie weiter.

»Sie war immer mit einem Mädchen namens Johanna unterwegs, aber für wen sie schwärmte, kann ich nicht sagen. Hier darf ja jeder tun und lassen, was er will.«

Saana sieht Eila durch den Spiegel an. »Hat Helena jemals noch weitere Namen erwähnt?«

Eila erwidert Saanas Blick durch den Spiegel und wird nachdenklich.

»Nicht dass ich wüsste«, sagt sie und schweigt einen Moment. Nur noch das Schneidegeräusch der alten Friseurschere ist zu hören.

»Helena mochte Gedichte. Im Sommer schrieb sie immer irgendetwas oder belegte Kunstkurse an der Volkshochschule, glaube ich. In jenem Sommer war sie auch im Konfirmandenlager«, fährt sie kurz darauf fort. »Ihr Tod war ein schwerer Schlag für die ganze Gruppe. In der Kirche hielten die Konfirmanden nach dem Vorfall eine zusätzliche Andacht für sie ab. Alle trauerten, und niemand wusste, warum Helena sich hätte umbringen wollen. Das Ereignis rief insgesamt gemischte Gefühle hervor, aber die Trauer teilten sie alle. Darüber, dass ein Mädchen aus den eigenen Reihen auf diesem Weg gehen musste.« Eila schneidet hier und da noch ein paar einzelne Haare ab.

Als sie fertig ist, holt sie einen blauen Plastikspiegel und dreht den Frisierstuhl herum, damit Saana das Ergebnis auch von hinten sehen kann.

»Wie ist es geworden? Hab ich zu viel abgeschnitten?«, fragt Eila, sieht Saana aber dabei nicht an, sondern kehrt bereits blitzschnell die silberblonden Haare auf dem Boden zusammen.

Saana prüft die Frisur durch den Spiegel. Eila hat gute Arbeit geleistet. Die Haare fühlen sich sofort dicker an, jetzt, da die trockenen Spitzen ab sind. Obwohl der Haarhaufen auf dem Boden groß ist, sind ihre Haare noch lang genug.

»Sehr schön, danke!«, antwortet sie und lächelt Eila an. »Fällt dir sonst noch etwas zu dem Fall ein?« Sie stellt fest, dass sie Eila trotz ihrer direkten und aufgeregten Art mag.

»Unter uns gesagt wirkte die Polizei damals irgendwie kalt. Meiner Meinung nach haben sie sich nicht richtig auf den Fall konzentriert.« Eila tritt hinter einen kleinen Tisch und tippt den Preis in ihre altmodische Kasse.

Saana bedankt sich überschwänglich, zahlt und verlässt zufrieden den Salon. Ihre trockenen Haarspitzen hat sie gegen neue, spannende Informationsschnipsel eingetauscht.

HARTOLA

Sommer 1989

»Küss meinen Ring, dann können wir Freunde sein«, sagte der Baron und reichte Helena die Hand, deren kleinen Finger ein Siegelring zierte. Helena betrachtete die gepflegte Hand und schämte sich sofort für ihre eigenen. Durch das Säubern der Erdbeeren hatten sie einen roten Farbton angenommen, der sich nur schwer abwaschen ließ. Die Hände des Barons waren überraschend zart, wie bei einem viel jüngeren Mann. Gepflegte Nägel auf blasser Haut. Er sah Helena belustigt, aber immer noch abwartend an. Sie vermutete, dass es sich um irgendwelche mitteleuropäischen Gepflogenheiten handelte, von denen sie nichts wusste. Also ergriff sie vorsichtig seine Hand und küsste sie. Sie roch nach teurer Seife.

»Der Wert eines Mannes lässt sich an seinen Händen ablesen. Vergiss das nie!«, sagte der Baron, nachdem Helena seine Hand wieder losgelassen hatte. »Die Hände eines Arbeiters, spröde, große Schaufeln, sind sicherlich stark, werden es aber niemals vermögen, zärtlich zu sein und die heimlichen Wünsche einer Frau zu erfüllen. Glaubst du mir das? Ein echter Gentleman lässt sich nicht gehen.«

Während der Unterhaltung durchquerten sie Flure und Zimmer. Helena folgte ihm neugierig durch das interessante Gebäude bis in das Wohnzimmer – oder den Salon, *wie der Baron es nannte. Der große, schöne Raum war von oben bis unten blau. Dicke dunkelblaue Samtvorhänge und blau gestrichene Wände.*

An einer der Wände hing ein großes Gemälde in einem Goldrahmen. Es zeigte eine Szene mit einer kunstvoll gemalten, fast nackten jungen Frau in schwarzem Wasser. Helena legte den Kopf schief und konnte den Blick nicht von dem Bild lösen. In der Mitte erhob sich ein breitschultriger Mann mit Pelzumhang und Geweihkrone aus dem Wasser. Wie ein Wassergott. Helena sah auf das Gemälde und dann auf den Baron. Sie wusste nicht, wo sie Platz nehmen sollte. Erwartete der Baron von ihr, dass sie sich an den Tisch oder auf das Sofa setzte? Er blickte sie aufmerksam an, und sie hatte Angst, er könnte sie etwas über Malerei fragen. Sie schaute sich zwar gern Bilder an, aber viele Namen bedeutender Künstler fielen ihr spontan nicht ein. Nur Picasso und der finnische Maler Gallen-Kallela.

»Was denkst du, wenn du das Gemälde ansiehst?«, fragte der Baron, genau wie sie befürchtet hatte, und bedeutete ihr, sich auf eines der weinroten Rokoko-Sofas zu setzen.

»Ich weiß nicht«, erwiderte sie etwas verlegen. »Ich kenne mich nicht gut mit Kunstgeschichte aus«, stammelte sie.

»Man braucht kein historisches Wissen, um genießen zu können. Schönheit ist subjektiv. Interpretationen sind subjektiv«, sagte er und sah sie ermunternd an.

»Hm«, machte Helena und betrachtete das Bild noch einmal vom Sofa aus. Niemand hatte ihr jemals eröffnet, dass man Gemälde auch einfach nur ansehen konnte. In der Schule wurde man gezwungen, Namen und Jahreszahlen auswendig zu lernen.

»Es lässt mich an Gewalt denken. Warum sieht die Frau so verzweifelt aus, obwohl der Mann ein Wassergott oder König zu sein scheint? Als ob sie Angst hätte«, meinte Helena etwas geniert, ohne den Blick vom Bild abzuwenden. Neben ihr nickte der Baron zustimmend.

»Król wody«, *sagte er. »Das Gemälde zeigt den König des Wassers aus einer polnischen Volkssage.«*

Helena neigte den Kopf zur Seite und blickte immer noch auf das Bild. Sie mochte den bedrohlichen Mann mit dem Geweih und dem vollständig im Dunklen verborgenen Gesicht nicht, sosehr sie es auch versuchte.

Der Baron verschwand für einen Moment in die Küche und kehrte mit einem großen Silbertablett zurück. Neben den Erdbeeren, die Helena mitgebracht hatte, standen frisches Brot und Camembert darauf.

»Nimm dir, was dir schmeckt. Ich kann auch ein Omelett machen, wenn du möchtest«, sagte er.

»Danke, ich habe schon gefrühstückt«, antwortete Helena leise und nahm sich eine ihrer mitgebrachten Erdbeeren. »Wenn dir etwas angeboten wird, ist es höflich zuzugreifen«, klangen ihr Mutters Worte im Ohr, aber etwas am Auftreten des Barons forderte Helena heraus, ließ sie furchtlos und rebellisch werden. Innerlich beglückwünschte sie sich selbst zu ihrem Mut, das Frühstück abzulehnen.

»Wirst du der Erdbeeren nie überdrüssig?«, fragte der Baron.

»Niemals!«, erwiderte sie lachend, jetzt schon etwas beherzter. Sie fing an, die ihr entgegengebrachte Aufmerksamkeit zu mögen, den interessierten Blick des Barons, seine speziellen Fragen und dass er sie wie eine Ebenbürtige behandelte.

Nachdem sie den Salon erneut durchschritten hatten und vor einem weiteren großen Gemälde stehen geblieben waren, spürte sie die sanfte Berührung seiner Hand auf ihrem Rücken. Ob er damit ihre Grenzen testete? Bei Helena zu Hause umarmte man sich nicht oft. Daher fühlte sich diese zarte Geste eines Fremden seltsam an, irgendwie unangenehm und gleichzeitig faszinierend. Vielleicht machte man das so in Mitteleuropa, überlegte Helena und ließ seine Hand verweilen. Ihre Grenzen waren bereits in dem Moment überschritten worden, als sie allein mit einem Unbekann-

ten in dessen Haus gegangen war. Draußen schien die Sonne, und alles war wie immer, aber Helenas Welt hatte sich komplett verändert. Sie unterhielten sich bis zum späten Nachmittag.

Helsinki, Dienstag, 2. Juli

Am Vormittag fahren sie seine Mutter mit dem Rollstuhl in den vertrauten Wald in der Nähe ihrer Sommerhütte. Jan und sein Vater sehen zu, wie sie die Bäume und den Himmel betrachtet, über die dicke Rinde einer alten Kiefer streicht, den Amseln, Bachstelzen und Buchfinken lauscht und die erdige, regenfrische Luft einatmet. Jan sieht ihr zu und fragt sich, wie es wäre, zum letzten Mal ein Eichhörnchen zu beobachten. Ob man die Farben des Fells deutlicher wahrnimmt als zuvor? Wird ein Eichhörnchen das letzte Tier sein, das seine Mutter auf dieser Welt sehen wird?, überlegt er, während er still dasteht. Er spürt einen Kloß im Hals. Irgendwo ruft ein Kuckuck. Seine Mutter lauscht regungslos der Natur und verabschiedet sich im Stillen von ihr.

Jan würde gern wissen, ob sie noch einen letzten Wunsch hat, aber er traut sich noch nicht zu fragen. Das Bewusstsein über die kürzer werdende Zeit lähmt ihn, und er fühlt sich elend. Er hat bereits mit dem Gedanken gespielt, sich auf dem eigenen Sterbebett Heroin zu spritzen und dem Tod so euphorisch wie möglich entgegenzutreten. Jetzt kommt ihm die Idee naiv vor. Zum Glück bekommt seine Mutter Morphin gegen die Schmerzen. Außerdem scheint ihr letzter Trip dieser Wald zu sein. Sie saugt den Kieferndduft in sich auf, als würde sie eine teure Zigarre rauchen, berührt die Blätter, lauscht dem Konzert der Vögel. Sie streckt die Hand nach einem großen Stein aus und streicht über dessen bemooste Oberfläche.

»Ihr beiden Männer meines Lebens«, beginnt sie dann, »versprecht mir bitte, dass ihr nicht zu viel trauern werdet.«

»Mach dir keine Sorgen um uns, meine Liebe. Wir kommen schon zurecht«, sagt sein Vater und legt die Hände auf die Rollstuhlgriffe. Einen Moment lang bleiben sie so stehen und sehen einander an. Ihre Blicke drücken aus, was Worte nicht können.

»Wir sollten langsam zurückgehen, damit du dich nicht verkühlst«, bricht Vater am Ende die Stille und beginnt, den Rollstuhl langsam zurück zum Pfad zu wenden.

Auf dem Weg zum Auto erzählt Jans Mutter, sie glaube, ihr Leben werde nicht hier enden. Sie hoffe, sie werde wiedergeboren, als Johannisrose, die jeden Sommer blühe, oder als schnurrende Katze. »So wird es kommen«, sagt sie lächelnd und mit glänzenden Augen.

»Und dann werdet ihr mich wiedersehen. Und ich euch«, fügt sie hinzu. Der Satz ist zu viel für Jan. Er muss schlucken und kämpft mit den Tränen.

Auf der Rückfahrt klingelt sein Handy. Es ist die Staatsanwältin. Er drückt den roten Hörer und stellt das Telefon auf lautlos, obwohl es ein wichtiger Anruf war. Sein Vater sitzt stumm am Steuer, und seine Mutter blickt müde aus dem Fenster. Ungewollt fallen Jan die Augenlider zu. Vor ihm ziehen die Sommer seiner Kindheit, die entfernten Gerüche endlos langer Tage vorbei.

Lars Sundins Gedenkfeier soll im *Teatteri* stattfinden. Heidi ist schon vorzeitig da und beschließt, noch in die akademische Buchhandlung auf der anderen Straßenseite zu gehen. Es wäre nicht gut, wenn sie die Erste wäre, von der die Gäste

Notiz nähmen. Besser, sie kommt erst, wenn alles schon angefangen hat. Vorher holt sie sich bei *Starbucks* noch einen Kaffee. Die Brühe aus dem Büro wäre für diese Kaffeepedanten sicher das Schlimmste überhaupt, denkt sie amüsiert. Schon immer hat sie ganz gewöhnlichen Filterkaffee geliebt. Da bin ich wohl typisch finnisch, denkt sie, während sie die lange Getränkeliste überfliegt.

»Einen ganz normalen Filterkaffee bitte.«

»Wie heißt du?«, fragt der Verkäufer.

»Was?«

»Dein Name. Du wirst damit aufgerufen, wenn der Kaffee fertig ist.«

»Heidi«, antwortet sie und ahnt schon jetzt, wie peinlich es gleich werden wird, wenn der junge, selbstbewusste Millennial laut ihren Namen ruft.

Mit dem Kaffee in der Hand streift sie zwischen den Bücherregalen umher und fragt sich, ob das während der Arbeitszeit überhaupt erlaubt ist. Immerhin macht es Spaß. Sie geht zum Krimiregal. So viele Bücher über Morde und verschwundene Menschen. Schon lange fällt es ihr schwer, Krimis zu lesen, da deren Fakten über Polizeiermittlungen oft nicht stimmen und nicht wie im echten Leben vorgegangen wird. Wenn sie selbst als Polizistin unbedingt jemanden umbringen wollte, würde sie ihn einfach erschießen. Aber daraus lässt sich natürlich kein mehrere Hundert Seiten langer, spannender Roman machen.

Sie greift nach dem Taschenbuch, das auf Platz eins der Bestseller-Liste steht. Mal wieder ein schwedisches. In den letzten Jahren sind schwedische Krimis brutaler denn je geworden. Sie liest den Klappentext und stellt zufrieden fest, dass sie in ihrem Leben gerade definitiv keinen Bedarf an noch mehr Düsterkeit hat. Dann kehren die Gedanken zur Arbeit zurück. Warum hat der Mörder oder die Mörderin das Opfer nicht einfach erschossen? Wozu all der Aufwand? Um ihnen mit der Tat etwas zu sagen, denkt sie, während sie die schwere Tür der Buchhandlung öffnet. Warum hast du dein Opfer ertränkt, es aber dann auf trockenem Boden abgelegt?

Heidi geht die Treppe zum Club-Bereich des *Teatteri* hoch. An den Wänden kleben wild gemusterte, hässliche Tapeten. Wann war sie zuletzt hier? Sie kramt in ihrem Gedächtnis nach Erinnerungen an Partys, aber da sind keine. Der intensive Duft von Lilien schlägt ihr gleich am Eingang entgegen. Auf beiden Seiten der Türen stehen große Blumenvasen, zum stillen Gedenken an das Opfer. Heidi hat den Duft von Lilien noch nie gemocht. Er ist so penetrant und lässt einem keinen Raum zum Atmen.

Sie geht zum Büfett und holt sich ein Glas Champagner. Champagner bei einer Trauerfeier? Der Festsaal ist bereits voll, aber das Programm hat noch nicht begonnen. Es herrscht eine erwartungsvolle Stimmung. Ungefähr sechzig Leute sind im Raum, alle in feierliches Schwarz gekleidet und scheinbar auf weitere Anweisungen wartend. Gibt man sich hier wie auf einer Beerdigung oder wie auf einer extravaganten Party? Heidi beobachtet die herausgeputzten, schwarz gekleideten Menschen. Niemand weint. Sofort erkennt sie einige Promis. Ein paar Schauspieler, bekannte Wirtschaftsbosse, Eishockeyspieler und Restaurantbesitzer, Influencer, Models und Künstler. Manche von ihnen kennt sie nicht nur aus den Medien, sondern aus noch ganz anderen Gründen: durch Anklagen wegen Körperverletzung, Drogenmissbrauchs und Finanzdelikten.

Plötzlich entdeckt sie an der Wand noch ein vertrautes Gesicht. Was macht *er* hier? Gibt es etwas, was sie hätte wissen müssen? Oder ist ihr Chef Mertanen nur privat unterwegs? Sundins Arme scheinen ziemlich weit in die Führungsriegen gereicht zu haben, er kannte anscheinend jeden.

Heidi versucht, Mertanens Blick zu fangen. Er bemerkt sie, sieht aber einfach durch sie hindurch. Erkennt er sie etwa nicht? Plötzlich wird sie aus ihren Gedanken gerissen. Sie hat das starke Gefühl, beobachtet zu werden. Sie tut so, als würde sie den bohrenden Blick nicht bemerken, und geht zum Tisch, um ihr beinahe unangetastetes Glas abzustellen. Schnell nutzt sie den Moment, um die Quelle des Starrens ausfindig zu machen. Vor der Tür, unscheinbar, aber schön, direkt neben der riesigen Liliendekoration, steht zu ihrem Schrecken Julia.

In Heidis Kopf wimmelt es vor Bildern der gemeinsamen Nacht mit ihr. Natürlich, Julia hatte gesagt, sie veranstalte Privatfeiern. Seltsam, denkt Heidi und fragt sich, warum die Nacht mit der Blonden sie auch während der Arbeit beschäftigt. Das ist untypisch. Für gewöhnlich gelingt es ihr, Menschen schnell aus ihrem Leben und ihrem Kopf zu verbannen. Und immer, bevor es die anderen tun können. Zum Glück wird im selben Moment die Klaviermusik im Hintergrund unterbrochen, und das Programm beginnt. Heidi macht sich innerlich bereit. Erleichtert stellt sie fest, dass Julia ins Hinterzimmer verschwunden ist. Die Arbeit hat Heidi wieder einmal vor der Leere ihres eigenen Lebens gerettet. Vor ihrer leeren Wohnung, ihrem ruhelosen Geist.

Jemand gibt Anweisungen durch: »Handys weg. Lars hätte gewollt, dass wir uns im Guten an ihn erinnern, nicht im Schlechten. Nicht mit lutherischem Gehorsam, steifer Förmlichkeit und Weinen. Nein. Gedenken wir seiner heute Abend durch Freude. Wir haben zu Lars' Ehren eine letzte Party organisiert, eine, die man nicht so schnell wieder vergisst.«

Heidi kann die Stimme in der Nähe der Bar verorten. Der Redner ist Elias Korhonen.

Der junge Mann mit Schnauzbart kramt in seiner Tasche und klatscht ein weißes Tütchen auf den Tisch. Die Partygesellschaft quittiert die große Menge an Kokain mit zustimmendem Gemurmel. Die Musik wird wieder angemacht, diesmal lauter. Heidi kennt das Lied nicht.

Heute Abend ist nicht das Leben die beste Droge, sondern der Tod. Frustriert beobachtet Heidi die Models, die am Nebentisch Pulver schniefen. Sie hält Ausschau nach Mertanen, doch er ist nirgendwo zu sehen. Nichts wird hier verschleiert. Von überall her scheint es zu tönen: Lars hat uns hier vereint, also ist in seinem Namen alles erlaubt.

Heidi kaut auf der Innenseite ihrer Wange. Heute ist sie weder Moralapostel noch Gesetzeshüterin, sondern nur Beobachterin. Ihre Aufgabe ist es, mit der ominösen, dunklen Masse zu verschmelzen, Gespräche über Lars mitzuhören, alles einfach geschehen zu lassen. Mittlerweile lässt sich nicht mehr ausschließen, dass der Täter oder die Täterin selbst hier sein könnte.

Helsinki, Mittwoch, 3. Juli

Jan betrachtet die verbrannten Bootsüberreste, die gerade aus dem Wasser gezogen wurden. Das Feuer hat ganze Arbeit geleistet, sie werden kaum noch Spuren finden. Das war das erste Mal, dass ich erraten habe, wie du vorgegangen bist, denkt er. Der Mörder hatte also tatsächlich das Boot in Brand gesteckt. Was hast du als Nächstes vor? Wird es noch mehr Opfer geben?

Jan und Heidi kehren zum Auto zurück. Einen Moment lang sitzen sie im Fahrzeug und planen ihren nächsten Schachzug.

»Was denkst du? Wurde das Opfer zufällig ausgewählt, oder steckt ein persönlicher Grund dahinter?«, fragt Heidi und bedeutet Jan, das Handschuhfach zu öffnen. Er findet die Dose Snus und reicht sie ihr.

»Ein persönlicher Grund. Ich war mir von Anfang an sicher, dass Sundin gezielt ausgewählt wurde.«

»Sehe ich auch so«, sagt Heidi und wischt sich den Zeigefinger, mit dem sie gerade den Tabak in den Mund gesteckt hat, an ihrer Jeans ab.

»Aber warum? Was hat Sundin getan, um das verdient zu haben?«, überlegt sie und lässt den Motor an. Sie haben sich beide in Lars Sundins Lebensgeschichte eingelesen, aber nichts Auffälliges gefunden.

»Das Opfer muss nicht unbedingt etwas getan haben. Fahren wir als Nächstes ins Haartman-Krankenhaus«, sagt Jan, während Heidi zurücksetzt.

»Yes, Sir, was wollen wir dort?«, fragt sie und lenkt das Auto entschieden in die entsprechende Richtung.

»Dort ist vor zwei Stunden ein Junkie mit Überdosis eingeliefert worden«, meint Jan. »Seine Beschreibung stimmt mit der Person auf der Videoaufnahme aus dem R-Kioski überein. Möglicherweise ist es derselbe Typ, der die Prepaid-Karte für den Mörder gekauft hat.«

»Und jetzt hat er sich eine Überdosis verpasst?« Heidi versichert sich, ob sie richtig gehört hat.

»Ich denke dasselbe«, sagt Jan sofort. »Vielleicht hat der Junkie unseren Täter gesehen. Kann durchaus sein, dass da nachgeholfen wurde«, überlegt er, und Heidi nickt.

»Der Mörder ist also bereit, seine Spuren mit neuen Morden zu beseitigen«, sagt sie und biegt ab.

»Das könnte ein verdammt langer Sommer werden«, stellt Jan fest und schiebt seinen Sitz leicht zurück.

Die Befragung des Junkies erweist sich als äußerst schwierig. Der Mann war bereits im Krankenwagen in einem kritischen Zustand gewesen und konnte im Krankenhaus nicht mehr wiederbelebt werden. Jan und Heidi starren still auf den Leichnam mit den eingefallenen Wangen auf dem weißen Krankenhausbett. Todeszeitpunkt 15:07 Uhr. Alles, was von ihm übrig ist, sein ganzer Besitz, befindet sich laut Krankenpfleger in der Lidl-Tüte, die am Stuhl neben dem Bett hängt. Mit Handschuhen untersuchen sie deren Inhalt, finden aber nichts Interessantes. Heidi beschließt, auch die zusammengefaltete, nach Urin riechende Jogginghose des Mannes zu durchsuchen. Zu ihrer Überraschung findet sie neben Tabakbröseln und anderem Abfall alte Kassenzettel in den Hosentaschen. Einer davon weckt Jans Interesse besonders. Ein Einkauf bei R-Kioski: vier Prepaid-Karten.

»Ist dir klar, was das bedeuten könnte?«, fragt Heidi, während sie den zerknüllten Zettel glatt streicht.

»Wenn er diese Karten im Auftrag des Mörders und nicht für den eigenen Gebrauch gekauft hat, könnte es vier Opfer geben«, sagt Jan und bekommt für einen Moment weiche Knie. Sofort hat er das Bedürfnis, sich irgendwo anzulehnen.

Ich

Ich weiß, dass ich nicht eindeutig im Recht bin, aber ich handle trotzdem. Alles ist schon geplant, alles bereits in Gang gesetzt. Es gibt kein Zurück. Das neue Opfer starrt mich an. Neben Angst ist in seinen Augen ein Funken Hoffnung zu sehen. Es denkt, dass alles noch verhandelbar sei. Dass es für seine Taten anders als mit dem Tod büßen könne. Es beschwert sich, dass die Fesseln die Haut blutig scheuern, dass die Körperhaltung unbequem sei. Zeit, endlich mit diesem Quatsch aufzuhören, sagt es und lacht erstickt auf. Dieses Opfer ist eine größere Herausforderung als das letzte.

Glaubt es tatsächlich, dass es sich hier nur um ein Spiel handelt?

»Das ist kein Spiel«, sage ich und sehe, wie die Augen des Opfers sich leicht weiten. Das Blinzeln und der gehetzte Blick verraten, dass es endlich zuhört. Zum ersten Mal ist Panik in seinen Bewegungen zu erkennen. Es beginnt sichtlich zu begreifen, hält Blickkontakt, appelliert an die Gerechtigkeit und den Verstand und beruft sich auf seine Immunität. Fragt, was ich eigentlich wolle. Geld? Das ließe sich beschaffen. Ich klebe dem Opfer den Mund zu. Es versucht noch, um Hilfe zu rufen, aber vergebens. Hier ist sonst niemand. Nur wir beide.

In der Ferne singen Amseln. Ansonsten ist es ganz still. Ich höre dem Leiden des Opfers ruhig zu. Während Hass und Verachtung meine Seele und mein Herz durchdringen, bemerke ich endlich den Beginn einer neuen Phase. Das Opfer hält nichts mehr für selbstverständlich. Es versteht, dass es mit Geld nichts erreicht – und dass ich keine Moral habe. In diesem Moment gibt es nur uns beide. Es wurde verhandelt, und nun muss bezahlt werden. Jetzt habe ich es in der Hand.

Ich reiße das Klebeband ab, um zu hören, wie das Opfer um Gnade winselt. Aber Gnade ist das Letzte, was ich jemals wieder irgendjemandem zuteilwerden lasse, der sie nicht verdient.

Hartola, Donnerstag, 4. Juli

An der Königspforte, in schönster Uferlage, steht das Café *La Kar de Mumma* und präsentiert sich als sympathisches Lokal mit entspanntem Flair, frischem Brot und Kardamomschnecken. Durch den sattgrünen Rasen zeichnet sich das helle Gebäude vom Fluss ab. Ein Mähroboter fährt an einem Trampolin vorbei. Am Flussufer liegt ein idyllischer Steg, auf dem sich regelmäßig Spaziergänger versammeln. Sie blicken auf das Wasser, atmen tief durch und machen dann auf dem Absatz kehrt, um zum Auto zurückzugehen und ihre Fahrt fortzusetzen.

Natürlich kommt auch lokale Kundschaft in das Café. Stammkunden, von denen viele hin und wieder gern bei einer Tasse Kaffee oder einem Mittagessen Neuigkeiten austauschen. An diesem Morgen ist das Café leer. Der Wochenendansturm hat noch nicht begonnen.

Die Verkäuferin beschließt nach einem Blick in den gähnend leeren Raum, draußen schnell eine Zigarette zu rauchen. Sie kramt Zigarettenschachtel und Feuerzeug aus der Tasche und zieht sich ihre flauschige Strickjacke über. Dann gibt sie in der Küche Bescheid, stellt sicher, dass die Schlüssel in der Hosentasche sind, und tritt durch die Hintertür hinaus. Von dort hat man eine schöne Aussicht auf den Fluss.

Sie raucht seit Jahrzehnten und gehört zu denen, die selbst auf dem Sterbebett noch eine letzte Zigarette wollen. Genussvoll inhaliert sie den Rauch in die Lunge und bläst ihn durch die Nase wieder hinaus. Sie kneift die Augen zusammen, um durch den Qualm etwas erkennen zu können, und lässt den Blick auf der Flusslandschaft ruhen. Trotz des Nikotins lassen sich sommerliche Gerüche wahrnehmen. Es riecht nach frisch gemähtem Gras, einem Hauch Benzin, und über das Belüftungsfenster dringt der Duft von Hefegebäck nach draußen. Mit eingesogenen Wangen zieht sie an der Zigarette und fragt sich, wie sie diesen ruhigen Arbeitstag herumkriegen soll. Sie schaut auf den Parkplatz: fast leer, nur ein Auto. Wo sind nur die ganzen Kunden? Wenn das so weiterginge, sähe es schlecht für das Café aus. Die Tankstellenkette ABC würde auch hier gewinnen.

Sie nimmt die letzten Züge und drückt die Zigarette im Gurkenglas aus, das auf dem Boden steht und bereits mit ihren alten Stummeln gefüllt ist. Jeden Tag nimmt sie sich nach dem Rauchen vor, das Glas zu leeren, aber es steht immer noch da und quillt über, wie ein Sinnbild ihrer Sucht. Routiniert steckt sie die Zigarettenschachtel in die Tasche ihrer Strickjacke und kramt die Schlüssel aus der Hose, um wieder hineinzugehen.

Im gleichen Moment beschleicht sie ein seltsames Gefühl, das sie erneut zum Parkplatz schauen lässt. Das Auto. Es ist dasselbe, das schon um 06:10 Uhr dastand, als sie das Café aufschloss. Der Platz vor dem *La Kar de Mumma* ist keine kostenlose Parkmöglichkeit, das wird sie dem Fahrer schon klarmachen. Sie wird einen Hinweiszettel auf der Windschutzscheibe hinterlassen.

Um 09:10 Uhr geht der Anruf einer hysterischen Frau in der Notrufzentrale ein. Die Nachricht ist kurz und prägnant: Bei der Königspforte, in einem Auto auf dem Parkplatz des Cafés

La Kar de Mumma, sei ein ziemlich toter Mann gefunden worden.

Das Polizeirevier von Hartola existiert nicht mehr, und vom Bereitschaftsdienst erwischt es Ilkka Janhunen in Lahti. Als Beamter im Außendienst stellt er zusammen mit den Sanitätern den Tod des Mannes fest. Man kann nichts mehr tun. Der Krankenwagen darf wieder fahren.

Während Ilkka Janhunen auf die Jungs von der Spurensicherung wartet, geht er unruhig auf dem Parkplatz auf und ab. Derartige Todesfälle kommen nur selten vor, aber er weiß, dass jetzt nichts angefasst werden darf. Er kehrt zum Auto zurück und späht noch einmal hinein. Der Anblick ist auf eine nüchterne Art und Weise grauenhaft. Ihm ist bewusst, dass man ihn beobachtet, also tut er sein Bestes, um ruhig zu wirken. Bereits ein Dutzend Bewohner von Hartola hat sich im Umfeld des Cafés versammelt, und alle schauen mit langen Hälsen zum Parkplatz. Was ist passiert? Warum ist die Polizei hier? Ist jemand tot? Die Neuigkeit hat sich bereits unter den Einheimischen verbreitet. Im Auto wurde etwas gefunden, und dieses Etwas ist nicht mit heulender Sirene ins Krankenhaus gebracht worden. Außerdem ist die Polizei immer noch hier. Auch auf der Vorderseite des Cafés recken ein paar neugierige Passanten die Hälse Richtung Parkplatz. Ilkka verscheucht sie alle und sagt ihnen, sie mögen sich um ihre eigenen Angelegenheiten kümmern. Unter den neugierigen Blicken der Einheimischen beginnt er demonstrativ, den Fundort und dessen Umgebung mit Polizeiband abzusperren.

Ilkka fällt es schwer, die Neugier der Menschen zu verstehen. Warum würde jemand freiwillig so etwas sehen wollen? Den beklemmenden, lähmenden Tod. Als das Areal abgesperrt ist, kehrt er zum Auto zurück, um nachzudenken. Augenzeugen und Beweise. Danach müsste man in so einer Situation sicherlich als Nächstes suchen. Ilkka holt tief Luft und lugt noch einmal in das Innere des Autos. Die Leiche sitzt starr auf dem Fahrersitz und sieht irgendwie gedemütigt aus. Von jetzt auf gleich wurde sein Leben ausgelöscht, denkt er und beäugt auch den teuren Mercedes. Das Opfer war wohl relativ wohlhabend. Er sieht auf die Uhr. Die Spurensicherung ist immer noch nicht da. Hier ist das normal. Man kann die Fahrtdauern nicht verkürzen. Man ist da, wenn man eben da ist. Statt der Spurensicherung kommen noch mehr Schaulustige an. Wegen des abgesperrten Parkplatzes müssen manche ihr Auto am Straßenrand parken.

»Hier gibt es nichts zu sehen«, sagt Ilkka halb zu sich selbst, halb zu den Gaffern. »Gehen Sie nach Hause!«

Er tritt näher heran und fotografiert das Opfer ein paarmal mit dem Handy. Die Konstellation lässt ihn an die Krimiserie *Der Alte* und deren dramatische Leichenfunde denken. Er erinnert sich an all die Samstagabende seiner Kindheit, die er mit dieser deutschen Polizeiserie verbrachte. Und jetzt das. Die bittere Realität. Das Seltsamste, was ihm bei der Arbeit jemals vor die Augen gekommen ist. Kein gewöhnlicher Verkehrsunfall. Zum Glück, davon geht er zumindest aus, wird der Fall bald an die Mordkommission übergehen. Das Einzige, was er in dieser Situation tun kann, ist, ruhig abzuwarten und sich an das Protokoll zu halten.

Er lässt die Leiche im Auto zurück, steigt unter dem Absperrband hindurch und geht zum Café. Zeit, die Frau zu vernehmen, die den Mann gefunden hat. Im Café findet er sie sofort. Sie lehnt, immer noch zitternd, an einem der Tische und sieht verweint aus. Nach fünf Zigaretten und ununterbrochenem Schluchzen scheint sie ihre Stimme jedoch wiedergefunden zu haben.

»Das ist der Bankdirektor«, stammelt sie, und Ilkka hebt gespannt die Brauen.

»Wer?«

»Im Auto. Das ist unser Bankdirektor«, sagt sie und bricht wieder in Tränen aus.

»Wie heißt er?«, fragt Ilkka, da er selbst nicht aus Hartola stammt.

»Na, Eskola natürlich. Die Leiche im Auto ist Matti Eskola«, sagt sie und schnäuzt sich geräuschvoll in eine Serviette mit dem Aufdruck »La Kar de Mumma«.

Helsinki, Donnerstag, 4. Juli

Jan läuft durch das ruhige Stadtzentrum. Es ist komplett ausgestorben, nichts regt sich. Nur hier und da stehen ein paar Touristen herum, um alte Gebäude oder Schaufenster zu bewundern.

Er hat schlecht geschlafen. Zuerst kreisten seine Gedanken um den Brandzeichenmord und anschließend um die Sommer seiner Kindheit. Dann hatte er einen seltsamen Traum. Schwer zu sagen, wie alt er darin war, ob noch Kind oder schon erwachsen, aber die Stimmung war warm und voller Trost, und seine Mutter war gesund. Aber dann wachte er verwirrt auf und fühlte sich wahnsinnig einsam. Er nahm das Handy und wischte sich für eine Weile durch die sommerlichen Nachrichten in seinen WhatsApp-Freundesgruppen. Ein schöner, heller Sommerhimmel über einem stillen See. Gruppenbilder von Saunaabenden und gemeinsamem Grillen. Wenn seine Freunde, erfrischt von Sommererlebnissen, in ein paar Stunden aufwachten, würde er schon mehrere Stunden gearbeitet haben.

Das Handy klingelt.

»Hör dir das an«, beginnt Mertanen, und Jan erwacht aus seinen Gedanken. »Kam gerade über das interne Netz rein: In Hartola wurde ein Toter gemeldet. Sie haben bereits mit mir Kontakt aufgenommen. Die Polizei von Häme, die für die Gegend zuständig ist, hofft auf Unterstützung durch das KRP, da an der Leiche Spuren gefunden wurden, die auf einen sadistischen Mord hinweisen …« Mertanen räuspert sich ein paarmal und fährt dann mit Nachdruck fort: »Der Tote wurde ertränkt, und er hat ein Brandzeichen im Intimbereich.«

Jan antwortet einen Moment nicht. Die Nachricht über den neuen Fall nimmt plötzlich alles ein, und Mertanen hat seine volle Aufmerksamkeit. Sofort muss er an die Kassenzettel in der Hosentasche des Junkies denken. *Vier Prepaid-Karten.* Ist es möglich, dass in Hartola gerade Opfer Nummer zwei gefunden wurde?

Kurze Zeit später öffnet Jan den Bericht über den Fall auf dem Computerbildschirm und prüft die Informationen. Ein Mann namens Matti Eskola, geboren 1954, wurde tot vor der Königspforte in Hartola, auf dem Parkplatz des Cafés *La Kar de Mumma,* gefunden. Er befand sich auf der Fahrerseite, und als Todesursache wird Ertrinken angenommen. Bei der Obduktion wurde festgestellt, dass die Lunge mit Wasser gefüllt war. Außerdem wurde eine weitere außergewöhnliche Entdeckung gemacht: Dem Opfer wurde vor dem Tod ein Brandzeichen auf den Hoden gebrannt.

Gedankenverloren kratzt Jan sich am Bart. Es ist passiert. Der nächste Schritt, den er vorausgesehen hat, eine neue Leiche. Es schaudert ihn. Das würde die Ermittlungen komplett verändern. Ein weiterer Toter macht aus der ersten Tat schon den *Beginn einer Serie.* Sie werden sich darauf gefasst machen müssen, dass eine zweite Leiche auch eine dritte bedeuten könnte. Jetzt müssen sie schnell und präzise sein und das dritte Opfer vor dem Mörder erreichen. Aber sie bräuchten etwas, wo sie ansetzen können, einen ordentlichen Hinweis.

Schon eine halbe Stunde später ist das Team versammelt. Saki untersucht die Anrufhistorie von Matti Eskola und versucht, Nummern zu finden, die an den Tagen vor dem Mord nur ein einziges Mal in den angenommenen Anrufen gelistet sind. Jan ist gespannt, ob eine der Prepaid-Nummern aus dem R-Kioski darunter sein wird. Nachdem Saki die Liste durchgegangen ist, teilt er den anderen mit, dass Eskola am 02.07. um 20:37 Uhr einen Anruf mit unterdrückter Nummer erhalten und das Telefonat 01:48 Minuten gedauert habe. Dann nimmt er die Anrufliste genauer unter die Lupe, um den möglichen Anrufer ausfindig zu machen.

»Gibt es Nachrichten? Sundin bekam ein Bild einer Knochenkrone geschickt«, fragt Jan mitten hinein, aber Saki schüttelt den Kopf.

»Eskolas Handy wurde untersucht, aber es wurde kein einziges Bild gefunden.«

Jan hebt die Brauen. Der Täter oder die Täterin greift nicht auf die gleiche Vorgehensweise zurück, obwohl die Mordmethode dieselbe ist.

»Der Anruf des mutmaßlichen Mörders könnte der hier gewesen sein«, sagt Saki und zeigt auf den entsprechenden Eintrag am Bildschirm. Jan und Heidi eilen herbei, um ihm über die Schulter zu schauen. »Aber der Anruf kam über eine verschlüsselte Verbindung aus dem Darknet. Vorerst bekommen wir den Anrufer nicht heraus«, fügt er enttäuscht hinzu.

»Er ist geschickter, als wir dachten. Vielleicht hat er erfahren, dass wir den Junkie gefunden haben. Um sicherzugehen, dass er nicht erwischt wird, hat er seinen Plan geändert. Er schafft es also, die Situation unter Kontrolle zu behalten und seine ursprüngliche Strategie zu ändern«, stellt Jan fest.

»Er hält sich nicht sklavisch an ein Muster«, denkt Heidi laut nach. »Er ist nicht so zwanghaft, dass er – oder sie – nicht auf Umstände reagieren und neue Pläne machen könnte. Wir haben es mit einem wirklich gefährlichen Menschen zu tun.« Dem kann Jan nur zustimmen.

Der Täter ruft seine Opfer kurz vor deren Tod ein einziges Mal an. Jan kratzt sich am Bart. *Was sagt er, wenn er sie anruft?* Wie hat er die Männer an den gewünschten Ort gelockt? Erpresst er sie mit irgendetwas, oder willigen sie einfach direkt ein, sich zu treffen?

Es ist Zeit für den ersten genauen Durchgang des Tatverlaufs. Sie müssen eine Theorie aufstellen, wie alles abgelaufen ist und warum. Was ist das Motiv? Wer ist der Hauptverdächtige? Die Direktion würde nie eine verneinende Antwort auf die Frage, ob die Ermittler bereits Vermutungen über den Schuldigen hätten, hinnehmen. Jan wird sich irgendetwas aus den Fingern saugen müssen. Den Eindruck vermitteln, dass sie eine klare Ermittlungsrichtung haben, dass sie überhaupt *irgendetwas* haben.

Im ersten offiziellen Täterprofil hatte Kaj festgehalten, dass sie darüber nachdenken müssten, wie viele Könige es gebe. Daraufhin hat Saki nach Königsreferenzen aus den verschiedensten Bereichen gesucht. Eine Möglichkeit wäre ein Bezug auf die Bibel. Die Heiligen Drei Könige. Der Marsch der drei Könige, *La marche des rois.* Aber es sind vier Prepaid-Karten gekauft worden. Im schlimmsten Fall bedeutet dies, dass es vier Könige sind, wie beim Kartenspiel. Was Mertanen als Allererstes fragen wird: Was verbindet die beiden Männer? Warum gerade sie? Wer ist der oder die Hauptverdächtige? Wann brauchen wir den ersten Haftbefehl?

Über ihre Theorie, dass es drei oder vier Opfer werden könnten, bewahren sie vorerst Stillschweigen. Für die Direktion und die Medien wäre es zu diesem Zeitpunkt wichtig, ausschließlich etwas über aggressive und erfolgreiche Ermittlungsarbeit zu kommunizieren und nichts über das Spiel, das der Mörder oder die Mörderin womöglich mit ihnen spielt. Jan späht unauffällig auf sein Handy. Vorerst keine Anrufe. Er seufzt und überlegt kurz, wie schlimm sein Hunger ist. Es wird ein langer Tag werden. Also beschließt er, Pizza für das ganze Team zu bestellen.

Die Margheritas und Puttanesca-Pizzen sind schnell aufgegessen, und so fegt Saki die Pizzakartons rabiat zur Seite. Der Hunger der Ermittler ist beseitigt, das Problem aber nicht. Was steckt hinter den Brandzeichenmorden?

»Wir müssen mit den Opfern anfangen. Matti Eskola hat eine Ehefrau und eine erwachsene Tochter. Die Frau haben wir erreicht, die Tochter wird noch gesucht«, sagt Saki. »Sundin hat keine Angehörigen. Die Facebook-Profile der Opfer wurden schon überprüft. Das heißt, Eskola hat gar kein Facebook-Konto, und in Sundins Profil findet man hauptsächlich versaute Messenger-Nachrichten an junge Frauen. Aber habt ihr schon mal daran gedacht, was viele Helsinkier gemeinsam haben?«, fragt Saki, und Heidi und Jan sitzen still auf ihren Plätzen. Keine Antwort.

»Dass sie so tun, als wären sie echte Helsinkier, ursprünglich aber eigentlich woanders herkommen«, meint Saki schmunzelnd. Er selbst stammt aus Kerava, erzählt aber allen, er sei aus Helsinki.

»Lars Sundin ist in Jyväskylä geboren. Matti Eskola in Joutsa. Von Jyväskylä bis Joutsa sind es nur circa siebzig Kilometer.«

»Es kann also sein, dass Sundin und Eskola zum Beispiel Kindheitsfreunde oder Kommilitonen waren?«, versichert sich Jan. Saki nickt.

Saki vergleicht die Lebensläufe beider Opfer miteinander, um jede noch so kleine Schnittstelle zu finden.

»Treffer!«, ruft er kurz darauf. »Das Gymnasium von Jyväskylä. Beide waren auf derselben Schule, aber in unterschiedlichen Jahren. Eskola ist vier Jahre älter als Sundin und war von 1970 bis 1973 dort. Sundin von 1974 bis 1977.«

Jan und Heidi hören aufmerksam zu.

»Wir wissen noch nicht, ob die Männer etwas miteinander zu tun haben, aber zumindest in ihren Fundorten steckt eindeutig eine Botschaft.« Heidi googelt nach einer Übersichtskarte von Mittelfinnland und nach dem Ort, an dem gerade das zweite Opfer gefunden wurde. Die ernste, gespannte Stille im Raum wird plötzlich von Heidis Rülpser durchbrochen, und Saki muss schmunzeln.

»Wie viele Königspforten gibt's denn da noch«, murmelt sie und überfliegt die Informationen zu Hartola. »Verdammte Scheiße«, schreit sie fast. »Nicht nur liegt das *La Kar de Mumma* an einer Königspforte, sondern hier steht auch, dass die Gemeinde Hartola sich selbst als Königreich bezeichnet.«

Hartola, Freitag, 5. Juli

Ein schwarzer Trauermantel landet auf Saanas Zeh, während sie mit einem Kaffee in der Hand auf den Holzstufen vor dem Haus sitzt und durch alte Einrichtungszeitschriften blättert. Gedankenverloren stützt sie ihre Wange auf den Knien ab und bemerkt, dass der weinrote Nagellack auf ihren Fußnägeln langsam abblättert. Zum Glück interessiert das auf dem Land niemanden. Die Sonne auf ihren Beinen fühlt sich herrlich warm an, und der Schmetterling sitzt auf ihrem großen Zeh, als wolle er dortbleiben. Vielleicht saugt er Mineralien aus ihrem Schweiß auf.

Die Scheunentür öffnet sich, und Tante Inkeri kommt mit getrockneten Birkenreisigen heraus.

»Schau mal. Wenn wir die in den Saunaofen werfen, kriegen wir einen schönen Duft.« Sie wirft die staubtrockenen Reisige in die Schubkarre und bemerkt den Falter auf Saanas Zeh. »Ein Trauermantel, wie passend«, sagt sie nachdenklich und kneift im hellen Sonnenlicht die Augen zusammen.

»Warum?«, fragt Saana und hebt träge den Kopf.

»Der Bankdirektor ist tot«, antwortet Inkeri und tritt näher heran.

Saana versucht vorsichtig, den Schmetterling zu berühren,

aber als ob er es geahnt hätte, fliegt er davon und flattert direkt zu einem verführerisch duftenden Jasminstrauch.

»Wie ist der Typ gestorben?«, fragt Saana und hebt die Hand vor die Augen, um ihre Tante im Gegenlicht sehen zu können.

»Matti Eskola ist im Dorf ein angesehener Mann, kein ›Typ‹«, erwidert Inkeri und schreitet langsam im Garten umher, als ob sie nachdenken würde, was es noch zu tun gibt. »Anscheinend ist es gerade erst passiert. Er starb unter unklaren Umständen oder zumindest überraschend.«

»Was heißt das?«, fragt Saana.

»Es wird erzählt, dass er tot in seinem Auto gefunden wurde.«

Saana beobachtet weiter den Trauermantel. Er flattert hin und her, als sei er unschlüssig, wo er landen soll.

Tante Inkeri stellt sich vor sie an die Treppe und streift ihre schlammigen Stiefel an einem Grasbüschel ab. »Im Dorf wird schon geredet, dass die Polizei in der Sache ermittelt«, sagt sie und sieht Saana verschmitzt an.

»Wenn die Gerüchte stimmen, dann war es nicht einfach nur ein Krankheitsfall, sondern etwas ganz anderes, etwas, was Sonderermittlungen erfordert«, fährt sie fort und richtet sich auf. »So etwas wie Mord zum Beispiel.« Sie zieht ihre Gartenhandschuhe mit Blumenmuster an und nimmt den Eimer in die Hand, den sie immer für ausgerupftes Unkraut benutzt. Saana verfolgt, wie sie in den Garten geht, und beugt sich hinunter zum Kräuterbeet, um sich etwas Schnittlauch zu pflücken.

»Wer behauptet, dass in Hartola nie etwas los ist?«, sagt sie zu Inkeri, die im Gemüsegarten kniet, und beißt ein Stück Schnittlauch ab. »Das wird ja regelrecht gefährlich hier«, fügt sie lachend hinzu.

Es fühlt sich schrecklich an, Witze über den Tod eines Menschen zu machen. Ihre Tante schweigt. Saana fragt sich, wie Inkeri die Gemeinde erlebt.

»Warum bist du damals nach Hartola zurückgekehrt?«, fragt Saana und geht zu ihr hinüber. Inkeri bleibt in der Hocke, hebt aber den Kopf.

»Wenn man genug gereist ist, sieht irgendwann alles gleich aus«, antwortet sie und unterbricht das Unkrautjäten. »Und deine Mutter war damals in schlechter Verfassung. Ich glaube, ich bin letzten Endes in die vertraute Umgebung zurückgekehrt, um durchzuatmen. Zuerst blieb ich nur den Winter über und plante, im Frühjahr wieder zu gehen. Doch als der Frühling dann kam, konnte ich mich auf einmal nicht lösen.«

Saana nickt. Komisch, wie kleine Orte am Wegesrand so nachhaltig die Richtung beeinflussen können.

»Ich komme nicht wirklich mit den Nachforschungen voran. Nirgendwo habe ich genügend Antworten bekommen«, erzählt sie und beugt sich hinunter, um eine leuchtend orange Kapuzinerblüte zu pflücken.

»Wenn du keine Antworten hast, dann konzentriere dich vielleicht weiterhin nur auf das Fragenstellen«, sagt Inkeri mit den Händen voller erdverklumpter Kartoffeln. »Im Frühjahr habe ich die Sorte Sieglinde eingepflanzt, und heute bekommen wir die ersten eigenen Sommerkartoffeln«, fügt sie lächelnd hinzu und wirft die kleinen, erdigen Knollen in ihre Plastikbox.

Saana beobachtet ihre Tante bei der Arbeit und fühlt sich schon etwas munterer. Sie war schon immer gut darin, den Fleiß anderer zu beobachten und sich dann aufgrund der eigenen Trägheit schlecht zu fühlen.

»Soll ich uns zu den neuen Kartoffeln noch einen Fisch holen?«, fragt sie. Sie würde gern noch einmal zum Supermarkt gehen. Das Einkaufen ist in Hartola zur spannenden Attraktion, zum Höhepunkt des Tages geworden.

Es ist grau und schwül. Für den Abend ist ein Gewitter angesagt. Saana lehnt ihr Fahrrad an die Hauswand des Supermarkts, ohne es abzuschließen. Sie muss sich beeilen, um noch vor dem Regen zurückzukommen. Tante Inkeri hatte gelacht, als sie gefragt hatte, wo sie wohl ein gutes Fahrradschloss bekäme. Sie habe noch nie gehört, dass in Hartola ein Fahrrad gestohlen worden wäre.

Das Kühlregal ist leicht zu finden, und Saana nimmt eine Packung Vollmilch mit. Dann bleibt sie mitten im Gang stehen und überlegt, wo wohl die Eier sind. Sie kehrt zum Brotregal zurück und kommt an einer Gruppe vorbei, die sich vor dem Backregal versammelt hat. Zwei Frauen und drei Männer, die das mittlere Alter überschritten haben, unterhalten sich aufgeregt.

»Einfach so tot!«

»Was ist da nur …«

»War es das Herz? Oder Alkohol?«

Die Mutmaßungen werden fortgesetzt. Saana findet die frischen Barschfilets und schließlich auch die Eier und geht Richtung Kasse. Ihr Einkommen ermöglicht ihr kleine Einkäufe, aber nicht sehr viel darüber hinaus. Zum Glück hat sie ein paar Ersparnisse, und in Hartola geht das Geld nicht so schnell für Restaurants oder teure Gourmetkaffees drauf.

An der Kasse trifft sie auf eine zweite Dorfversammlung.

»Eskola ist tot, habt ihr's schon gehört?«, ruft eine lebhafte Frau und rempelt eine andere an, die gerade mit ihrem Mann in der Schlange steht. Ihr Kommentar löst Stimmengewirr aus.

»Man redet über gar nichts anderes mehr«, erwidert die Frau, und auch der Mann schüttelt den Kopf. Die energische Frau geht weiter, und Saana muss einfach zuhören, auch wenn sie es nicht sollte.

»Anscheinend saß er im Auto, auf dem Parkplatz vor dem *La Kar de Mumma*«, sagt der Mann ruhig, als ob er über das Wetter reden würde. »Die Polizei hat verlauten lassen, dass es kein gewöhnlicher Fall sei. Es wird sogar von Mord gesprochen.«

»Das muss man sich mal vorstellen!«, sagt die Frau mit eindeutig enthusiastischer Erschütterung. Das ruhige Hartola hat plötzlich viel Gesprächsstoff bekommen.

Saana legt ihre Einkäufe auf das Band und grüßt die Kassiererin. Diese sagt nichts, nickt ihr aber mit einem seltsamen Blick zu. Vielleicht bildet Saana es sich nur ein, aber ihr scheint, als wüsste die Kassiererin, wer sie ist. Ob die Drohbotschaft von ihr stammt? Saana mustert sie möglichst unauffällig.

»Alle reden über Eskola, aber ich interessiere mich für einen etwas älteren Fall«, sagt Saana, während sie mit Karte bezahlt. »Ich bin an dem Mädchen interessiert, das hier in den Achtzigern tot im Fluss gefunden wurde. Kennen Sie den Fall?«

Die Frau sieht sie mit schief gelegtem Kopf an. An der Kasse ist es jetzt still, da die Dorfversammlung mit ihren Neuigkeiten über den Todesfall nach draußen weitergezogen ist.

»Erinnern Sie sich an Helena?«, wiederholt Saana ihre Frage. Wenn die Frau ihr ganzes Leben lang in Hartola gewohnt hat, war sie damals wahrscheinlich fast im gleichen Alter wie Helena. »Iiris« steht auf ihrem Namensschild.

»Ja, ich erinnere mich an sie«, antwortet sie schließlich mit einem finsteren Blick, als Saana die Einkäufe einzeln einpackt. Ihre leuchtenden rötlich-orangen Haare stehen im scharfen Kontrast zur blauen Arbeitskleidung.

»Jeder hier, der etwas älter ist, erinnert sich. Die ganze Gemeinde hat um Helena getrauert«, sagt sie leise und starrt für einen Moment ins Leere. Dann räuspert sich jemand, und sie wendet sich dem nächsten Kunden zu.

»Der Fall ist schon so lange her. Wissen Sie, es ist schwierig, etwas darüber herauszufinden. Wenn Sie Interesse haben, Ihre Erinnerungen mit mir zu teilen, dann rufen Sie mich an oder schreiben Sie mir eine Nachricht«, sagt Saana und beugt sich zu ihr hinüber, um ihr ihre alte Visitenkarte zu geben: »Saana Havas, Online-Redakteurin.« Die Karte ist zwar alt, aber die

Nummer stimmt noch. Wer weiß, wie ihre Bezeichnung im Herbst lauten wird, wenn sie sich endlich dazu aufraffen wird, nach einer neuen Stelle zu suchen.

Während die Kassiererin Saanas Karte langsam in die Brusttasche ihres T-Shirts steckt, sagt Saanas Intuition ihr, dass sie genau den richtigen Menschen angesprochen hat. Jemanden, bei dem tagtäglich fast alle Dorfbewohner vorbeikommen.

Als sie durch die Schiebetür hinausgeht, blickt die Kassiererin ihr nach. Natürlich kennt sie den alten Fall. Sie weiß nur zu gut über Helenas Tod Bescheid. Sie weiß auch, dass Saana aus Helsinki kommt, den Sommer hier verbringt und plötzlich angefangen hat, zu viele Fragen über Helena zu stellen. Sie weiß das alles, aber noch hat sie sich nicht entschieden, wie sie zu der Sache stehen soll.

Helsinki, Freitag, 5. Juli

Saki ruft die Website der Gemeinde von Hartola auf, und sie versammeln sich um den Bildschirm, um sie sich anzusehen. Hartola nennt sich seit 1987 Finnlands einziges Königreich. Ob es, wo ein Königreich ist, auch Könige und Kronen gibt? Bald hat Saki tatsächlich eine Krone vor sich: die Krone auf dem Gemeindewappen, und unter ihr zwei sich überkreuzende Fackeln. Jan beugt sich näher zum Bildschirm. Die Wappenkrone kommt ihm bekannt vor. Er hat sie schon zweimal als groteskes Symbol auf toter Haut gesehen. Das Vorbild des Brandzeichens ist gefunden.

Jan nickt still, geht zum Whiteboard und betrachtet die Fotos von Eskola und Sundin. »Was gibt es Neues?«, fragt er, ohne den Blick abzuwenden.

»Eskolas engster Kreis wurde mithilfe der Polizei von Häme befragt. Laut Angaben im Computersystem hat er eine erwachsene Tochter, aber unter ihrem Namen wurden keine Daten gefunden«, sagt Heidi. »Die letzten Informationen über sie sind über zwanzig Jahre alt. Wir haben versucht, sie über den Anwalt der Familie Eskola zu erreichen, aber bis jetzt erfolglos.«

»Okay. Was hat Eskolas Tochter dazu bewogen, zu verschwinden und ihren Namen zu ändern?«, überlegt Jan und lässt sich aufs Sofa plumpsen. Jetzt, da die Ermittlungen vorangehen, fühlt er sich für einen Moment in Sicherheit, als ob er sich in einem Raum befände, vor dessen Tür all die abgeblockten Dinge lauern: die Suche nach Glück, die Einsamkeit, das unbestimmte Gefühl, dass das Leben verstreicht, ohne dass er es beeinflussen kann. Und dazu all die Fragen, denen er aus dem Weg geht: Warum arbeitet er so viel? Wie würde er es verkraften, wenn ihn die Trauer über den Tod seiner Mutter überrollen würde? Was macht ihn wirklich glücklich? Und wann wäre er erwachsen genug, um sich richtig Zeit zu nehmen für die Dinge, die ihn glücklich machen?

Er denkt über die verschwundene Johanna Eskola nach und spürt, wie sein Körper nach Ruhe schreit, nur für einen Moment.

»Im Fall von Hartola gibt es auch einen Augenzeugenbericht, in dem ein weißer Citroën Jumper vorkommt, aber kein Kennzeichen. Der wurde am Abend in der Nähe von Eskolas Auto gesehen«, fährt Saki fort. »In der Umgebung von Hartola, Sysmä, Joutsa, Leivonmäki und Jyväskylä sind siebzehn Citroën Jumper registriert. Bei denen können wir anfangen.«

»Das führt alles dazu, dass der Schwerpunkt der Ermittlungen sich von Helsinki entfernt und in Richtung Mittelfinnland verlagert«, sagt Jan und massiert sich die Augenbrauen mit den Fingerknöcheln der rechten Hand. »Nach dem neuesten Ereignis hat sich Mertanen schon bei mir vergewissert, dass das ganze Team mobilisiert wird. Saki bleibt hier, Heidi und ich fahren«, sagt er und erklärt die Besprechung für beendet.

Vor der längeren Dienstreise braucht er noch einen kleinen Moment Zeit für sich.

»Wie geht's dir?«, fragt Kaj.

Jan antwortet nicht. Schweigend bindet er sich die Schnürsenkel. Aufgrund des Zeitmangels wollte er Arbeit und Training verbinden.

»Mach dir klar, dass du deine Trauer nicht runterschlucken kannst. Du musst ihr irgendwie auf den Grund gehen oder an ihr arbeiten.«

»Mhm«, sagt Jan und kramt in seiner Sporttasche, um Kajs prüfendem Blick zu entgehen. Schweigend absolvieren sie ihre Standardübungen. Heute ist der Rücken dran.

Sie kennen sich schon seit ihrer Jugend im Helsinkier Stadtteil Katajanokka. Nach dem Wehrdienst hatte Jan Jura studiert, und Kaj war zur medizinischen Fakultät gegangen, um Psychiatrie zu studieren.

Vor ein paar Jahren hatte Jan mit einem komplizierten Tötungsdelikt zu tun und war auf die schlaue Idee gekommen, Kaj um Hilfe zu bitten, der mittlerweile als Privatarzt arbeitete. Kaj hatte nur auf Basis kleinerer Hinweise ein überraschend genaues Profil des Täters erstellt, das Jans Abteilung zum richtigen Zeitpunkt in den Ermittlungen vorangebracht hatte. Und jetzt, ein paar Jahre nach dem Fall, steht Kaj schon eine ganze Weile auf der Gehaltsliste des KRP. Jan befreit sich von den Gewichten und wischt sich die ersten Schweißtropfen am Ärmel seines T-Shirts ab. Sie sind die Einzigen im Mitarbeiter-Fitnessraum.

Jan bringt Kaj auf den neuesten Stand. Schon zwei Morde. Zwei tote Männer an Königspforten. Einer in Helsinki, einer in Hartola. Brandzeichen auf der Haut. So demonstrativ, so durchdacht. Während er erzählt, sichert er Kaj beim Bankdrücken.

»Was ist?«, fragt er, als Kaj sich mit rotem Gesicht aufsetzt.

»Bist du dir sicher, dass du nur über die Arbeit reden willst?«, fragt Kaj und sieht ihn leicht besorgt an. »Ich weiß nicht, ob ich schon etwas Neues sagen kann. Das demütigende Brandmal könnte man schnell als öffentlichen Stempel interpretieren. Aufgrund der Dinge, die du mir erzählt hast, würde ich sagen, dass der Täter etwas über das Leben oder die Vergangenheit des Opfers bekannt machen will. Wenn es sich um Rache handelt, rechtfertigt der Täter seine Tat auf irgendeine Weise und hat womöglich das Empfinden, dass er das Opfer für irgendetwas zur Verantwortung zieht. Aber wir wissen noch nicht, worauf er sich bezieht, oder?«, vergewissert er sich, und Jan schüttelt den Kopf.

»Nein. Außer dass die Krone irgendwie mit Hartola zu tun haben könnte, wo das zweite Opfer gewohnt hat.«

»Also kurz gesagt suchen wir jemanden, der einen Groll hegt, Zeit hat, einen Mord vorzubereiten, und schlau genug ist, ein Gesamtwerk zu kreieren, ohne Spuren zu hinterlassen. Weil er seinen Taten mit den Brandzeichen Nachdruck verschaffen will und die Opfer so ablegt, dass man sie sieht, würde ich darauf tippen, dass der Täter das Geschehen auch aus der Nähe verfolgen will. Oder zumindest versucht herauszufinden, wie weit ihr seid. Er inszeniert ein Theaterstück, dessen Drehbuch und Regie vorläufig in seiner Hand sind. Er will die Kontrolle haben. Im Moment bestimmt er auch, wie viel ihr wissen dürft, oder?«

Jan nickt wieder.

»Die Königspforte kann darauf hindeuten, dass das Opfer ein König ist. Ein Verweis auf Überlegenheit, Hochmut, Herrschaft oder Führung. Vielleicht konnte der Täter den Verlauf der Dinge früher nicht beeinflussen. Darum greift er jetzt zum äußersten Mittel, um alles planen und bestimmen zu können. Er will die Opfer auf die schlimmstmögliche Art erniedrigen. Ich würde schätzen, dass die Opfer nicht mit Rache gerechnet haben, oder wenn doch, dass vielleicht der Rächer eine Überraschung für sie war. Wenn also das Machtverhältnis ursprünglich umgekehrt war«, meint Kaj, und Jan sieht ihn nachdenklich an. Er prägt sich jedes der Worte ein.

»Frau oder Mann?«, fragt Jan schließlich noch, obwohl er weiß, dass Kaj dazu noch überhaupt nichts sagen kann. Nicht mit so wenigen Daten.

»Wenn man an Unterwürfigkeit oder Untergebenheit dem

König gegenüber denkt, könnte es auch eine Frau gewesen sein«, überlegt Kaj laut. »Aber du weißt ja, dass das nur Spekulationen sind. Wir brauchen viel mehr, damit ich ein vollständigeres Profil entwerfen kann.«

»Weiß ich natürlich«, antwortet Jan und geht zum Wasserhahn im hinteren Teil des Fitnessraums. Eine Frau. Der Gedanke war ihm ein paarmal in den Sinn gekommen. Könnte es sein, dass hinter den Brandzeichenmorden eine wütende Frau steckt?

Sie machen mit dem Training weiter, und eine Zeit lang hört man nur Ächzen und das Scheppern der Gewichte. Dann beginnt Kaj wieder zu reden. »Was ist eigentlich mit dem Vorschlag von Veera? Hast du ihr schon geschrieben?«, fragt er und sieht Jan an.

Jan schüttelt den Kopf angesichts der Hinterhältigkeit seines Freundes. An Kajs Gesicht erkennt er sofort, dass er nur fragt, weil ihm seine Frau das aufgetragen hat. Nein, er hat keinen Kontakt aufgenommen, weil er alles Mögliche zu tun hatte.

»Wovor hast du Angst?«, fragt Kaj, während er seinerseits Jan beim Bankdrücken sichert.

Jan legt die Stange zurück auf die Halterung und setzt sich auf. In seinen Armen pulsiert es, und sein Herz schlägt zu schnell. Die wochenlange Schlaflosigkeit wirkt sich langsam auf seine Kondition aus.

»Du bist einfach ein seltsam menschenscheuer Angsthase«, fährt Kaj fort, als Jan nicht antwortet. Jan denkt an Kajs Frau Veera, eine blonde, resolute Unterstufenlehrerin, die so gar nicht sein Typ ist. Und die soll wissen, welche Frau zu ihm passt?

»Ich weiß schon, was du bestimmt denkst. Woher soll Veera denn wissen, wen du willst?«, sagt Kaj lachend. »Aber du scheinst es selbst nicht zu wissen, also wo ist der Unterschied? Wenn du den Kommentar eines Fitnessraum-Psychologen hören willst, dann würde ich sagen, du hast Angst vor einer weiteren Enttäuschung. Du hast Angst, wenn du nicht die Kontrolle über alles hast. Du traust dich, Psychopathen und Mörder zu jagen, aber nicht, dich von deinen Gefühlen leiten zu lassen«, sagt er und patscht ihm auf den verschwitzten Hinterkopf. Jan reagiert mit einem Kopfschütteln.

»Denk mir zuliebe noch mal über diese Datingsache nach«, sagt Kaj und wartet keine Antwort ab. »Dann müsste ich als Familienmensch nicht mit ansehen, wie du alle Chancen ungenutzt lässt.«

Jan fällt keine schlagfertige Antwort ein, und er merkt, wie er hofft, dass Kaj endlich geht. Aber dieser steht nur im Türrahmen und schüttelt seine Recovery-Drink-Flasche.

»Willst du heute Abend zu uns kommen? Heute haben wir nichts weiter vor.«

Jan überlegt, wie er höflich ablehnen soll. Um ehrlich zu sein, würde er am liebsten wieder allein nach Hause gehen, in Ruhe ein paar Bier trinken, etwas essen und abschalten. Er würde irgendetwas auf Netflix anschauen und auf dem Sofa einschlafen, ohne sich die Zähne zu putzen. In Kajs und Veeras Familienwelt mit Kindern, Spaghettisoße und lustigem Geplapper fühlt er sich wohl, aber nur in geringen Dosen. Ihm in seiner Trauer Gesellschaft anzubieten ist trotzdem eine ehrenhafte Geste von Kaj.

»Ich kann nicht. Der Fall ist gerade einfach ein bisschen zu viel«, sagt Jan und zwingt sich, Kaj anzusehen. »Ich muss bald ins Bett. Morgen früh werde ich von Mertanen gegrillt, und dann geht es los nach Hartola. Der Ort bezeichnet sich als Königreich, wusstest du das?«

Zu Hause wirft Jan die Sporttasche in den Flur und geht schnurstracks zum Kühlschrank. Er trinkt Ananassaft direkt aus der Packung und steckt sich ein paar Scheiben Schinken in den Mund. Eigentlich müsste er etwas Vernünftiges essen, aber der Kühlschrank ist fast leer. Also öffnet er auf dem Handy die App eines Lieferdienstes. Döner Harju, eine Lammplatte bitte. Es ist ihm egal, dass er sich diese Mahlzeit fast aus dem Nachbarviertel liefern lässt.

Nach dem Essen liegt er auf dem Sofa und überlegt, was er tun soll. Es ist Freitagabend und erst acht Uhr. Er hat über eine Woche lang durchgearbeitet, und auch die nächsten Tage, vielleicht sogar Wochen, wird er erst einmal nicht freihaben. In der Mittagspause heute war er im Hospiz. Überhaupt hat er weder Ideen, wie er seine Freizeit gestalten soll, noch den Willen dazu. Auf der Arbeit fällt es ihm leichter, sich zusammenzureißen. In den letzten Tagen sind die alltäglichen, vorübergehend verschwundenen Bedürfnisse jedoch zeitweise in seine Gedanken zurückgekehrt: Schlaf, Nahrung und Training. Auf eine gewisse Art und Weise sieht er das als Zeichen dafür, dass er trotz der Trauer nach und nach wieder am Leben teilnehmen muss. Das Leben wählen muss. Ansonsten würde er sehr schnell völlig abstürzen.

Über Spotify spielt er The National ab und holt sich ein Bier aus dem Kühlschrank. Ein *American Pale Ale* der Helsinkier Brauerei Stadin Panimo. Dann nimmt er das Handy in die Hand. Einer spontanen Eingebung folgend sucht er die Nummer von Veeras Freundin aus Veeras Textnachricht heraus und drückt auf *Anrufen.* Es tutet schon. Er lässt es lange klingeln, aber niemand geht ran. Erleichtert legt er wieder auf. Zumindest hat er es versucht. Vielleicht sollte er noch irgendeine bescheuerte Nachricht hinterherschicken, damit er Kaj endlich beweisen könnte, dass er »gehandelt« hat. Er setzt ein paarmal an, löscht das Getippte aber immer wieder. Eigentlich hat er keine Ahnung, was er schreiben soll. »Hi, Veera ist der Meinung, wir sollten uns mal treffen. Was denkst du? Sollten wir? Jan«, schreibt er schließlich und drückt auf *Senden.*

Vom Training hat er Muskelkater, das Bier entspannt ihn, und auch sein Bauch ist voll. Er schaltet den Fernseher an und geht auf HBO. *Game of Thrones.* Die letzte Staffel hat er noch übrig. Er spielt die erste Folge ab. Letzten Endes ist er sogar erleichtert, mit der ganzen Serie abschließen zu können. Der Winter naht schon so lange. Nebenbei wirft er einen Blick auf sein Handy, falls eine Antwort kommt. Aber auch nach der zweiten Folge ist noch nichts da. Inmitten des Kebabgeruchs schläft er auf dem Sofa ein.

Hartola, Freitag, 5. Juli

Gegen Abend dreht Saana gerade ihre Joggingrunde, als das Handy klingelt. Sie spürt die Vibration in der Hosentasche und bleibt stehen, schafft es aber nicht mehr, Veeras Anruf anzunehmen. Doch es kommt ohnehin gleich eine Nachricht hinterher. »Wie geht's? Hat er schon angerufen? V.« Saana freut sich, nach langer Zeit eine Nachricht von Veera zu bekommen. Seit Wochen hat sie niemanden gesehen, und auch die Anrufe sind weniger geworden, seit die Leute kapiert haben, dass sie wirklich für den Sommer von der Bildfläche verschwunden sein wird.

»Gut! Wer?«, schreibt sie zurück.

»Na, der Typ 🙂«, antwortet Veera.

Saana versucht, sich zu erinnern, welchen Typen sie wohl meint, aber sie ist sich nicht sicher. Vielleicht einer der Lehrerkollegen, mit denen Veera sie hin und wieder erfolglos zu verkuppeln versucht. Seit Veera Mutter ist, sehen sie sich nur noch ganz selten, aber trotzdem versucht sie, einen Mann für Saana zu finden. Bisher sind all ihre Versuche gescheitert.

Saana fängt wieder an zu joggen, und dabei wandern ihre Gedanken wie von selbst zur Ermordung des Bankdirektors in der Nähe der Villa Koskipää. Falls die Gerüchte, die sie heute gehört hat, überhaupt stimmen und Eskola wirklich ermordet wurde. Sie beschließt, zum Fluss und der verlassenen Ufersauna zu joggen. Irgendetwas an der dunklen Stromschnelle und der düsteren Hängebrücke hat ihr Interesse geweckt. Sie will noch einmal den Fluss und die anliegenden Häuser sehen, damit sie sie in ihrem Text so genau wie möglich beschreiben kann. So langsam beginnt Hartola, in ihrem Kopf in Textform zu existieren.

Als sie eine Stunde später in einem verblichenen hellgelben Frotteebademantel aus der Sauna kommt, sieht sie, dass eine unbekannte Nummer angerufen hat. Könnte es um Helenas Fall gehen? Sie beschließt, den Anrufer zu ermitteln, und schickt eine SMS an den Auskunftsdienst 020202. »Die Nummer ist geheim oder stammt von einer Prepaid-Karte…«, kommt fast sofort zurück.

Saana befreit ihre Haare aus dem Handtuchturban und wirft das nasse Handtuch zum Trocknen über die Tür. In dem Moment lässt eine Textnachricht das Handy vibrieren. Es ist dieselbe unbekannte Nummer: »Hi, Veera ist der Meinung, wir sollten uns mal treffen. Was denkst du? Sollten wir? Jan.«

Saana liest die Nachricht und schmunzelt. Zumindest versucht der Typ, den Veera ihr aufdrängen will, nicht, sie mit mehrdeutigen Nachrichten zu verführen, sondern kommt direkt zur Sache. Sie sieht auf die Uhr. Kurz nach acht an einem Freitagabend, und sie steht mutterseelenallein und mit geröteter Haut im Vorraum der Sauna ihrer Tante in Hartola. Ein bisschen bemitleidet sie sich selbst. Zum Glück kann er sie in diesem Zustand nicht sehen. Wie sie arbeitslos und allein auf dem Land einen auf Oma macht. Einen Sommer lang kann man das noch Freiheit nennen, aber wenn im Herbst alles so weiterginge, dann sähe das schon anders aus. Als hätte sie den Anschluss verpasst, aufgegeben? Andererseits genießt sie den Tatendrang, den sie jetzt anstelle der Erschöpfung verspürt, und die Tatsache, dass sie ihren Wert nicht über einen gefüllten Terminkalender definieren muss. Ihr erster Impuls ist, ihm gar nicht zu antworten, aber dann entschließt sie sich, noch eine Nacht darüber zu schlafen.

Am nächsten Morgen blättert sie durch die *Helsingin Sanomat* und schaut zwischendurch immer wieder auf ihr Handy. Soll sie dem unbekannten Mann antworten oder nicht? Sie holt sich noch eine zweite Tasse Kaffee und geht in den taunassen Garten. Wieder trägt sie den alten Frotteemantel ihrer Tante und dazu Gummistiefel. Als sie sich selbst von außen betrachtet, muss sie lachen. Spätestens jetzt ist sie offiziell eine Rentnerin im Geiste.

Saana nimmt das iPhone aus der Tasche des Morgenmantels. Es ist ihre letzte Verbindung zur Zivilisation und zur Jugend. Ein Smartphone. Sie holt tief Luft, sucht seine Nummer heraus und drückt schon fast auf *Anrufen.* Dann traut sie sich doch nicht. Wahrscheinlich geht er sowieso nicht ran, und was soll sie überhaupt sagen? Sie hat schon lange niemanden mehr gedatet. Statt anzurufen, tippt sie lieber eine kurze Nachricht.

»Ich bin ziemlich skeptisch veranlagt 🙂«, schreibt sie. Da sie ihn noch nie gesehen hat, kann sie auch einfach direkt sein, ihre zynische Seite zeigen. Es gibt ja nichts zu verlieren. In absehbarer Zeit werden sie sich sowieso nicht treffen können, weil sie den ganzen Sommer weit weg von allem verbringen wird. Innerhalb von zehn Minuten kommt seine Antwort: »Ich auch.«

Saana muss grinsen. Irgendwie fühlt es sich seltsam gut an, nach langer Zeit wieder jemanden zu haben, mit dem man hin- und herschreiben kann.

Später am Nachmittag starrt sie auf die leere Seite und den blinkenden Cursor und überlegt, wie die Geschichte anfangen könnte: *Am 1. September wurde die junge Helena Toivio tot im Tainionvirta gefunden.*

Hinsichtlich des Handlungsablaufs wäre es nützlich, mit dem Menschen zu sprechen, der das Mädchen damals im Wasser fand. Seinen Namen hat sie schon in Erfahrung gebracht: Harri Valkama. Tante Inkeri wusste nicht, ob er noch in Hartola wohnt, aber Saana tippt die Adresse, die laut Inkeri sein letzter Wohnort gewesen sein könnte, bei Google Maps ein und sieht ihre Chance auf eine entspannte Samstagsradtour. Hin und zurück sind es 8,4 Kilometer. Diesmal entscheidet sie sich dafür, einfach hinzufahren, ohne vorher anzurufen. Wenn Harri Valkama nicht zu Hause ist, kann sie es ja später noch einmal versuchen.

Sie findet die richtige Adresse ohne Probleme. Das bescheidene Reihenhaus ist gut instand gehalten, und an der Tür steht immer noch der Name Valkama. Aufgeregt drückt sie auf die Klingel und wartet. Kurz darauf wird die Tür energisch geöffnet.

»Guten Tag«, beginnt Saana und setzt das nötige selbstbewusste Lächeln auf. »Ich weiß, das kommt jetzt etwas überraschend, aber hätten Sie eventuell einen Moment, um mit mir über alte Zeiten zu sprechen?«, fragt sie und sieht den Mann an. Er scheint in seinen Sechzigern zu sein und hat freundliche Augen.

»Und wer sind Sie?« Harri Valkama mustert sie abschätzend. Er wirkt grimmig, aber eindeutig auch neugierig. Als Saana erzählt, dass sie bei Inkeri wohnt, verändert sich sein Gesichtsausdruck sofort.

»Hättest du doch gleich gesagt, dass du Inkeris Nichte bist. Nur hereinspaziert«, fordert er sie auf. Zufrieden folgt sie der Einladung und sieht sich um. Es ist sauber und aufgeräumt, aber etwas an der Wohnung verrät ihr sofort, dass er allein wohnt wie ein Junggeselle. Saana fragt sich unweigerlich, ob er wohl glücklich oder einsam ist.

»Trinken wir erst mal Kaffee, wie es bei uns üblich ist. Gespräche führt man immer bei einem Tässchen Kaffee oder

Tee«, meint er und führt sie in die Küche. Routiniert stellt er den alten Wasserkessel auf die Gasplatte.

»Inkeri hat mir von dem damaligen Todesfall hier in Hartola erzählt. Von dem jungen Mädchen, das im Fluss gefunden wurde. Und ich habe gehört, dass du der Erste vor Ort warst, dass du sie gefunden hast«, fängt Saana an.

»Warum befasst du dich mit diesem Fall?« Harri wendet sich vom Herd ab und sieht sie verwundert an. »Das ist eine alte und schrecklich traurige Geschichte.«

»Etwas an dieser Geschichte beschäftigt mich«, erwidert sie und kann nicht wirklich erklären, warum gerade Helenas Tod sie antreibt. »Ich habe beschlossen, herauszufinden, was mit dem Mädchen wirklich passiert ist.«

»Na ja, du kannst mir schon Fragen stellen, aber ich bezweifle, dass ich eine große Hilfe bin. Das ist schon so lange her, dreißig Jahre«, sagt Harri. »Oder machen wir es so, ich helfe dir, wenn du mir dafür einen Gefallen tust.«

Saana hebt überrascht und etwas irritiert die Brauen.

»Du brauchst nicht zu erschrecken«, sagt er lachend. »Ich dachte nur, da ich schon viele Jahre nichts mehr von Inkeri gehört habe ... Ich bin mir nicht sicher, ob sie überhaupt weiß, dass ich wieder hier wohne. Ich bin zu Beginn des Sommers zurückgekommen. Vielleicht würdest du mir erzählen, wie es ihr geht?«

Saana lacht über seine Anteilnahme und schämt sich für ihr düsteres Hirngespinst. In Hartola kennt jeder jeden, aber sind Harri Valkama und ihre Tante sogar näher miteinander bekannt? Sie kann sich nur schwer vorstellen, dass die beiden sich in einer Gemeinde der Größe von Hartola noch nicht über den Weg gelaufen wären. Andererseits buddelt Tante Inkeri hauptsächlich in der Erde herum und zieht sich im Winter zum Lesen in ihre Sofaecke zurück.

»Abgemacht«, sagt Saana und lehnt sich erwartungsvoll

nach vorne. »Was fällt dir als Erstes zu dem Moment ein, in dem du Helena fandest?«, kommt sie direkt zur Sache. Harri reicht ihr die Kaffeekanne, und der drohenden Koffeinüberdosis zum Trotz schenkt sie sich eine Tasse ein.

»Ich weiß noch, dass ich dachte, die Natur hat mich betrogen. So ein schöner Spätsommertag, und plötzlich wurde mir etwas vorgesetzt, was wider die Natur war«, antwortet er und starrt in die Ferne.

»Wider die Natur?«, wiederholt Saana.

»Der Tod an sich ist ja ein Teil der Natur, ein Teil des Lebens und dessen Kreislaufs. Aber mein erster Gedanke, als ich das Mädchen sah, war, dass ich etwas Unnatürliches vor mir hatte.«

»Weil das Mädchen nicht freiwillig gegangen war?« Ihr ist bewusst, dass sie ihn in eine Richtung lenkt, aber es ist ihr egal.

»Die Leiche trieb dort einfach auf der Wasseroberfläche, an diesem guten Angelplatz. Und ich kannte sie ja. Sie verkaufte im Sommer immer Erdbeeren auf dem Parkplatz vor dem Supermarkt. Ein nettes und fröhliches Mädchen«, sagt Harri und starrt aus dem Fenster ins Nichts.

»Weißt du, ob man jemals irgendeine Nachricht gefunden hat?«, fragt Saana und fischt verstohlen einen Brösel Kaffeepulver aus dem Mund. »Ich meine, wenn sie Selbstmord begangen hätte, hätte sie dann nicht einen Abschiedsbrief hinterlassen?«

»Nein, ich erinnere mich an nichts dergleichen«, meint Harri und denkt weiter nach. Sie wollte also keine letzten Worte hinterlassen. Oder sie konnte nicht, denkt Saana.

»Was hatte sie an?«, fragt sie und nimmt noch einen Schluck des frisch aufgebrühten Kaffees. Er ist stark, schmeckt aber trotzdem angenehm.

»So ein dunkles Kleid war das. Ein schwarzer, dünner Stoff. Der Anblick war schrecklich. Der Stoff und die Haare trieben um den Körper herum. Aber Schuhe hatte sie keine an.«

Die Antwort überrascht Saana. Unter welchen Umständen fällt man barfuß ins kalte Wasser?

»Gab es an der Leiche irgendetwas Seltsames oder etwas, was deine Aufmerksamkeit erregte? Blut, Wunden oder andere Anzeichen von Gewalt?«, fragt sie und schlürft an ihrem Kaffee. Es ist lange her, dass sie ungefilterten Kochkaffee getrunken hat. Er wird sie wahrscheinlich die ganze Nacht wach halten.

»Ihr Kopf sah irgendwie dunkel aus, die Haare waren so durcheinander, verknäuelten sich über dem Gesicht. Es kann gut sein, dass sie mit dem Kopf irgendwo aufgeschlagen war. Ich konnte gar nicht genauer hinsehen. Ich weiß nur, dass sie keine Schuhe anhatte. Das hat mich in dem Moment auf eine Weise besonders traurig gemacht. Dass sie frierend gehen musste.«

Saana nickt.

»Ich habe mein Soll erfüllt. Jetzt musst du mir erzählen, wie es Inkeri geht«, meint er und sieht Saana mit schief gelegtem Kopf an. Sie ist sich nicht sicher, ob sie die Situation richtig einschätzt, aber ein kaum merklicher Schimmer in seinem Augenwinkel verrät ihr, dass es sich nicht nur um eine höfliche Nachfrage handelt. Sie schmunzelt und stellt fest, dass sie sich in Harris ungezwungener Gesellschaft pudelwohl fühlt. Und so sitzen sie noch eine Weile zusammen, und er erzählt in gemächlichem Tempo von seinem jahrelangen Leben als Witwer in Lappland und seiner gewagten Rückkehr in die stille Königsgemeinde Hartola.

Am Abend, als Saana mit ihrer Tante wieder am Esstisch sitzt, stellt sie fest, dass sie sich mittlerweile schon auf die gemeinsamen Mahlzeiten freut. Auf gutes Essen und interessante Gespräche.

»Was gibt's Neues?«, fragt Inkeri, nachdem sie die dampfende Auflaufform auf den Tisch gestellt und beiden aufgetan hat.

Saana erzählt, dass sie gerade an einem Textentwurf über den Moment, in dem sie Helenas Grab auf dem Friedhof fand, sitzt.

»Und ich habe Valkama interviewt«, fügt sie hinzu, während sie mit der Gabel die letzten Reste vom Teller kratzt. »Ein sehr netter Mann.«

Tante Inkeris Moussaka schmeckt himmlisch gut, und Saana hat ihren Teller in Rekordgeschwindigkeit geleert. Jetzt überlegt sie, ob sie noch einen Nachschlag nehmen soll oder ob ihr davon schlecht werden würde.

»Es war so gut, ich glaube, ich nehme mir noch etwas«, sagt sie und beugt sich über die Auflaufform.

»Was macht Valkama so?«, fragt Inkeri und schenkt sich Mineralwasser nach.

»Na ja, ich hab mich gefragt, ob er die Liebe deines Lebens war«, platzt Saana heraus und sieht ihre Tante herausfordernd an. »Er war ziemlich interessiert daran, wie es dir geht«, fügt sie grinsend hinzu und stellt vergnügt fest, dass ihre Tante rot wird.

»Trinken wir einen Sherry hinterher und setzen uns auf die Gartenschaukel?«, fragt Inkeri, das Thema wechselnd.

Saana grinst. In ihren Augen bestellen nur alte Omas in der Pause im Theater Sherry, aber im Augenblick will sie nichts lieber, als mit ihrer Tante ein Glas davon zu trinken.

Glücklich und mit vollem Bauch beginnt sie, das Geschirr abzuräumen, während ihre Tante in der Küche auf der Suche nach den passenden Sherry-Gläsern im Abtropfschrank herumklappert. Sie hat viele zur Auswahl. Am Ende entscheidet sie sich für hübsche kleine Kristallgläser und füllt sie mit der harzfarbenen Flüssigkeit.

Saana verfolgt, wie ihre Tante sicheren Schrittes durch den Wintergarten nach draußen geht. Sie sind beide barfuß, und das Gras fühlt sich feucht und kühl unter den Füßen an. Durch die untergehende Sonne wird es dämmrig im Garten, und das

Grau des bewölkten Himmels lässt alles irgendwie regungslos, ja weicher erscheinen. Still setzen sie sich auf die Schaukel. Das Profil des Hauses zeichnet sich schön vom Abendhimmel ab, und die Scheunen liegen friedlich da, während die sommerliche Dämmerung sich über dem üppigen Garten herabsenkt. Sie lassen die Gläser klirren und lächeln sich an. Der rosinenartige Geschmack des Sherrys wärmt den vollen Bauch auf angenehme Weise. Saana nimmt das Kissen der Schaukel in die Arme und lehnt sich entspannt zurück, den Blick Richtung Himmel. Von dem Kochkaffee hämmert ihr immer noch das Herz in der Brust. Der Verkehr, der von der Staatsstraße 4 in den Garten getragen wird, wird von den Pflanzen gedämpft und ist nur noch als entferntes Rauschen zu hören. Laut ihrer Tante hängt es von der Windrichtung ab.

»Du hast ganz richtig geraten«, sagt Inkeri plötzlich und schlürft an ihrem Glas. »Harri und ich waren damals ziemlich ineinander verliebt.«

Saana dreht sich neugierig zu ihr um. »Was ist dann passiert?«

»Ich war ruhelos. Damals konnte ich mich nicht binden. Ich wollte weg, raus in die Welt, und währenddessen hat Harri eine Neue gefunden, mit der er am Ende auch eine Familie gründete«, erzählt sie, und Saana versucht, ihren Tonfall zu interpretieren. Inkeri wirkt jedoch nicht verbittert.

»Er scheint mir ein netter Typ zu sein. Er ist mittlerweile Witwer«, kommentiert Saana, aber beschließt dann, ihre Tante in Ruhe zu lassen.

Im Garten duftet es nach Jasmin. Inkeri stupst die Schaukel sanft an, sodass die Füße immer leicht den Boden streifen. Sie schweigen und sind einfach im Moment. Zwischendurch zeichnen sich Insekten gegen den Himmel ab, die in großen Schwärmen herumsurren. Zum Glück sind nur wenige Stechmücken darunter.

HARTOLA

Sommer 1989

»Du musst unbedingt die Haare hochstecken. So«, sagte der Baron, löste sanft Helenas Pferdeschwanz und hielt ihre Haare nach oben. Sie standen vor einem großen Spiegel mit Goldrahmen. Helena war ganz verdutzt, wagte es aber auch nicht, sich zu entziehen. Der Baron drehte ihr die Haare zum Dutt, als wollte er eine feierliche Hochsteckfrisur machen, und schmeichelte ihr wegen ihres schönen Nackenbogens, der endlich das Tageslicht erblicken sollte.

»Von jetzt an trägst du die Haare oben, versprichst du mir das?«, sagte er und schenkte ihnen süßen Portwein ein.

Heute war die zweite Lieferung fällig gewesen. Helena hatte sich die ganze Woche auf das Treffen gefreut. Der Baron hatte sich in ihre Gedanken geschlichen, war ihr im Kopf herumgegeistert, zu Hause, auf dem Erdbeerfeld, wohin sie auch ging.

Er legte eine alte Platte auf, eine Oper.

»Rusalkas Lied an den Mond, Song to the Moon*«, sagte er. »Die schönste Arie, die ich kenne. Komponiert von Antonín Dvořák. Im Original heißt sie* Měsíčku na nebi hlubokém.*«*

Helena hörte nur noch mit halbem Ohr zu. Sie war bereits von der schönen und mystischen Stimme in den Bann gezogen worden. Die Harfe und die unbeholfene Zartheit des Liedes faszinier-

ten sie. Als die Platte anfing zu knistern und schließlich zu Ende war, wünschte sie sich, die Arie noch einmal hören zu dürfen.

Stunden später saß Helena kichernd auf dem Sofa und sah dem Baron zu, wie er mit einem imaginären Partner über den Boden des Salons zu einem deutschen Schlager tanzte. Glucksend saß sie auf dem Rokokosofa, die Haare immer noch zu einem direkt auf dem Scheitel sitzenden Dutt hochgesteckt. Um den Hals trug sie einen alten, angeblich schon aus dem 19. Jahrhundert stammenden, golddurchwobenen Schal. Sie lachte so sehr, dass ihr der Bauch wehtat. Nur mit Johanna hatte sie je so befreit lachen können. Der Portwein ließ ihren Kopf und auch das steife antike Sofa weich werden. Der Wein flüsterte ihr fröhliche Gedanken ein, trug ihren Geist hinaus aus dem Haus, an einen Ort, den es gar nicht gab.

»Noch etwas mehr?«, fragte der Baron, nahm die Kristallkaraffe, und ohne auf eine Antwort zu warten, schenkte er ihr nach, obwohl sie ihr Glas noch kaum angerührt hatte.

Im selben Moment kam eine Entenfamilie, bestehend aus Mutter und drei Küken, in den Salon gewatschelt. Helena überraschte nichts mehr. Weder die hohen Zeitungsstapel, das Getreide, das für die Enten im ganzen Haus bereitgestellt war, noch das kühl gehaltene Orchideenzimmer mit seinem betörenden Duft und seiner Blütenpracht.

Warum kann es nicht immer so sein?, dachte sie, nahm einen Schluck Portwein und stellte sich vor, wie die gedämpfte Musik zuerst vom Salon in den Flur und von dort in den Garten getragen wurde, wo sie sich mit den Geräuschen der Sommerhitze vermischte. Mit dem Summen der Fliegen und Bremsen, dem gelegentlichen Zirpen der Heuschrecken, dem sachten Rascheln der Halme im Wind.

Helsinki, Samstag, 6. Juli

Juha Mertanen gehört zu den hochrangigen Führungskräften des KRP, und hin und wieder fällt er dadurch auf, dass er sich in die Ermittlungen einmischt. Jan ist dankbar für seine Hilfe, weiß aber letztlich nicht genau, was er von ihm halten soll. Mertanen verteilt für gewöhnlich anspruchsvolle Aufgaben, verknüpft mit unverhältnismäßigen Erwartungen, und wenn seine Mitarbeiter dann irgendwann die fast unmöglich erscheinenden Aufgaben lösen, sorgt er dafür, dass er selbst den ganzen Ruhm kassiert. Also ganz wie bei der finnischen Eishockey-Nationalmannschaft, findet Jan: Wenn Finnland WM-Spiele gewinnt und ins Finale kommt, verwenden alle das Wort »wir«, wenn sie von der Mannschaft sprechen. Aber wenn Finnland eins aufs Maul bekommt, wollen sie nichts mit der Niederlage zu tun haben, distanzieren sich von der Mannschaft und geben den miserablen Spielern die Schuld. Am Ende gerät der gescheiterte Trainer, also der Ermittlungsleiter, ins Kreuzfeuer. Wenn die Ermittlungen gut vorangehen, glänzen die Kritiker mit Abwesenheit, aber sobald es schwierig wird, hat die Direktion immer etwas zum Vorgehen der Mordkommission zu sagen.

Mertanen hat die Staatsanwältin zusammen mit Jans Team zu einem Morgenmeeting einberufen. Es ist Samstag, aber die grausamen Fälle haben die Wochenendplanung zunichtegemacht. In einer solchen Situation können sie sich Wochenenden nicht leisten. Jan hofft, dass das Gespräch so schnell wie möglich vorbei ist, damit sie nach Hartola fahren können.

Alle verstummen, als Juha Mertanen den Raum betritt. »Also gut, gebt uns ein Briefing«, beginnt er, aber bevor irgendjemand den Mund aufmachen kann, verlangt er noch nach einem Kaffee. Heidi geht, um einen für ihn und die Staatsanwältin zu holen.

»Die Milch ist aus«, sagt sie und knallt ihm die Tasse auf den Tisch. Mertanen kümmert es nicht. Er trinkt seinen bitteren Chefkaffee immer schwarz, ohne Zucker. Fest umklammert er den Henkel der *Simpsons*-Tasse und wartet. Jan hüstelt, um auch den anderen Anwesenden zu signalisieren, dass er anfangen will.

»In Hartola wurde also am Donnerstag ein zweites Opfer gefunden«, sagt er mit belegter Stimme, und die Staatsanwältin hört aufmerksam zu. »Der Täter ist zweifelsfrei derselbe.«

»Jetzt haben wir zwei Opfer, Sundin und Eskola, und die gleiche Tötungsmethode«, fährt er fort, und Mertanen wirft ihm einen überraschend ernsten Blick zu. Jan kommt es vor, als läge in seinem Blick ein Hauch Mitgefühl.

»Da ist noch etwas.« Er wählt seine nächsten Worte mit Bedacht. »Wir haben Hinweise darauf, dass der Täter möglicherweise vier Opfer im Sinn hat.« Er sieht, wie Mertanen die Gesichtszüge entgleiten. »Der erste Anruf wurde mit einer Prepaid-Karte getätigt, und wir haben den Kauf der Karte zurückverfolgen können. Zu unserer Überraschung hat der als Handlanger des Mörders eingesetzte Junkie aber statt einer gleich vier Prepaid-Nummern gekauft. Wir hätten die Karten bei Verwendung zurückverfolgen können, hätte der Täter nicht beim zweiten Mal seine Taktik geändert. Eskola wurde via IP-Telefonie aus dem Darknet angerufen.«

»Die Brandzeichenmorde erhalten alle erforderlichen Ressourcen«, sagt Mertanen und nimmt einen Schluck Kaffee. »Jan, du bist Ermittlungsleiter, aber ich unterstütze euer Team bei Bedarf mit zusätzlichen Mitteln«, fügt er hinzu.

Jan sieht die Staatsanwältin an, die ebenfalls nickt. Sie haben das schon geahnt. Die Aufklärung zweier sadistischer Morde übertrumpft alles andere auf der Prioritätenliste der Mordkommission. Falls noch mehr Morde kommen sollten, müsste man nach finnischen Maßstäben schon von einem besonders auffälligen und brutalen Serienmörder sprechen. Jan berichtet von seinen geplanten Maßnahmen in Hartola und verspricht, die Kollegen in Helsinki auf dem Laufenden zu halten.

Nach dem kurzen Meeting nimmt Mertanen Jan zur Seite.

»Habt ihr die Verbindung zwischen den beiden Opfern schon gefunden?«, fragt er.

Jan schüttelt den Kopf. »Bis jetzt verbindet sie nur ein ziemlich schmerzhaftes Brandzeichen. Die übrigen Gemeinsamkeiten sind etwas dünn: der Geburtsort und die Altersgruppe. Beide sind in den Fünfzigern in Mittelfinnland geboren. Hinweise auf zum Beispiel Geschäftsbeziehungen in Helsinki gibt es keine. Zum jetzigen Zeitpunkt können wir noch nicht sagen, ob die Verbindung zwischen den Männern aktuell ist oder in der Vergangenheit liegt«, meint Jan. »In Hartola gehen wir Letzterem nach.«

»Ihr habt noch ziemlich wenig«, sagt Mertanen kühl. »Halte mich über alles auf dem Laufenden«, fährt er fort und drückt Jan die leere Kaffeetasse in die Hand. »Und ich meine es ernst, wenn ich sage: Alle Informationen direkt zu mir. Wir wollen jetzt keine Panik auslösen, und die Identitäten der Opfer müssen wir so lange geheim halten, wie es nur irgend möglich ist.«

Die Mordkommission hat schon seit Jahren ein und dieselbe Kommunikationsstrategie. Die Anweisungen kommen von oben. Jan tritt niemals vors Mikrofon. Stattdessen spricht ein Pressesprecher für die ganze Kommission und berichtet, dass die Ermittlungen noch liefen, dass man vorankomme, aber erst mehr bekannt geben könne, wenn man mehr Sicherheit habe. Er gibt ein paar harte Fakten preis, die die Presse bereits selbst veröffentlicht hat, und bekundet sein Beileid für die Angehörigen der Opfer. Dann bittet er die Allgemeinheit um Hinweise und sagt, dass die Mordkommission in jedem Augenblick, in jeder Sekunde alles daransetze, um den Fall zu lösen. Er beherrscht die Fähigkeit, schwammige Antworten auf die Fragen der Medienvertreter zu geben. Nicht solche, wie Jan sie geben würde, wenn man ihn zu Wort kommen ließe.

Mertanen verlässt den Raum, ohne sich von jemandem zu verabschieden. Die Staatsanwältin wirft Jan einen mitfühlenden Blick zu. Sie haben bereits in früheren Fällen zusammengearbeitet. Jan stellt irritiert fest, dass hinter dem harten Kern des Chefs echte Sorge zum Vorschein gekommen ist. Das ist neu. Er spürt, wie die lähmende Trauer wieder von ihm Besitz ergreift. Hat die Menschheit am Ende überhaupt irgendetwas auf dieser Welt unter Kontrolle? Dass seine Mutter im Sterben liegt, kommt zu einem schlechten Zeitpunkt. Natürlich gibt es keinen richtigen Zeitpunkt für den Verlust eines Familienmitglieds, aber er bemerkt, wie er trotzdem hofft, dass sie noch durchhält. Die Ermittlungen müssen schnell vorangetrieben werden, und Jan muss jetzt gegen seinen Willen nach Hartola, weit weg vom Hospiz.

Jan und Heidi steigen stumm ins Auto. Jan starrt aus dem Fenster und kommt erst wieder zur Besinnung, als er ein Werbeschild der Gemeinde am Straßenrand bemerkt. *Hartola.* Sie verlassen die Staatsstraße 4, und Heidi bremst so abrupt, dass Jan sich am Armaturenbrett festhalten muss. Auf der Hauptstraße verliert er sofort das Gefühl für die Geschwindigkeit. Es scheint, als würden sie dahinkriechen. Jetzt haben sie das Ziel erreicht. Den selbstbewussten winzigen Ort, der sich selbst ein Königreich nennt.

Hartola, Sonntag, 7. Juli

Saana prüft ihre Nachrichten. Nichts. Von Jan hat sie nichts mehr gehört und ihm auch selbst nicht geschrieben. Aber es war einfach schön, mit einem Unbekannten hin- und herzutexten. Also geht sie die Fotos auf ihrem Handy durch und schickt ihm ein Bild von der Windmühle. »Hier in der Gegend ist ziemlich wenig los. Hast du gute Serientipps? 😉« Als die Nachricht gesendet ist, bereut sie es. Ob er jetzt den Eindruck bekommt, dass sie sich für nichts interessiert? Dass sie eingebildet ist und eine faule Couchpotato, die sich nichts aus sympathischen kleinen Dörfern macht? Um die Nachricht nicht zu sehr zu analysieren, scrollt sie durch die Bilder, die sie aus Helenas Familienalbum abfotografiert hat. *Helenas Konfirmation. Ein gemeinsames Weihnachtsfest mit der Familie. Helena als Baby bei der Taufe. Helena und Johanna.*

Im Friseursalon hatte Eila Helenas beste Freundin erwähnt. Ob sie in derselben Konfirmationsgruppe waren? Ob Helenas Mutter noch mehr wichtige Fotos hat? Saana braucht noch weitere Informationen, an die sie beim ersten Mal nicht gedacht hat. Eigentlich möchte sie Helenas Mutter nicht mehr behelligen, aber sie ist der einzige Mensch, von dem sie die nötigen Antworten auf einen Schlag bekommen könnte. Saana will darum bitten, noch einmal die alten Fotos anschauen zu dürfen, und nach Johanna und der Konfirmandengruppe fragen. Und nach dem verschwundenen Mädchen, das Eila erwähnt hat. Diesmal will sie auch etwas mitbringen, vielleicht einen Blumenstrauß aus Tante Inkeris Garten.

»Sie noch einmal?« Hilkka Toivio steht im Türrahmen und mustert Saana. Saana lächelt und trocknet sich mit dem Ärmel die Stirn. Sie ist mit dem Rad so schnell zum Gutshof Toivio gefahren, dass ihr der Schweiß schon fast vom Haaransatz tropft. Während der Fahrt spürt man die Hitze nie, erst beim Anhalten bricht einem auf einmal der Schweiß aus. Sie überreicht Frau Toivio den Blumenstrauß, und mit einem Anflug von Widerstreben öffnet diese die Tür einen Spaltbreit.

Kurz darauf steht Frau Toivio am Küchentisch und schneidet die Stiele der Blumen kürzer. Saana blättert durch die Fotoalben auf dem Tisch.

»Johanna war Helenas beste Freundin«, beginnt Frau Toivio leise. »Wir haben letztes Mal gar nicht über sie gesprochen, glaube ich. Helena und Johanna waren damals unzertrennlich.«

»Würden Sie sagen, dass Johanna Helena am besten kannte?«

Helenas Mutter schweigt einen Moment. »Ja, so war es wohl. Ich wünschte, ich könnte sagen, dass ich es gewesen wäre. Dass ich meine Tochter am besten kannte. Aber da würde ich lügen. Helena war gerade in das Alter gekommen, in dem die Mutter nicht mehr die erste Ansprechpartnerin ist«, sagt sie etwas bekümmert.

»Hätten Sie Johannas Kontaktdaten, damit ich mich mit ihr treffen kann?«, fragt Saana hoffnungsvoll. Endlich lässt die Hitze langsam nach.

»Es könnte schwierig werden, Johanna zu interviewen«, sagt Frau Toivio und macht eine kurze Pause. »Sie ist ziemlich bald nach Helenas Tod ins Ausland gegangen. Ich glaube, Australien oder Neuseeland, auf jeden Fall ziemlich weit weg.«

»Ach?«, fragt Saana erstaunt.

»Ihre Eltern wollten sie möglichst weit wegschicken, weg von der Trauer. Johanna ging also und wurde seitdem nicht mehr in Hartola gesehen. Der Tod einer guten Freundin kann in diesem verletzlichen Alter ein ziemlicher Schlag sein.«

Saana ist perplex. Helena ertrank im Fluss, und ihre beste Freundin verließ beinahe sofort darauf das Land.

Frau Toivio verschwindet für einen Moment, um die unteren Schubladen des Bücherregals zu durchsuchen, und als sie zurückkehrt, legt sie weitere Fotoalben vor Saana auf den Tisch. »Hier sind noch die Konfirmationsbilder«, sagt sie und geht erneut, um eine Blumenvase zu holen. Aus dem Wohnzimmer hört man gedämpft das Radio. Saana betrachtet das Gruppenfoto. »Gemeinde Hartola 1989. Die Konfirmanden«, steht darunter. Ein junger, ungefähr dreißigjähriger Mann ist offensichtlich der Leiter des Konfirmandenlagers. Manche in der Gruppe wären in der jetzigen Zeit stylische Hipster, denkt Saana schmunzelnd, während sie die lustigen Klamotten der Jugendlichen begutachtet. Ihr Blick fällt auf ein bekanntes Gesicht. Ein Junge mit Brille, der Dritte von links in der hinteren Reihe. Es besteht kein Zweifel. Strubbelige blonde Haare, Norwegerpullover und ein Grinsen im Gesicht. Der junge Riku Falk, der Museumsführer aus der Villa Koskipää. In der unteren Reihe erkennt Saana Helena. Das blonde Mädchen neben ihr ist wahrscheinlich Johanna.

»Wie erreiche ich Helenas Freunde am besten?«, fragt Saana, als Hilkka Toivio in die Küche zurückkehrt.

»Gute Frage«, antwortet diese, und Saana fürchtet schon, ihre Hilfe zu sehr strapaziert zu haben. »Die haben sich alle aus dem Staub gemacht, wie es scheint.«

»Kannte Helena ein Mädchen namens Laura Malm? Ich habe

gehört, dass sie damals hier in der Gegend verschwunden ist?«, fragt Saana und weiß nicht, wohin mit sich. Sie hat ein schlechtes Gewissen, weil sie so viele Fragen stellt.

»Sie war keine von Helenas Freundinnen, aber sie war aktiv in der Kirche, bevor sie die Finger nicht mehr vom Alkohol lassen konnte und sich von Gott entfernt hat. Wahrscheinlich ist sie abgehauen, das hat man über sie erzählt. Die Familie zog nach Joutsa, aber Laura war noch oft hier, weil sie hier auch den Konfirmandenunterricht besuchte.«

Saana bedankt sich und macht sich bereit zu gehen.

»Zu Johanna wollte ich noch etwas sagen. Sie war zwar schon seit Jahrzehnten nicht mehr zu Hause, aber das könnte sich in nächster Zeit ändern«, sagt Frau Toivio etwas unsicher, während sie die Alben zurück ins Regal stellt.

»Was meinen Sie?«, fragt Saana.

»Ich habe mich gefragt, ob der plötzliche Tod ihres Vaters Johanna dazu bringen könnte, nach all den Jahren wieder nach Hartola zurückzukehren.« Frau Toivio wirft ihr einen scharfen Blick zu.

Saana braucht einen Moment, um zu begreifen, was sie meint. »Ist Johanna die Tochter von Matti Eskola, der gerade gestorben ist?«, fragt sie gleichermaßen neugierig und überrascht. Frau Toivio nickt.

Als Saana schon halb zur Tür hinaus ist, hält Frau Toivio sie entschlossen am Arm fest.

»Ich habe mich umentschieden. Ich möchte doch wissen, wie alles passiert ist, falls Sie es jemals herausfinden«, sagt sie schwermütig. »Gott segne Sie.«

Eine Stunde später sitzt Saana auf Tante Inkeris Gartenschaukel und scrollt durch die Bekanntmachungen der Polizei. Hartola ist zum Thema auf Twitter geworden.

Polizeimeldungen @Polizeimeldungen 04.07.2019
Todesfall in Hartola. Augenzeugen werden gebeten, sich bei der Polizei zu melden.

Polizeimeldungen @Polizeimeldungen 04.07.2019
Die Ermittlungen zum Todesfall gehen weiter. Es handelt sich um ein Tötungsdelikt. Augenzeugen werden gebeten, sich bei der Polizei zu melden.

Matti Eskola: tot. Seine Tochter Johanna Eskola: in die weite Welt verschwunden. Johannas Freundin Helena: unter fragwürdigen Umständen gestorben. Wie soll sie nur alle Puzzleteile gleichzeitig erfassen?, fragt sich Saana und breitet ihr bisher gesammeltes Material vor ihrem inneren Auge aus.

Sie hat bereits Fotos, Zettel, Namen und Fragen, die sie auf Post-its geschrieben hat. Eine gute Menge an Material. In fast allen Polizeiserien bauen sich die Ermittler schon zu Beginn des Falls eine Ermittlungswand mit Indizien, Situationen, Verbindungen und Verdächtigen. Ein interessanter Gedanke. Saana geht ins Haus und dann hinauf ins Gästezimmer im ersten Stock, ihr persönliches Sommernest. Sie schaut sich um und entscheidet sich dafür, die längste Wand im Zimmer frei zu räumen. Dann hängt sie die selbst gemachten Herbarium-Täfelchen ihrer Tante und das alte Landschaftsgemälde ab. Es trägt den Titel *Fichtenwald mit Scheune* und wurde von Saanas Großvater gemalt.

Als die Wand frei ist, betrachtet Saana ihre Materialien mit anderen Augen, eines nach dem anderen. In die Mitte der Wand hängt sie einen Zettel, auf dem steht: »Helena Toivio, gest. 01.09.1989.« Außen herum kommen die Namen, auf die sie bisher gestoßen ist. Rechts neben Helena hängt sie einen Zettel, auf dem »Johanna« steht, und weiter weg noch einen mit dem Namen »Matti Eskola«. Unter Helenas Namen hängt sie fünf weitere auf, mit möglichen Orten des Geschehens: »Villa Koskipää, Konfirmandenlager, Seestrand Aurinkoranta, Kesoil-Tankstelle« und »verlassene Sauna am Fluss«. Unter der Villa Koskipää fügt sie eine weitere Person hinzu: »Baron von Reichmann«. Auch das verschwundene Mädchen bekommt einen eigenen Zettel: »Laura«. Ganz abseits, als ob er über allen anderen schweben würde, pinnt sie einen Zettel mit dem Namen »Riku Falk« und einen weiteren, auf dem »verknallt/verliebt in?« steht. Als sie am Ende begreift, wie offen alles noch ist, wandert ihr Blick zurück zu Helenas Namen in der Mitte. Was ist damals in Hartola passiert?

HARTOLA

Sommer 1989

Das Eis tropfte Helena auf die Hand, und sie leckte es ab. Von ihren Besuchen in der Villa hatte sie niemandem erzählt. Das Geheimnis brannte ihr im Bauch wie ein Feuerball.

»Siehst du, wie der da drüben glotzt?«, flüsterte Johanna und stupste Helena in die Seite, während sie zusammen auf dem Marktplatz saßen. Johanna zeigte auf den Jungen, der sich etwas weiter entfernt an sein Fahrrad lehnte und immer wieder zu den Mädchen herübersah.

»Der da?«, fragte Helena lachend. »Ist der nicht bei uns im Konfirmandenunterricht?« Sie schaute zu dem Jungen hinüber und schleckte dabei an ihrem Eis. Es war so heiß, dass das Eis schnell schmolz und die ganze Zeit an der Seite herunterzulaufen drohte.

»Hey!«, rief Johanna zu dem Jungen. »Was glotzt du so? Verzieh dich!«, schrie sie und fuchtelte dabei mit den Händen herum, als wäre er ein Schwarm Schmeißfliegen.

Aber der Junge rührte sich nicht vom Fleck. Er stand einfach nur da, lehnte an seinem Fahrrad und kramte ein Fernglas aus seiner Tasche. Damit schaute er abwechselnd in den Himmel, auf das Ende der Straße und dann wieder ganz in ihre Nähe. Eines der Mädchen konnte er schon fast spüren. Während er sie durch die Gläser betrachtete, roch er beinahe ihren Duft. Dann wandte er den Kopf leicht zur Seite und richtete das Fernglas auf etwas anderes. Beobachten war absolut erlaubt, das konnte man nirgendwo verbieten.

Und in diesem Augenblick, an jenem Samstag auf dem Marktplatz, während Johanna über alles Mögliche redete und lachte und Helena ihr tropfendes Erdbeereis aß, wurde ihr klar, dass sie das Objekt der Beobachtung war. Der Junge schaute nicht auf Johanna, sondern auf sie. Obwohl sie die Augen zusammenkniff und ihm Grimassen schnitt, verweilte das Fernglas regungslos auf demselben Punkt. Nur seine Beine bewegten sich etwas, wenn er das Gewicht von der einen auf die andere Seite verlagerte, und langsam spürte Helena, wie sie eine richtige Gänsehaut bekam.

»Hau ab, du Spinner!«, rief Johanna noch einmal und machte abschätzige Gesten, aber der Junge tat so, als hätte er nichts gehört.

Helena wusste nicht, wie sie sich geben sollte. Zusammen mit Johanna schnitt sie Grimassen, aber insgeheim fühlte sie sich geschmeichelt. Der Junge hatte sie beide gesehen, aber nur sie zum Ziel seiner Beobachtung gemacht. Sie allein.

Hartola, Montag, 8. Juli

Eigentlich wollte Saana nur zum Einkaufen, aber nun findet sie sich überraschenderweise in der Bar wieder, mit einem gekühlten Lonkero in der Hand. Neben ihr steht Riku, der ihn ihr ausgegeben hat.

»Na, das war doch eine gute Idee, oder?«, sagt er und lacht über Saanas Verwirrung. Sie waren in der Kassenschlange aufeinandergetroffen, und ihr war kein guter Grund eingefallen, die Einladung abzulehnen.

»Ich weiß übrigens zu schätzen, was du tust«, sagt Riku und deutet mit seinem Glas auf Saana.

»Was meinst du? An einem Montag Lonkero trinken?«

»Na, dass du Mitgefühl mit einem unbekannten Mädchen hast und den Dingen auf den Grund gehst. Die Leute hier schweigen lieber, als dass sie sich in die Schusslinie begeben. Ich würde dir gern noch mehr helfen, wenn ich irgendwie von Nutzen sein kann.«

Saana mustert Riku mit schief gelegtem Kopf und grinst. Woher kommt das denn auf einmal? Irgendetwas an seiner ruhigen Art und seinen sorgfältig verstrubbelten blonden Haaren bringt Saana dazu, sich zu entspannen und ganz sie selbst zu sein. Sie versucht, sich selbst mit Rikus Augen zu sehen.

Entgeisterter Blick, kein Make-up und mittelfettige Haare, die sie schnell zu einem notdürftigen, buschigen Knoten zusammengebunden hat. Dazu ein übergroßes blaues Jeanshemd, Leggins und Flip-Flops. Sie wollte ja wirklich nur in den Supermarkt.

Riku beugt sich etwas näher zu ihr, um besser zu hören.

»Ich war bei deinem Vater im Pflegeheim. Ein netter Mann«, sagt sie.

»Ja, das ist er. Nur das Alter macht sich langsam bemerkbar«, antwortet Riku.

»Nach den Maßstäben von Hartola war von Reichmann ein ziemlich ungewöhnlicher Typ«, sagt Saana schmunzelnd und holt dann ihr Handy hervor.

»Bist das du?«, fragt sie Riku und zeigt auf den Jungen auf Helenas altem Konfirmandenfoto.

»Mhm«, macht Riku. »Ja, das bin ich, in all meiner Pracht.«

»Hatte Helena einen Freund? Oder kannst du dich erinnern, ob sie in jemanden verknallt war?«

»Unmöglich zu sagen«, erwidert er und nimmt einen Schluck Lonkero. »Ich war Tutor, keiner der Konfirmanden.«

»Hm«, antwortet Saana. Rikus Art zu antworten ist ziemlich nervtötend, also beschließt sie, das Thema zu wechseln. Sie sprechen über den Sommer und über Helsinki. Darüber, dass Saana nicht nachvollziehen kann, dass Riku an keinem anderen Ort leben will.

»Ihr Helsinkier seid alle so. Ihr glaubt, dass jeder aus seinem kleinen Dorf wegwill. Ihr bemitleidet uns fast und wollt uns retten. Dabei tun mir die Städter leid. Die Leute wohnen beengt, teuer und von der Natur entfremdet«, sagt er lachend, und Saana fehlen für einen Moment die Worte. Schließlich kehren sie wieder zurück zu Helena.

»Viele haben sich darüber Gedanken gemacht, was mit Helena passiert ist, aber dann wurde nichts herausgefunden.

Ich weiß nur, dass sie erst auf einer Konfirmandenparty am See war, und Vater meinte, dass ein junges Mädchen, das Helena gewesen sein könnte, zwischen neun und zehn im Maskenkostüm bei der Villa auftauchte. Viel später als die anderen Gäste.«

Saana hört gespannt zu. Sie weiß, dass Helena gegen fünf an der Tankstelle war. Von zu Hause aus ging sie also zuerst dorthin, um jemanden zu treffen, dann auf die Konfirmandenparty und anschließend auf das Maskenfest.

Die Kneipe ist halb leer. In der Ecke sitzt ein alter Mann am Spielautomaten. Von der Melodie des Früchtespiels bekommt Saana einen Ohrwurm. Dann geht die Tür auf, und sie erkennt die Person, die hereinkommt. Die rothaarige Kassiererin aus dem Supermarkt bestellt einen Kaffee und nimmt sich die Boulevardzeitung *Iltalehti* von der Theke. Nach einem Lonkero und einem Glas Rotwein stehen Saana und Riku immer noch an derselben Stelle am Ende des Tresens. Saana muss grinsen. Sie haben es nicht eilig. Für einen kurzen Augenblick stellt sie fest, dass sie Riku in einem anderen Licht sieht. Breite Schultern, gut aussehend und irgendwie zeitlos. Bei ihm muss man sich nicht verstellen, denkt sie und merkt, dass sie gerade wirklich Spaß hat.

Als sie kurz darauf auf die beengte Toilette geht, kommt aus der Kabine neben ihr eine inständige Bitte.

»Ist jemand da? Könntest du mir Klopapier geben? Hier ist keins mehr.« Unter der Kabinenwand kommen ein Kopf und eine herumtastende Hand zum Vorschein.

»Danke«, sagt die Rothaarige leicht beschämt, als sie einen Moment später gleichzeitig zum Waschbecken kommen.

»Keine Ursache«, antwortet Saana und fragt sich, ob die Frau jetzt wohl etwas freundlicher zu ihr sein wird.

»Iiris«, sagt diese und sieht sie durch den Spiegel an.

»Saana.«

»Ich weiß«, sagt Iiris und verlässt die Toilette.

Saana kehrt zu Riku zurück und nimmt das volle Weinglas entgegen, das er ihr hinhält.

»Am besten fragst du mal den da«, sagt er und nickt in Richtung Tresen, wo er gerade den schlechten und überteuerten Rotwein geholt hat.

»Der arbeitet schon seit über dreißig Jahren hier. Außerdem gab es das Gerücht, dass Helena auch hier war.«

»Wann?«, fragt Saana erstaunt.

»An ihrem letzten Abend«, antwortet Riku, der die Situation und Saanas Neugier zu genießen scheint.

Sie nimmt einen Schluck Wein und stellt sich vor, wie pflaumenfarben ihre Lippen und Zähne sein müssen. Sie mustert Riku interessiert. Was für ein ergiebiger Abend! Ob sie mithilfe des Barkeepers tatsächlich Augenzeugen für Helenas letzte Aufenthaltsorte finden wird?

Um 23:57 Uhr liegt Saana im Bett. Das Zimmer dreht sich, ebenso ihre Gedanken. Sie weiß nicht, wie sie zur Ruhe kommen soll. Am Ende hatten sie und Riku sehr nahe zusammengestanden. Eine Welle des Schamgefühls überkommt sie, als sie sich daran erinnert, wie sie sich zu ihm vorbeugte. Warum hat sie das bloß gemacht? Erwartete sie einen Kuss? Riku umarmte sie nur, bedankte sich für den Abend und wünschte ihr eine gute Nacht. Er verhielt sich wie ein echter Gentleman, und sie muss sich eingestehen, dass sie insgeheim enttäuscht war.

Bevor sie nach Hause ging, unterhielt sie sich noch mit dem Barkeeper und erfuhr dabei etwas ziemlich Verwirrendes. Er gab ihr bereitwillig Antworten. An jenem Abend hätten sich in der Bar Gäste des Maskenfestes mit Stammkunden gemischt. Es sei ein entspannter Abend gewesen. Damals habe man bei Minderjährigen in Bars noch ein Auge zugedrückt. Was sei schon dabei, solange sie nicht störten und alle Spaß hätten? Und dann, eine kleine achtlose Erwähnung, eine scharfe Erinnerung. Helena, das zu jung verstorbene Mädchen, sei am letzten Augustabend gegen halb sieben in die Kneipe gekommen, eine Stunde geblieben und habe sich dabei mit einer bestimmten Person unterhalten. Und diese Person ist Saana zu ihrer großen Überraschung gut bekannt.

HARTOLA

Sommer 1989

Es dauerte nicht lange, bis die Villa und der Baron Helenas gesamte Energie aufsaugten. Ohne den Baron war sie wie ein lebloses Wesen, das immer gleiche, belanglose Tage am Erdbeerstand verbrachte. Auch heute wieder zog sich der Tag Stunde um Stunde, die wiederum aus langsam dahinkriechenden Minuten bestanden. Sogar die Sekunden schienen Helena zu verhöhnen. Sie pulte an ihren Fingernägeln herum und beobachtete träge die vorbeigehenden Menschen. Der Gegenstand ihres Interesses befand sich weit weg vom Parkplatz des Supermarktes. Als es langsam fünf Uhr wurde, wuchs ihre Unruhe. Ob noch etwas passieren würde? Oder bliebe es heute wie immer ein ruhiger Tag?

Mit dem Baron war nichts vereinbart. Bisher hatten sie nur zwei märchenhafte Nachmittage miteinander verbracht. Sie stellte sich vor, wie gerade jetzt in der Villa etwas Aufregendes passierte, an dem sie nicht teilhaben durfte. Es war ihr Schicksal, alles nur einmal in der Woche genießen zu dürfen, wenn sie ihre Erdbeeren auslieferte. Weitere Einladungen hatte es nicht gegeben. Als sie gerade die leeren Erdbeerkisten ordentlich unter dem Tresen aufstapelte, hörte sie eine freudige Begrüßung. Die Stimme war unverkennbar. Johanna.

»Gehen wir schwimmen?«, fragte ihre Freundin fröhlich.

Helena erkannte schon an ihrem Gesicht, dass sie wohl mit ihr mitgehen sollte. Sie spürte einen leisen Stich in der Brust. Wie selten sie sich in letzter Zeit gesehen hatten, obwohl sie doch ihre beste und einzige Freundin war. Wie viele Dinge ihr plötzlich passiert waren, von denen Johanna nichts wusste.

Helena nickte still und zwang sich, die Enttäuschung aus ihrem Gesicht zu verbannen. Ihr Tag würde dem üblichen Muster folgen: Sie würden zusammen zum Badeplatz gehen, kichern und über belanglose Dinge tratschen, ein paar Worte über die Band Dingo verlieren und sich zurückerinnern, wie betrunken sie im Mai gewesen waren, als sie das erste Mal selbst gebrauten Fusel probiert hatten. Dann würden sie den ganzen Abend darüber reden, wie das echte Leben wahrscheinlich an einem ganz anderen Ort als Hartola stattfand. Und wie eklig und uninteressant die Jungs in Hartola waren. Entweder hinterwäldlerisch und großkotzig oder zu schüchtern. Liebesgeschichten passierten woanders, in Städten, anderen Ländern.

»Wir sind für immer dazu verdammt, zusammen den Weg zur Badestelle zu laufen«, sagte Johanna kichernd. »Wir zwei gegen den Rest der Welt.«

Helena lächelte Johanna sanft an. Genau so war es immer gewesen, bis zur ersten Juliwoche, als ihr Leben beschlossen hatte, sich still und heimlich komplett zu verändern. Gemütliche Nachmittage, Gespräche über Kunst. Kleine Aufmerksamkeiten, die nur ihr allein galten. Jemand, der sie auf eine neue Art und Weise zum Erblühen brachte. Und über allem lag eine knisternde Spannung. Vorfreude.

Da Helena keine Badesachen dabeihatte, sprang sie in Unterhose ins Wasser. Es war klar und kalt. Nach einer kurzen Schwimmrunde wateten sie kreischend im flachen Uferwasser herum. Das Herumhüpfen brachte Helenas Brüste zum Wippen. Das war ein neues Gefühl, und sie wusste noch nicht so richtig, wie sie es finden sollte. Johanna spritzte sie lachend mit Wasser voll, bis sie eine

Gänsehaut bekam. Als sie aus dem Wasser stieg, um sich in der Abendsonne zu trocknen, wurde sie von zwei Menschen beobachtet. Johanna saß bereits auf dem Handtuch und wartete auf sie. Weiter entfernt am Ufer stand der Junge. Er war so weit weg, dass er sicher nicht zu viel erkennen konnte. Johanna hingegen betrachtete Helena und die Veränderungen an ihrem Körper lange. Sie wollte offenbar etwas sagen, ließ es dann jedoch bleiben. Helena setzte sich neben sie und lächelte. In diesem Augenblick war alles wie früher. Sie freute sich über ihre Freundin und die Sommerferien. Insgeheim war sie dennoch aufgeregt, fühlte sich abgesondert. Sie hatte das kribbelnde Gefühl, dass genau in diesem Sommer etwas Großes passieren würde. Es war der Sommer des Konfirmandenlagers, und in der Villa wohnte ein interessanter Fremder. Die stillen Kontinentalplatten der Langeweile hatten sich endlich in Bewegung gesetzt, um sich an anderer Stelle niederzulassen. Womöglich könnten die Verschiebungen zu einem Erdbeben führen, sogar zu einem Vulkanausbruch. Jedenfalls würden sie alles in ihrem kleinen, festgefahrenen Leben verändern.

Eingewickelt in Johannas großes Badetuch, saßen sie im Gras. Helena holte eine Schachtel Zigaretten aus ihrem Stoffrucksack, steckte sich eine zwischen die Lippen und bot auch Johanna eine an. Johanna sah sie verblüfft an. Seit wann rauchte Helena denn? Woher hatte sie die Zigaretten überhaupt bekommen? Helena konnte ihr die Fragen vom Gesicht ablesen und versuchte, die Zigarette anzuzünden, dabei rutschte das Handtuch herunter. Sofort begann sie zu frieren. Kichernd zogen sie sich gegenseitig das Handtuch weg. Dann zuckte Johanna mit den Schultern und nahm sich eine Light-Zigarette. Sie lehnten sich aneinander, sogen zu viel Rauch in die Backen und erfüllten die Luft mit unsicherem Gekicher und Gehuste. Ab und zu gelang es ihnen, den Rauch durch Mund und Nase auszuatmen, wie in den Filmen. Auch die Sonne wärmte noch ein bisschen.

Sie unterhielten sich über das anstehende Konfirmandenla-

ger. Ende Juli würde es beginnen. Johanna war vor Vorfreude ganz aufgedreht, Helena war still. Im Frühjahr hatte auch sie sich noch darauf gefreut, aber jetzt erschien ihr das Konfirmandenlager mit den pickligen Jungs langweiliger denn je. Wie Spielen im Sandkasten. Helena wollte direkt Teil der Erwachsenenwelt mit all ihren Facetten sein.

»Wo gehen wir hin?«, fragte Johanna, als die Sonne schon hinter dem Fichtenwäldchen untergegangen war. Helena antwortete nicht. Die Zigarette war abgebrannt, und sie hatte den Filter ausgedrückt und tief in einem Grasbüschel versenkt. Sie fühlte sich seltsam mutig.

»Ich muss los«, sagte sie schließlich. Johanna bekam jetzt das ganze Handtuch für sich. Sorgfältig packte Helena die Zigarettenschachtel zurück in den Rucksack, zog ihr Kleid an und die nasse Unterhose aus. Die würde sie zum Trocknen an den Fahrradlenker hängen. Dann schüttelte sie ihre langen Haare, lockerte sie auf und drehte sie auf dem Scheitel schließlich zu einem lockeren Dutt.

»Tschüss«, sagte sie, während sie auf das Fahrrad stieg und sofort kräftig in die Pedale trat.

Johanna starrte ihr nach. Ich muss los? Aber Helena hatte doch niemanden außer ihr.

Hartola, Sonntag, 7. Juli

Jan und Heidi sitzen im *La Kar de Mumma.* Seit sie gestern Nachmittag in Hartola angekommen sind, haben sie mit den hiesigen Polizisten gesprochen und umfassende Informationen zum Fundort bekommen. Die Überwachungskameras des *La Kar de Mumma* sind nicht auf den Parkplatz gerichtet, und es gibt auch kein Videomaterial aus dem Bereich um die Tankstelle. Vor ihnen liegt ein Bericht über die Vernehmung der Citroën-Jumper-Besitzer. Ein weißer Transporter könnte etwas mit Eskolas Fall zu tun haben. Zumindest gibt es eine zeitliche Verbindung zwischen den Autos: Gegen zehn Uhr abends wurde beobachtet, wie der Transporter und Eskolas Auto auf der Hauptstraße hintereinander herfuhren.

Heidi verschlingt frisches Kartoffelfladenbrot und schielt eindeutig sehnsüchtig auf das umfangreiche Brotsortiment des Cafés. Jan hat keinen Appetit. Alles Mögliche schießt ihm durch den Kopf. Der Zeitdruck. Mertanen. Die Todesfälle.

»Wie geht's deiner Mutter?«, fragt Heidi, deren Blick vom Kartoffelfladenbrot zu ihrer Kaffeetasse wandert.

Jan bringt keine Antwort hervor. Er sieht Heidi an und zuckt mit den Schultern. Ihr mitfühlender Blick verrät ihm, dass sie verstanden hat. Jan zwingt sich, sofort wieder an die Arbeit zu denken. Sie nehmen noch einen zweiten Kaffee für unterwegs mit und gehen zurück zum Auto. Als Nächstes wollen sie zu Eskolas Haus fahren und dessen Frau befragen.

Während sie zum Auto laufen, bemerkt Jan, dass er eine Nachricht von Veeras Freundin bekommen hat. Er liest sie, es steht nichts Besonderes darin. Aber irgendwie gibt ihm der bloße Gedanke daran, dass da jemand ist, der ihm mitten in der Arbeit Nachrichten schickt, vorübergehend ein gutes Gefühl. Noch haben sie sich nicht getroffen, und er ist sich nicht sicher, ob er das überhaupt möchte. Vermutlich wäre es besser, wenn sie nur eine weitere unbekannte Nummer in seinem Handy bliebe.

Heidi fährt und tut so, als ob sie nicht sehen würde, wie Jan lächelnd auf sein Handy schaut und irgendetwas liest. Es ist, als ob er da plötzlich jemanden hätte, obwohl er nichts erwähnt hat. Sie beschließt, ihn in nächster Zeit genauer im Auge zu behalten. In Hartola wäre das einfacher als in Helsinki.

Ihr Gefühl sagt ihr schon seit einer Weile, dass sie in die richtige Richtung ermitteln. Trotzdem brauchen sie endlich etwas Konkretes. Einen kleinen Hinweis. Wie ein kleines Stück Faden, das an einem Wollpullover hängt, und wenn man daran zieht, dröselt man nach und nach alles auf. Heidi ist sich sicher, dass sich das erste Ende des Fadens in Hartola befindet. Sie starrt auf die Straße und denkt wieder über Jan nach. Die Trauer hat er eindeutig unter seiner harten Schale versteckt. Bis jetzt ist noch nichts davon zum Vorschein gekommen.

Der Schotter knirscht unter den Reifen, als Heidi in die Einfahrt eines weißen Hauses einbiegt. Es ist der erste Stopp des Tages, das Haus der frisch verwitweten Frau des Opfers, die sicherlich unter Schock steht. Raija Eskola wohnt in einem Einfamilienhaus von beeindruckender Größe. Heidi lässt ihren Blick über die großen Hecken und die schöne Randbepflanzung der Einfahrt bis zur Eingangstür schweifen. Große Hortensiensträucher und prachtvoll blühender Flieder schmücken den Garten.

Jan klingelt. Eine völlig entkräftete, unsichere Frau öffnet die Tür mit einem entschuldigenden Gesichtsausdruck. Sie trägt einen ausgeblichenen grauen Morgenmantel, der seine besten Tage hinter sich hat, und rosa Plüschpantoffeln mit Bommeln.

»Kommen Sie rein. Möchten Sie Kaffee?«, fragt sie, obwohl alles an ihrer Körpersprache der Hoffnung Ausdruck verleiht, die Gäste von der Polizei mögen das Angebot ablehnen.

»Wegen uns müssen Sie keinen machen, aber wenn Sie sich selbst einen kochen, dann …«, sagt Heidi und geht hinein. Jan wirft ihr einen grimmigen Blick zu. Leute zum Kaffeekochen zu schicken ist in der Situation nicht gerade schicklich.

Frau Eskola nickt zerstreut. »Durchsuchen Sie alles, was Sie wollen. Ich mache mir in der Zwischenzeit einen Drink und setze den Kaffee auf.« Damit geht sie auch schon zum Servierwagen in der Wohnzimmerecke und schenkt sich einen Kognak ein.

Jan sieht sich um. Ein schlichtes Zimmer, an der Wand ein paar moderne Gemälde. Um einen flauschigen Teppich herum stehen vereinzelt schwarze, metallene Designer-Sessel. Sie sehen unbequem aus. Jan entscheidet sich für das helle Sofa und setzt sich. Er entdeckt einige Dinge, die ihm aus seiner eigenen Kindheit vertraut sind: eine Lokki-Lampe, den Servierwagen von Alvar Aalto und Glasvögel von Oiva Toikka.

»Die Lieblingsgetränke meines Mannes«, sagt Frau Eskola und lacht auf, während sie auf die beträchtliche Flaschensammlung auf dem Servierwagen deutet. »Die edlen Whisky- und Kognak-Sorten haben wir für besondere Anlässe aufgehoben. Und jetzt sitze ich hier und kippe mir mit angeekeltem Gesicht einen nach dem anderen hinter die Binde.«

Heidi sieht sie mitleidig an. Der Verlust eines Familienmitglieds ist für niemanden leicht.

»Sie haben einen schönen Garten«, setzt seine Kollegin an.

Die Wohnzimmerwand ist verglast und bietet einen direkten Blick auf das satte Grün.

»Jetzt wäre meine Lieblingsjahreszeit, wenn der Jasmin duftet«, meint Frau Eskola und tritt ans Fenster. Dicht vor dem Glas bleibt sie stehen und starrt hinaus. »Im Moment kann ich nicht einmal etwas riechen, so betäubt bin ich. Wissen Sie, Matti hat meine Blumen nicht einmal bemerkt. Ich habe ihm immer Arbeit aufgetragen, wenn er mal im Garten auftauchte. Grab ein Loch, bring den Kies dorthin, die Erde hierhin, der Strauch hier braucht jetzt einen schattigeren Platz und so weiter. So habe ich ihn herumkommandiert, und am Ende ließ er sich kaum noch im Garten blicken.« Frau Eskola dreht sich um, kommt auf Heidi zu und setzt sich in einen der Sessel. »Ich begreife es einfach nicht. Dass Matti nie wieder in meinem Auftrag ein Loch graben wird. Dass mein Mann bald selbst in einem Loch liegt und ein Teil der Erde wird.«

Heidi nickt teilnahmsvoll.

»Wie lange waren Sie verheiratet?«, fragt Jan und führt Frau Eskola für einen Moment weg von ihrer überwältigenden Trauer und hin zu den harten Fakten.

»Wir waren über vierzig Jahre zusammen. Ein paar Jahre lang war es Liebe und dann ... dann Zuneigung, Gewohnheit und die Rolle einer Art Vorzeige-Ehefrau«, antwortet Frau Eskola. »Entschuldigen Sie, dass ich frage, aber warum sind Sie den weiten Weg aus Helsinki hergekommen? Die örtliche Polizei hat schon mit mir gesprochen.« Ihr Blick gewinnt zum ersten Mal an Schärfe – zumindest ein bisschen.

»Ihr Mann ist unter ungeklärten Umständen gestorben. In derartigen Fällen ermitteln wir immer so sorgfältig«, antwortet Jan und versucht, das Thema direkt im Keim zu ersticken. »Ihr Mann ist Opfer eines Tötungsdelikts geworden.« Er will noch keine Details preisgeben, solange nicht explizit danach gefragt wird.

»Fällt Ihnen jemand ein, der einen Groll gegen Ihren Mann gehegt haben könnte?«, fragt Heidi, und Jan ist überrascht, als Frau Eskola plötzlich auflacht.

»Alle«, gibt sie zur Antwort. »Für die Leute hier in Hartola war Matti sozusagen die Verkörperung ihrer Schulden. Die Hypothek der Nieminens, der Zusatzkredit der Korhonens für ihr Auto ... Der Großteil der Leute hat all seine Kredite bei Mattis Bank aufgenommen. Oder sie eben nicht bekommen.«

»Wissen Sie, ob Ihr Mann Drohungen erhalten hat oder in brenzlige Situationen geraten ist?«

»Zumindest nicht dass ich wüsste. Es gab wohl hauptsächlich nur stilles Misstrauen im Dorf«, antwortet sie und steht wieder auf. Jan beobachtet, wie Frau Eskola, die unter dem Morgenmantel so etwas wie einen Pyjama trägt, hinüber zum Serviertisch schlurft, um sich einen zweiten Drink einzuschenken. Sie sieht aus, als hätte sie sich seit ein paar Tagen nicht gewaschen. Die abstehenden Haare hat sie notdürftig zu einem Knoten aufgewickelt, und ihre Augen sind vom Weinen zugeschwollen.

»Könnten Sie noch ein bisschen über die Freunde Ihres Mannes erzählen?«, fährt Heidi fort, als die Witwe sich wieder hingesetzt hat. »Wer hat ihn am besten gekannt? Wer waren seine engsten Freunde?«

Frau Eskola kneift nachdenklich die Augen zusammen und nennt schließlich nur einen einzigen Namen.

»Außer mir gab es nicht viele. Als er älter wurde, war er am liebsten allein. Er kennt ja fast jeden hier, aber die meisten sind nur flüchtige Bekannte oder Jagdkameraden. Einer, mit dem er öfter sprach, ist der Pfarrer. Antti-Juhani Fors.«

Heidi nickt und notiert sich den Namen.

»So gläubig war Matti aber auch wieder nicht. Sie kannten sich schon seit Jahrzehnten«, fügt Frau Eskola hinzu und stürzt ihren Drink hinunter. »Aber weiß der Teufel.«

Heidi mustert sie, während sie ihre Jacke auszieht. Die Sonne scheint durch die großen Glasfenster, und die Luft im Zimmer wird heiß und stickig. »Kennen Sie oder kannte Ihr Mann eine Person namens Lars Sundin?«, fragt Heidi und kann ihre Neugier nicht verbergen.

»Kann sein, aber der Name ist mir aus Mattis Bekanntenkreis nicht direkt geläufig. Manchmal wurden mir die Männer nur mit Vornamen oder ihren Jägerspitznamen vorgestellt.« Heidi nickt. »Aber nein, an den Namen Lars erinnere ich mich nicht.«

»Wir konnten Ihre Tochter nicht erreichen«, sagt Heidi vorsichtig. »Wissen Sie, wie wir sie kontaktieren können?«

Frau Eskola zuckt mit den Schultern. »Das ist mir bisher selbst nicht gelungen, aber da es hier um einen Todesfall geht, müsste unser Anwalt irgendwie weiterhelfen können, sollte man meinen.«

Heidi nickt.

Sie unterhält sich weiter mit Frau Eskola, während Jan einen Rundgang durch das Haus macht. Überall sind wertvolle Dinge, wenngleich man auch sehen kann, dass hier nicht alles in Ordnung ist. Einzelne Gegenstände, Bücher oder Deko-Kissen liegen hier und da auf dem Boden und wurden nicht wieder aufgehoben. Jan geht hinauf ins Obergeschoss und ist froh, dass er gleich das Arbeitszimmer findet. Matti Eskolas Heimbüro. Ein imposanter Ledersessel steht darin, ein massiver Eichentisch und ein Bücherregal, hauptsächlich mit Werken über Kommunalpolitik oder Jagd. Jan fällt auf, dass ein Teil der Bücher auf den Boden geworfen wurde. An der Wand hängt der Kopf eines Hirsches oder Rehs. Im ganzen Raum gibt es nur ein gerahmtes Foto. Selbstverständlich ein Familienporträt. Jan betrachtet traurig den Mann, die Frau und das junge Mädchen. Er durchsucht die Schubladen des Schreibtisches. Nichts. Dann überprüft er noch das Bücherregal. Nichts. Schließlich kehrt er ins Erdgeschoss zurück.

Heidi steht auf, als sie Jan herunterkommen sieht. Frau Eskola sitzt im Sessel und starrt vor sich hin. Das Glas vor ihr auf dem Tisch ist schon leer. Als Jan und Heidi aufbrechen, begleitet sie die beiden nicht mehr in den Flur, sondern bleibt erschöpft im Wohnzimmer sitzen.

Der Golfrasen und die Bäume sausen an ihnen vorbei, während Heidi sie zum Burghotel fährt. Jan ist schweigsam und geht im Geiste ein paar Dinge auf seiner To-do-Liste durch. Was kann alles schon ausgeschlossen werden?

Es gibt so viele Ebenen, denkt Heidi und geht ihre Informationen durch. Der Helsinkier Teil erscheint ihr hinsichtlich der Ermittlungen am unwichtigsten. Sundins Arbeitskollegen und Ex-Frauen konnten mit ihren Alibis schnell von der Liste der Verdächtigen gestrichen werden. Auch die jungen Mädchen, die zu Sundins Partygesellschaft gehört hatten, hatten sie ausfindig gemacht. Sie waren gerade so volljährig gewesen und ziemlich schweigsam. Laut der Spurensicherung hatte sich eine Frau in Sundins Wohnung aufgehalten, und auch ohne DNA war klar gewesen, dass die Spur zu Jenna Nygren führte. Sie war mehr ein Opfer als eine mögliche Täterin. Heidi fragt sich, ob der Mörder Angst haben könnte, dass Jenna etwas gesehen hat. Oder verrät die Tatsache, dass Jenna in Ruhe gelassen wurde, etwas über ihn? Könnte er auf irgendeine Art und Weise auf der Seite der Schwachen stehen? Insofern, als er ausschließlich stärkeren oder unlauteren Personen geschadet hat? Der Täter arbeitet mit Bedacht, und die Ziele wurden aus einem bestimmten Grund sehr genau gewählt. Sundin führte ein turbulentes Nachtleben, aber es gab keine bestimmte Tat, die hervorstechen würde. Eskolas Lebenslauf müssten sie mithilfe des Freundes- und Bekanntenkreises noch genauer unter die Lupe nehmen.

Als sie in den Hof des Burghotels einbiegen, klingelt Heidis

Handy. Jan lauscht, versteht aber kaum etwas. Am anderen Ende versichert sich offenbar jemand, ob er auch bei Heidi herausgekommen sei, bei der Polizei.

»Ja, mein Kollege und ich waren gerade bei Ihnen zu Besuch«, sagt Heidi und stellt den Blinker an, während sie vor dem Hotel hält. »Sie wollen noch einmal reden?« Sie sieht Jan vielsagend an. »Danke für Ihren Anruf, ich komme sofort«, antwortet sie und beendet das Gespräch. »Das war die Witwe. Sie hätte gern, dass noch einmal eine Polizistin vorbeikommt. Als ob sie noch etwas zu sagen hätte, was sie am liebsten einer Frau erzählt.«

»Fahr ruhig«, meint Jan und steigt schnell aus. Kaum ist die Beifahrertür zugeknallt, fährt Heidi schon mit durchdrehenden Reifen rückwärts vom Hof.

Heidi mustert das Familienporträt auf dem Glastisch. Das war vorher noch nicht im Wohnzimmer. Frau, Mann und Tochter. Die Eskolas. Sie betrachtet das junge Mädchen, dessen Vater gerade gestorben ist. Etwas an ihr kommt ihr bekannt vor. Vielleicht erkennt sie sich selbst in ihr. Für einen Moment versetzt sie sich zurück in die Zeit im Vorschulalter, wie es war, frei von Stundenplänen und Verantwortung zu sein. Die Tage waren in Watte gehüllt, unbegrenzter Spielspaß, der nur zum Essen und Schlafen unterbrochen wurde.

»Möchten Sie einen Whisky?«, fragt Frau Eskola schon in der Tür, und Heidi nickt. »Ich nehme ein kleines Schlückchen, wenn Sie auch einen trinken«, sagt Heidi grinsend. Sie hat sich noch nie strikt an Regeln oder Grenzen gehalten. Hin und wieder bringt sie ein Regelbruch auf die richtige Seite, gibt dem Vernommenen die Möglichkeit, sich zugehörig zu fühlen, und bricht die Gegensätze auf.

Heidi setzt sich mit ihrem Glas auf das Sofa, doch Frau Eskola bleibt unruhig am Teppichrand stehen. Heidi schaut sie an. Die

Frau hat sie angerufen, und jetzt kriegt sie den Mund nicht auf. Heidi beschließt, das Schweigen mit einer Frage zu brechen.

»Wann haben Sie zuletzt mit Ihrer Tochter gesprochen?«

Frau Eskola hält in ihren nervösen Bewegungen inne und sieht Heidi nachdenklich an.

»Wenn Matti damals nicht auf die Idee gekommen wäre, sie in die weite Welt zu schicken, wäre alles leichter gewesen. Sie wäre in ihrem Zuhause in Hartola aufgewachsen, und wir hätten zusammen all die Dinge tun können, die Mütter und Töchter normalerweise tun. Ja. Was auch immer Mütter und Töchter eben so machen. Shoppen gehen? Na ja. Ich wollte mit meiner Tochter immer nach Paris«, plaudert sie drauflos.

Heidi denkt nach. Sie konnten die Tochter noch nicht ausfindig machen, aber über den Familienanwalt haben sie ihr einige Nachrichten zukommen lassen. Wie stur die Tochter sein muss, dass sie sich sogar vor ihrer eigenen Mutter versteckt hält. War sie vor etwas geflohen oder über etwas wütend?

»Es ist nicht zu spät. Vielleicht machen Sie zusammen eine Reise, wenn die Beerdigung vorbei ist«, versucht Heidi, sie zu ermutigen.

»Wer weiß«, sagt Frau Eskola und erhebt ihr Whiskyglas. »Als sie damals wegging, habe ich monatelang geweint, ach, eigentlich jahrelang. Aber jetzt, da Matti von uns gegangen ist, habe ich noch mehr zu verarbeiten. In unserem gemeinsamen Leben gab es so vieles, auch Reue. Wenn Sie nicht Polizistin wären und mein Mann nicht gerade ermordet worden wäre, würde ich sogar sagen, auch Hass.«

Heidi hört neugierig zu. »Worüber wollten Sie genau mit mir sprechen?«

»Ich muss es jetzt wohl zur Sprache bringen, obwohl mich die ganze Sache anwidert«, sagt Frau Eskola. »Den Grund, warum ich Sie hergebeten habe.« Sie greift nach der Bibel auf dem Sofa. Heidi fühlt sich unwohl und befürchtet ein mögliches Gebet, bemüht sich aber, Frau Eskola ausschließlich ermutigend anzusehen.

»Ich bin seit gestern dabei, das Haus auf den Kopf zu stellen«, erklärt Frau Eskola. »Heute Morgen bin ich im ersten Stock auf dem Boden aufgewacht, ich war dort eingeschlafen. Nachdem Sie weg waren, bin ich den Rest des Bücherregals durchgegangen.«

»Haben Sie etwas Bestimmtes gesucht?«

»Ich habe nach etwas gesucht, ohne zu wissen, wonach. Vielleicht nach Gründen, meinen Mann hassen zu können, damit die Trauerarbeit leichter wird«, sagt sie seufzend. »Aber ich glaubte nicht daran, dass ich wirklich etwas finden würde. Bis ich die hier fand.«

Sie legt die Bibel auf den Kaffeetisch und öffnet langsam den Buchdeckel. Zu Heidis großer Überraschung ist das Buch innen hohl, ein Umschlag liegt darin. Frau Eskola nimmt ihn in die Hand und holt mit zittrigen Fingern einen Stapel Fotos heraus.

»Als Polizistin können Sie mir bestimmt sagen, was ich damit machen soll«, sagt sie, als die Fotos ausgebreitet auf dem schmutzigen Glastisch liegen.

Hartola, Montag, 8. Juli

Jan reibt sich die Schläfen. Der Schlafmangel wird langsam unerträglich. Es ist Abend, und draußen ist es völlig windstill. Plötzlich klingelt sein Handy. Mertanen ruft schon wieder an.

Jan beantwortet seine Fragen knapp. Nein, sie wissen noch nichts über das Motiv. Nein, sie haben keine Ahnung, wann der dritte Fall kommen könnte.

Als das Gespräch vorbei ist, sieht Heidi ihn fragend an.

»Was wollte er?«

Jan macht eine Geste, die alles beantwortet. Mertanen will immer alles auf einmal und am liebsten sofort. Dieser Fall hat ihn aggressiver gemacht. Jan kann sich an keinen früheren Fall erinnern, bei dem Mertanen so oft hinterhergefragt hätte. Bis jetzt richten sich seine Zurechtweisungen an ihn, und er wiederum geht seinem Team auf die Nerven, wenn auch etwas zurückhaltender. Als Leiter ist das seine Aufgabe. Er lässt sein Team sich auf die Arbeit konzentrieren und fungiert selbst als Stoßfänger für den Druck und die Anforderungen.

Jan reißt zwei Streifen Malerkrepp ab und klebt eine Karte von Hartola an die Wand des Hotelzimmers. Mit Filzstift malt er ein Kreuz an die Stelle, an der Eskola gefunden wurde. Heidi steht auf und geht zum Barschrank.

»Willst du auch ein Bier?«, fragt sie und öffnet mit einem Zischen bereits ihre eigene Flasche.

Jan schüttelt den Kopf.

»Ein Mann namens Antti-Juhani Fors war ein guter Freund von Eskola«, sagt Jan und schreibt den Namen auf einen Zettel an der Wand. »Und dann haben wir diese alten Fotos«, fügt er hinzu und klebt die beiden obersten Bilder aus Frau Eskolas Fotostapel an die Wand.

Es sind unangenehme Fundstücke: mit Blitz fotografierte, geschmacklose Aufnahmen von jungen, nackten Körpern. Mädchen ohne Gesichter. Die Bilder sind alt, aber noch steht offen, wie Nacktbilder von jungen, vermutlich minderjährigen Mädchen mit Eskolas Mord zusammenhängen oder ob sie es überhaupt tun. Frau Eskola hatte bestätigt, augenscheinlich erleichtert, dass niemand auf den Fotos aussah wie ihre Tochter. Die Bilder zeigen andere Mädchen. Nur welche?

Heidi stellt ihr Carlsberg auf den kleinen Schreibtisch, schreibt »Mädchen? Jahr X?« auf einen Zettel und klebt ihn neben die Karte an die Wand.

Jan kringelt auf der Karte Eskolas Haus ein und wiederholt laut, was sie über den Fall wissen. Zum Fundzeitpunkt war Matti Eskola der Schätzung nach acht Stunden tot. Das bedeutet, der Todeszeitpunkt lag ungefähr bei ein Uhr nachts. Jan ist davon überzeugt, dass der Mörder mit beiden Opfern ein Treffen vereinbart hatte. Dementsprechend hatte Eskola höchstwahrscheinlich am vereinbarten Ort sein Auto angehalten, der Täter war zu ihm eingestiegen, und zusammen waren sie irgendwohin gefahren. Jan vermutet, dass der Mörder nicht unbedingt seine Identität geheim hielt. Wie hatte er sein Opfer dazu bekommen, dem Treffen zuzustimmen?

Jan betrachtet seine Fotos von den Tatorten. Die Königspforte auf Suomenlinna und die Königspforte in Hartola. Eine Inszenierung. Das ist das Einzige, was ihm einfällt. Von der Spurensicherung kam bisher nicht viel Hilfreiches. An Eskolas Körper wurden Spuren gefunden, die auf einen Elektroschocker hinweisen könnten. Am Schluss wurde sein Kopf in ein Wassergefäß getaucht. Er wurde auf trockenem Boden ertränkt. Aber genau das ist ihm unbegreiflich: Warum mussten die Opfer ertränkt werden?

Jan entscheidet sich um und holt sich doch ein Bier. Schweigend sitzen sie da und starren auf die Zusammenstellung an der Wand.

Er kehrt noch einmal zur Liste der Citroën-Jumper-Besitzer zurück. Mit der Unterstützung der Polizei von Häme haben sie die Fahrzeughalter überprüft, aber keine Verbindung zu den Opfern oder zum direkten Umfeld der Opfer gefunden. Der nächste Schritt wäre, sich mit jedem einzelnen Fahrzeughalter zu treffen und die Autos zu untersuchen. Laut Schätzung werden die Nachforschungen ein bis zwei Tage dauern. Jan rechnet sich aus, wie viele Tage sie schon vergeudet haben. Während er die Karte der Königsgemeinde betrachtet, fragt er sich, ob sie nicht doch ihren Fokus ändern sollten. Anstatt sich mit der Vergangenheit zu beschäftigen, sollten sie sich bereits auf das Kommende gefasst machen. Sie müssen alles tun, um herauszubekommen, wer das nächste Opfer sein könnte, der mögliche dritte König. Wen wird der Täter als Nächstes anrufen?

Hartola, Dienstag, 9. Juli

Es ist erst 07:13 Uhr, aber Saana liegt schon hellwach im Bett. Ein Gedanke lässt ihr keine Ruhe. Der Barkeeper hatte es ihr klar und deutlich geschildert: Ihre Tante Inkeri war die Person gewesen, mit der Helena an ihrem letzten Abend in der Bar gesprochen hatte. Warum hat Inkeri nichts gesagt? Saana steht auf und geht hinunter ins Erdgeschoss. Die Küche ist leer. Sie ruft nach ihrer Tante, aber weit und breit ist keine Menschenseele zu sehen.

Das Unruhegefühl vom Morgen treibt sie an. Sie versucht, ihre Tante anzurufen, aber niemand hebt ab. Also beschließt sie, den Tag zu nutzen, um Helenas Spuren zu folgen. Sie will die gleiche Route nehmen wie Helena an ihrem letzten Abend. Zuerst zu dem Ort, an dem früher die Tankstelle war, dann zum See, wo die Abschlussparty der Konfirmanden stattfand, danach in die Bar und am Ende zur Villa.

Wo einst die Tankstelle stand, befindet sich jetzt eine Raststätte, und Saana geht direkt weiter zum See. Sie starrt aufs Wasser und versucht, sich vorzustellen, wie Jugendliche im Konfirmandenalter 1989 ihren Abend verbrachten. Was tranken sie? Was hatten sie an? Mit Schrecken erinnert sie sich an ihre eigenen Erfahrungen mit Zigaretten im Sommer zwischen der siebten und der achten Klasse.

Vom Seestrand Aurinkoranta zur Villa Koskipää sind es acht Kilometer. Helena hätte von hier aus ohne Fahrrad eine ziemliche Strecke vor sich gehabt. Ob die Polizei jemals ihr Fahrrad fand?

Die Landschaft verändert sich langsam. Der Wald, die Landstraße, das dunkle Fichtenwäldchen, die Bar im Zentrum und schließlich das Herrenhaus. Saana lehnt ihr Rad an einen Baum und stellt sich geistig darauf ein, Riku zu sehen, falls er hier sein sollte. Diesmal hat sie sich auch geschminkt. Der Garten ist jedoch leer. Wie bereits gewohnt, geht sie am Haus vorbei Richtung Stromschnelle, überquert die knarzende Hängebrücke und ist schnell am anderen Flussufer. Die Zweige der Silberweide hängen beinahe ins Wasser. Es ist still. Das Summen der Stechmücken an ihrem Ohr reißt sie für einen Moment aus ihren Gedanken. Es war offensichtlich schon eine Weile niemand mehr hier beim Haus, und die wuchernden Pflanzen vereinen sich auf dem Gartenweg zu einem Dickicht. Wiesenkerbel, Bärenklau, Brennnesseln und andere Gräser lassen Saana bei jedem Schritt stampfen. Es dauert nicht lange, bis sie aus dem Augenwinkel eine widerliche schlängelnde Bewegung wahrnimmt. Sie zuckt zusammen, versucht aber, einen kühlen Kopf zu bewahren. Dieses Mal hat sie Gummistiefel an, und das Tier, das gerade die Flucht ergriffen hat, sah mehr wie eine Blindschleiche als wie eine giftige Kreuzotter aus. Kein Grund, sich zu sehr zu fürchten.

Auf der Veranda der verlassenen Ufersauna riecht es nach nasser Erde und nach der vom Fluss aufsteigenden Feuchtigkeit. Saana ruft und späht durch die geschlossenen Fenster ins Innere. Die Fenster sehen teilweise verdunkelt aus und sind so dreckig, dass man gar nichts erkennen kann. Sie umrundet das kleine Gebäude und sucht nach einer Stelle, durch die man hineingelangen könnte. Sie hält inne und lauscht. Nach wie vor ist außer dem Gesang von Amseln und Buchfinken nichts zu hören. Irgendwo in der Ferne ruft ein Kuckuck. Sie blickt sich um. Sie ist ganz allein. Dann testet sie die Tür. Überraschenderweise ist diese nicht verschlossen.

Mit langsamen Schritten betritt Saana die Sauna. Sie fühlt sich ziemlich kriminell. Im Vorraum stehen ein Eisenbett und ein Stuhl, die Wände ziert eine alte Rosentapete. Saana setzt sich aufs Bett und sieht sich um. Es ist staubig und muffig. Sie spürt die Federn des alten Bettes am Po und steht wieder auf. Dabei fällt ihr Blick auf eine sonderbare Geweihkrone, die über dem Bett an der Wand hängt. Saana macht ein paar Fotos vom Zimmer und lugt in die Sauna hinein. Die geschwärzten Wände und Bänke lassen diese dunkel erscheinen. Der Betonboden hat an einigen Stellen Risse bekommen. Die offensichtlich verlassene Sauna riecht wie ein feuchter Erdkeller. Saana kehrt zurück in den Vorraum und lässt den Blick über die Rosentapete schweifen. Irgendetwas in diesem Zimmer lässt ihre Fantasie verrücktspielen.

Ob Helena damals in diesem Raum war?

Als Saanas Magen am Nachmittag in Erwartung des gewohnt leckeren Essens von Tante Inkeri knurrt und diese immer noch nicht da ist, fällt ihr der Artikel im Klatschmagazin ein, den die Friseurin Eila erwähnt hat. Die Zeitschrift war laut Eila entweder *Hymy* oder *Seura*.

Saana googelt »Hymy 1989« und findet als Erstes eine Zusammenfassung der Geschichte von *Hymy* auf Wikipedia sowie einen Artikel über die Sensationsgier des Magazins im Archiv des öffentlich-rechtlichen Senders Yle. Es scheint, als ob *Hymy* tatsächlich das richtige Ziel sein könnte. Wo könnte man alte Ausgaben bekommen? In der Finnischen Nationalbibliothek in Helsinki gibt es laut Internet eine breite Auswahl an alten Zeitschriftenjahrgängen.

Saana überprüft den Standort der Nationalbibliothek auf

Google Maps und ist überrascht, dass diese direkt neben dem Helsinkier Dom liegt. Bisher wusste sie nicht einmal, dass es diese Bibliothek überhaupt gibt. Bei ihrer Arbeit als Online-Redakteurin hatten sich die Artikel hauptsächlich auf die Sensationen des Vortages beschränkt, und sie war nie dazu gekommen, investigativen Journalismus zu betreiben. Alle Zeitschriften des Jahres 1989 aus der Sammlung der Bibliothek gibt es wahrscheinlich als Mikrofilm oder in Printform, weshalb man vor Ort sein muss, um das Material zu bekommen. Saana überlegt. Mikrofilme zu durchsuchen und den Artikel über Helena zu finden, reizt sie so sehr, dass sie eigentlich keine andere Wahl hat. Sie muss hinfahren. Trotzdem kommt es ihr ein bisschen wie Mogeln vor, mittendrin nach Hause zu fahren. Sie hat ihre Wohnung leer zurückgelassen und sich von ihren Freunden verabschiedet. Und jetzt taucht sie einfach kurz wieder auf? Wenn sie ihren Freunden erzählen würde, dass sie wieder in der Stadt ist, würde die ganze Zeit mit Tratschen und ein paar gemeinsamen Gläschen draufgehen. Es wäre besser, wenn sie ohne viel Aufhebens zu Hause vorbeischauen würde und dann gleich wieder nach Hartola zurückkäme, um ihre Ermittlungen fortzusetzen. Und wenn sie schon mal dort wäre, könnte sie sich auch gleich mit dem Mann treffen, mit dem Veera sie verkuppeln will. Sie würde schnell feststellen, ob aus der Sache jemals etwas werden könnte. Besser, sie trifft sich gleich mit ihm und verschwendet nicht ihren ganzen Sommer damit, mit dem falschen Typen hin- und herzuschreiben.

Saana ist nicht besonders überzeugt von Veeras Fähigkeit, den richtigen Mann für sie zu finden. Wie soll Veera wissen, was das Beste für sie ist, wenn nicht einmal Saana selbst weiß, wonach sie in einem Mann sucht oder was sie will? Veera hat nichts über sein Aussehen verlauten lassen, und Saana deutet das als schlechtes Zeichen. Vielleicht lässt es zu wünschen übrig.

Von irgendwoher hört man ein Knacken. Sie zuckt zusammen und schaut aus dem Fenster des ersten Stockes, um zu sehen, ob ihre Tante zurück ist, aber der üppige Garten liegt immer noch verlassen da. Saana trifft eine Entscheidung. Der Zeitschriftenartikel würde ihre Ermittlungen in die richtige Richtung führen. Im Internet sucht sie nach Bussen und reserviert sich ein Ticket für eine späte Verbindung. Sie will nach Helsinki fahren. Für eine Nacht, höchstens zwei.

Tante Inkeri kommt erst nach sieben Uhr abends zurück.

»Ich war in Jyväskylä beim Einkaufen. Bitte schön«, sagt sie und legt ihr einen Stein in die Hand. Saana sieht erst den Edelstein an, der an einer Kette hängt, und dann ihre Tante.

»Das ist ein Tigerauge«, sagt Inkeri. Ein Kraftstein, der einem hilft, sich zu erden.

Saana schließt die Hand um den Stein. Er fühlt sich kühl an.

»Das Tigerauge dient zur geistigen Erdung, zur Beseitigung von Stress und zur Stärkung des Selbstbewusstseins. Du kannst es auch fragen, was immer du willst«, sagt Inkeri und schmunzelt angesichts der Skepsis in Saanas Blick. »Lass den Stein von der Kette baumeln und frag ihn direkt, was ›ja‹ und was ›nein‹ bedeutet. Sobald du siehst, wie der Stein diese Antworten ausdrückt, kannst du ihm Fragen stellen.«

Saana muss lachen, aber sie lässt das schöne diamantenförmige Tigerauge in der Luft pendeln.

»Was heißt ›ja‹?«, fragt sie und wartet auf ein Zeichen des Steins. Langsam, als ob seine Kraft stärker werden würde, fängt er an, kräftig vor- und zurückzuschwingen. Sie ist verblüfft. Der Stein reagiert, obwohl sie ihre Hand nicht bewegt.

»Das ist ein eindeutiges Ja«, sagt Inkeri.

Nachdem Saana gefragt hat, was »nein« bedeutet, schwingt der Stein nur ein kleines bisschen.

»Jetzt kannst du fragen.«

»Was denn fragen?«, erwidert Saana und starrt auf den Stein.

»Einfach irgendetwas, worauf du eine Antwort möchtest«, sagt Inkeri, und Saana hält den Stein an. Sie hätte mindestens hundert Fragen an ihre Tante, aber im Moment bekommt sie keine davon heraus.

»Werde ich es irgendwann schaffen, glücklich zu sein?«, fragt sie schließlich. Es dauert einen Moment, und der Stein schwingt nach und nach immer weiter aus. Er sagt Ja. Tante Inkeri schmunzelt, und auch Saana muss lächeln, obwohl sie sich seltsam fühlt. Wie kann sich der Stein bewegen, obwohl sie ihn selbst nicht bewegt?

»Wurde Helena ermordet?«, fragt sie und wartet. Nach ein paar Sekunden beginnt der Stein wieder, stark zu schwingen. Saana schaut erst den Stein und dann ihre Tante an. Ihr ist unheimlich.

Um irgendetwas zu sagen, erzählt sie Tante Inkeri, dass sie nach Helsinki fahren wird, bringt aber ihre wichtigste Frage nicht hervor. Warum hatte Inkeri Helena an ihrem letzten Abend in der Bar getroffen? Nicht einmal das Tigerauge weiß eine Antwort darauf.

Saana geht nach oben, um zu packen und Mut zu sammeln. Als sie mit dem Rucksack auf dem Rücken wieder herunterkommt, wartet Tante Inkeri am unteren Ende der Treppe. Saana überwindet sich endlich zu fragen.

»Es hat sich herausgestellt, dass du Helena am letzten Abend noch getroffen hast. Worüber habt ihr gesprochen? Warum hast du nichts gesagt?«

Aus irgendeinem Grund ist Inkeri nicht überrascht. »Ich dachte mir schon, dass du davon erfahren würdest«, sagt sie und nimmt einen Schluck aus der Teetasse in ihrer Hand. »Ja, ich habe Helena getroffen.«

»Und?« Saana würde ihre Tante am liebsten schütteln.

»Ich gab damals Sommerkurse an der Volkshochschule«, sagt Inkeri und starrt gedankenverloren in die Ferne. »Helena nahm an einem meiner Kurse teil, und ich mochte sie sehr. Sie hatte sowohl eine gewisse Zartheit als auch eine starke Entschlossenheit. Für ihr junges Alter war sie sehr nachdenklich. Sie schien sich nach einem anderen Ort zu sehnen, nach der großen Welt, und ich glaube, ich sah mich teilweise selbst in ihr. An dem Abend in der Bar gab sie mir eines ihrer Gedichte zu lesen. Sie wollte hören, wie ich es fand.«

Saana denkt über das Gesagte nach. Bestimmt war es dasselbe Gedicht, das sie selbst gesehen hatte. Was wollte Helena mit dem Gedicht sagen? Hatte sie versucht, damit etwas zu erzählen, und Tante Inkeri hatte den Hinweis nicht verstanden?

»Warum konntest du mir das nicht einfach sagen?«, fragt Saana und kann ihren Ärger nicht verbergen.

»Auf das Leben gibt es keine vorgefertigten Antworten. Wenn ich dir von meinen Angelegenheiten und Ansichten erzähle, dann beginnen sie, zu stark auf deine Geschichte abzufärben. Dann würde meine Geschichte daraus werden, und du würdest anschließend vielleicht deine eigene Stimme nicht mehr finden«, antwortet Tante Inkeri. »Du musst all die erlangten Informationen in Ruhe selbst interpretieren, dir deine eigene Wahrheit schaffen.«

Saana ist genervt, aber sie weiß nicht, was sie sagen soll.

»Helena war noch ein Kind, aber ein derart kluges, dass sie sich traute, mir den Ratschlag zu geben, die Beziehung zu einem Kollegen zu beenden, dem Kunstlehrer der Volkshochschule. Ich habe es keinen Moment bereut«, fährt Tante Inkeri fort, während sie in der Küche herumfuhrwerkt, und kündigt an, bald die Abendsauna anzuheizen.

Saana hat keine Zeit zum Saunieren. Die plötzliche Geheimnistuerei ihrer Tante ärgert sie. Als ob sie die ganze Zeit nur

Halbwahrheiten erzählen würde. Trotzdem fügt sie der Ereigniskarte von Helenas letztem Sommer gedanklich eine neue Person hinzu.

Der Kunstlehrer. Welche Rolle spielte er beziehungsweise spielte er überhaupt eine? Dazu müsste sie Tante Inkeri noch weiter befragen, wenn diese ein bisschen empfänglicher wäre.

Der Bus setzt sich in Bewegung, und Saana traut sich, ihre Lehne zurückzustellen, da niemand hinter ihr sitzt. Es tut gut, einfach allein zu sein. Sie denkt über ihre Tante nach. Inkeri hat immer nur allein gelebt. Ihr Zusammenleben würde kaum funktionieren, wenn sie nicht so ein großes Haus hätte, in dem sie beide bei Bedarf die Möglichkeit haben, sich zurückzuziehen und die Ruhe zu genießen. »Wir gehören zu diesen geselligen Introvertierten«, hatte Inkeri einmal gesagt und es damit genau auf den Punkt gebracht.

»Ich komme nach Helsinki, wollen wir uns treffen?«, schreibt Saana an Jan und schickt die Nachricht ab, bevor sie es bereuen kann.

Als der Bus kurz vor der Haltestelle Heinola ist, antwortet er: »Morgen um 18 Uhr auf der Terrasse der früheren Mbar?« Saana hebt überrascht die Brauen. Sie ist erleichtert. Als ob auch er das Bedürfnis hätte, das Treffen möglichst schnell hinter sich zu bringen. »Okay. Bis dann 🙂«, antwortet Saana. Sie will nicht länger als nötig in Helsinki bleiben, aber eine Nacht mehr würde ihr mehr Zeit für die Nachforschungen verschaffen. Sollte sie beim Durchforsten der Archive den alten Artikel finden, hätte sie noch Zeit, nach der Journalistin zu suchen, die ihn damals schrieb.

Hartola, Dienstag, 9. Juli

Die Sonne blendet, und Heidi kramt mit der freien Hand in der Mittelkonsole und im Fach des Armaturenbretts nach dem Sonnenbrillenetui. Es ist nicht zu finden. Sie kneift die Augen zusammen und erkennt das ihr mittlerweile bekannte, absurde Objekt, das zum Zentrum von Hartola gehört: den großen Kegel auf dem Dach eines Geschäfts. Gleich ist sie bei der Kirche.

Sie hält fast vor deren Eingangstür. Niemand ist zu sehen. Gerade als sie nach den Kontaktdaten von Antti-Juhani Fors sucht, nimmt sie weiter unten bei einem weißen Gebäude eine Bewegung wahr. Die Gestalt könnte der Pfarrer sein, den sie sucht. Der gute Freund von Matti Eskola.

Als sie zu zweit im Gemeindebüro sitzen, folgt Heidi den Bewegungen des Pfarrers. Seiner Hand, mit der er sich durch die vollen, dunklen Haare fährt. Mit der er über seinen Pulloverärmel streicht, als ob er einen unsichtbaren Fussel abstreifen wolle. In regelmäßigen Abständen prüft er die Uhrzeit auf seinem Handy.

»Erwarten Sie einen Anruf?«, fragt Heidi. Es ist ihre erste Frage an den Mann.

Fors schüttelt verlegen den Kopf. Der dunkle, dichte Bart ist an den Rändern schon grau.

»Mein Beileid für den Verlust Ihres Freundes«, fährt sie etwas sanfter fort und stellt fest, dass er sich etwas entspannt.

»Wissen Sie, ob Matti Eskola irgendwie in Schwierigkeiten steckte? Da er nicht eines natürlichen Todes gestorben ist, ermitteln wir in alle Richtungen.«

Fors schüttelt wieder den Kopf. »Matti war ein anständiger Mann. Er spielte kein Glücksspiel und hatte auch keine Schulden, wenn Sie das meinen. Trotzdem hat er im Laufe seines Lebens viele Kreditanträge genehmigt und abgelehnt. Vielleicht hatte jemand mit der Bank noch ein Hühnchen zu rupfen«, überlegt er laut, scheint aber selbst nicht an diese Theorie zu glauben.

Heidi nickt.

»Wie war Eskolas Verhältnis zur Kirche?«

»Er hat unsere Tätigkeit unterstützt. Mit seiner Frau war er hin und wieder im Gottesdienst. Wir ermutigen jeden dazu, den Weg seines eigenen Glaubens zu gehen. Wir gehen ihn nicht an seiner Stelle, man kann niemanden dazu zwingen zu glauben«, antwortet er leise. »Die Zahl der Einwohner in Hartola und Sysmä nimmt eher ab und damit auch die Mitgliederzahl der gesamten Kirchengemeinde Tainionvirta. Das bedeutet auch Einbußen bei den Gläubigen. Leider hören unsere gläubigsten Gemeindemitglieder nach und nach auf, in der Kirche Psalmen zu singen, und werden stattdessen draußen auf dem Friedhof zu Erde. Selbst die kleinen Beiträge der Eskolas waren für uns von großem Wert.«

Heidi mustert Fors. In jungen Jahren war er sicherlich gut aussehend. Er hat schwarze Haare, dunkle Augen und ein klassisch schönes, männliches Aussehen. Trotzdem haftet seinem Auftreten etwas Unangenehmes an, das sie nicht ganz greifen kann.

»Wo waren Sie in der Nacht zwischen Mittwoch, dem 3. Juli, und Donnerstag?«, fragt sie und sieht, wie Fors wütend wird.

»Verdächtigen Sie mich?«, fragt er unwirsch.

»Wir stellen jedem aus Eskolas nahem Umfeld diese Frage. Das ist nichts Persönliches«, sagt sie und wartet auf seine Antwort.

»Am 3. Juli war ich den frühen Abend über in der Kirche, in der Sakristei. Danach kam ich direkt hierher, wann war das doch gleich, so gegen acht, denke ich«, antwortet Fors zögerlich.

»Gibt es jemanden, der das bestätigen kann?«, fragt Heidi und ist enttäuscht, als er den Kopf schüttelt. Am liebsten würde sie so viele Möglichkeiten wie möglich mit möglichst klaren Belegen ausschließen. Jetzt bliebe Fors vorläufig ein Fragezeichen in ihren Ermittlungen. Bevor sie das Gespräch beenden kann, steht Fors auf, als ob die Unterhaltung bereits zu Ende wäre. Heidi gefallen seine Versuche, die Situation zu kontrollieren, nicht. Energisch steht sie ebenfalls auf. Als sie sich schon der Zimmertür nähern, bleibt sie stehen und beschließt, es noch einmal anders zu versuchen.

»Wann haben Sie Ihren Freund das letzte Mal lebend gesehen?«, fragt sie und starrt ihn durchdringend an.

»Das müsste Anfang der Woche gewesen sein«, meint Fors. Heidi beobachtet sein reserviertes Auftreten und spürt, dass sie gereizt wird. Sie gehen nebeneinanderher zur Eingangstür. Fors greift bereits nach der Klinke und will Heidi nach draußen geleiten, aber für Heidi ist das Gespräch erst beendet, wenn sie es beschließt.

»Kennen Sie einen gewissen Lars Sundin?«, fragt sie und starrt ihm direkt in die Augen. Fors sieht entschlossen zurück, wirkt nicht überrascht, aber sein Blick ist schwer zu deuten. Dann schüttelt er schnell den Kopf.

»Kommt mir nicht bekannt vor.«

»Hat es in Hartola im Laufe der Jahre irgendeinen Missbrauchsfall von jungen, gerade so volljährigen Mädchen gegeben?«, fragt Heidi dann und verstummt.

Fors hält den Türgriff fest und antwortet barsch und mit hohler Stimme: »Nein.«

Heidi sieht ihn forschend an und mustert seine Augen. Hat er lange geblinzelt? Als er die Frage verneint hat, hat er das Gewicht von einem Bein auf das andere verlagert. Plötzlich ist sie sich sicher, dass das von einem Gleichgewichtsverlust herrührt. Davon, dass die rechte und die linke Gehirnhälfte im Konflikt miteinander stehen. Das passiert, wenn man lügt.

Jan sieht auf die Uhr. Sie fahren zurück nach Helsinki. Heidi fährt zu schnell, und Jan blickt aus dem Fenster. Jetzt wäre der richtige Zeitpunkt, um zu rauchen, wenn er noch rauchen würde. Er würde das Fenster öffnen und die ganze Rückfahrt über Nikotin inhalieren.

Eigentlich würde er gern seinen Vater anrufen, aber er weiß nicht, was er sagen soll. Schließlich reißt er sich zusammen und ruft stattdessen Mertanen an. Mertanen ist den Juli über offiziell im Urlaub, aber aufgrund der Brandzeichenmorde hat er diesen auf Eis gelegt. Derart große Fälle gibt es selten, und es würde einen fragwürdigen Eindruck vermitteln, wenn die Führung nicht auch in der Urlaubszeit hinter ihren Mitarbeitern stünde. Kriminelle machen keine Ferien. Darum ist es auch den Gesetzeshütern nicht richtig möglich.

»Was?«, fragt Mertanen, und im Hintergrund ist Verkehrslärm zu hören.

»Wie lange haben wir noch Zeit?«, fragt Jan, ohne etwas zu erklären.

»Bevor was?«, fragt Mertanen zurück, obwohl er genauestens weiß, worauf Jan hinauswill.

»Bevor wir bei lebendigem Leib gefressen werden.«

»Selbstverständlich kann ich euch keine Deadline geben«, sagt Mertanen gereizt und lacht auf. »Ich kann nicht mehr als hoffen, dass ihr mit den Ermittlungen möglichst gut vorankommt. Ich weiß nicht, wie lange wir die Brutalität der Taten noch geheim halten können. Aber du weißt, dass man uns schon im Visier hat. Unglaublich, wie die Leute an diesen schlimmsten Einzelfällen die Fähigkeiten des gesamten KRP messen. In der Hinsicht haben wir also verdammt viel Zeitdruck. Auch die Staatsanwältin wartet schon auf weitere Informationen.«

Joki klopft in der Leitung an. Jan verabschiedet sich und wechselt den Gesprächspartner.

»Lies bitte im Bericht die Stelle mit dem Ertrinken. Mit Augenmerk auf das Wasser«, sagt der Gerichtsmediziner und wartet.

»Ich bin im Auto. Erzähl's mir.«

»In der Lunge des Opfers wurde Wasser gefunden, genau wie beim vorherigen. Zur Sicherheit habe ich eine Wasserprobe genommen, und es hat sich herausgestellt, dass es kein Leitungswasser war. Es war ungefiltertes Wasser aus der Natur, aber trotzdem kein Meerwasser«, sagt Joki bestimmt.

»Okay«, gibt Jan zurück.

»Die Leiche wurde vermutlich ins Auto getragen, damit sie gefunden wird. Das erfordert schon recht viel Kraft. Die Spurensicherung hat auf dem Parkplatz Reifenabdrücke gefunden, aber das ist normal. Der ist ja die ganze Zeit voller Autos.«

Jans Gefühl sagt ihm, dass sich das Blatt gerade wendet. Der zweite Mord war eine Stufe dreister. Eine Stufe übereilter in der Durchführung. Das Zeichen ist das gleiche, ebenso die Königsreferenz, aber im Großen und Ganzen deutet nichts darauf hin, ob der Täter oder die Täterin Männer hinrichtet, die etwas miteinander zu tun haben, oder Männer, die unabhängig voneinander etwas falsch gemacht haben. Heidi hat bereits herausgefunden, dass Lars Sundin, was junge Mädchen anging, kein unbeschriebenes Blatt war, und jetzt haben sie bei Eskola Fotos von jungem Frischfleisch gefunden. Ob so etwas als Tatmotiv ausreicht? Was verbindet letztlich den Helsinkier Werbeboss mit dem Direktor einer kleinen Bank in Hartola? Und wer könnte das nächste Opfer sein?

Auf der Höhe von Heinola zieht Jan sich Gummihandschuhe an und nimmt noch einmal die Fotos von Frau Eskola aus dem Umschlag. Er betrachtet eines nach dem anderen. Die Bilder wurden mit einer Pocketkamera gemacht. Schonungslos beleuchtet der Blitz die Haut. Nackte Körper, Brüste und gespreizte Beine. Unter anderen Umständen und wenn die Objekte andere wären, würde Jan die Fotos als erotisch einordnen, aber jetzt wirken sie wie brutale Aufnahmen von etwas, was nicht rechtens ist. Die Frauen auf den Bildern, die Mädchen, sehen zu jung aus. Die Fotos sind nicht ganz aktuell, das erkennt man an ihrer Qualität. Wer sind diese Mädchen, deren zwielichtige Bilder Matti Eskola jahrelang heimlich aufhob? Jan sieht die Fotos an und versucht, einen roten Faden zu finden. Welchem Pfad sollen sie folgen? Er hat die Aufnahmen bereits abfotografiert und sie an Saki geschickt. Sakis Aufgabe besteht nun darin, das Material Bild für Bild zu untersuchen. Findet sich irgendwo ein ausreichend großer Teil eines Gesichts, um das Mädchen oder die Mädchen zu erkennen? Gibt es Hinweise auf den Aufnahmeort? Alles muss jetzt unter die Lupe genommen werden. Trotzdem, wenn Jan wählen könnte, würde er in manchen Fällen die Wahrheit am liebsten überhaupt nicht erfahren. Diejenigen, denen die schlimmsten Erklärungen gar nicht erst in den Sinn kommen, können sich glücklich schätzen, denkt er.

Zwischen beiden Taten liegt eine Woche. Ob der Täter ihnen diesmal vorsätzlich einen weiteren Hinweis hinterlassen wollte? Etwas, was sie absichtlich weiterbrächte, wodurch sich der Mörder stärker unter Druck gesetzt fühlen würde? Nach dem Fall auf Suomenlinna hatte der Täter bestimmt das Gefühl, erfolgreich gewesen zu sein, und wenn er sich nach mehr Aufmerksamkeit seitens der Polizei sehnen sollte, wäre er sicherlich bereit, ihnen etwas Kleines zu geben. Etwas, wo sie ansetzen könnten.

Jan denkt über den Anruf nach, den Eskola erhalten hatte, und die offenkundige Art des Täters, seine künftigen Opfer anzurufen. Sie sind bereits auf denselben Wegen gegangen wie er oder sie. Sie befinden sich im Umkreis desselben Königreichs, und es könnte noch mehr Opfer geben.

Heidi starrt schweigend auf die Straße. »Ich warte auf Informationen von Saki über Fors' Hintergrund«, meint sie.

»Okay. Es ist gut, das nahe Umfeld zu überprüfen.« Jan schaltet das Radio ein. Auf Radio Nova läuft Phil Collins. Jan erinnert sich an den Phil-Collins-Hangover aus der Zeichentrickserie *Pasila* und muss schmunzeln. Heidis Miene wird durch die Musik zunehmend mürrischer.

Am Abend fährt Jan ins Hospiz. Und morgen Abend, falls er nur einen Moment freibekommt, wird er sich mit Veeras alter Freundin treffen, mit der er bisher nur ein paar Nachrichten ausgetauscht hat. Der Gedanke daran fühlt sich schon jetzt etwas lästig an. Er braucht keinen einzigen weiteren Faktor, der seinen Zeitplan bestimmt. Er würde das Treffen am liebsten absagen, aber ihm ist bewusst, dass er leichter davonkommt, wenn er sich schnell mit der Frau trifft und Veera danach mitteilt, dass es nichts war, *zero, nada.* Dann hätte er endlich wieder seine Ruhe.

Helsinki, Mittwoch, 10. Juli

Ein warmgelber Julimorgen bricht an. Für heute ist Hitze angesagt, und in der Wohnung steht die Luft, als wäre sie voller Erwartungen. Staubkörnchen schweben auf der Stelle. Saana kann sich nicht erinnern, wann sie in ihrem eigenen Schlafzimmer zuletzt so früh wach war. Das letzte Mal war sie zu Hause um sechs Uhr morgens wach, als sie gerade vom Feiern heimgekommen war. Aber jetzt liegt sie in ihrem Bett, in die Decke eingewickelt, und blickt durch das Fenster auf die hervorspitzenden Baumwipfel. Das Bett ist nicht bezogen, dafür hatte sie keine Energie. Zwei Nächte geht es auch so. Die Äste ragen völlig regungslos in den Himmel. Nicht einmal die Blätter bekommen einen erfrischenden Lufthauch ab.

Schließlich steht sie auf, tappt in die Küche und schaltet die Kaffeemaschine ein. Während sie wartet, überfliegt sie die Überschriften der *Iltalehti.* »HITZE BIS ZUM ENDE DER WOCHE!« ist die Hauptnachricht des Tages. Das Gluckern der Kaffeemaschine erzeugt ein heimeliges Gefühl in Saana. Sie erinnert sich an das gleiche Geräusch aus ihrer Kindheit, wenn ihre Mutter sich einen Kaffee machte.

Die Schlagzeilen sind schon sommerlicher geworden. Im Juli gibt es nichts zu berichten. Sogar der Klick-Journalismus wird in der Hitze weich, denkt sie grinsend und erinnert sich zurück, wie sie genau vor einem Jahr selbst in der Redaktion saß und sich Sommerschlagzeilen aus den Fingern sog, während die anderen im Urlaub waren. Die jetzige Freiheit fühlt sich gut an, aber auch bedrückend. Saana zwingt sich, im Moment zu sein, und gibt sich selbst noch nicht die Erlaubnis, sich um die Zukunft zu sorgen.

Sie streckt sich nach oben, um ihre Lieblingstasse aus dem Abtropfschrank zu holen. »I stole this from Kiasma«, steht darauf und wird sie immer an den Besuch in ihrem Lieblingsmuseum für zeitgenössische Kunst erinnern. Sie füllt die Tasse mit Löfbergs Kharisma-Kaffee und lässt sich für einen Moment aufs Sofa plumpsen, um ihn zu genießen. Heute wird sie das Material in die Hände bekommen, das sie schon von Anfang an für ein beachtenswertes, entscheidendes Puzzleteil hielt. Der Artikel wird sie hoffentlich in die richtige Richtung führen. Was sie allerdings beunruhigt, ist das Treffen mit dem unbekannten Typen um sechs. Ihr gefällt der Gedanke nicht, dass es da jemanden gibt, den sie treffen *muss,* aber es ist besser, die Sache hinter sich zu bringen.

Saana befreit ihr Fahrrad aus dem vollgestopften Lagerschuppen und fährt trotz platter Reifen los. Die nötige Motivation, um sich um ihr Rad zu kümmern, findet sie einfach nie. Außerdem fallen ihr die leeren Reifen immer erst dann ein, wenn sie schon spät dran ist. Das sommerliche Helsinki sieht bereits am Morgen freundlich und geruhsam aus. Der Großteil der Menschen hält sich an anderen Orten als dem Zentrum auf. Die Helsinkier tauschen beinahe mit den Touristen den Platz. Wenn die Büroarbeiter im Juli aufs Land fahren, kommen vom Land und aus der ganzen Welt wiederum Sommerurlauber in die Stadt. Während sie am Varsapuistikko-Park vorbeifährt, fragt sie sich, wie Helsinki eigentlich in den Augen der Sommertouristen aussieht. Im Winter tun ihr die in ihren Daunenjacken zitternden Touristen immer leid. Aber im Sommer, wenn sich die Leute entspannen und die Stadt sich von ihrer besten Seite zeigt, kann sie Helsinki auch als schönes Reiseziel empfinden. Studien zufolge sind die Finnen das glücklichste Volk der Welt, aber in Form von Lächeln drücken sie das zumindest nicht aus.

Saana hält vor der Unioninkatu 36 und betrachtet das massive, schöne alte Gebäude, das vor ihr in die Höhe ragt. Der Eingangsbereich sieht verlassen aus, aber von der Beschilderung ermutigt, erklimmt sie die Steintreppe und zieht eine der schweren alten Türen auf. Unsicher geht sie durch die Sicherheitsschleuse und kommt in ein Foyer mit hoher Decke. Hier befindet sich also tatsächlich eine Bibliothek. Sie schaut sich neugierig um, als ob sie einen Hinweis darauf suchen würde, was sie als Nächstes tun soll. Dann entdeckt sie ein Schild, das sie anweist, ihre Sachen in einem der Spinde zu lassen. Essen – verboten. Jacken und Mäntel – verboten. Handys sollen auf lautlos gestellt werden. Aufregend. Gespannt schließt Saana ihre Sachen ein und steigt dann die breiten Treppen hinauf in den ersten Stock. Die Mikrofilme befinden sich im ersten Obergeschoss, hinter der Treppe links. Sie durchquert den über dreißig Meter langen Flur mit grauen Spiegeltüren und Bücherregalen, an dessen Ende ein Raum liegt. Sie hält nach einer Regalbeschriftung Ausschau, auf der »Finnische Zeitschriften« steht, und wird schnell fündig. Das Archiv der Zeitschrift *Hymy*. Es gibt sogar Ausgaben des früheren Männermagazins *Jallu* aus den Jahren 1958–1960.

Saana betrachtet die kleinen weißen Pappkartons unter »Hymy«, in denen sich Mikrofilme aus verschiedenen Jahren befinden. Aber die gesuchte Jahreszahl fehlt. Das Archiv endet mit dem Jahr 1977. Gibt es die späteren also nicht? Sie ärgert sich, beschließt aber trotzdem, spaßeshalber das Jahr 1977 durchzusehen. Im Karton kommt eine weiße Filmrolle zum

Vorschein, die man anscheinend irgendwie mithilfe eines Lesegeräts ansehen kann. Saana geht zu den altmodischen Geräten und findet einen freien Platz. Neben ihr sitzt ein netter alter Mann, der sich in einem stilvollen, kleinen schwarzen Heft Notizen macht und zwischendurch Zeitungsseiten vom Mikrofilm mit einer Systemkamera abfotografiert. Genau! Sie könnte auch einfach mit dem Handy Bilder der interessantesten Artikel machen. Als sie sich fragt, ob sie den alten Mann um Hilfe bitten sollte, bietet er sie ihr bereits an.

»Das ist keine große Kunst«, sagt er und setzt ihr die Rolle ein.

»Danke, sehr freundlich!«, erwidert sie lächelnd. Die kleine Geste versetzt sie in gute Stimmung. Eine Zeit lang sieht sie die Zeitschriften durch, und die Bilder laufen in hohem Tempo von rechts nach links. Der schnelle Takt macht sie wirr im Kopf, die Augen beginnen zu schmerzen, und ihr wird leicht übel. Schließlich muss sie immer dann den Blick abwenden, wenn die Seite wechselt. Es ist das falsche Jahr, daher kann sie sowieso nicht finden, wonach sie sucht. Trotzdem ist es spannend, sich die Mikrofilme anzusehen. Wie in amerikanischen Filmen, in denen in irgendeiner großen Universität mit alter Bibliothek ein Student einem Geheimnis auf der Spur ist und die Vergangenheit durchforstet. Aber das nostalgische Schwelgen allein bringt sie mit ihren Nachforschungen nicht weiter. Also legt sie die Filmrolle zurück. Bevor sie geht, bittet sie am Tresen noch um Hilfe.

»Ich suche Mikrofilme von alten *Seura-* oder *Hymy-*Ausgaben aus dem Jahr 1989, aber es gab nur Zeitschriften bis 1977. Haben Sie auch neuere im Sortiment?«, fragt sie den Mitarbeiter hinter dem Tresen. Der Mann ist ein gemütlicher Archivmensch um die fünfzig. Einer, der es nicht eilig zu haben oder sich um morgen zu sorgen scheint. Seinen Kleidungsstil hat er offensichtlich bereits vor Jahrzehnten gefunden. Ein kariertes

Hemd und Jeans mit hohem Bund. Tennissocken und sicherlich bequeme Sandalen. Nichts deutet darauf hin, dass es sich dabei um einen Modekniff handelt.

»Ja, die haben wir, aber die müssen extra bestellt werden«, antwortet er und legt Saana ein Bestellformular auf dünnem, rosafarbenem Papier hin.

»Wenn Sie jetzt bestellen, kann ich Ihnen das Material bis Mittag besorgen«, fügt er in freundlichem Plauderton hinzu, und Saana greift eifrig nach dem Blatt. Dieses ganze Archivsystem ist unglaublich. Es hat sich gelohnt zu fragen. Während der Wartezeit könnte sie mittagessen gehen.

Eine gute Stunde später warten am Abholregal zwei Ordner unter ihrem Namen auf sie. Alle *Hymy-* und *Seura-*Ausgaben aus dem Jahr 1989. Schnell greift sie nach dem *Hymy-*Ordner und trägt ihn zu einem Stuhl am Fenster. Sie atmet die nach Büchern und vergangenen Zeiten riechende Luft tief ein und beginnt mit der Suche. Weil sie diesmal den richtigen Jahrgang hat, stehen die Chancen gut, dass sie den gesuchten Artikel schnell ausfindig macht. Mit zittrigen Händen beginnt sie zu blättern. Die Sensationsüberschriften aus den Achtzigern amüsieren sie.

FINNLANDS GRÖSSTES MAGAZIN HYMY –
WIR BRINGEN DIE DINGE AUF DEN PUNKT.
Mein verrückter Nachbar machte mir das Leben zur Hölle
Ich war Mengeles Patient!
Jussi Parviainen – Frauen lieben mich

Nachdem sie die Septemberausgabe erfolglos durchforstet hat, nimmt sie sich die Oktoberausgabe vor. Und dann, so schnell und unfassbar einfach, liegt endlich das vor ihr, weswegen sie nach Helsinki gekommen ist.

TRAUER IN DER KÖNIGSGEMEINDE –
UNSERE REPORTERIN GEHT DEM MYSTERIUM VON HARTOLA AUF DEN GRUND
Junges Mädchen im Tainionvirta ertrunken
Was geschah mit der netten Helena?
VON RITVA SÄRKKÄ
Was geschah mit Helena? Das junge Mädchen (siehe Bild) wurde am 1. September tot in Hartola aufgefunden. Es wird von einem Selbstmord ausgegangen. Doch nicht alles passt zusammen. Nach Angaben der Angehörigen war das Mädchen immer eine Frohnatur. Trügt der Schein?

Saana blättert um. Auf der nächsten Seite ist die ihr bekannte Steinkirche von Hartola zu sehen. Außerdem hat die Redaktion dem Artikel ein aus der Entfernung aufgenommenes Foto von Helenas Beerdigung hinzugefügt. Darunter steht: »Die Sargträger mit ernster Miene. Der ganze Ort nahm an der Beerdigung teil. Ob unter den Besuchern ein Mörder steckt, der die Trauer nur spielt?«

Was ist mit Helena passiert? Wer hat sie zuletzt gesehen?
Hymy zahlt 1000 mk für Hinweise!

Saana betrachtet die Bilder. Obwohl der Artikel lange zurückliegt, sieht vieles in Hartola noch genauso aus. Auch Eila ist mit abgebildet. Der Artikel handelt nicht speziell von Helena, stattdessen fühlt die Journalistin hauptsächlich den Dorfbewohnern auf den Zahn. Ein separater Textkasten erregt sofort Saanas Aufmerksamkeit.

Erinnern Sie sich an sie?
Laura Malm: Die Gemeinden Joutsa und Hartola veranstalteten 1987 mithilfe von Freiwilligen groß angelegte Such-

aktionen, um die vermisst gemeldete Laura Malm zu finden. Die Suche war erfolglos. Laura Malm verschwand im Herbst 1987 aus Hartola. Ein Jahr später wurde die Fahndung erfolglos eingestellt.
Suvi Kolehmainen: Die Studentin verschwand 1986 in Lappeenranta auf dem Nachhauseweg von einem Restaurant. Trotz Fahndung wurde das Mädchen nicht gefunden.

Saana verschlingt den Text Wort für Wort, Bild für Bild und bekommt Gänsehaut. Könnte Laura Malms Verschwinden etwas mit Helena zu tun haben? Je mehr sie liest, desto stärker klopft ihr Herz und desto tiefer taucht sie in die Vergangenheit ein.

Die Königsgemeinde Hartola ist also kein sicherer Ort für junge, hübsche Mädchen. Aber was macht die Polizei? Die Ermittlungen zu Helenas Fall wurden eingestellt, da alle Indizien darauf hindeuteten, dass das Mädchen sich selbst das Leben genommen hat. Ritva Särkkä geht der schicksalshaften Gemeinde Hartola im nachfolgenden Exklusiv-Interview auf den Grund. Angesichts der hilflosen Polizei wurden hierbei mit Unterstützung von *Hymy* höhere Mächte angerufen.

HEXE MIT HEILMITTELN IST DEM FALL AUF DER SPUR
Die Menschen hatten schon immer den Hang dazu, an Mächte zu glauben, die größer sind als sie selbst. Übernatürliche Phänomene, Hexendoktoren, Volksmythen und Naturgötter dominieren unser kulturelles Erbe, sodass auch gebildetere Menschen von Zeit zu Zeit großen Fragen gegenüberstehen, wie etwa der, ob es höhere Mächte gibt. Ich hätte mir nie vorstellen können, dass ich, wo ich doch ein langes Studium absolviert habe, mich je für schwarze Magie interessieren könnte. Aber Hartola hatte dazu seine eigene Meinung. Eines Abends, als ich von einem Interview zurück-

kam, erlebte ich nämlich eine Überraschung. Unter der Tür meines Zimmers auf dem Campus der Volkshochschule von Ost-Häme, die aus dem 18. Jahrhundert stammt, hatte jemand einen Brief durchgeschoben. Darin stand, wenn ich den Todesfall mithilfe von magischen Kräften erforschen wolle, könne ich Kontakt aufnehmen. Da ich eine neugierige Journalistin bin, rief ich sofort bei der angegebenen Nummer an.

Drei Stunden später kamen zwei stille Frauen in mein Zimmer. Meine anspruchslose Unterkunft war zum magischen Ort geworden, an dem eine waschechte Waldhexe, eine Schamanin, samt ihren Utensilien stand. Begleitet wurde sie von einer jungen Gehilfin.

»Die Hexe ist bereits blind. Ich bin ihre Augen und Ohren«, sagte die junge Frau. »Jetzt versuchen wir herauszufinden, was mit dem Mädchen passiert ist.« Die Hexe hielt einen gewundenen alten Stab in der Hand und setzte sich, für ihr Alter ziemlich gelenkig, im Schneidersitz auf den Boden. Sie holte etwas aus dem Inneren ihres Gewandes und warf es vor sich hin. Verwundert sah ich auf das samtene Haarband.

»Das ist ein Gegenstand, der dem toten Mädchen gehörte«, erklärte die junge Gehilfin und sagte dann, dass wir uns für einen Moment aus dem Zimmer begeben sollten. Mit angehaltenem Atem stand ich vor der geschlossenen Tür und lauschte. Drinnen hörte man Röcheln und Murmeln. Als der richtige Moment gekommen war, klopfte die Hexe mit dem Stock auf den Boden, zum Zeichen, dass wir wieder eintreten konnten. Als wir wieder hereinkamen, stand sie bereits wieder auf den Füßen, auf ihren Stock gestützt, und starrte mich direkt an, ohne mich zu sehen. Ihre Augen waren trüb und grau.

»Stromschnelle«, sagte sie mit einer lauten, schneidenden Stimme und verstummte kurz. »König.«

Fragend sah ich die Gehilfin an. Sie erwiderte meinen Blick und sagte zu mir, als ob sie dolmetschen würde: »Stromschnelle und König.«

»Also nichts Konkretes?«, fragte ich die Hexe und anschließend noch einmal die Gehilfin.

»Töchter der Stromschnelle«, flüsterte die Hexe und legte sich die alte, knorrige Hand aufs Herz.

»Ich bräuchte etwas Konkreteres, keine Rätsel«, erwiderte ich halb an die beiden gerichtet, halb zu mir selbst. Hartola. Hexe. Stromschnelle. Das Mädchen war tot in der Stromschnelle gefunden worden. Ich öffnete das Fenster, um den muffigen Geruch der alten Frau aus dem Raum zu bekommen, und in meinem Kopf kreiste nur mehr eine Frage: Hatte ich mein Geld vergeudet, oder hatte die Hexe etwas gesehen, wofür es eine irdische Erklärung aus Fleisch und Blut gab?

RITVA SÄRKKÄ

Auf dem Bild zum Artikel posiert neben der alten Hexe eine vertraute Gestalt vor der schönen alten Villa: ihre Tante Inkeri. Saanas Herz macht einen Aussetzer, und sie kann ihre Überraschung nicht verbergen. »Was zum Teufel, schon wieder?«, murmelt sie und konzentriert sich darauf, ein so scharfes Foto wie möglich zu machen. Auch die restlichen Seiten fotografiert sie ab und bringt die Ordner zurück zum Tresen. Auf dem Weg nach draußen ruft sie Inkeri an, aber diese hebt nicht ab. Schon wieder eine kleine Spur, die ihre Tante teilweise mit den Geschehnissen verknüpft. Warum hat Inkeri nicht gleich mit offenen Karten gespielt? Saana kommt es sonderbar vor, dass sie etwas zu verheimlichen haben könnte. Was für ein Spiel spielt sie eigentlich?

Saana schiebt ihr Fahrrad an der Universitätsbibliothek vorbei den steilen Berg hinunter und gibt gleichzeitig auf der Business-Auskunftsseite Finder die Wörter »Ritva Särkkä Helsinki« ein. Kurz darauf bekommt sie als einziges Ergebnis: »Ritva Särkkä, Näyttelijäntie 10b 22, 00400 Helsinki«. Wenn die ehemalige Journalistin ihre Adresse nicht chiffriert hat, hat sich die Suche als viel einfacher herausgestellt, als Saana dachte.

Ohne einen Moment zu zögern, lässt sie sich die Telefonnummer auf der Seite anzeigen und drückt auf das Hörersymbol.

Als eine schroffe, kehlige Stimme antwortet, erstarrt sie fast zu Eis. Plötzlich weiß sie nicht, wie sie anfangen soll. Nach kurzem Gestammel beschließt sie, so schnell zum Punkt zu kommen wie nur irgend möglich.

»Hartola 1989, Tod eines jungen Mädchens, erinnern Sie sich an den Fall?«, platzt sie heraus und wartet auf die Reaktion. Die Frau lacht auf und erwidert überraschend spitz: »Kommt drauf an, wer fragt.«

Und so finden sie schnell eine gemeinsame Basis. Saana erzählt, dass sie Journalistin ist, die wegen Personalabbaus gefeuert wurde, und dass sie sich für den alten Fall interessiert. Vielleicht hat Frau Särkkä Mitgefühl mit einer jungen Frau, die mit den Herausforderungen des Freelancer-Daseins und des Effizienzdenkens der modernen Welt zu kämpfen hat. Frau Särkkä hört ihr zu und brummt etwas. Dann ist es still. Aber Saana hat richtig geraten. Nach einer kurzen Pause lädt sie sie zu sich nach Hause in den Stadtteil Pohjois-Haaga ein und wünscht sich als Mitbringsel etwas Gutes zum Kaffee.

Gegen drei steigt Saana aus dem Bus Nummer 40 aus, um noch etwas einzukaufen, und läuft dann zur Adresse Näyttelijäntie 10. Schnell findet sie die richtige Treppe und die richtige Tür. Gespannt drückt sie die Klingel. An der Tür steht

»Särkkä«, und über dem Briefkastenschlitz hängt ein großer Aufkleber mit der Aufschrift »Keine Werbung, verdammt noch mal«. Saana muss grinsen. Hinter der Tür ist zu hören, wie jemand am Sicherheitsschloss herumfuhrwerkt, und kurz darauf öffnet eine typische Katzentante, die selbst aussieht wie eine Perserkatze und eine katzenhafte Brille trägt, die Tür. Außer ihr wohnen in der Wohnung noch drei Katzen. Eine davon streicht um Saanas Beine.

»Darf ich sie auf den Arm nehmen?«, fragt Saana und merkt, wie Frau Särkkä auftaut.

Saana krault die Katze, und diese beginnt direkt zu schnurren. Frau Särkkä bittet Saana hinein.

Es stellt sich heraus, dass Ritva Särkkä eine sehr gesprächige Frau ist, die sich aufrichtig über Besuch freut. Saana holt Pistazienschnecken und eine Flasche Cava aus ihrem Rucksack. Frau Särkkä kocht Kaffee, und aufgrund der leckeren Mitbringsel darf Saana sofort ihre Fragen stellen. Saana streichelt die auf ihrem Schoß zusammengerollte Katze und sieht durch das Fenster hinaus auf den gemeinsamen Innenhof der Hochhäuser aus den Fünfzigern mit Birken, einem Sandkasten und einem leeren Teppichklopfgestell.

»Glauben Sie, Sie können mir mit dem Fall von Hartola weiterhelfen?«, fragt sie und verschlingt ein Stück Pistazienschnecke.

»Sie haben Gebäck mitgebracht, also ist es gut möglich, dass ich weich werde«, sagt Ritva Särkkä lachend und steht etwas mühsam von ihrem Stuhl auf. Die Katze hüpft von Saanas Schoß und folgt ihrem Frauchen aus dem Raum. Saana muss immer wieder durch den Mund atmen, da es in der Wohnung nach Zigaretten und Katzenpisse stinkt. Am liebsten würde sie das Fenster aufmachen, doch sie traut sich nicht.

»Was wissen Sie noch über den Fall?«, fragt sie, als Frau Särkkä mit einem dicken Ordner auf dem Arm zurückkommt.

»Nicht mehr viel. Das ist schon so lange her«, erwidert diese lachend und gibt ein bellendes Husten von sich.

»Aber ich weiß noch, dass es nicht voranging. Kennen Sie das Gefühl, wenn alles nur ins Leere führt? Im Nachhinein habe ich mich gefragt, ob man versucht hat, mich in den Ermittlungen zu behindern. Darum habe ich auch den Blickwinkel dieser Hexe mit reingenommen«, erzählt sie und hebt die Katze auf ihren Schoß.

»Woher hatte die Hexe den Gegenstand, der Helena gehörte, von dem sie im Artikel sprechen?«, fragt Saana und nimmt einen Schluck Kaffee. Frau Särkkä hat ihren eigenen nicht angerührt.

»Aus Helenas Zimmer«, antwortet sie nach kurzem Überlegen. »Ich nehme an, dass sie vorher bei Helena zu Hause waren.«

»Haben Sie jemals Hinweise von der Leserschaft bekommen?«

Frau Särkkä sieht sie an und lacht. »Die tausend Mark waren nur ein Lockmittel. In Wirklichkeit hätte die Zeitschrift das niemandem gezahlt. Wenn ein Hinweis eingegangen wäre, hätte man einfach gesagt, dass man den Hinweis schon bekommen habe, und die Informationen für die eigenen Zwecke verwendet, ohne mit der Wimper zu zucken.«

Saana leert ihre Kaffeetasse. Frau Särkkä sieht sie geheimnisvoll an.

»Sie scheinen mir aufrichtig zu sein. Ich gebe Ihnen die hier mit«, sagt sie und reicht Saana einen Ordner. Schnell greift sie danach, bevor Frau Särkkä es sich anders überlegen kann.

»Damals war das noch so, dass ich immer mit demselben Fotografen unterwegs war. Friede sei mit ihm. Wir haben viele Bilder gemacht. Verwendet haben wir nur eins, das alte Freundschaftsbild der Mädchen aus der Oberstufe, das auch auf der Titelseite war. Darauf lächelt das verschwundene Mädchen neben ihrer besten Freundin. Aber auf diesen Filmen sind viele Fotos von den Orten des Geschehens, meinen Interviews und mehr. Nehmen Sie sie doch mit, gute Frau.«

Saana bedankt sich und kann ihr Grinsen nicht verbergen.

»Als ich in Rente ging, habe ich einige der Fälle noch lange mit mir herumgetragen. Sie sind ein Teil von mir. Dieser Fall hat mich noch eine Weile beschäftigt, diese Mädchen wirkten doch so lieb. Die Welt ist grausam, so etwas kann man gar nicht begreifen. Obwohl ich in meiner Zeit bei *Hymy* so einiges gesehen habe.«

Saana geht zu ihrem Rucksack, um den Ordner mit den Negativen zu verstauen, und bleibt auf dem Rückweg in der Küchentür stehen. Frau Särkkä sitzt immer noch am Tisch.

»Als Journalistin, die sich mit Verbrechen auskennt, habe ich die Welt mit anderen Augen gesehen. Ein bisschen wie die Taxifahrer, die nachts all das zu Gesicht bekommen, was die Leute verstecken wollen. Sie sehen die ganzen Gestalten, die in den Büschen lauern, und all die Dinge, die zum Beispiel mich dazu gebracht haben, nachts immer ein Taxi zu nehmen. Nie wieder geht man da allein im Dunkeln raus. Denken Sie daran.«

Saana nickt etwas verschreckt. Sie will trotz allem das Gute in der Welt sehen. Mit einer warmen und zaghaften Umarmung verabschiedet sie sich von Frau Särkkä. Sie hat mehr bekommen, als sie zu hoffen gewagt hat. Gesichter und den Artikel. Als sie die Hochhaustreppe hinunterrennt, sprüht sie vor Elan. Das Treffen mit Frau Särkkä hat ihr das Gefühl gegeben, eine echte Schriftstellerin zu sein, die Hintergrundrecherche betreibt.

Eine Stunde später sieht Saana sich suchend auf der gut gefüllten Terrasse um. Entgegen ihrem ursprünglichen Plan hat sie es vor dem Blind Date nicht mehr geschafft, sich umzuziehen oder zu schminken. Außerdem erscheint ihr das Treffen überflüssig. Im Augenblick würde sie lieber das Material von Frau Särkkä durchgehen. Sie seufzt, blickt sich zögerlich um und weiß nicht, in welche Richtung sie schauen oder nach wem sie suchen soll. Veera hat sich nicht die Mühe gemacht, ihr Jans genaues Aussehen zu beschreiben.

»Spielt das wirklich eine Rolle?«, hatte sie gefragt und gelacht. »Wenn ich euch zu einem Blind Date zwinge, ist es dann nicht besser, wenn du vorher nicht weißt, was dich erwartet?« In dem Moment hatte Saana schon Zweifel bekommen. Veera ist von ihrem Charakter her so herzlich und liebenswürdig, dass Saana befürchtet, sie könnte irgendwo einen jungen Außenseiter aufgegabelt, ihn bedauert und dann eine ihrer nicht so engen Freundinnen für ein Mitleidsdate geopfert haben. Der warme Sommerabend hat viele Menschen angelockt, und der ehemalige Busbahnhofsplatz ist von lebhaftem Stimmengewirr erfüllt. Saana schließt die Augen und stellt sich vor, im Ausland zu sein. Sie liebt Sommerabende, an denen die Menschen sich mitten unter der Woche in den Feierabend stürzen. Im Sommer leben die Finnen intensiver.

»Hi!«, sagt plötzlich jemand hinter ihr, und sie wird aus ihren Gedanken gerissen.

»Hab ich dich erschreckt? Entschuldigung«, sagt der Mann lachend, und Saana lächelt peinlich berührt. Neugierig dreht sie sich zu ihm um.

»Bist du Jan, Veeras Bekannter?«, fragt sie und lächelt zaghaft, leicht erschrocken. Er sieht überhaupt nicht so aus, wie sie ihn sich vorgestellt hat.

»Eher ein Freund von Kaj, aber so, wie ich das sehe, teilen sie wahrscheinlich sowieso alles miteinander.« Saana nickt, wohl wissend, was er meint.

»Saana«, sagt sie und streckt ihm die Hand hin.

»Jan«, antwortet er und reagiert mit einem festen Händedruck.

Sie mustert ihn verstohlen. Darauf war sie nicht vorbereitet. Damit, dass er gut aussieht, hat sie nicht gerechnet. Sofort bereut sie, dass sie sich nicht stärker geschminkt hat. Er hat halblange dunkle Haare, einen Dreitagebart und einen scharfsinnigen Blick. Dieser Blick ist vielleicht das Schlimmste. Als sie sich beim Händeschütteln kurz in die Augen sehen, wird sie sofort nervös. Es ist, als würde er alles durchschauen.

Er fragt sie etwas, aber als sie ihm in die Augen sieht, hat sie die Frage wieder vergessen. In der Aufregung hat sie keines seiner Worte verstanden. Warum hat Veera ihr verdammt noch mal nicht vorher gesagt, dass er gut aussieht? Seine Anwesenheit bringt sie auf einmal ganz durcheinander.

»Also, was meinst du?«, fragt Jan und legt den Kopf schief.

»Ich war noch nie auf einem Blind Date«, antwortet sie, obwohl ihr bewusst ist, dass das wahrscheinlich nicht das war, wonach er gefragt hat.

»Aber vielleicht war das gar keine so schlechte Idee«, erwidert er, und sie schluckt.

Sie fragt sich, ob er gerade mit ihr geflirtet hat oder ob er sich nur einschmeicheln wollte, und hofft gleichzeitig, dass er das, was er gesagt hat, auch so meint. Jetzt, da sie weiß, wie er aussieht, kann sie sich nur schwer vorstellen, dass er jemals an ihr interessiert sein könnte. Wieder sehen sie sich verstohlen an. Niemand sagt etwas. Die Atmosphäre ist etwas angespannt.

»Willst du hier auf der Terrasse bleiben, oder sollen wir was anderes machen?«, fragt er, und Saana hat keine Ahnung, was sie will.

»Gehen wir vielleicht woandershin«, sagt sie schließlich und beglückwünscht sich innerlich zu ihrer Entscheidung. Auf keinen Fall will sie den Eindruck erwecken, unentschlossen zu sein.

»Okay, ich wüsste da einen guten Ort«, sagt Jan und bedeutet ihr, ihm zu folgen.

Sie laufen zur Töölö-Bucht. Dabei kommen sie am Konzerthaus vorbei, überqueren den riesigen Kansalaistori, lassen die Finlandia-Halle hinter sich und erreichen das Ufer. Gemächlichen Schrittes passieren sie die breite Holzbrücke neben den Bahngleisen, von denen ein besonderer Geruch aufsteigt, und das Wasser funkelt schön im hellen Sonnenlicht. Enten schnattern. Saana fällt kein Gesprächsthema ein, und so gehen sie einfach nur nebeneinanderher. Kurz darauf bleibt Jan vor dem Café der blauen Villa im Linnunlaulu-Park stehen.

»Lust auf ein Glas Cranberrysaft?«, fragt er und weist Saana den Weg zu einem freien Tisch mit zwei Stühlen. Vom Tisch aus hat man eine schöne Aussicht auf die Bucht. Saana nickt, und Jan geht zur Ausgabe, um zu bestellen. Sie hat dieses Café schon immer für einen der schönsten Orte in Helsinki gehalten, aber das bindet sie ihm natürlich nicht gleich auf die Nase.

Sie stoßen mit ihren Saftgläsern an und schauen abwechselnd die Landschaft und einander an. Jeder wartet darauf, dass der andere etwas sagt, worauf man ein Gespräch aufbauen könnte.

Er kommt ihr seltsam vertraut vor, obwohl er ein völlig Fremder ist. Während sie den Außenbereich des Cafés, die schöne Umgebung und Jan betrachtet, der schweigend seinen Cranberry-Saft trinkt, fühlt sie ein angenehmes Kribbeln im Bauch. Es wäre einfacher, wenn im Saft ein Schuss Alkohol zur Beruhigung wäre.

»Würdest du lieber in einem hässlichen Haus wohnen, von dem aus du auf ein schönes Haus blickst, oder in einem schönen Haus mit Ausblick auf ein hässliches?«, fragt er und sieht sie spitzbübisch an. Sechs Stunden später sind sie immer noch zusammen und sitzen mittlerweile an einem runden Tisch im *Rytmi.* Saana hatte Zeit, sich an sein gut aussehendes, durchtrainiertes Äußeres zu gewöhnen. Sie hat ein Glas Weißwein vor sich und Jan ein Bier. Sie beobachten sich gegenseitig mit heimlichen Blicken und stellen sich komische Fragen. Saana grinst. Die Frage ist herrlich sinnfrei. Natürlich würde sie lieber im schönen Haus wohnen.

»Im schönen Haus«, antwortet sie, fürchtet aber mit einem Mal, dass das die falsche Antwort gewesen sein könnte.

»Es gibt keine richtige Antwort«, meint Jan und nimmt einen Schluck Bier. »Man könnte meinen, dass man einen weniger oberflächlichen Eindruck macht, wenn man das hässliche Haus wählt. Aber so ist es nicht«, sagt er und fügt hinzu, er würde selbst trotzdem lieber im hässlichen Haus wohnen, »aus ganz anderen Gründen«.

Saana schaut ihn an und dreht dabei nervös ihr Weinglas hin und her.

»Aus was für anderen Gründen?« Mit seinem aufmerksamen Blick, seinem Bart und allem, was er so erzählt, wirkt er irgendwie zu gut. Sie fragt sich, ob sie jemals mit so einem interessanten Typen in Ruhe zusammengesessen hat. Warum ist er nicht schon vergeben? Bestimmt hat er jede Menge Macken.

»Ich wohne in einem schönen Haus, und es macht mich vermutlich kein bisschen glücklicher, als wenn ich in einem hässlichen wohnen würde«, ist sein Kommentar, und Saana nimmt noch einen Schluck Wein. »Und aus dem hässlichen Haus würde man ja das schöne sehen.«

»Wenn du wählen könntest, würdest du lieber alle Mahlzeiten des Tages in Form einer einzigen Tablette einnehmen oder lieber die tollsten Gerichte essen, aber jedes Mal vorher viel Aufwand haben?«, fragt sie. Woher wusste er, dass sie schon immer seltsame, belanglose Fragen geliebt hat? Sie entlocken sich gegenseitig Lacher und Bekenntnisse und suchen nach Anzeichen, ob sie viel gemeinsam haben oder völlig verschieden sind.

»In meiner aktuellen Lebenssituation würde ich zweifellos

die Tablette wählen«, meint Jan lachend. »Ich vergesse sowieso immer zu essen.«

Saana sieht ihn erschrocken an. Es ist ihr unbegreiflich, wie man jemals unter irgendwelchen Umständen das Essen vergessen kann. Essen ist doch einer der größten Genüsse des Lebens.

»Ich bin da ganz anders drauf«, bekennt sie lachend. »Vielleicht hast du nur noch nicht genug gutes Essen gegessen. Du solltest zum Beispiel mal die Fischsuppe meiner Tante probieren.«

In dem Moment klingelt Jans Handy. Er entschuldigt sich und geht hinaus, um zu telefonieren. Saana bleibt am Tisch sitzen und beobachtet ihn neugierig durch das Fenster. Seine Körpersprache ist ernster und ein Stück schwermütiger geworden. Es handelt sich wohl um ein Arbeitstelefonat.

»Sorry«, sagt Jan einen Moment später, als er zurückkommt.

»Kein Problem«, erwidert Saana und stellt erleichtert fest, dass die Wärme wieder in sein Gesicht zurückgekehrt ist.

»Darüber haben wir noch gar nicht gesprochen«, setzt er an, und sie hat Angst davor, was als Nächstes kommt. Ob er eine Familie hat?

»Es ist wahrscheinlich ganz gut, das gleich am Anfang zu sagen«, sagt er, und sie merkt, wie fest sie den Stiel ihres Weinglases umklammert. »Ich bin mehr oder weniger die ganze Zeit mit der Arbeit beschäftigt. Wenn es die Lage erfordert, kann es passieren, dass ich sofort reagieren muss.«

»Was machst du denn eigentlich?«, fragt Saana gespannt.

»Wahnsinnig viele Details kann ich nicht erzählen, aber ich bin Ermittler«, sagt er und schaut sie beinahe reserviert an. Abwartend.

Sie erwidert seinen Blick und weiß nicht sofort, was sie sagen soll.

»Jetzt wäre der Moment, in dem du ›oh‹ sagst, dich für den Abend bedankst und dann gehst«, sagt er herausfordernd und schmunzelt. »Die Leute sind in der Regel nicht besonders angetan, wenn sie erfahren, dass sie mit einem Polizisten am Tisch sitzen.«

Saana ist verdutzt.

»Okay. Da kann ich noch einen draufsetzen«, sagt sie lachend. »Ich bin eine arbeitslose Online-Journalistin, nein, Entschuldigung, eine *Clickbait*-Journalistin, die gefeuert wurde«, ergänzt sie und wartet ihrerseits auf Jans Reaktion. Er kratzt sich am Bart und mustert sie gespielt abwägend.

»Jetzt wäre der Moment, in dem du dich für den Abend bedankst, gehst und hoffst, dass ich über dieses Date nicht auf irgendeiner Seite eine Kritik schreibe.«

»Ich glaube, wir sind beide schon ganz okay«, meint Jan, und sie stoßen lächelnd auf komische Berufe an.

»Der Abend ist total schnell verflogen«, sagt Jan, als im *Rytmi* die letzte Runde ausgerufen wird.

Saana befürchtet, dass ihr dümmliches, zufriedenes Grinsen zu viel preisgibt. Sie hat sich wirklich wohlgefühlt.

»Ich glaube, wir sollten langsam mal gehen«, sagt sie, obwohl sie den Abend noch fortsetzen könnten, wenn es nach ihr ginge.

»Ja, man soll gehen, wenn es am schönsten ist«, witzelt Jan.

Saana schaut ihn an. Will er sie jetzt schon loswerden?

»Genau, bevor der Zauber verfliegt«, fügt sie hinzu und meint es fast ernst. Was würde er denken, wenn er herausfände, wer sie wirklich ist? Eine verlorene, träge Seele, die nicht weiß, was sie mit ihrem Leben anstellen soll.

»Zauber? Du gibst also zu, dass wir Spaß hatten?«, fragt er grinsend, und sie lächelt zurück, obwohl sie mysteriös und ernst aussehen will. Da ist eindeutig etwas zwischen ihnen. In stiller Übereinkunft trinken sie die letzten Schlucke aus und zögern das Aufstehen hinaus. Beschwingt gehen sie Seite an Seite nach draußen. Auch die anderen letzten Gäste kommen nach und nach schwankend aus der Bar. Es riecht nach feuchtem Asphalt und Sommer. Saana muss lächeln, und ihr ist etwas schwindlig. Das wer weiß wievielte Glas Wein macht sie benommen und lässt alles surreal erscheinen.

Langsam gehen sie nebeneinanderher zur Bushaltestelle Hakaniemi. Trotz der milden Temperaturen trägt Jan eine Jacke. Saana weiß nicht, ob sie es sich nur einbildet oder ob der Abstand zwischen ihnen wirklich kleiner ist als zu Beginn des Abends. Angesichts der Uhrzeit sind überraschend viele Menschen unterwegs. Jan erzählt, dass er Sommernächte liebt, in denen von Licht und Wärme verdrehte Leute zu spät auf den Straßen herumhängen und das Leben genießen. Im Sommer riecht die Stadt auch anders.

»Geht mir auch so«, sagt Saana, und sie gehen langsam weiter.

»Tut mir leid, dass ich das noch nicht früher gefragt habe, aber hast du im Moment jemanden?«, fragt Jan und bleibt mitten auf der Straße stehen. »Veeras Verkupplungsvorschlag ist ja schon eine Weile her. Ich dachte …«

»Ich hab niemanden«, erwidert Saana und hofft, dass es ihr gelungen ist, unbeschwert zu klingen. Sie datet gerade nicht, ganz im Gegenteil. Sie ist durch und durch Zynikerin und in Sachen Beziehungen auf dem besten Weg, die Flinte ins Korn zu werfen und zur Einsiedlerin zu werden. »Ich bin frei und glücklich«, sagt sie laut. Es stimmt ganz und gar nicht, aber frei ist sie immerhin. An manchen Tagen in Hartola fühlte sie sich lebendig, kurzzeitig vielleicht sogar glücklich.

»Gut«, sagt Jan und nickt.

Sie hat das Gefühl, dass er über ihre Worte nachdenkt. Hat er sie durchschaut? Sie ist zwar nicht glücklich, aber auch nicht unglücklich. Sie ist wie ein Wetterhahn, der schon sein ganzes

Leben auf einen Windstoß wartet, der kräftig genug ist. Erst in der letzten Zeit in Hartola hat sie begriffen, dass Warten nichts bringt. Sie muss sich selbst Leben einhauchen und die Richtung einschlagen, die ihr richtig erscheint.

An der Ecke des Marktplatzes bleiben sie stehen. Jan steht ganz dicht neben ihr. Sie glaubt, sein Aftershave riechen zu können, und würde ihn gern umarmen, weiß aber nicht, wie. Anders als erwartet, will sie ihn unbedingt wiedersehen. Sein gutes Aussehen, seine klugen Augen und seine Art gefallen ihr, und sie mag seine tiefe Stimme und seinen anspruchslosen Stil, der im Kontrast zu seinem unverhältnismäßig guten Aussehen steht. Ganz als ob er sich seiner Attraktivität gar nicht bewusst wäre. Solche Männer sind wirklich die schlimmsten.

Jan sagt etwas, und Saana sieht ihm wieder direkt in die Augen. »Ich würde dich gern drücken, aber darin bin ich nicht sehr gut«, sagt er und lacht.

Saana lächelt. Sie fühlt sich gleichzeitig fantastisch und furchtbar. Enttäuscht zu werden wäre einfacher gewesen, als voller Erwartungen und unsicher zu sein. Als sie sich umarmen, kann sie ihr Grinsen gar nicht mehr kontrollieren. Und so stehen sie etwas unbeholfen da, in einer Nacht zwischen Mittwoch und Donnerstag um 02:15 Uhr in Helsinki.

Um 02:59 Uhr sind sie immer noch dabei, sich voneinander zu verabschieden. Etliche Nachtbusse sind bereits vorbeigefahren, aber sie haben sie ignoriert. Jan muss weiter hinein in den Stadtteil Kallio und Saana nach Vallila. Den nächsten Bus müsste sie nehmen.

»Weißt du, es war echt schön«, sagt Jan und sieht ihr mit prüfendem Blick direkt in die Augen. Saana nickt und erschrickt, als sich ein Bus nähert. Sie winkt ihn heran. Der Bus fährt ein, und die Türen öffnen sich. Sie gibt Jan einen schnellen, spontanen Kuss auf die Wange und steigt ein. Dann hält sie sich an der Stange fest und winkt ihm zu. Die Türen schließen sich, der Fahrer scheint zu warten. Sie zeigt ihm ihr Ticket auf dem Handy, setzt ein doofes Grinsen auf und geht torkelnd nach hinten durch. Noch ganz durcheinander, denkt sie über den Abend nach und stellt voller Hoffnung eine Regel auf. Wenn sie von ihm noch in dieser Nacht eine Nachricht bekäme, dann wäre das ein Zeichen. Es würde bedeuten, dass auch seiner Meinung nach etwas aus der Sache werden könnte.

Helsinki, Donnerstag, 11. Juli

Nachdem Saana in den Bus gestiegen ist, stellt Jan fest, dass er gar nicht nach Hause will. Er beschließt, ein paar Stunden im Büro zu schlafen. Heidi hat noch um eins versucht, ihn anzurufen, und während er auf das Taxi wartet, ruft er sie zurück. Es kommt ihm vor, als würde er eine nie endende Nachtschicht durchleben.

»Gibt's was Neues?«, fragt er, und Heidi schweigt einen Moment.

»Der Pfarrer Fors war Sundins Schulkamerad. Ich komme nicht drüber hinweg, dass er gelogen und behauptet hat, Sundin nicht zu kennen und nichts von den Fotos zu wissen. Warum?«

»Hm«, macht Jan und sieht das Taxi kommen. Er driftet in Gedanken ab und vergisst fast, dass er telefoniert.

»Ist was passiert?«, fragt Heidi. »Du hörst dich irgendwie komisch an.«

»Nein, gar nichts«, sagt er schnell und stellt fest, dass er grinst.

Jan sitzt auf dem Rücksitz des Taxis und betrachtet die vorbeiziehende Stadt. Das nächtliche Helsinki ist ausgestorben, aber schön. Er fühlt sich seltsam, ganz plötzlich voller überwältigender Trauer und Sehnsucht. Andererseits ist auch die Neugier in ihm erwacht, eine neue Lebendigkeit. Er schüttelt den Kopf. Dann schickt er seiner Mutter eine Nachricht mit einem Herz. Gerade passieren zu viele Dinge auf einmal. Und dann noch diese Frau, die er auf eine seltsame Art interessant findet.

Als er mit lautlosen Schritten den Flur zu den Büros durchquert, überlegt er, wann der richtige Moment ist, um ihr zu schreiben. Er will sie nicht nerven, sich aber auch nicht zu sehr distanzieren, damit sie nicht glaubt, er habe kein Interesse. Vielleicht eine kurze Nachricht, jetzt sofort. Dann zwei Tage Stille und anschließend eine harmlose, lockere Frage nach einem zweiten Treffen.

Er kickt die Schuhe von den Füßen, lässt sich aufs Sofa fallen, versinkt darin und fängt an, eine Gute-Nacht-Nachricht an Saana zu formulieren. Was schreibt man da normalerweise? Etwas, was sie wissen lässt, dass er an sie denkt. Etwas, was durchscheinen lässt, dass er sie toll findet, ohne es direkt zu sagen. Er hat schon lange nicht mehr so genau über den Inhalt einer Nachricht nachgedacht. Sonst antwortet er immer einfach irgendetwas, und die Frauen schreiben ihm trotzdem zurück. »Es war schön, dich zu treffen. Gute Nacht!«, schreibt er und drückt auf den Pfeil. Nachricht gesendet. *Es war wirklich schön, dich zu treffen, ich denke schon jetzt die ganze Zeit an dich. Wer bist du? Warum habe ich jemanden wie dich nicht schon früher getroffen?* Das hätte er eigentlich schreiben wollen, aber er will sie nicht mit seinen Gefühlsduseleien belästigen. Es kann ja sein, dass sie ganz anders fühlt. Saanas Offenheit und Natürlichkeit haben ihn sofort in den Bann gezogen. Ihre sanfte Art wirkt gleichzeitig beruhigend und macht ihn nervös. In ihrer Anwesenheit war er ungezwungen, und er hat das Gefühl, als würde er ab sofort nicht mehr so allein sein wie vorher.

Saana zieht die Sneakers aus, hängt die Jeansjacke an die Garderobe und stellt ihre Tasche im Flur auf den Boden. Sie überlegt, ob sie noch ein Glas Weißwein trinken und in den Nachthimmel schauen soll. Schlafen wird sie sowieso nicht können. Vielleicht nie wieder.

Sie wirft einen Blick in den Kühlschrank: Es ist kein Wein da. Der Kühlschrank ist leer, weil sie ja eigentlich den ganzen Sommer über in Hartola sein sollte. Sie gießt sich ein Glas Leitungswasser ein, setzt sich in die Küche und sieht aus dem Fenster. Ihre Wohnung kommt ihr etwas trostlos vor. Als ob sie bei jemandem zu Besuch wäre. Sie wäscht sich das Make-up ab, putzt sich die Zähne und geht auf die Toilette. Dann fällt ihr Jan wieder ein. All die Worte, die im Lauf des Abends gesagt wurden, all die Blicke vermischen sich in ihrem Kopf zu einem großen Kribbeln, zu dem sich neben Begeisterung auch Unsicherheit gesellt. Sie darf jetzt nicht zu enthusiastisch sein. Was, wenn sie nie wieder etwas von ihm hört? Sie macht die Lichter aus und tapst im T-Shirt ins Schlafzimmer. Dann legt sie das Handy auf den Nachttisch und lässt sich rücklings aufs Bett fallen. Durch das leicht geöffnete Fenster sieht man den bläulichen Nachthimmel und die Baumwipfel. Es ist still, aber wenn man ganz genau hinhört, kann man die Nachtbusse und ein paar Möwen krächzen hören. Sie schließt für einen Moment die Augen. Kurz darauf vibriert das lautlos gestellte Handy. Schnell greift sie danach. Ihr Herz klopft, und ihre Eingeweide ziehen sich zusammen. »Es war schön, dich zu treffen. Gute Nacht!«, steht in der Nachricht, deren Absender Saana unter Blind-Date-Jan eingespeichert hat. Leino ist sein Nachname, hatte er gesagt, aber ihn mit Vornamen und Nachnamen einzuspeichern wäre viel zu offiziell. Mit einem dussligen Grinsen im Gesicht liest sie sich die Nachricht im Lichtschein des Handys immer wieder durch.

Die Erinnerung an den Abend und ihr klopfendes Herz halten sie die ganze Nacht wach. Um halb fünf steht sie unruhig auf und geht in die Küche, um ein Glas Wasser zu trinken. Hoffnungsvoll schaut sie auf ihr Handy, um zu sehen, ob neue Nachrichten von ihm gekommen sind. Um fünf Uhr morgens natürlich nicht. Im Gegensatz zu ihr schläft er wahrscheinlich fest und denkt nicht weiter über das Date nach. Um sich abzulenken, schaut sie ihre Handyfotos durch und hält bei dem Bild der Hexe und ihrer Tante inne. Mysteriöse Inkeri. Dann geht sie die vorherigen Bilder durch und findet die Aufnahme von Helenas Konfirmandengruppe. Und in diesem Augenblick, im bläulichen Licht der Sommernacht, wird ihr etwas klar. Der Leiter der Konfirmandengruppe, der einzige Erwachsene auf dem Bild – hier noch einige Jahrzehnte jünger –, ist ganz eindeutig der Geistliche aus Hartola, Pfarrer Antti-Juhani Fors.

Benommen wacht Jan auf der Bürocouch auf, erhebt sich schwerfällig, kocht sich eine Tasse Kaffee und frühstückt einen mit zu lauem Wasser angerührten Fertigporridge. Seine Nase fühlt sich verstopft an. Einen Moment lang weiß er nicht, worauf er seine Aufmerksamkeit richten soll. Ihm ist leicht übel. Es waren ein paar Bier zu viel und zu wenig Wasser. Gedankenverloren kratzt er sich am Bart. War das Date mit Saana nur ein Traum? Er prüft sein Handy. Tatsächlich hat er eine Nachricht von ihr. »Schön war's! Gute Nacht!« Im Büro ist es still. Alle anderen sind zu Hause und holen Schlaf nach. Jan merkt, dass er unbedingt etwas Sauerstoff braucht. Er macht es wie immer, wenn sonst nichts hilft, schwingt sich auf sein Fahrrad und fährt ziellos durch die Gegend. Nach einer halben Stunde hält er beim Strand im Kaivopuisto-Park. Während er allein auf einem Felsen sitzt und ihm der salzige Meereswind ins Gesicht schlägt, wird ihm klar, dass sich seit dem Treffen mit Saana etwas verändert hat. Hinter der Trauer, die seinen Geist beherrscht, kommt jetzt auch Vorfreude auf etwas Schönes zum Vorschein. Langsam steht er auf und entscheidet sich weiterzufahren. Er sollte etwas essen, aber danach könnte er mit dem Rad vielleicht noch zur Insel Lauttasaari und dann an der Uferlinie entlang sogar bis zum Inselarchipel Suvisaaristo fahren. Doch dann bekommt er einen Anruf. Es ist Saki.

»Wir haben Johanna Eskola gefunden, die Tochter des Opfers«, berichtet er. »Ich habe die Helsinkier Polizei gebeten, ein paar Leute auf sie anzusetzen. Die Angaben des Familienanwalts und die über die Jahre hinterlassenen Spuren führten am Ende zur richtigen Adresse. Die Helsinkier Polizei hat gerade bestätigt, dass Johanna Eskola kontaktiert werden konnte. Sie ist jetzt auf dem Weg zum Bahnhof und kann auch gleich als Beteiligte vernommen werden. Wie schnell kannst du da sein?«

»Ich komme, so schnell ich kann«, sagt Jan und beobachtet die sich im Wind biegenden Bäume. Das Espenlaub raschelt so laut, dass ihm fast die Ohren schmerzen.

Zurück im Polizeirevier, nimmt Jan zwei weiße Plastikbecher aus der Halterung neben dem Getränkeautomaten und lässt aus dem Wasserbehälter eiskaltes Wasser hineinlaufen. Man holt ihn aus dem Foyer ab und führt ihn in einen kleinen Raum. Drinnen wartet eine blonde Frau, die aufsteht, als er hereinkommt. Er nickt ihr zu.

»Mein Beileid«, sagt er gleich zu Beginn und hält ihr einen fast randvollen Wasserbecher hin.

»Danke«, antwortet sie und setzt sich wieder. Sie lässt ihn den Becher auf dem Tisch abstellen.

»Gut, dass wir Sie endlich erreicht haben«, fährt Jan fort. »Wegen Ihrer Namensänderung war das etwas aufwendig. Ich bin Kriminalkommissar Jan Leino, und Sie sind unseren Informationen nach Johanna Eskola.«

»Sagen Sie ruhig Julia Aleksandra«, erwidert die Frau. »Johanna Eskola starb an dem Tag, an dem ich von zu Hause fortging«, fügt sie hinzu, und Stille legt sich über den Raum.

TEIL IV

Ich

Ich bin klug genug, um die Vielschichtigkeit der Dinge zu begreifen. Es gibt kein reines Richtig oder Falsch. Es gibt keine schlechten Taten ohne entsprechende Konsequenzen. Kein Gutes ohne das Böse. Kein Leben ohne den Tod. Kein absolutes Schwarz oder Weiß. Aber ab sofort wird es in meinem Leben Gerechtigkeit geben. Wer Böses sät, wird Böses ernten.

Ich stelle mir vor, wie sich die Menschen um die Leiche versammeln, wie sie den Fundort unter die Lupe nehmen und Spuren suchen. Die werden sie nicht finden, dafür habe ich gesorgt. Ich male mir aus, wie unwissend, unvorbereitet und voller Angst sie sind, wenn sie mein Werk inspizieren. Aber wäre es angebracht gewesen, diesmal bereits etwas mehr preiszugeben?

Nein, besser nicht. Wenn überhaupt, erzähle ich alles erst, wenn ich bereit bin. Aber das Zeichen bekommen sie auf jeden Fall zu sehen. Die Krone. Das blutige Brandmal, das ich auch in das Fleisch des zweiten widerwärtigen Königs gepresst habe. Gestern war der angesehene Bankdirektor dran, heute wird ein weiterer Mann im gemächlichen Strom des Königreichs erledigt, und morgen – morgen nichts mehr. Und dann wird alles weiter seine gewohnten Wege gehen. Autos werden über die Staatsstraße 4 fahren. Der Tainionvirta wird weiter vor sich hin fließen. Menschen werden essen, trinken, in die Arbeit gehen, darüber nachdenken, was sie als Nächstes essen sollen, Sport treiben und schlafen. Tage, Wochen und Monate werden vergehen. Zuerst der warme Juli, dann der sengende August, das knisternde Vertrocknen der Natur, Herbstregen und schließlich klirrende Kälte.

Und ich. Ich werde das Gleiche tun wie bisher und weiter nach Plan vorgehen, still abwarten, bis der richtige Augenblick gekommen ist, um den nächsten König zu erledigen.

Hartola, Donnerstag, 11. Juli

Saana sitzt im Bus zurück nach Hartola. Sie liest die Kopien der Artikel, macht sich Notizen und versucht dabei, Indizien und Handlungsverläufe zu verknüpfen, aber ihre Gedanken driften die ganze Zeit zu Jan ab. Hoffentlich wird sie etwas von ihm hören, und sie können sich bald wieder treffen.

Sie kann es nicht lassen, zuerst Jan und dann ihren eigenen Namen zu googeln. Über ihn findet sie so gut wie nichts. Die einzigen Treffer sind Gruppenfotos der juristischen Fakultät der Uni Helsinki. Sie vergrößert die Bilder, um Jan besser erkennen zu können, aber die Menschen auf den Fotos sind zu klein. Offenbar hat er also Jura studiert. Saana versucht, ihre eigenen Profile auf Facebook und Instagram mit den Augen eines Außenstehenden zu betrachten. Welchen Eindruck wird er von ihr bekommen, wenn er ihren Namen googelt? Noch sind sie nicht auf Facebook befreundet und werden es wahrscheinlich auch nie sein, da er in den sozialen Medien nicht aktiv ist. Ein nicht befreundeter Aufrufer bekäme nur ihr Profilbild zu sehen, also bräuchte sie sich eigentlich keine Sorgen zu machen.

Langsam wird ihr schlecht. Im Bus auf dem Handy herumzuscrollen war keine besonders gute Idee. Sie legt es weg und schließt die Augen. Ein Flashback überrollt sie, von dunklen

Winterabenden im Büro, im Schein der Leuchtstoffröhren, von dumpfen Kopfschmerzen durch schlechte Sitzhaltung und zu viel Kaffee. Dem Gefühl, dass es niemals reicht, dass sie nie schnell, interessant, effizient oder informiert genug sein wird, um den erfolgreichsten Artikel des Tages oder der ganzen Woche zu schreiben. Wie sie an Details von Klatschnachrichten herumfeilte, am frühen Morgen hochschreckte, um Ideen für Storys oder Schlagzeilen aufzuschreiben, und danach nicht mehr einschlafen konnte. Beim Samstagsbrunch mit ihren Freunden war sie in Gedanken immer bei den Artikeln, die sie eigentlich von ihrer To-do-Liste abarbeiten wollte, und wenn sie schrieb, dann wollte sie lieber Zeit mit ihren Freunden verbringen. Abgesehen von den Erschütterungen des Busses verursachen ihr auch die Erinnerungen Übelkeit. Daran, wie manisch sie sich auf dem Laufenden hielt und durch Newsfeeds und Twitter scrollte, stets die Angst im Hinterkopf, bald könnte eine Praktikantin kommen, die schneller und schlauer ist als sie. Außerdem befürchtete sie die ganze Zeit aufzufliegen. Jeden Tag hatte sie insgeheim Angst, die Chefredakteure könnten plötzlich herausfinden, dass sie in Wirklichkeit gar nichts konnte. Saanas letzte Facebook-Statusmeldung stammt von Ende April. Die Nachricht über die Entlassungen hatte auch ihre Social-Media-Accounts für eine Weile zum Erliegen gebracht. Danach kommt lange nichts mehr, bis zu ihrem ersten Instagram-Foto aus Hartola, der roten Windmühle in der sommerlichen Landschaft. Vielleicht lässt sich das Bild als Neuanfang betrachten.

Saana stellt ihre Tasche im Flur ab und ruft nach ihrer Tante. Keine Antwort. Stattdessen hört sie Geschepper aus dem Wintergarten.

»Bist du in Helsinki fündig geworden?«, fragt Inkeri. Sie hat den Vormittag mit dem Kauf von Setzlingen verbracht und sich für ihren Garten mehrjährige Pflanzen von einem Bauernhof in der Nähe geholt.

»Was für ein Spiel spielst du eigentlich?«, stellt Saana sie zur Rede und bemerkt sofort, dass sie sich auf dünnes Eis begibt. »Warum hast du mir nicht erzählt, dass du etwas mit einer Hexe zu tun hattest?« Sie wirft Inkeri einen scharfen Blick zu. »In dem Magazin war ein Foto von dir. Was hatte es mit diesem Hexending überhaupt auf sich?«

Inkeri sieht sie sanft an und lächelt.

»Also, ich war gewissermaßen, na ja, wie soll man sagen, offen für alles. Vielleicht ein bisschen zu offen. Ich bin jedenfalls alles andere als stolz auf diese Zeit«, sagt sie und drückt Saana versöhnlich die Schulter. »In meiner Zeit an der Volkshochschule lernte ich eine alte Frau kennen, die eine Art Schamanismus praktizierte. Für eine Weile war ich fasziniert davon. Manchmal übernachteten wir sogar im Moor. Diese Frau, Alma, hatte etwas Mystisches an sich, so eine unerklärliche, schöne Aura. Sie zog durch die umliegenden Ortschaften und sagte denen, die es hören wollten, Dinge voraus.«

Saana nickt, aber das Verhalten ihrer Tante gefällt ihr nicht. Warum hat sie ihr all das nicht gleich erzählt? Warum musste sie ihr alles aus der Nase ziehen?

»Hast du etwas zu verheimlichen?«, fragt Saana immer noch leicht verärgert.

»Na, na. Stehe ich schon auf der Liste der Verdächtigen?« Inkeri schmunzelt. »Ich wollte dich am Anfang nicht durcheinanderbringen. Als du erzähltest, dass du den Artikel suchst, fiel mir wieder ein, dass auch ich damals die Reporterin traf«, sagt sie und wickelt ihre langen, schon leicht ergrauten Haare zu einem Dutt auf. »Aber ich will dich nicht mit meinen eigenen Geschichten verwirren. Ich habe das mittlerweile alles hinter mir gelassen.«

Saana reicht ihrer Tante die Kopie des Artikels.

»Du siehst aus, als wärst du verloren gewesen«, sagt sie und lacht leicht, während sie das alte Foto ansieht. Ihre Tante zuckt mit den Schultern.

»Vielleicht war ich das auch ein bisschen. Ich wollte mich damals selbst finden und suchte an vielen Orten, sogar in anderen Ländern«, sagt Inkeri. »Weißt du, was die alte Alma mir sagte? Dass ich eine ruhelose Seele sei, die erst in der Erde ihren Frieden finde. Zuerst dachte ich, sie meinte den Tod. Erst Jahre später verstand ich, dass sie eigentlich die Gartenarbeit meinte.« Sie lacht.

»Könntest du mir Helenas letzten Abend, euer Treffen, ganz genau beschreiben? Wie sah sie aus? Was hatte sie an? Wie sprach sie? Wie wirkte sie auf dich?« Es kommt Saana fast unwirklich vor, dass ihre Tante so nah am Geschehen war, alles miterlebt und Helena getroffen hatte. »Es ist wichtig«, fügt sie hinzu und wirft ihr einen flehentlichen Blick zu.

»Also gut«, sagt Inkeri und streckt sich. »Helena war hübsch, aber noch so jung, erst am Anfang ihres Lebens, und auf eine gewisse Weise ruhelos. Wie Mädchen, die Gedichte schreiben, eben so sind«, erzählt sie, und Saana bedeutet ihr mit einem begeisterten Nicken fortzufahren. »An jenem Abend hatte sie sich mit Kajal geschminkt, und mir fiel auf, dass sie ihre Nägel schwarz lackiert hatte. Sie war mit dem Fahrrad da, durch das Fenster sah ich sie bereits kommen. Ich weiß noch, wie ich dachte, dass sie irgendwie anders aussah als vorher, wissender. Mir schien, als hätte sie mir etwas sagen wollen, aber stattdessen redeten wir über meine Reisen. Helena wollte oft davon hören. Vielleicht träumte sie selbst davon, irgendwann von hier wegzugehen. Dann gab sie mir einfach ihr Gedicht und ging wieder. Ich wünschte ihr einen schönen Abend.«

»Sonst nichts?«, fragt Saana.

Inkeri überlegt einen Moment und fährt dann fort: »Ich glaube, Helena sah mich als ihre erwachsene Freundin. Als jemanden, bei dem sie gelöster sein konnte als bei ihrer Mutter«, sagt sie leise. Saana bemerkt die leichte Bewegtheit ihrer Tante und ist erleichtert darüber.

»Sie war sehr zaghaft, wenn es darum ging, etwas über sich selbst zu erzählen. Wir sprachen vor allem über Literatur, und zwischendurch erwähnte sie sogar das Thema Jungs. Ich glaube, ich sagte dann offen meine Meinung dazu, wie wenige interessante Männer es hier gäbe und wie sich auch diese wenigen irgendwann als mies entpuppten.«

Saana mustert ihre Tante interessiert. Hatte sie sich damit etwa auf eine eigene Schwärmerei bezogen?

»Jemand Bestimmtes?«

»Ich bin schon so alt, dass ich im Laufe meines Lebens viele Menschen falsch eingeschätzt habe«, erwidert Inkeri und geht ins Bad, um sich die Hände zu waschen.

Saana stellt ihre Mitbringsel aus Helsinki auf den Tisch, und Inkeri setzt Wasser für den Tee auf. Neugierig widmet Saana sich dem Material von Ritva Särkkä. Sie hält die Negative gegen das Licht der Deckenlampe und inspiziert sie mit einer Lupe. Die dritte Bilderreihe ist ziemlich interessant. Sie beinhaltet mehrere Fotos eines Wohnzimmers oder Saals voller hübscher Antiquitäten. Auf einem der Bilder posiert ein Mann mit imposanter Statur. Könnte das von Reichmann sein? Dann liegt der Raum wahrscheinlich in der Villa Koskipää, in dem Gebäude, in dem sich jetzt der Kunstsalon befindet. Saana betrachtet den in die Kamera lächelnden Mann. Kann das wirklich von Reichmann sein? Sie denkt einen Moment nach. Nein, als die Journalistin nach Hartola kam, war er schon zurück nach Deutschland gezogen. Auf der letzten Aufnahme der Reihe ist ein Gemälde zu sehen, das von einem schweren, verzierten Goldrahmen eingefasst ist und eine Szene im Wasser zeigt. Saana kneift die Augen zusammen, um es besser erkennen zu können. Sie wird später eine Vergrößerung des Bildes machen lassen. Es zeigt eine düstere, in einen Pelzumhang gehüllte Gestalt mit einer Geweihkrone, die sich aus dem schwarzen Wasser erhebt. Am Ufer steht eine junge Frau in einem hellen, durchsichtigen Kleid und streckt ihre Hände verzweifelt nach der Gestalt aus. Das Bild hat etwas Fesselndes. Vermutlich befand es sich einmal im Wohnzimmer des Herrenhauses.

Tante Inkeri sitzt mit einer vollen Tasse Tee neben ihr und liest den Zeitschriftenartikel. Ab und zu schmunzelt sie über den Text oder die Fotos.

»Hier ist so ein Gemälde abgebildet, wahrscheinlich im Wohnzimmer der Villa aufgenommen«, sagt Saana. »Da sind eine Figur mit Geweihkrone im Wasser und eine junge Frau drauf. Weißt du etwas darüber?«, fragt sie hoffnungsvoll und zeigt ihr das Negativ.

Inkeri kneift die Augen zusammen und hält es gegen die Küchentischlampe.

»Hm«, macht sie, und Saana wartet ungeduldig ab. »*Król wody*«, sagt sie dann und sieht Saana etwas erstaunt an. »Ich bin mir ziemlich sicher, dass dieses Bild *Król wody* heißt, Wasserkönig.«

Helsinki, Donnerstag, 11. Juli

Jan verfolgt, wie Julia Aleksandra eine möglichst gleichgültige, aber freundliche Miene aufsetzt. Sie sieht ihn an, als sei sie sich nicht ganz sicher, ob man einem Polizisten trauen kann. Er beobachtet, wie sie den Einwegbecher so weit zusammendrückt, dass das Wasser genau bis zum Rand steigt, aber kein Tropfen überschwappt.

»Eine Namensänderung ist in Finnland recht selten. Warum haben Sie das gemacht?«, fragt Jan und durchbricht damit die Stille.

Julia zuckt mit den Schultern. »Mein Vater hatte in der kleinen Gemeinde ein ziemlich hohes Ansehen. Ich wollte mich selbst neu erschaffen, außerhalb seines Einflussbereichs.«

»Gab es noch einen anderen Grund, warum Sie damals ins Ausland gegangen sind?«

»Meine beste Freundin starb, als ich jung war«, berichtet Julia. »Zu Hause war es schwer, damit klarzukommen. Meine Eltern schickten mich weg. Als Au-pair nach Australien, Brisbane. Sie hofften darauf, dass die Sonne Wunder wirken würde. Zuerst litt ich sehr, aber dann freundete ich mich mit dem Gedanken an und genoss die Zeit. Anfangs hatte ich gar nicht vor, nach Finnland zurückzukehren, aber es kam dann doch so.

Als mürrische Finnin stößt man andernorts auf nur wenig Verständnis.«

»Und jetzt wohnen Sie auf der Helsinkier Insel Lauttasaari, arbeiten im Restaurant *Teatteri* und leiten Selbstverteidigungsgruppen. Ist das richtig?«

Julia nickt.

»Ich habe im Laufe meines Lebens schon alles Mögliche gesehen. Sorry, dass ich das so sage, aber Sie sehen nicht aus wie ein typischer Polizist.«

Jan erwidert nichts, sondern lässt die Worte im Raum stehen.

»Was für eine Beziehung hatten Sie zu Ihrem Vater?«, fragt er und lässt ihr Zeit, um zu antworten.

Sie erhebt ihren Becher. »Auf ihn«, sagt sie. »Mein Vater war ein sehr resoluter Mann. Wir standen uns nicht besonders nah.«

»Wir haben sensible Fotos gefunden. Es tut mir leid, aber wir müssen sichergehen, dass Sie sich nicht auf den Bildern befinden«, sagt Jan und wechselt absichtlich abrupt das Thema. Julia holt tief Luft.

»Können Sie uns etwas darüber sagen?« Sein Griff um die Fotos wird kurz fester, bevor er sie auf den Tisch legt. Sofort bemerkt er, wie Julia zögert. Sie lehnt sich nach vorne und nimmt eines der Bilder in die Hand, um es genauer in Augenschein zu nehmen. Als sie erkennt, was darauf zu sehen ist, zuckt sie zusammen.

»Ich bin nicht auf den Bildern. Wurden die in Hartola gemacht? Mir kommt die Tapete irgendwie bekannt vor«, sagt sie und legt das Foto zurück zu den anderen. »Die armen Mädchen.«

»Ja. Irgendwo laufen die Personen noch herum, die ihnen das angetan haben«, sagt Jan und sieht sie durchdringend an. Er will sie auf die Probe stellen und sehen, ob er sie provozieren kann. Vorsichtig versucht er, sie dazu zu bringen, ihre wahren Ansichten und den möglicherweise unter der Oberfläche brodelnden Hass preiszugeben.

»Die Fotos sehen alt aus«, meint Julia nach kurzer Überlegung und lehnt sich zurück. »Ich habe sie noch nie zuvor gesehen.«

Jan zuckt mit den Schultern.

»Es tut mir leid, dass ich Ihnen nicht weiter behilflich sein kann«, sagt sie und leert den ganzen Becher Wasser, um Zeit totzuschlagen.

»Wissen Sie, ob jemand Ihrem Vater schaden wollte?«, fragt Jan nach der kleinen Trinkpause und sieht zu, wie Julia am Rand ihres Bechers herumnagt.

»Ich habe meinen Vater seit Jahrzehnten nicht gesehen«, erwidert sie. »Wahrscheinlich war er zu prahlerisch für einen so kleinen Ort wie Hartola, aber ich sehe keinen Anlass, warum jemand ihn so sehr hassen sollte, dass er ihn umbringen will.«

»Gut, danke, und noch einmal unser herzliches Beileid für Ihren Verlust«, sagt Jan und beendet das Gespräch.

Hartola, Freitag, 12. Juli

Saana fühlt sich energiegeladen und beschwingt. Sie beschließt, das Haus zu saugen, und denkt wieder an Jan. Seit der Nachricht gestern am frühen Morgen hat sie immer noch nichts von ihm gehört. Sie saugt hinter dem Sofa den Staub von den Leisten und überlegt, ob sie selbst den Anfang machen sollte. Wenn sie ihm einfach irgendeine unverfängliche Nachricht schickt? Vielleicht einfach nur »Hi«? Andererseits könnte sich das auch als Fehler herausstellen. Vielleicht muss man die Männer jagen lassen. Nur wenn sie keinen Kontakt aufnimmt, wird sie erfahren, ob er wirklich interessiert ist oder nicht.

Nach dem Staubsaugen zieht sie sich eine Yoga-Tight und ein ärmelloses Top an, macht nach langer Zeit wieder mal ein paar Sonnengrüße und fühlt sich sofort flexibel und geschmeidig. Anschließend mixt sie sich einen Blaubeersmoothie und setzt sich in den Schaukelstuhl im Wohnzimmer, um die Negative von Frau Särkkä noch einmal unter der Lupe zu betrachten. Die Bilder strahlen eine schöne, nostalgische Stimmung aus, aber es ist schwer, etwas Genaues auf ihnen zu erkennen. Sie sieht Aufnahmen von der Schule, der Kirche und der Hauptstraße von Hartola. Eine kleine Gemeinde, die ins Visier der Öffentlichkeit geraten ist. Saana kann sich nicht konzentrieren. Noch einmal liest sie Jans Nachricht. »Es war schön, dich zu treffen. Gute Nacht!« Sie kennt die Nachricht bereits auswendig, kann aber nicht anders, als sie wieder und wieder zu lesen.

Wenn er sie noch einmal treffen will, wird er wahrscheinlich drei Tage warten und sich dann wieder melden, überlegt sie. Drei Tage signalisieren, dass man interessiert ist, aber nicht verzweifelt. Es gehört dazu, in diesen quälenden Tagen dazwischen fast vor Aufregung zu platzen. Sie muss sich einfach beschäftigt halten. Es ist wichtig, die ganze Zeit irgendetwas Kleines zu tun zu haben. Falls er anrufen sollte, könnte sie ihm dann in lockerem Ton erzählen, was sie gerade gemacht hat. »Ich war gerade bei einem Spaziergang im Wald«, »Ich war gerade dabei, Essen zu kochen«, »Ich habe gerade meditiert«. Auf keinen Fall würde sie ihm sagen, dass sie im Gästezimmer ihrer Tante im Bett herumlümmelt und Lakritze isst oder sich die Augenbrauen zupft.

Saana liest Ritva Särkkäs Artikel zum dritten Mal.

> »Stromschnelle«, sagte sie mit einer lauten, schneidenden Stimme und verstummte kurz. »König.«
> Fragend sah ich die Gehilfin an. Sie erwiderte meinen Blick und sagte zu mir, als ob sie dolmetschen würde: »Stromschnelle und König.«
> »Also nichts Konkretes?«, fragte ich die Hexe und anschließend noch einmal die Gehilfin.
> »Töchter der Stromschnelle«, flüsterte die Hexe und legte sich die alte, knorrige Hand aufs Herz.
> »Ich bräuchte etwas Konkreteres, keine Rätsel«, erwiderte ich halb an die beiden gerichtet, halb zu mir selbst. Hartola. Hexe. Stromschnelle. Das Mädchen war tot in der Stromschnelle gefunden worden.

Im Bildtext zählt Frau Särkkä die Gegenstände auf, die die Hexe auf dem Boden verteilt hatte: »Ein Haargummi, ein Plastikarmreif und eine schöne goldene Halskette mit Kreuzanhänger lagen über den giftgrünen Kunststoffteppich meines Hotelzimmers verteilt. Ich nahm die Kette in die Hand und entdeckte eine Gravur. ›Für Helena zur Konfirmation 0889.‹ Sie war also ein Konfirmationsgeschenk. Ich legte sie zurück auf den Boden und sah die Helferin fragend an. Ich wollte noch mehr Antworten bekommen, aber sie teilte mir mit, dass wir schon am Ende seien.«

Saana sieht sich zufrieden um. Sanftes Sonnenlicht fällt durch das Wohnzimmerfenster herein. Sie fühlt sich seltsam. Es ist, als ob etwas fehlt. Sie braucht einen Moment, bis sie begreift, dass die unbestimmte Beklemmung und das Gefühl der Leere fehlen. Stattdessen fühlt sie sich lebendig. Trotzdem bekommt sie plötzlich Angst. Ohne den andauernden Stress und die ständige Existenzkrise weiß sie nicht, wie sie sein soll. Wie zum Test versucht sie, sich all die Dinge vor Augen zu führen, die sie normalerweise traurig oder melancholisch machen oder sonst irgendwie in inneren Aufruhr versetzen.

Das Gefühl, dass den anderen der Handlungsverlauf klar ist, man ihr aber kein Drehbuch gegeben hat; die Griesgrämigkeit der Finnen und deren Pedanterie; Straßenhunde; Kriege; versteckte Giftstoffe in Kosmetikartikeln; Flüchtlingskinder; Natriumglutamat; Hassrede im Netz; Klimawandel und Flugscham; die Verschmutzung der Meere; Teenager, die viel zu viele Energydrinks trinken; Nitrit in Würsten … Also gut. Für einen Moment hat sie ihr Ziel erreicht, sie beginnt, sich Sorgen zu machen. Das Leben ist schwer, und eines Tages wird die Menschheit den ganzen Erdball zerstören. Aber auf einmal dringt etwas durch all die traurigen Gedanken und zerstört die schwermütige Düsternis. Seifenblasen. Leichtigkeit. Farben. Glück. Verknalltheit. Wie viel Glück sie doch hatte, einen Menschen wie Jan kennenzulernen, jemanden, mit dem sie auf der gleichen Wellenlänge zu sein scheint. Das dusslige Lächeln kehrt auf ihr Gesicht zurück.

So kann sich das Leben also auch anfühlen. Spannend und verheißungsvoll.

Das Eintreffen einer neuen Nachricht auf ihrem iPhone lässt sie zusammenzucken. An das Geräusch ist sie nicht gewöhnt. Ausnahmsweise hat sie den Ton angemacht, damit sie auf jeden Fall mitbekommt, wenn Jan ihr schreibt. »Hi. Würde mich freuen, dich wiederzusehen«, steht in der Nachricht. Sie ist spontan, locker und bringt Saana ganz durcheinander. Sie liest den Text viele Male. Eigentlich würde sie ihm am liebsten sofort antworten, beschließt dann aber doch zu warten. Sie atmet tief ein und lässt die Minuten verstreichen. Ob zwanzig Minuten reichen? Erst zwei Minuten sind vergangen, als eine weitere Nachricht von Jan eintrifft. »Würde es dir heute um 18 Uhr im Café Regatta passen?« Wie soll sie das jetzt aufnehmen? Wie reagiert man auf so etwas? Da Jan das Muster durchbrochen hat, indem er plötzlich zwei eindeutige Nachrichten nacheinander geschickt hat, beschließt sie, dass es ganz okay ist, ihm gleich zurückzuschreiben. Dennoch braucht sie über eine halbe Stunde, um einen korrekten, unverfänglichen und ausreichend neutralen Text zu formulieren. »Ich bin schon wieder hier auf dem Land. Aber vielleicht kann ich trotzdem kommen«, schreibt sie.

»Okay, super. Bis später!«

Seine Entschiedenheit bringt Saana zum Lächeln, und sofort sucht sie einen passenden Bus heraus. Eigentlich ist es total unsinnig, nur für ein Date bis nach Helsinki zu fahren, aber fuck it. Nachdem sie das Ticket gekauft hat, rennt sie hoch in den ersten Stock, um sich umzuziehen. Dabei stellt sie fest, wie aufgeregt und unsicher sie ist. Sie betrachtet ihr Spiegelbild und sagt: »Du bist schön.« Den Tipp, sich selbst Komplimente zu machen, hat sie aus einem amerikanischen Autosuggestionsführer, und manchmal funktioniert es tatsächlich.

Sie durchwühlt den Kleiderschrank, zieht alles heraus und

breitet es auf dem Bett aus. Nichts spricht sie wirklich an. Sie hat noch fünfzehn Minuten, bis sie losmuss. Noch einmal betrachtet sie sich im Spiegel. Helle, silberblonde Haare mit einem leicht violetten Schimmer. Etwas Speck am Bauch. Dort trägt sie ihr Herz, schließlich liebt sie das Essen. Am Ende entscheidet sie sich doch wieder für die erste Variante: schwarze Röhrenjeans und ein blaues Jeanshemd. Dann trägt sie noch etwas Wimperntusche und einen Hauch Rouge auf.

Als sie bereits draußen ist, ruft ihre Tante an und fragt, ob sie heute Abend Essen für eine oder zwei Personen kochen soll. Grinsend erwidert Saana, sie verbringe die Nacht in Helsinki.

»Ist etwas passiert, weil du plötzlich schon wieder hinfährst?«, fragt Inkeri neugierig.

»Ich bin auf jeden Fall morgen gleich wieder zurück. Es ist nichts passiert, ich muss nur, äh, noch ein paar Sachen rausfinden.«

»Geht's um einen Mann?«, fragt Inkeri lachend, und obwohl Saana alles abstreitet, wissen sie beide, dass sie lügt.

Im Bus atmet Saana ein paarmal tief durch. Anstatt in Panik zu verfallen, sollte sie die Fahrt lieber nutzen, um sich über Helenas Fall Gedanken zu machen. Zuerst gab es zwei Mädchen, Helena und Johanna. Und kurz darauf war keine von beiden mehr da. Die eine starb, die andere ging. Warum verschwand Johanna damals so schnell und kam nie wieder? Das muss sie unbedingt herausfinden. Am besten wäre es, die Antwort von Johanna selbst zu bekommen. Sie müsste jetzt über fünfundvierzig sein. Und dann ist da noch Laura Malm, das Mädchen, das in derselben Gegend verschwand, das mysteriöse Gemälde aus der Villa, *Król wody*, der Kunstlehrer aus der Volkshochschule von Ost-Häme sowie ihre Tante, die ihr aus irgendeinem Grund nicht alles erzählt hat. Nur warum?

Helsinki, Freitag, 12. Juli

In Helsinki angekommen, stellt Saana fest, dass sie etwas spät dran ist. Trotzdem muss sie unbedingt langsam gehen, damit sie nicht ins Schwitzen kommt. Als sie sich dem Café nähert, erkennt sie bereits von Weitem Jans durchtrainierte Statur. Entspannt schaut er hinüber zum Ruderstadion und sieht wahnsinnig gut aus. Plötzlich fühlt sich Saana etwas angespannt. Jan ist einfach zu viel des Guten. Er ist zu attraktiv für einen Typen, den sie bekommen könnte. Als ihr dann noch einfällt, wie lang und tief er ihr immer in die Augen sieht, denkt sie kurz darüber nach, wieder umzukehren. Sie ist schon dabei, ihr Tempo zu verlangsamen und die Richtung zu wechseln, als er sie bemerkt. Hier bin ich, gibt er ihr durch Winken zu verstehen und hebt dann noch einmal die Hand zu einem lockeren Gruß.

Als sie sich gegenüberstehen, ist Saanas Panik verflogen. Jan scrollt nicht auf seinem Handy herum oder sieht in eine andere Richtung. Stattdessen lächelt er und blickt ihr direkt in die Augen.

»Hey, Saana, die vom Land in die Stadt gekommen ist.«

»Hey, Jan, der auf Saana warten musste«, erwidert sie und lacht. »Entschuldige.« Das Lachen vertreibt alle überflüssigen Gedanken, Erwartungen und Ansprüche aus ihrem Kopf. Gerade zählt für sie nichts anderes, als dieselbe Luft wie Jan zu atmen.

Sie gehen ein Stück an der Strandpromenade entlang und steigen auf der Höhe des Präsidentenpalastes hinauf zu den Felsen. Jan schlägt vor, einen guten Platz zum Sitzen zu suchen, um Kirschen zu essen. Erst jetzt bemerkt sie die Tüte in seiner Hand. Sie unterhalten sich über dies und das und spucken abwechselnd Kirschkerne in Richtung Meer.

»Kannst du im Mund einen Knoten in den Stiel machen?«, fragt Jan, und Saana nimmt die Herausforderung an. Er blickt auf das Meer, und sie beobachtet ihn verstohlen mit dem Kirschenstiel im Mund. Ihr Herz macht einen Hüpfer, als er sie streift, während er sich eine neue Kirsche aus der Tüte holt. Sie sitzen still da und schieben Stiele im Mund hin und her, um einen Knoten zustande zu bringen. Als es Saana endlich gelingt, gratuliert ihr Jan und rutscht unauffällig etwas näher an sie heran. Am liebsten würde sie sich ihm direkt in die Arme werfen und sich alle Kleider vom Leib reißen. Stattdessen schütteln sie sich nur die Hände. Die Kirschen sind lecker. Sie haben eine perfekte Süße, obwohl sie nicht ganz dunkel sind. Saana hat das Gefühl, dass sie in ihn hineinschauen kann, und sie ahnt, dass es ihm mit ihr genauso geht. Womöglich kann er spüren, dass sie sich nicht einmal über sich selbst im Klaren ist.

Als die Kirschen aufgegessen sind, schlägt Jan vor zurückzugehen. Saana befürchtet, dass das Date schon vorbei sein könnte. Deswegen bin ich also hergefahren, denkt sie, als sie in etwas zu kumpelhafter Art zurück zum Café spazieren. Sie spürt, dass ihn etwas bedrückt. Ab und zu ist er ziemlich tief in Gedanken versunken und scheint weit weg zu sein. Will er sie jetzt schon loswerden?

»Ist etwas passiert, was dich Kraft gekostet hat?«, traut sie sich zu fragen, als sie das Café schon fast wieder erreicht haben.

Jan schweigt einen Moment und erzählt dann zu ihrer Überraschung von seiner Mutter.

Saana hält den Atem an und weiß nicht, was sie sagen soll. Am liebsten würde sie ihn umarmen und trösten. Sie hat so viel Mitgefühl mit ihm, dass es sie fast zerreißt. Aber sie ahnt auch, dass er sich trotz allem ablenken muss. Darum haben sie sich heute getroffen.

Sie nimmt ihren Mut zusammen und ergreift seine Hand, während sie schweigend weitergehen. Auch als sie stehen bleiben, lösen sie ihre Hände nicht.

»Ich hab auch meine Mutter verloren«, sagt Saana, während sie dastehen und überlegen, welche Richtung sie einschlagen sollen. Jan sieht sie überrascht an.

»Es ist schon sehr lange her. Aber vielleicht kann man die Trauer nach einem so großen Verlust erst wirklich verstehen, wenn man etwas Ähnliches erlebt hat.«

Er nickt.

»Wo auf dem Land wohnst du eigentlich?«, fragt er, und Saana lacht.

»Ich bin den Sommer über bei meiner Tante in Hartola.« Jans Gesicht nimmt für einen kurzen Moment einen seltsamen Ausdruck an.

»Keine Sorge, eigentlich wohne ich hier in Helsinki«, fügt sie hinzu, damit er nichts Falsches denkt. Jetzt, da klar ist, wie interessant er wirklich ist, will sie keine geografischen Hürden zwischen ihnen aufbauen. Am liebsten wäre sie ganz ungehemmt. Wenn Jan ihr nur irgendetwas signalisieren würde.

»Und wenn …«, setzt Jan an.

»Und wenn was?«, fragt Saana gespannt.

»Und wenn wir noch auf einen Mojito nach Kallio fahren?« Saana kann nicht fassen, dass der Vorschlag dieses tollen Mannes wirklich an sie gerichtet ist.

In der Bar *Musta Kissa* trinken sie zwei Mojitos. Als sie Hunger bekommen, gehen sie noch ins Restaurant *Lemon Grass* und bestellen sich rotes Hähnchencurry. Anschließend laufen sie Hand in Hand ziellos umher. Saana spürt die Energie und die Wärme, die von Jans Hand ausgehen. Es fühlt sich gut an, sie zu halten. Ab und zu lassen sie sich doch lachend los, weil die Hände so schwitzig werden. Jan lässt sie den nächsten Ort bestimmen. Am liebsten würde sie sagen, lass uns weiterlaufen, weil es zwischen uns gerade so gut läuft, aber dann verkneift sie sich den Satz doch. Wenig später sitzen sie im *Juttutupa* und trinken ein Bier. Jan fragt, ob sie nicht auch noch ins *Rytmi* gehen sollten. Saana grinst in sich hinein und hofft, dass sie auch nach außen hin strahlt.

Plötzlich ist es schon zwei Uhr nachts, und es ist noch überraschend hell. Sie sieht ihn an.

»Und wenn ...«, sagt er grinsend.

»Und wenn was?«, fragt sie und kichert.

»Und wenn wir zu mir gehen, hoch aufs Dach steigen, noch ein Glas trinken und uns den Sonnenaufgang ansehen? In meinem Haus kann man vom Dachgeschossfenster aus aufs Dach klettern. Da gibt es so eine kleine ebene Stelle, auf der man gut sitzen kann. Die Aussicht ist grandios.«

»Überredet«, sagt Saana. Wie schön es doch ist, am Leben zu sein.

In dem Stockwerk, in dem Jans Wohnung liegt, halten sie kurz an, damit er Rotwein, zwei Einwegbecher und eine Decke holen kann. Saana steht schmunzelnd im Treppenhaus und weiß nicht, wo sie sich hinstellen soll. Die Tür zu Jans Wohnung steht einen Spaltbreit offen. Sie lehnt sich in den Türrahmen, als ob sie sich zwischen Treppe und Flur verstecken wolle. Wie ein Vampir respektiert sie die vorläufig noch unbekannte Wohnung. Eintreten kann sie nicht, schließlich wurde sie nicht hereingebeten. Das Treppenhauslicht geht automatisch aus, sie drückt den im Dunkeln orange leuchtenden Schalter und kehrt zur Tür zurück. Aus der Wohnung dringt ein dezenter Essensgeruch. Auch einen leicht muffigen Hauch von Schweiß, der von der Sporttasche am Boden ausgeht, nimmt sie wahr.

Sie kehren zum Aufzug zurück, während sie sich gegenseitig schüchterne Blicke zuwerfen, und fahren hoch in den sechsten Stock, von wo aus sie noch eine Etage zu Fuß gehen müssen, um zum Dachboden zu gelangen. Dort angekommen, nimmt Jan Saana bei der Hand. Eine sanfte nächtliche Brise weht über das Dach. Sie treten ins Freie. Saana setzt sich auf die Decke, und Jan schenkt ihnen Rotwein ein. Still betrachten sie die nächtliche Umgebung und trinken in langsamen Schlucken. Er ergreift abermals ihre Hand, und sie fürchtet, dass diese wieder schwitzig werden könnte. Sie spürt seine Berührung als Brennen in jeder einzelnen Pore. Die Landschaft über den Dächern ist wunderschön. Sie schweigen, aber es fühlt sich gut an, nicht peinlich. Saana knabbert am Rand des Plastikbechers, bis ein kleiner Riss entsteht, und sie muss den Wein, der mittlerweile gut geatmet hat, schnell austrinken. Nur ein paar Tropfen rinnen ihr auf die Finger. Hinter den Dächern geht bereits die Sonne auf. Sie stellen sich vor, wie die normalen Leute schon bald schlaftrunken in ihre Küchen schlurfen und die Kaffeemaschinen einschalten, während sie sich hier oben auf dem Dach über allem anderen befinden, an der Schnittstelle zwischen Betrunkenheit und Nüchternwerden, die gemeinsam viel leichter zu ertragen ist.

»Wann im Frühling ist deiner Meinung nach der Zeitpunkt gekommen, an dem der übliche eklige Regen zu einem Sommerregen wird, der der Natur guttut?«, fragt Saana, und Jan lacht über ihre Frage. Eine orange-rosafarbene Morgensonne geht über ihnen auf. Jan sieht Saana lächelnd an und legt den Kopf schief. Auf einmal hat sie das Gefühl, gerade ein perfektes

Bildmotiv zu sein. Die ersten zarten Strahlen der Sonne treffen womöglich genau im richtigen Winkel auf, sodass ihre Haare leuchten und ihr Gesicht gut aussieht. Für einen flüchtigen Moment nimmt sie sich durch Jans Augen wahr und fühlt sich schön, ja sogar geheimnisvoll.

Um 06:18 Uhr fahren sie mit dem Aufzug wieder hinunter. Es kommt ihr vor, als würde Jan sie immer dann von der Seite beobachten, wenn sie ihn gerade nicht ansieht. Sie fragt sich, ob sie ihrem Instinkt folgen, seine Hand nehmen und ihn lange und leidenschaftlich küssen sollte. Aber stattdessen steht sie nur aufgeregt und wie angefroren da. Er rührt sich ebenfalls nicht, und beide lauschen dem leisen Brummen des Aufzugs. Mit einem *Klonks* sind sie unten angekommen. Jan öffnet erst das knarzende Eisengitter und dann die Aufzugtür. Höflich lässt er Saana den Vortritt. Schließlich stehen sie vor dem Haus, inmitten des anbrechenden Morgens, und verabschieden sich. Wenn Saana sich nur trauen würde, noch einmal zu fragen: »Und wenn?«

Jan sieht ihr direkt in die Augen. Dann streicht er ihr sanft eine Haarsträhne aus dem Gesicht, die der Wind ihr vor die Augen geweht hat. Und dann … nichts. Immer noch kein Kuss. Mit angehaltenem Atem gehen sie auseinander.

Während Saana allein auf die Straßenbahn wartet, macht sich auf einmal der Schlafentzug deutlich bemerkbar. Sie spürt noch den Hauch von Jans Berührung auf ihrem Gesicht. Auch wenn sie noch so müde ist, sie wird bestimmt nicht schlafen können. In ihrem Bauch kribbelt es noch vor Aufregung, was teilweise aber auch am Hunger liegen könnte. Sie sieht auf die Uhr: 06:33. Sie könnte kurz zu Hause vorbeischauen und dann mit dem Bus zurück nach Hartola fahren, zurück zu ihrem Sommer, ihren Sachen und ihrer Story.

Nach einer halben Stunde in ihrer Wohnung schaut sie vorsichtshalber auf ihr Handy. Keine Nachricht. Wenn er ihr gleich am Morgen noch schreiben würde, wäre das wieder ein vielversprechendes Zeichen. Vorsorglich nimmt sie eine Schmerztablette, geht auf die Toilette und duscht. Dann wieder ein kurzer Blick aufs Handy. Keine Nachricht. Auf der Suche nach etwas Essbarem öffnet sie die Küchenschränke und findet nur alte, weich gewordene Reiswaffeln. Noch ein kurzer Blick aufs Handy. Keine Nachricht. Sie isst die Reiswaffeln und prüft dann die Abfahrtszeiten der Busse. Entweder 08:15 Uhr oder 09:00 Uhr. Besser, sie nimmt den früheren. Gerade drückt sie auf »Ticket kaufen«, als die ersehnte Nachricht kommt und ihr Herz einen Satz macht.

»In die Arbeit ohne eine Stunde Schlaf. Puh! Aber es macht mir nichts. Wann sehen wir uns wieder?«

Saana stößt einen tiefen, verknallten Seufzer aus. Eigentlich sind es eher ein Freudenschrei, der von den Reiswaffeln erstickt wird, und ein tiefer Seufzer gleichzeitig. Durch die Nachricht beschwingt, steht sie auf, überprüft, ob alle Lichter aus und alle Fenster zu sind, und verlässt die Wohnung. Sie fühlt sich komplett verdreht, aber voller Energie. Sie braucht keinen Schlaf. Sie braucht gar nichts. *Denn sie hat etwas am Laufen.*

Als der Bus dreieinhalb Stunden später in Hartola ankommt, wacht sie immer noch beschwipst auf und schaut sich um, um herauszufinden, wo sie sich befindet. Der Handywecker hat sie davor bewahrt, an Hartola vorbeizufahren. Während der Bus seine Fahrt fortsetzt, bleibt Saana belämmert an der Haltestelle zurück. Sie weiß nicht, wo oben und unten ist. Auf jeden Fall braucht sie sofort etwas zu essen. Da es nur wenige Auswahlmöglichkeiten gibt, marschiert sie, körperlich müde, aber geistig völlig frisch, zum Café *La Kar de Mumma.* Dort bestellt sie sich ein frühes Mittagessen – gebratenen Lachs mit rosa Pfeffersoße und Gemüse – und setzt sich mit ihrem Tablett an den hintersten Tisch. Dann beginnt sie, eine zwanglose und lockere, am besten auch noch lustige Nachricht aufzusetzen, die sie Jan zurückschicken kann. Seit ihrem Treffen sind weniger als sechs Stunden vergangen. Verliebt in sich hineingrinsend, tippt sie auf ihrem Handy herum, denkt an Jan und richtet den Blick ab und zu in den gemütlichen Innenraum des Cafés.

Die Türglücke ertönt, und eine stramme, auffällige blonde Frau, die sie noch nie in Hartola gesehen hat, kommt herein. Gespannt verfolgt Saana, wie die gebräunte Blondine zum Tresen geht, ein Hefeteilchen bestellt und es an Ort und Stelle verschlingt.

»Das habe ich gebraucht«, sagt die Frau zur Verkäuferin. Dann kramt sie ihre Kreditkarte aus der Tasche, bezahlt und verlässt das Café so schnell, wie sie gekommen ist. Die Verkäuferin und Saana schauen ihr nach. Nur ein Streifen von blondem Haar, Jeansjacke und Maxikleid ist noch zu sehen, während sie hinaus in den Sommer verschwindet.

»Trauerzeit«, kommentiert die Verkäuferin, die überraschend zu Saanas Tisch gekommen ist, um ihr Geschirr abzuräumen. Sie hat Saanas Neugier bemerkt. »Die Eskolas lebten wie die reiche Elite. Sie hatten sozusagen ein zu großes Ego für so einen kleinen Ort. Und die junge Frau ist schon in ihrer Jugend weggezogen, weil ihr Hartola anscheinend nicht gut genug war«, wispert sie weiter, und Saana hebt die Brauen. Gerade hat sie also ganz ungeplant ein lebendiges Stück Vergangenheit zu Gesicht bekommen, Helenas beste Freundin Johanna.

HARTOLA

Sommer 1989

Abgesehen von einem Pfau und zwei Perlhühnern, die auf dem Rasen herumstolzierten, war der Garten leer. Zaghaft ging Helena an ihnen vorbei zur Haustür, die bereits aufgerissen wurde, bevor sie anklopfen konnte.

»Hat dich jemand auf dem Weg hierher gesehen?«, fragte der Baron und spähte in den Garten.

Sie schüttelte den Kopf.

»Gut«, sagte er und führte sie hinein. »Ich will nicht, dass dir schlimme Dinge passieren.«

»Schlimme Dinge?« Helena war etwas erschrocken, zwang sich aber zu einem Lächeln.

»Im Leben gibt es sowohl Gutes als auch Schlechtes, und in der Villa Koskipää ist Raum für beides«, sagte der Baron und stellte die Musik wieder an.

Helena zögerte einen Moment, entschloss sich dann aber zu bleiben. Der Baron verkündete, zu Ehren ihres Besuchs einen besonderen Wein aus dem Keller holen zu wollen, und sie blieb verunsichert allein in dem schönen Salon zurück. Ein bisschen bereute sie, ohne Einladung gekommen zu sein. Der Baron hatte trotzdem erfreut gewirkt, auch wenn er sich etwas seltsam verhielt. Was genau war sie für ihn? Ein Eindringling oder ein Gast?

Nachdem er nicht sofort zurückkam, stand sie auf und wanderte im Haus umher. Dabei bemühte sie sich, ganz leise zu gehen. Alle Türen waren offen. Sie rief nach ihm und wollte ihre Neugier rechtfertigen, indem sie vorgab, nach etwas zu suchen, aber natürlich antwortete niemand. Wie eine Entdeckerin streifte sie durch das Herrenhaus, ehrfürchtig und neugierig. Sie genoss das schöne Interieur und erforschte gespannt Zimmer für Zimmer. Wie es sich wohl anfühlte, an so einem schönen Ort zu wohnen?, fragte sie sich und stellte sich vor, das Haus würde ihr gehören. Nach kurzem Zögern beschloss sie schließlich, sich auch das Schlafzimmer anzusehen. Immer noch nach dem Baron rufend, öffnete sie die Schlafzimmertür erst einen Spaltbreit und trat dann ein. Sie strich über den dicken Seidenüberwurf und bewunderte den mächtigen Kronleuchter an der Decke. An der Wand über dem Kopfende des Bettes hing der Schädel eines Rehs. Helena starrte der Trophäe in die Augen. Schwarze, leere Augenhöhlen starrten zurück.

Sie wollte schon aufs Bett springen, als sie plötzlich Schritte hinter sich hörte und vor Angst erstarrte.

Helsinki, Samstag, 13. Juli

Jan geht unruhig im Büro auf und ab. Abwechselnd denkt er an Saana und Johanna Eskola. In seinem müden Kopf verheddern sich die Gedanken, und er zwingt sich, statt an das Date der letzten Nacht an den Fall zu denken.

Johanna Eskola hat ihren Namen in Julia geändert. Sie lebte über fünfzehn Jahre in Brisbane und wohnt nun in Helsinki. Für den Todeszeitpunkt ihres Vaters hat sie kein stichfestes Alibi, aber es wurde bestätigt, dass sie am Vortag des Mordes am frühen Abend im *Teatteri* arbeitete. Hätte sie es schaffen können, nach Hartola und zurück zu fahren und die Tat zu begehen? Auch am Abend vor dem Mord an Lars Sundin war sie nachweislich im *Teatteri*. Kann es ein Zufall sein, dass die Tochter des zweiten Mordopfers mit dem ersten Opfer an dessen letztem Abend in derselben Bar war? Nach eigener Aussage ging Julia nach der letzten Runde nach Hause, aber niemand kann das bestätigen.

Jan muss an ihren Gesichtsausdruck denken, als er ihr die Fotos zeigte, die man bei ihrem Vater gefunden hatte. Ihre Miene war sehr kalt und unerschrocken gewesen, wie eine harte Schale. Als ob sie geschauspielert hätte. Er glaubt nicht, dass Julia selbst auf den Bildern zu sehen ist, aber könnte es sich um ihre Freundinnen handeln? Würde das als Mordmotiv ausreichen?

Zu Hause angekommen, öffnet er die Tür zum Badezimmer und schält sich aus den lange getragenen Klamotten. Als er das Handy aus der Hand legt und sich auf die Bettkante setzt, fließen die ersten unkontrollierbaren Tränen, mit denen auch die Erinnerungen wie eine Flutwelle über ihn hinwegströmen. Er ist dem Druck hilflos ausgeliefert. In den letzten Monaten hatte er seine Mutter oft besucht, zuerst in der Frauenklinik, dann im Hospiz. Es waren trotz allem gute Monate. Am Ende hatten sie sich sogar getraut, über ihre Gefühle zu sprechen, und einander nach all den Jahren viele wichtige Dinge gesagt. Dennoch spürt er den Zeitdruck. Er spritzt sich kaltes Wasser ins Gesicht und richtet sich wieder auf.

Dann bestellt er sich ein Taxi und nennt dem Fahrer die Adresse des Hospizes. Auf der Fahrt wird ihm klar, dass er jeden Preis zahlen würde, wenn er nur an irgendeinen anderen Ort fahren könnte.

Hartola, Samstag, 13. Juli

Saana läuft vom *La Kar de Mumma* zum Dorfzentrum. Bald tauchen die düstere Kirche und der große Friedhof in ihrem Sichtfeld auf. Sie holt tief Luft und betritt den Friedhof, um zur Ruhe zu kommen. Johanna Eskola ist also in ihre Heimat zurückgekehrt, unglaublich. Trotzdem traut Saana sich nicht, sie gleich zu belästigen, wenn sie gerade erst ihren Vater verloren hat, und Johannas Auftreten war irgendwie kühl. Hart.

Sie betrachtet die Gräber. Vor manchen Kreuzen und Steinfiguren wurden frische Blumen abgelegt. Der Anblick strahlt Beständigkeit aus. Die Blumen sind den Erinnerungen an die verstorbenen Menschen gewidmet. Die von uns Gegangenen werden als die Fantasiemenschen betrauert, als die man sie in Erinnerung behalten möchte. Wie subjektiv am Ende doch alles ist. Kann man jemanden wirklich in- und auswendig kennen?

Sie bleibt vor Helenas Grab stehen und starrt auf die Calla, die vor dem Stein abgelegt wurde, als jemand sie plötzlich aus ihren Gedanken reißt.

»Guten Tag«, sagt Antti-Juhani Fors und stellt sich neben sie. Im selben Moment schwirrt etwas in ihr Sichtfeld, eine große Fliege oder eine Bremse.

»Hallo, ich hatte schon vor, mit Ihnen zu sprechen«, erwidert Saana. »Stimmt es, dass Sie damals Helena Toivios Pfarrer im Konfirmandenlager waren?« Sie ist selbst von ihrem selbstsicheren Auftreten überrascht. Das surrende Insekt schwirrt ihr immer noch um den Kopf. Am liebsten würde sie danach schlagen, aber sie will jetzt nicht in der Luft herumfuchteln.

»Ja, das war ich. In all den Dienstjahren habe ich viele Konfirmandenlager geleitet«, antwortet Fors und wartet darauf, dass sie fortfährt.

»Seit wann machen Sie das?«, fragt Saana weiter. Fors ist so nahe an sie herangetreten, dass er sie fast berührt, als ob er ihr Bedürfnis nach Abstand nicht anerkennen wolle. Mindestens einen Meter in jede Richtung, bitte, denkt Saana.

»Ich bin seit 1983 hier Pfarrer, und seitdem leite ich auch jedes Jahr die Konfirmandengruppe«, sagt er zurückhaltend.

»Laura Malm«, fährt Saana fort. »Sagt Ihnen der Name etwas? Ich habe gehört, dass sie 1987 verschwand.«

»Sagt mir der Name etwas?«, wiederholt er nachdenklich. »Nein, der sagt mir nichts«, fährt er langsam fort, und Saana kommt zu dem Schluss, dass jetzt der richtige Moment gekommen ist. Die Bremse ist auf ihrem Oberschenkel gelandet. Mit einer schnellen, bestimmten Bewegung schlägt sie sich mit der Handfläche aufs Bein und zerquetscht das Insekt. Nur ein dunkler, nasser Fleck bleibt auf der Jeans zurück. Fors zuckt zusammen, spricht aber weiter: »Es ist gut möglich, dass das Mädchen zu unserer Gemeinde gehörte, aber ich erinnere mich nicht an jeden einzelnen Namen aus all den Jahrzehnten.«

»Hat man im Dorf nicht über ihr Verschwinden geredet?«, fragt Saana. »Haben Sie irgendein Namensregister, aus dem ich die Konfirmanden und Tutoren jedes Jahres entnehmen könnte?« Ihr kommt es vor, als sei sie durch den Schlafmangel direkter. Die sonst vorhandenen Filter sind weg. Endlich einmal sagt sie klar und deutlich, was sie will, und sie ist noch nicht fertig.

Widerwillig erzählt Fors etwas über Kirchenbücher und sagt, dass er ihr natürlich helfen würde, aber sein Gedächtnis sei im Laufe seines Lebens etwas schwächer geworden. Als Saana wieder geht, sieht er ihr nachdenklich hinterher.

DIE TÖCHTER DER STROMSCHNELLE

Hartola 1989

Die Dorfbewohner haben begonnen, die tückische Stromschnelle zu meiden und zu fürchten, doch die Töchter der Stromschnelle verehren den Fluss. Sie haben große Versprechen gehört und gelobt, nichts zu sagen. Mit der Taufe sind wir heilig geworden, und der Preis für die Heiligkeit ist das Schweigen. Sie selbst waren es, die zu Töchtern der Stromschnelle werden wollten. Die stillen Sonntagsschülerinnen ergreifen mit gesenktem Kopf Steine und Meißel und beginnen, Kerben in die Steine zu schlagen. Mit wunden Fingern hämmern sie kleine Mulden hinein und versenken sie als Opfergaben im Fluss. Zwei kleine behauene Steine landen auf feuchtem Grund, einer für jede Tochter. Sie sind für diejenigen, die die Stromschnelle genommen hat.

Schweigend machen sie sich auf den Weg zu Helenas Mutter und bitten um Helenas dunkelblaues Samthaarband. Sie riechen die abgestandene Luft in ihrem Zimmer, schnuppern am Yves-Rocher-Parfüm aus einer der Schubladen und an Helenas Kleidung, prägen sich alles ein. Sie zupfen die Haare aus Helenas alter Bürste und schauen zu, wie die dünnen, hellen Flusen Richtung Teppich schweben. Das klare Licht des frühen Herbstes dringt durch das Bogenfenster herein und offenbart die im Zimmer herrschende Trauer. Sie streichen über Zierkissen, über

Buchrücken und finden unter dem Bett eine Kiste mit Helenas Tagebüchern. Schweigend blättern sie sie durch und suchen nach dem Grund, der sie in den Tod geführt hat. Vorsichtig nehmen sie das letzte Tagebuch heraus, lassen es zwischen sich hin und her wandern, riechen abwechselnd daran und nicken sich zum Zeichen der stillen Übereinkunft zu. Das Buch riecht nach einem Geheimnis. Endlich haben sie eine Verbindung zu ihr. Sie würden ihre Aufzeichnungen unter sich aufteilen, da sie nicht für die Polizei bestimmt sind, nicht für die Grausamen, nicht für die Jäger. Sie haben ein Geheimnis, das sie überallhin begleitet, nachts, am Frühstückstisch, auf dem Schulweg, bei den Hausaufgaben und am Abend, wenn sie schlafen gehen. Niemand kann es ihnen nehmen.

Sie schwärzen sich die Augen, kleiden sich in Weiß und fahren mit dem Fahrrad über die Feldwege. Sie trinken schlechten Apfelwein und schneiden den Jungen und Männern Grimassen, die versuchen, durch ihre dünne Kleidung nackte Haut zu erkennen. Sie zeigen ihnen den Mittelfinger und fahren schneller. Sie haben alles erlebt. Nie wieder. Sie rufen bei ihnen zu Hause an, schweigen in den Hörer und knallen ihn dann auf die Gabel. Sie stechen in die Autoreifen der Wichtigtuer, schlitzen sie mit dem Messer auf und flüchten lachend in die warme Sommernacht.

Tagsüber sind sie unsichtbar, graue Spatzen, die so zwitschern, wie es die Lehrer und die Eltern hören wollen. Aber abends und an den Wochenenden treffen sie sich immer am selben geheimen Ort. Sie verbeugen sich vor dem Altar, schöpfen neue Kraft und werden zusammen größer, als sie es allein je sein könnten. Sie versuchen, Amseln zu zähmen, verfolgen den Flug der Trauermäntel und stellen sich vor, selbst Schmetterlinge zu sein. Sie trinken noch mehr Apfelwein und opfern diesen zum Gedenken an diejenigen, die die Gemeinschaft verlassen haben. Sie sind groß, sie sind mächtig, sie sind mysteriös und melancholisch, sie denken an den Schwur und an die Mädchen, die alle anderen schon vergessen zu haben scheinen. Hin und wieder, wenn niemand zusieht, tauchen sie ins Wasser, denn sie sind die Töchter der Stromschnelle. Eine mit rotem Haar, eine mit schwarzem Haar – und eine mit blondem Haar, die verschwunden ist.

Hartola, Samstag, 13. Juli

»Hast du gemerkt, dass dir jemand gefolgt ist?«, fragt Tante Inkeri und hebt den Kopf vom Kartoffelbeet.

»Was?«, erwidert Saana erschrocken. Sie ist gerade angekommen und hat ihre Tante im Garten gar nicht bemerkt.

»Da war ein Mann im Auto, der ein bisschen aussah wie unser Pfarrer«, sagt Inkeri und beugt sich wieder hinunter, um weiterzujäten.

Saana fährt herum und schaut zurück zur Straße. Hat sie irgendwo in der Nähe ein Auto gehört? Sie ist sich nicht sicher, ob ihre Tante nur Spaß gemacht hat. Die Straße ist leer, niemand ist mehr zu sehen.

Sie geht ins Haus und setzt sich in die Küche. Sie liebt Inkeris bunt zusammengewürfelte Küche im französischen Stil, in der sich Neues und Altes mischen. Schon als Kind haben die friedliche Atmosphäre und die Düfte sie in ihren Bann gezogen. In der Ecke steht ein hübscher alter gusseiserner Backofen, und davor befindet sich ein schöner Bauerntisch. Saana weiß noch, wie sie sich als Kind darunter versteckte, die Gravuren, die die Tischplatte im Laufe der Zeit bekommen hatte, begutachtete und über das alte, abgenutzte Holz strich. Ihr Lieblingsmöbelstück ist der alte Schrank, in dem sich all das Geschirr befindet, das ihre Tante im Laufe der Jahre angesammelt hat. Saana ist aufgefallen, dass Inkeri begeistert altes Geschirr der Marke Arabia sammelt, denn laufend taucht neues davon auf. Was nicht mehr in die Küchenschränke passt, wird sorgfältig in der Vitrine im Eingangsbereich verstaut. Obwohl viele Dinge in der Küche mindestens hundert Jahre alt sind, hat Inkeri das nicht davon abgehalten, sich einen neuen und hochwertigen Gasofen zu kaufen. Über der Gasflamme entstehen die meisten ihrer kulinarischen Meisterwerke.

Saanas größter Traum ist es, auch einmal so eine stimmungsvolle Küche zu haben, wenn sie sich eines Tages dauerhaft irgendwo niederlässt.

Sie geht nach oben, um sich bequemere Klamotten anzuziehen. Aufgrund des Schlafmangels kann sie sich nur schlurfend fortbewegen. An der Wand im Flur hängt ein kleines Gemälde mit einem Fuchs. Sie erinnert sich wieder an ihre Kindheit, daran, wie sie barfuß über den Holzboden lief, an die stickige, warme Luft im ersten Stock und das Bild des Fuchses mit seinen kleinen schwarzen Augen, die einen durchdringend ansehen. Sie bleibt davor stehen und berührt sanft die Farbschicht. Beinahe kann sie wie damals die Stimmen der Erwachsenen von der Verwandtschaftsfeier im Erdgeschoss hören. Sie erinnert sich, wie die Limonade schmeckte, die ihre Tante damals aus den Blättern schwarzer Johannisbeeren zubereitete und die Saana auf der Gartenschaukel durch einen Strohhalm trank. Sie betrachtet den Fuchs, der neben einem Fichtenwäldchen kauert. Inkeri hat gesagt, es sei ein Geschenk von einem alten Freund gewesen. Neben dem dunklen Moos steht in schwarzen Buchstaben die Signatur »Król«.

Saana wühlt sich durch den Klamottenstapel, der sich im Laufe des Sommers auf dem Schaukelstuhl angesammelt hat. Ihre Freizeithose ist nicht da, wahrscheinlich ist sie in der Wäsche. Auf einmal merkt sie, dass ihre Sachen auf dem kleinen Nachttisch anders angeordnet sind als zuvor. Die Negative und Kopien liegen obenauf und nicht mehr zwischen den Seiten des Notizbuches. Irritiert geht sie wieder hinunter und hört kurz darauf Tante Inkeris Geklapper im Wintergarten.

Im Laufe der gemeinsam verbrachten Wochen hat Saana gelernt, anhand der Geräusche zu erraten, was ihre Tante gerade macht. Zuerst stellt sie ihre Gummistiefel im Wintergarten ab und kommt herein. Dann geht sie ins Bad, um sich mit Lavendelseife die Hände zu waschen und ihre Gartensachen gegen ihr Freizeitkleid einzutauschen. Saana setzt vorsorglich das Teewasser auf. Als Nächstes wird ihre Tante nämlich bestimmt nach Garten duftend in die Küche kommen und Tee kochen wollen.

Lächelnd sieht sie Inkeri an. Die Farben ihres Marimekko-Kleides sind nach Jahren des regelmäßigen Tragens verblasst. Als Saana klein war, stellte sie sich immer vor, dass in jeder der vielen aufgenähten Taschen winzig kleine Überraschungen steckten. Im Wasserkocher brodelt es, und Inkeri gießt das dampfende Wasser in die große Tasse mit dem Rosenmuster. Dann gibt sie ein paar Blätter von schwarzen Johannisbeeren dazu – ihr Lieblingsgetränk.

»Also?«, sagt sie und setzt sich mit der Tasse in der Hand hin. »Wieso habe ich das Gefühl, dass mit dir etwas passiert ist?« In Saanas Augen sucht sie nach einer Bestätigung für ihre Vermutung.

Saana reicht ihr den Honig, und auf ihrem Gesicht breitet sich ein warmes Grinsen aus. Einen Moment lang tippt sie nervös auf dem Tisch herum und beschließt dann, von ihrer seltsamen Situation zu erzählen.

»Ich hab einen ziemlich interessanten Typen kennengelernt«, stößt sie hervor, und eine sanfte Stille erfüllt den Raum.

Tante Inkeri lächelt und rührt mit bedächtigen, sachten Kreisen Honig in ihren Tee.

»Ich habe dein Bett frisch bezogen.«

Saana bedankt sich und überlegt, ob sie dabei ihre Sachen durchgegangen ist und ihre amateurhafte Ermittlungswand begutachtet hat.

»Ich freue mich für dich«, sagt Inkeri schließlich und grinst vielsagend. »Wer ist denn dieser ziemlich interessante Typ?«

»Ich glaube, ich traue mich noch nicht, das zu erzählen«, sagt Saana. Sie will den Zauber nicht zerstören, indem sie zu früh darüber spricht.

HARTOLA

Sommer 1989

Helena drehte sich um und starrte mit Schrecken zur Tür. Sie rechnete damit, jemandem zu begegnen, und versuchte hektisch, sich eine Erklärung dafür auszudenken, warum sie im Schlafzimmer des Barons war. Als sie sah, was das Geräusch verursacht hatte, musste sie lachen. Ihre Angst und ihr Schrecken lösten sich in einem hysterischen Lachanfall auf, der kein Ende nehmen wollte. Eine Entenmutter mit vier Küken kam ins Zimmer gewatschelt. »Hallo, ihr Süßen«, flüsterte sie und schlich zur Tür. Das Bett wollte sie nicht mehr berühren und auch sonst nichts erkunden. Sie wollte nur noch hier weg. Kaum war sie durch die Tür, fing sie an zu rennen und schaffte es gerade rechtzeitig zurück in den Salon, bevor der Baron zurückkam.

»Hast du jemanden, der dein Herz höherschlagen lässt?«, fragte der Baron. Der Juliabend trug bereits einen Hauch der bevorstehenden Herbstkühle in sich. Sie saßen auf der Veranda und tranken deutschen Weißwein. Helena hatte sich langsam an den Geschmack von Wein gewöhnt, daran, dass er den Kopf weich machte und ihn mit hoffnungsvollen Gedanken füllte. Hier saß sie also, trank Wein mit einem mehr als doppelt so alten Mann und hielt es vor ihrer Familie und all ihren Freunden geheim. Sie empfand es nicht mehr als fragwürdig oder Furcht einflößend, im

Gegenteil. In der Villa fühlte sie sich lebendig, am meisten wie sie selbst. Die direkte Frage des Barons schwebte in der lieblich duftenden, langsam kühler werdenden Sommerabendluft und ließ sie erröten.

»Es gibt jemanden, aber ich weiß nicht, ob er genauso fühlt«, antwortete Helena. Der Baron hatte ihr bereits beigebracht, dass man seine Gefühle besser nicht verheimlichte. Man musste sie erforschen, ihnen freien Lauf lassen, sie in die Welt hinausschicken, nur so konnte man durch sie am Ende zum Leben erwachen. Helena spürte, wie sie immer mutiger wurde. Der Baron schenkte ihnen Wein nach. Auf dem Feld zirpten die Grillen.

Einige Zeit später lag ein Brief für Helena im Briefkasten des Erdbeerhofs Toivio.

EINLADUNG
zum venezianischen Abend in der Villa Koskipää
am 31.8.1989.
Dresscode: Abendgarderobe & venezianische Maske.

Wie sollte Helena nur bis Ende August warten? Ab diesem Zeitpunkt dachte sie ständig über die Einladung nach und stellte sich vor, wie alles ablaufen würde. Wie fein sie sich anziehen würde, wie schön die Villa aussähe, wie toll alles wäre. Sie, ein ganz gewöhnliches Mädchen, wäre eine von ihnen, den geheimen, aber namhaften Gästen des Barons.

Eines Abends, Wochen vor dem schicksalhaften Fest, tranken Helena und Johanna schlechten Cidre in Johannas Zimmer, hörten Dingo und drehten abwechselnd eine leere Flasche Lonkero auf dem Boden.

»Wahrheit oder Pflicht?«, fragte Johanna und schaute zufrie-

den zu, wie der Flaschenhals sich auf Helena und nicht auf sie selbst richtete.

»Wahrheit«, antwortete Helena und wartete auf Johannas Frage.

»Bist du verliebt?«, fragte Johanna. »Und wenn ja, in wen?« Sie sah Helena herausfordernd an.

Zuerst wand sich Helena peinlich berührt, kam dann aber zu dem Schluss, dass sie es ihr erzählen konnte.

»Ja«, sagte sie verlegen und etwas aufgeregt. Es fühlte sich gut an, es zuzugeben.

»In wen?«, fragte Johanna und beugte sich gespannt nach vorne.

»Das waren schon zwei Fragen. Ich muss nur eine beantworten«, sagte Helena kichernd. In ihr brannte der Wunsch, Johanna etwas über die Welt zu erzählen, die sie im Laufe des Sommers kennenlernen durfte, dennoch schwieg sie, da sie fürchtete, der Zauber könnte verschwinden, wenn sie etwas preisgab.

Sie tranken noch mehr Cidre und sangen die Lieder im Radio mit. Johanna hatte ihnen auch etwas Whisky aus dem Büro ihres Vaters stibitzt und erzählte lachend, wie sie die fehlenden Zentimeter in der Flasche mit Wasser wieder aufgefüllt hatte. Helena bewunderte Johannas Zimmer. Johanna bekam alles, was sie wollte. Ihre Mutter wollte keine Hunde im Haus haben, also hatte Helena Neumann vor der Tür gelassen. Als er im Hof zu bellen begann, stürzten sie neugierig ans Fenster. Dicht nebeneinander standen sie dort und schauten hinaus. Helena spürte ganz leicht Johannas nach Wein riechenden Atem auf ihrem Gesicht. Draußen war niemand. Der Hund hatte wahrscheinlich nur die Fährte eines Tieres aufgenommen, einer Wühlmaus oder eines Feldhasen.

Johanna starrte sie an und legte den Kopf schief. Und dann, ohne Vorwarnung, beugte sie sich vor und küsste sie direkt auf den Mund. Zuerst war Helena nur verdattert, aber dann spürte sie Wut in sich aufsteigen.

»Was zur Hölle?«, entfuhr es ihr, und sie ging schnell ein paar Schritte rückwärts.

Johanna zuckte überrascht zusammen und wusste nicht, wie sie reagieren sollte.

»Ich dachte, dass ... also ich dachte, dass du auch ... weil du gesagt hast, du bist verliebt ...« Johanna brach in Tränen aus, und Helenas perplexer Zorn ebbte ab und wurde zu Sorge.

»Johanna, du bist meine beste Freundin, ganz sicher die allerbeste und liebste, aber ich mag dich nicht auf die *Art«, sagte sie und versuchte, Johannas Schulter zu streicheln, aber diese schlug ihre Hand sofort weg.*

»Wen denn dann?«, fragte Johanna mit erstickter Stimme, und Helena konnte nicht anders, als ehrlich zu sein.

»Den Baron«, gestand sie und versuchte, sorglos zu klingen, so zu tun, als sei ihre Liebe nicht so tief, wie sie eigentlich war.

So standen sie in diesem verfahrenen Moment, als noch keine der schlimmen Dinge passiert waren, in Johannas Zimmer und sahen einander an wie zwei Fremde. Beide hatten sie sich offenbart, hoffend, dass die andere es irgendwie verstehen würde.

Aber stattdessen warf Johanna Helena einen höhnischen Blick zu und fing an zu lachen. Ihr dunkles, leeres Lachen schien kein Ende zu nehmen.

Hartola, Samstag, 13. Juli

Julia Aleksandra setzt entschlossen einen Fuß vor den anderen. Sie hat ihr Ziel erreicht, den Ort, wo sie herkommt und an den sie eigentlich nie zurückkehren wollte. Alles erscheint ihr gleichzeitig vertraut und sehr fremd. Die Hofeinfahrt. Der Farbton des Schotters hat sich verändert, aber er knirscht unter ihren Füßen wie in ihrer Erinnerung. Auch die Birken im Garten und den Umriss des Waldrandes erkennt sie wieder. In der Luft schwebt ein sanfter Jasminduft. Auf einmal muss sie an die Sommer ihrer Kindheit denken, an Tage, die sich endlos anfühlten, ihr eigenes Fahrrad und den Staub auf der Landstraße. Die Vögel, die in den umliegenden Bäumen sangen, schlammige Finger und gebräunte Haut. Safteis, das in der Sonne zu schnell schmolz und die Finger klebrig machte. Die Birken und die Hortensiensträucher sind gewachsen, der Briefkasten und die Engelsstatue sind noch dieselben. Die Blumenampel an der Tür ist neu.

Julia zwingt sich weiterzugehen, ohne zu viel zu denken. Wenn sie ihrem Zweifel Raum gäbe oder ihre Schritte verlangsamte, würde sie sofort umkehren und aufgeben. Wenn sie sich erlauben würde, sich so zu verhalten, wie sie wollte, würde sie die Flucht ergreifen. Aber jetzt treibt sie sich selbst entschieden an, weiter auf ihr Elternhaus zu, hinter dessen vertrauter Tür und weiß verputzten Wänden ihre Mutter wartet. Sie versucht, sich an sie zu erinnern, aber ihr fallen nur wenige Details ein: lockige Haare, ein stilles Wesen. Wie sie jetzt wohl aussieht, fast dreißig Jahre später? Wie all die Jahre voller Lügen wohl ihr Aussehen geprägt haben?

Ihr schaudert bei dem Gedanken daran, wie ihre Mutter Jahr für Jahr unterwürfig die Kulisse aufrechterhielt. Beharrlich spielte sie ihre Rolle in einem Schauspiel, dessen Drehbuchautor und Hauptfigur Julias Vater war, der angesehene Bankdirektor Matti Eskola. Der Gedanke an dessen Tod fühlt sich einen Moment lang ziemlich beruhigend an. Besser als das bevorstehende Treffen mit ihrer Mutter. Anders als von ihr, hatte sie sich von ihrem Vater innerlich schon damals endgültig verabschiedet.

Julia drückt den schwarz eingefassten, weißen Klingelknopf, und eine vertraute Melodie ertönt. Es dauert einen Moment, bis sie hört, wie drinnen die Tür zum Flur geöffnet wird. Tief saugt sie Sauerstoff in ihre Lunge und zwingt sich zu einem Gesichtsausdruck, der annähernd einem Lächeln gleichkommt. Sie bemüht sich, nach außen fröhlich und gut gelaunt auszusehen, obwohl sie an diesem Ort fast zerbricht.

Raija Eskola öffnet die Tür und starrt sie einen Moment lang wortlos an. Julia kann sich nicht erinnern, ihre Mutter schon einmal so fragil und unsicher gesehen zu haben. Diese mustert sie lange und ausführlich von Kopf bis Fuß und verweilt am Ende auf ihren Augen. Ihre Zweifel gehen langsam in Gewissheit über, und sie erkennt ihre Tochter. Ihre Körpergröße ist das Einzige, was sich im Lauf der Jahre nicht verändert hat, denkt Julia.

»Hallo«, setzt sie leicht verunsichert an. Auch sie weiß nicht, was sie sagen soll. Sie hat sich vorgenommen, ihre Gefühle nicht zu zeigen, damit sie erst reden könnten. Es gibt gewisse Dinge, die sie mit ihr besprechen will wie zwei Erwachsene. Aber als sie die glänzenden, hervorstehenden Augen ihrer Mutter sieht und all die vertrauten Dinge, aber auch so viel Fremdes an ihr wahrnimmt, beginnen ihre Tränen bereits zu fließen.

»Komm herein, dann brauchen wir nicht hier draußen herumzuheulen«, sagt ihre Mutter. Es klingt härter, als es wahrscheinlich beabsichtigt war. Schon damals hatte sich aus ihrem Mund vieles hart angehört. Aber diesmal spürt Julia, dass auch ihre Mutter durcheinander ist.

Am nächsten Morgen, nach Gesprächen, die die ganze Nacht dauerten, und ein paar Stunden Schlaf, klingelt es an der Tür. Eine bekannte Stimme dringt direkt in Julias Bewusstsein und lässt sie hochschrecken. Ihr Gehirn hat die Stimme als unlogisches Element in ihren wirren Traum integriert. Vor Stunden vermischten sich darin schon das Fitnessstudio und Hartola zu einer seltsamen Masse ohne klare Handlung. Es ging um eine blaue Tatami und hilflose Frauen.

Julia setzt sich im Bett auf und reibt sich die Augen. Ihr Elternhaus. Ihr altes Zimmer. Völlig neu eingerichtet, aber dennoch ihr Zimmer. Einige Dinge kommen ihr sofort wieder bekannt vor. Der Blick aus dem Fenster auf die alte Birke, dunkle Astlöcher im Bretterdach. Wenn man lange genug hinsieht, können aus den dunklen Stellen alle möglichen Gestalten und Tiere werden. Schnell findet sie den Hund und das Frauengesicht wieder. Sie nimmt ihr Handy und sieht auf die Uhr: 10:15. Sie haben sich fast die ganze Nacht unterhalten. Erst gegen vier konnte sie richtig einschlafen.

Sie zieht ihr graues Sweatshirt von der Stuhllehne und streift es sich über das Nachthemd, bevor sie die Treppe hinuntergeht. Im Wohnzimmer angekommen, sieht sie, dass ihre Mutter in der Eingangstür steht. Ein kühler Lufthauch ist zu spüren. Richtig, die Klingel, die lange, nervtötende Melodie, die sie aus dem Schlaf gerissen hat.

»Morgen!«, ruft Julia, woraufhin ihre Mutter zusammenzuckt und sie ansieht, als habe sie vergessen, dass Julia im Haus ist. Dann sagt sie in entschiedenem Tonfall etwas zu der draußen stehenden Person und schließt die Tür.

»Was war los?«, fragt Julia und bindet sich die Haare zum Pferdeschwanz. Enttäuscht stellt sie fest, dass ihre Mutter noch keinen Kaffee gekocht hat.

»Der Pfarrer kam einfach vorbei und fragte, wie es mir geht«, antwortet sie murmelnd und begrüßt Julia dann noch einmal sanfter.

»Guten Morgen, meine Tochter, hast du gut geschlafen?«

»Antti-Juhani Fors?«, fragt Julia und betrachtet ihre Mutter jetzt aus der Nähe. Plötzlich wirkt sie sehr alt.

»Ehrlich gesagt ist er ein ziemlich scheinheiliger Typ«, zischt ihre Mutter, lächelt dann aber. »Ich will nicht, dass er schon von deiner Rückkehr erfährt.« Julia glaubt, einen nie gesehenen Mut in ihr zu erkennen. Vielleicht sogar Trotz.

»Die Polizei hat versucht, dich zu erreichen«, fährt sie fort, während sie ins Wohnzimmer geht, um sich den ersten Drink des Tages zu mixen.

»Ich weiß«, antwortet Julia und folgt ihr zum hölzernen Servierwagen von Alvar Aalto.

Hartola, Sonntag, 14. Juli

Jan hat sein kleines Team um einen Tisch im Burghotel versammelt. Heidi, Saki und er sind wieder nach Hartola gefahren. Fast vergessen sie, den lauwarmen Kaffee in ihren Tassen zu trinken, während sie die für den nächsten Tag geplante Trauerfeier durchsprechen. Eskolas Witwe wollte die Feier ungeachtet der Tatsache veranstalten, dass die Leiche noch auf dem Obduktionstisch liegt. Der Kaffee schmeckt besser als der im Büro, aber die Tassen sind lächerlich klein.

»Es ist wichtig, dass wir bei der Trauerfeier vor Ort sind, damit wir die Gäste beobachten können. Der Mörder oder die Mörderin könnte unter ihnen sein. Wenn sich der Schlüssel zu den Verbrechen in Eskolas und Sundins Lebensgeschichte befindet, haben wir Grund zur Annahme, dass das mutmaßliche dritte Opfer einer der Gäste sein könnte. Raija Eskola hat in der Lokalzeitung eine Anzeige für die Trauerfeier aufgegeben, laut der jeder willkommen ist. Das erleichtert uns die Arbeit nicht wirklich, aber es erhöht andererseits die Wahrscheinlichkeit, dass auch der Mörder vor Ort sein wird«, sagt Jan. »Beobachtet Nebenfiguren, nehmt das Kirchenpersonal ins Visier, überwacht einfach alle, denn wir haben offen gestanden keine Anhaltspunkte«, fügt er hinzu und klopft mit dem Filzstift gegen das Whiteboard.

»Alle Prepaid-Karten werden rund um die Uhr überwacht. Wenn sie aktiviert werden, haben wir sofort eine Spur«, sagt Saki.

»Für die Gedenkfeier gibt es auch eine Liste mit besonderen geladenen Gästen«, sagt Heidi und leitet die Nachricht von Frau Eskola direkt an alle weiter. Jan geht die Liste durch und vergleicht die Namen mit den Haltern der Citroën Jumper. Keine Übereinstimmungen. Schweigend fängt Saki an, die Hintergründe der Gäste zu überprüfen.

Jan starrt auf seinen Laptop, ohne etwas zu sehen. Immer wieder schweift er ab. Ein bestimmter Gedanke ist ihm im Laufe des Vormittags schon einige Male gekommen, aber er versucht, ihn wegzuschieben: Jetzt, da er wieder in Hartola ist, könnte er Saana eine Nachricht schreiben. Die Vorstellung von einem Treffen mit ihr stimmt ihn fröhlicher, auch wenn der heutige Tag ansonsten nicht viel Freude verspricht. Sie befinden sich in einer brenzligen Situation, und die Möglichkeit einer weiteren Leiche hängt wie ein Damoklesschwert über ihm. Unter den Trauernden könnte sich möglicherweise der Mörder befinden.

Jan schätzt, dass sie bis zum nächsten Opfer, zum nächsten König, nur noch wenige Tage haben. Zwischen dem Tod von Lars Sundin und dem von Matti Eskola lag nur eine Woche. Seit Eskolas Tod sind bereits eineinhalb vergangen.

Hartola, Sonntag, 14. Juli

Król wody. Saana betrachtet das winzige Negativ des Gemäldes und erinnert sich an Tante Inkeris Worte.

»Ende der Achtziger, in den Künstlerkreisen von Hartola, die natürlich sehr klein waren, wurde über Kunstströmungen und Malereien gesprochen, die auf Mythen basierten und um die sich in Mitteleuropa kleine esoterische Kulte gebildet hatten«, hatte Inkeri erzählt. »Damals kam ein neuer Lehrer zur Volkshochschule von Ost-Häme und konnte viele für Mystik begeistern. Das waren die Sommer, in denen Alma ihre Schamanenkurse abhielt und auch ich für eine Weile mein Urteilsvermögen verlor. Ich begann, für den charismatischen Kollegen zu schwärmen. Man munkelte, in der Stromschnelle bewege sich etwas. Manche sagten sogar, dort wohne der Wasserkönig. Die Stimmung war ziemlich verheißungsvoll, und Helenas Tod wirkte wie ein grotesker und furchtbarer Höhepunkt der ganzen mystischen Malerei. Dieser letzte Sommer hinterließ im gesamten Ort seine Spuren.«

Saana hatte den Erzählungen äußerst gespannt gelauscht. Alles hatte sich so seltsam und unwirklich angehört. Und am Ende hatte Tante Inkeri gesagt: »Ich erinnere mich noch an das Gemälde. Das hing früher im Salon der Villa Koskipää.«

Saana holt ihren Laptop aus dem Obergeschoss und googelt nach *Król wody*. Es gibt nicht viele Treffer, aber einer davon ist ein dürftiger Wikipedia-Artikel. Zu ihrer Überraschung ist auch das Gemälde abgebildet. »Kasimir Salzkov: Król wody (Wasserkönig)« steht darunter. Gespannt fängt sie an zu lesen.

Dieser Artikel befasst sich mit Sagengestalten. Zu anderen Bedeutungen siehe Wasserkönig (Begriffsklärung).
(keine Einträge)
Der Wasserkönig ist eine Sagengestalt, deren Ursprung in Osteuropa liegt. Der Wasserkönig wird oft im Zusammenhang mit Nixen erwähnt, weshalb angenommen wird, dass er zur selben Mythologie wie Nixen gehört. Während Nixen dem Glauben nach Gestaltwandlerinnen sind, wird der Wasserkönig als stattliches männliches Wesen beschrieben, zu dessen Merkmalen eine Geweihkrone und ein Fuchspelzmantel gehören. Nach polnischem Volksglauben lockt der König der Stromschnelle durch seinen Moschusduft und durch immer stärker werdendes Wasserrauschen, das zum Tanz aufrufen soll, Jungfrauen zu sich ins Wasser. Im russischen Volksglauben ist Rusalka die weibliche Entsprechung des Königs der Stromschnelle. In Finnland weisen die Wassergestalt Vetehinen und bei den Samen die Figur Vesiraukka Ähnlichkeiten mit ihm auf. Der Wasserkönig ist von allen am seltensten belegt und erscheint nur am Rande in anderen Märchen und Sagen. Es wird angenommen, dass der Ursprung des Königs der Stromschnelle in Polen liegt, wo er auch Król wody, »Wasserkönig«, genannt wird.

Saana fallen die Hexe aus dem Zeitschriftenartikel und ihre Worte »Stromschnelle« und »König« wieder ein. Ob jemand seine eigene Version aus dem Volksmärchen gemacht und die Sage vom Wasserkönig zum Leben erweckt hat? Sie schließt den Laptop und blickt hinaus in den schönen Garten. Obwohl ihr letzter Check erst weniger als eine halbe Stunde her ist, nimmt sie erneut das Handy in die Hand und überprüft, ob eine Nachricht oder ein Anruf von Jan gekommen ist.

Die erwartungsvolle Anspannung bringt sie fast zum Platzen. Sie hofft, dass er eine Nachricht schickt oder anruft, aber gleichzeitig macht sie der Gedanke, mit ihm zu telefonieren, nervös. Nach wie vor sind sie zwei Unbekannte füreinander. Die körperliche Anziehung zwischen ihnen macht sie beide unbeholfen. Zwischen ihnen knistert es vor Energie, Verliebtheit und Vorfreude. Vorfreude auf alles, was noch nicht passiert ist.

HARTOLA

Sommer 1989

In jenem Sommer, als alles gerade erst begann und noch niemand etwas von der bevorstehenden Tragödie ahnte, verbrachte Helena viel Zeit in der Volkshochschule von Ost-Häme. Dort saß sie für gewöhnlich an einem alten Pult und sah zum Fenster hinaus.

Verträumt beobachtete sie das sanfte Schaukeln der Birkenzweige im Wind. Seit vielen Tagen hatte sie nicht mit Johanna gesprochen. Jemand hustete, und Helena richtete ihren Blick wieder auf das vor ihr liegende leere Blatt Papier. Schreib ein Gedicht, lautete die Aufgabe des vielversprechenden Schreibkurses. Sie betrachtete den vorne sitzenden Kunstlehrer: Er war schön und selbstbewusst, gleichzeitig hatte er aber auch ein lockeres Wesen und eine irgendwie sanfte Art. Als er bemerkte, dass sie ihn beobachtete, grinste er sie an.

Da klopfte es an der Tür. Es war Inkeri. Der Lehrer stand auf, ging hinüber, lehnte sich in den Türrahmen und flüsterte ihr etwas zu. Helena sah, wie Inkeri seine Hand entschieden, aber sanft abschüttelte. Trotzdem glaubte sie, in Inkeris Bewegung eine gewisse Halbherzigkeit zu bemerken, die deutlich machte, dass sie eigentlich gar nicht wollte, dass er seine Hand wegnahm. Verspielt grinste der Lehrer Inkeri an und ließ sich von ihrem schwachen Widerstand nicht einschüchtern. Er lächelte nur und machte dann, ganz plötzlich, auf dem Absatz kehrt und ging. Die beiden waren die interessantesten und attraktivsten Lehrer an der Schule. Helena war sich sicher, dass sie ein aufregendes Leben führten.

Am Nachmittag nach dem Unterricht stieß sie im Flur mit ihm zusammen. Obwohl der Flur breit war, machte er keine Anstalten, ihr auszuweichen.

»Helena«, sagte er und zwang sie, stehen zu bleiben. »Begleitest du mich zur Bar? Wenn du brav bist, gebe ich dir auch was aus.«

Sie schluckte. Was brachte ihn dazu zu denken, dass sie sich als Minderjährige in eine Kneipe trauen würde? Warum sollte sie brav sein, wenn sie doch selbst um gar nichts gebeten hatte? Sie versuchte, sich selbst durch seine Augen zu betrachten, und sah nur ein unsicheres, zitterndes Mädchen. So eines wollte sie nicht sein. Sie wurde rot, fühlte sich Inkeri gegenüber illoyal, stimmte schließlich aber trotzdem zu.

Sie gingen in Richtung Zentrum, und er stellte ihr Fragen über das Schreiben und ihre Zukunftspläne. Ob sie einmal eine große Schriftstellerin werden wolle?

»Waren Sie schon einmal in der alten Villa Koskipää?«, rutschte es Helena heraus. Sie wollte eine Bestätigung für Johannas Behauptung, dass der Baron an Männern interessiert sei.

»Ja, war ich. Ich kenne August, der Mann ist ein großer Kunstliebhaber und hat einen guten Geschmack.« Helena wartete auf eine Fortsetzung, aber es kam nichts mehr.

Als sie die Kneipe erreichten, wünschte sie sich, dass ihre Füße sie davontragen würden, aber stattdessen trugen sie sie entschlossen hinein in die Bar. Vor dem Tresen wandte sich der Lehrer ihr zu und sah sie abwartend an.

»Ein Glas Riesling bitte«, sagte sie schnell. Das war der liebste deutsche Qualitätsgarant des Barons. Sie selbst verstand nichts von Drinks, und es war seltsam, dass der Lehrer sie behandelte wie eine Ebenbürtige. Als ihr das Glas in die Hand gedrückt wurde,

erhob sie es peinlich berührt und nahm dann sofort zwei große Schlucke. Der Wein war warm und süß, es war kein Tropfen Riesling darin. Sie schmunzelte in sich hinein. Der Baron würde diesen Wein sicherlich hassen.

»Auf dich, schöne Helena«, sagte der Lehrer, und Helena hoffte, dass seine Worte keine Bedeutung hatten. Sie wünschte, der gut aussehende und mysteriöse Kunstlehrer wäre ihr gleichgültig. Sie wollte nicht an seine Beziehung zu Inkeri denken, der interessantesten Erwachsenen, die sie je getroffen hatte. Sie wollte über den Schmeicheleien des schönen Mannes stehen, aber das tat sie nicht. Hielt er sie wirklich für hübsch? Sie schluckte den Wein hinunter und lächelte. Lächle, als ob du ein großes Geheimnis hättest, hatte der Baron einmal an einem entspannten Nachmittag im Salon zu ihr gesagt. Sie waren gerade beim Thema weibliche Anziehungskraft auf Männer, Teil III, gewesen. Also lächelte sie, als ob sie ein großes Geheimnis hätte, wagte es aber nicht, dem Lehrer in die Augen zu sehen. Sie starrte an ihm vorbei, vorbei am alten Arcade-Spiel, vorbei am Tresen und vorbei an den Separees, irgendwo in die Ferne. Und dann sprach er doch die Worte *aus. Die Worte, nach denen sie sich insgeheim gesehnt hatte, in denen aber gleichzeitig etwas Verbotenes lag.*

»Du wirkst reif für dein Alter«, sagte er, und Helenas sonniger, ganz gewöhnlicher Sommertag bekam einen Dämpfer. »Du hast irgendwie einen weisen Blick«, fuhr er im Halbdunkel der fast leeren Kneipe fort, und in ihrer Not leerte Helena das ganze Glas. Er saß einfach nur da und starrte sie an, durchbohrte sie mit seinem Blick. Sie spürte seinen brennenden Blick selbst in dem Moment, als sie durch die verstaubten Fenster nach draußen sah und so tat, als sei sie gar nicht da.

Auf dem Heimweg rumorte der klebrig-süße Wein in ihrem Bauch und kam ihr fast wieder hoch. Den ganzen Weg bis nach Hause tat sie ihr Bestes, um den Wein und all das Gesagte unten zu halten. Warum hatte er ausgerechnet sie eingeladen? Warum war sie ihm aufgefallen, obwohl er doch schon Inkeri hatte? Obwohl er schon alles hatte, die schönste Frau Hartolas.

Das Gemälde tauchte erst viele Tage nach dem Barbesuch auf. Ein in Packpapier eingewickeltes kleines Quadrat erwartete sie am Freitag im Klassenzimmer. Inkeri hatte einen sonderbaren Blick und eine schrille Stimme, als sie es ihr übergab. »Das hier wurde für dich abgegeben.« Helena schluckte und spürte Inkeris Anspannung. »Danke«, sagte sie und beschloss, das Paket erst zu Hause zu öffnen. Am Abend gäbe es am Seestrand Aurinkoranta eine Party. Dort würden sich die Jugendlichen treffen, auch viele aus ihrer Konfirmandengruppe würden kommen, und jetzt gerade wollte sie nicht über das eingewickelte Geschenk oder dessen Absender nachdenken, nicht vor Inkeris Augen.

Es war ein ganz normaler Freitag am Strand. Eine Gruppe Jugendlicher, die Helena fast alle kannte, und auch ein paar aus anderen Ortschaften waren da. Helena betrachtete das lodernde Lagerfeuer. In der Mitte war es so heiß, dass die Flammen blau waren. Eigentlich war alles gut. Sie hatte sich wieder mit Johanna vertragen, trotzdem bekam sie deren hämisches Lachen nicht aus dem Kopf. Zwischen ihnen war es nicht mehr so unbeschwert wie früher. Sie vermutete, dass Johanna wahrscheinlich fürchtete, sie könnte das mit dem Kussversuch weitererzählen. Dabei war das das Letzte, was sie tun wollte. Wie sehr sie sich auch streiten mochten – sie würde ihre Freundin immer in Schutz nehmen. Immer, wenn sie Johanna sah, wurde sie an ihr Lachen und ihre Worte erinnert: »Hast du das noch nicht kapiert? Der Baron steht auf Männer.« Angeblich wussten in Hartola alle, dass schon den ganzen Sommer über ein Mann aus dem Ausland bei ihm wohnte. »Und auch ansonsten ist es total klar.«

Helena spürte vor Enttäuschung einen Kloß im Hals. Andererseits war sie auch erleichtert. Es machte ihre Beziehung zum Baron zu etwas Besonderem. Es bedeutete, dass sie Freunde waren, dass er ihre Gesellschaft genoss. Die Freundschaft mit Johanna hingegen war ungewiss.

Tränen stiegen ihr in die Augen, und sie wischte sie schnell weg, bevor jemand sie sehen konnte. Sie weinte wegen all des Durcheinanders. Wegen des Rotweinrauschs. Wegen der Gefühle, die sie verwirrten, die ihr aber auch Leben einhauchten. Ein Mädchen aus der Nachbarklasse stupste sie in die Seite und bot ihr mehr Rotwein an. Helena griff nach der Flasche und nahm, ohne zu zögern, einen kräftigen Schluck des widerlichen Getränks. Sie saßen im Kreis um das Feuer. Jemand spielte Gitarre, und alle sangen. Das Feuer flackerte, und Schatten tanzten auf den Gesichtern der Anwesenden. Heute Abend würde sie ihren Kopf leeren und nicht an Johanna oder ihn *denken. Es war an der Zeit, auf andere Gedanken zu kommen.*

Später, als sie bereits zu Hause hätte sein müssen, es schon leicht dämmerte und sie vom Strand her das Kreischen betrunkener Jugendlicher hörte, von denen sie die meisten kannte, holte sie das Päckchen hervor. Zornig und vom Rotwein ermutigt, riss sie das Papier auf und musterte neugierig das zum Vorschein kommende Bild. Ein Ölgemälde auf Leinwand. Der Schädel eines Rehs. Sie versuchte, ihren vom Alkohol benebelten Blick zu fokussieren, schwankte und fiel fast um. Das Gebrüll der Betrunkenen fühlte sich heimelig an, fast war sie ein Teil von ihnen, obwohl sie nur Beobachterin war. Erneut sah sie das Bild an und dachte daran, sich eine Zigarette anzuzünden. Da kam plötzlich jemand, schnappte ihr das Bild aus der Hand und warf es aus einer unerklärbaren, betrunkenen Laune heraus in hohem Bogen in die Flammen. Überrascht begann Helena zu kichern, kippte auf den Boden und starrte lachend ins Feuer. Sie konnte noch die Signatur sehen, bevor sich die Flammen durch die dünne Leinwand fraßen. Am Rand des Bildes stand in weißen Buchstaben das Wort »Król«.

Hartola, Montag, 15. Juli

Die Bücherei ist leer. Saana hat nach Informationen über die *Król wody*-Sage gesucht, aber nichts gefunden. Während sie die Stühle betrachtet, fragt sie sich, ob Helena früher manchmal hier gesessen und gelesen hat.

Als sie geht, fällt ihr Blick auf die Informationstafel. Dort hängen Anzeigen über eine zu verkaufende Motorsäge, vergangene Häkelkurse und das Herbstprogramm der Volkshochschule von Ost-Häme. Bienenhaltung, Spanisch und Farbtherapie. Sie bemerkt einen Zettel. »Suchst du deinen Platz in der Welt? Gespräche, Beisammensein, Andacht für 15–25-Jährige. Die Kirche ist für dich geöffnet. Gottes Segen sei mit dir!« Mit schwarzem Filzstift hat jemand etwas über die Anzeige geschmiert: »Fors alias Perversling«. Perversling? Saana liest den Zettel noch einmal. Hat Fors etwas getan, was ihm diesen Stempel verliehen hat? Sie googelt seinen Namen, aber er hat keinen Social-Media-Account. Die einzigen Treffer führen auf die Seite der Gemeinde.

Anschließend sucht sie nach den Öffnungszeiten der Volkshochschule. Dorthin will sie als Nächstes gehen. Ihre Tante will weder über ihre früheren Beziehungen noch über den Kunstlehrer sprechen, der damals viele für Mythen und Sagen begeistern konnte. Die Hexe Alma, der mysteriöse Mann, der in der Villa wohnte, oder der noch mysteriösere Kunstlehrer – wer von ihnen hatte die Sage über den Wasserkönig in den kleinen Ort gebracht?

Bald steht Saana vor dem schönen gelben und überraschend großen Holzgebäude mit seinen idyllischen, rotbraunen Nebengebäuden. Zwei Jugendliche kommen aus dem Haupthaus. Der Garten ist gut gepflegt, man hat ein paar Stühle darin aufgestellt.

Sie geht zum Eingang und hofft, jemanden zu finden, der ihr etwas über die Vergangenheit der Schule erzählen kann, als sie spürt, wie das Handy in ihrer Jeanstasche vibriert. Eine Nachricht von Jan. »Ich denk ziemlich viel an dich, weißt du?«,

In ihrem Bauch kribbelt es. Grinsend bleibt sie stehen und überlegt, wie sie antworten soll. Mit einem Emoji, einem Bild oder mit Worten? Falls mit einem Emoji, mit welchem? Ihr fällt nichts ein. Bei Jan antwortet man am besten in Textform. »Ich denk auch an dich 🙂 Wie geht's dir?« Sie schickt die Nachricht ab und betritt dann das Gebäude. War es unromantisch zu fragen, wie es ihm geht, vielleicht sogar bevormundend? Ach, Scheiße. Sofort ärgert sie sich, dass ihre Nachricht nicht romantisch, sondern mütterlich klang. Andererseits macht sie sich ernsthaft Sorgen um sein Befinden.

Zufrieden betrachtet sie den Namen des Mannes, den sie gerade in ihr Heft geschrieben hat. Es hat ein paar Anrufe gebraucht, um die richtige Person zu finden, die den Namen des Kunstlehrers in den Sommern der Jahre 1987–1989 für sie herausfinden konnte. Die mittlerweile pensionierte Schulsekretärin war erfreut gewesen, ihr helfen zu können, und wusste alle stattgefundenen Kurse auswendig. Auch an Inkeri konnte sie sich erinnern.

»Dann schind die Gerüchte wohl wahr«, hatte sie noch begeistert hinzugefügt und dabei das s so zischend ausgesprochen, wie gemütliche Rentnerinnen es für gewöhnlich tun.

»Welche Gerüchte?«, hatte Saana gespannt gefragt.

»Na, weil Sie doch nach den beiden gefragt haben. Komisch, dasch Inkeri sich nicht mehr an den Namen erinnert hat, obwohl sie doch damals sehr intenschiv Zeit mit ihm verbracht hat.«

Mehr Details konnte sie nicht aus der Sekretärin herausbekommen. Warum ihre Tante so wortkarg ist, kann sie nur schwer nachvollziehen. Verheimlicht sie ihr etwas Schreckliches? Oder ist sie vielleicht einfach sehr sensibel, was dieses Thema angeht? Womöglich versetzen sie die Erinnerungen unwillentlich in eine Zeit, in die sie nicht zurückkehren will.

Saana starrt auf den Namen und fragt sich, ob in der Vergangenheit etwas passiert ist, worüber Inkeri nicht hinweggekommen ist. Falls der Mann irgendetwas mit Helenas Schicksal zu tun hat, wäre das schrecklich für ihre Tante. Saana schreibt eine Frage in ihr Heft: »Hat der Kunstlehrer etwas getan, was später Helenas Tod zur Folge hatte?«

HARTOLA

Sommer 1989

Helena verkaufte wieder einmal Erdbeeren und fühlte sich aus irgendeinem Grund einsam. Aus dem Augenwinkel sah sie, wie jemand mit dem Moped von der Hauptstraße auf den Parkplatz vor dem Supermarkt einbog. Als der Fahrer seinen Helm abnahm, erkannte sie den Jungen, der sie mit dem Fernglas angestarrt hatte. Er legte den Helm auf den Sitz und sah zu ihr herüber. Helena tat erst so, als würde sie ihn nicht bemerken. Dann gab sie vor, ihn nicht zu kennen, obwohl sie ihn schon oft gesehen hatte. Zuerst als Konfirmandentutor in der Kirche und dann das eine Mal, als er sie mit dem Fernglas beobachtet hatte. Ihr war bewusst, dass er fast der Einzige in ganz Hartola war, der von ihren Besuchen beim Baron wusste. Er kam auf sie zu, und sie versuchte schnell, sich irgendeine kleine Beschäftigung zu suchen. Sie fing an, in langsamem Tempo Erdbeeren in den Messbecher zu schaufeln.

»Darf ich probieren?«, fragte der Junge, während er sich bereits eine Erdbeere in den Mund steckte.

Helena antwortete nicht.

»An deiner Stelle würde ich mich von der Villa fernhalten«, sagte er und reichte ihr den Erdbeerstiel. Sie weigerte sich, ihn entgegenzunehmen. Er könnte ihn genauso gut auf den Boden werfen.

»Warum? Was geht dich das an?« Sie warf ihm einen verärgerten Blick zu. Der Junge war dünn und trug eine Brille.

»Einfach zu deinem eigenen Besten«, sagte er. »Wenn du so klug bist, wie ich denke, dann hältst du dich von dort fern«, flüsterte er und ging dann zurück zu seinem Moped. Trotz seiner unverschämten Art wirkte er schüchtern. Er hatte ihr nicht einmal in die Augen sehen können. Aber wie konnte er es wagen, ihr mit dem Fernglas nachzustellen und dann auch noch so etwas zu sagen? Als ob er etwas wusste und sie nicht. Sie hatte Sehnsucht nach der zeitlosen Stimmung im schönen Salon des Herrenhauses, aber Johannas Worte hatten den Zauber zerstört, und sie hatte das Gefühl, dass sie nicht mehr uneingeladen dort auftauchen konnte. Jetzt konnte sie nichts tun, als abzuwarten. Die nächste Erdbeerlieferung stand erst nach dem Konfirmandenlager an.

»Warum nicht? Nenn mir einen Grund!«, rief sie dem Jungen hinterher, nachdem sie zu spät ihren Mut zusammengenommen hatte. Er hörte es nicht mehr.

Als alle Erdbeeren verkauft waren, fuhr sie gemächlich mit dem Fahrrad über den Feldweg und spähte an der gewohnten Stelle hinüber zum dichten Fichtenwäldchen. Kein Trauermantel war zu sehen. Es war ganz still. Als ob die Natur auf etwas wartete. Der Wald. Der Himmel. Helena horchte, ob die Vögel sangen, aber dann fiel ihr wieder ein, dass sie im Spätsommer schon langsam verstummten. Sie blickte in den Himmel. Nach einem Sturm sah es nicht aus. Es war etwas anderes, worauf der Wald wartete.

Hartola, Montag, 15. Juli

Heidi sieht hinüber zum Beifahrersitz. Jan döst. Seine Schläfrigkeit macht ihn auf eine Art und Weise sehr verletzlich. Die erste halbe Stunde hatte er noch gegen den Schlaf angekämpft, aber dann hatte die Müdigkeit die Oberhand gewonnen. Heidi schätzt, dass er seit vielen Monaten nicht mehr richtig geschlafen hat, und lässt ihn deshalb gewähren.

Sie warten auf den Beginn der Trauerfeier. Es scheint, als sei ganz Hartola anwesend. Wenn das Leben wie im Film wäre, müsste es heute grau und dunkel sein, denkt Heidi. Stattdessen steht die Sonne am Himmel, nur eine dünne Hochbewölkung ist zu sehen. Benommen sitzen sie auf dem Parkplatz und warten auf den Beginn des Gottesdienstes. Wie immer tragen sie dunkle Zivilkleidung. So werden sie kaum Aufsehen erregen. Heidi überlegt, ob sie Jan wecken soll.

Als sie ihren Blick wieder auf die Kirchentür richtet, sieht sie dort eine Frau in einem komplett schwarzen Hosenanzug stehen. Die Blondine würde sie auch aus großer Entfernung noch erkennen. Plötzlich taucht die unklare Erinnerung an ihre gemeinsame Nacht im Whiskyrausch vor ihrem inneren Auge auf. Sie muss husten. In einem Sekundenbruchteil vermischen sich Gefühle von Leidenschaft und Scham. Sie spürt ein Druckgefühl im Brustkorb und öffnet das Fenster, um etwas Sauerstoff zu bekommen. Jan wacht durch die Bewegung auf.

»Was ist los?«, fragt er.

»Ich muss dir etwas gestehen. Ich kenn die da drüben gewissermaßen, die Blonde da«, sagt Heidi und nickt in Richtung Kirche.

»Johanna Eskola?«, fragt Jan und schaut hinüber.

»Julia. Ich spreche von Julia«, erwidert sie, und im selben Moment fällt es ihr wie Schuppen von den Augen. »Verdammte Scheiße.«

»Ist dir was peinlich?«, fragt Jan irritiert, und Heidi hätte ihn am liebsten geohrfeigt. Noch bevor ihr eine Antwort einfällt, wird sie rot.

Einen Moment lang sitzen sie still da, bevor Jan wieder den Mund öffnet.

»Herrgott noch mal, Heidi, musst du denn alles vögeln, was nicht bei drei auf den Bäumen ist?«, fragt er lachend und scheint stolz auf seinen Kommentar zu sein. Heidi stößt ihm den Ellenbogen in die Seite, zurückhaltend, aber trotzdem schmerzhaft. Jan ächzt, hört aber nicht auf zu lachen. Sie sieht ihn an und muss ebenfalls schmunzeln. Insgeheim ist sie froh, ihn nach langer Zeit einmal wieder zu einem befreiten Lachen gebracht zu haben. Dabei spielt es keine Rolle, dass es auf ihre Kosten geht.

»Hab ich das richtig verstanden? Die Frau da ist Julia Aleksandra, also Johanna Eskola? Wie hab ich das nicht kombinieren können?«, fragt sie perplex und betrachtet die Gestalt vor der Kirche sofort mit anderen Augen.

Nach und nach kommen immer mehr in Schwarz gekleidete Menschen an. Nach einem kurzen Austausch von Neuigkeiten verstummt einer nach dem anderen und betritt schweigend das Gotteshaus. Heidi steigt aus und zieht das Jackett ihres Kostüms zurecht. Wie immer ist sie ungeschminkt, aber jetzt, da sie Julia gesehen hat, denkt sie mehr über ihr Äußeres nach als sonst. Ob Julia sie hier, in diesem seltsamen Kontext, überhaupt erkennt?

Während sie auf die Kirche zugeht, nervt sie die Situation immer mehr. Sie hat die Puzzleteile nicht zusammensetzen können, aber wie hätte sie auch? Es ist ein ungeheuerlicher Zufall, dass ihr One-Night-Stand aus Helsinki zufällig in Verbindung mit den laufenden Ermittlungen in Hartola steht. Was hat Julia beziehungsweise Johanna Eskola eigentlich mit dem Ganzen zu tun? In der Kirche angekommen, verfolgen Heidi und Jan, wie Julia sich schweigend in die Reihe der Angehörigen setzt und die Hand von Raija Eskola ergreift.

Jan beobachtet den Pfarrer, der gerade die Gemeinde anweist, auf den harten Holzbänken Platz zu nehmen. Antti-Juhani Fors hat das mittlere Alter bereits überschritten, scheint aber noch in guter Verfassung zu sein. Die Kirche ist fast voll, wodurch die trostlose Kühle des Raumes sich in eine feuchtwarme Luftmasse, angefüllt mit dem Duft verschiedenster Parfums, verwandelt hat. Der Pfarrer schwitzt und fühlt sich in der heißen Kutte sichtlich unwohl. Einen Moment später beendet er seine Rede und geht ruhigen Schrittes auf die Witwe zu. *Mein herzliches Beileid, Raija,* glaubt Jan von seinen Lippen ablesen zu können. Dann geht Fors weiter zu Julia Aleksandra und greift grob nach ihrem Arm. Er umfasst ihn mit einem festen Griff und flüstert ihr etwas zu. Jan kann sein Gesicht nicht mehr sehen, bemerkt aber, wie Julia zusammenzuckt. Welche harten Worte das wohl waren, überlegt er. Kurz darauf richtet sich Fors wieder an die Gemeinde und stimmt mit todernster Miene das Lied Nummer 30 an. *Herrlich ist die Erde.*

»Ein Weihnachtslied im Juli«, flüstert Heidi, aber Jan reagiert nicht. Er beobachtet immer noch interessiert Fors. Warum hatte dieser Heidi angelogen und behauptet, Lars Sundin nicht zu kennen? Jan kehrt gedanklich zu Fors' fehlendem Alibi für den Zeitpunkt von Eskolas Ermordung zurück. Seinen eigenen Worten zufolge war er zu Hause im Pfarrhaus, wofür es aber keine Zeugen gibt.

Die Gäste legen weinend schöne Kränze auf dem leeren Sarg ab und machen sich langsam auf den Weg nach draußen.

Heidi bemerkt, dass die Anwesenheit von Eskolas Tochter eindeutig Getuschel unter den Dorfbewohnern verursacht. Julia scheint es nicht zu kümmern, denn sie nähert sich Heidi und Jan.

»Du hier?«, fragt sie Heidi und nickt Jan zu. Ihm fällt auf, dass sie offenbar gar nicht geweint hat.

»Dasselbe könnte ich dich fragen«, gibt Heidi etwas gezwungen zurück, und die beiden Frauen sehen einander verlegen an.

Julia gewinnt als Erste die Fassung wieder.

»Mein Vater«, sagt sie und deutet mit dem Kinn zur Kirche.

»Unser Beileid«, erwidert Heidi, und Jan findet, dass ihre Miene etwas weicher wird.

Er beobachtet die beiden. Die durchtrainierte, gepflegte Fitnessfrau und die sture, hübsche Polizistin. Julias Blick auf Heidi verrät, dass wieder einmal jemand Heidis subtilem Charme zum Opfer gefallen ist. Diesmal überraschenderweise jemand wie Julia.

Julia nickt. »Danke, aber meine Mutter und ich kommen schon klar.« Dann starrt sie Heidi einen Moment lang seltsam an, als ob sie fragen wolle: Du bist wirklich Polizistin?

Sie hebt die Hand zu einem kurzen Abschiedsgruß, bevor sie zur Trauergesellschaft zurückkehrt.

Auf dem Parkplatz entriegelt Heidi schnell das Auto, reißt die Tür auf und setzt sich auf den Fahrersitz.

»Bist du okay?«, fragt Jan verdutzt.

»Absolut fine«, zischt Heidi, aber ihre Bewegungen sind zu hastig, um irgendwie fine zu sein.

Jan muss grinsen. Er überlegt, wie er seine Kollegin wegen Julia noch aufziehen könnte, aber ihm fällt nichts ein. Ein Mikroausdruck in Heidis Gesicht verrät ihm, dass zwischen den Frauen irgendetwas offengeblieben ist. Von außen betrachtet wirkte es, als ob beide einander noch mehr hätten sagen wollen.

Heidi beginnt bereits, das Auto zurückzusetzen, bevor Jan richtig eingestiegen ist. Während sie losbraust, wirft er noch einen Blick zurück zum Friedhof. Ihm ist, als sähe er dort eine bekannte Gestalt. Für einen Moment glaubt er, zwischen den Gräbern stünde sein Chef Mertanen. Vertraut er uns etwa kein Stück weit?, denkt er wütend. Er kneift die Augen zusammen und reibt sich die Schläfen. Bestimmt hat er sich geirrt.

»Heidi«, setzt er an und schließt die Augen.

»Was?«, fragt sie und wendet sich ihm erwartungsvoll zu.

Er öffnet die Augen wieder. Weil sie sich bereits etwas entfernt haben, muss er den Kopf drehen, um die Gräber noch sehen zu können.

»Was?«, fragt sie erneut, aber Jan starrt nur auf den Friedhof. Er ist leer. Niemand ist zu sehen, und Jan kommt zu dem Schluss, dass seine Sinne ihm wohl einen Streich gespielt haben. Da Heidi noch auf eine Antwort wartet, konzentriert er seine Kräfte darauf, Wörter zustande zu bringen, und bekundet stattdessen Interesse für Fors' Verhalten. Warum lügt er? Was hat er mit der ganzen Sache zu tun? Er sieht Heidi an und stellt fest, dass es auch in ihrem Kopf arbeitet. Fors hat etwas an sich, was genauer unter die Lupe genommen werden muss.

Eine Stunde später betrachtet Jan sich im Badezimmerspiegel des kleinen Hotels. Aus dem Nichts kommt ihm auf einmal der Gedanke: Ich wohne in diesem Typen. Für einen kurzen Moment fühlt er sich komplett losgelöst von seinem eigenen bärtigen Spiegelbild. Er spritzt sich lauwarmes Leitungswasser ins Gesicht und gibt sein Bestes, um wenigstens kurzzeitig seine Stimmung zu verändern. Wie könnte er am ehesten alles für einen Moment vergessen? Die Antwort ist offensichtlich. Er schickt Saana eine Nachricht. »Sehen wir uns heute Abend in Hartola?« Ihre Antwort kommt überraschend schnell. Sie vereinbaren ein Treffen um sieben bei der roten Windmühle. Als Polizist würde er schon herausfinden, wo das ist, schreibt Saana.

Jan muss über ihren Witz lachen. Es ist 17:38 Uhr. Zum Duschen hat er noch Zeit.

Hartola, Montag, 15. Juli

Heidi sitzt in ihrem kleinen, schlichten Zimmer im Burghotel und starrt vor sich hin. Das zweite Bett ist leer. So ist es bei ihr oft. Immer belegt sie nur eine Hälfte eines Doppelbetts, und es gibt niemanden, der die andere für sich beansprucht. Rücklings lässt sie sich aufs Bett fallen und starrt an die Decke. Zusammenhanglose und unscharfe Bilder der gemeinsamen Nacht mit Julia steigen vor ihrem inneren Auge auf. Julia in der Bar, Julia nackt im Bett, Julia schlafend, als sie selbst das Zimmer verließ. Und jetzt die neue, unangenehme Information: Julia und ihre überraschende Hartola-Vergangenheit. Johanna und die bei ihrem Vater gefundenen Fotos.

Heidi atmet tief ein und versucht, mit der Ausatmung ihren Geist zu leeren. Hoffentlich verschwindet damit auch alles, was sie an die gemeinsame Nacht erinnert: die chaotischen Gefühle, die Zärtlichkeit und der Hüpfer, den ihr Herz beim Anblick von Julia machte. Sie holt noch einmal Luft und atmet langsam wieder aus. Dann, obwohl sich fast keines der Gefühle verflüchtigt hat, zwingt sie sich, noch einmal von vorne zu beginnen. Jetzt will sie ihre vagen Vermutungen, die auf dem Parkplatz vor der Kirche aufgekommen waren, zu einem Gesamtbild zusammenfügen: Welche Rolle spielt Julia bei den Mordfällen?

Heidi kennt sie als aufbrausende Fitnesstrainerin, die für Frauenrechte eintritt. Sie weiß, dass sie sowohl am Abend vor Lars Sundins Ermordung im *Teatteri* als auch auf seiner Gedenkfeier gearbeitet hat. Kann das ein Zufall sein? Wie war ihr Verhältnis zu Sundin? Und hätte sie es fertiggebracht, ihren eigenen Vater zu ermorden? Saki hat zu ihr keinen Eintrag im Strafregister gefunden, aber Heidi kennt die Gerüchte, die über die Trainingsgruppe kursieren. Über etliche Ehemänner der Frauen wurde ein Kontaktverbot verhängt, und der ein oder andere hat die ihm widerfahrene Körperverletzung zur Anzeige gebracht. Könnten die Gerüchte stimmen, dass Julia regelmäßig gewalttätige Überfälle auf die Männer organisiert, um den Frauen zu helfen? Heidi könnte es nachvollziehen, auch wenn sie Selbstjustiz nicht gutheißt. Sie bekommt die Frage, ob Julia mit den Überfällen womöglich bereits einen Schritt weiter gegangen sein könnte, nicht aus dem Kopf. Wäre Julia in der Lage gewesen, zwei Morde zu planen und durchzuführen?

Der Gedanke lässt sie nicht mehr los. Er fühlt sich irgendwie richtig an, möglich. Was, wenn Julia all die Frauen rächt, die von ihren Männern misshandelt wurden? Lars Sundin hatte Kontakte zu jungen Mädchen. In Matti Eskolas Haus wurden Fotos von nackten Mädchen gefunden. Heidi muss schlucken und fühlt eine leichte Übelkeit in sich aufsteigen. Unweigerlich muss sie daran denken, was Jan als Ermittlungsleiter sagen würde, wenn ihm klar würde, dass Heidi mit der möglichen Mörderin geschlafen hat.

Langsam setzt sie sich wieder auf. Irgendetwas an der Sache stört sie. Mit der Handfläche streicht sie sich den kalten Schweiß von der Stirn und hebt in Gedanken ab. Ihr Geist fliegt mit ihr durch das Fenster des Burghotels hinaus, über die Straße, bis auf den Golfplatz und dann direkt hoch in den Weltraum. Von dort aus sehen die Häuser aus wie Streichholzschachteln, und auf den langen, gewundenen Straßen fahren stecknadelgroße Autos. Die Menschen sind nur noch klitzekleine Punkte in einem Flecken namens Hartola. *Die Karte unterscheidet sich vom Gelände.* Heidi hat das Gefühl, das Gelände nicht mehr richtig lesen zu können. Ihr Geist katapultiert sie noch weiter hinaus ins All, und sie versucht zu erkennen, wie wenig Bedeutung alles hat. Letztendlich ist jeder allein auf der Welt. Und dann beginnt sie, im Universum ihres Geistes kleine Puzzleteile und Hinweise hin und her zu schieben, bis sich aus dem Muster eine mögliche Lösung der Brandzeichenmorde ergibt, eine erste Theorie.

Als sie schließlich mit ihren Gedanken in ihr kleines Hotelzimmer zurückkehrt, ist die Verbindung zu den Stimmen ihres Unterbewusstseins nicht mehr so stark. Stattdessen hat sie das unvernünftige Bedürfnis, Julia zu warnen.

Die verrückten Gedankengänge verwirren Heidi. Zwischen ihr und Julia läuft nichts, es gab nur den einen leidenschaftlichen One-Night-Stand. Seufzend steht sie auf. Nach einer Dusche wird sie noch einmal alles durchgehen und anschließend Jan gegenübertreten, um ihm ihre erste konkrete Theorie zu unterbreiten: »die wütende Frau«.

Jan betrachtet sein Spiegelbild und zwingt sich zu einem Lächeln. Saana hat es verdient. Plötzlich klopft jemand. Er dreht sich um, geht zur Tür und schaut instinktiv durch den Spion. Heidi winkt ihm angespannt zu. Kaum hat er die Tür geöffnet, stürmt sie aufgebracht in sein Zimmer. Er wirft einen Blick auf die Uhr: 18:31. Entschlossenen Schrittes geht Heidi direkt zur Ermittlungswand. Sie betrachtet die Elemente, als wolle sie sich noch einmal vergewissern, und wendet sich dann Jan zu.

»Bitte«, fordert er sie auf. Aufgrund ihrer ungeduldigen Bewegungen kann er bereits erahnen, dass sie ihm etwas Wichtiges mitteilen will.

Und so stellt sie ihm ihre Theorie vor, in deren Zentrum Julia Aleksandra beziehungsweise Johanna Eskola als Hauptverdächtige steht.

Während Heidi spricht, tastet Jan nach seinem Handy. Saana ist wahrscheinlich schon fast bei der Windmühle, trotzdem muss er das Date jetzt absagen.

HARTOLA

Sommer 1989

Als die hellen Blätter des Frühsommers langsam ein tieferes Grün annahmen und die Halme auf den Feldern schon gelblich wurden, begann in Helenas Sommer ein neuer Abschnitt: das Konfirmandenlager. Schon das ganze Frühjahr über hatte die Konfirmandengruppe sich getroffen, aber jetzt fing endlich das lang ersehnte Lager an. Am ersten Abend saßen sie und Johanna verunsichert nebeneinander, obwohl sie innerlich kilometerweit voneinander entfernt waren. Die Rotweinflasche, die ein mutiger Teilnehmer ins Lager geschmuggelt hatte, machte ihre Runde von Hand zu Hand und von Mund zu Mund. Die Jugendlichen wiegten sich verträumt im Takt der Musik aus dem Kassettenrekorder. Dann ergriff der stille Tutor das Wort, und Helena war überrascht, wie selbstsicher er beim Sprechen wirkte. Ihr gefiel die Widersprüchlichkeit in seinem Verhalten, zwischen Unsicherheit und dreister Beobachtung mit dem Fernglas. Während seiner Rede strotzte er nur so vor Selbstvertrauen. Sie wagte es nicht, ihn anzusehen, und starrte stattdessen in den Sand. Seine Stimme war tief und etwas ruhelos. Sie nahm wahr, wie schnell er die Aufmerksamkeit eines jeden Teilnehmers auf sich zog. Alle verstummten und hörten neugierig zu.

Er warf Erde ins Lagerfeuer und verkündete feierlich, dass der lustigste Teil im Konfirmandenlager des Sommers 1989 nun beginne. Es möge der unterhaltsamste Abend werden – eine Zeit jenseits der Predigten. Der Ausspruch stieß auf zustimmendes Gelächter. Dann wurde seine Miene wieder ernst, und er fuhr fort: Wie schön es doch sei, dass sie auch heute wieder auf dem Boden von Hartola säßen, auf den Steinen des Königsreichs, altes Holz verbrannten und zusahen, wie die Jahresringe zu Asche wurden. Zu glühenden Kohlestücken, in denen sie einfach so mit dem Wurstspieß herumstocherten. All das über die Jahre gewachsene Holz fiele dem Feuer zum Opfer, ob darüber schon einmal jemand nachgedacht habe? Alle rutschten etwas unruhig auf ihren Plätzen hin und her. Dann nahm er einen Schluck von dem Rotwein, der ihm angeboten wurde, und sprach weiter.

Hartola sei im 15. Jahrhundert erstmals erwähnt worden. Die Bäume seien alt, aber ob sich schon einmal jemand gefragt habe, wie alt die Steine und Felsen seien? Alle sahen sich verstohlen auf dem schönen Lagerplatz am Ufer des Rautavesi-Sees um. »In der Gegend wurden auch Opfersteine aus der Eisenzeit gefunden«, erzählte er weiter. Helena fragte sich, ob es der Wein war oder seine Rolle als Tutor, die den schüchternen Jungen zum Sprechen ermutigt hatte.

»Was sind Opfersteine?«, fragte jemand und nahm einen geräuschvollen Schluck Wein.

»In der Eisenzeit wurden in der Nähe von Grabstätten, also Friedhöfen, Opfersteine aufgestellt. Sie wurden Schalensteine genannt. Die Menschen höhlten die Steine aus, fest überzeugt von ihrem Glauben. Die Schalen standen in Zusammenhang mit Fruchtbarkeitsriten, Seelen und Ortsgeistern, die man um Hilfe anrief«, antwortete der Junge. Er schien viel zu wissen.

Die Flasche ging erneut herum. Helena nahm den Nachgeschmack des billigen, essigsauren und dünnen Rotweins in ihrem Mund wahr und richtete ihren Blick gespannt auf den Redner. Zum ersten Mal sah sie ihn mit anderen Augen. Dann kramte sie eine platt gedrückte Zigarettenschachtel aus ihrer Jeansjacke. Eigentlich gehörte sie Johanna, aber nach dem Streit hatte Helena beschlossen, so zu tun, als sei es die ganze Zeit ihre gewesen. Als sie versuchte, sich am Lagerfeuer eine Zigarette anzuzünden, spürte sie die heiße, brennende Wucht in ihrem Gesicht und wich schnell wieder zurück. Dann fing der Junge an, ein Gerücht über ein verschwundenes Mädchen zu erzählen.

»Lasst uns die Toten nicht beim Namen nennen«, sagte er mit zusammengekniffenen Augen. »Wir wissen nicht, was passiert ist. Aber auf diesem Stück Land ist ein Mädchen verschwunden.« Er sah jeden der ums Feuer Sitzenden einzeln an.

»Das verschwundene Mädchen saß auf diesen Steinen. Sie war eine von euch. Sie saß auf den alten Steinen, sang dieselben Lieder, starrte ins ewige Feuer. Und dann – puff!« Er warf Sand ins Feuer, um seinen Worten Nachdruck zu verleihen. »Dann verschwand sie und wurde nie wieder gesehen.«

Helena übte das Inhalieren des Rauchs. Sie war sich nicht sicher, ob sie es richtig tat oder nicht. Jemand fragte sie nach einer Zigarette, und sie gab gern eine ab. Vielleicht war Rauchen doch nicht so ihr Ding. Der Fall des verschwundenen Mädchens hörte sich gruselig an. Warum hatte man nichts herausgefunden? Sie wollte gern noch mehr wissen, traute sich jedoch nicht zu fragen. Der Junge hatte zu allen gesprochen, aber sie hatte das Gefühl, dass seine Worte nur an sie gerichtet waren. Ob das verschwundene Mädchen etwas mit der Villa zu tun hatte? Bis jetzt hatte sie seinen forschenden, scharfen Blick vermieden, der einen brennenden Abdruck auf ihren Schenkeln, Brüsten und Augen zu hinterlassen schien.

Wenn sie ganz ehrlich war, spürte sie den Blick schon den ganzen Sommer über. Schon seit ihrer ersten Begegnung. Sie spürte ihn, wenn sie mit den anderen über den Kirchhof ging, aber die anderen bemerkten nie etwas. Sie spürte ihn beim Eisessen auf dem Marktplatz. Auch am Erdbeerstand nahm sie das Starren wahr. Sie fragte sich, ob sie die Einzige war. Die Einzige, die beobachtet wurde. Aber erst heute hatte der Junge sie zum Nachdenken gebracht. Benebelt durch das Lagerfeuer, den Rotwein und das unerschrockene Auftreten des Jungen, gestand sie sich ein, überrascht zu sein. Zuvor hatte sie ihm kaum Beachtung geschenkt, da die Vorfreude auf etwas Größeres allen Raum eingenommen hatte. Aber jetzt wusste sie bereits, dass der Baron ihre Welt niemals so tiefgreifend verändern würde, wie sie gehofft hatte. Vielleicht hatte der Junge sie vor einem gebrochenen Herzen bewahren wollen.

Schon an einigen Mädchengesichtern hatte sie Interesse ablesen können. Dieser ganz normale Junge war aus irgendeinem Grund zur interessantesten Person des Lagers geworden. Sie winkte ihm heimlich zu und fand den Gedanken, von ihm angesehen zu werden, nicht mehr so abstoßend.

Und während sie so dasaßen und die Flammen in ihrer Mitte tanzten, wandte sie dem Jungen den Kopf zu und erwiderte seinen Blick. Es war der Moment am frühen Morgen, in dem es schon hell wurde, obwohl man die Sonne noch nicht sehen konnte. Zum ersten Mal blickten sie einander tief in die Augen, und aus dem Feuer zwischen ihnen stiegen kleine Funken in die blaue Stunde hinauf.

Hartola, Montag, 15. Juli

Es ist schon nach elf, und Saana denkt darüber nach, langsam schlafen zu gehen, als ihr Handy klingelt.

»Es tut mir wirklich leid, dass aus unserem Abend nichts geworden ist«, sagt Jan. »Es war die Arbeit.«

»Macht nichts«, antwortet Saana und merkt, dass sie ihm nicht böse sein kann.

Sie war aufgeregt und voller Vorfreude mit dem Fahrrad zur Windmühle gefahren und hatte dort die Nachricht von Jan bemerkt. Enttäuscht hatte sie eine Nachricht an Riku getippt, »Gehen wir heute einen trinken?«, sie dann aber wieder gelöscht.

Saana fragt sich, warum sie Jan blind vertraut. Weil er Polizist ist? Alles in allem kennen sie sich ja trotzdem noch überhaupt nicht.

»Was, wenn ich dich jetzt zur Wiedergutmachung zu einer Spazierfahrt mit dem Auto abhole?«, fragt er, und sie nimmt die Wärme in seiner Stimme wahr.

»Jetzt? Bist du trotzdem in Hartola?«, fragt sie verwundert.

»Jep«, erwidert er lachend. »Kommst du mit ins Burghotel auf einen Absacker?«

Der Gedanke, mit Jan in einem Hotelzimmer zu sein, macht sie sofort nervös.

»Wo bist du jetzt?«, fragt sie, um Zeit zu schinden. Natürlich sagt sie zu!

»Hier im Hotel. Ich komme dich holen, wenn du mir die Adresse gibst.«

Saana springt unter die Dusche und putzt sich gleichzeitig die Zähne. Weit kommt sie allerdings nicht, bevor das Handy erneut vibriert. Beinahe außer Atem nimmt sie ab.

»Schau nach draußen«, sagt Jan, und sie versteht nicht sofort, was er meint.

Sie späht aus dem Fenster im ersten Stock und sieht, wie unten ein Taxi den Blinker setzt und an der Straße vor dem Haus anhält. Eine Gestalt, zweifellos Jan, steigt aus und hebt den Blick zu ihrem Fenster. Jan hält immer noch das Handy ans Ohr und bedeutet ihr mit einem Winken, herunterzukommen.

»Du Spinner«, flüstert sie und schleicht die Treppe hinunter.

In seiner Gegenwart schämt sie sich auf einmal, dass sie überhaupt an Riku gedacht hat. Vielleicht wollte sie damit ihre Unsicherheit über Jans Absage wettmachen. Dabei kann man die beiden Männer überhaupt nicht miteinander vergleichen. Ob es an ihrem Äußeren liegt? Jan ist auf seine eigene Art zu gut aussehend, und Riku wiederum, na ja, sie weiß nicht, was sie an ihm insgeheim anziehend findet. Vielleicht die Leichtigkeit zwischen ihnen. Bei Riku braucht sie nicht aufgeregt zu sein oder den Bauch einzuziehen.

Als sie in Jans Hotel ankommen, ist die Rezeption unbesetzt. Entschlossen geht Jan hinter den Tresen, um seinen Schlüssel zu holen, und sie schleichen sich auf sein Zimmer.

»Der beste Weißwein in ganz Hartola«, sagt er lachend und holt eine kleine Flasche Cono Sur aus der Minibar. Saana lächelt nervös. Sie stoßen an.

»Auf Absagen und Neuversuche«, sagt Jan.

Saana nimmt einen Schluck und weiß bereits, wohin der Abend unweigerlich führen wird. Die Blicke zwischen ihnen lassen keinen Raum für Interpretationen.

Um das Unvermeidbare noch etwas hinauszuzögern, spricht sie Helenas Fall an.

»Die ganze Sache ist so: Ich bekomme keine offiziellen Unterlagen.« Im selben Moment wird ihr klar, dass sie gerade mit einem absoluten Experten spricht. »Wie könnte ich trotzdem weitermachen?«

»Na ja, ohne den Fall näher zu kennen, würde ich sagen, du könntest Leute interviewen, sogar Polizisten, die damals in dem Fall ermittelt haben«, schlägt Jan vor, nachdem er noch einen Schluck Wein genommen hat. »Jemand könnte inoffiziell seine Erinnerungen mit dir teilen, ohne zu viel preiszugeben.« Er beugt sich nach vorne, um nach seinem Handy hinter Saanas Rücken zu greifen. Sie kann sein Aftershave riechen.

»Vielleicht wurden in einem der Zeitungsartikel die ermittelnden Polizisten genannt«, fällt Saana ein. »Oder falls nicht, könnte die Journalistin vielleicht noch etwas in ihren Unterlagen haben.« Sie sitzen ganz dicht beieinander. Saana betrachtet Jans schönes Gesicht. Seine dunklen Haare, seine hellen Augen und seinen Dreitagebart.

Alles ist nur ein Schauspiel. Sie tun so, als unterhielten sie sich über den Fall, obwohl die Stimmung eindeutig auf etwas anderes hindeutet. Saana wartet darauf, dass Jan sie küsst. Endlich stellt er sein Glas auf dem Teppichboden ab und lehnt sich zu ihr, um sie sanft auf den Hals zu küssen. »Wenn du mich lieb bittest, kann ich dir vielleicht dabei helfen, gute Fragen zu formulieren«, flüstert er. Sie wird fast ohnmächtig.

»Könntest du?«, antwortet sie und merkt, dass ihre Stimme nur noch ein Japsen ist.

»Was genau recherchierst du eigentlich?«, fragt er, lehnt sich zurück und leert sein Glas.

Sie tut es ihm gleich. Der Weißwein brennt in der Kehle und hinterlässt einen schlechten Nachgeschmack auf der Zunge. Besser, sie trinkt keinen mehr, um ihre Sinne nicht zu trüben. Nicht jetzt, da sie Jan so nahe ist.

Sie lächelt ihn an und gesteht ihm, Detektivin zu spielen oder eigentlich True-Crime-Journalistin. Natürlich sei sie auch Letzteres noch nicht, sie sei einfach nur neugierig und träume vom Schreiben.

»Sag nicht ›nur‹«, erwidert Jan und sieht ihr direkt in die Augen, ohne ihrem Blick auszuweichen.

»Okay.« Saana beschließt still, ihm gegenüber künftig etwas selbstsicherer aufzutreten. Darin war sie noch nie besonders gut. »Es geht um den Todesfall eines jungen Mädchens hier in Hartola im Jahr 1989«, setzt sie fort und erzählt, wie sie den unausgesprochenen Geheimnissen des kleinen Ortes diesen Sommer über nach und nach auf den Grund gegangen ist. Jan nickt, aber sie sieht an seinen Augen, dass er nicht richtig zuhört. Vielleicht denkt er dasselbe wie sie. Wie unausweichlich es ist, dass es endlich passiert.

»Leider kann ich dir da nicht wirklich helfen. Ich muss Arbeit und Freizeit trennen«, witzelt er, aber Saana weiß, dass er es auch ernst meint.

»Ich will auch nicht unbedingt lieb sein«, sagt sie lachend und stellt erschrocken fest, dass das Gespräch ins Stocken geraten ist. Es wäre besser, einfach zu schweigen.

Zum ersten Mal küssen sie sich richtig. Sie schubst ihn lächelnd auf den Rücken und legt sich auf ihn. Sie küssen sich erneut, langsam und neckend. Als Jans Hände unter ihr Oberteil wandern und ihren BH öffnen, vergisst sie fast zu atmen. Er setzt sich auf und küsst ihren Hals. Dann legt er sie sanft auf den Rücken und beginnt grinsend, ihr die Jeans auszuziehen. Kurz darauf ist sie nackt und spürt, wie Jan erst ihren Bauchnabel küsst und dann immer weiter nach unten wandert. Sie spürt seine Zunge und seine Bewegungen in jeder Zelle ihres Körpers. Atmet und will noch mehr. Die ganze Nacht liegt noch vor ihnen, und das ist auf eine gute Art und Weise nervenaufreibend.

Am Morgen wacht Saana von dem Gefühl auf, angestarrt zu werden. Müde blinzelt sie und blickt direkt in Jans Augen. Ihre Nasen berühren sich fast.

»Ich muss gleich wieder los«, sagt er.

Saana nickt verschlafen und ein wenig enttäuscht. Sie hätten also keine Zeit, sich den ganzen Vormittag in den Bettlaken herumzuwälzen.

Jan streicht ihr ein paar Haarsträhnen aus dem Gesicht und hinter die Ohren.

»Letzte Nacht war…«, beginnt er, bevor er offenbar selbst feststellt, dass es dafür keine Worte gibt. Das hofft Saana zumindest, denn so fühlt es sich für sie an. Die Nacht war wunderschön. Sie waren gierig, gleichzeitig liebevoll und zärtlich und auch etwas unbeholfen. Dennoch ist es ziemlich offensichtlich, dass die Sache zumindest nicht an schlechtem Sex scheitern wird.

Jan beugt sich zu ihr, um sie zu küssen, und steht dann schnell auf. Er geht auf die Toilette, putzt sich die Zähne, zieht sich an, schnappt sich das Handy vom Tisch und geht zur Tür. In der Tür bleibt er stehen und sieht Saana lange an.

»Ich ruf dich an, sobald es geht. Die Arbeit hält mich leider davon ab zu bleiben«, sagt er schulterzuckend und sieht dabei aus, als würde es ihm ehrlich leidtun.

Saana winkt, und die Tür schließt sich hinter ihm. Sie liegt allein im Bett des Burghotels und weiß nicht, wo oben und unten ist. Die vergangene Nacht hat sie ruhelos, aber auch hungrig gemacht. Sie sehnt sich nach Kaffee und Frühstück, fast mehr als nach Jan. Nachher wird sie sich bei ihrer Tante etwas Leckeres zu essen machen. Pochiertes Ei, Toast, Avocado, geröstete Kerne und einen frischen Salat.

Wie unfair, dass er ausgerechnet in diesem Moment gehen musste, und auch noch so früh. Sie malt sich schon jetzt aus, wie das Leben mit einem Ermittler wäre. Abgesehen vom tollen Sex wäre es voller Ungewissheit und kurzfristigen Planänderungen. Aber spielt das wirklich eine Rolle? Sie freut sich auf nichts mehr als darauf, dass sie ihn möglichst bald wiedersieht. Er hat etwas in ihr Leben gebracht, was es vorher nicht gab. Den Wunsch, jemandem nahe zu sein. Und körperliche Anziehungskraft ist auch nicht schlecht.

Später, mit vollem Bauch, denkt sie darüber nach, was Jan über Helenas Fall gesagt hatte, bevor sie ineinander versunken waren. Ob sie über den damals ermittelnden Polizisten an die Einzelheiten des Falls kommen würde? Die Polizei hatte wahrscheinlich Helenas Angehörige und die Gäste des Maskenfestes vernommen. Bilder der Leiche am Fundort gemacht, Vernehmungsprotokolle erstellt, Beschreibungen des Fundorts ... Vielleicht funktioniert Jans Vorschlag ja, und sie kommt durch die Erinnerungen des Polizisten an Hintergrundmaterial.

Hartola, Dienstag, 16. Juli

Jan kann sich nicht erinnern, wann es ihm das letzte Mal so schwergefallen ist zu gehen. Hotelzimmer hat er noch nie gemocht, aber jetzt, da er es überraschend mit Saana geteilt hat, hätte er viele Tage darin verbringen können.

Er betrachtet die im Bett liegende schöne Frau und muss lächeln. Am liebsten würde er zu ihr zurückkehren, aber er muss jetzt los. Zum ersten Mal seit Langem freut er sich auf den Feierabend, aber in dieser Phase der Ermittlungen kann er sich nicht darauf verlassen, einen zu bekommen. Wenn man in Betracht zieht, wie viel Zeit die Arbeit in seinem Leben beansprucht, ist es eigentlich ein Wunder, dass er es geschafft hat, eine ganze Nacht mit Saana zu verbringen. Und was für eine! Er sieht sie immer noch vor sich, ins weiße Laken gewickelt und lachend. Er muss grinsen und fragt sich, wie sie es geschafft hat, ihm so den Kopf zu verdrehen, ohne viel zu tun. Das Gefühl ist seltsam und befremdlich. Er weiß nicht, ob es Glück oder Verwirrung ist. Tatsächlich ist er ziemlich durcheinander, und in Bezug auf seine Arbeit macht ihn das sofort angreifbar. Er muss tief ein- und ausatmen, um die Beherrschung wiederzuerlangen, und sich in einen kühlen, nüchternen Zustand zurückversetzen, in dem er schnell und konsequent handeln kann. Er atmet noch einmal durch, schließt die Tür hinter sich, verlässt das Hotel und läuft zu Heidis Auto.

Es ist früh am Morgen, und er freut sich über die auf dem Baum singende Amsel vor dem Hotel. Sie werden Julia zur Vernehmung abholen und diesmal härter auftreten.

»Bist du dir sicher, dass du das schaffst?«, fragt Jan, und Heidi nickt. Sie will ihre Gefühle oder den One-Night-Stand nicht ihre Rolle als verlässliche Vernehmungsbeamtin beeinflussen lassen.

»*Bring it on,* wie sie in den Cheerleader-Filmen immer sagen«, erwidert sie.

Das Hotel hat ihnen einen Konferenzraum bereitgestellt, der von einer grellen, schonungslosen Neonröhre beleuchtet wird und alles weiß aussehen lässt. Heidi bemerkt bläuliche Tränensäcke unter Julias Augen und ein paar einzelne blonde Haare, die an ihrer Schulter hängen geblieben sind.

Julia sieht innerlich leer aus, körperlich anwesend, aber ausdruckslos. Vergeblich versucht Heidi, Mikroausdrücke in ihrem Gesicht wahrzunehmen.

Sie stellt ein Aufnahmegerät auf den Tisch und spricht für das Vernehmungsprotokoll ein kurzes Intro auf. »16. Juli, 10 Uhr. Vernommen wird Julia Aleksandra, vormals Johanna Eskola.«

»Was hat Antti-Juhani Fors Ihnen in der Kirche zugeflüstert?«, fragt Heidi direkt. Julia wird in ihrem Gesicht nichts als Sachlichkeit erkennen können. Heidi will die Kontrolle über die Situation behalten.

Julias Pupillen verengen sich etwas, und sie rückt sich auf dem Stuhl zurecht.

»Er hieß mich willkommen«, antwortet sie schließlich.

Heidi nickt. Sie weiß, dass Julia lügt, aber warum? Die Theorie über die Rache der wütenden Frau ist immer noch die dominierende in ihrem Kopf, aber Julia wirkt, als habe sie ihre Wunden aufgearbeitet und sei mit ihrer Vergangenheit im Reinen. Irgendwie scheint sie nicht in Heidis Profil zu passen.

Je länger Heidi mit ihr im Raum sitzt, desto unsicherer wird sie. Plötzlich ist sie sich gar nicht mehr sicher, ob Julia Taten wie die Brandzeichenmorde begehen könnte.

Sie legt den Kopf schief und sieht ihrem Gegenüber direkt in die Augen. Sie wird dieser Frau auf den Zahn fühlen.

Ihre scharfen Fragen bahnen nach und nach den gedanklichen Weg, den sie beschreiten möchte.

»Warum haben Sie Hartola damals so schnell verlassen?«

»Wie war Ihr Verhältnis zu Ihrem Vater?«

»Warum haben Sie den Kontakt zu Ihrer Familie abgebrochen?«

»Uns ist zu Ohren gekommen, dass Sie gewalttätige Überfälle auf Männer organisieren. Ist das richtig?«

»Ist Ihnen klar, dass Sie für den Mord an Sundin kein Alibi haben?«

»Welche Beziehung haben Sie zu Fors? Er war damals Ihr Konfirmationspfarrer? Und ein Freund Ihrer Familie?«

»Verstehen Sie, dass Sie hier als Verdächtige zweier brutaler Morde sitzen? Eines der Opfer ist Ihr Vater. Warum haben Sie ihn umgebracht?«

Julia antwortet knapp und ruhig auf die Fragen, wird aber schließlich müde.

»Wie lange wollt ihr mich noch hierbehalten?«, fragt sie und lehnt das Wasser ab, das Heidi ihr anbietet. »Fors ist alles andere als ein Heiliger. Es tut mir leid, aber ich vertraue auch der Polizei nicht«, fügt sie hinzu. »Es ist besser, wenn ich nichts mehr sage.«

Fragend schaut Heidi in Jans Richtung. Sie haben nicht genug Indizien dafür, dass Julia hinter den Taten stecken könnte.

Julia sieht Heidi an, und Heidi glaubt zu verstehen, was der Blick ihr sagen soll: Verräterin.

Ihnen bleibt nichts weiter übrig, als Julia gehen zu lassen. Als sie weg ist, kommt Jan mit nachdenklichem Gesichtsausdruck zu Heidi herüber.

»Viel haben wir nicht aus ihr herausbekommen, aber es ist offensichtlich, dass sie Fors nicht besonders schätzt. Könnte es sein, dass sie damals vor etwas geflohen ist? Warum traut sie der Polizei nicht? Wie ist eigentlich ihre Beziehung zu Fors? Und er selbst, was hat er mit dem Ganzen zu tun? Auch er hat kein Alibi für die Tatzeiten«, überlegt Jan laut.

Heidi hat ebenfalls begonnen, ihre Theorie infrage zu stellen. Hat sie etwa doch zu voreilig auf die Monstertheorie gesetzt, um sich selbst und Jan zu beweisen, dass Julia ihre Urteilsfähigkeit nicht beeinträchtigt hat?

»Da steckt auf jeden Fall noch mehr dahinter, etwas, was wir nicht sehen«, sagt er. »Julia hat nicht alles erzählt.«

Heidi braucht einen Moment zum Nachdenken. Sie lässt Jan im Hotel zurück und biegt auf den Parkplatz vor dem Supermarkt an der Hauptstraße ein. Im selben Moment sieht sie nicht weit von sich einen weißen Transporter stehen. Ein Citroën Jumper. Ihr Herz setzt kurz aus. Könnte dieses das Auto sein, das sie die ganze Zeit suchen? Aufgeregt wartet sie darauf, dass der Fahrer oder die Fahrerin zurückkehrt, und wählt währenddessen Sakis Nummer.

»EXV-34«, liest sie ihm vor und erhält schnell eine Antwort. Als Fahrzeughalter ist das Seniorenheim in Hartola registriert. Das Kennzeichen hatte bereits auf der Liste gestanden, die sie vom Verkehrssicherheitswerk Trafi bekommen hatten, aber bisher konnte das konkrete Auto nicht mit dem Fall in Verbindung gebracht werden. Mit den Mitarbeitern des Seniorenheims wurde bereits gesprochen, und es wurde nichts gefunden, was ermittlungsrelevant gewesen wäre.

Heidi gibt Saki Zeit, die Daten über das Heimpersonal und

die Bewohner noch einmal abzufragen. Dann sieht sie, wie eine in Schwarz gekleidete, dunkelhaarige Frau um die vierzig oder fünfzig durch die Glastür herauskommt und entschlossen auf den Citroën zugeht.

Heidi folgt dem Transporter bis zum Seniorenheim und parkt neben ihm. Wenn sie schon einmal da ist, könnte sie gleich herausfinden, wer alles Zugang zu den Autoschlüsseln hat. Sie betritt das Gebäude. Im selben Moment klingelt ihr Handy. Es ist Saki.

»Geh rein, und frag nach Maija Fors«, sagt er.

»Warum?«, erwidert Heidi, obwohl sie annimmt, dass er bestimmt gute Gründe hat.

»Meinen Daten nach ist sie eine Bewohnerin, einundneunzig Jahre alt. Angehörige: ein Sohn, Antti-Juhani Fors. Der Name, den mich Jan bereits gebeten hat zu recherchieren.«

Heidi betritt das Foyer, und ihr steigt der Geruch von Desinfektionsmitteln in die Nase. Sie beobachtet, wie die schwarzhaarige Frau aus dem Auto sich im Büro hinter dem Glasfenster niederlässt, und geht direkt zum Schalter.

»Polizei, guten Tag«, sagt sie. »Haben Sie ein Fahrtenbuch für den Citroën dort draußen? Da würde ich gern einen Blick reinwerfen.« Sie wendet sich bereits der Tür zu, um das Büro zu betreten. Die schwarzhaarige Frau wird aus ihrer Tätigkeit gerissen und gesteht, dass Heidi sie erschreckt habe.

»Natürlich, hier sind die Fahrten. Aber es steht niemand anderes drin als ich.«

Heidi greift nach dem blauen Heft und blättert entschlossen zu dem Tag, an dem Eskola ermordet wurde. Es ist nichts vermerkt. Bedeutet das, dass es an diesem Tag keine Fahrten gab, oder könnte jemand sich nicht eingetragen haben? Sie inspiziert den Schalter und erfährt, dass die Autoschlüssel im Büro verwahrt werden, in das jeder einfach hineinspazieren und sie sich nehmen könnte.

»Maija Fors«, sagt Heidi. »Ich würde gern Maija Fors besuchen.«

»Natürlich, es kann sein, dass sie ihren Mittagsschlaf hält, aber folgen Sie mir gern«, erwidert die schwarzhaarige Frau. »Katja, mein Name ist Katja«, fügt sie hinzu, und Heidi schüttelt ihre ausgestreckte Hand. Sie ist heiß, beinahe schwitzig.

Katja öffnet Frau Fors' Zimmertür, und Heidi sieht sich neugierig um. Die Wände sind mit christlichen Bildern und schlichten Kreuzen geschmückt. Im Raum befindet sich auch ein Klavier, auf dem goldgerahmte Fotos von einem Jungen und einem Mann stehen. Als Heidi näher tritt, erkennt sie Fors auf jedem der Bilder. Ein Einzelkind und seine stolze Mutter.

Katja tritt ans Bett, unter dessen Decke sich eine kleine Erhebung abzeichnet. Vorsichtig setzt sie sich auf den Bettrand und streichelt die Hand der alten Frau. Es dauert einen Moment, bis diese aufwacht und feststellt, dass Gäste im Zimmer sind.

Heidi setzt ein freundliches Lächeln auf. Frau Fors richtet sich auf, und echte Verwirrung steht ihr ins Gesicht geschrieben. Ihre weißgrauen Haare sind vom Schlafen ganz durcheinander, und sie richtet ihren Blick Hilfe suchend und fragend auf Katja.

»Bei Frau Fors wurde Alzheimer diagnostiziert, bereits im fortgeschrittenen Stadium«, sagt Katja und streichelt weiter die Hand der Seniorin. »Sie lebt hauptsächlich in der Vergangenheit, die Gegenwart blitzt nur hin und wieder auf. Ihr Sohn, der auch schon etwas älter ist, besucht seine Mutter regelmäßig. Andere Angehörige oder Freunde kommen keine«, erzählt sie. »Keine Sorge. Schlafen Sie nur«, fügt sie an Frau Fors gewandt hinzu, die erleichtert wieder in ihre Liegeposition zurücksinkt.

Heidi nickt und begreift, dass sie nichts hat, was sie die Seniorin fragen könnte.

Jan geht ins Hotelfoyer, um Wasser zu holen, und denkt über Heidi nach. Über die Jahre hat er sich an ihr selbstbewusstes Auftreten, ihre vulgären Witze und ihr entspanntes Lächeln gewöhnt, weshalb ihn ihre jetzige Nachdenklichkeit und Unschlüssigkeit aufhorchen lassen. Vielleicht ärgert sie der aufgeschobene Sommerurlaub. Jeder von ihnen hatte Pläne, bevor die Brandzeichenmorde dazwischenfunkten. Die Einheit lebt von Fall zu Fall, weshalb die Sache für Heidi und Saki nicht gerade eine Überraschung gewesen sein sollte.

Jan zwingt sich, etwas Wasser zu trinken, und lässt sich dann in einen der Sessel fallen. Welche Leute benutzen eigentlich Sessel in Hotelfoyers?, fragt er sich, als sein Handy klingelt.

»Du hättest ein Geständnis aus ihr herausquetschen sollen«, zischt Mertanen zwischen den Zähnen hervor. Jan ist über das Verhalten seines Vorgesetzten erstaunt. Er hat sowohl Julias Vernehmung als auch die Tatsache, dass es keinen Anlass zu weiteren Handlungen bot, nach Helsinki gemeldet. Trotzdem geht die Sache voran, da sie endlich mehrere Verdächtige haben.

»Ihr scheint ziemlich hilflos zu sein«, fährt Mertanen fort und lässt ihm kaum Zeit zu reagieren. »Ich denke, da muss ich etwas nachhelfen«, fügt er eisig hinzu. »Diese Frau ist ganz sicher kein unbeschriebenes Blatt, aber ihr konzentriert euch auf die falschen Dinge. Lars Sundin und Matti Eskola haben beide ein beträchtliches Vermögen, also habe ich die Finanzabteilung beauftragt, die Geldquellen herauszufinden, falls hinter dem Vermögen Schwarzgeld steckt. Bis übermorgen um 17 Uhr erwarte ich neue Ergebnisse oder irgendein Anzeichen eines Fortschritts. Wenn ich nichts höre, übernehme ich die Ermittlungsleitung«, sagt er mit donnernder Stimme und legt auf.

Jan ist perplex. Natürlich steht Mertanen unter Druck, die Ermittlungen abschließen zu müssen, aber normalerweise hat er Jan immer vertraut und ihn in Ruhe arbeiten lassen. Jetzt sitzt er ihm die ganze Zeit im Nacken. Womöglich bekommt er selbst großen Druck von oben.

Jan weiß nicht genau, wie weit nach oben Mertanens Einfluss und Beziehungen reichen. Manchmal wirkt es, als ob für Polizeibeamte wie Mertanen das Pushen des eigenen Egos und der Platz in der Führungsetage mehr bedeuten als gelöste Fälle. Jan könnte schwören, dass Geld nicht das Motiv hinter ritualartigen Serienmorden ist. Sie haben nicht einen konkreten Beweis gegen Julia, und sein Instinkt sagt ihm auch, dass diese Frau, trotz ihrer beinahe übermenschlichen Selbstbeherrschung, keine kaltblütige Mörderin ist. Er überlegt kurz, und ein neuer Gedanke nimmt Gestalt an. Er wird sein Team jetzt auf eine andere Ermittlungslinie führen. Am Ende dieser Linie steht Antti-Juhani Fors.

Hartola, Dienstag, 16. Juli

Kühle Luft zieht zum Fenster herein. Es hat nur 13 Grad. Wie ist das möglich! Der finnische Sommer ist immer unvorhersehbar, aber so ein kalter Tag ist einfach nur ein Witz. Saana schnappt sich ihren Wollpullover vom Klamottenhaufen auf dem Stuhl.

»Das Wetter ist nur eine Einstellungssache«, hatte ihre Tante gesagt, als Saana sich schon in den ersten Tagen über den kalten Sommer beschwert hatte. Dann war sie für einen Moment verschwunden, hatte irgendwo herumgeraschelt und war mit einem schönen weißen Wollpullover zurückgekehrt. Kragen und Schultern waren mit einem bunten Muster verziert, der wie Halsschmuck aussah. »Den habe ich deiner Mutter damals aus Island mitgebracht«, hatte Inkeri gesagt, und Saana hatte den Pullover sofort angezogen. Seit Juni trägt sie ihn immer wieder, und er gefällt ihr so gut, dass sie bereits beschlossen hat, ihn im Herbst nach Helsinki zu entführen.

Sie wirft einen Blick auf ihr Handy, doch es bleibt stumm. Kleine, genussvolle Erinnerungen an die Nacht mit Jan schießen ihr durch den Kopf. Sie muss sich etwas einfallen lassen, um auf andere Gedanken zu kommen.

Schließlich entscheidet sie sich dafür, wieder ins Dorfzentrum zu fahren. Sie geht die Treppe hinunter, hinaus in den Garten, und greift nach dem Fahrradlenker.

Obwohl die Kälte auf der Fahrt durch die Maschen des Wollpullovers kriecht, hält er sie immer noch warm genug. Mit scheppernden Geräuschen fährt Saana über den Feldweg und atmet die Düfte des kühlen Sommertags tief ein. Sie könnte einen Abstecher zur Villa machen. Der Flirt mit Riku neulich hat die Karten neu gemischt. Außerdem wird sie das Gefühl nicht los, dass sie Rikus Reich, seine Geschichte, betreten hat. Tatsächlich schien er sich aufrichtig zu freuen, dass Helenas Schicksal auch Außenstehende berührt, die nicht aus Hartola kommen. Ob Riku momentan jemanden hat, überlegt sie und spürt sofort ein brennendes Kribbeln im ganzen Körper. Wieder muss sie an die Nacht mit Jan denken. Ab sofort wird sie sich nur noch auf ihn konzentrieren, sofern er sich nicht aus dem Staub macht.

Kurze Zeit später beobachtet sie Riku dabei, wie er leicht angetrocknetes Plundergebäck vom Vortag auf einem weißen Pappteller anrichtet. Sie verscheucht eine auf der Milchpackung sitzende Fliege, woraufhin diese nur träge ein paar Zentimeter zur Seite krabbelt. Wieder sitzen sie im Hinterzimmer des Museums in einem der Nebengebäude. Überall stehen Sachen herum, aber das Chaos verleiht dem Zimmer einen unerklärlichen Charme. Saana hat beschlossen, die Stille für sich sprechen zu lassen. Sie will sehen, wie Riku sich verhält, wenn sie ihm den Raum lässt – und das Wort.

»Das hat übrigens von Reichmann gehört«, sagt er, als ob er das Schweigen sofort mit etwas füllen wolle. Mit dem Blick folgt sie seinem Finger, mit dem er auf die Wand deutet. Dort hängt ein verstaubtes Rehgeweih.

»Das ist in Deutschland eine ziemlich typische Wanddekoration«, sagt er und ermuntert Saana, sich ein Plunderteilchen zu nehmen.

Die überflüssigen Kalorien würde sie sich lieber mit etwas anderem zuführen als mit Rikus trockenem Gebäck, aber ein Angebot dankbar anzunehmen ist Voraussetzung für eine reibungslose Interaktion. Es würde eine Verbindung zwischen ihnen schaffen, die Stimmung auflockern und die Basis für ein offenes Gespräch erzeugen. Das Teilchen ist mit irgendetwas Klebrigem gefüllt. Saana leckt sich die Finger ab und wartet. Die Minuten verstreichen, ohne dass jemand etwas sagt. Sie nimmt den Teebeutel aus der Tasse und beginnt, das Papieretikett in kleine Stückchen zu reißen.

Es sind die vielleicht längsten fünfzehn Minuten ihres Lebens. Keiner von ihnen ergreift erneut das Wort.

Auf dem Rückweg macht sie einen Zwischenstopp auf dem Friedhof. Gerade betrachtet sie Helenas Grab, als eine alte Frau vorbeikommt.

»So ein junges und unschuldiges Mädchen, und auch sie hat die Stromschnelle von uns genommen«, sagt sie mit klagender Stimme, und Saana tritt ganz dicht an sie heran.

»Entschuldigung, was haben Sie gesagt, wer hat sie von uns genommen?«, fragt sie und sieht der Alten in die Augen, die vom grauen Star getrübt sind.

»Schönen Tag noch«, erwidert die Frau und schaut an ihr vorbei in die Ferne, als ob sie sich nicht an ihre eigenen Worte erinnern kann. Langsam setzt sie sich wieder in Bewegung und geht den Pfad entlang. *Die Stromschnelle*, hat sie gesagt. Saana beobachtet, wie die Alte sich mit wackeligem Gang entfernt, und geht dann wieder vor Helenas Grabstein in die Hocke. Auf dem Boden vor dem Grab erregt etwas ihre Aufmerksamkeit. Dort liegt ein kleiner Stein voller eingemeißelter Mulden.

Plötzlich steht der Pfarrer hinter ihr.

»Sie wieder«, sagt er und wirkt nicht erfreut. Saana zuckt mit den Schultern. Er hat etwas an sich, was ihr Unbehagen bereitet.

»Helena war von klein auf ein aktives Gemeindemitglied«, sagt Fors und wippt dabei auf den Fußballen vor und zurück. »Sie sang wunderschön«, fügt er hinzu und beugt sich hinunter, um Helenas Grabstein zu berühren. »Die Wege des Herrn sind unergründlich, wenn er jemanden so früh von uns nimmt.«

Saana beobachtet ihn gespannt und sucht in seinem Gesicht nach Trauer oder Melancholie.

»Ich muss los«, sagt sie schließlich und entfernt sich rasch vom Grab, bevor der Pfarrer weiterreden oder sie etwas fragen kann.

Wenn die Beobachtung ihrer Tante stimmt, verfolgt er Saana neuerdings bis nach Hause. Wenn er herausfinden wollte, wo sie wohnt, dann weiß er es jetzt. Aber was bringt ihm dieses Wissen?

Sie geht den Friedhofspfad entlang und weiter zur Hauptstraße in Richtung Apotheke. Eine schöne alte Steinmauer umgibt das Grundstück. Saana schaut noch einmal zurück. Fors steht immer noch vor dem Grab und sieht ihr mit bohrendem Blick nach.

Zwei Stunden später gibt Saana eine Löffelspitze Zucker in ihren Kaffee. Tante Inkeri hat im Garten den Tisch gedeckt. Sie sitzen im Schatten der Apfelbäume, und auf dem alten Steintisch vor ihnen stehen süße alte Kaffeetassen mit einer Landschaft darauf und ein Sahnekännchen, natürlich von Arabia. Saana geht ganz in der von Inkeri gezauberten Atmosphäre auf und schenkt einen Kaffee nach dem anderen in die kleinen Tässchen.

Sie lächelt ihre Tante an und schneidet sich schon das zweite Stück Blaubeerhefekuchen ab. Zwar versucht sie, so zu essen, dass keine Blaubeeren auf die Marimekko-Tischdecke fallen, aber es ist unmöglich. Die im Ofen gebackenen Beeren sind saftig und verfärben Finger und Mundwinkel. Saana genießt den herrlichen Geschmack und stellt fest, wie glücklich sie gerade ist. Es ist Sommer, und sie sitzt in Inkeris Garten und isst herrlichen Blaubeerkuchen. Arbeitsstress und Deadlines haben ihr schon lange kein Herzrasen mehr bereitet oder sie mitten in der Nacht aufwachen lassen. Und dann ist da noch Jan. Der Beginn eines Abenteuers, das sie mit Hoffnung erfüllt. So fühlt man sich also, wenn man wirklich am Leben ist, denkt sie.

Nachdem sie das Geschirr hineingetragen hat, beschließt sie, noch einen Spaziergang zu machen. Sie kann nicht stillsitzen, da der Gedanke an Jan ihren ganzen Körper zum Prickeln bringt.

Inkeri lacht, als Saana zum hundertsten Mal auf ihr Handy schaut. Saana schneidet ihr eine Grimasse und geht den Gartenweg entlang zur Straße. Warum hat Jan noch nicht angerufen? Wie wohl ihre gemeinsame Nacht für ihn war? Nervös knabbert sie an ihrem Daumennagel. Dann klingelt endlich das Handy.

»Hey«, sagt sie gespielt sorglos, so als ob sie nicht die ganze Zeit, in jeder Sekunde, an ihn gedacht hätte.

»Hi du«, antwortet Jan, und sie muss grinsen. Es reicht, nur seine Stimme zu hören, und sofort ist sie total durcheinander und fühlt sich wie eine Teenagerin. Seine weiche Stimme geht ihr tief unter die Haut und lässt ihren ganzen Körper kribbeln.

Sie sprechen über alltägliche Dinge. Jan erzählt, wie eingespannt er gerade bei der Arbeit sei und dass es auch noch eine Weile so weitergehen werde. Trotzdem hat seine Stimme eine beruhigende Wirkung auf sie. Zumindest für die Dauer des Telefonats, siebeneinhalb Minuten lang, gelingt es ihr, ihn nicht zu vermissen. Dreimal versuchen sie, das Gespräch zu beenden, bis Jan wirklich losmuss. Sie zählen bis drei und legen dann gleichzeitig auf.

Saana steckt ihr Handy ein und betrachtet die Sommerlandschaft. Am Straßenrand wachsen Blumen. Sie erkennt Klee, Waldweidenröschen, Glockenblumen, Wiesenkerbel und Schafgarbe und beschließt, einen Strauß zu pflücken. Auf Instagram haben bereits einige ihrer Freunde Wiesenblumensträuße gepostet, aber sie pflückt die Blumen nur für sich, nicht für Social Media. Am besten gefällt ihr das Magenta der Waldweidenröschen und das bläuliche Lila der Glockenblumen, also nimmt sie davon am meisten. Im Sommer braucht man keine Blumenläden.

Sie hockt noch halb im Graben, als sie in der Ferne ein weißes Auto sieht. Es fährt viel zu schnell. Sie braucht einen Moment, bis sie merkt, dass es halb auf der Straße und halb auf dem Seitenstreifen fährt und direkt auf sie zukommt. Gerade noch schafft sie es auszuweichen, indem sie tiefer in den Graben springt. Es kommt ihr vor, als hätte das Auto noch beschleunigt. Dann fährt es in der Mitte des Weges weiter und gibt so viel Gas, dass Staub aufgewirbelt wird und Schottersteine durch die Luft fliegen. Sie sieht dem Auto nach. Was war das denn? Hat sie es sich nur eingebildet, oder hat gerade jemand versucht, sie zu überfahren?

HARTOLA

Sommer 1989

Man versuchte, Stillschweigen über das Wissen zu bewahren, aber es verbreitete sich wie ein Lauffeuer. Es schwelte still, aber sobald es minimal genährt wurde, flammte es auf. Es erreichte auch Helena. Die Gruppe, die sich gerade bildete, war nicht alles. Es gab auch einen inneren Zirkel, in den man nur auf Einladung gelangte. Das Zepter führte die rothaarige Tutorin. Um eingeladen zu werden, musste man zeigen, dass man ein Geheimnis wahren konnte.

Die Tutoren hatten dieses Mal Bier besorgt. Ihre großen Brüder oder Stammkunden der Kneipe hatten den Minderjährigen heimlich auch Zigarettenschachteln, Schnaps und Cidre geliefert. Helena beobachtete, wie die Konfirmanden um den Jungen herumschwirrten wie Hornissen. Der begabte Redner war jetzt auch zum begabten Schmuggler geworden. Viele heischten mit abenteuerlichen Geschichten oder versauten Witzen um seine Aufmerksamkeit, aber er schenkte keinem von ihnen Beachtung. Stattdessen löste er sich von der Gruppe und kam zu Helena.

»Darf es ein Bier sein?«

Mit stiller Genugtuung nahm sie die ungläubigen Blicke der anderen wahr, ließ sich aber nicht anmerken, dass sie seine Geste schätzte.

»Ich danke«, erwiderte sie und nahm die Flasche entgegen. Mehr wollte sie ihm vor den anderen nicht sagen.

Während sie das warme Bier schlürfte, sah sie zu, wie er zum Hornissenschwarm zurückkehrte. Die schönste und beliebteste der Tutorinnen trank Cidre, hielt sich dabei die Nase zu und musste sich fast übergeben. Nach kurzem Würgen warf sie ihr rotes Haar zurück, sah sich wieder selbstsicher um und schürzte die Lippen. Alles an ihr wirkte irgendwie aufgesetzt, als ob sie es bewusst tun würde. Sie wirkte erwachsener als die anderen. Schließlich, später am Abend, zog das Mädchen alle Aufmerksamkeit auf sich.

Plötzlich passierte das Schlimmste: Sie wurden erwischt, alle zusammen. Helena erschrak, als die aufrechte Gestalt des Pfarrers aus dem Dunkeln trat. Sie saß da wie erstarrt und machte sich auf seine Predigt gefasst. Heimliche Säufer und Zecher. Verurteilte Sünder. Aber zur Verwunderung aller kam nichts dergleichen.

Diejenigen, die die herumgehenden Flaschen gerade in der Hand hatten, versteckten sie hinter ihrem Rücken, und Zigaretten wurden hastig ins Feuer geworfen. Nur das rothaarige Mädchen hielt weiter den Apfelwein fest, lachte und legte fatalerweise den Kopf in den Nacken. Helena wusste, was über das Mädchen erzählt wurde: dass sein Vater Alkoholiker sei. Dass deshalb niemals etwas aus ihm werden könne.

»Was sehen meine alten Augen da?«, begann der Pfarrer, und alle hielten den Atem an. »Ihr wisst, wie man Spaß hat. Keine Sorge, auch Spaß gehört zum Erwachsensein dazu«, sagte er zum Schock aller, ging zum Lagerfeuer und blieb vor der Rothaarigen stehen. »Aber für dich ist es schon Zeit, schlafen zu gehen«, sagte er und packte sie entschlossen an der Schulter. Zuerst wollte sie sich losreißen, aber als sie sah, wer sie da festhielt, breitete sich ein Lächeln auf ihrem betrunkenen Gesicht aus. Die Szene war zu Ende.

Er und das Mädchen entfernten sich vom Lagerfeuer, und die anderen setzten die Feier erleichtert fort.

Helena dachte über den Pfarrer nach. Er sah gut aus, war bei den Mädchen beliebt. Ab und zu bespaßte er die ganze Gruppe, und in seinem schwarzen Polohemd wirkte er wie ein Filmstar. Aber war es richtig, dass er die jungen Tutorinnen wie Erwachsene behandelte? Er musste schon fast dreißig sein. Sie sah ihm und dem wankenden Mädchen an seiner Hand hinterher und bemerkte noch ein weiteres wachsames Augenpaar, das alles beobachtete: das des Jungen.

In wortlosem Einvernehmen ließen sie die anderen weitertrinken und schlichen den beiden nach. Sie gingen vorbei an den Gebäuden, in denen sich die kleinen Schlafräume mit Stockbetten befanden, vorbei an der großen Kiefer, der Fahnenstange und dem Grillplatz, bis sie den Waldrand erreichten. Dort beobachteten sie aus dem Schatten heraus, wie der Pfarrer sich zu dem betrunkenen Mädchen beugte, das an einem Baumstamm lehnte. Sie sahen, wie er ihr über den Hals strich und wie ihr Brustkorb sich vor Aufregung hob und senkte.

Hartola, Mittwoch, 17. Juli

Jan ist auf dem Weg zum Auto, als sein Handy klingelt. Es ist sein Vater. Er überbringt ihm die Nachricht, die er gefürchtet und auf die er im Stillen gewartet hat. Seine Mutter ist gerade von ihnen gegangen. Sie ist gestorben.

Vater schweigt lange. Jan öffnet die Autotür und lässt sich auf den Fahrersitz fallen. Es ist grau und regnerisch, genau passend zu der traurigen Nachricht, denkt er. Er kann sich gar nicht vorstellen, wie groß der Verlust für seinen Vater sein muss, auch wenn er sich darauf vorbereiten konnte. Genau wie er selbst. Zuletzt hatte er Mutter vor vier Tagen gesehen und davor den ganzen Sommer über fast jeden Tag. Jedes Mal hatten sie sich umarmt, als ob sie sich schon halb verabschieden würden. Aber solange Mutter am Leben war, hatten sie alles getan, um nicht an das denken zu müssen, was unweigerlich bevorstand: den Tod. Bis zum Ende hatten sie die Hoffnung nicht verloren.

»Es ist eine besondere Erfahrung, dabei zu sein, wenn jemand stirbt«, sagt Jans Vater zu dessen Überraschung. »Sie hatte keine Schmerzen, keine Krämpfe. Sie ist einfach eingeschlafen.«

Jan steckt den Schlüssel ins Zündschloss und stellt im gleichen Moment fest, dass er nicht imstande ist zu fahren.

»Letzte Nacht wurde mir irgendwie klar, dass am Ende alles

Teil der Natur ist. Der Tod ist natürlich. Der Mensch ist einfach da, und dann ist er nicht mehr da«, spricht sein Vater weiter. »Man wird sich seiner eigenen Begrenztheit bewusst. Es hat mich gelassen gemacht, ihre Reise bis zum Ende mitzuerleben«, fährt er fort und verstummt dann. Jan weiß nicht, was er sagen soll. Diese Worte haben Gewicht. Sie verschlagen ihm die Sprache.

»Jetzt fürchte ich mein eigenes Schicksal nicht mehr«, fügt sein Vater hinzu.

Jan hat mit sich selbst vereinbart, Urlaub zu nehmen, sobald der Fall gelöst ist. Einen Urlaub, in dem er sich erlauben wird zu trauern. Die Krankheit seiner Mutter hat lange angedauert, und jetzt verspürt er zu seiner Überraschung sogar eine gewisse Klarheit, Frieden. Seine Mutter wurde endlich von den Schmerzen und dem Warten befreit. Sie hatten miteinander Gespräche geführt, getrauert und nachgedacht.

Es wird eine Zeit kommen, in der er all diese Dinge noch einmal ohne sie tun wird. Ein Ende bringt auch einen Neuanfang mit sich. Aber vorerst muss er das alles noch aufschieben. Die Mordfälle beanspruchen fast jede seiner wachen Minuten. »Mann des Todes« nannte ihn Heidi einmal, als sie sich im Büro eine Nacht um die Ohren schlugen. Eigentlich ist es unvernünftig, dass die Lebenden so viel Zeit mit dem Nachdenken über die Toten verbringen, denkt er und kratzt sich am Bart. Die Stoppeln sind alles andere als gepflegt.

HARTOLA

Sommer 1989

Wenn die anderen schliefen, trafen sie sich vor der Speisehütte. Sie hatten beschlossen, den Fall des verschwundenen Mädchens Laura Malm zu lösen. Warum wurde darüber geschwiegen? Sie fügten die Schnipsel zusammen, die der Junge als Tutor mitbekommen hatte. Am Lagerfeuer hielten sie die Augen offen, obwohl der Wein und das Bier ihnen zu Kopf stiegen, und beobachteten die Mädchen, die sich komisch verhielten: das rothaarige und das schwarzhaarige.

Die schöne rothaarige Tutorin war Tag für Tag stiller und schwächer geworden. Als ob ihre Umrisse nach und nach verblasst wären. Ihre Grenzen. Sie schien nur die schwarzhaarige Tutorin an sich heranzulassen, das Mädchen mit den stark geschminkten Augen. Die beiden flüsterten im Speisesaal miteinander und beobachteten die anderen prüfend. Wussten sie etwas, was die anderen nicht wussten?

Helena und der Junge betrachteten den dunklen Fichtenwald. Wie konnte die Dunkelheit zwischen den Bäumen nur so undurchdringlich sein? Die Anwesenheit des Jungen machte die grimmige Düsternis der Bäume erträglicher, weniger bedrohlich. Sie tauschten Informationen aus. Er erzählte, wie sich in der Nähe des Herrenhauses manchmal Gestalten herumtrieben. Wie er sei-

nem Vater ein Foto der Tutorin Laura Malm gezeigt und dieser still genickt hatte. Ja. Er habe das junge Mädchen vor dessen Verschwinden bei der Villa gesehen. Aber dann hatte auch sein Vater nicht mehr sagen wollen. Alles verflocht sich zu einer Spirale des Schweigens, deren Anfang nicht greifbar war.

Helena wurde blass. Sie musste an die Geweihkrone im Salon der Villa und an den gesichtslosen Mann auf dem Gemälde denken, die unterworfenen Frauengestalten. Aber dann erinnerte sie sich auch an den netten Nachmittag. Vielleicht den besten Tag ihres bisherigen Lebens.

»Bei der Villa passieren schlimme Dinge«, sagte der Junge, und Helena runzelte die Stirn.

»Der Baron ist ein guter Mann«, sagte sie. »Er würde keiner Fliege etwas zuleide tun. Du hast doch gesehen, wie liebevoll er seine Blumen pflegt, die Rosen und Orchideen. Und die Tiere: die Enten, Perlhühner, Wellensittiche und die klitzekleinen Entenküken«, fügte sie mit einem Hauch Melancholie in der Stimme hinzu.

»Vielleicht, aber vor seinen Augen passiert etwas wirklich Schlimmes«, erwiderte er.

Helena nickte. Sie wusste nicht mehr, was sie denken sollte. Aber zusammen mit dem Jungen würde sie dem Geheimnis auf die Spur kommen.

Eines Abends überraschte Johanna die beiden zusammen. Sie wusste offensichtlich nicht, was sie von dem halten sollte, was sie sah, und fragte, ob Helena Hilfe dabei bräuchte, ihn loszuwerden. Helena schüttelte lächelnd den Kopf, schaute den Jungen an, und dieser schaute lächelnd zurück. Die strahlende Verbindung zwischen ihnen war aus hundert Metern Entfernung zu sehen.

Alles hatte sich verändert. Auf keinen Fall wollte Helena weg von ihm, jetzt, da sie sich gerade gefunden hatten.

Hartola, Mittwoch, 17. Juli

Saana ist dabei, einen Apfel zu schälen, als ihr Handy klingelt. Auf dem Display steht »Blind-Date-Jan«.

»Hey!«, antwortet sie aufgeregt. Verschwitzt steht sie in ihrer Laufleggins da, den halb geschälten Apfel in der Hand, der ihr jetzt beinahe überflüssig vorkommt. Sie könnte ausschließlich von diesem Kribbelgefühl und von Sonnenlicht leben.

»Wie geht's?«, fragt Jan. Sie liebt seine dunkle, weiche Stimme.

»Irgendein Verrückter hätte mich gestern beim Spazierengehen fast überfahren«, sagt sie und beißt sich auf die Unterlippe. Sie will ihn nicht unnötig beunruhigen.

»Die Leute auf dem Land fahren manchmal wie die Irren«, erwidert er. Langsam gehen sie zu alltäglichen Dingen über und sprechen über Joggingstrecken und Sportmöglichkeiten in Helsinki und darüber, dass es oft schöner ist, abends laufen statt feiern zu gehen. Saana denkt darüber nach, welche Richtung das Gespräch nimmt. Gerade entwirft sie ein zu aktives Bild von sich selbst. Tief in ihrem Inneren ist sie keine Joggerin, sondern eine Couchpotato.

»Oder vielleicht werden wir einfach älter«, meint Jan, und ihr gefällt, wie er sie beide zu einer Einheit macht. Am liebsten würde sie einmal mit ihm zur Helsinkier Halbinsel Lammassaari fahren. Es stellt sich heraus, dass Jan die Gegend kennt, da er dort oft Rad fährt. Sie haben sich also unabhängig voneinander denselben Ort zur Entspannung ausgesucht. Ein schöner Gedanke, dass sie beide schon lange einen Bezug zur selben Insel haben.

Dann verfallen sie in Schweigen. Saana spürt, dass Jan noch etwas anderes, etwas Echtes zu sagen hat.

»Meine Mutter ist gestorben«, flüstert er schließlich, und sie hört, wie seine Stimme fast versagt.

»Das tut mir leid. Sag Bescheid, wenn ich etwas tun kann.« Am liebsten will sie sofort bei ihm sein.

»In dem Moment, als sie starb, war ich gerade am Waldrand«, fährt er mit brüchiger Stimme fort. »Ich wollte am Morgen die frühen Vögel singen hören, und eine Amsel hüpfte direkt neben meine Füße. Es war 08:07 Uhr. Sie saß am Wegesrand und sah sich prüfend um. Sie schaute mich irgendwie wissend an. Als ob sie gekommen wäre, um mir zu sagen, dass alles gut ist«, erzählt er und verstummt.

Saana ist ganz still.

»Hältst du mich jetzt für komplett verrückt?«, fragt er und lacht matt.

»Natürlich nicht.« Sie gibt ihr Bestes, um ihm ihr ganzes Mitgefühl, ihre Kraft und ihre Anteilnahme zu vermitteln.

»Wo bist du? Ich komme zu dir«, sagt sie dann entschlossen. Sie erinnert sich an ihre eigenen Gefühle nach dem Tod ihrer Mutter. Daran, wie sie gleichzeitig allein sein und die anderen wegstoßen wollte, sich aber auch wünschte, dass jemand käme und sie in den Arm nähme.

Saana streicht über Jans Haare. Sie sitzen bereits eine Weile schweigend da, sie auf dem Beifahrersitz und er über die Mittelkonsole an sie gelehnt. Sie streichelt seinen Kopf und sagt nichts, da sie nach wie vor keine Worte findet. Worte würden jetzt auch nicht helfen. Ihre Zeit kommt erst irgendwann später.

Sie fragt sich, was er als Nächstes vorhat, und ist erstaunt, dass er immer noch in Hartola ist. Das hat bestimmt mit dem Tod des Bankdirektors zu tun. Offenbar stimmen die Gerüchte im Dorf, dass wegen Mordes ermittelt wird. Warum sonst sollte ein Kriminalbeamter aus Helsinki in Hartola sein? Saana traut sich nicht zu fragen. So sitzen sie weiter still da, bis Jan sich plötzlich von ihr löst und sich das Gesicht reibt.

»Danke, das ist gerade nicht so leicht für mich«, sagt er, tastet umher und lässt das Auto an. »Kann ich dich irgendwo absetzen?« Seine Stimme ist schon wieder etwas kräftiger. »Ich fahre gleich nach Helsinki zu meinem Vater.«

Saana sieht ihn verdutzt an. Sogar traurig sieht er noch unglaublich gut aus, aber in seinem Gesicht ist auch ein Anflug von Härte. Innerhalb eines Wimpernschlags hat er den Wechsel von schwach zu stark vollzogen.

»Du könntest mich bei meiner Tante absetzen. Weißt du die Adresse noch?«, fragt sie verwirrt. Sie merkt, dass er bereits wartet, dass er mit einem Mal in seine Arbeitsrolle gewechselt hat und erwartet, dass sie mitzieht. Sie lehnt sich zurück und weiß auf einmal nicht mehr, wie es letztlich mit ihnen weitergehen wird.

Am Abend hält Jan mit dem Fahrrad am Ufer der Insel Hernesaari an und reibt sich die Schläfen. Durch das Weinen ist seine Nase ganz zu. Sein Vater hat sich um alles gekümmert. Er hat seine Mutter verabschiedet und sie auf ihrem letzten Weg begleitet. Jan ist froh, dass sein Vater bei ihr war, als sie starb.

Seine Augen sind verquollen, und sein Kopf schmerzt, aber trotzdem fühlt er sich wacher denn je. Seine Sinne sind zurückgekehrt und schärfer als zuvor. Es erscheint ihm seltsam, als ob er sein bisheriges Leben im Halbschlaf verbracht hätte.

Er tritt wieder in die Pedale und strampelt die grenzenlose Trauer fort. Er hört das Plätschern des Wassers und das Geräusch der sanften Brandung, die auf die Steine am Ufer trifft. Er spürt den Wind als kühle Brise im Gesicht, die Luft riecht nach Algen und Salz. In der Ferne schimmert die Insel Pihlajasaari. Jans Ruhelosigkeit verschwindet auch während der langen Fahrradtour nicht. Alles ist ihm irgendwie zu viel und doch zu wenig.

Er schaut auf sein Handy. Nichts. Dann setzt er seine Runde fort: von Hernesaari in die Bucht Ruoholahti, weiter nach Baana und von dort in die Töölö-Bucht. Als er die Brücke zum Linnunlaulu-Park überquert, droht ihm von dem Quietschen der Bahngleise fast der Kopf zu zerspringen. Von den Felsen her nimmt er das Lachen fröhlicher Kinder wahr, und aus den Fenstern vorbeifahrender Autos dringt Musik. Seine Nase registriert plötzlich Gerüche, die er vor langer Zeit gelernt hat auszublenden: Benzin, den aus den Hochhausfenstern strömenden Geruch von gebratenen Zwiebeln, Zigarettenqualm von den Caféterrassen, Sonnencreme, Sommer. Der Sommerduft war schon in seiner Kindheit einprägsam für ihn gewesen. Als Erwachsener ist es unmöglich wahrzunehmen, aus welchen Bestandteilen sich ein Duft zusammensetzt. Oder ist es mehr ein Gefühl? Die Vorstellung eines Dufts? Im Supermarkt kauft er sich ein gestreiftes Wassereis. Die Kindheitserinnerungen lassen ihn an seine Mutter denken. Er geht weiter und isst das Eis Streifen für Streifen. Erst den roten, dann den weicheren gelben. Die Kälte schmerzt an den Zähnen und brennt im Hals.

Später, auf dem Weg zu seinem Vater, spürt er in der U-Bahn die Kühle der Metallstange an seiner Hand, im Hauptbahnhof die abgenutzte Kunststoffoberfläche des Rolltreppenhandlaufs, und als er wieder an die Oberfläche kommt, die Wärme der Sonne im Gesicht. Der warme Asphalt vor dem Bahnhof gibt die Gerüche von all den Dingen wieder ab, die mit ihm in Berührung gekommen sind: heruntergefallenes Fast Food, Kaugummi, Eis, nächtliches Erbrochenes, Urin. Neben der Blumenbepflanzung wird offen gedealt. Der Anblick der Junkies weckt in Jan das Bedürfnis, jedem einzelnen von ihnen zu helfen. Gleichzeitig wirken sie mit ihren glänzenden Augen und ihrem unberechenbaren Verhalten bedrohlich.

Er richtet seine Konzentration wieder auf die Arbeit und analysiert bei jedem Schritt die Brandzeichenmorde. Wenn man sich bewegt, zeigt einem das Gehirn Dinge, die einem beim Stillsitzen verborgen bleiben. Vor seinem inneren Auge beginnen die Bilder der Ermittlungen vorbeizuziehen. Sundins Leiche, die Liste der Fahrzeughalter, der Verdacht eines dritten Königs, der Pfarrer von Hartola, Julia. Er bekommt seine Mutter aus dem Kopf, aber Saana bringt seine Gedanken wieder durcheinander. Auf eine Art und Weise ist sie ganz anders als die Frauen, die er bisher getroffen hat, und das beängstigt ihn und lässt alles zerbrechlich erscheinen. Beim schieren Versuch, nicht an Saana zu denken, muss er lächeln. Es ist unheimlich, dass er sich für einen Moment getraut hatte, vor ihr so verletzlich, fast kraftlos und voller Trauer zu sein.

Hartola, Donnerstag, 18. Juli

Julia geht hinaus und holt die *Helsingin Sanomat* aus dem Briefkasten. Zurück in der Küche füllt sie mit der Zeitung unter dem Arm ein großes Glas mit Wasser und presst eine halbe Zitrone hinein. Während sie gierig trinkt, überfliegt sie die Nachrichten, ohne viel wahrzunehmen.

Die Zeitung aus Papier ist nicht mehr aktuell. Einen Teil der Nachrichten hat sie schon gestern im Internet gelesen. Aber die Beilagen gefallen ihr. In der heutigen gibt es einen interessanten Artikel über Konfabulationen, darüber, wie man dem menschlichen Gedächtnis Erinnerungen an Dinge, die nie passiert sind, einpflanzen kann. Das Gedächtnis selbst nährt diese Erinnerungen dann und treibt sie in die falsche Richtung.

Der eigene Kopf kann einen betrügen, denkt sie. Sie beschließt, in der Arbeit anzurufen und sich noch ein paar Tage freizunehmen. Dann kann sie auch noch in Ruhe Informationen über die Person einholen, die ihr im Kopf herumschwirrt. Während sie mit Diva spricht, kritzelt sie mit dem Kugelschreiber auf einem geöffneten Briefumschlag herum, der auf der Küchenanrichte liegt.

Julia hat ein Netzwerk aus Arbeitskolleginnen, das sie selbst »die Papageien« nennt. Vögelchen, die in der Bar arbeiten, zwitschern ihr Dinge zu, die viele wissen, über die aber aus verschiedenen Gründen niemand laut spricht. Ihre Papageien haben die Augen und Ohren überall. Jetzt interessiert Julia der Mann, den sie bei Lars Sundins Gedenkfeier gesehen hat. Der Mann, dessen Anblick in ihr starke Emotionen auslöste. Sie hatte das Gefühl, ihn entfernt zu kennen, seine selbstbewusste Art. Der Mann hat mit ihrer Vergangenheit zu tun.

»Sag mir, Darling, warum hasst du Männer so sehr?«, fragt Diva und verschafft sich so etwas mehr Zeit für ihre Antwort.

Julia muss über Divas Kommentar schmunzeln. Jeden machen andere Dinge wütend.

»Ist die Welt letzten Endes nicht voller Hass?«, entgegnet Julia kühl. »Es gibt Hassende und Gehasste. Aber nur die wenigsten stellen sich auf die Seite der Schwächeren.«

Diva brummt zufrieden. Julia ist unerbittlich, und sie steht auf der Seite der Schwächeren. Diva liebt Julia. Nachdem sie tief Luft geholt hat, flüstert sie: »Im Helsinkier Nachtleben gibt es schon seit einigen Jahren einen ziemlich kleinen und geschlossenen Zirkel mit viel Einfluss. Es kursieren Gerüchte, dass auch dieser Mann dazugehört. Aber er hat eine starke Machtposition inne. Niemand redet. Es ist, als gäbe es ihn gar nicht.«

Julia nickt, sagt aber nichts. So etwas hat sie sich schon gedacht. Sie beendet das Gespräch und starrt zum Küchenfenster hinaus. Ihre Intuition hatte sie von Anfang an gewarnt. Der Mann hat nichts dazugelernt. Sie gähnt und legt den Stift auf den Tisch. Anschließend nimmt sie den leeren Briefumschlag, um ihn in den Papiermüll zu werfen, und sieht erst dann, was sie gekritzelt hat. Ohne es zu merken, hat sie eine Krone gezeichnet. Eine Königskrone.

Sie zieht sich Sportklamotten an und geht zur Tür hinaus, bevor die Faulheit siegt. Vielleicht ist meine ganze Vergangenheit nur eine Illusion, denkt sie. Aber auch als sie zu laufen beginnt, treibt sie das Gefühl der Unruhe weiter um. Sie joggt die Koskipääntie entlang und betrachtet die ihr nur zu vertraute Landschaft. Nachdem sie mühsam fünfundvierzig Minuten gelaufen ist, betritt sie in ihren Sportklamotten das Café an der Hauptstraße, bestellt einen Kaffee und ein Hefeteilchen und trägt ihre Beute zu einem leeren Tisch. Dort nimmt sie ihre Schirmmütze ab.

Abgesehen von der Verkäuferin ist das Café leer, und Julia spürt einen intensiven, neugierigen Blick in ihrem Rücken. Ja, ich bin es, die Tochter der Eskolas. Glotz ruhig, denkt sie, während sie mit einem Bissen ein Drittel des Teilchens verschlingt.

Sie beugt sich nach vorne, betrachtet den hellbraunen Milchkaffee und spürt, wie ihr eine sanfte Wärme ins Gesicht steigt. *Vater.* Sie kann sich nicht erinnern, wann sie Matti das letzte Mal so genannt hat. Als sie jünger war, benutzte sie dieses Wort nur, wenn sie Geld haben oder ihren Willen durchsetzen wollte. Vater. Plötzlich spürt sie einen Kloß im Hals. Ein salziger Tropfen läuft ihr über die Wange. Das ist keine Träne, nur Schweiß, denkt sie. Sie wischt ihn an der Serviette ab. Für einen Moment fühlt sie sich einsam und merkt, dass sie an Heidi denkt. Heidi ist also Polizistin. Das Gespräch vor der Kirche war gezwungen und die Vernehmung eine unangenehme Erfahrung. Dennoch, ungeachtet dessen, dass sie nichts hatten, worüber sie reden konnten, ist Heidi interessant. So interessant wie lange keine mehr. Vielleicht wären sie am Ende aber doch ein schlechtes Paar. Zwei starke Frauen zusammen, das würde nicht gut gehen. Aber Heidis natürliche Schönheit zieht sie an. Sie war etwas wortkarg und undeutlich gewesen in jener Nacht, kein offenes Buch, wahrscheinlich ist sie ihr darum im Gedächtnis geblieben.

Und am Morgen danach war sie verschwunden, bevor Julia die Augen geöffnet hatte. Normalerweise ist Julia diejenige, die sich aus dem Staub macht.

Sie hat leichte Kopfschmerzen. Als sie kurz darauf die Straße überquert und auf die Kirche zugeht, zuckt sie zusammen. Auf dem ansonsten leeren Parkplatz steht ein schwarzes Auto. Es sitzt jemand darin und scheint sie direkt anzusehen. Julia trägt ihre Schirmmütze und einen alten Trainingsanzug aus Mutters Schrank. Sie kann also nicht leicht zu erkennen sein. Trotzdem beschleicht sie ein ungutes Gefühl. Blitzschnell wendet sie ihren Blick ab, wird aber den Gedanken nicht los, dass es sich bei der Gestalt um genau die Person handelt, von der sie befürchtet, dass sie es ist. Der einzige Mensch, der die gleichen Dinge weiß wie sie.

Schnell wechselt sie wieder die Straßenseite und beschließt, statt in die Kirche in die Alko-Filiale zu gehen. Sie muss irgendwohin, wo noch andere Menschen sind. Im Alko schleicht sie sich zum Fenster. Das schwarze Auto steht immer noch da, aber es ist jetzt so weit weg, dass sie die Person hinter dem Steuer nicht mehr erkennen kann.

Sie tut so, als wolle sie etwas kaufen, und greift nach der nächstbesten Flasche. Ihre Hand ist auf einem Baileys gelandet, aber trotzdem gibt sie vor, das Etikett zu studieren.

Als das Auto endlich davonfährt, denkt sie über ihre Optionen nach. Ihr ist klar, dass sie beobachtet wird. Die Rückkehr nach Hartola war überhaupt keine gute Idee. Sie stellt die Flasche zurück ins Regal und verlässt eilig den kleinen Laden. Sie nimmt ein paar Umwege um die Häuser und wählt ihre Route so, dass kein Auto neben ihr fahren kann.

Als sie sich dem Feldweg zu ihrem Haus nähert, blickt sie sich immer noch misstrauisch um. Niemand da. Sie entscheidet sich, die letzten hundert Meter zu rennen, so schnell sie kann. Es sticht in der Seite. Während ihre Füße über den Boden fliegen, spürt sie die Bewegungen ihres Körpers in jeder Zelle. Plötzlich vibriert das Handy in ihrer Bauchtasche. Sie öffnet die Haustür und schließt sie hinter sich ab. Dann bleibt sie schwer atmend im Flur stehen und wischt sich mit dem Ärmel den Schweiß von der Stirn. Auf dem Display blinkt eine Nachricht:

»Es ist Zeit zu reden.« Unterschrieben ist sie mit »AJF«. Antti-Juhani Fors.

Nachdem sie die Nachricht gelesen hat, wird ihr klar, dass nichts zufällig passiert. Das Spiel hat begonnen, und Julia muss ihren Part weise spielen.

Sie liest die Nachricht noch einmal und spürt, wie Hass in ihr aufsteigt. Sie ist der gleichen Ansicht. Lass uns nur reden. Es ist Zeit, sich allem zu stellen. Für sie wird das alles andere als angenehm werden, aber noch unangenehmer wird es für Fors. Sie merkt, dass ihre Hände zittern. Die Wut lodert in ihrem Körper, und sie verspürt eine große Ungeduld. Diesmal wird sie diejenige sein, die den Lauf der Dinge bestimmt.

Julia massiert sich die linke Brust an der Stelle, an der ihr Herz sitzt. Es kommt ihr vor, als hätte sich in ihrem Körper der ganze Druck, all die Gefühle, ausgerechnet in ihrem Herz aufgestaut. Den ganzen Nachmittag ist sie ruhelos hin und her gelaufen. Jetzt bleibt sie in der Küche stehen und betrachtet den auf dem Herd köchelnden Topf mit Eiern. Ihre Proteinquelle Nummer eins.

Sie holt einen Teller aus dem Schrank und hält Ausschau nach dem Salz. Dann nimmt sie die Eier vom Herd und schreckt sie ab.

Anschließend geht sie zu ihrer Mutter ins Wohnzimmer, die ein Glas in der Hand hält, dieses Mal Gin Tonic. Julia hingegen trinkt Mineralwasser direkt aus der Flasche. Sie will ihre Sinne scharf halten. Sie weiß, dass ihre Rückkehr nach Hartola alles durcheinandergebracht hat. Weil ihr Vater nicht mehr da ist, ist auch sie in Gefahr.

Sie schaut zum Wohnzimmerfenster hinaus. Draußen sieht sie den Waldrand, die Ziersträucher, den Himmel, alles ist ihr vertraut. Wie oft sie als Kind auf dem Sofa lag und einfach nur hinaussah. Sie erinnert sich an die frühen Samstagmorgen, an denen sie verschlafen ins Wohnzimmer schlurfte, um Zeichentricksendungen anzuschauen. Zum Frühstück aß sie Weetabix-Kekse. Beinahe kann sie die von der Milch aufgeweichten Kekse schmecken. Julia wendet den Blick wieder vom Waldrand ab und richtet ihn auf ihre Mutter. Wie weit sie doch von ihr entfernt ist, obwohl sie nur ein paar Meter und ein über dreißig Jahre alter Couchtisch trennen. Mutter fängt wieder an, über die Fotos zu lamentieren.

»Was hat Matti sich nur gedacht? So junge Mädchen. Sind da auch deine Freundinnen drauf, auf den Bildern? Bist du darum gegangen? Diese schwere, schmutzige Sünde schwärzt mir das Herz«, sagt Mutter und leert ihr Glas. Ihre Augen stehen hervor.

Ihre Mutter ist zu dem Schluss gekommen, dass die Bilder aus Julias Jugendzeit stammen. Einer Zeit, als der Baron die Herrschaft über die Villa innehatte und dort Feste veranstaltete. Und Helena, die dumme Helena, ging hin und verliebte sich. Der schiere Gedanke daran macht Julia wütend. Sie schlägt am Tischrand ein Ei auf.

»Vater war nicht der Einzige.«

Ihre Mutter hebt den Kopf. Ihrer Miene nach scheint sie die Vorstellung zu überraschen. Dass das Böse sich ausgebreitet hat, dass es noch mehr Sünde gibt.

»Kenne ich diejenigen?«, fragt Mutter, und ihr Gesichtsausdruck verrät, dass sie es eigentlich nicht wissen will.

Hunderte unbeantwortete Fragen, Jahrzehnte an Schauspiel. Wie viele Dinge sie doch im Laufe der Jahre ungesagt gelassen hatten… Alles gut, wir sind glücklich – Bullshit. Nichts war jemals, wie es nach außen zu sein schien.

»Aber dich haben wir hier rausbekommen«, sagt ihre Mutter mit bebender Stimme. »Damals habe ich das nicht verstanden, aber jetzt ist mir klar, dass es wohl gut war, dass du wegkonntest.«

Julia spürt einen Kloß im Hals.

Im Badezimmer nimmt sie die schwarze *Marc by Marc Jacobs*-Tasche und verstaut darin die Waffe, die sie sich besorgt hat. Sie ist illegal und dient hauptsächlich ihrem Schutz. Dann öffnet sie die Badezimmertür und geht zurück ins Wohnzimmer. Ihre Mutter sitzt immer noch auf dem Sofa, hat sich einen neuen Drink eingeschenkt. So zerbrechlich und unsicher, denkt Julia. Sie hofft, dass ihrer Mutter bald einfällt, was sie mit dem Rest ihres Lebens anstellen will, jetzt, da sie endlich frei ist. Julia ruft ihr einen Abschiedsgruß zu und sagt, sie werde ein paar Dinge erledigen.

»Was für Dinge treibst du denn hier eigentlich?«, ruft ihre Mutter ihr verdutzt hinterher, hat aber bereits so viel Gin getrunken, dass sie keine echte Verwunderung mehr aufbringen kann.

»Tschau«, sagt Julia noch einmal und erinnert sich daran, wie sie vor Jahrzehnten das Gleiche getan hatte. Damals war der Abschied ein anderer. Sie war jung und durcheinander, gebrochen. Sie hatte gerade ihre Freundin verloren und auf eine gewisse Art und Weise auch ihren Vater. Darum hatte man sie gezwungen, zu gehen und zu schweigen. Widerwillig hatte sie gehorcht.

Aber diesmal entscheidet sich Julia Aleksandra anders. Sie tut das, was sie schon vor Langem hätte tun sollen. Sie weicht nicht zur Seite, fürchtet sich nicht. Der Schatten des Vaters erdrückt sie nicht mehr, aber er beschützt sie auch nicht länger. Jetzt ist sie allein, und sie ist wieder da. Es ist Zeit, aus dem Schatten zu treten und all die Dinge, über die geschwiegen wurde, ans Licht zu bringen. Es ist an der Zeit, sich zu erheben und diejenigen zu erniedrigen, die damals andere erniedrigt haben. In Gedanken antwortet sie auf die Einladung von Fors. *Treffen wir uns ruhig, Arschloch, aber das Treffen wird viel schlimmer werden, als du es dir vorstellst.*

Hartola, Donnerstag, 18. Juli

Saana wendet die Worte der Hexe aus dem alten Zeitschriftenartikel in Gedanken hin und her. Was, wenn mit Stromschnelle nie der Ort gemeint war, an dem Helena ertrank, sondern die Person, die hinter allem steckt? In Finnland ist das Wort für Stromschnelle ein gängiger Familienname: *Koski*. »Die Stromschnelle hat sie von uns genommen«, hatte die alte Frau am Grab gesagt. Könnte sie damit einen Nachnamen gemeint haben? Saana googelt »Koski«, und Google liefert ihr als Erstes eine Übersetzung ins Schwedische. Ein kalter Schauer läuft ihr über den Rücken, als sie das Ergebnis sieht. *Koski* heißt auf Schwedisch *Fors*. Natürlich. Sie schnappt sich ihr Handy und setzt sich in Bewegung.

Nach kurzer Fahrt mit dem Fahrrad sieht sie in der Ferne die Steinkirche emporragen und die Leuchtreklame der Apotheke. Zum Teil bereut sie ihr eigenes Vorhaben, schon wieder zur Kirche zu gehen. Lieber würde sie in der Bar einen Lonkero trinken. Aber Helena hat sie tief in die Vergangenheit gezogen, und auf eine seltsame Art und Weise hat sie begonnen, ihre Anwesenheit zu spüren, ihre Stimme zu hören.

Saana bremst scharf, und im Schotter vor der Kirche bleibt ein langer Streifen zurück. Fors hat etwas an sich, was sie bisher dazu bewogen hat, ihn zu meiden, aber jetzt wird sie ihm endlich direkte Fragen stellen. Wirkte Helena suizidgefährdet? War sie in jemanden verliebt? Wie konnten Sie Laura Malm vergessen?

Während sie auf die Kirche zuläuft, schickt sie Jan eine WhatsApp-Nachricht mit einem Bildgruß vom Friedhof. Er schickt ihr ein pulsierendes Herz-Gif zurück. »Kitschig«, antwortet sie, und er schickt ihr sofort noch mehr Herzchen und einen Hund, dessen Herz vor Begeisterung wild klopft. Einen Moment lang steht sie mit dem Handy in der Hand da und kichert. Dann nimmt sie all ihren Mut zusammen, um Fors zu treffen. Sie wird gegenüber diesem Mann, der sich hinter seiner Scheinheiligkeit versteckt, schroff und direkt auftreten müssen.

Der Friedhofsparkplatz ist leer, und es ist ganz still. Ein komisches Gefühl beschleicht sie. Es kommt ihr vor, als ob sie in diesem Moment auf dem Friedhof des Königreichs Hartola mit den Toten allein wäre.

Sie öffnet die schwere Kirchentür einen Spaltbreit. Dass sie nicht verschlossen ist, bedeutet vermutlich, dass Fors da ist. Nach und nach gewöhnen sich ihre Augen an das Halbdunkel. Sie geht vom Flur direkt in den Altarraum und hält Ausschau nach dem Pfarrer. Irgendwo ist ein dumpfer Schlag zu hören. In dem Moment nimmt sie etwas Seltsames am anderen Ende des Altarraums wahr, und ein schauriges Gefühl überkommt sie. Es sieht aus, als ob vor dem Altar jemand läge.

HARTOLA

Sommer 1989

»Glaube, Hoffnung, Liebe. Ich habe gehört, dass im Konfirmandenlager jedes Jahr ein paar auserwählte Mädchen eine besondere Taufe bekommen. Dadurch werden sie heilig«, flüsterte das Mädchen und bedeutete Helena, sich näher zu ihr herüberzubeugen. Sie standen auf der Mädchentoilette. Gierig nahm Helena die leisen, unverblümten Worte der Tutorin mit jeder Zelle auf.

»Und wer hat so eine Taufe bekommen?«, fragte sie, woraufhin sich erwartungsvolle Stille über das Halbdunkel des tristen Raumes senkte.

»Iiris, Laura und Katja«, sagte die Tutorin. »Und dieses Jahr kommen die Taufen erst noch.«

Der Junge hatte gesagt, dieses stille und gutmütige Mädchen, das schon das fünfte Mal hintereinander beim Konfirmandenlager dabei war, kenne die Geheimnisse. Aber ihm würde sie garantiert nichts erzählen. Darum hatte er Helena auf sie angesetzt.

Das Mädchen war äußerlich unscheinbar, fiel kaum auf, darum sah sie vielleicht mehr als andere. Jetzt wisperte sie Helena also Geheimnisse zu, die die anderen nicht kannten.

Es geschah im Stillen und im Namen der Heiligkeit.

Zuerst suchte man diejenigen, in deren Leben es die meisten Brüche gab. Abwesende Eltern, vergangene Enttäuschungen, eine von Rauschmitteln geprägte Kindheit. Dann begann man, Vertrauen aufzubauen, Versprechen zu geben, Hoffnung zu machen und ihnen einen besonderen Status anzubieten. Niemand wusste, was wirklich passierte, aber die seltsame Atmosphäre erzeugte eine Grabesstille, die sich über allem herabsenkte. Eine Bedrohung unter dem Deckmantel der Heiligkeit.

Es war unklar, was passieren würde, wenn jemand reden würde.

Helena sah das Mädchen an und versuchte, die erhaltenen Informationen zu verdauen.

Es gab Gerüchte, dass Laura Malm ihr Schweigegelübde gebrochen hatte. Nach dem Konfirmandenlager hatte niemand je wieder etwas von ihr gehört.

Laura war Teil eines früheren Jahrgangs.

Der Sommer war zu Ende gegangen, und Hartola hatte den regnerischen Herbst in Empfang genommen. Niemand hatte mehr Fragen gestellt, als der erste Schnee fiel. Im Jahr 1987 schneite es ungewöhnlich spät, erst im Dezember.

Wieder war ein neuer Frühling gekommen, mit ihm eine neue Konfirmandengruppe und schließlich dieser Sommer und Helenas Gruppe. Sie, die jetzt Abend für Abend um das Lagerfeuer saßen und Durst auf Wein, Psalmen, Liebe und alles Unbekannte hatten.

Sie, die darauf warteten, dass spannende Dinge passierten, und nachts sangen: »All night, all day, angels watching over me, my Lord.«

»Ist man schon auf dich zugekommen?«, fragte der Junge sie, als sie wieder zu zweit waren. Sie standen im Schatten zwischen dem Gebäude der Mädchen und dem der Jungen und lehnten an der Wand.

»Auf mich? Wieso?«, fragte Helena verwundert.

»Weil du so schön bist«, flüsterte er zuerst selbstsicher, schien aber dann für einen Moment den Mut zu verlieren. »Sie werden

bestimmt versuchen, dich als Tutorin zu gewinnen, weil du so schön bist.«

Helena wurde rot und wusste nicht, was sie sagen sollte. Dann küssten sie sich.

Ihr Kuss wurde von Rufen unterbrochen. Widerwillig lösten sie sich voneinander und schlichen um die Ecke, um zu sehen, was los war.

»Kommt mit, wir klauen die Unterhose vom Pfarrer und hissen sie dann am Fahnenmast!«, johlten drei Jungen.

Der Junge wollte beim Konfirmandenstreich nicht mitmachen, schließlich war er ja Tutor. Aber Helena schloss sich der Gruppe an, und zusammen schlichen sie in Fors' Zimmer, das sich in einer separaten Hütte befand, in der die erwachsenen Betreuer schliefen.

Während die anderen nach etwas Peinlichem suchten, das sie an der Fahnenstange hochziehen konnten, fiel Helenas Blick auf einen kleinen Gegenstand auf dem Nachttisch. Dort lag ein Haarband, das sie kannte. Es gehörte dem schönen Mädchen mit den wallenden roten Haaren und den Sommersprossen.

Hartola, Donnerstag, 18. Juli

Jan ist so abgehetzt und müde, dass er noch keine Energie dazu hatte, Saana Bescheid zu geben, dass er wieder in Hartola ist.

Bestimmt hat Heidi gesehen, wie er in sich hineingrinste, während er Saanas Nachrichten las. Sie muss auch die Trauer gesehen haben, die auf seinem ganzen Körper lastet. Für eine Sekunde erlaubt er sich den Gedanken daran, wie es wäre, in Saanas Armen zu liegen und einfach nur ihren Duft zu riechen, seinen Kummer zu ersticken und sich lebendig zu fühlen. Aber er kann noch kein Treffen mit ihr ausmachen, da mit Sicherheit noch etwas dazwischenkommen wird. Er und sein Team sind mindestens noch die nächsten achtundvierzig Stunden beschäftigt.

So schön ist die Erde, so hoch der Himmel. Er merkt, dass er an seinem Limit angekommen ist. Seine Gedanken sind abwechselnd voller Liebe, Glück, unsäglicher Melancholie und tiefer Trauer. *So schön ist die Erde, so hoch der Himmel. Das Lied der Vögel klingt über blühende Hügel. Und schattige Wasser, so schattige Wasser.* Innerlich hört er das Lied, das sich seine Mutter zur Beerdigung gewünscht hat, und ihn überkommt ein Gefühl von lähmender Traurigkeit.

Heidi hält mit einem Ruck vor dem Burghotel. Schweigend nehmen sie sich erneut je ein Zimmer.

»In einer halben Stunde wieder hier unten«, sagt Jan, und Heidi nickt. Sie müssen sich einfach ausruhen, wenigstens kurz.

Als er seine Zimmertür öffnet, klingelt sein Handy. Es ist Saana. Er rechnet damit, ihre sanfte Stimme zu hören, aber stattdessen ist sie vollkommen hysterisch.

»In der Kirche von Hartola liegt ein Toter«, schreit sie halb und klingt völlig aufgelöst.

»Kannst du das wiederholen?«, entgegnet er ungläubig.

»Hier ist eine Leiche«, sagt Saana mit metallener, unnatürlicher Stimme. Sie habe bereits den Notruf angerufen, aber danach sei ihr sonst niemand eingefallen, den sie hätte kontaktieren können.

Jan befiehlt ihr, nichts anzufassen.

»Ist er auch wirklich tot?«, fragt er noch einmal, um sicherzugehen.

»So tot, wie ein Mensch nur sein kann«, erwidert sie erstickt. »Ich habe den Puls gefühlt, da war keiner, und dann bin ich in Panik geraten und hab mich nicht noch mal in seine Nähe getraut.«

Jan alarmiert Heidi und vergewissert sich, dass von der Kirche aus ein Notruf eingegangen ist. Er handelt schnell und entschlossen, aber für den Bruchteil einer Sekunde ist er auch froh. Nicht darüber, dass eine neue Leiche aufgetaucht ist – das ist ziemlich besorgniserregend –, sondern darüber, dass Saana von allen möglichen Menschen zuerst an ihn gedacht hat.

Innerhalb von sieben Minuten sind Jan und Heidi bei der Kirche, noch vor dem Rettungswagen. Saana steht zitternd in der Tür. Jan überlegt kurz, ob er es wagen kann, sie zu umarmen, geht dann direkt zu ihr und drückt sie fest. Sofort spürt er Heidis neugierigen Blick im Rücken.

»Alles ist gut«, sagt er, obwohl es überhaupt nicht der Wahrheit entspricht. Sie waren nahe dran, und trotzdem sind sie zu spät gekommen.

»Es ist Fors«, sagt Saana, und Jan nickt.

»Schaffst du's, noch mal mit reinzukommen?«, fragt er.

Sie nickt und folgt ihm an der Hand zurück in die Kirche. Die Leiche liegt vor dem Altar, mit dem Gesicht zum Boden.

Jan ist sich nicht sicher, ob sie den Pfarrer als nächstes Opfer in Betracht gezogen hätten. Er hatte angefangen, Fors für den Mörder zu halten, aber stattdessen hat sich die Situation nun umgekehrt. Wieder haben sie ein neues Opfer vor sich. Der Tote, der dritte König, wurde in der Kirche zurückgelassen, damit sie ihn finden. Jan ist nicht gläubig, weshalb der Altar und der am Kreuz hängende Jesus für ihn nur Dinge wie alle anderen sind. Aber der tote Mann hat dennoch etwas Gottloses an sich. Er wirkt wie Jesus am Kreuz. Und auch diesmal besteht Grund zur Annahme, dass sie das gleiche Zeichen auf seinem Körper finden werden: die Krone, das blutige, in die Haut gebrannte Mal. Ein entmachteter, gebrandmarkter König vor seiner leeren Gemeinde.

TEIL V

DIE TÖCHTER DER STROMSCHNELLE

Die Dunkelheit senkte sich über den verstummten Vögeln und den herumflatternden Fledermäusen herab. Die Mädchen waren wie Glockenblumen, senkten ihre Köpfe und duckten sich. Sie waren wie Farne im Wald und zogen sich nachts in ihr Versteck zurück. Sie verfolgten die Trauerzeit des Königreichs und sammelten Gerüchte. Sie kategorisierten sie in verschiedene Gruppen und pressten sie in die Nischen ihres Gedächtnisses wie in ein Herbarium.

»Das Mädchen war traurig, verzweifelt.« »Es war ein Unglück.« Leise wispernd spannen sie auch ihr eigenes Flechtwerk an Gerüchten. »Ihr Tod kann kein Unglück gewesen sein.« »Etwas Böses herrscht über die Stromschnelle.« »Der gut aussehende Pfarrer hat keine weiße Weste.« Sie flüsterten miteinander und hielten dann den Atem an. Sie beobachteten die Kraft ihrer Worte, denn man hatte ihnen gesagt, dass ihre Worte all das Böse verursachten. Sie erzählten sie weiter und durchtrennten dann die Fäden, die von den Gerüchten zu ihnen führten, denn diese könnten sie ins Verderben stürzen.

Mit ernster Miene schritten sie durch die stille Kirche, strichen mit den Fingerkuppen über die kühlen Holzbänke. Wie konnte Gott etwas so Gottloses geschehen lassen? Das Schuldgefühl fraß sie auf, und die drückende Last krümmte ihre Rücken. Konnte es wirklich so sein, wie man ihnen gesagt hatte – erweckte ihr eigenes Verlangen all das zum Leben, lenkte es in eine unnatürliche Richtung und verursachte alles Böse? Setzte ihre eigene Abenteuerlust dunkle Kräfte in Bewegung? Sie hatten die Trauermäntel dazu gebracht, mit den Flügeln zu schlagen, und die Amseln dazu, sich heiser zu singen. Sie selbst waren es gewesen, die das Wasser lauter als zuvor hatten tosen lassen. Die allgegenwärtige Gewalt breitete eine Decke des Schweigens über sie, sodass sie nichts mehr sahen, nichts mehr hörten, und was das Schlimmste war: Die Angst nahm ihnen alle Worte.

Still wanderten sie zur Kirche, pressten die Lippen zusammen und ließen sich auf den harten Bänken nieder, um zu verstummen. Mit weißen Knöcheln krallten sie ihre Finger in die Bänke und wurden hart wie Stein.

Sie waren die Töchter der Stromschnelle und gaben keinen Laut von sich.

Hartola, Donnerstag, 18. Juli

Der Rettungswagen trifft ein, und die Sanitäter stellen Fors' Tod fest. Die Lage ist so eindeutig wie selten. Soeben ist das Wahrzeichen von Hartola zum Tatort geworden.

Um die Kirche werden Absperrbänder gezogen, und Personen werden gebeten, den Bereich zu verlassen. Auf dem Friedhof sind nur ein paar einzelne Spaziergänger, und die örtliche Polizei führt die Senioren zur Seite. Saana folgt den Sanitätern hinaus. Jan sieht zu, wie sie sich entfernt, und bemerkt, dass sie zum Friedhof schaut, ohne den Blick zu fokussieren. Wieder einmal tut es ihm leid, dass eine Zivilperson, die nicht an Tod und Gewalt gewöhnt ist, einem Anblick ausgesetzt wurde, den man normalerweise nur in Albträumen und Filmen zu Gesicht bekommt. Bei Saana berührt es ihn sogar noch tiefer.

Während sie auf den Krankenwagen warteten, hat er Saana ins Hinterzimmer der Kirche geführt, in die Sakristei, auf die Heidi ihn aufmerksam gemacht hatte. Dort hat er ihr die nötigen Fragen gestellt: Was hatte sie bemerkt, als sie hereingekommen war? Hatte sie etwas Besonderes gesehen, gehört oder vielleicht sogar gerochen? Er denkt über ihre unmissverständliche Antwort nach. Im hinteren Bereich der Kirche hatte sie einen dumpfen Schlag gehört, sonst hatte sie nichts wahrgenommen.

Es könnte bedeuten, dass der Mörder oder die Mörderin gleichzeitig mit ihr im Gebäude war. Ein schrecklicher Gedanke.

Als Saana weg ist und Jan mit Heidi auf die Spurensicherung wartet, schaut er auf sein Handy und erinnert sich an Saanas Nachricht. Daraus könnte er ihre genaue Ankunftszeit ablesen. Zur Sicherheit öffnet er auch ihr Foto und zieht es größer. Und da, bei der Kirche, sieht man in einiger Entfernung eine Gestalt hinter Saana. Sofort schickt er das Bild an Saki zur Prüfung, und gleichzeitig wird ihm klar, dass er auch Saanas Nachricht weitergeleitet hat. Es ist also nur noch eine Frage der Zeit, bis die Sache zur Sprache kommt und er bekennen muss, dass sein Verhältnis zur Augenzeugin und Finderin der Leiche nicht ganz neutral ist.

»Heidi«, setzt er an und sucht nach den passenden Worten. »Also …«

»Du scheinst dich in diese Frau zu verlieben«, sagt Heidi lachend und deutet auf die Eingangstür, durch die Saana gerade verschwunden ist.

Jan bleibt der Mund offen stehen, aber ihm fällt keine Antwort ein. Für einen Moment hat er vergessen, wie scharfsinnig seine Ermittlerin ist.

»Jetzt, da du mit der Sache herausgerückt bist, kann ich dir wohl sagen, dass ich mich für dich freue«, sagt sie lächelnd. »Es war ziemlich hart, von außen mitzuverfolgen, wie du abwechselnd trauerst und dumm grinst, sobald du Nachrichten bekommst«, fügt sie hinzu und stößt ihm gegen die Schulter. »Es ist gut, dass dein Leben weitergeht.«

Jan muss über den Kommentar schmunzeln. Sie waren immer offen miteinander gewesen, vielleicht auch aus dem Grund, dass es nie eine romantische Spannung zwischen ihnen gegeben hatte. Sie sind sozusagen seelenverwandt. Manchmal ist Heidi stärker als er. Ihn durchströmt ein Gefühl der Wärme ihr gegenüber. Dann wird seine Miene wieder ernst.

»Wenn du mit dem Sticheln fertig bist, kannst du mir ja zuhören«, sagt er. »Saana hat mir ein Bild geschickt, als sie gerade bei der Kirche ankam, und dort, ungefähr an der Stelle da, erkennt man eine Gestalt. Siehst du?« Er zeigt ihr das vergrößerte Bild. »Außerdem sollten wir darüber nachdenken, warum Saana überhaupt in der Kirche war, warum sie sich mit dem Opfer treffen wollte.«

»Was meinst du?«, fragt Heidi mit neugierigem Blick.

»Saana kam zur Kirche, weil Fors irgendetwas mit ihren Recherchen zu tun hat. Seit diesem Sommer recherchiert sie den Tod eines jungen Mädchens, der hier vor dreißig Jahren passierte.«

Heidi hebt interessiert die Augenbrauen.

»Ach du Scheiße, eine neue Flamme, die Privatdetektivin spielt und noch dazu nicht übel aussieht. Besorg ihr noch einen Wollpullover, und du hast deine persönliche Sarah Linden«, sagt sie neckend, und Jan merkt, dass es ihm langsam auf die Nerven geht. Heidi geht zu weit.

»Wenn es nicht zu diesem Zufall hier gekommen wäre, hätte ich die Amateure in Ruhe gelassen«, erwidert er schon eine Spur kühler. »Aber dieser Ort, diese Königsgemeinde, ist verdammt klein. Es ist ziemlich realistisch anzunehmen, dass hier viele Dinge etwas miteinander zu tun haben.«

Heidi nickt und wird ernst.

»Und selbst?« Er beschließt, sie auf die gleiche Weise auszufragen.

»Selbst was?«, fragt Heidi und verzieht das Gesicht.

»Na, wie läuft's mit den Frauen, der Liebe?«, fragt er frotzelnd. »Noch weitere Verdächtige auf deiner Probeliste?«

»Du spannst mich bei der Arbeit so ein, dass ich keine Zeit mehr für Frauen hab«, entgegnet sie mit einem erzwungenen und hohlen Lachen, das von den Wänden widerhallt. Es klingt irgendwie hölzern, und für eine Sekunde bereitet es ihm Sorgen. Während sie so lacht, wirkt sie plötzlich leblos, kälter als sonst.

Kurze Zeit später begrüßen sie die erste Ermittlerin von der Spurensicherung und verlassen die Kirche leise durch die Hintertür. Sie brauchen Sauerstoff und müssen nachdenken. Während in der Kirche Fotos gemacht, Proben genommen und Abstände gemessen werden, könnten sie den vermeintlichen Fluchtweg des Täters oder der Täterin abgehen. Wenn Saana zur Vordertür hereinkam und das Rumpeln im hinteren Bereich hörte, deutet das darauf hin, dass die kleine Seitentür zur Sakristei als Fluchtweg diente.

Während sie gehen, merkt Jan, dass er sich große Sorgen macht. Wie weit sie doch hinterherhinken … Obwohl sie fast jede Minute des Tages nutzen, liegen sie die ganze Zeit zurück. Die erste Frage lautet, wieso sie nicht mit dem Tod des Pfarrers gerechnet hatten. Die zweite Frage ist: Was verbindet alles miteinander? Die Hintertür der Kirche führt auf den Friedhof. Daneben befinden sich dichte Büsche, und auch der Parkplatz und die Hauptstraße sind von der Tür aus einsehbar. Wer auch immer durch diese Tür gegangen war, hatte das überraschend unbemerkt getan.

»Er oder sie hat das Tempo angezogen. Wir sind nah dran«, sagt Jan, während er die Tür und den umliegenden Boden untersucht. Weder auf der Erde noch im Gebüsch sind Spuren zu sehen.

»Ja«, sagt Heidi und fügt hinzu, sie werde die Spurensicherung bitten, auch Fingerabdrücke von der Hintertür zu nehmen. »Das Opfer scheint ertränkt worden zu sein, und man hat auch wieder ein Brandmal gefunden. Wenn Saana wirklich den Mörder hörte, als sie in die Kirche kam, musste er sich vielleicht beeilen.«

»Seine Waghalsigkeit könnte darauf hindeuten, dass die

Vorstellung langsam dem Ende zugeht«, sagt Jan, während sie zurück zur Spurensicherung gehen, um Bescheid zu geben, dass sie den Tatort jetzt verlassen.

Sie fahren zurück ins Hotel. Jan muss sofort dem Chef Bericht erstatten. Mertanen nimmt die Nachricht nicht gut auf, und Jan fühlt sich bereits schuldig. Aber sie tun ihr Bestes und leisten jedes Mal beinahe Übermenschliches.

Es klopft an seiner Tür. Jan lässt Heidi herein, und sie bleibt direkt vor seiner neu angebrachten Ermittlungswand stehen. Schweigend stehen sie da, als ob sie eine Vorahnung von dem hätten, was sie noch nicht sehen können.

»Ertrinken«, sagt Heidi. »Sundin, Eskola und Fors wurden alle ertränkt.«

Jan nickt. Auf trockenem Boden. Joki hat die Sache noch nicht bestätigt, aber es gab bereits eine inoffizielle Vermutung über die Todesursache.

»Jemanden auf dem Trockenen zu ertränken ist etwas sehr Spezielles und keine leichte Art, jemanden umzubringen«, fügt sie hinzu. »Wenn der Täter oder die Täterin diese Männer für ihre Taten bestraft, können wir dann annehmen, dass alles mit einem früheren Todesfall durch Ertrinken zu tun hat?« Jan nickt. Ein guter Gedanke. Eigentlich ist er fast schon zu offensichtlich. Warum haben sie nicht früher daran gedacht? Für einen Moment fühlt er sich wie das Klischee eines dummen Polizisten.

»Wir hatten so ein intensives und hartes Jahr, dass es kein Wunder ist, dass wir das Tempo nicht ständig noch weiter anziehen können«, beschwichtigt Heidi, die seine Gedanken wohl erraten hat, und er weiß, dass sie recht hat.

»Hast du schon mal Miss Marple geschaut?«, fragt er, und sie nickt leicht belustigt.

»Dann kennst du ja die Polizisten in der Serie. Sie sind die ganze Zeit in ihrer Polizistenrolle und ermitteln, aber eigentlich haben sie keinen blassen Schimmer, wie der Mord passiert ist. So fühle ich mich gerade.«

»Hör auf«, entgegnet Heidi lachend und nimmt die Zügel in die Hand. Sie ruft Saki an und bittet ihn darum, augenblicklich nach Todesfällen durch Ertrinken zu suchen. Jan kann Sakis Gegenfrage an Heidis Gesichtsausdruck ablesen. *Aber wo und in welchem Zeitraum?* Wie sollen sie jemals das Verbindungsstück zwischen den ermordeten und gebrandmarkten Männern finden, in einem Land, in dem ständig Ertrinkungsunfälle passieren? Allein auf der Finnischen Seenplatte sind in den letzten Jahrzehnten bestimmt etliche Menschen ertrunken. Und es steht nicht einmal fest, dass der fragliche Todesfall in Finnland passiert sein muss. »Fang in Hartola an. Wenn nichts zu finden ist, weiten wir das Gebiet aus«, sagt Heidi, bedankt sich und beendet das Gespräch. Dann wirft sie Jan einen entschlossenen Blick zu.

»Vielleicht sollten wir uns trotzdem noch mit deiner Freundin unterhalten. Hören, was sie wirklich recherchiert, und auch ihr Material durchgehen«, sagt sie zu seiner Überraschung. Stur, aber schnell von Begriff, denkt er.

»Aber eins muss ich dich noch fragen. Warum hast du sie nicht wie sonst nach ein paar Dates unter irgendeinem Vorwand abserviert?« Sie sieht ihn aufrichtig interessiert an.

Die Frage überrumpelt ihn, aber er merkt, dass er die Antwort kennt.

»Weil es diesmal anders ist.« Seine Stimme ist seltsam gelassen.

Ich

Die Ereignisse nehmen Fahrt auf. Nicht mehr lange wird es mir gelingen, jede Spur zu verwischen. Beim dritten Mal wäre es fast schiefgegangen. Zum Glück wissen sie immer noch so wenig. Ich habe es geschafft, das Drehbuch sorgfältig zu schreiben, sodass ich völlig ungestört arbeiten konnte. Es wäre trotzdem unklug, sich ewig von dem Gefühl der Kontrolle einlullen zu lassen. Irgendwann werden sich die Machtverhältnisse umkehren, und dann werde ich gejagt. Aber wann sich der Spieß umdreht, entscheide ich selbst.

Wenn alles nach Plan verläuft, werde ich auch die letzte Inszenierung noch über die Bühne bringen, bevor sie mir auf die Schliche kommen. Ich gestatte mir die Frage, wann wohl der Moment kommt, in dem all meine Taten an die Öffentlichkeit gelangen. Wenn hinter den Mordfällen kein anonymer Täter mehr steht, sondern ich, aus Fleisch und Blut. Und dann … nichts. Dann ist alles endlich abgeschlossen, und die Gerechtigkeit hat gesiegt. Zu keinem Zeitpunkt habe ich über die Folgen nachgedacht, weil die Taten selbst über allem anderen stehen. Wie gut es doch tut, all denen Gerechtigkeit zuteilwerden zu lassen, die damals Gott spielten. Wie gut es sich doch anfühlte zu sehen, wie sehr sie in ihren letzten Augenblicken litten. Um Gnade winselten, glaubten, diese zu erhalten. Und dann: der kurze Moment, in dem alles zu Ende ging. Ich habe selbst die Macht ergriffen und drei Leben vorzeitig beendet. Nur der vierte König ist noch übrig.

Hartola, Freitag, 19. Juli

Jan ist nach Helsinki zu seinem Vater gefahren, um ein paar Dinge bezüglich der Beerdigung zu klären. Jans Verlust hat dazu geführt, dass Heidi in letzter Zeit oft mit ihrer eigenen Mutter telefoniert. Auch wenn sie sich nicht oft sehen, haben sie Heidis Ansicht nach ein ganz gutes Verhältnis. Ab und zu fragt sie sich, wie eine so sanfte Frau eine so harte Nuss wie sie großziehen konnte.

Fors' Tod war ein Schlag ins Gesicht. Sie haben es nicht geschafft, die Puzzleteile rechtzeitig zusammenzusetzen. Jetzt müssen sie jeder erdenklichen Spur nachgehen.

Als Saana im Foyer des Burghotels eintrifft, nimmt Heidi sie in Empfang.

»Danke, dass Sie sich die Zeit nehmen«, sagt sie und sieht Saana an. Sie ist auf natürliche Weise schön und wirkt entspannt. Die mit einem Scrunchie zu einem Dutt zusammengebundenen Haare sind vom Radfahren etwas durcheinander, und sie trägt kein Make-up. Sie hat ein hübsches, sonnengebräuntes Gesicht und große Augen.

»Wir ermitteln derzeit in zwei Tötungsdelikten, die sich in Hartola ereignet haben. Ich kann keine Details preisgeben, aber aktuell bin ich für Untersuchungen von früheren Todesfällen in dieser Gegend zuständig. Dafür sehen wir uns ein ziemlich breites Spektrum an alten Fällen an.«

Saana nickt, und ohne weitere Fragen zu stellen, reicht sie ihr ein schwarzes Heft und einen Ordner, der vor Papieren fast überquillt.

»Das ist alles, was ich während meiner Zeit hier zusammengetragen habe«, sagt sie. »Ich weiß nicht, ob es hilft. Es geht nur um einen einzigen Fall. Ehrlich gesagt fühlt es sich etwas komisch an, mit der Polizei darüber zu sprechen, da es anfangs nur mein eigenes kleines Projekt war. Ich habe Informationen über einen ungelösten Todesfall gesammelt, der sich 1989 in Hartola ereignete. Die Teenagerin Helena Toivio wurde in der Nähe der Villa Koskipää tot im Fluss gefunden, und es ist immer noch nicht klar, was mit ihr passiert ist. Ich hatte vor, ein Buch über den Fall zu schreiben oder vielleicht einen Podcast zu machen. Ich weiß noch nicht.« Sie wirft Heidi einen unsicheren Blick zu.

»Danke«, sagt Heidi und nimmt das Material entgegen. »Gibt es aktuell etwas, dem Sie noch auf den Grund gehen wollen?« Obwohl die Situation ernst ist, würde sie am liebsten lächeln. Unglaublich, dass Jan, der coolste aller Männer, plötzlich vor so einer netten Frau dahingeschmolzen ist. Wenn sie an seine früheren, recht oberflächlichen Dates zurückdenkt, kann sie nicht anders, als sich über diese Wendung zu wundern.

»Also wenn Sie wissen wollen, was ich als Nächstes vorhabe oder was noch offen ist: Mich interessiert die offizielle Ermittlungsakte von Helena Toivios Fall«, antwortet Saana. »Ich würde auch gern den Polizisten finden, der damals ermittelt hat, und ihn interviewen, aber ich habe noch nicht damit angefangen, seine Kontaktdaten zu suchen.«

»Warum waren Sie gestern in der Kirche? Was hat Fors mit dem Fall zu tun?«

»Er war kurz vor Helenas Tod ihr Konfirmationspfarrer, und ich hätte ihn gern gefragt, wie er sie in Erinnerung hatte. Ich hatte das Gefühl, dass er etwas verheimlicht.«

»Okay. Sie können weiterrecherchieren, wenn Sie wollen, aber Ihre Unterlagen bleiben einstweilen bei uns. Ich gehe sie sicherheitshalber durch«, sagt Heidi. Auf Netflix und anderen Streaming-Diensten laufen schon so lange True-Crime-Serien, dass jede dahergelaufene Zivilperson glaubt, sie könne in einem Kriminalfall ermitteln, denkt sie. So einfach ist die Arbeit einer Ermittlerin aber nicht.

Saana blickt sich im dunklen Foyer um und wartet offenbar auf weitere Anweisungen von Heidi.

»Danke, das war's fürs Erste. Sie bekommen natürlich das ganze Material zurück, wenn ich damit durch bin. Das kann allerdings ein bisschen dauern«, sagt Heidi und begleitet Saana hinaus. Sie würde sich gern noch weiter mit ihr unterhalten, aber jetzt ist nicht die Zeit dafür. In ihrer Rolle als Ermittlerin muss sie nüchtern zum nächsten Tagesordnungspunkt übergehen. Es liegt an Jan, ob er irgendwann die Grenze überschreitet und Saana außerhalb der Arbeitszeit seinen Kollegen vorstellt. Dann könnte Heidi sie in Ruhe besser kennenlernen und ihr einbläuen, sich gut um Jan zu kümmern.

Auch wenn sie Saana nur kurz getroffen hat, freut sie sich für Jan. Sie wäre bereit, ihm ihren Segen zu geben, wenn er fragen würde. Aber das wird er natürlich nicht tun.

Sie wirft Saanas Ordner auf ihr gemachtes Bett und geht zum Fenster, um hinauszusehen. Sie weiß schon, was sie als Nächstes tun sollte, aber es geht ihr ziemlich gegen den Strich.

Die Daten von Fors' Handyvertrag wurden ausgewertet. Saki hat eine Anrufliste übermittelt, der zufolge Fors eine Nachricht an Julia Aleksandras Rufnummer geschickt und um ein Treffen gebeten hat. Heidi wirft einen Blick auf den Ordner und wägt die Alternativen ab. Es gibt keine. Es wäre ihre Aufgabe, sich noch einmal mit Julia zu treffen und irgendetwas aus ihr herauszuquetschen, was ihnen dabei helfen würde, zu einem endgültigen Urteil zu kommen. Ist Julia schuldig oder unschuldig?

Helsinki, Freitag, 19. Juli

Schweigend sitzt Jan mit seinem Vater auf dem Boden seines Elternhauses. Gerade haben sie sich einstimmig darauf geeinigt, dass auf der Trauerfeier das Lied gesungen werden soll, das Mutter sich bereits für ihre Beerdigung gewünscht hatte. Das Stück von Kari Rydman ist ziemlich traurig, aber wunderschön. *So schön ist die Erde, so hoch der Himmel. Das Lied der Vögel klingt über blühende Hügel. Und schattige Wasser, so schattige Wasser.*

Jan denkt an die Opfer und deren Angehörige. Wie schrecklich es sein muss zu trauern, ohne zu wissen, wie es dem Liebsten ergangen ist. Jan muss täglich daran arbeiten, wieder an das Gute zu glauben. Der Tod von älteren Menschen ist leichter zu akzeptieren als der von jungen. Ihm ist klar, dass er seine Mutter höllisch vermissen wird, aber er weiß auch, dass jeder irgendwann sterben muss. Niemand kann sagen, wann es so weit ist, auch nicht junge Menschen. Immer wenn er bei diesem bedeutungsschweren »Dieser Tag könnte der letzte sein«-Grundsatz ankommt, fühlt er sich teils dankbar, und teils erfüllt es ihn mit Schmerz. Es ist gleichzeitig nervenaufreibend und beruhigend zu denken, dass das Leben eigentlich nur eine Aneinanderreihung verschiedener Ereignisse ist, bis irgendwann alles zu einem Ende kommt. Man kann nicht viel tun, außer voller Mut zu leben.

Auf der Arbeit beweist Jan Mut, aber dafür vernachlässigt er seine Freizeit. Die Zeit, die man im Leben genießen sollte.

Die Stille in der Wohnung fühlt sich schrecklich an. Sie haben beschlossen, sich der Trauer wirklich zu stellen. Jan glaubt, dass das gemeinsame Durchgehen von Mutters Sachen für seinen Vater eine Möglichkeit ist, ihr nahe zu sein und Zeit mit ihm zu verbringen. Es ist gut, dass sie beide so kurz danach nicht allein sein müssen.

Als Jan noch klein war, vermisste er seine Mutter ab und zu. Manchmal hatte sie lange Schichten und war gerade dann weg, wenn er zu Hause und wach gewesen wäre. Als er ihr davon erzählte, antwortete sie, dass er es so sehen solle: Jedes Mal, wenn sie weg war, wurde vielleicht ein Menschenleben gerettet.

Er fand den Gedanken schön, aber völlig unmöglich. Als ob er kein Recht dazu hätte, sich nach ihr zu sehnen. Es machte ihn zu einem habgierigen Hosenscheißer, der seine Mutter bei sich zu Hause haben wollte, obwohl dadurch Menschen sterben könnten. Er verbrachte viel Zeit mit seiner Großmutter, wenn seine Mutter Dienst im Krankenhaus hatte. So war es, seit er denken konnte, aber es ist schwer zu sagen, an wie viel er sich wirklich erinnert. Seine ganze Kindheit vermischt sich zu einem angenehmen Nebeldunst.

Fast wahllos schmeißt sein Vater die Sachen in Müllsäcke. Jan bremst ihn und leert die Säcke im gleichen Tempo wieder, wie sein Vater sie füllt.

»Du musst doch … wir müssen doch erst schauen. Sichergehen, dass wir nicht aus Versehen etwas Wichtiges wegwerfen«, sagt Jan. Sein Vater lässt ihn die Sachen wieder ausräumen und geht zu anderen Dingen über, die er in die Säcke stopfen kann.

Es wird spät. Als Jan endlich in seiner Wohnung ankommt, ist es fast ein Uhr nachts. Er lässt sich aufs Sofa plumpsen und muss plötzlich an Saana denken. Hinter ihm liegt ein harter Tag, aber trotzdem ist er nicht komplett fix und fertig. Die Trauer fühlt sich überwältigend und erdrückend, aber auch befreiend an. Kein Bangen mehr um das Ende. Keine Sorgen mehr um seine Mutter oder Schuldgefühle wegen des eigenen Verhaltens. Kein Kopfzerbrechen mehr darüber, ob er alles richtig macht, sodass ihre letzten Momente auch sicher gut verlaufen.

Helsinki, Samstag, 20. Juli

Mertanen hat einen Frühstückstisch im Hotel Seurahuone reserviert und sitzt bereits da, als Jan drei Minuten zu spät den Saal betritt. Mertanen hebt seine Hand nur leicht, so als ob er einen Kellner rufen wolle. Jan bemerkt es und geht entschlossenen Schrittes auf ihn zu.

Er überlässt es seinem Chef, das entscheidende Thema anzuschneiden, was jedoch bis nach dem Essen dauert.

»Wie dicht sind wir dran?«, fragt er und wischt sich den Mundwinkel an einer Papierserviette ab.

»Wir ermitteln weiter in alle Richtungen, wie du weißt«, antwortet Jan und legt das Besteck auf den Teller. »Der Ursprung des Ganzen könnte weiter in der Vergangenheit liegen, als wir anfangs dachten.«

Mertanen legt die zusammengeknüllte Serviette auf seinen dreckigen Teller.

»Wer zum Teufel führt uns immer noch an der Nase rum und massakriert diese Männer?« Er stößt die Worte zischend zwischen seinen beinahe geschlossenen Zähnen hervor.

Jan lehnt sich im Stuhl zurück, wie um eine Verteidigungshaltung einzunehmen. Noch nie hat er Mertanen so wütend gesehen.

»Wir sind kurz davor. Bei Fors lagen wir schon ziemlich dicht dran. Jetzt geben wir alles, damit wir beim nächsten Ziel zuerst da sind.«

Mertanens Gesicht ist ausdruckslos. Sein linker Augenwinkel zuckt. Jan überlegt, wie lange Mertanen schon beim KRP arbeitet. Wie ausgerechnet er zum Chef werden konnte. Kaum vorstellbar, dass er seine Karriere als bescheidener und diensteifriger Untergebener begann.

»Wir wollen den Täter fassen, und zwar verdammt noch mal schnell. Es darf kein einziger Mord mehr passieren, ist das klar?« Mertanen bleibt sich treu, indem er die Verantwortung für die Morde auf Jans Schultern abwälzt.

»Habt ihr einen Verdacht, wer der Nächste sein könnte, oder könnte es trotzdem bei den dreien bleiben?«, fragt Mertanen, und Jan schweigt einen Moment. »Diese Frage stellt man uns. Ist jetzt ganz Finnland in Gefahr?«

»Die Antwort ist Nein«, sagt Jan nach einer langen Denkpause. »Es ist nicht ganz Finnland in Gefahr. Die Opfer haben etwas miteinander zu tun, der Mörder oder die Mörderin wählt sie nicht zufällig. Das nächste Ziel ist schon lange vorgemerkt. Wir gehen davon aus, dass noch eines übrig ist.«

»Ihr leistet gute Arbeit, das weiß ich«, sagt Mertanen nach einem kurzen Moment der Stille. »Ihr bekommt weiterhin alle Ressourcen«, fährt er fort, steht auf und klopft ihm unbeholfen auf die Schulter. »Wir können es uns nicht mehr leisten zu zögern. Ihr müsst hart durchgreifen. Ihr müsst alles tun, damit dieser Verrückte verhaftet werden kann«, fügt er hinzu und geht.

Jan nimmt sich einen Zahnstocher und dreht sich nach Mertanen um, der den Saal in Richtung Foyer und Ausgangstür verlässt. Idiot, denkt er, auch wenn das nichts ändert. Mertanen ist immer noch sein Chef. Auf dem Zahnstocher herumkauend, starrt er auf den großen Kronleuchter an der Decke und die schweren Vorhänge im Saal. Es sind nicht viele Gäste da. Die geschäftigste Frühstückszeit ist schon vorbei.

Durch einen Anruf wird er aus seinen Gedanken gerissen.

»Jetzt habe ich vielleicht was«, sagt Saki, bevor Jan sich überhaupt richtig melden kann.

»Schieß los«, fordert Jan ihn auf. Mittlerweile erkennt er es an Sakis Stimme, wenn dieser etwas wirklich Wichtiges herausgefunden hat.

»Das Hinweistelefon«, fährt Saki fort. »Gestern haben wir zusätzliche Mittel bekommen, um noch mehr Sachen durchforsten zu können, und ich hab ein paar Typen beauftragt, das ganze Material des Hinweistelefons durchzukämmen. Und gerade eben haben wir da was gefunden. Warte mal kurz. Vor fünf Tagen ging ein Anruf ein, bei dem jemand sagte: ›Die Herrschaft der Könige ist vorbei. Niemand kann ewig regieren, ohne am Ende für seine Taten zur Rechenschaft gezogen zu werden.‹«

Jan gibt ein Knurren von sich. Er ist stinksauer. Seit fünf Tagen liegt also diese Nachricht beim Hinweistelefon herum, die sie sofort hätten bekommen sollen.

»Woher kam die Nachricht?«, fragt er in der Annahme, dass Saki die nötigen Daten bereits hat.

»Wir haben den Anruf analysiert und geortet. Nicht nur wurde die Nummer angezeigt, sondern der Anruf dauerte auch noch idiotisch lange.«

Deshalb also klingt Saki so begeistert.

»Wir haben die Stelle auf der Karte markiert. Der Anruf kam von einer Telefonnummer in Hartola.«

»Und die Stimme?«, fragt Jan. Diese Information wäre ausschlaggebend, sollte es sich bei der Person um den gesuchten Mörder handeln. War es eine Frau oder ein Mann?

»Der Stimme nach war es eindeutig eine Frau«, erwidert Saki.

Hartola, Samstag, 20. Juli

Saana setzt die Gartenschaukel mit dem Fuß in Schwung und versucht, ihre Gedanken zu beruhigen. Ihre Augen brennen und sind trocken, aber wenn sie sie schließt, sieht sie sofort die Leiche vor sich. Der Anblick hat sich in ihre Netzhaut gebrannt. Sie kommt zu einer Erkenntnis. Die Hintertür der Kirche! Wie knapp davor sie doch gewesen war, selbst dem Mörder oder der Mörderin in die Arme zu laufen. Ihr Unterbewusstsein ist aber noch mit etwas anderem beschäftigt. Etwas Offensichtlichem, das sie trotzdem noch nicht greifen kann.

Neben ihr liegt zusammengefaltet eine Ausgabe der *Iltalehti,* die ihre Tante gekauft hat. Saana hat sie noch nicht aufgeschlagen. Zwar ist sie neugierig, aber der Gedanke daran, sich an Morden zu ergötzen, ist auch abstoßend. Warum schenkt man dem Täter Aufmerksamkeit? Ist das nicht genau das, was er bezwecken will, indem er Menschenleben auslöscht? Oder möchte er mit den Morden die Aufmerksamkeit der Leute auf etwas lenken?

Zuerst der Mord an Matti Eskola und jetzt der Tod von Antti-Juhani Fors. So wie sie es verstanden hat, hatten beide Opfer ein Brandzeichen. Die genauen Todesursachen werden in der Presse nicht erwähnt. Es gab nur die Angabe, dass die Fälle gemäß dem Gutachten des Rechtsmediziners als Verbrechen eingestuft wurden. Das Gerücht über Eskolas ungewöhnlichen Tod hatte sich bereits wie ein Lauffeuer in Hartola verbreitet: *Wurde tot in seinem Auto gefunden. Ein Brandzeichen auf der Haut.* Und jetzt das, der tote Pfarrer, dessen Schicksal sie selbst bezeugen musste. Nach wie vor ist es schwer zu begreifen, warum in Hartola ein Mann nach dem anderen erledigt wird.

Sie stoppt die Schaukel, um die Position zu wechseln. Beide Namen sind ihr in ihren eigenen Recherchen begegnet. Und zu allem Überfluss hat ihr ausgerechnet der Mann den Kopf verdreht, der ganz offensichtlich in diesen Morden ermittelt. Sie stößt die Schaukel wieder an. Das Treffen mit Heidi Nurmi lief gut, auch wenn Saana sich etwas unwohl gefühlt hat. Es schien, als ob Heidi sie während des ganzen Gesprächs kritisch gemustert hätte. Sie fragt sich, ob Heidi und Jan auch Freunde oder lediglich Arbeitskollegen sind. Dann schlägt sie die Zeitung auf ihrem Schoß auf und liest, was über die Fälle geschrieben wurde.

MORDWELLE IN FINNLAND:
HÄNGEN DIESE FÄLLE ZUSAMMEN?
Die Polizei hält sich bedeckt.

Neugierig inspiziert sie die Überschrift. Zwei Tötungsdelikte in Hartola und eines in Helsinki. Wird es noch mehr Opfer geben? Sie liest den Text, um mehr zu erfahren, aber im Artikel werden keine Details verraten. Allerdings steht darin, dass das erste Opfer, ein Mann, tot auf Suomenlinna gefunden wurde. Nach kurzer Überlegung wird ihr klar, dass es sich um dieselbe Person handelt, von deren Fund die Polizei vor Wochen auf Twitter berichtete.

Sie kann sich gar nicht vorstellen, wie Jan sein Arbeitsfeld wahrnehmen muss. Die ständig wachsende Zahl an Opfern. Die permanente Bedrohung. Wer ist der Nächste? Aus Jans Sicht gibt es immer einen Nächsten. Kann man so eine Arbeit überhaupt machen und dabei bei vollem Verstand bleiben? Innerlich speichert sie seine Arbeit im Ordner »ehrenhaft« ab. Dazu gehören all die Berufe, die viel zu wenig wertgeschätzt werden, aber eigentlich die meiste Wertschätzung erfahren sollten: Alten- und Krankenpfleger*innen, Kindergärtner*innen, Lehrer*innen, Polizist*innen, Feuerwehrleute und eben Ermittler*innen. Letztere treten dem entgegen, wovor andere am liebsten die Flucht ergreifen würden.

HARTOLA

Sommer 1989

Die rothaarige und die schwarzhaarige Tutorin nahmen nur an einem Teil des Tagesprogramms im Lager teil. Abwechselnd fehlten sie ohne Erklärung. Helena fragte sich, ob es überhaupt jemand bemerkt hatte. Sie sah zu, wie das schwarzhaarige Mädchen unsicher umherlief und sich schließlich neben das rothaarige setzte.

Helena schrieb einen Zettel und legte ihn dem Jungen in die Tutorenhütte. »Iiris und Katja verheimlichen etwas. H.«

Sie müssten bald auf die Mädchen zugehen und ihnen Fragen stellen, da das Ferienlager schon fast zu Ende war.

Am Lagerfeuer ging es mittlerweile etwas ruhiger zu. Vielleicht sparten sich alle ihre Kräfte für den letzten Abend auf. Das wäre die letzte Gelegenheit, das entstandene Zusammengehörigkeitsgefühl zu genießen, und die Mutigeren würden sich vielleicht sogar ihrem Schwarm annähern. Am Morgen würden sie sich schon wieder zerstreuen. Das enge Gruppengefüge würde zerbrechen, und sie würden sich wieder als gewöhnliche Menschen betrachten, nicht als Konfirmanden. Einige würden im nächsten Jahr als Tutoren zurückkehren, aber der Rest wäre ganz auf sich allein gestellt, wenn die Blase des Konfirmandenlagers sich verflüchtigen würde. Ein Teil würde sich anschließend älter fühlen, ein Teil erwachse-

ner, ein Teil schlechter, und der Großteil hätte überhaupt nicht das Gefühl, sich verändert zu haben. Aber Helena wusste bereits jetzt, dass ihre Welt ins Wanken geraten war. Sie hatte den Jungen getroffen.

Sie und er hatten bereits einen Pakt geschlossen. Sie träfen sich direkt am nächsten Tag und auch am darauffolgenden. Sie träfen sich und würden gemeinsam das Mysterium um die Mädchen lösen. Wohin war Laura Malm verschwunden? Was hatten die Rothaarige und die Schwarzhaarige im Lager gemacht? Sie würden sich bei der Villa verabreden und unter der Führung des Jungen heimlich Ermittlungen auf dem Grundstück anstellen.

»Ich werde dir alles zeigen«, flüsterte er und zog sie dann lächelnd an sich. Sie lehnten so dicht aneinander, dass Helena den Puls an seinem Hals pochen sehen und sein Rexona riechen konnte.

Wenn das Lager zu Ende wäre, beträten sie gemeinsam das Gebäude auf der anderen Seite des Stroms, das nur ein kurzes Stück vom Herrenhaus entfernt lag. Die Uferhütte, in deren Fenster der Junge an dunklen Abenden hin und wieder Licht gesehen hatte. Niemand hatte Helena geistig jemals so sehr herausgefordert wie er. Sie wetteiferten mit ihrem Wissen und versteckten ihre eigene Verletzlichkeit, ihre Scham und ihre Ängste. Alles, was neu für Körper und Geist war. Aber gleichzeitig überraschte sie die Kraft der Akzeptanz. Wie es sich anfühlte, wenn die eigenen Ängste und Unsicherheiten vom anderen anerkannt wurden. Wenn der andere einen bewundernd ansah und genau die Stelle streichelte, für die man sich am meisten schämte. Wie es sich anfühlte, wenn es jemanden gab, der alles sah und akzeptierte. Jemand, der einem erlaubte zu sein, wie man war.

Helsinki, Samstag, 20. Juli

Der Anruf der Frau wurde auf ein altes öffentliches Telefon am Busbahnhof zurückgeführt. Das Areal ist im Besitz des Busverkehrsunternehmens Matkahuolto. Saki hat mehrere Stunden investiert, um eine Person zu erwischen, von der man eine Auskunft zu den Kameras auf dem ganzen Bahnhofsgelände bekäme. Es wäre absolut möglich, dass sich in der Nähe des Telefons eine aktive Kamera befindet. Jan überlegt, was zu tun ist. Es ist schon eine gewisse Zeit vergangen, seit die Nachricht im System einging.

»Ob der Hinweisanruf absichtlich so lange dauerte?«, fragt Heidi und reißt ihn aus seinen Gedanken.

»Gute Frage«, erwidert er. Wahrscheinlich ist Heidi auf der richtigen Fährte. »Könnte es sein, dass im Drehbuch der Brandzeichenmorde eine Wendung kommt, mit der der Mörder etwas von sich selbst preisgeben will?«, überlegt Jan laut.

Sie haben die Aufzeichnung viele Male angehört, aber die Frauenstimme kommt ihnen nicht bekannt vor. Julia ist es nicht, und Jan bemerkt Heidis Erleichterung.

Julia ist seit Kurzem nicht mehr zu erreichen, sie scheint wie vom Erdboden verschluckt. Ob sie vor der Polizei auf der Flucht ist oder vor etwas anderem? Frau Eskola sagte, ihre Tochter sei nach Helsinki zurückgekehrt, aber in ihrer Wohnung war sie nicht anzutreffen. Jan ist unschlüssig, ob Julia wieder als Hauptverdächtige gelten sollte oder ob es Grund zur Sorge um ihre Sicherheit gibt.

Bevor Saki das von Matkahuolto zugeschickte Videomaterial durchsieht, bringt er noch weitere Informationen auf den Tisch: die Anrufdaten von Fors. Sie haben bereits sichergestellt, dass Julia Aleksandra die Nachricht empfangen hat, aber wer hat Fors angerufen? Kurz vor seinem Tod telefonierte er mit einer unbekannten Nummer.

Heidi geht den Bericht der Spurensicherung über die Kirche in Hartola durch, während Jan hinausgeht, um zu telefonieren. Kaj nimmt nach ein paarmal Klingeln ab. Jan schildert seinem Freund die Spur der Zerstörung, die der Brandzeichenmörder hinterlassen hat, sowie jeden noch so kleinen Hinweis, den die Polizei bis jetzt von ihm hat. Jan ist sich ganz sicher, dass es noch ein viertes Opfer geben wird, wenn sie nicht schneller sind. Darüber, wer zum Opfer werden könnte, kann noch nichts gesagt werden.

»Vielleicht rechtfertigt er seine Handlungen durch ein Gefühl der Machtlosigkeit«, sagt Kaj. »Falls der Täter früher einen Kontrollverlust mit diesen Männern erlebt hat, dann hat er jetzt die Kontrolle über die Situation. Er oder sie möchte auf ziemlich brutale Weise Macht demonstrieren.«

»Also gut«, setzt Saki an, und Jan und Heidi spitzen die Ohren. Ihr Kollege hat viele verschiedene Arten, »also gut« zu sagen. Der Tonfall jetzt gerade deutet auf gute Nachrichten hin.

Er öffnet ein Standbild von der Eingangstür des Busbahnhofsgebäudes auf dem Bildschirm, auf dem eine rothaarige Frau mit Sonnenbrille zu sehen ist.

»Und jetzt«, fährt Saki fort und öffnet ein weiteres Bild. Auf der Internetseite des Supermarkts von Hartola blickt eine rothaarige Frau in die Kamera. Es ist dieselbe wie auf der Überwachungskamera.

Dreieinhalb Stunden später sitzt ihnen die Frau schweigend gegenüber. Die Festnahme ist wie aus dem Lehrbuch abgelaufen. Ein Polizeitrupp hat die Frau direkt von der Supermarktkasse zum Auto geführt und sie nach Helsinki gefahren. Ihr Gesichtsausdruck ist ruhig, kein bisschen überrascht.

»Warum haben Sie beim Hinweistelefon angerufen?«, fragt Jan und lehnt sich zu ihr nach vorne, sodass sie sich unter demselben Lichtkegel befinden. An der Decke surrt eine Leuchtstoffröhre.

»Sie haben ja so lange gebraucht. Ich habe angerufen, um Ihnen zu sagen, wie die Sachlage ist«, sagt sie sehr leise, beinahe flüsternd. »Die Könige bekommen endlich ihre Strafe. Ihre Herrschaft ist vorbei.«

»Die Könige – welche Könige meinen Sie?« Nun spricht Heidi mit ihr. Sie lehnt sich über den Tisch und wartet mit aggressivem Blick auf die Antwort.

»Die stillen Blender des Königreichs. Um sie geht es. Um sie, die damals das Recht an sich rissen.«

»Welche Rechte nahmen sich die Könige?«, fragt Heidi weiter. Die Frau zuckt nur mit den Schultern und sieht Jan mit leerem Blick an.

Jan übernimmt wieder die Führung. »Sprechen Sie von einem früheren Fall?«

»Ja«, erwidert die Frau und wendet sich nur noch ihm zu.

»Meinen Sie das Mädchen, das vor dreißig Jahren tot im Fluss gefunden wurde?«, fragt Heidi ernst.

Die Frau antwortet nicht auf die Frage, wird aber eindeutig eine Spur wütender. »Die Könige haben damals Gott gespielt, mussten aber nicht dafür büßen. Jetzt hat jemand beschlossen, sich zu rächen«, sagt sie so, als sei das alles selbstverständlich.

»Und so soll es geschehen. Drei von ihnen haben bereits ihre Strafe erhalten.«

»Drei von ihnen«, wiederholt Jan. »Heißt das, es gibt noch mehr?«

Beinahe verwundert sieht sie ihn an.

»Wer sind die Könige?«, fragt er mit erhobener Stimme. Aber die Frau sitzt nur schweigend da. Er würde sie am liebsten schütteln. Zuerst hat sie mit ihrem Anruf beim Hinweistelefon die Aufmerksamkeit auf sich gelenkt, und jetzt schweigt sie.

»Wer sich mit den Höchsten einlässt und sich in ihre Angelegenheiten einmischt, der möge leiden«, murmelt sie schließlich und blickt ihm direkt in die Augen. »Die Könige wollten sich im Verborgenen halten, also sei ihnen das auch jetzt vergönnt«, fügt sie hinzu, offensichtlich zufrieden mit sich selbst.

»Wer ist der vierte König?«, wiederholt Jan. »Es geht um ein Menschenleben, begreifen Sie das?«, sagt er mit Nachdruck, aber die Frau schweigt.

»Wir können Sie hier sehr lange festhalten«, fährt er fort und ändert seine Taktik. »Sie wollen doch kaum hier sitzen und wegen ihnen leiden.« Er versucht zu erkennen, ob er mit seiner Herangehensweise Erfolg hat.

»Ich habe es nicht eilig«, entgegnet die Frau. Dann hebt sie den Kopf und sieht ihm wieder direkt in die Augen. »Ich habe schon genug gelitten. Ich habe nichts mehr zu verlieren. Ich hoffe nur aus ganzem Herzen, dass auch der letzte König stirbt. Wenn er tot ist, bleiben nur noch die Ruinen des Königreichs übrig«, flüstert sie und versinkt anschließend in ihrer eigenen Welt.

Jan ist verblüfft. Sie sieht so gewöhnlich aus, wie eine ganz normale Frau zwischen vierzig und fünfzig. Iiris Lepistö. Geboren 1972, keine Familie. Arbeitet als Kassiererin im Supermarkt. Mit ihren roten Haaren und Sommersprossen ist sie sogar überdurchschnittlich hübsch, aber irgendetwas an ihr wirkt dubios, verschlossen.

Die Stille im Raum wird durch Heidis kräftigen Fußtritt gegen den Stuhl der Frau durchbrochen. Jan zuckt zusammen, greift aber nicht ein. Heidi und er tauschen oft die Rollen, um die Dynamik einer Vernehmung zu verändern.

»Schluss mit diesen Mätzchen«, schreit Heidi, und Jan erkennt, dass sie nicht schauspielert, sondern echte Ungeduld aus ihr spricht.

Zu seiner Überraschung wird die Frau durch den Tritt sichtlich wieder munter und lacht beinahe manisch.

»Drei von ihnen, die drei Toten, hätte ich im Schlaf benennen können. Aber über den vierten kann ich nichts sagen. Seine Identität kennt wahrscheinlich niemand.«

Jan ist sich schmerzlich darüber bewusst, dass sie mit den Ermittlungen tiefer und tiefer in die Vergangenheit Hartolas und des Königreichs eintauchen. Er blättert durch den Ordner über Helena Toivios Fall und reibt sich die Schläfen. Die Ermittlungen wurden Anfang September 1989 aufgenommen, in den ersten Monaten des Jahres 1990 jedoch wieder eingestellt, und der Fall geriet bei der Polizei in Vergessenheit. Im Ordner befindet sich ein Vermerk, dass man ungeachtet des Mangels an Beweisen – oder gerade deswegen – davon ausgehen müsse, dass das Mädchen entweder durch ein Unglück oder aus eigener Entscheidung ertrunken war. Etwas muss dennoch offengeblieben sein, denn der Fall wurde nicht geschlossen. Ob etwas gegen die Selbstmordtheorie sprach, fragt sich Jan und liest die Papiere noch einmal mit neu erwachtem Interesse durch.

Helena Toivio wurde am 1.9.1989 tot im Tainionvirta gefunden. Offizielle Todesursache: ertrinken. Ein blauer Fleck am Hinterkopf. Vermutung: Kopf beim Fall ins Wasser oder danach angeschlagen. Die Leiche wurde obduziert, und im Organismus wurden Spuren von Alkohol gefunden.

Jan liest den Polizeibericht und betrachtet die Fotos. Es

wirkt, als ob man den Fall ohne gründliche Nachforschungen ins Archiv abschieben wollte. Er sieht nach, wer den Bericht erstellt hat. Wer ist für die offengebliebenen Ermittlungen verantwortlich? Zu seiner Überraschung ist kein Name vermerkt.

Seit der Vernehmung der Frau erscheint alles beängstigend simpel. Helena Toivios Ertrinken. Der verstaubte Fall, den Saana entdeckt hat, nimmt immer mehr Gestalt an.

Sie hat ihnen ihr ganzes Material überlassen: handschriftliche Anmerkungen, detaillierte Personenkarten, Handlungsentwürfe, Kopien von alten Artikeln, ein Interview mit einer Journalistin, ein Treffen mit Helenas Mutter und einzelne Informationen über die Vergangenheit, die sie vom Museumsführer der Villa Koskipää erhalten hat.

Es kommt Jan komisch vor, die Recherchearbeit einer anderen Person zu lesen. Saanas Anmerkungen könnten von ihm stammen, so genau und analytisch sind sie. Er vergrößert die Bilder auf seinem Handy, und hier und da fallen ihm einzelne Wörter ins Auge. Bei »Laura Malm, verschwunden« hält er inne. Geht es bei diesem Fall nicht um ein Mädchen namens Helena Toivio? Zur Sicherheit schreibt er Saki eine Nachricht: »Such mal nach Laura Malm, Achtzigerjahre. Geboren schätzungsweise Anfang der Siebziger.«

Während er auf Sakis Antwort wartet, sortiert er, basierend auf den neuen Informationen, seine eigene Ermittlungswand um. Jetzt, da er Saanas Unterlagen kennt, ist er sich nicht mehr sicher, wer im Zentrum stehen sollte. Dennoch platziert er die drei Toten in der Mitte. Lars Sundin, Matti Eskola und Antti-Juhani Fors. Zwei davon sind im selben Jahr geboren, und der dritte besuchte dasselbe Gymnasium. Aber es muss noch mehr geben.

Jan positioniert Orte des Geschehens, Personen und Fragen neu. Dann kehrt er wieder zu den kleinen Informationsschnipseln zurück, die Saana gesammelt hat.

Die Sammlung beinhaltet Fotos von Helenas Tagebuch, einem jungen Mann inmitten von Orchideen, Helenas Konfirmation, dem Grundstück der Villa und von Kachelöfen und Fensteransichten aus den Räumlichkeiten des jetzigen Museums. Schließlich verweilt er bei einem Bild, das Saana von einem kleinen verlassenen Haus gemacht hat. Etwas daran bringt sein Gehirn zum Rattern. Er überlegt kurz, geht dann zu seiner Tasche und nimmt den Ordner mit den Bildern heraus, die er noch nicht an die Ermittlungswand gehängt hat. Die bei Eskola gefundenen Fotos der jungen Mädchen. Er vergleicht Saanas Fotos von dem Haus mit den alten, obszönen Aufnahmen. Ja. Die Rosentapete auf Saanas Bildern ist dieselbe wie die auf den Fotos der Mädchen. Was hat das zu bedeuten? Er schaut nach, was sie unter ihre Fotos geschrieben hat. »Ufersauna« steht dort. Sofort ruft er sie an.

Er schickt Saki die von Saana erhaltene Adresse und hofft, dass die Spurensicherung direkt am nächsten Morgen vor Ort sein kann. Er sieht auf die Uhr. Es ist halb sieben. Heidi und er könnten es heute noch schaffen.

Das Wasser ist ganz still, als Heidi und Jan die Hängebrücke überqueren, an deren anderem Ende die kleine Hütte am Ufer wartet. Insektenschwärme schwirren über dem Fluss, und in der glatten Wasseroberfläche spiegelt sich wunderschön der Himmel.

»Hör mal, wie still«, sagt Heidi und bleibt in der Mitte der Brücke stehen. Jan hält ebenfalls an. Niemand ist zu sehen. Es gibt nur sie beide und den kühlen, aber schönen Sommerabend. Jan fragt sich, wo Heidi jetzt wohl gern wäre. Wenn sie die Wahl hätten, würden sie wohl beide keine verlassene Ufersauna in Hartola durchsuchen. Erfreut stellt er fest, dass ihm endlich einmal ein Ort einfällt, an dem er sein möchte. Er will bei Saana sein. Egal, wo das ist.

Er betrachtet Heidis aufrechte Statur und ihr schönes Gesicht. Obwohl sie nach ihrem Äußeren zu schließen wahrscheinlich Verehrerinnen hat, bleibt sie Jahr für Jahr allein. Genau wie er. Ob sie glücklich ist? Er weiß nicht, ob er es sich nur einbildet, aber ist Heidi irgendwie netter zu ihm, seit sie Saana getroffen hat? Als ob Saana Einfluss auf Heidis Meinung über ihn genommen hätte. Er erschlägt ein Insekt, das ihm vor dem Gesicht herumsurrt, und schnipst den winzigen Kadaver auf die Steine im Wasser.

Bei der Sauna ist es mucksmäuschenstill. Jan bedeutet Heidi, auf der Veranda zu warten. Die Tür ist nicht verschlossen. Er geht hinein, tritt von der Tür zurück und lässt Heidi nachkommen.

»Die Sauna und das Grundstück gehörten zum Herrenhaus am anderen Ufer. Erst als aus ihm ein Museum wurde, trennte man sich von dem Grundstück. Dann ging die Sauna in den Besitz der Gemeinde über«, erzählt Heidi, während sie vorsichtig das Innere der Hütte betreten.

»Sieht verlassen aus«, fügt sie hinzu und nickt in Richtung Aufenthaltsraum, der unter einer dicken Staubschicht verborgen liegt. Auf dem Boden sieht man ein paar Fußspuren. Jan braucht einen Moment, bevor ihm klar wird, dass das wahrscheinlich Saanas Spuren sind. Davor muss die Hütte jahrzehntelang leer gestanden haben.

»Die Spurensicherung muss den Ort unter die Lupe nehmen«, meint er, als sie vom Saunaraum zurück in den Aufenthaltsraum gehen. Man müsste Proben nehmen, vom Bett, vom Boden, von überall. Vielleicht fänden sich im Staub Haare oder etwas anderes, was diesen Ort mit Personen in Verbindung brächte, toten oder lebendigen. Sie bräuchten eine Bestätigung für die Identitäten der Mädchen auf den Fotos. Jan bleibt im Flur stehen. Eine Rehtrophäe starrt ihn von der vergilbten Wand des verfallenen Zimmers an. Überall haben die Farben bereits ihren Glanz verloren.

Nachdem er wieder das ihm vertraut gewordene Hotelzimmer erreicht hat, beginnt er, eine neue Theorie zu formulieren. Es gibt die Männer, die Könige, also muss es damals auch Untertanen gegeben haben. Wer sind die Mädchen auf den Bildern, und welche Rolle spielen sie in dem Ganzen? Nimmt gerade eines der Opfer Rache?

Er gibt Saki Bescheid, dass, wenn die Spurensicherung mit ihrer Arbeit fertig ist, alle möglicherweise erhaltenen Proben aus der verlassenen Hütte mit den als verschwunden gemeldeten jungen Frauen und den ermordeten Männern abgeglichen werden müssen. Saki bestätigt den Auftrag, und Jan überlegt, ob er als Nächstes Saana befragen sollte. Bevor er den Gedanken zu Ende bringen kann, klopft Heidi an die Tür und kommt herein. Sie sieht verwirrt aus.

»Die Anruferin beim Hinweistelefon ist es nicht«, sagt sie. »Ich habe gerade erfahren, dass sie ein Alibi hat. Sie war bei der Arbeit im Supermarkt. Abgesehen vom Dienstplan können das auch ihre Kollegen bestätigen. Sie hätte es niemals von Suomenlinna nach Hartola zur Frühschicht geschafft.«

Jan sieht sie an und will etwas sagen, aber sie fährt dazwischen:

»Nein, es ist nicht möglich, dass sie zwischendurch wegfuhr, um einen Mord im großen Stil zu begehen, und danach wieder zur Arbeit kam. Es muss jemand anders gewesen sein.«

Hartola, Sonntag, 21. Juli

Saana kann es kaum erwarten, Jan wiederzusehen. Sie hat viele Fragen. Gutmütig und hilfsbereit hat sie der Polizei ihr gesamtes Recherchematerial übergeben, bisher aber weder das Material zurückerhalten noch eine genauere Erklärung bekommen. Darum geht ihr die Frage nicht aus dem Kopf, ob alles zusammenhängen könnte, Helenas Schicksal und die Morde, in denen Jan ermittelt?

Am Abend konnte sie vor lauter Erinnerungen an die vergangenen Tage nicht einschlafen. Eine Kriminalbeamtin hatte sie, *sie,* zu Hartolas Vergangenheit befragt, zu Theorien und Ideen, welche Dinge laut ihren Recherchen mit Helenas Tod in Verbindung stünden. Es waren auch viele Fragen dabei, auf die Saana keine Antwort wusste. Wer von den Freunden oder Angehörigen der ertrunkenen Helena könnte sich rächen wollen? Ging damals etwas vor sich, was das Leben vieler junger Mädchen überschattete? Die letzte Frage treibt sie am meisten um. Und wenn doch von Reichmann für Helenas Tod verantwortlich war? Oder wenn er Helenas Interesse an ihm ausnutzte und diese an einen Punkt trieb, von wo aus es kein Zurück mehr gab?

Vor ihrem inneren Auge geht Saana die Gesichter durch, und diese speziellste Person von allen geistert ihr am stärksten im

Kopf herum. Das mysteriöse Gemälde im Salon der Villa und die Jahre, in denen Hartola sich laut ihrer Tante im Esoterikrausch befand. August von Reichmann, der Baron. Über ihn ist überraschend wenig bekannt. Saana hatte bis fast drei Uhr nachts wach im Bett gelegen, und am frühen Morgen war ihr auf einmal bewusst geworden, dass man, um Helena zu verstehen, auch den Baron kennen müsste. Helena war auf seinem Grundstück gestorben, möglicherweise während des von ihm veranstalteten Festes. Wohin war er danach gezogen? Warum hatte er den Ort so kurz nach Helenas Tod verlassen?

Als ihr die Bedeutung des Barons in der Nacht klar geworden war, war ihr eine noch verrücktere Idee gekommen: Sie muss ihn finden, ihn mit eigenen Augen sehen. Falls er noch am Leben ist, könnte sie ihm alle Fragen stellen, die ihr unter den Nägeln brennen. Wenn er bereits tot ist, will sie zumindest seine letzte Ruhestätte besichtigen.

Sie versucht, Jan anzurufen. Wieder keine Antwort. Er scheint viel um die Ohren zu haben. Schließlich schreibt sie ihm eine Nachricht.

Saanas Erinnerung an die gemeinsame Nacht im Hotel beginnt bereits zu verblassen. Sie sehnt sich nach einer Bestätigung, Beweisen dafür, dass es sich lohnt, in die Sache mit Jan zu investieren. Außerdem will sie Antworten. Das aufregende Abenteuer als Investigativjournalistin hat eine beunruhigende Wendung genommen, und auf einmal findet sie sich inmitten von echten Mordermittlungen wieder. Jetzt kann sie nicht einfach aufhören. Sie muss den Baron suchen. Sie wird eine Reise machen, für einen Moment dem Dunstkreis des mittlerweile düsteren Ortes entfliehen. Vielleicht wird sie das der Lösung näherbringen. Und vielleicht wird ihr der Abstand zu Jan auch guttun. Wenn die Sache mit ihm im Sand verläuft, dann tut sie das unabhängig davon, ob Saana allein dasitzt und sich deswegen stresst. Tief ein- und ausatmen.

Gerade als sie sich in den Gemütszustand einer unabhängigen Frau versetzt hat, ruft Jan an. Glücklich schmilzt sie dahin, als sie seine Stimme hört. Aber sie fragt nicht, wann sie sich das nächste Mal sehen. Stattdessen erzählt sie ihm, dass sie sich überlegt hat, nach Berlin zu fliegen. Schon den ganzen Morgen hat sie mit Reisevorbereitungen verbracht und billige Flüge mit Norwegian, ein Airbnb in Friedrichshain und die Zugfahrpläne nach Potsdam herausgesucht. Nur für eine Nacht.

»Gut«, antwortet Jan. »Hartola scheint aktuell kein besonders sicherer Ort zu sein.« Saana muss über seinen Beschützerinstinkt schmunzeln. Bestimmt war das nur ein Witz, sie hat doch keinen Grund, Angst zu haben, oder doch? Es ist schwer, Jan zu lesen, und er kann ihr natürlich keine Details zu den Ermittlungen verraten. Ob in Hartola noch etwas passiert ist, was er als Polizist weiß, was aber nie öffentlich bekannt gegeben wurde?

»Die Reise hat teilweise mit Hintergrundrecherchen zu tun«, gibt Saana zu. »Ich will August von Reichmann finden, der damals in der Villa Koskipää gewohnt hat. Den Mann, den man den Baron nennt. Er verließ Finnland im selben Jahr, in dem Helena starb. Nirgendwo gibt es eine Erklärung, warum.«

»Interessant«, sagt Jan. »Weißt du, wo du suchen musst?«

»Der Baron hatte damals einen Vertrauensmann. Einen Hausmeister, der sich um alles in der Villa kümmerte. Von Reichmann hat ihm vor Jahren eine Karte geschickt. Darauf stand, er wohne in einem Seniorenheim in Potsdam. Ich habe auch die Adresse«, sagt sie. »Heutzutage kann doch niemand mehr spurlos verschwinden, oder?«, fragt sie unsicher.

»Ich kann ein paar Adresssuchläufe auf internationalen Seiten für dich machen«, sagt Jan, und sie merkt, dass er es ernst meint.

»Danke«, erwidert sie. »Tatsächlich habe ich schon heute

Morgen beim Seniorenheim angerufen, um sicherzugehen. Dort wohnt wirklich ein alter Herr namens August von Reichmann.«

Jan schweigt einen Moment, als ob er nicht wüsste, wie er fortfahren soll. Dann sagt er mit seiner tiefen, dunklen Stimme nur leise: »Sichere Reise!«

HARTOLA

Sommer 1989. Der letzte Abend.

Endlich war der Abend gekommen, auf den Helena den ganzen Sommer gewartet hatte. Das venezianische Fest. Mittlerweile freute sie sich nicht mehr wegen des Barons darauf, sondern weil sie und der Junge eine Aufgabe hatten.

Bei der Konfirmationsfeier nach dem Konfirmandenlager hatte Helena vor der wortkargen und trägen Verwandtschaft die Rolle des unschuldigen Mädchens gespielt. Anders als sie gehofft hatte, wurde dort nur Dünnbier serviert, kein Sekt wie bei Johanna zu Hause. Dennoch hatte mit der Feier ihr neues Leben begonnen.

Sie sah auf die Uhr. Um fünf würde sie sich mit dem Jungen an der Tankstelle treffen, vor dem Fest der Konfirmandengruppe. Sie konnten den Abend kaum erwarten. Zu Hause hatte Helena gesagt, sie würde bei Johanna übernachten. Nein, sie würden nicht zu lange wach bleiben. Sie sähen sich nur einen Film an und gingen dann ins Bett. Helena lackierte sich die Nägel schwarz und stopfte ein Kleid in ihren Rucksack, welches das Gegenteil von Reinheit verkörperte. Das schwarze Rüschenkleid war überhaupt nicht die Helena, die ihre Mutter kannte, sondern die mutige Frau, die sie heute sein wollte.

An der Tankstelle reichte der Junge ihr lächelnd ein kleines Päckchen über den klebrigen Tankstellentisch. Es war ein schmales, goldenes Armband darin. Ohne zu zögern, ließ sie es ihn um ihr Handgelenk legen und strahlte ihn an.

Alle Teilnehmer des Konfirmandenlagers hatten sich am Aurinkoranta-Strand eingefunden. Die Stimmung war anfangs angespannt, das Lager erschien ihnen nun, zwei Wochen später, wie aus einer anderen Zeit. Einige verglichen ihre erhaltenen Konfirmationsgeschenke und Geldsummen miteinander. Der Großteil interessierte sich allerdings schon mehr für Zigaretten oder Bier. Die Tutoren hatten ihr Versprechen gehalten und für Bier und Rotwein gesorgt. Es gab einfach alles. Und jetzt saßen sie gespannt um das Lagerfeuer, fühlten sich erwachsener. Etwas lag hinter ihnen, und so vieles lag vor ihnen. Das ganze Leben.

Ohne es zu merken, fummelte Helena an ihrem neuen Armband herum. Es fühlte sich kalt auf der Haut an. Sie griff nach der geöffneten Bierflasche am Boden und nahm einen Schluck. Der malzige Geschmack im Mund war etwas eklig.

»Krieg ich einen Schluck?«, hörte sie jemanden neben sich sagen, aus Richtung der Sonne.

Sie hob den Blick und erkannte im Gegenlicht Johanna.

»Na klar, es ist immer noch verdammt schlecht«, erwiderte sie lachend und merkte, dass sie sich das erste Mal an diesem Abend entspannte.

»Danke«, sagte Johanna und griff zögerlich nach der Flasche.

Vielleicht wäre eine gemeinsame Flasche Bier ihre Art, sich wieder miteinander zu vertragen. Helena lachte und tat unbeschwert, aber insgeheim wartete sie ab. Der Abend war noch nicht zu Ende. Da stand noch viel mehr bevor, Größeres. Mitten während der Konfirmandenparty würde sie zum venezianischen Abend gehen. Sie würde sich für das Unbekannte und den Jungen entscheiden. Am Seeufer blieben die Kinder zurück. Ihre venezianische Maske lag schon in ihrer Tasche, und in der Villa würde etwas anderes, etwas Fremdes und Unvorhersehbares auf sie warten. Etwas Erwachseneres und viel Faszinierenderes.

Eine Stunde später machte sie sich geräuschlos in Richtung Waldrand davon. Der dunkle Augustabend hatte sich bereits über dem Lagerplatz herabgesenkt. Das Licht des Feuers erreichte nur noch diejenigen, die direkt davorsaßen, nicht mehr diejenigen am äußeren Rand. Helena ließ ihre Taschenlampe aus und trat schnell in die Pedale. Bisher lief alles nach Plan. Der lautlose Übergangsritus von der Kindheit zum Erwachsensein. Aber eine in der Gruppe sah alles und folgte Helenas Bewegungen mit scharfen Augen.

Als sich Helena mit ihrem Fahrrad schon ein Stück entfernt hatte, fing Johanna an zu rennen. Sie schlich sich durch die Schatten davon und rannte dann so leise hinterher, dass Helena sie nicht hörte.

Von dem Bier leicht beschwipst, parkte Helena ihr Fahrrad und ging in die Bar. Sie hielt Ausschau nach Inkeri und freute sich, als sie sie lächelnd an einem der hinteren Ecktische sitzen sah.

»Ich wollte dir das hier geben«, sagte Helena und reichte ihr ein zerknittertes Stück Papier. Sie hatte beschlossen, Informationen zu streuen, Zweifel zu säen. »Ich mag Sie, aber ich habe Sie mit diesem Lehrer gesehen«, fügte sie hinzu und triumphierte insgeheim, als sie den verwunderten Ausdruck in Inkeris schönem Gesicht sah. »Er verdient Sie nicht, an diesem Typen ist irgendetwas faul.« Nachdem sie das gesagt hatte, spürte sie, wie ein seltsames und unbekanntes Gefühl von Sicherheit durch ihre Adern rauschte. Als Inkeri verwirrt anfing, das Gedicht auf dem Zettel zu lesen, war Helena schon weg.

Als sie beim Herrenhaus ankam, hatte das Fest bereits begonnen. Die Musik aus dem Garten war bis zur Windmühle zu hören. Es war völlig windstill. Sie hatte ihr Fahrrad etwas weiter entfernt abgestellt, im Schatten des Waldes, und sich das Kleid angezogen. Ihre Eltern dürften niemals erfahren, dass sie nicht dort war, wo sie eigentlich sein sollte. Bei Johanna.

Sie trat näher und sah an der Ecke eines der Nebengebäude eine vertraute Gestalt stehen. Schüchtern ging sie hinüber, und der Junge ergriff ihre Hand. Er war jetzt mutiger als früher. Er zog sie dicht an sich, und sie küssten sich zur Tanzmusik im Hintergrund. Dieser Abend bedeutet alles, dachte Helena, als er sie im Takt der Musik leicht hin- und herwiegte.

Hartola, Sonntag, 21. Juli

Heidi geht innerlich die bisherigen Fakten durch. Sie hat den Vormittag mit Fors' Nachlass verbracht, einem bescheidenen Reihenendhaus und ein paar Möbeln. Etwas Persönliches hat sie nicht gefunden. Der Mann führte ein asketisches Leben.

Sie denkt über all das nach, was sie selbst herausgefunden oder zuletzt von Jan gehört hat. Daher kommt es ihr in jeder Hinsicht amüsant vor, dass die Frau, die Jan datet, seit dem Sommeranfang Informationen zu einem alten Fall sammelt, der sich jetzt als relevant für ihre Ermittlungen herausgestellt hat. Der dickköpfige und coole Ermittler Jan, den sie so gut kennt, hat es sich erlaubt, Arbeit und Freizeit zu vermischen.

Es scheint ihr, als sei Saana wie auf Bestellung in Jans Leben getreten. Vielleicht sogar auf ihre Bestellung. Wie lange wünscht sie ihm schon eine Wendung für sein Leben ... Etwas Gutes, das seine harte Schale aufbrechen und ihn innerlich mit Licht füllen würde. Aber jetzt, da Saana auf der Bildfläche erschienen ist, bemerkt Heidi ihre eigene Verwirrung. Sie würde gern über sich selbst lachen, kann es aber nicht. Auf gewisse Art und Weise ist sie nämlich eifersüchtig. Jan, ihr Arbeitskollege, ihre Vertrauensperson, der ihr wie ein Bruder ist, hat jetzt eine neue enge Vertraute gefunden. Wird es sein Verhältnis zu ihr verändern? Wird die zwischen sie getretene Frau sie auseinandertreiben? Heidi schüttelt den Kopf, als ob sie ihn so leeren könnte. Bemitleidenswerte Gedanken eines einsamen Menschen. Natürlich freut sie sich auch für Jan. Schließlich hat sie den Blick bemerkt, mit dem er Saana ansieht.

Heidi begreift nicht, wie der Mörder oder die Mörderin bisher alles von sich fernhalten konnte. Warum haben sie keine Spuren? Zwei Möglichkeiten schießen ihr durch den Kopf. Entweder ist es ein Polizist, der seine Spuren sorgfältig verwischen kann, oder aber es ist jemand, der ziemlich unscheinbar ist. So unscheinbar, dass man ihn unmöglich verdächtigt. Jan hat Heidi einen klaren Auftrag gegeben: »Prüfe Saanas Unterlagen, und beantworte ihre Fragen aus unserer Sicht. Um 18:15 Uhr, in Zimmer 25, gehen wir alles durch«, steht in der Nachricht. Heidi ist etwas sauer. Sie, die Kriminalbeamtin, soll anhand der Amateurrecherchen von Frau Hobby-Linden, Jans neuer Flamme, nach Informationen suchen.

Saana hat Jan anscheinend zwei Dinge gefragt. Wer war der Polizist, der damals im Fall ermittelte? Und gibt es in irgendeinem Polizeiarchiv Daten zu einem Mädchen namens Laura Malm? Eigentlich ganz sachliche Fragen. Fuck, denkt Heidi. Die Frau macht einen klaren und ziemlich strukturierten Eindruck.

Sie blättert durch die Papiere und hält bei einem Foto aus Saanas handschriftlichen Notizen inne. »Volkshochschule von Ost-Häme 1985, 1988, 1989, Lehrer ›Lasse‹. Malte unter dem Künstlernamen ›Król‹ Bilder.« Schau an, denkt sie. Auf dem Foto posiert ein Mann, der genauso aussieht wie ein junger Lars Sundin. Das verknüpft ihn sofort mit Hartola.

Schnell blättert Heidi weiter zum alten *Hymy*-Artikel und zu der wirren Geschichte über den mysteriösen Tod eines jungen Mädchens. Die Story selbst spricht sie nicht an, aber sie bleibt neugierig bei einem bestimmten Bild hängen. Im Artikel ist davon die Rede, dass der Ermittlungsleiter der Polizei sich bedeckt hält. Wer hat die Ermittlungen zu Helena Toivios Todesfall geleitet? Das Bild ist unscharf, ein Polizist sitzt in einem Dienstwagen, einem Saab, den Blick abgewandt, aber der Fotograf hat den Moment dennoch für die Ewigkeit einfangen können. Dieses Bild von 1989 stellt Heidis Gedankenwelt komplett auf den Kopf.

Ist das möglich, denkt sie und hält sich das Bild noch dichter vor die Augen. Dann macht sie mit dem Handy ein Foto davon und legt den Stoß wieder ordentlich zurück auf den Tisch. Sie weiß nicht, wo ihr der Kopf steht. Ihr Herz schlägt schneller. Er. Von allen Menschen ausgerechnet er. Sie sieht auf die Uhr. Fünf vor. Um Viertel nach treffen sie sich in Jans Zimmer. Die Minuten kriechen dahin. Dann hält sie es nicht mehr aus und macht sich halb rennend auf den Weg zu Jan.

Als sie ihm von ihrer Entdeckung erzählt, findet er keine Worte. Zuerst will er das Bild sehen. Sichergehen.

Er betrachtet das Foto und sieht es mit eigenen Augen. Ja. Auf dem Zeitungsfoto ist eindeutig ihr Vorgesetzter zu sehen, der Leiter des KRP, Juha Mertanen. Das Bild ist von Weitem aufgenommen worden und nicht sehr scharf, aber es besteht dennoch kein Zweifel. Jan muss nachdenken. Was bringt ihnen diese Information Neues, was lässt sich dadurch ausschließen, was ändert sich? Als er lange genug nachgedacht hat, führt er Heidi wortlos aus dem Zimmer, hinaus auf den Flur.

»Lass uns etwas frische Luft schnappen«, sagt er, und sie nickt. Sie hat bereits eine Ahnung. Wenn du Spuren auf eigene Faust nachgehst, tu, was du kannst. Stell sicher, dass dich keiner belauscht. Überlege, wem du trauen kannst. Schweige, wenn die Situation ausweglos ist. Heidi und Jan kennen ein paar Grenzfälle, über die schon lange geschwiegen wird. Aber jetzt geht es um etwas völlig anderes. Ihr Vorgesetzter ist gerade Gegenstand der Mordermittlungen geworden.

Als sie zurückkommen, ruft Jan Saki an.

»Fors kannte Sundin und Eskola zumindest schon aus Studienzeiten. Aber es gibt auch Spuren in Hartola. Sundin arbeitete laut Saanas Unterlagen als Kunstlehrer an der Volkshochschule von Ost-Häme in Hartola. Offenbar verwendete er einen Künstlernamen. Und nach neuesten Erkenntnissen arbeitete Mertanen in den Achtzigern als Polizist in Hartola. Es wäre wichtig zu erfahren, ob sich über ihn irgendetwas Amtliches aus den Achtzigern bis Neunzigern finden lässt, egal was.«

Saki verspricht, der Sache nachzugehen und sich so bald wie möglich zurückzumelden.

»Es wäre super, wenn du mir die Infos face to face geben könntest«, fügt Jan schließlich etwas stockend hinzu. Saki will zu einer Frage ansetzen, aber plötzlich scheint ihm durch Jans Tonfall alles klar zu werden. *Heikle Situation, besser, wenn wir uns sehen.*

Sechs Stunden später hat Saki die Daten durchforstet und ist in Hartola angekommen. Als er im Burghotel bei Zimmer 25 klopft, wird die Tür sofort aufgerissen. Heidi nickt ihm zu und weicht zur Seite, um ihn einzulassen. Er wirft einen Stapel Papiere vor ihnen auf den Tisch. Auf dem obersten Blatt ist eine Kopie eines Fotos zu sehen. Eines der Bilder, die bei Eskola gefunden wurden. Um das Muttermal am Hals des Mädchens wurde ein Kringel gemalt. Das gleiche Muttermal ist auch auf einem zweiten Bild zu sehen, unter dem der Name Laura Malm steht.

Es ist Heidi, die die Stille bricht: »Wie konnte dieses Mädchen verschwinden?«

»Meinen Informationen nach waren die Eltern aktiv, aber man hat nichts herausgefunden«, sagt Saki. »Die Interpretation der Polizei: rebellierende Teenagerin. Laut Vernehmungsprotokoll war sie im Streit von zu Hause weggegangen, das sagte ihre

Mutter damals aus. Die Polizei von Hartola führte die Suche nach dem Mädchen durch, auch darüber steht etwas in der Ermittlungsakte zu Malm.«

»Die Polizei?«, fragt Heidi und sieht Saki bedeutungsvoll an. Dieser blättert die Papiere bis zum Ende des Berichts durch, aber es steht kein Name da.

»Die Polizei von Hartola, aber dieser Ermittlungsbericht ist aus irgendeinem Grund anonym«, sagt er. Jan und Heidi sehen sich an. Die Puzzleteile haben sich gerade ineinandergefügt. Mertanen hat zu irgendeinem Zeitpunkt seinen Namen entfernt, um nicht mit den Ermittlungen in Verbindung gebracht zu werden.

Saki reicht ihnen eine Liste von Schülern des Gymnasiums von Jyväskylä aus bestimmten Jahren. Auch darauf ist ein ihnen bekannter Name eingekreist.

»Verdammte Scheiße«, murmelt Jan, als er sieht, was auf dem Blatt steht. Der Anblick des Namens verursacht ihm großes Unbehagen. Der vierte Name, die Person, die potenziell alles zusammenführt: ihr Vorgesetzter Juha Mertanen. Saki hat die nötigen Daten gefunden, denen zufolge Mertanen dieselbe Schule wie die anderen besuchte. Im nach Lahti verlegten Archiv der Polizei von Hartola hat er auch einen Bericht von Mertanen aus dem Jahr 1989 entdeckt. Über eine Schlägerei vor der Tankstelle. Verfasser: Konstabler Juha Mertanen. Polizeirevier Hartola, 1983–1989.

Schweigend verarbeiten Jan und Heidi die neuesten Informationen. Heidi glaubt zu hören, wie es auch in Jans Kopf rattert. Die Frau vom Hinweistelefon, die mit einem vierten König rechnete. Vier Könige, und drei von ihnen sind weg. Einer ist noch an der Reihe. Es drängen sich vor allem zwei Fragen auf: Wer ist der Mörder, der einen König nach dem anderen erledigt? Und noch schlimmer: Ist ihr Vorgesetzter der Täter oder dessen nächstes Ziel?

Berlin, Montag, 22. Juli

Sofort, als das Anschnallzeichen ausgeht, fangen die Leute manisch an, ihre Sachen zu packen und sich auf den Gang zu quetschen. Saana wartet lieber auf ihrem Sitzplatz. Durch das Fenster beobachtet sie, wie das Flughafenpersonal die Koffer aus der Maschine in die Gepäckanhänger wirft. Als fast alle Passagiere weg sind, steht sie auf. Die Eiligen werden genauso auf ihre Koffer warten müssen wie sie.

Für einen Moment will sie nicht an Jan denken. »Sichere Reise« hatte er ihr gewünscht und dabei irgendwie matt geklungen, als ob er sich schon im Voraus dafür entschuldigen wollte, wie es mit ihnen ausgehen wird. Als ob das Ganze im Sande verlaufen wird, bevor überhaupt etwas Größeres daraus werden kann, weil er zu viel um die Ohren hat. Vielleicht macht er es mit allen Frauen so. Zieht sie mit seiner Offenheit in seinen Bann, und wenn er bekommt, was er will, distanziert er sich und benutzt den Arbeitsstress als Vorwand. Saana fragt sich, ob sie ihn richtig eingeschätzt hat. Sollte er sich als Arschloch entpuppen, würde sie komplett an ihrer Menschenkenntnis zweifeln. Die Verbindung zwischen ihnen hatte sich so stark angefühlt.

Am Abend geht Saana in die *Wohnzimmer-Bar* am Prenzlauer Berg. Das entspannte Berliner Flair erobert sofort ihr Herz, und sie fragt sich, warum sie nicht auf die Idee gekommen war, den Sommer in Berlin zu verbringen. In Deutschland ist außerdem alles viel günstiger als in Finnland. Aber sie hatte sich von allen Orten auf der Welt ausgerechnet für Hartola entschieden. Allerdings hatte ihr zum Zeitpunkt der Entscheidung nicht die ganze Welt offengestanden. Gut, dass sie damals überhaupt geradeaus schauen konnte.

Sie bestellt das zweite Glas Riesling und holt ihren Laptop heraus. Sie will schreiben. Während des Flugs hatte der Gedanke Gestalt angenommen. Je weiter sie sich von Hartola entfernt hatte, desto stärker war die Stimme des Königreichs in ihrem Kopf geworden. Helenas Stimme.

Nach zwei Gläsern Riesling und einer geschriebenen Seite beschließt sie, die genaue Route zu googeln. Zuerst will sie zur Unterkunft, sich einen erholsamen Schlaf gönnen und dann ganz früh am Morgen mit dem Zug nach Potsdam fahren. Google liefert ihr die Fußgängerroute vom Bahnhof zum Seniorenheim. Das Ziel ist als rote Stecknadel auf der Karte zu sehen. St. Franziskus Seniorenpflegeheim, Potsdam, Germany.

Am nächsten Morgen im Zug liest Saana ihre Fragen durch, auf die sie sich Antworten von dem alten Mann erhofft.

Warum sind Sie aus Finnland weggezogen?

Erinnern Sie sich an die Gästeliste des letzten venezianischen Abends?

Haben Sie Fotos von der Feier?

Was geschah wirklich an diesem Abend?

Hoffentlich wird sie von ihm alles erfahren. Sie sieht vom Notizheft auf und beobachtet die Menschen im Zug. Das Abteil ist fast leer. Ein paar Plätze weiter sitzt eine Mutter mit ihrer Tochter. In Saanas Kopf blitzen Erinnerungen an Zugfahrten mit ihrer eigenen Mutter auf. Als sie noch klein war, wickelten sie sich immer belegte Brote in Folie und fuhren mit dem Zug nach Jyväskylä. Auf halber Strecke durfte man den Proviant essen. Die Gurke klebte immer am Käse fest und machte das Brot feucht. Saana konnte Gurken auf Brot gar nicht leiden, aber ihre Mutter aß sie gern.

In Potsdam angekommen, folgt Saana der Karte. Obwohl diese sehr eindeutig ist, ist es hin und wieder kaum möglich, die Linien als Straßen zu erkennen.

Es ist heiß. Berlin erlebt gerade die größte Hitzewelle des Jahres, und sie ist ihr bis nach Potsdam gefolgt. Es bringt jedoch nichts, darüber zu jammern, man braucht sich nur den unbeständigen finnischen Sommer vor Augen zu halten, denkt Saana, während sie über den vor Hitze kochenden Asphalt läuft.

Endlich findet sie das Seniorenheim, das, wie in der Straßenansicht auf Google Maps, inmitten von saftig grünen Bäumen liegt. Zögernd tritt sie ein.

Die Pflegerin hebt freundlich die Brauen und versucht, Saana zu verstehen. Herr Reichmann? Ja, der sei in Zimmer sechs. Ob er sie bereits erwarte? Alles klar, gut. Die Pflegerin spricht eher mit sich selbst, da Saana nur das ein oder andere deutsche Wort versteht. Sie hat August von Reichmann eine Tafel finnische Schokolade von Fazer mitgebracht, aber durch die Hitze ist sie ganz weich geworden. Trotzdem überreicht sie ihm das Geschenk. Er lächelt und wirkt neugierig. Sein Gesicht drückt echte Verwunderung aus.

»Guten Tag«, begrüßt Saana ihn auf Finnisch.

»Hallo«, antwortet er auf Deutsch.

»Ich komme aus Hartola, Sie haben dort ja mal gewohnt«, fährt sie auf Finnisch fort und stellt fest, dass sie langsam und überdeutlich spricht.

Er blickt hilfesuchend zur Pflegerin.

»Sprechen Sie Deutsch?«, fragt diese und ermutigt Saana mit einem Lächeln, fortzufahren. »Herr von Reichmann spricht kein Finnisch.«

»Finnland? Sie?«, versucht Saana mit ihrem unbeholfenen Deutsch zu fragen, aber der Mann scheint sie nicht zu verstehen.

»Ich komme aus Finnland. Hartola. Sie haben in Hartola gelebt«, stammelt sie.

»Hartola? Wieso?«, fragt der Mann.

Saana wird nervös. So schwierig hat sie sich den Anfang nicht vorgestellt. Keine Sekunde lang hatte sie daran gedacht, dass er überhaupt kein Finnisch sprechen könnte.

»Das muss ein Fehler sein«, sagt von Reichmann.

Saana versteht ihn nicht. Sie hat das Buch aus dem Museum mit dem Bild des jungen Barons und seinen Orchideen mitgebracht.

Sie zeigt ihm das alte Foto, aber er verzieht keine Miene, nichts deutet darauf hin, dass er wüsste, was auf dem Bild zu sehen ist. Er schüttelt nur den Kopf. »Fehler«, wiederholt er.

Sein Gedächtnis ist ganz schön in Mitleidenschaft gezogen, denkt Saana und flucht innerlich über all die Deutschstunden, in denen sie nur in ihr Heft zeichnete und nicht aufpasste. Fehler, was heißt das doch gleich? Oder ist es ein Name? Schließlich fällt ihr ein, nach Fotos zu fragen.

»Foto?«

Der Mann scheint es zu verstehen und humpelt zu einem alten Bücherregal. Auf einmal etwas munterer, holt er ein dickes, braunes Fotoalbum heraus und bedeutet Saana freundlich, sich mit ihm an den Tisch zu setzen. Sie blättern durch die Bilder, und Saana lächelt bei jedem Foto höflich. Von seinen Erklärungen versteht sie kein Wort. Es dauert einen Moment, bis ihr die Wahrheit dämmert. Der junge Mann auf den Bildern ist überhaupt nicht der August von Reichmann, den sie sucht.

HARTOLA

Sommer 1989. Der letzte Abend.

Helena und der Junge starrten einander in die Augen und grinsten albern. Dann wurde der Junge ernst. Sie hatten eine Aufgabe zu erledigen. Sie suchten nach etwas, was all das Böse entlarven würde.

Er hatte Helena erzählt, dass der Baron die Ufersauna seit Jahren nicht mehr benutze, dennoch habe sein Vater manchmal Licht in dem kleinen Gebäude brennen sehen. Irgendetwas war verdächtig an der Feier. Jemand könnte die Räumlichkeiten des Herrenhauses zu seinem eigenen Zweck nutzen. Die Musik hörte kurz auf, und die beiden lösten sich voneinander. Der Junge würde zuerst gehen und anschließend Helena. Wenn sie nicht zusammen unterwegs wären, sähen sie mehr. Helena hatte ja auch eine offizielle Einladung. Sie umschloss das kleine Stück Papier in ihrer Hand fest.

»Du siehst schön aus«, flüsterte der Junge, und sie wurde rot, aber die Dunkelheit verbarg es vor ihm. Dann setzte sie ihre venezianische Maske auf.

»Bist du dir sicher, dass du das kannst?«, fragte er, und sie nickte schnell, bevor sie es bereute. Sie hatten alles besprochen. Sie würden das Geschehen verfolgen und heimlich alles fotografieren, was sie sahen. Er hatte die Kamera.

Vor der Villa angekommen, blieb Helena einen Moment stehen, um die über den Garten gespannten Laternen zu bewundern. Nur kurze Zeit später kam der Gastgeber des Abends herbeigeeilt, um sie zu begrüßen. Sie beugte sich für die Wangenküsse nach vorne und wusste mit einem Mal nicht mehr, wie viele der Baron ihr normalerweise gab. Einen, zwei oder sogar drei. Sie fühlte sich sehr unbeholfen. Von Reichmann bot ihr seinen Arm und führte sie an den herausgeputzten Leuten und den festlichen Gedecken vorbei zum Salon, der als Tanzfläche diente. Dann verbeugte er sich tief. »Darf ich bitten?«, fragte er, und Helena knickste kichernd.

»Dein Leben wird einmal wunderbar werden«, flüsterte er ihr während des Tanzes ins Ohr und brachte sie direkt vor dem Servierwagen zum Stehen. Sie nahm sich ein Weinglas, und er schenkte ihr etwas ein. Zaghaft nahm sie einen Schluck, bevor sie wieder zu tanzen begannen.

Innerlich spielte Helena ihr heimliches Spiel »Hier oder dort«, bei dem sie gleichzeitig stattfindende Ereignisse miteinander verglich. Wäre sie lieber hier – als minderjährige Spionin auf der spannendsten Feier Hartolas – oder mit den Kindern am Lagerfeuer beim Mückenerschlagen? Die Antwort kam wie von selbst. Sie war lieber hier. Beim Tanzen und in der mysteriösen Welt der Erwachsenen. Sie hielt an, um noch einen Schluck zu nehmen, und spürte, wie ihr der Wein sofort zu Kopf stieg. Alles erschien ihr mit einem Mal lustiger. Als ob es das in der Ecke lauernde Böse gar nicht gäbe.

Nach dem Tanzen stellte von Reichmann sie ein paar Gästen vor: »Darf ich vorstellen, die junge Schönheit, die noch ihre Spuren in der Welt hinterlassen wird.« Anonyme Gesichter hinter Masken erhoben in stiller Zustimmung ihr Glas auf Helena. Sie nahm die hinter den Schlitzen der Masken hervorblitzenden Augen und schmatzenden Münder wahr. Sie hatte Festkleidung erwartet, aber bis jetzt hatte sie lediglich ein paar eindeutig besser als sie angezogene, aber alles andere als edel gekleidete Frauen gesehen, bestimmt so alt wie ihre Mutter. Wo waren die anderen jungen Mädchen? Würde der Abend so werden, wie sie es erwartet hatten? Geheime Gäste, verschwiegene Atmosphäre?

Der Baron entfernte sich, um seinen Aufgaben als Gastgeber nachzukommen, und Helena blickte sich schüchtern um. Sie verhielt sich, wie man es von ihr erwartete. Wie es schon andere Mädchen vor ihr getan hatten. Laura Malm zum Beispiel. Sie hatte auf eine Einladung gewartet.

Am letzten Abend war Iiris zu ihr gekommen. Als sie mit zwei anderen Mädchen beim Rauchen gestanden hatte, war Iiris aufgetaucht und hatte sie beiseitegenommen. Zuerst hatte Helena geglaubt, sie wolle nur eine Zigarette. Aber dann hatte Iiris ihr ein Angebot gemacht. Helena sollte Tutorin werden, in ihren Kreis aufgenommen werden. Wenn sie einverstanden wäre, würden sie ihr auch Zugang zu Orten verschaffen, zu denen die Kinder nicht durften. Unvergessliche Partys, Wein, so viel man trinken konnte, nur für Auserwählte. Ob Helena dabei sein wolle? Man habe sie ausgewählt.

Um ein Haar hätte Helena preisgegeben, dass sie schon eine Einladung bekommen hatte. Eine, die sie zu nichts anderem verpflichtete, aber dann war ihr klar geworden, dass sie damit zu viel verraten würde. Also hatte sie nichts gesagt. Nur zugehört. Wollte wissen, wie alles anfing. Wie es bergab ging.

»Du wurdest auserwählt«, hatte Iiris geflüstert, ihre Hände auf Helenas Schultern gelegt und ihr ruhig in die Augen gesehen. »Willst du wissen, warum?« Helena hatte mit den Schultern gezuckt.

Sie gab keinen Mucks von sich. So hatten sie es ausgemacht. Helena würde als Köder dienen, und der Junge würde sich um den Rest kümmern.

Iiris lehnte sich etwas näher zu ihr und flüsterte:

»Du wurdest auserwählt, weil du besonders bist.«

Berlin, Dienstag, 23. Juli

Nachdem sich Saana vom falschen August von Reichmann verabschiedet hat, sperrt sie sich auf der Toilette ein, um das deutsche Wort »Fehler« zu googeln. Bei Google Translate ändert sie die Reihenfolge von Finnisch-Deutsch zu Deutsch-Finnisch und gibt dann das Wort in das obere Feld ein. Die Antwort kommt schnell. Es bedeutet Irrtum oder Missverständnis. Sie tippt auf das Lautsprechersymbol, hört sich die Aussprache an und wird sich dabei ihrer eigenen Fehler bewusst.

Im Altenheim wohnt der falsche von Reichmann. Aber wer hat sich hier geirrt? Jemand in der Vergangenheit oder sie selbst? Die Adresse ist exakt dieselbe wie auf der Postkarte. Saana muss sich eingestehen, was geschehen ist. Sie ist eine schlechte Privatdetektivin, eine regelrecht beschissene. Bis nach Deutschland ist sie geflogen, zum falschen Mann, und wurde nicht fündig. Anstelle von Antworten hat sie nur noch mehr Fragen gefunden. Wer schickte die Postkarte von August von Reichmann? Warum stand diese Adresse darauf? Wo ist der richtige Baron?

Im Zug muss sie schmunzeln. Sie betrachtet die schnell vorbeiziehende Landschaft, ohne wirklich etwas zu sehen, und ist in Gedanken versunken. Die Sache ist eigentlich ziemlich klar.

Eine klassische Story, wie man sie aus vielen Krimis und Filmen kennt. Die Karte muss eine Fälschung gewesen sein. Jemand hatte sich die Mühe gemacht, den Hausmeister, von Reichmanns Vertrauten, glauben zu lassen, die Karte stamme vom Baron. Aber was ist mit dem echten Baron passiert? Wo ist er? Und wer schickte Rikus Vater eine Postkarte von einer falschen Adresse?

Saana überlegt, welche Möglichkeiten ihr nun bleiben. Von Reichmann lebt, wohnt aber irgendwo anders. Wollte er untertauchen, und wenn ja, warum? Oder er ist gestorben. Die Theorie geht ihr die ganze schwitzige Zugfahrt von Potsdam zurück nach Berlin im Kopf herum. Was, wenn von Reichmann wirklich tot ist? Was würde das an der ganzen Konstellation ändern? Ist er wirklich nach Deutschland zurückgekehrt – oder sollte man das nur glauben? Das würde den Fall noch komplizierter machen. Saana hat das Gefühl, angesichts ihrer ganzen Theorien langsam wahnsinnig zu werden.

Als sie in ihrem Airbnb am Boxhagener Platz in Friedrichshain angekommen ist, schickt sie Jan eine Nachricht:

»War mit dem Zug in Potsdam, ohne Erfolg. Wo könnte man rausfinden, ob jemand in Deutschland gestorben ist? Habe den falschen von Reichmann getroffen. Wie läuft's bei dir? Kuss«

Sie zögert, ob sie »Kuss« schreiben soll, aber jetzt ist die Nachricht schon raus. Am liebsten würde sie ihm auch von Reichmanns Foto aus dem Buch schicken, auf dem er inmitten seiner Orchideen im Garten der Villa abgebildet ist, und ein großes Fragezeichen daruntersetzen.

Was ist nur mit dem Baron passiert? Die Reise nach Berlin war seltsam, aber hilfreich. Sie hat Jan die ganze Zeit vermisst, traut sich aber nicht, es ihm zu sagen. Sie weiß, dass er unglaublich viel zu tun hat, und auch sonst erscheint ihr die Sache zwischen ihnen sehr zerbrechlich. Noch kennen sie sich nicht gut genug, um irgendetwas vom anderen fordern zu können. Nicht einmal Gesellschaft. Was ist Jan eigentlich überhaupt für ein Mann? Derselbe Typ, der sie auf Wolke sieben schweben lässt, bringt sie auch wieder zu Fall und lässt sie in Unsicherheit versinken.

Gerade als sie überlegt, ob sie in ein Restaurant gehen oder sich nur einen Döner holen soll, antwortet Jan endlich.

»Hast du die Steuer-ID oder das Geburtsdatum? Vielleicht können wir über unsere deutschen Kollegen erfahren, ob die Person tot ist. Wann kommst du zurück? Fehlst mir. J.«

Saana ist klar, dass die Jagd nach Informationen nicht leicht wird. Nirgendwo stand das Geburtsdatum des Barons. Sie überlegt kurz und schreibt ihm dann absichtlich ihre genaue Ankunftszeit:

»Lande um 18:40, schaffe es wahrsch. zum Bus um 8, bin um 22:25 in Hartola an der Bushaltestelle. Holst du mich ab? 🙂«

»Treffen uns @Straßenrand«, antwortet Jan. Saana muss lächeln. Wahrscheinlich hätten sie nur ein paar Minuten zur Verfügung, bis er wieder zur Arbeit müsste, aber sie erwartet jede davon sehnlichst. Es ist ziemlich lange her, seit sie zuletzt jemanden aufrichtig vermisst hat.

Ohne sich darüber bewusst zu sein, verbringt sie die ganze Heimreise damit, über die beiden Männer nachzudenken. Jan und von Reichmann. Gehört der Baron zu den Guten oder den Bösen? War er involviert, oder wurde er nur in etwas mit hineingezogen, aus dem er nicht mehr herauskam? Nach und nach formt sich eine Ahnung, eine neue Theorie in ihrem Kopf. Was, wenn seine Gutmütigkeit damals ausgenutzt wurde? Wenn er unwissentlich die Rahmenbedingungen für zwielichtige Machenschaften schuf?

Saana sieht Jan an der Bushaltestelle stehen und muss sofort grinsen. Nachdem sie ausgestiegen ist, nimmt er sie direkt in den Arm, und sie küssen sich, ohne sich um die vorbeigehenden

Leute zu kümmern. Der Kuss ist nicht so romantisch wie im Film, er ist feucht, unbeholfen und etwas zaghaft, aber Saana spürt erneut die starke körperliche Anziehungskraft zwischen ihnen. Nach dem langen Kuss schiebt Jan sie leicht von sich weg, um ihr Gesicht sehen zu können. Lächelnd sieht er ihr tief in die Augen, ohne etwas zu sagen. Sie lächelt zurück. So einfach kann es also sein? Dieser gut aussehende Mann lächelt sie an, schaut ihr intensiv in die Augen, und alle Zweifel sind wie weggeblasen. Es gibt nur noch Saana und Jan. Jan und Saana. Bis sein Handy klingelt.

Hartola, Dienstag, 23. Juli

Jan, Heidi und Saki treffen sich bei der Sauna am Fluss. Das Wasser ist schwarz. Am anderen Ufer liegt das schöne Herrenhaus, niemand sonst ist zu sehen. Auf der Brücke bleiben sie stehen, um sich zu unterhalten. Jan betrachtet sein Team und sich. Drei Ermittler, mitten in der Wildnis des Königreichs Hartola. Er wünscht sich von ganzem Herzen, dass bald alles vorbei ist. Dass sie diesem herausforderndsten Fall, den sie je hatten, gewachsen sind.

Am Ufer bleiben sie stehen und setzen sich in den Sand. Heidi beginnt, die Verschwundenen und Verstorbenen namentlich aufzuzählen.

»Helena Toivio, tot, Laura Malm, verschwunden, August von Reichmann, verschwunden, Julia Aleksandra, verschwunden, Lars Sundin, tot, Matti Eskola, tot, Antti-Juhani Fors, tot, und…« Sie will noch mehr sagen, verstummt jedoch. Noch wissen sie nicht, was sie als Nächstes erwartet. Bis jetzt haben sie nur Vermutungen.

»Im Licht dieser Daten bin ich der Meinung, dass Mertanen das nächste Opfer ist«, meint Jan, und Saki und Heidi sehen ihn gespannt an. »Wer stimmt mir zu?«

Es dauert einen Moment, bis beide Kollegen die Hand heben.

»Mertanen ist vermutlich Teil der Gruppe von Männern, die damals Dinge taten, für die Eskola, Fors und Sundin jetzt zur Rechenschaft gezogen wurden. Aber die beiden großen Fragen lauten: Weiß es Mertanen selbst schon, und was unternehmen wir?«, fährt Jan fort.

Die rothaarige Frau musste aufgrund des Mangels an Beweisen bereits wieder freigelassen werden, und Julia Aleksandra ist verschwunden. Wer außer ihnen sucht noch nach dem vierten König?

»Wenn die Sache öffentlich wird, bekommt Mertanen wahrscheinlich den vollen Schutz des KRP. Im schlimmsten Fall könnte das den Täter oder die Täterin zum Rückzug bewegen. Es liegt in unserem Interesse, uns still zu verhalten und Mertanen schon jetzt zu überwachen, bevor die Information zur Führungsetage gelangt«, sagt Jan.

Sie sehen einander an. Werden sie sich entschließen, Mertanen als Köder für den Mörder einzusetzen?

Schweigend kehren sie zum Auto zurück. Jan ist mit seinen Gedanken bereits woanders. Trotz aller Unwissenheit und der verstörenden Wendung, die das Ganze genommen hat, will er den Abend und die Nacht Saana widmen.

Nur die Stechmücken und die noch kleineren Bartmücken bewegen sich in der Dämmerung. Und das Wasser. Der ewige Tainionvirta fließt weiter durch das Königreich Hartola.

»Ich habe die Daten über von Reichmann genauer unter die Lupe genommen«, sagt Jan im Hotelzimmer und zieht Saana an sich. Sie schmiegt sich fest an ihn, und es fühlt sich gut an. Seine und Saanas Zeit wird noch kommen, aber er fängt an, sich Sorgen zu machen, dass Saana langsam frustriert sein könnte. So läuft es immer. Jede der Frauen, die er kennenlernte, hatte irgendwann genug davon, dass er ständig von der Arbeit abgelenkt wurde. Darum hatte er sich ja für die Mordkommission entschieden. Keine Bindungen oder Verpflichtungen, nur flüchtige Affären, die er beendete, bevor jemand verletzt wurde. So war es für alle am besten.

Er betrachtet Saanas schöne Augen und ihr beinahe silberblondes Haar mit dem leicht violetten Schimmer. Diese hübsche Frau ist trotz allem in sein Leben getreten und hat seine strikten Grenzen verwischt.

»Laut der deutschen Polizei ist August von Reichmann in seinem Heimatland nicht als tot registriert«, sagt er und merkt, wie Saana sofort hellhörig wird. »Seine Spuren führen nach Finnland, aber nicht mehr hinaus«, fährt er fort und schnuppert unauffällig an ihrem Haar. Zumindest diese Nacht gehört ihnen, und für einen Augenblick werden sie die Toten vergessen und sich nur aufeinander konzentrieren.

Hartola, Mittwoch, 24. Juli

Saana fährt mit dem Fahrrad durch die Morgensonne. In Berlin hat sie ihrer Tante Naturkosmetik von Lavera und eine Flasche Riesling gekauft, aber als sie ihr die Sachen am Morgen bringen wollte, kam ihr die Idee, zusätzlich noch leckeres Kaffeegebäck zu besorgen. Etwas, was die gerade erwachte Sehnsucht nach Jans Berührungen lindern würde. Eine Nacht lang konnten sie ineinander versinken, aber jetzt liegen womöglich wieder viele Tage Zwangspause vor ihnen.

Saana überlegt, worauf sie jetzt am allermeisten Lust hat. Auf eine Zimtschnecke oder einen Marmeladenkrapfen zum Beispiel. Der Gedanke an die Nacht mit Jan im Hotelzimmer lässt sie erröten, sie hat das Gefühl, dass man ihr den Sex aus hundert Metern Entfernung ansieht. Sie bindet die Haare zu einem straffen Pferdeschwanz und vermeidet es, Leuten in die Augen zu sehen.

Fast stößt sie mit einer Gestalt zusammen, die überraschend hinter dem Süßigkeitenregal hervortritt. »Sorry«, murmelt Saana und sieht eine schwarzhaarige Frau vor sich stehen. Irgendwie kommt sie ihr bekannt vor. Es dauert einen Moment, bis sie sie mit dem Altenheim in Verbindung bringt, in dem sie Rikus Vater besucht hat.

»Macht nichts«, erwidert die Frau und verschwindet genauso schnell wieder, wie sie gekommen ist. Saana versucht, sich den Namen ins Gedächtnis zu rufen, aber er fällt ihr einfach nicht ein.

Vor dem Backregal trifft sie zu ihrer Überraschung auch auf Harri Valkama, der sich gerade mit einer Zange karelische Piroggen in eine Papiertüte steckt, bis er Saana bemerkt und innehält.

»Hallo«, sagt er.

»Hallo«, antwortet sie fröhlich.

Das Treffen mit Jan hat ihren Glauben an die Liebe wiederhergestellt. Sie betrachtet Harri und seine bedächtigen Bewegungen und beginnt sich zu fragen, ob es in seinem Leben Liebe gibt. Er strahlt eine gewisse Wärme und eine Verschmitztheit aus, die ihn anziehend macht. Fast will sie schon fragen, was zwischen ihm und Tante Inkeri eigentlich passiert ist, traut sich dann aber doch nicht.

Während sie ihn ansieht, kommt ihr eine Idee. Was, wenn sie zugunsten ihrer Tante ein bisschen nachhelfen würde? Sie weiß, dass Inkeri gut darin ist, alles Überflüssige aus ihrem Leben zu beseitigen. Dem Beweismaterial des Sommers nach zu urteilen, betraf der Kahlschlag neben Unkräutern auch Männer. Die schöne Inkeri ist tief in ihrem Garten verwurzelt. Man bräuchte etwas, oder jemanden, der sie für eine Weile wieder zum Leben erweckt. Außerdem hatte sie einen ganz bestimmten Blick, als sie von Harris Rückkehr nach Hartola hörte. Warum haben die beiden so eine verdammte Scheu?, fragt sich Saana und grinst innerlich. Harri Valkama wiegt die mit Reis gefüllten Piroggen, und in dem Moment hat sie eine Idee.

»Würdest du vielleicht mal zum Abendessen zu uns kommen?«, fragt sie gespielt sorglos, nimmt sich dabei mit der Zange zwei Marmeladenkrapfen und steckt sie in eine Tüte.

»Zu Inkeri?«, fragt Harri, und der verschmitzte Blick, den Saana so mag, blitzt in seinem Gesicht auf.

Sie nickt freundlich lächelnd. Sie mag Harri und hat beschlossen, ihre Tante ein bisschen zu ärgern. Sie will ihre Reaktion sehen, wenn Valkama zur Tür hereinkäme. Er hat etwas Gemütliches an sich, wie ein Teddybär, und Saana glaubt, dass das auch ihrer Tante gefiele. Warum also sollte diese ihn nicht zum Essen einladen?

Harri sieht verwundert aus, sagt aber zu.

»Weiß Inkeri davon?«, fragt er dennoch leicht ungläubig, und Saana ist von seiner Scharfsinnigkeit überrascht.

»Natürlich«, lügt sie und bemüht sich um einen möglichst entspannten Gesichtsausdruck. Harri mustert sie prüfend und immer noch eine Spur zweifelnd.

»Bist du dir sicher? Dass das Inkeris eigene Idee war?«, hakt er nach.

Saana traut sich nicht, etwas zu sagen, und nickt nur. Sie war schon immer eine schlechte Lügnerin und ahnt, dass Harri ihre Lüge durchschaut, aber spielt das überhaupt eine Rolle?

Als sie sieht, wie sich Harris Miene aufhellt und wie er lächelt, weiß sie, dass sie richtig gehandelt hat. Sie hat an der richtigen Stelle, in der richtigen Angelegenheit gelogen. In so einem Fall ist eine Lüge doch nicht schlimm?

»Wir haben noch nicht über den Tag gesprochen, aber heute würde es passen, heute um sechs«, sagt sie und weicht jedem weiteren Blickkontakt aus.

Als sie aus dem Supermarkt kommt, fällt ihr Blick auf die rothaarige Frau, die am Hintereingang steht und sie aus der Ferne anstarrt. Iiris. Obwohl sie sieht, dass Saana sie bemerkt hat, wendet sie ihren Blick nicht ab. Sie steht einfach nur in ihrer blau-gelben Arbeitskleidung an der Hauswand und starrt sie an. Saana stellt ihre Tasche in die Holzkiste auf dem Gepäckträger und bückt sich hinunter, um das Schloss zu öffnen. Obwohl ihre Tante sie deswegen auslacht, hat sie angefangen, ihr Fahrrad abzuschließen. Die Welt ist nicht so ein Wolkenkuckucksheim, wie ihre Tante sie sich vorstellt. Saana wurden schon drei Fahrräder geklaut. Schwer zu glauben, dass das Entwenden fremden Eigentums und die Gier noch nicht in Hartola angekommen sind.

Sie öffnet das Schloss und versucht, die düsteren Gedanken zu vertreiben. In letzter Zeit schlägt ihr die Dunkelheit der Welt aufs Gemüt. In der Hoffnung, dass Jan ihr geschrieben hat, wirft sie noch einen Blick aufs Handy, aber stattdessen hat sie eine Nachricht von einer unbekannten Nummer. Aus einer Eingebung heraus hebt sie den Blick erneut zum Hintereingang, doch Iiris ist verschwunden.

»Wenn du etwas Wichtiges über Helena erfahren willst, komm heute zur Stromschnelle. Wir sehen uns um 19 Uhr bei der Hängebrücke. Sei pünktlich. Sprich mit niemandem. Komm allein.«

Saana liest die Nachricht wieder und wieder. Wen soll sie treffen? Ob sie sich traut, allein hinzugehen? Der SMS-Auskunftsdienst kann ihr keinen Absender nennen.

»Okay, wir sehen uns dort«, antwortet sie und fährt unruhig zu Inkeris Haus zurück.

Als sie ihr Fahrrad an die Schuppenwand lehnt, steht Inkeri hinter ihr.

»Hallo«, sagt Saana gut gelaunt und umarmt ihre mit Erde beschmutzte Tante lange.

»Wie war die Reise?«, fragt Inkeri.

»Gut, danke, Berlin ist toll. Übrigens habe ich Harri Valkama im Supermarkt getroffen. Ich habe ihn für heute Abend hierher eingeladen.«

Inkeris Gesichtsausdruck wechselt von mild zu überrascht zu neugierig.

»Warum in aller Welt hast du das gemacht?«, fragt sie, aber

Saana glaubt herauszuhören, dass sie zumindest nicht böse ist. Ganz im Gegenteil, sie sieht ehrlich erschrocken aus.

»Du hast also Harri zum Essen mit mir eingeladen, ohne mich zu fragen?«, fragt sie weiter, um sich zu vergewissern, dass sie richtig gehört hat, und zur Antwort stupst Saana sie verspielt in die Seite.

»Heute?« Inkeri scheint offensichtlich nicht mehr zu wissen, wo vorne und hinten ist.

»Warum nicht?«, erwidert Saana und springt laut und fröhlich lachend in großen Sätzen die Treppe hinauf. Im Laufe des Sommers hat sie ihre Schlüsse gezogen. Ihre Tante hatte mindestens zwei Männer. Einer von ihnen war der Kunstlehrer, Lasse, der gut aussehende Mistkerl, und der andere war Harri Valkama, liebenswürdig und genau der Richtige, aber zur falschen Zeit. Und jetzt hegt Saana die Hoffnung, dass ihre Tante bereits in dem Alter ist, in dem man Liebenswürdigkeit zu schätzen weiß.

Nachdem sie Harri begrüßt und ihm erklärt hat, dass ihr unerwartet etwas dazwischengekommen ist, verlässt Saana das Haus. Die Stimmung bei seiner Ankunft war etwas sonderbar, aber sie hatte beiden ein Glas Riesling aus Deutschland spendiert und sich aus dem Staub gemacht. Wenn die Wahrheit herauskommt, haben sie in ihr eine gemeinsame Feindin, die sie an der Nase herumgeführt hat und über deren Trick sie nach dem ersten Schock und kurzem Schweigen gemeinsam lachen können. Alles wird sich auf natürlichere Weise fügen, wenn Saana nicht dabei ist.

Den ganzen Weg zur Villa über ist es sonnig, und die Luft ist warm, kurz vor der Stromschnelle jedoch riecht es nach Feuchtigkeit und Humus. Saana lehnt sich an das Geländer der knarzenden Bogenbrücke, die sich wunderschön von einem Ufer zum anderen über das Wasser spannt. Sie nimmt ihr Handy aus der Tasche und kontrolliert die Uhrzeit. Es ist 18:57 Uhr. Sie schaut sich um. Nichts rührt sich. Dann hört sie irgendwo ein Knacken, als ob jemand auf einen Ast getreten wäre. Sie dreht sich um, und da sieht sie sie. Die in Weiß gekleidete Iiris, die dasteht und sie anstarrt.

Saana streckt ihr zaghaft die Hand entgegen, und Iiris erwidert den Gruß. Dann bedeutet sie Saana, ihr zu folgen.

Die Situation ist seltsam, aber aus irgendeinem Grund hat Saana keine Angst. Sie folgt Iiris, die leichtfüßig, beinahe schwebend, die Böschung entlanggleitet. Schließlich bleibt sie stehen. Saana blickt sich um. Sie stehen im Wald, mitten im Nirgendwo, und da, direkt vor ihnen, liegt ein mit Moos überwachsenes, weißes Fahrrad.

»Das gehörte Helena«, sagt Iiris leise, beinahe flüsternd, und Saana hält den Atem an. Eine Weile stehen sie schweigend da, bevor sie erneut zu sprechen ansetzt.

»Die Jahre danach, fast ein Jahrzehnt, sind nur so an mir vorbeigeflogen. Es ging mir nicht besonders gut, ich musste mich erholen«, erzählt sie.

Saana nickt, weiß nicht, was sie sagen soll.

»Manchmal gehe ich zur Stromschnelle und lege dort eine Calla ab. Zu Helenas Andenken.« Iiris blickt in die Ferne.

Saana erinnert sich, wie mit der mysteriösen Calla alles begann.

»Das alles tut mir leid«, stößt sie unsicher hervor.

»Mal sehen, ob es heute Nacht noch regnet«, sagt Iiris und hebt den Blick zum Himmel.

Saana schaut ebenfalls nach oben und erkennt keinerlei Anzeichen von Regen. Sie nickt nur und wartet auf weitere Informationen.

»Sie hatten die Macht. Und die Fotos. Wir hatten nicht genug Kraft, um uns gegen die Stärkeren zu erheben. Ich kann mich nicht erinnern, jemals so viel Angst gehabt zu haben. Sie lenkten die ganze Gemeinde. Gewährten unseren Eltern Darlehen, kannten den Rektor und erklärten alles mit Mystik. Aber Helena drohte, alles offenzulegen. Dieses Fahrrad wurde im Fichtenwäldchen gefunden, halb vergraben, weniger als einen halben Kilometer von der Villa entfernt.« Iiris deutet über das Wasser Richtung Wald. »Helena war an ihrem letzten Abend in der Villa. Ich hatte sie dorthin eingeladen.«

»Was genau ist passiert?«, fragt Saana und kann die immer stärker werdende Unsicherheit in ihrer Stimme nicht verbergen. Ob Iiris die Mörderin ist? Sie bekommt es mit der Angst zu tun.

»Das ist schwer zu erklären, sie machten alles so geschickt. Wir wurden einzeln aus der Gruppe ausgewählt, waren Tutorinnen im Konfirmandenlager, und bei den wenigsten war zu Hause alles in Ordnung. Wir waren begeistert von all der Aufmerksamkeit, die wir bekamen. Endlich sah jemand, wie besonders wir waren. Für eine Weile lief bei mir alles so gut. Erst als mehr Männer auftauchten, wendete sich alles zum Schlechten. Und dann war es meine Aufgabe, mehr Mädchen anzulocken. Man erpresste mich mit den Fotos. Erst weit im Nachhinein kamen die Erkenntnis und die Scham.«

Saana hat das Gefühl, zwischen den Zeilen auch all die Dinge zu hören, die Iiris ungesagt lässt.

»Als Helena starb, beschlossen wir Übriggebliebenen, unsere Kräfte zu vereinen. Zusammen erhielten wir unsere Stimme zurück. Wir waren immer noch die Töchter der Stromschnelle, aber anders als vorher. Wir gehorchten ihnen nicht mehr.«

Saana sieht Iiris an. Eine Erwachsene, dennoch irgendwie fragil. Sie ist erleichtert. Iiris wirkt nicht wie eine Mörderin.

»Laura und Helena gibt es nicht mehr, aber Katja und ich, wir lassen die Erinnerung an sie nicht verblassen. Und jetzt müssen die Könige für ihre Taten bezahlen«, sagt sie lächelnd. Ein kalter Schauer läuft Saana über den Rücken. Die Könige.

Und die Töchter der Stromschnelle. Den Namen kennt sie aus dem Artikel von Frau Särkkä, die Hexe hatte von den Töchtern der Stromschnelle gesprochen.

»Könnte ich auch diese Katja interviewen?«, fragt sie, obwohl sie fürchtet, eine Grenze zu überschreiten.

»Katja wohnt zwar in Hartola, aber ich glaube nicht, dass sie reden will. Du kannst sie natürlich fragen. Sie arbeitet im Seniorenheim«, erwidert Iiris und sieht ihr nachdenklich in die Augen. »Ich glaube, dir ist Helenas Geschichte wichtig. Darum kann ich dir jetzt ein paar Dinge erzählen, die noch nie jemand zu hören bekommen hat. Aber danach möchte ich nicht mehr darüber sprechen.«

Saana hebt die Brauen. Katja. Die schwarzhaarige Frau vom Tresen im Altenheim und aus dem Supermarkt.

»Das hier war unser größtes Geheimnis von allen«, fährt sie fort und reicht Saana ein kleines Tagebuch. »Wir wollten etwas haben, was uns mit Helena verbindet. Und gibt es eine bessere Verbindung als ein Geheimnis, von dem nur wir und Helena wussten? Nach dem Ereignis vertrauten wir niemandem mehr, vor allem nicht der Polizei, als uns klar wurde, dass einer von ihnen Polizist war.«

Mit klopfendem Herzen betrachtet Saana das kleine Buch und ergreift es mit einem Gefühl von andächtiger Ehrfurcht. Ob das Helenas Tagebuch ist?

Sie hält das Buch in der Hand, traut sich aber noch nicht, es zu lesen. Die Seiten sind vergilbt. Sofort wird ihr klar, dass sie mit ihren Ermittlungen gerade einen großen Schritt vorangekommen ist. Mithilfe des Tagebuchs wird sie Helena eine eigene Stimme verleihen.

In Windeseile fährt sie nach Hause, geht verlegen an Harri Valkama und Tante Inkeri vorbei, die im Wohnzimmer immer noch einen entspannten Abend miteinander verbringen, lässt sich aufs Bett fallen und fasst erst dann den Mut, das Tagebuch zu öffnen. Wenn sie die Stimme des toten Mädchens aus den Buchseiten befreit, ist sie bis zum Ende der Geschichte, bis zur Wahrheit, für sie verantwortlich.

Zwischen den Seiten liegen ein paar Fotos und ein alter Zeitungsausschnitt, eine halbe Seite aus der *Hartolan Sanomat*. Auf dem ersten Bild ist Helena in der Erdbeerbude zu sehen. Auf dem zweiten schneiden Helena und ein blondes Mädchen Grimassen in die Kamera, und das dritte Bild zeigt die beiden beim Reiten. Helena und Johanna.

Im Zeitungsausschnitt ist eine große Werbung für den Erdbeerhof Toivio abgebildet, mit dem gleichen Foto von Helena in der Erdbeerhütte. Die Anzeige wirbt mit frisch eingetroffenen Erdbeeren der Sorte Polka. Als Saana sieht, wie glücklich Helena auf dem Bild wirkt, muss sie lächeln. Zu diesem Zeitpunkt war noch alles gut.

Sie dreht den Zeitungsausschnitt um und bemerkt eine Anzeige auf der Rückseite, um die ein roter Kringel gemalt wurde.

Laura Malm verschwunden. Familie bittet um jeden Hinweis unter 918 5624129.

Warum wurde die Anzeige eingekreist? Hatte Helena angefangen, Nachforschungen zu Laura Malms Fall anzustellen?

Saana nimmt das Tagebuch in die Hand, blättert vorsichtig durch die Seiten und traut sich fast nicht zu atmen. Sie überfliegt Helenas kurze Gedichte und ihre verschiedensten Bemerkungen über die Jungs aus dem Ort und die Band Dingo. Als Höhepunkt des Eintritts in die Oberstufe nennt Helena die erste Zigarette und den ersten Rausch, den sie mit Johanna und dem von ihr besorgten Karjala-Bier erlebte. Zwei Bier für jede, laut Tagebuch mussten sie beim Trinken versuchen, sich nicht zu übergeben. Saana betrachtet Helenas Handschrift. Sie ist schön und fehlerfrei. Trotzdem ist Saana erleichtert, dass Helena nicht so unschuldig war, wie alle behaupten.

Sie macht eine Pause und lauscht ins Erdgeschoss. Von unten hört man gedämpfte Stimmen. Sie ist froh, dass ihre Tante nicht beschlossen hat, Harri hinauszuwerfen, und wendet sich wieder dem Tagebuch zu. Die letzten Seiten sind noch übrig. Das Jahr 1989. Helenas letzter Sommer.

19.6.1989
Es ist etwas passiert, und ich will, mag, kann es nicht einmal diesem Tagebuch erzählen. Es ist, als passiert zum ersten Mal in meinem Leben etwas Spannendes. Dinge sind nicht mehr einfach nur Dinge. Alles hat eine Bedeutung. Er gibt allem eine Bedeutung. Wenn ich interessant bin, ist plötzlich (endlich) auch alles um mich herum interessant.

22.6.1989
Habe das Gefühl, als könnte auch ich ein spannendes Leben haben, wenn ich mich nur trauen würde. Wenn ich mutiger wäre.

27.6.1989
Heute habe ich ihn wiedergetroffen, und wir haben uns unterhalten. Über alles. Ich kann mir gar nicht vorstellen, dass jemand wie er an mir interessiert sein könnte. Mir ist noch nie so etwas Aufregendes passiert!

3.7.1989
Warum weiß ich zu wenig über alles? Über Kunst, Gedichte, Liebe, das Leben?

Danach: nichts. Stille. Ein paar leere Seiten wie zum Zeichen, dass etwas geschehen ist, was nur Helena gehört. Nach eineinhalb Wochen Schreibpause eine kurze Anmerkung.

14.7.1989
Verdammt, verdammt, verdammt. Ich will es jemandem erzählen, aber ich traue mich nicht, kann es nicht. Nicht einmal Mama oder Inkeri. Johanna ist unausstehlich.

Eine Woche später weitere kurze Notizen.

20.7.1989
Ich danke dem Herrn für dieses neue und aufregende Leben, und ich nehme alle Flüche und Verwünschungen zurück, die ich jemals in die Welt gesandt habe. All night, all day, angels watching over me, my Lord.

23.7.1989
Niemand weiß, was mit Laura Malm passiert ist. Aber wie viele verheimlichen etwas? Warum redet niemand? Wir haben beschlossen, der Sache auf den Grund zu gehen.

28.7.1989
Wasserkönig
Der Wald ist so prachtvoll,
dass er unseren Blick weglenkt von dem,
was wir anstelle der Schönheit sehen sollten.
Das Donnern der Stromschnelle überdeckt alles,
was wir eigentlich hören müssten.

Saana hält den Atem an. Es bedrückt sie, wenn sie an ihre Tante, die im Erdgeschoss gerade ihren Abend verbringt, und ihren

Bezug zu den Geschehnissen denkt. Das Gedicht, das Helena Inkeri gab.

Auf den Seiten des Tagebuchs finden sich so viele Worte, so viel jugendlicher Zorn, Unsicherheit und Erwartung. Saana verspürt eine Wehmut, die ihre Augen schmerzen lässt. Tränen laufen ihr über die Wangen. Alles Erlittene ist bereits vergessen, Geschichte. Sie steht auf, um sich kurz zu strecken und durch das kleine Dachfenster in den Garten zu spähen. Das Gästezimmer ist schon seit Jahren ihr Lieblingsort in Inkeris Haus. Das Wissen, dass im oberen Stockwerk der alten Holzvilla mit dem Mansardendach ein kleines Zimmer nur für sie reserviert ist, hat sie immer getröstet. Sie blättert weiter. Ab August werden die Einträge immer seltener, aber der Ton hat sich verändert. Er ist fröhlich, erregt, unsicher, gelangweilt, hoffnungsvoll, proklamierend, begeistert. Helena schwärmte eindeutig für jemanden, und nach der Enttäuschung im Juli wurden ihre Gefühle dieses Mal offenbar erwidert. War das Mädchen am Ende verliebt? Und hatte das Objekt ihrer Liebe etwas mit den Königen zu tun oder nicht? Das Tagebuch verrät nicht, mit wem Helena zu ermitteln begann. Den letzten Text schrieb sie kurz vor ihrem Tod.

31.8.1989
Wichtiger Abend & R wie Romantik.

Daneben hat sie ein Herz, ein Kreuz und eine venezianische Maske mit Katzengesicht gezeichnet. Der venezianische Abend in der Villa Koskipää. Helenas letzter Abend.

Hartola, Donnerstag, 25. Juli

Jan wechselt seine Position und reißt Saana, die in seinem Arm liegt, aus ihren Gedanken. Draußen regnet es. Er hat versprochen, dass er ein paar Stunden freihat, aber er scheint nicht wirklich Energie für irgendetwas zu haben.

Er öffnet Netflix. Der Stress, das Verantwortungsbewusstsein und die Trauer, die er ausstrahlt, machen Saana vorsichtig. Ihre eigene Trauer liegt bereits lange zurück und kommt nur noch selten an die Oberfläche. Sie will ihm sagen, dass sie ihn versteht. Dass sie ihn ganz und gar sieht, mit all seinen versteckten Gefühlen, und dass das völlig okay ist. Andererseits scheint es, als wolle er einen gewissen Abstand aufrechterhalten.

Sie hat sich die Sache noch nicht eingestanden, aber hin und wieder fürchtet sie, er könnte ihr zu viel werden. Sie beugt sich zu ihm und setzt eine herausfordernde Miene auf. Ihre Netflix-Favoriten. Sie haben sich noch nicht über ihre Lieblingsserien unterhalten.

»Wer fängt an?«, fragt Jan, und sie lacht. Heute will sie seine Niedergeschlagenheit nicht überinterpretieren und darüber nachdenken, wie sie ihm helfen könnte. Heute beschränken sie sich nur auf Netflix und Chillen.

»Jeder nennt seine Top drei«, schlägt Saana vor und macht sich innerlich bereit, ihre eigenen zu präsentieren.

Die Erleichterung ist groß. Beide haben sie *The Killing* gesehen, und es hat ihnen gefallen. Saana gibt nur die Hälfte der Filme und Serien, die sie wirklich angeschaut hat, preis. Bestimmt hat niemand so viele gesehen wie sie in den letzten paar Jahren. Bei Jan sind es hauptsächlich Polizeiserien.

»Wie kannst du dich in deiner Freizeit mit der gleichen Welt beschäftigen, die du bei der Arbeit erlebst?«, fragt sie verwundert, aber er zuckt nur mit den Schultern. Es ist ihr unbegreiflich.

Schließlich schauen sie im schmalen Hotelbett Saanas Lieblingsfilm *Ziemlich beste Freunde* auf dem Laptop an und schlafen nebeneinander ein. Saana träumt davon, dass sie halbseitig gelähmt ist, aber nicht aufhören kann zu lachen. Mitten in der Nacht schreckt sie aus dem Schlaf. Sie liegt so dicht an Jans Gesicht, dass sie seinen Atem auf ihrer Haut spüren kann. Sie will wieder einschlafen, während sie ihn ansieht, aber die Nähe stört sie auf einmal. Sie versucht, den Rhythmus ihres eigenen Atems an Jans anzupassen, damit er nicht in dem Moment in ihr Gesicht atmet, wenn sie gerade Luft holt.

Mitten in der Nacht sieht sein schönes und entspanntes Gesicht irgendwie unwirklich aus. Kann es sein, dass er es ist?, fragt sie sich und gibt ihr Bestes, um ihren Atemrhythmus wieder zu synchronisieren. Dass er der Richtige ist? Einen Moment lang findet sie den Takt, in dem keiner von ihnen die gerade vom anderen verbrauchte Luft einatmen muss, aber sie bleiben nicht lange synchron. Am Ende sind ihre Atemlängen zu unterschiedlich.

Erst als die Tür ins Schloss fällt und Jan zur Arbeit geht, wacht Saana auf. Sie geht auf die Toilette und sieht sich beim Vorbeigehen im Spiegel an. Langes blondes Haar und ein zierlicher Körper in einem zu großen Männer-T-Shirt. Bei Jan fühlt sie sich in jedem Augenblick schön. Nur gute Beobachtungen, keine bösen Mäkeleien. Sie lächelt ihr Spiegelbild an.

Die gemeinsame Zeit ist für dieses Mal wieder vorbei, Jan wird wahrscheinlich nach Helsinki zurückkehren. Ob das KRP den Schuldigen oder die Schuldige bereits kennt? Wer hat den Bankdirektor getötet, und was hat es mit alldem auf sich? Wird Jan noch in Hartola zu tun haben oder nicht?

Sie beschließt, zum Frühstücken zu ihrer Tante zu gehen. Gemächlich schlendert sie die Hauptstraße entlang, geht an der Kirche vorbei, und ein unangenehmer Schauer läuft ihr über den Rücken, als ihr Fors wieder einfällt.

Aus irgendeinem Grund muss sie bereits an den Herbst und ihre offenen Pläne denken. Der Sommer in Hartola hat ihren Geist von dem durch den Burn-out verursachten Gefühl der Lähmung und der Beklemmung gereinigt. Es kommt ihr vor, als hätte ihr Tag jetzt mehr Stunden.

Sie denkt an ihren Schreibtisch in der Redaktion. Nicht einmal den hat sie gesäubert, bevor sie ging. Der Personalabbau traf einige ziemlich hart. Trotz allem vermisst sie ihre Arbeitskollegen, die Gemeinschaft, deren Teil sie war. Und auch das Gehalt. Sie denkt an Tante Inkeris schönes Holzhaus mit dem Mansardendach und dem üppigen Garten. Nach dem August kommen der Herbst und der Winter. Hartola wird verblühen, und auch der Garten wird unter einer Schneedecke verschwinden. Die Sommerfrischler werden wieder abreisen.

Die Rückkehr zum Alltag ist unvermeidlich. Dennoch ist alles offen. Erst jetzt hat sie so richtig mit dem Schreiben begonnen. Sie muss irgendwie Johanna Eskola kontaktieren, um sie zu fragen, was mit Helena passiert ist. Es wäre wichtig, auch die Stimme von Helenas bester Freundin zu hören.

Hartola, 1.9.1989

Johanna wachte am Morgen von Kopfschmerzen auf. Sie wälzte sich im Bett hin und her und versuchte, noch einmal einzuschlafen, aber der Schlaf wollte nicht mehr kommen. Sie fühlte sich unruhig und irgendwie lädiert. Sofort fiel ihr Helena ein. Das Konfirmandentreffen am frühen Abend war lustig gewesen. Sie hatten schlechtes, warmes Bier getrunken, und einen Moment lang war alles wie früher gewesen. Aber dann war Helena gegangen. Warum nur musste sie zur Villa? Warum konnte sie nicht einfach bleiben, sein wie alle anderen? Johanna rieb sich die Augen und merkte, dass sie sich in der Nacht das Make-up nicht abgewaschen hatte. Die abbröckelnde, eingetrocknete Wimperntusche brannte ihr in den Augen.

Sie stand auf und rief bei Helena zu Hause an. Sie wollte sofort darüber reden, was gestern Nacht alles passiert war. Niemand nahm ab. Nach einer Weile wählte sie die Nummer des Erdbeerhofs Toivio erneut, aber immer noch meldete sich niemand. Also schlurfte sie in die Küche und versuchte, ihrer Mutter gegenüber einen munteren Gesichtsausdruck aufzusetzen und nicht verkatert zu wirken. Das Frühstück war schon fertig.

»Wo ist Vater?«, fragte Johanna und begann träge, sich ein belegtes Brot zu machen.

»Dein Vater ist immer noch unterwegs«, rief ihre Mutter mit dem Rücken zu ihr gewandt, während sie Kaffeepulver in die Maschine löffelte.

»Wie war der Abend?«, fragte sie dann, und Johanna schaute schweigend aus dem Küchenfenster.

»Gut«, sagte sie schließlich und schluckte ein Stück Brot hinunter. Es fühlte sich zu groß und schwer in ihrem Hals an.

So hatten sie sich immer unterhalten. Mutter und Tochter. Sich angelogen und sich etwas vorgemacht. Ihr ganzes Leben lang.

Johanna erinnerte sich, wie sie Helena gefolgt und am Rand des Villenfestes stehen geblieben war.

In dem Moment klingelte das Telefon auf dem Tisch im Flur. Sie hielt mitten in der Bewegung inne und starrte ihre Mutter an, die in den Flur eilte, um abzuheben. War sie jetzt aufgeflogen? Dabei erwischt worden, wie sie heimlich gesoffen hatte und nach Hause gekrochen war? Sie konnte sich nicht mehr genau erinnern, wie sie heimgekommen war, also konnte es gut sein, dass sie etwas Dummes angestellt hatte.

Kreidebleich kam ihre Mutter aus dem Flur zurück.

»Ich habe gerade etwas sehr Schlimmes erfahren«, setzte sie an und kam auf Johanna zu. Es schien, als wolle sie sie umarmen.

»Im Fluss, ein Stück von der Villa entfernt … Deine Freundin Helena wurde dort gefunden. Tot«, sagte sie dann und brach in Tränen aus. Und genau in dem Moment explodierte Johannas aufgewühlte, diffuse Katerstimmung in ihre Atome.

Geschockt starrte sie vor sich hin.

»Das glaub ich nicht«, stammelte sie schluchzend. Am liebsten wollte sie sich aus den Armen ihrer Mutter losreißen. Gleichzeitig brauchte sie die Umarmung. »Das glaub ich nicht!«, schrie sie, aber alles an der Gestik und Mimik ihrer Mutter deutete darauf hin, dass diese es ernst meinte. Der Tod war Wirklichkeit geworden. Sie wurde so fest gedrückt, dass es fast wehtat. Johanna wimmerte, niemals zuvor hatte sich etwas so erdrückend und

schrecklich angefühlt. Helena konnte nicht tot sein. Nicht ihre Helena.

Für den Rest des Tages schloss sie sich in ihrem Zimmer ein und wartete. Sie dachte darüber nach, wie die Nachricht von Helenas Tod schließlich ganz Hartola erreichen würde. Sie war gleichzeitig vor Trauer am Boden zerstört und sehr müde, verzweifelt und ratlos. Inmitten von alldem waberte auch eine undeutliche Erinnerung herum. Beobachtungen vom letzten Abend, die Tatsache, dass Helena schließlich nicht mehr zu sehen gewesen war.

Sie war Helena vom Abschiedsfest der Konfirmanden über die Bar bis zur Villa gefolgt. Sie erinnerte sich, wie wütend sie gewesen war, als sie begriffen hatte, dass Helena ihr nichts von ihrer Einladung erzählt hatte. Wie fremd ihr Helena plötzlich erschienen war. Ihre ehemals beste Freundin im düsteren Garten vor dem erleuchteten Herrenhaus.

Mit ihrer Mutter sprach sie nie über richtige Dinge. Diese wollte in einer Kulisse leben, und das gönnte sie ihr auch. Ihr Vater war aus einem anderen Holz geschnitzt. Mit ihm hatte Johanna immer geradeheraus gesprochen. Sie sagte ihm, was sie von ihm wollte, und meistens trafen sie dann ein Abkommen. Sie bekam alles, was sie sich wünschte, aber als Gegenleistung erwartete er, dass sie in der Schule Spitzenleistungen erbrachte und über alles schwieg, was sie wusste.

Sie fragte sich, wie viel ihm ihr neuestes Wissen wohl wert wäre. Diesmal würden sie über etwas völlig anderes verhandeln als Barbies oder teure Reitstunden. Diesmal ginge es um Vaters ganzes Leben.

Mit dunklen Augen verfolgte sie jedes einzelne Ticken der Uhrzeiger. Stumm saß sie im Zimmer und wartete, dass er nach Hause kam. Er käme am Abend, hatte ihre Mutter heute Morgen gesagt. So stand es auch auf dem Kalender im Arbeitszimmer: »Dienstreise 30.8.–1.9., Rückkehr am Abend.«

Als sie endlich die Haustür hörte, stand sie auf und ging hinunter. Von der Treppe aus sah sie, wie ihre Mutter ihren Vater kühl mit Wangenküssen begrüßte. Sie nahm seinen Koffer entgegen und fragte, ob er schon gegessen habe. Er nickte kurz angebunden und marschierte schnurstracks in seine Bibliothek. Johanna wartete eine Viertelstunde auf der Treppe und ging dann hinterher. Vorsichtig klopfte sie an die Tür und trat ein.

»Was gibt's, mein Häschen?«, fragte ihr Vater, und sie erwiderte ausdruckslos seinen Blick. Er saß in seinem Ledersessel, und vor ihm auf dem Tisch stand ein Glas Whisky. Seine übliche Abenddosis.

»Helena ist tot«, sagte Johanna, und ihre Stimme brach wieder. Die Worte hörten sich unwirklich an. Helenas Tod traf sie mitten ins Herz. Die ganze Zeit hatte sie einen Kloß im Hals. Vater wirkte nicht einmal überrascht. Er wurde nur bleich und bedeutete ihr, sich zum Trost auf seinen Schoß zu setzen, aber sie schüttelte den Kopf.

»Wir haben noch anderes zu besprechen«, sagte sie, hob den Blick und sah ihn mit ihrem verweinten Gesicht direkt an. Ihr Vater stutzte sichtlich.

»Wo warst du gestern?«, fragte sie und ließ ihm Zeit, über seine Antwort nachzudenken.

»In Helsinki, in der Zentrale, du weißt doch, dass ich auf Dienstreise war«, sagte er und griff nach dem Whiskyglas auf dem Tisch.

»Aber ich hab dich gesehen«, erwiderte Johanna. Ihre kalte, nüchterne Stimme und der dunkle Blick ihres Vaters, der auf ihr lag. Alles war zerstört.

»Ich hab alles gesehen«, flüsterte sie und brach erneut in Tränen aus. Sein Mund wurde zu einer Linie. Noch nie hatte sie ihn so blass gesehen.

Es dauerte einen Moment, bis er sein Whiskyglas geleert hatte. Anschließend begannen sie, über die Bedingungen zu sprechen.

Obwohl der Gesichtsausdruck ihres Vaters beängstigend war, fürchtete Johanna sich vor nichts mehr. Hass und Abscheu überdeckten alles, verliehen ihr zusätzliche Kraft. Sie waren nicht mehr Vater und Tochter. Sie waren zwei verfeindete Verhandlungsführer, auch wenn eine von ihnen ein unschuldiges Kind und der andere ein alles andere als unschuldiger Erwachsener war.

Ihr Vater log. Er war auf dem venezianischen Abend gewesen. Helena auch, und jetzt war sie tot. Hatte ihr Vater etwas damit zu tun? Wie würde sich ihre Mutter dazu verhalten? Johanna bereute es, keine Kamera dabeigehabt zu haben. Jetzt stand ihr Wort gegen das ihres Vaters. Aus irgendeinem Grund glaubte sie nicht, dass jemand sich auf ihre Seite stellen würde. Sie dachte darüber nach, wie das Haus jedes einzelnen Dorfbewohners, sein ganzes Leben, von den Krediten abhing, die ihr Vater gewährte, in Form von allen möglichen Hypotheken.

Ihr Vater hatte eine Maske getragen, aber Johanna hatte ihn schon von Weitem erkannt. Als sie gesehen hatte, wie er angefangen hatte, ein betrunkenes, schwarzhaariges Mädchen zu begrapschen, ihre Tutorin aus dem Konfirmandenlager, war ihr übel geworden. Sie war zur Seite gegangen und hatte sich an die Hauswand der Villa gelehnt, um durchzuatmen. Dann hatte sie beschlossen, Helena zu finden. Sie hielt im Garten unter den schönen Laternen nach ihr Ausschau, suchte sie im Salon, sogar im Obergeschoss, aber ohne Erfolg. Schließlich kehrte sie wieder nach draußen zurück, um zu gehen, aber Schatten erregten ihre Aufmerksamkeit. Sie sah, wie kräftige Gestalten über die Hängebrücke gingen. Wieder war ihr eigener Vater unter ihnen. Und was tat sie? Sie kehrte allem den Rücken, floh. Und durch nichts würde sie den Gedanken je aus dem Kopf bekommen: Was wäre geschehen, wenn sie sich nicht umgedreht hätte, sondern zur Brücke gelaufen und gerufen hätte? So lange gerufen hätte, bis alles herausgekommen wäre? Wäre Helena dann noch am Leben?

Hartola, Freitag, 26. Juli

Draußen nieselt es wieder. Saana liegt auf dem Bett im Gästezimmer und starrt an die Decke. Nirgendwo konnte sie Johanna Eskolas Kontaktdaten ausfindig machen, und sie hat auch keinen Social-Media-Account. Vielleicht sollte Saana sich trauen, Johannas Mutter, Raija Eskola, zu kontaktieren und sie nach den Kontaktdaten ihrer Tochter zu fragen? Ob die frische Witwe ihr so weit vertrauen wird, dass sie ihr die Kontaktdaten gibt? Kaum. Saana muss an die Ablehnung der Dorfbewohner gegenüber ihren Ermittlungen denken und kommt zu dem Schluss, dass auch sie niemandem vertrauen kann.

Sie hat Lust auf einen Snack und steht auf. Als sie die Treppe hinuntergeht, fällt ihr wieder ein, dass sie allein im großen Haus ist. Ihre Tante ist schon seit vielen Stunden bei Harri Valkama zum Kochkaffeetrinken. Saana betritt die Küche und inspiziert den Inhalt der Schränke. Ob Inkeri irgendwo etwas Leckeres versteckt hat?

Nach langer Suche findet sie nur eine geöffnete Packung weich gewordener Doris-Kekse. Saana nimmt sie mit zum Wohnzimmersofa und beginnt, ihre Handyfotos zu durchstöbern. Sie betrachtet die Bilder von ihrer Ermittlungswand, an der sie verschiedene Dinge über Helenas letzten Sommer aufgehängt hat. Hatte Helena vorgehabt, die Männer, die die Mädchen missbrauchten, bloßzustellen? Hatte sie möglicherweise herausgefunden, was mit Laura Malm passiert war? Und warum war Johanna damals verschwunden? Hatte sie geglaubt, in Gefahr zu sein? Wusste Johanna, wie es zu Helenas Tod gekommen war? Wer wusste über die Taten der Männer Bescheid und könnte sich rächen wollen?

Saana überlegt, was sie aus den vielen Polizeiserien gelernt hat. In diesen wird der Verdacht immer absichtlich auf eine andere Person gelenkt. Der wahre Mörder ist immer eine Überraschung. Jemand, der im Hintergrund steht, eine Nebenrolle hat, aber trotzdem alles sieht. Jemand, der alles weiß, aber nichts sagt. Sie isst den letzten Keks und bekommt schrecklichen Durst.

Einer ihrer langjährigen Lieblingsfilme ist *Die üblichen Verdächtigen.* Er ist ein Paradebeispiel dafür, wie man die Aufmerksamkeit der Menschen gezielt auf bestimmte Dinge lenken kann. Sie denkt über die am Fluss abgelegte Calla und Hartolas düstere Stille nach. Opferung und Unterwerfung. In der Küche ist es still. Und während sie darauf wartet, dass das lauwarme Leitungswasser kalt wird, wird ihr klar, wer perfekt in das Profil des Brandzeichenmörders passt.

Helsinki, Freitag, 26. Juli

»Mertanen hat wahrscheinlich den Anruf bekommen«, verkündet Saki. »Den ersten Anruf«, ergänzt er.

»Und?«, fragt Jan gespannt.

»Das war nur eine Vermutung. Ich konnte erst jetzt sein Handy überwachen, und ich fürchte, dass wir schon zu spät sind.«

Jan klopft gedankenverloren auf den Deckel seines Take-away-Bechers und wiegt die Optionen ab. Nach den neuesten Entdeckungen musste er sich schnell etwas einfallen lassen. Mertanens Aufstieg zum Gegenstand der Mordermittlungen lässt ihm das Blut in den Adern gefrieren. Er wird sich bewusst, dass nichts mehr klar ist. Mertanen hat nicht erwähnt, welche Rolle er spielte, sondern im Gegenteil versucht, seine Vergangenheit in Hartola zu vertuschen. Jetzt, da die Wahrheit ans Licht gekommen ist, hat Jan keinen Zweifel mehr daran, dass Mertanen bei Bedarf jeden opfern würde, egal mit welchen Mitteln.

Sie werden ihn heimlich beschatten, aber den Polizeischutz erst öffentlich machen, wenn Mertanen selbst die Bedrohung zur Sprache bringen würde. Die Bedrohung existiert, und sie ist real. Jan muss nur noch entscheiden, in welcher Reihenfolge die Teile des düsteren und beklemmenden Puzzles zusammengesetzt werden müssen. Der Brandzeichenmörder muss zuerst gefasst werden. Erst danach wird Mertanen für seine Taten zur Rechenschaft gezogen werden. Jan fällt daher keine andere Alternative ein, als Mertanen als Köder zu benutzen.

Auch darüber, ob er die oberste Führungsebene in Kenntnis setzt, muss er sich Gedanken machen. Wenn er jetzt sein Wissen teilen würde, könnte alles aus dem Ruder laufen. Man kann nicht wissen, wer zu Mertanens Lager gehört und wer nicht. Wenn die Nachricht an falscher Stelle durchsickert, könnte Mertanen die kompletten Ermittlungen durcheinanderbringen, um seine Haut zu retten. Jans Instinkt sagt ihm, dass er das schon getan haben könnte. Es ist wichtig, Mertanen bis zum Schluss in dem Glauben zu lassen, sie wüssten noch nichts über seine Vergangenheit. Er soll sich bei der Führung ruhig so verkaufen, wie er will. Höchstwahrscheinlich wird er sich als Opfer darstellen, dessen Sicherheit in Gefahr sei, und wahrscheinlich wird man seinen Schutz ziemlich schnell auf Platz eins der Prioritätenliste setzen. Es wird etwas dauern, bis die wahren Gründe, weshalb er zur Zielscheibe wurde, herauskommen. Erst nach der Festnahme wird Jan seine Informationen preisgeben. Damit geht er ein gewisses Risiko ein. Wenn die Führung die gegen Mertanen gerichteten Beschuldigungen und Annahmen für fehlerhaft hält und keine internen Ermittlungen aufgenommen werden, ist Jan nicht mehr zu retten.

Er muss mit seinem Team sprechen.

»Kommt mit, wir gehen kurz aus dem Gebäude.«

Heidi fährt ihre Kollegen auf die Insel Seurasaari. Auf der Brücke ist es windig. Sie halten kurz an und beobachten, wie die verwöhnten Enten und die gierigen Möwen um Brotkrumen kämpfen.

»Ich hätte nicht gedacht, dass ich in diese Lage gerate«, sagt Jan. »Ich zweifle an allem, auch an mir selbst.«

Heidi sieht ihn an. Das Zweifeln ist eine Berufskrankheit. Sie gehen ein Stück zu Fuß und mischen sich unter die anderen Passanten. Tun so, als würden auch sie nur spazieren gehen, die alten Holzgebäude besichtigen, die maritime Insel mit ihren Felsen bewundern, sich über die Möwen und Weißwangengänse aufregen, aber den Enten und kleinen Küken aller Arten Sympathie entgegenbringen. Das Schilfgras wiegt sich im Wind, und insgeheim wünschen sie sich alle an einen anderen Ort.

Auf einem abgelegenen Felsen fängt Jan schließlich an zu reden. Saki und Heidi sind bereit zu hören, warum sie mitten in die Wildnis geschleppt wurden, weg von dem flachen Bürogebäude aus den Sechzigern.

»Wir sind aus dem Haus gegangen, weil das, was ich zu sagen habe, unter uns bleiben muss«, beginnt Jan.

Saki verlagert das Gewicht von einem Bein auf das andere und will etwas antworten, schweigt dann aber doch.

»Wir sind in einer schwierigen Lage«, fährt Jan fort. »Wir müssen warten, bis der Täter sich dem Opfer nähert, aber ihr wisst, was das bedeutet. Wir müssen ihn die ganze Zeit überwachen.«

»Hat Mertanen innerhalb des KRP erzählt, er sei in Gefahr?«, fragt Saki überrascht, und Jan schüttelt den Kopf.

»Aber wer ist es? Wer macht Jagd auf diese Männer?«, fragt Heidi, und alle verfallen in nachdenkliches Schweigen.

»Wenn einer von uns ab sofort rund um die Uhr in Mertanens Nähe bleibt, werden wir bald sehen, wer am Ende zu ihm kommt«, sagt Jan und wirft einen Stein weit hinaus ins Wasser.

Am Abend ruft sein Vater an. Jan glaubt an seiner Stimme zu hören, dass er etwas getrunken hat. Sie klingt energiegeladen und liebevoll, so gut wie lange nicht mehr. Anscheinend hat er einen Saunaabend mit Freunden verbracht, und Jan ist erleichtert, das zu hören.

»Und was gibt's bei dir Neues? Wann organisierst du mal ein Treffen für uns?«, fragt sein Vater dann, und Jan ist verwirrt.

»Was für ein Treffen?«

»Ich habe von Heidi gehört, dass du eine neue Bekanntschaft hast.«

»Von Heidi?«

»Auch ich bringe Dinge in Erfahrung, wenn ich will«, erwidert sein Vater lachend. »Ich mag Heidi. Sie ist wie der Sohn, den ich nie hatte.« Jan lacht gezwungen über den Witz.

»Also, wann gehen wir zum Mittagessen ins *Lehtovaara,* damit ich diese Frau treffen kann?«

»Ins *Lehtovaara,* zu dritt?«, fragt Jan ungläubig. Noch nie zuvor hat sein Vater so viel Einsatz und Interesse an seinem Leben gezeigt. Jan fragt sich, ob die Krankheit und der Tod seiner Mutter den Starrsinn seines Vaters etwas aufgeweicht haben.

»Ja, zu dritt«, bestätigt er.

Jan bemerkt, wie er sich in sein Schneckenhaus zurückzieht, und ist über sich selbst überrascht. »Schauen wir mal«, murmelt er und beendet hastig das Gespräch.

Helsinki, Samstag, 27. Juli

Mertanen fühlt sich wie ein Wasserläufer. Seit Langem läuft er über die Oberfläche. Flitzt leichtfüßig dahin und kommt schnell voran. Geht, wohin er will. Aber seit ein paar Tagen kommt es ihm plötzlich so vor, als könnte jeden Moment ein Fisch von unten hochschnellen und ihn schnappen. Still und heimlich hat Mertanen seinen Namen reingewaschen. Einen Teil der Säuberungsarbeit hat er auch an seine Vertrauensleute delegiert. Er hat alles gegeben, um sicherzustellen, dass nichts gefunden wird, was ihn belasten könnte. Es hat ihn etwas gekostet, Geld und möglicherweise Menschenleben, aber es musste getan werden, auch wenn es viel Zeit in Anspruch genommen hat.

Auch Jans Ermittlungsrichtungen hat er verfolgt und Beweise vernichtet, so gut er konnte. Die Zeit ist knapp. Nach Antti-Juhanis Tod setzte er alle Hebel in Bewegung. Er würde alles dafür geben, wenn er den Täter selbst in die Fänge bekäme, abseits der Ermittlungen. Nicht einmal Jan, sein bester Ermittler, konnte bisher herausfinden, wer die Person ist, die bereits drei Männer umgebracht hat. Wenn es nicht Eskolas verrückte Tochter ist, wer zum Teufel kann es dann sein? Er hat alles versucht, aber er ist nur ein verdammter Wasserläufer, dem von unten Gefahr droht.

Langsam schenkt er sich noch etwas Glenfiddich-Whisky ein und denkt über seinen nächsten Schachzug nach. Er hatte gehofft, mittlerweile eine Position erreicht zu haben, in der er sich keine Sorgen mehr machen müsste. Lars' Schicksal hat sie alle überrascht. Auch wenn sie nicht viel Kontakt miteinander hatten, herrschte zwischen ihnen die ganze Zeit über das *Wissen.* Eskola musste schon weichen, der verhätschelte Fettsack. Von Fors hätte er mehr erwartet, aber als er ausradiert wurde, hat Mertanen sofort begriffen, dass er selbst der Nächste wäre.

Ihm fällt wieder ein, wie Lars Sundin vor einigen Jahren, an einem ganz gewöhnlichen Sommerabend im *Teatteri,* erzählt hatte, er bräuchte die Hilfe der Polizei. »Dann ruf doch die Polizei«, hatte Mertanen erwidert, aber Lars hatte betont, dass die Angelegenheit, um die es gehe, eine *spezielle* Polizeihilfe erfordere. Und dann hatte Lars die Befürchtung geäußert, dass ihn jemand erpressen wolle. Er hatte ihm die gerade erhaltene Bildnachricht gezeigt, in der ein knochiges Stück Vergangenheit zu sehen war. Trotzdem hatte er Lars für paranoid gehalten und ihn darum gebeten, die Sache nicht mehr zu erwähnen.

Im Laufe der Zeit hatten sie immer wieder Briefe bekommen, die mit dem pathetischen Namen »Töchter der Stromschnelle« unterzeichnet waren. Jedes Mal hatte Mertanen den Brief verbrannt und herausgefunden, wo die mittlerweile erwachsenen Frauen sich befanden. Als er erfahren hatte, dass die eine im Altenheim arbeitete und die andere eine lange Zeit in der Geschlossenen verbracht hatte, war ihm klar geworden, dass von den Briefen keine Gefahr ausging. Diese schwachen und hysterischen Frauen versuchten nur, das Gleichgewicht des Schreckens, das damals zwischen ihnen geschaffen wurde, zu zerstören. Aussage gegen Aussage, und Mertanens Wort zählte mehr als das von tausend jammernden Frauen. Daher hätte er auch nie mit dem Fund auf Suomenlinna gerechnet. Leider nahm er den Täter zu spät ernst. Er hat sein eigenes Wissen nicht weitergegeben, hat seine Ermittler nicht zu den nächsten Opfern gelenkt, denn damit hätte er ihnen gleichzeitig den Weg zu ihm selbst erleuchtet. Er hat die Ermittlungen behindert, um seine eigene Rolle zu vertuschen, und jetzt wendet sich alles gegen ihn. Jetzt ist nur noch er selbst das Ziel. Das letzte von vieren.

Die Botschaft ist angekommen, denkt er. Aber er kommt nicht darauf, wer hinter alldem steckt. Obwohl er still und heimlich alle in seinem Netzwerk kontaktiert hat, sogar im Darknet, und eine Belohnung versprach. Wer auch immer ihm den Brandzeichenmörder finge, bekäme eine sechsstellige Summe. Aber niemand hat sich gemeldet. Es ist, als ob es den Mörder gar nicht gäbe. Auch die besten Ermittler kamen jedes Mal zu spät. Bei dem Gedanken läuft ihm ein kalter Schauer über den Rücken. Wird Jan auch bei ihm zu spät kommen? Fors hat man tot aufgefunden und nichts mehr tun können. Mertanen ist nervös. Dann klingelt sein Handy.

Bevor er seinen Plan umsetzt, trinkt er erst noch einen Whisky im Wohnzimmer. Bisher hielt er sich für schlauer als die anderen. Aber die Art, wie der Täter vorgeht, verunsichert ihn. Gedanklich kehrt er wieder zur Stimme des Mörders zurück. Sie kam ihm nicht bekannt vor, aber man muss nicht der Leiter der Kriminalpolizei sein, um zu wissen, dass die Stimme auf alle möglichen Arten verfremdet worden sein kann. Rachsucht bringt Menschen dazu, großen Aufwand zu betreiben. Rache ist ein uralter, innerer Motivator. Der Hass, der beim Warten auf den Racheakt entsteht, macht Menschen unaufhaltbar. Darum hat Mertanen nun aufgehört, den Mörder zu unterschätzen.

Wer könnte es sein? Wer außer den verrückten Frauen könnte von ihnen wissen? Eine Zeit lang hatte er geglaubt, der Täter wäre einer von ihnen, einer von ihnen vieren. Aber jetzt, da ihm die Verdächtigen ausgegangen sind, glaubt er an nichts mehr. Eigentlich nicht einmal mehr an sich selbst. Über die Ermittlungen weiß er alles. Er weiß, dass der Mörder einem Muster gefolgt ist. Ein Anruf, Einschüchterung und ein in die Länge gezogener Tod. Jetzt ist der Anruf gekommen. Der Mörder hat ihm die Uhrzeit genannt. Den Treff- und Zeitpunkt. Ein ruhiger Ort, um sich zu unterhalten. Der Mörder ist der Meinung, durch ein Geständnis fände Mertanens unreine Seele Frieden.

Mertanen überdenkt seine Optionen. Ihn verbindet praktisch nichts mehr mit den Opfern und den damaligen Taten, aber ein paar Unwägbarkeiten würden seine erfolgreiche Karriere auf ewig überschatten. Einer von diesen Unsicherheitsfaktoren ist Jan. Vielleicht hat er bereits eine Ahnung von alldem, dem ganzen Ausmaß. Bei Bedarf könnte Mertanen mithilfe seiner Kontakte eine Weile untertauchen. Er nimmt einen Schluck Single Malt, und während ihm der Whisky durch die Kehle rinnt, sieht er seinen Plan ganz klar vor sich. Fliehen ist keine Alternative. Die Gefahr droht von zwei Seiten. Aus seinen eigenen Reihen und vom Feind. Keine der beiden Optionen ist besser als die andere. Aber wenn es ihm gelänge, den Mörder zu überraschen und anschließend herauszufinden, was Jan bereits weiß, wäre es ihm vielleicht noch möglich zu verhindern, dass die Sache nach außen dringt.

Mertanen sieht auf die Uhr. Er muss noch durchhalten. Er greift nach der Pistole in der Schublade seines Mahagoni-Couchtisches, lädt sie und leert seinen Whisky. Er weiß, dass es kein Entrinnen gibt vor dem, was vor ihm liegt. Auch dann nicht, wenn das KRP sein Haus unter Bewachung stellen und ihn in eine sichere Unterkunft bringen würde. Auch wenn er vom gesamten Spezialeinsatzkommando umringt wäre, würde er sich nicht sicher fühlen. Darum hat er auch nicht bei der Führung angerufen. Allerdings hat er das Auto bemerkt. Jemand überwacht ihn bereits. Ob es jemand aus Jans Team ist?

Um aus der ganzen Nummer herauszukommen, hat er nur eine Wahl. Er muss den Mörder umlegen, bevor dieser ihn umlegt. Nur so fände er Frieden und würde vom Wasserläufer wieder zum Weißen Hai werden. Wieder sieht er auf die Uhr und starrt vor sich hin, ohne etwas zu sehen. Dann steht er auf und schaltet das Licht im ersten Stock aus. Er geht zum Fenster und beobachtet den Vorgarten. Im geparkten Auto glaubt er, jemanden ausmachen zu können. Leise zieht er sich vom Fenster zurück und geht die Treppe hinunter. Ungeduldig wartet er, dass die Stunden verstreichen, dann wird er seine Waffe nehmen und sich hinaus in die Julinacht zu seiner Beute schleichen.

Hartola, Samstag, 27. Juli

Als Saana am Morgen aufwacht, grübelt sie sofort wieder über die verdächtige Person. Sollte sie ihre Informationen teilen? Sicherheitshalber könnte sie Jan eine Nachricht über ihren Verdacht schicken.

Gedankenverloren geht sie nach draußen und setzt sich neben Inkeri auf die Gartenschaukel. Ihre Tante war erst spät in der Nacht nach Hause gekommen. Feixend zieht sie Inkeri auf und fragt sie ununterbrochen: »Und?« Sie tragen das Frühstück hinaus und setzen sich lächelnd wieder in die Schaukel, jede in ihre eigenen Gedanken versunken.

Die Stille wird durchbrochen, als Saanas Handy in der Tasche ihres Morgenmantels vibriert. Tante Inkeri sieht neugierig von ihrer Zeitung auf. Eine Nachricht von Riku.

»Willst du zum Mittagessen in die Villa kommen? Es gibt Liebstöckelsuppe und frische Brötchen. Als Nachtisch kannst du mir erzählen, wie es mit deinen Ermittlungen vorangeht.«

Saana lächelt und wirft einen Blick auf ihre Tante. Doch diese ist schon wieder in die Zeitung versunken. Schnell nutzt sie die Handykamera als Spiegel. Ihr Gesicht ist leicht geschwollen, und im grellen Sonnenlicht sehen ihre Augenringe riesig aus. Warum reagiert sie überhaupt auf Rikus Nachricht? Schließlich ist sie gerade dabei, sich über beide Ohren in Jan zu verlieben. Nur ist Jans Welt hart und dunkel.

Am Mittag fährt Saana mit dem Fahrrad die feuchte Landstraße entlang. Es hat die ganze Nacht geregnet, und noch hängt eine frische Brise in der Luft, auf der Wiese und den Blättern der Bäume glänzen die Regentropfen. Sie denkt an Helena und die ermordeten Männer. Schon das Ermitteln in diesem einen Fall hat sie die Welt mit anderen Augen sehen lassen. Wie schafft Jan es nur, überhaupt noch etwas Gutes in den Menschen zu sehen? Sie verdächtigt mittlerweile jeden. Inkeri hat ihr Informationen über Helena vorenthalten, und wenn sie nicht hundertprozentig von der Herzlichkeit ihrer Tante überzeugt wäre, könnte sie sogar sie auf die Liste der Verdächtigen setzen. Der Gedanke an den Film *Die üblichen Verdächtigen* und die dadurch erlangte Erkenntnis lassen ihr keine Ruhe. Es ist eine schwerwiegende Anschuldigung, und fast schämt sie sich dafür, diesen Vorwurf, die Lösung für den meistdiskutierten Mordfall des ganzen Sommers, auch nur gedanklich zu formulieren. Aber sie kann nicht anders. Was, wenn ihre Theorie stimmt? Vielleicht kann ihr Riku dabei helfen zu überlegen, was sie mit dem Wissen letztlich anstellen soll.

Bei der vertrauten Windmühle bremst sie ab und biegt in den Garten des Herrenhauses ein. Nachdem sie ihr Fahrrad an die Wand des Nebengebäudes gelehnt hat, geht sie zu Fuß über den feuchten Rasen, der ihre Sneakers sofort durchweicht. Das Museum ist heute geschlossen, also gibt es auch keine Führungen. Auf der Suche nach Riku streift sie kurz durch den Garten und kehrt dann ohne Erfolg zu ihrem Rad zurück. Ob er doch nicht hier ist? Sie schaut noch einmal auf ihr Handy, um zu überprüfen, welche Zeit sie ausgemacht haben, und sieht eine Nachricht von Jan, die sie zum Schmunzeln bringt. Sie spürt einen Stich im Herzen und kommt sich vor, als würde sie Jan betrügen. Genau genommen tut sie das auch. Riku hatte höfliches Interesse an den Informationen, die sie zu Helena gefunden hat, gezeigt, aber sie ist sich nicht sicher, ob hinter dem Treffen noch etwas anderes steckt. Ob Riku es für ein Date hält?

Vielleicht war das Mittagessen mit ihm keine gute Idee. Sie beginnt, die Entscheidung zu bereuen, und entschließt sich zurückzufahren. Um nicht das Gefühl zu haben, Jan etwas zu verheimlichen, antwortet sie ihm, sie sei zur Hintergrundrecherche bei der Villa Koskipää. Sie fügt noch die Frage hinzu: Könnte die Schuldige eine Frau namens Katja sein, die im Seniorenheim Ikipihlaja arbeitet? Gerade als sie ihr Handy wieder eingesteckt hat und sich aufs Rad schwingen will, bemerkt sie im Fenster des Nebengebäudes eine Bewegung. Kurz darauf erscheint Riku lächelnd im Türrahmen.

»Schön, dass du Zeit hattest, jetzt hätte ich fast die Brötchen verbrennen lassen«, ruft er lachend und fährt sich gedankenlos durch die Haare.

»Hi«, erwidert Saana und stellt beschämt ihr Fahrrad zurück an die Wand.

»Wie kommst du mit den Ermittlungen voran?«, fragt Riku und schöpft die lecker duftende Liebstöckelsuppe in den Teller in Saanas Händen. Heute ist es warm, also sitzen sie draußen auf der Treppe.

»Ganz gut«, antwortet sie und pustet auf ihren dampfenden Suppenlöffel. »Ich denke mittlerweile, dass die Morde der letzten Wochen vielleicht mit Helenas Fall zusammenhängen könnten. Ich glaube auch, dass ich darauf gekommen bin, wer hinter alldem stecken könnte.«

»Auf gute Theorien«, sagt Riku und erhebt sein Wasserglas.

Saana sieht ihn an und stellt fest, dass sie aufgeregt ist. Jetzt hätte sie das erste Mal Gelegenheit, ihre Theorie laut auszusprechen.

»Ich glaube, dass Helena dem Verschwinden von Laura Malm auf den Grund gegangen ist und von vier Männern umgebracht wurde. Einem Pfarrer, einem Bankdirektor, einem Kunstlehrer und einem Polizisten.«

Riku erwidert ihren Blick und nickt nachdenklich. »Meinst du damit, dass jemand Helena rächen will?«

Sie nickt und nimmt noch einen Löffel Suppe, die genau den richtigen Anteil Sahne hat.

»Die Töchter der Stromschnelle oder eine von ihnen«, sagt sie geheimnisvoll. »Erinnerst du dich an ein schwarzhaariges Mädchen namens Katja aus der Konfirmandenzeit, aus Helenas letztem Sommer? Sie war mit der rothaarigen Iiris befreundet.«

Riku wirft ihr einen aufmerksamen Blick zu und scheint offenbar zu überlegen, während er weiter seine Suppe löffelt.

»Jetzt, da du es sagst, ja. Sie war Tutorin, und im Lager herrschte eine Atmosphäre permanenter Angst. Viele vermuteten, dass zwischen dem Pfarrer und den Tutorinnen etwas Seltsames vor sich ging, aber niemand traute sich, das Schweigen zu brechen«, sagt er und stellt seinen leeren Suppenteller auf den Rasen.

»Diese Mädchen bildeten einen kleinen Kreis um ihren Schmerz, die *Töchter der Stromschnelle.* Na ja, es hat sich herausgestellt, dass diese Katja immer noch in Hartola wohnt und mittlerweile im Seniorenheim deines Vaters arbeitet«, fährt Saana fort.

»Interessant«, sagt Riku und scheint darüber nachzudenken. »Und jetzt ist deine These, dass Katja die Mörderin ist. Was hast du jetzt vor?«

Saana zuckt verlegen mit den Schultern. Das ist es ja gerade, sie weiß es nicht. Sie hat keine Ahnung, wie sie es beweisen soll. Insgeheim hofft sie, dass Jan ab hier übernehmen würde, sollte er der Meinung sein, dass sie auf der richtigen Spur ist. Als sie den letzten Löffel Suppe vom Teller kratzt, fangen Rikus Hände heftig an zu zittern, und er wird kreidebleich. Erschrocken sieht sie ihn an.

»Was …?«

»Alles gut«, sagt er schnell. »Oder auch nicht. Aber dieses Zittern ist Teil des Krankheitsbildes.«

»Krankheit?«, fragt sie bestürzt.

»Bei mir wurde ALS diagnostiziert.«

Saana ist sprachlos.

»Das tut mir leid«, bringt sie schließlich hervor und sieht ihn mitfühlend an. Er zuckt mit den Schultern.

»Ich nehme schon seit fünf Jahren Medikamente und bin dafür in einem verhältnismäßig guten Zustand. Ich bin ein Ausnahmefall, da ich noch nicht im Rollstuhl sitze. Aber das wird noch kommen. Und schließlich werden die Muskeln irgendwann so verkümmern, dass die Lunge nicht mehr atmen kann.«

Saana holt tief Luft und ringt peinlich berührt die Hände. Was sagt man in so einem Moment? Sie würde Riku gern irgendwie trösten, weiß aber nicht, was sie sagen oder tun soll.

»Ist es …?«

»… eine unheilbare Krankheit? Ja«, antwortet er.

Saana weiß nicht, wohin mit sich. Bei Gesprächen über schwere Krankheiten oder den Tod fiel es ihr schon immer schwer, die richtigen Worte zu finden. Vielleicht ist er deswegen mit dem Flirten nicht noch einen Schritt weiter gegangen.

»Schockiert dich das?«, fragt er schließlich. Sie nickt, und sofort wird ihr bewusst, wie lächerlich ihre eigenen Krisen doch sind. Arbeitslosigkeit und die Sorge darüber, dass sie nicht weiß, was sie gern machen würde. So klein und unbedeutend.

»Heute gibt es keine Führungen. Willst du dir die Räumlichkeiten mal in aller Ruhe ansehen?«, fragt er, und Saana wagt es nicht, Nein zu sagen. Eigentlich weiß sie über die Villa schon fast alles, was für die Story nötig ist. Aber ihr gefällt das plötzlich zwischen ihnen entstandene Vertrauen. Sie könnte die Villa fotografieren oder die Orte speichern und die Bilder ihrer Instagram-Story hinzufügen. Die Leser könnten sich mithilfe der Bilder vorstellen, wie es in der Villa früher ausgesehen hat.

»Hier hingen die Laternen für das Fest, und dort im Salon wurde getanzt«, schildert Riku, während sie gemächlich den schönen Garten durchschreiten. »Zu dieser Privatführung gehört auch, dass du fragen kannst, was immer du willst«, sagt er und breitet die Arme aus. »Ich verspreche zu antworten.«

»Weißt du irgendetwas Genaueres darüber, was damals mit diesem Mädchen namens Laura Malm passierte?«, fragt Saana sofort. »In der Zeitschrift *Hymy* wurde berichtet, dass sie damals hier in der Gegend verschwand, und ich glaube, dass Helena herausfinden wollte, was mit ihr passiert war.«

Riku blinzelt ein paarmal schnell.

»Sie war ein paar Jahre vor Helenas Jahrgang Tutorin für die Konfirmanden. Dann ist sie spurlos verschwunden«, fährt Saana fort.

»Mhm. Ich glaube, sie wurde als von zu Hause abgehauen gemeldet, aber die Sache blieb am Ende offen. Sie verschwand einfach, ohne Spuren zu hinterlassen«, murmelt Riku und starrt für einen Moment gedankenverloren ins Leere. »Aber ein paar Tage nach ihrem Verschwinden fand ich dort in der Ufersauna überraschend ein Paar Schuhe. Es stellte sich heraus, dass es Lauras Schuhe waren. Ihr Verschwinden war für uns damals eine ziemlich große Sache. Es gab noch keine sozialen Medien, aber die Geschichte machte am Lagerfeuer als Mysterium ihre Runden. Gerüchte gab es genug, aber die Polizei ging tatsächlich nur von einer durchgebrannten Teenagerin aus«, sagt er langsam, und Saana weiß nicht, was sie denken soll. »Laura war nicht aus Hartola, sondern aus einer Nachbargemeinde. Aber nachdem ich die Schuhe gefunden hatte, war ich mir nicht mehr sicher, wem ich vertrauen konnte. Von diesen Männern gab es viele, wie du gesagt hast. Und einer von ihnen war bekanntlich Polizist.«

»Woran dachte man also?«, fragt Saana.

»Laut Polizei handelte es sich um eine aufsässige Teenagerin, die von zu Hause abhaute, in die große weite Welt, oder irgendetwas in die Richtung. Aber wir alle fanden das etwas seltsam. Normalerweise lässt man doch trotzdem etwas von sich hören, wenn man sich aus dem Staub macht. Aber niemand hat je wieder etwas von Laura Malm gehört.«

Saana nickt, und sie gehen weiter, vorbei an der Villa.

»Ich habe trotzdem eine Theorie«, fährt er fort. »Laura Malm war eines von ihren Opfern. Das Mädchen, das sich am Ende doch gegen die Männer verteidigte. Aber statt für ihren Mut belohnt zu werden, stieß ihr etwas zu.«

Saana sieht ihn an und nickt gespannt. Der Gedanke ergibt auf eine beängstigende Art und Weise Sinn.

Riku nimmt den Pfad, der zur Stromschnelle führt, und bedeutet ihr, ihm zu folgen. Auf der Hängebrücke bleiben sie stehen, und er blickt grimmig hinunter aufs Wasser.

»Nach Laura Malm standen sie offenbar eine Zeit lang unter Schock, aber schließlich nahmen sie auch Helena von uns. Vier Männer, vier Könige, vier Täter.«

Saana mustert ihn angespannt. Wie viel weiß er eigentlich wirklich?

»Bevor wir weitergehen, musst du dich erst entscheiden, was du mit deinen ganzen Informationen tust«, sagt Riku eine Spur kühler, dreht sich um und sieht ihr direkt in die Augen. »Ich weiß nicht, ob ich will, dass das alles in deinem Buch landet.«

Stille erfüllt die Luft.

Saana starrt ihn mit offenem Mund an und nickt. Natürlich wird sie ihr Wissen vorerst für sich behalten. Also nehmen sie den Weg zur Ufersauna.

»Komm«, sagt Riku und öffnet die Tür einen Spaltbreit. Sie betreten die Holzhütte und setzen sich auf das alte Eisenbett. Saana schweigt, wartet darauf, dass er weiterspricht. Als er es schließlich tut, stellt sie entsetzt fest, dass sie mit ihrer Theorie ganz falschlag.

Helsinki, Samstag, 27. Juli

Heidi sitzt im Auto und starrt vor sich hin. Neuerdings verbringt sie viel Zeit im Auto. Ohne es zu wollen, muss sie an Julia denken. Vielleicht liegt es an Jan und seinem doofen Grinsen. Sein Glück lässt ihr eigenes Leben lieblos erscheinen. Früher war es besser. Da war es ihr leichter gefallen, ihre Einsamkeit zu akzeptieren, denn beim Vergleich mit Jan war sie immer zu dem Schluss gekommen, dass er noch einsamer war. Während sie Mertanens Haus genau im Blick behält, versucht sie, ihre Gedanken zum Schweigen zu bringen. Trotzdem drängt sich immer wieder ausgerechnet Julia in ihren Kopf.

Wie seltsam, dass Julia als Jugendliche den Tod ihrer besten Freundin ertragen und mit ansehen musste, wie die Machthaber des kleinen Ortes, Julias Vater mit eingeschlossen, jeden Verdacht im Keim erstickten. Wer hätte gedacht, dass Heidis großer Chef dieselbe Person ist, die damals Julias Vertrauen in die Polizei zerstörte?

Und jetzt verbringt sie, Heidi, ihre Arbeitszeit damit, Mertanens Leben zu schützen. Sie späht auf die von der Hofbeleuchtung erhellten Stellen des Hauses und die dazwischenliegenden Schattenbereiche. Ihren Berechnungen nach ist Mertanen schon seit einigen Stunden zu Hause. Im Obergeschoss brennt

Licht. Nichts rührt sich. Sie hat ihr Auto so geparkt, dass sie freie Sicht auf die Haustür hat. Sie weiß nicht, ob sie darauf wartet, dass Mertanen herauskommt oder dass der Mörder hineingeht. In angemessenen Abständen umrundet sie das Haus und kontrolliert die Umgebung. Beim Betrachten der leeren Wohngegend wird ihr klar, warum Julia beschlossen hat, für eine Weile zu verschwinden. Sie ist vor Mertanen geflohen. Da bereits drei Männer tot sind, ist Mertanen der Einzige, der weiß, dass Julia Kenntnis über einige ziemlich sensible Angelegenheiten hat.

»Wenn ich du wäre, wäre ich auch verschwunden«, flüstert Heidi Julia zu und richtet sich im Sitz auf, damit ihr Po nicht taub wird.

Hartola, Samstag, 27. Juli

»Die Mistkerle wurden endlich für ihre Taten zur Verantwortung gezogen«, sagt Riku und starrt an Saana vorbei ins Leere. Saanas Herz schlägt bis zum Hals, und mit Entsetzen wird ihr klar, dass sie gerade mit dem Mörder allein ist. Instinktiv steht sie auf.

»Ich habe natürlich auch nach Laura gefragt«, fährt er fort. »Erst Fors hat sich bereit erklärt, mir ihre letzte Ruhestätte zu verraten. Ein namenloses Grab mit Opfersteinen hier auf dem Grundstück des Herrenhauses. Er hat es mir erzählt, damit ihre Überreste endlich Frieden finden. ›Und die Seele?‹, fragte ich ihn damals, aber Fors schien seinem eigenen Glauben gegenüber blind zu sein.«

Saana schluckt. Rikus Stimme ist distanzierter geworden. Die Atmosphäre im Raum ist eiskalt. Verstohlen späht sie zur Tür. Vom Bett aus sind es nur fünf Meter bis dorthin. Riku lässt sich rücklings aufs Bett fallen. »Als du hier ankamst, war ich überrascht, dass du zu dem alten Fall recherchieren wolltest. Die ganze Zeit war ich auf deiner Seite«, sagt er. »Ich habe tatsächlich darauf gewartet, dass du die Wahrheit herausfindest, aber du kamst etwas zu früh nach Hartola.«

Saana schluckt abermals. Hat sie richtig gehört? Alles kam

so plötzlich. Auf einmal ist der sanfte Riku von Hass zerfressen. Unauffällig lässt sie ihre rechte Hand zur Tasche ihres Kleides wandern, in der sich ihr Handy befindet. Riku liegt links neben ihr auf dem Bett.

»Auch den Baron haben sie erledigt, kannst du dir das vorstellen?«, sagt er und starrt an die staubige Decke. »Still und heimlich haben sie ihn ermordet und dann Handlanger beauftragt, alles so zu regeln, dass der Eindruck entstand, er sei noch am Leben. Aufträge an meinen Vater, Nachrichten an die Lieferanten und schließlich die Mitteilung: ›Ich ziehe zurück nach Deutschland. Leb wohl, Finnland, das immer einen Platz in meinem Herzen haben wird.‹ Mein Vater bekam auch eine Postkarte von ihm.« Er spuckt die Worte heftig aus.

Saana fragt sich, wie sie sich derart irren konnte. Wie konnte sie nur denken, eine der Töchter der Stromschnelle wäre die Schuldige? Grauen beschleicht sie, als sie ihre eigene Naivität in ihrer ganzen Tragweite begreift. Wie konnte sie Riku einfach so vertrauen? Er hat alles geschickt verschleiert. Es gelingt ihr, ihr iPhone per Fingerabdruck zu entsperren, und sie überlegt, wie sie Jan am schnellsten anrufen könnte. Seine Nummer müsste in der Liste der angenommenen Anrufe ganz oben stehen. Fieberhaft denkt sie nach, was sie Riku noch fragen könnte, um Zeit zu schinden. Sie sieht ihn so verständnisvoll wie möglich an und bemerkt gleichzeitig, dass sie vor Angst wie gelähmt ist.

HARTOLA

Sommer 1989. Der letzte Abend.

Von Reichmann war den Männern zur Stromschnelle gefolgt. Was für zwielichtige Dinge gingen auf seinem Grundstück eigentlich vor sich? Er hatte schon eine ganze Weile geahnt, dass nicht alles so war, wie es sein sollte.

Als er die Hängebrücke betrat, sah er am gegenüberliegenden Ufer Gestalten, direkt am Wasser. Die Männer unterbrachen sofort ihre Machenschaften und drehten sich zur Fackel um, um zu sehen, wer da kam. Der Baron blieb nicht stehen, sondern ging weiter auf die Männer zu. Er sah sich um. Sie waren allein. Die Festmusik war bis zum Wasser zu hören, aber plötzlich fühlte er sich ziemlich weit weg von der Feier. Zu weit.

Als er näher herankam, bemerkte er, dass im Wasser, direkt zu Füßen der Männer, etwas trieb, ein großes dunkles Etwas. Eine reglose Gestalt im schwarzen Wasser. Er spähte erneut darauf, und sein Herz setzte kurz aus. Er glaubte, das Kleid zu erkennen, in dem sich noch vor einem Moment ein vor Leben sprühender Mädchenkörper befunden hatte, der sich in seinen Armen gedreht hatte.

»Ihr hier?«, rief er den Männern von der Brücke aus zu und versuchte, die Angst in seiner Stimme zu verbergen. Aber er war schon immer ein schlechter Schauspieler gewesen. Seine Thea-

tralik, seine überfreundliche Gestik – alles kam direkt aus seinem Herzen. Und jetzt schlichen sich mitten in die ganze Feierlichkeit Ungläubigkeit und eine diffuse Angst.

»Die Sauna ist nicht in Betrieb«, sagte er und zeigte auf die Uferhütte. Dann hielt er den Atem an. Was war das schwarze Etwas nur? Es bewegte sich nicht. Könnte es …? Als ob er ahnen würde, was ihm bevorstand, nahm er einen tiefen Schluck von seinem Weinglas und sah jedem einzelnen der Männer in die Augen. Dann nahm er noch einen zweiten Schluck und wartete auf ihre Reaktion.

»Ich habe die Polizei gerufen«, log er zur Sicherheit.

»Umsonst, sie ist schon da«, kommentierte jemand aus dem Dunkeln, und in diesem Moment dämmerte von Reichmann die Tragweite der Situation. Es war eine Zange, die das ganze arme Dorffest im Griff hatte. Grauen mischte sich unter den Rauch der frisch ausgedrückten Zigaretten und die vom Fluss aufsteigende Feuchtigkeit. Als er die Gesichtsausdrücke der Männer sah, wurde ihm klar, dass er den falschen Moment gewählt hatte.

Er war auf seinem Grundstück umherspaziert, hatte heldenhaft beschlossen, den von der Sauna kommenden Geräuschen auf den Grund zu gehen, und war zum falschen Zeitpunkt hervorgetreten. Zu spät für das im Wasser liegende Mädchen. Zu früh um seiner selbst willen. Dieser Moment, dieser ganze bemitleidenswerte Augenblick an diesem schwindenden Augustabend, sollte sein letzter sein.

Nie hätte er gedacht, dass alles so enden würde. Er drehte sich auf dem Absatz um und wollte zurück zur Villa rennen. Der Schlag kam schneller als erwartet. »Jedem, was er verdient«, dachte er noch, ohne zu wissen, was er eigentlich verdiente. Während er fiel, roch er den Sumpfporst, warf einen letzten Blick auf seine Villa und verabschiedete sich im Geiste von seinen Orchideen und Enten.

Hartola, Samstag, 27. Juli

»Man bräuchte hier bei der Sauna nur etwas tiefer zu graben«, sagt Riku und begibt sich wieder in eine aufrechtere Sitzposition. »Dort drüben.« Er deutet zum Fenster.

Saana begreift sofort, dass sie nichts tun kann, außer möglichst ruhig zu bleiben. Das Handy in ihrer Tasche tutet bereits, aber sie kann nicht hören, ob Jan schon abgehoben hat oder nicht. Sobald der richtige Moment käme, würde sie zur Tür hinausstürmen.

Riku sieht sie aus müden, resignierten Augen an. »Weißt du, warum ich das alles endlich tun konnte?«, fragt er, wartet aber nicht auf ihre Antwort. »Die Krankheit hat alles verändert. Ich weiß, dass ich keine zwei Jahre mehr zu leben habe«, sagt er, und auf seinem Gesicht breitet sich ein mattes Lächeln aus. »Das hat alles verändert, ich wusste sofort, was ich noch erledigen wollte, bevor ich sterbe. Und jetzt habe ich noch einen übrig, den letzten König, dann kann ich endlich Ruhe finden.«

Saana beantwortet seine grauenhaften Worte mit einem Nicken und beschließt, einen Fluchtversuch zu starten. Jetzt oder nie. Aber als sie zu den ersten Laufschritten in Richtung Tür ansetzt, stellt sie mit Schrecken fest, dass ihre Beine ihr nicht mehr gehorchen. Sie stürzt auf den alten Bretterboden, weniger als drei Meter von der Tür entfernt. Die Suppe. Was hat Riku in die Suppe getan? Sie kneift die Augen zusammen, sieht aber nichts mehr. Ihr Körper ist kraftlos, ihre Wahrnehmung neblig. Sie spürt, wie Riku das Handy aus ihrer Tasche nimmt. Mit aller Kraft ruft sie nach Hilfe und hofft, dass Jan sie hört. Ein Chaos an Gefühlen überwältigt sie. Ob Riku bereit wäre, sie zu töten, um seinen Plan zu vollenden? Sie weiß nicht, ob sie Ungläubigkeit, Hass oder Mitleid empfindet. Oder doch: Angst. Dann wird sie vollends von der Kraftlosigkeit überrollt.

Helsinki, Samstag, 27. Juli

Saki hat Jan um eine Audienz gebeten, und sie sitzen gemeinsam vor dem Computer.

»Ich habe den Namen untersucht, den Saana genannt hat, Katja Niemi«, sagt Saki, und Jan nuschelt mit dem Mund voller Falafel eine Antwort.

»Ich habe etwas gefunden, auf das wir noch keinen Blick geworfen haben.«

Jetzt kommt es. Jan ist ganz Ohr.

»Das auf das Seniorenheim Ikipihlaja zugelassene Auto wird laut Fahrtenbuch ab und zu von einer bestimmten Mitarbeiterin gefahren, ebendieser Katja. Katja hat außerdem fast dasselbe Alter wie Helena, sie ist ein Jahr älter und war offenbar Tutorin in Helenas Konfirmandenlager.«

»Okay«, sagt Jan und wartet auf die Fortsetzung.

»Aber sie ist nicht unbedingt diejenige, die uns interessiert«, spricht Saki weiter. »Im Seniorenheim wohnt auch ein Mann namens Eero Falk, der langjährige Hausmeister der Villa Koskipää, der Vater eines gewissen Rikhard Falk. Rikhard Falk arbeitet immer noch in der Villa. Bei Fors haben wir versagt, daher habe ich diesmal gleich etwas tiefer gegraben. Aufgrund der Videoüberwachungen im Foyer des Pflegeheims haben wir

Grund zur Annahme, dass der jüngere Falk das Auto öfter ausgeliehen hat, ohne sich ins Fahrtenbuch einzutragen. Wir müssen eine DNA-Probe von ihm bekommen.«

Jan nickt und merkt plötzlich, dass Saana anruft.

»Hi«, sagt er und überlegt, ob er zum Telefonieren ein Stück weggehen soll. Sofort wird ihm klar, dass etwas nicht stimmt. Ein Taschenanruf. Verwirrt hört er zu. Im Hintergrund ist eine gedämpfte Männerstimme zu hören. Bildet er es sich nur ein, oder spricht da gerade jemand über Könige? Worum geht es?

Ein seltsames Gefühl beschleicht ihn. Als ob Saana in der Klemme stecken würde. Ob der Anruf beabsichtigt war? Zur Sicherheit schreibt er Saki eine Anweisung auf das Blatt, das auf dem Schreibtisch obenauf liegt: »Orte das Handy von Saana Havas, sofort!« Saki nickt und sieht ihn etwas besorgt an. Jan fragt sich, ob er überreagiert, aber der Taschenanruf ist zweifellos komisch. Sein Instinkt sagt ihm, dass an der Situation etwas faul ist. Wem gehört die Stimme, die er da im Hintergrund hört?

Das Telefonat hat bereits lange genug gedauert, um den Ort bestimmen zu können. Saki bedeutet Jan, auf den Bildschirm zu schauen, und kurz darauf blinkt der Punkt schon vor ihnen auf. Er liegt in der Nähe der Villa Koskipää, Hartola, ungefähr dreihundert Meter davon entfernt. Jans Augen weiten sich erstaunt. Die Villa Koskipää, Rikhard Falk. Dann überkommt ihn die Angst. Doch schon schießt ihm das Adrenalin durch den Körper und schärft seine Gedanken wieder. Saana ist in Gefahr. In dem Augenblick hört er am anderen Ende einen Hilfeschrei, darin besteht kein Zweifel. Die Verbindung wird unterbrochen.

Saki fährt. Jan ist zu aufgewühlt, und gleichzeitig spürt er ein nagendes Hungergefühl im Bauch. Er hatte ein zu leichtes Frühstück, zu viel Kaffee und nur das angefangene Falafelsandwich. Er starrt auf den Punkt auf der Karte, der die Position von

Saanas Handy anzeigt. Egal, wie schnell sie fahren, sie sind viel zu weit weg.

Während Saki auf der Staatsstraße 4 noch stärker beschleunigt, geht Jan den Plan durch. Nervös beobachtet er die Route auf dem Navi. Selbst mit einer immensen Überschreitung des Tempolimits würden sie nicht in unter einer Stunde ankommen. Ihn überfallen zunehmend Zweifel und das Gefühl, dass etwas Schlimmes passieren wird. Er kann es nicht beschreiben. Hatte Saana still und heimlich etwas herausgefunden, worauf sie nicht gekommen waren? Und warum hatte sie es ihm nicht erzählt? Er versucht, sie anzurufen, aber es kommt nur die automatische Ansage: »Der gewünschte Gesprächspartner ist zurzeit nicht erreichbar.« Er legt das Handy auf seinen Schoß und betrachtet die flachen Felder. Kurz darauf kommt über das Funkgerät zum Glück die Bestätigung. Der Wagen 324 hat angegeben, sich bereits auf der Kunkinkaantie zu befinden. Er wäre also innerhalb von ein paar Minuten bei der Villa. Eine andere Option gibt es gerade nicht, daher muss Jan sich damit zufriedengeben.

Er bittet darum, direkt mit dem Streifenwagen verbunden zu werden. Sein Anruf wird sofort angenommen, und er schildert schnell die Situation.

»Die Lage ist extrem gefährlich. Die männliche Person bei der Villa wird dreier Morde verdächtigt, es wurde gerade ein Haftbefehl erlassen. Außerdem befindet sich eine Zivilperson vor Ort, deren Leben in Gefahr sein könnte.« Er holt kurz Luft und fährt fort: »Betretet das Gelände zu Fuß, und sucht am Flussufer. Überprüft zuerst die Uferhütte. Wir gehen davon aus, dass sie dort sind. Was auch immer geschieht, zögert nicht, schnell zu handeln. Das KRP will Rikhard Falk, tot oder lebendig. Ein Bereitschaftsteam ist schon unterwegs. Stellt sicher, dass es der Zivilperson gut geht. Ich wiederhole: Stellt sicher, dass die Zivilperson lebendig herausgeholt wird.«

»Verstanden«, bekommt er zur Antwort und kann nicht anders, als angstvoll den Atem anzuhalten.

Schon fünf Minuten später erreichen ihn neue Informationen.

»Das Saunagebäude liegt vor uns, alles sieht ruhig aus. Aber es liegt Rauch in der Luft. Wir nähern uns dem Objekt und gehen hinein, keine Anzeichen des Verdächtigen.«

Hartola, Samstag, 27. Juli

Saana liegt auf dem Boden. Sie kann ihre Gliedmaßen erkennen, aber egal, wie sehr sie es versucht, sie kann ihre Beine nicht bewegen, nicht einmal ihre Finger. Durch den kleinen Spalt unter ihren schweren Augenlidern erfasst sie immerhin ihre Umgebung. Es ist dämmrig und neblig. Sie begreift nicht, warum das alles passiert ist.

Ein Gedanke wird immer klarer: Schließ die Augen, wenn du nur kannst, und genieß die vollkommene Stille. Schließ die Augen, und öffne sie nicht mehr. Aber gerade als die Idee von einem friedlichen Schlaf ihre Hirnwindungen passiert, wird ihr klar, dass die Versuchung trügerisch ist. Auf keinen Fall darf sie jetzt aufgeben.

Ein letztes Mal versucht sie verzweifelt, sich zu rühren. Sie versucht, ihre ungehorsamen, komplett gelähmten Hände wenigstens ein kleines bisschen zu bewegen, aber nichts passiert. Die Verzweiflung nähert sich schleichend, in schwachen Wellen von Ungläubigkeit. Was für eine dumme, bescheuerte Idiotin sie doch war! Sie weiß nicht, ob sie mehr Angst vor Riku oder dem Alleinsein hat.

»Schlaf einen Moment, sie werden dich am Ende schon finden«, sagt er und geht rückwärts zur Tür. Die Welt dreht sich vor Saanas Augen. Inmitten des Dunstes sieht sie Riku, dann die geschlossene Tür. Ein entfernter, aber beißender Geruch von Benzin steigt ihr in die Nase. Sie denkt über die Nebelschleier in ihrem Sichtfeld nach. Ist das Rauch oder Angst? Dann denkt sie an Jan und spürt, wie ihr die Augen zufallen. Ihr wird klar, dass sie zum ersten und offensichtlich letzten Mal in ihrem Leben jemanden hat, der ihr wirklich lieb ist und an den sie denken kann.

Hartola 1989

Der Junge hörte Musik und entferntes Stimmengewirr, das von der Villa herübergetragen wurde, aber es interessierte ihn nicht. Ihn interessierte nur der bevorstehende Moment der Zweisamkeit in der Ufersauna. Er hatte mit ihr dort ein Treffen vereinbart.

Für einen Augenblick ging er fast blind vorwärts, da er sich schon außerhalb des Lichtscheins der Villa befand. Es dauerte eine Weile, bis sich seine Augen an die Dunkelheit gewöhnten.

Im Laufe des Abends hatte er die Männer bereits erkannt: den Bankdirektor, den Kunstlehrer und den Pfarrer. Aber den Geschichten nach zu schließen, die die Tutorinnen Helena erzählt hatten, könnte es noch mehr Männer geben. Riku denkt an den kurzen Moment vor zwei Jahren, in dem er Laura in der Abenddämmerung beim Herrenhaus gesehen hatte. Wen hatte sie dort getroffen? Und wohin war sie danach gegangen?

Aufgeregt schritt er über die Brücke und hielt Ausschau nach Helena. Heute würde er sie endlich das fragen, was er sie schon lange fragen wollte. Ob sie bereit wäre, seine Freundin zu sein, ob sie offiziell ein Paar sein könnten? Er spürte, wie sein Gesicht beim bloßen Gedanken daran heiß wurde. Wie gut und richtig Helena sich in seinen Armen angefühlt hatte.

Er erreichte die Ufersauna und stellte fest, dass die Tür nicht verschlossen war. »Hallo?«, rief er und spähte hinein. Sie hatten ausgemacht, sich in der Hütte zu treffen, aber das Zimmer war leer. Wo steckte sie nur? Den Abend über hatte er beobachtet, wie Mädchen auf Helena zugekommen waren. Wie vereinbart war sie auf deren Einladung eingegangen. Auf einmal begann er sich zu fragen, ob sie zu naiv gewesen waren. Sie hatten keinem einzigen Erwachsenen von ihren Plänen erzählt. Was, wenn Helena etwas passierte? In dem Augenblick hörte er draußen ein Geräusch. Erschrocken ging er in die Hocke und linste vorsichtig zum Fenster hinaus.

Wabernde Lichter tauchten in seinem Sichtfeld auf. Der Schein von vier Fackeln warf Licht auf einzelne Bäume und die weiter entfernt liegende Böschung neben der Stromschnelle. Langsam erreichten die Gestalten die Hängebrücke. Sie sprachen nicht miteinander. Riku hörte nur die über das Wasser herübergetragene, gedämpfte Musik aus der Villa. Als die Gestalten sich näherten, stellte er entsetzt fest, dass eine von ihnen etwas trug.

Er sah auf die Uhr. Helena verspätete sich deutlich. Was würde passieren, wenn sie jetzt ankäme und auf die Gestalten träfe? Der Wind brachte die Fackeln zum Flackern, als sie am Ende der Brücke am Flussufer stehen blieben. Riku stand auf, um durch das Fenster sehen zu können, was die Gestalten taten. Als die Flammen sich wieder beruhigt hatten, konnte er es deutlicher erkennen. Das auf dem Boden abgelegte Bündel sah aus wie ein Mensch. Wie ein Mädchen. Es sah aus, als ob Helena dort läge.

Riku wurde übel. Was sollte er tun? Um Hilfe rufen? Im selben Moment blitzte am Ufer ein Geweih auf. Ihn packte das Grauen. Als das Licht auf die Gesichter der Gestalten fiel, wurde ihm schnell klar, dass er in gewaltigen Schwierigkeiten steckte. Alle Männer waren anwesend. Auch der Polizist. Verzweifelt beobachtete er, wie sie Helenas reglosen Körper ins Wasser legten. Vor Angst war er wie gelähmt. Er hielt sich die Kamera vor die Augen, um die Männer zu fotografieren. Den Blitz konnte er nicht ver-

wenden, denn das würde ihn verraten, aber ohne Blitz reichte das Licht nicht aus. Trotzdem fotografierte er im Dunkeln die ganze Filmrolle voll. Dann wusste er nicht mehr weiter. Seine Welt brach zusammen. Ein Hass, den er nie wieder loswerden würde, verschlang ihn.

Helsinki, Samstag, 27. Juli

Jans Name erscheint auf Heidis Handydisplay, und sie nimmt sofort ab.

»Was ist passiert?«, schreit sie fast und hört die Angst in ihrer eigenen Stimme.

»Sie haben Saana gefunden«, sagt er, und Heidi versucht, seinem Tonfall zu entnehmen, wie die Sache ausgegangen ist. »Er hat versucht, das Haus abzubrennen, aber zum Glück waren sie schnell dort. Saana konnte rechtzeitig herausgeholt werden.«

Jan schweigt kurz.

»Sie wurde betäubt, aber jetzt ist alles okay.« Seine Stimme bricht fast, und Heidi seufzt sofort vor Erleichterung. Jetzt traut sie sich wieder zu atmen.

»Vom Fluss wurde eine Wasserprobe genommen. Ich vermute, dass Falk die Männer mit dem gleichen Wasser umgebracht hat, in dem Helena damals ertrank«, fährt er fort und wechselt dabei kühl das Thema. Wieder einmal reißt er sich zugunsten der Arbeit zusammen. »Nach den Ereignissen bei der Villa ist Falk bestimmt durcheinander. Er weiß, dass er nicht mehr viel Zeit hat, ist vielleicht verzweifelt. Für uns bedeutet das, dass er bereit ist, mit weniger Sorgfalt zuzuschlagen. Denk daran, was auch immer passiert, wir haben schon den Haftbefehl. Wir haben schon die nötige Rechtfertigung. Wir haben alles, was wir brauchen, um Rikhard Falk einzusperren. Wir wollen ihn tot oder lebendig. Stell sicher, dass Mertanen zu Hause ist. Wir brauchen nichts mehr zu verstecken. Geh zu ihm, und bleib bei ihm. Ich schicke noch eine Streife zu dir«, sagt Jan. Er will sofort nach Helsinki fahren. Sie haben starken Grund zu der Annahme, dass Falk auf dem Weg nach Helsinki ist, sofern er nicht bereits dort ist.

Heidi bestätigt den Auftrag und legt auf. Die Geschehnisse haben einen kritischen Punkt erreicht. Sie atmet tief ein und spürt die Anspannung in ihrem Körper. Was soll sie Mertanen sagen, damit er sie hereinlässt? In dem Moment sieht sie, wie das Licht im Obergeschoss ausgeht. Sie zieht sich ihre Jacke über die kugelsichere Weste und prüft, ob ihre Waffe an der richtigen Stelle sitzt, sodass sie sie innerhalb von Sekunden ziehen könnte. Leise schließt sie die Autotür, sperrt das Auto ab und läuft im Halbdunkel zum Haus. Sie schleicht an der Wand entlang bis zur Haustür und klingelt. Ein letzter Blick in den Garten: Er ist leer. Falk ist nicht zu sehen. Sie tritt in den Lichtkegel der Außenbeleuchtung über der Tür und wartet darauf, dass Mertanen kommt und öffnet.

»Mach die Tür auf, Chef, es ist wichtig!«, ruft sie und hofft, dass er vernünftig ist und sie hereinlässt. Kurz darauf hört sie das Geräusch der Sicherheitskette und ein Klicken. Sie setzt ein gezwungenes Lächeln auf, und ihre Hand wandert in Richtung Waffe.

»Wir kaufen nichts«, witzelt Mertanen, als er die Tür öffnet, und Heidi reagiert mit einem unsicheren Grinsen.

»Was willst du?«, fragt er. Gerade als Heidi den Mund aufmachen will, trifft sie ein Schlag direkt auf den Kopf, und sie wird bewusstlos. Es passiert so schnell, dass sie nicht mehr reagieren kann. Sie fällt zu Boden und bekommt nicht mehr mit, wie ihr hinterhältiger Vorgesetzter sie in sein Haus schleift.

Jan trifft zwei Stunden und acht Minuten später direkt aus Hartola ein. Saana wurde zum Check nach Jyväskylä gebracht. Der Sanitäter hatte sie auf der Fahrt bereits etwas aufpäppeln können.

Jan parkt neben Heidis Auto und sieht sich um. Kurz darauf bemerkt er etwas weiter entfernt ein Polizeiauto und geht darauf zu. Heidi ist im Haus, und die Streife wartet draußen auf Falk. Alles scheint nach Plan zu laufen. Das Einzige, was ihm Sorge bereitet, ist die Frage, ob der Mörder direkt zu Mertanen nach Hause kommen wird. Bis jetzt traf sich Rikhard Falk mit seinen Opfern immer an einem anderen Ort.

Jan klopft an das Fenster des Streifenwagens und wartet, bis es heruntergelassen wird.

»Wie läuft's? Alles okay?«, fragt er. Sie hatten vereinbart, dass sie die Überwachung erst weitermelden, wenn die Situation gelöst ist. Jan weiß, dass er seinen Kollegen im Auto vertrauen kann.

»Alles okay. Als wir ankamen, haben wir Nurmis Auto dort drüben gesehen. Sie ist offenbar im Haus. Dort hat sich bisher nichts gerührt. Auch draußen war nicht viel los. Nur ein paar Gassigeher sind in den letzten paar Stunden vorbeigekommen.«

»Okay, danke«, erwidert Jan und kehrt zu seinem Auto zurück. Er versucht, Heidi anzurufen, aber sie geht nicht ran. Er schickt ihr eine Nachricht: »Alles okay?« Dann setzt er sich ins Auto und wartet auf eine Antwort. Er wird hier nicht wegfahren, bevor die Sache zu Ende ist. Wenn es nach ihm ginge, würde er Falk persönlich in Gewahrsam nehmen.

Er schickt Saana per WhatsApp ein Herzemoji. Irgendetwas stört ihn. Sein Kopf arbeitet auf Hochtouren, und er geht die Situation noch einmal durch. Ob es noch etwas gibt, was er nicht beachtet hat? Falk hatte bald zehn Stunden Zeit, um von Hartola nach Helsinki zu fahren und sich Mertanen vorzuknüpfen. Der Gedanke beunruhigt ihn. Eigentlich hätte es schon losgehen müssen.

Jan starrt auf Mertanens Haus. Alles scheint in Ordnung zu sein. Sein Handy vibriert. Saana hat ihm zwei Herzen zurückgeschickt. Er wirft einen Blick auf die Uhr: 23:17. Er steigt aus und geht entschlossenen Schrittes zur Haustür. Auf dem Weg grüßt er seine Kollegen im Auto. Es ist schon so lange still. Warum? Er prüft, ob im Umkreis des Hauses irgendetwas Ungewöhnliches zu sehen ist, bleibt dann an der Haustür stehen und klingelt. Niemand öffnet. Er verlagert das Gewicht von einem Bein auf das andere und späht schließlich durch den Briefschlitz in den Flur. Auf einmal zuckt er zusammen. Auf dem Boden liegt eine reglose Gestalt. Es dauert einen Moment, bevor er begreift, was er sieht. Heidi. Heidi liegt in Mertanens Flur.

»Wir gehen rein!«, schreit Jan wutentbrannt und wartet nicht auf eine Bestätigung.

Als Erstes sieht Heidi im Dunkeln grelle Blitze zucken. Mit den Blitzen kommt der Schmerz. Ihr Kopf tut höllisch weh. Sie öffnet die Augen und spürt eine Hand auf ihrer Schulter. Jemand schüttelt sie. Mühsam dreht sie den Kopf und erkennt Jan. Was zum Teufel ist passiert?

Sie richtet sich auf und merkt, wie Jan sie stützt, um ihr zu helfen. Er sieht besorgt aus. Sie kommt immer mehr zu sich und erinnert sich an das Geschehene. Wo ist Mertanen? Und wo ist Falk? Sie weiß, dass Jan sich fragt, ob ihr Instinkt sie getrogen hat, aber er sagt nichts. Schwarz hat so viele Facetten. Und genau genommen hat sie auch nichts falsch gemacht. Sie hat nur für eine Sekunde ihre Abwehr vergessen, und jetzt ist Mertanen verschwunden. Sie haben versucht, ihn als Köder einzusetzen, aber er wollte den Ablauf der Dinge selbst bestimmen. Plötzlich wird Heidi schlecht. Jan holt ihr ein Glas Wasser und sagt, er werde Mertanen suchen.

Langsam trinkt sie das lauwarme Leitungswasser und denkt nach. Es ärgert sie, dass ihr Körper noch nicht bereit ist, sich zu bewegen. Fors ist tot. Eskola ist tot. Sundin ist tot. Alle, die einst in die Geschehnisse der Vergangenheit involviert waren. Die Männer, die eine falsche Art von Macht an sich rissen, und der Rächer, der den Königen des Bösen ihre Strafe zuteilwerden ließ, einem nach dem anderen. Und jetzt ist nur noch Mertanen übrig. Heidi fragt sich, ob Mertanen es schaffen könnte, Falk zu töten. Wenn es so käme, wäre ihre und Jans Karriere vielleicht in Gefahr. Ächzend steht sie auf. Oder vielleicht ist der Mörder erfolgreich und bringt Mertanen um. Das ist alles so krank, denkt sie. Insgeheim hofft sie, dass sie der Welt trotz allem einen Gefallen getan hat, indem sie Mertanen abhauen ließ. Vielleicht geht es schlecht für ihn aus, und sein Fehler wird am Ende ein kleiner, stiller Trost für die bereits verstorbenen Seelen sein. Für die jungen, geraubten Mädchen.

Ich

Ich denke über die Kirche nach, die das ganze Königreich beherrschte. Wie sie mit ihrer steinernen Silhouette die Schritte jedes Dorfbewohners überschattete. Wie der große Friedhof jegliche Hoffnung der Gemeinde in sich aufsog. Und wie es dem Pfarrer inmitten des anständigen Dorfes gelang, unschuldige Mädchen anzulocken. Im Frühling machte er immer eine Inspektion. Er begutachtete alle jungen Mädchen, die im selben Jahr geboren waren. Evaluierte ihren Körperbau, studierte ihren Charakter. Stellte Recherchen über ihre familiären Hintergründe an und suchte nach Brüchen darin. Nach dem Konfirmandenlager erhielten die Auserwählten das Angebot, Tutorinnen zu werden. Alles begann ganz unmerklich, mit kleinen Aufmerksamkeiten. Solchen, die die Mädchen anfangs nicht einmal als Aufmerksamkeiten erkannten. Der Pfarrer bot ein offenes Ohr, Unterstützung. Solche Gespräche waren eine gute Gelegenheit, den Mädchen zu schmeicheln und sie in seine Fänge zu bekommen. Den Konfirmandenunterricht bezeichnete er als wertvollen Initiationsritus. Als einen Weg vom Unbewussten zum Bewussten. Einen Übergang in die Herde der Erwachsenen. Und schließlich, wenn die Zeit reif war, würde er seine eigene Arbeit zum Wohle der ganzen Bruderschaft opfern.

Die Mädchen waren wie Mastferkel. Zuerst wurden sie mit Aufmerksamkeit, Anteilnahme und Liebe genährt. Dann fütterte man sie mit Lob und Ermutigung. Und sobald sie bestimmte Maße erfüllten, wenn ihre Eitelkeit, ihre Abenteuerlust und ihre Suche nach Aufmerksamkeit gestillt waren, wurden die Mastferkel der fleischlichen Lust geopfert, und die Ungehorsamen wurden skrupellos geschlachtet.

Ich spüre den Hass in jeder einzelnen Zelle pochen. Dieser Hass gegen all das Unrecht wird das Letzte sein, was mein Körper noch leisten können wird.

Ich blicke auf die Uhr. Mertanen müsste schon hier sein. Ich werfe einen Blick auf das Auto in der Ferne, auf die Silhouette des Dummys hinter dem Steuer, und ziehe mich zurück in den Schatten.

Es vergeht nur ein kurzer Moment, bevor ich den ersten Schuss höre. Ich beobachte aus meinem Versteck, wie sich Mertanen dem Auto nähert, während er Schüsse darauf abfeuert. Ich lasse ihn schießen. Mit Genugtuung verfolge ich seine Unsicherheit und schleiche mich dann an mein letztes Opfer heran. Die Waffe in meiner Hand fühlt sich gleichzeitig schwer und kraftlos an. Ich war davon ausgegangen, dass Mertanen reden wollen würde, aber der Kugelhagel hat alles offengelegt. Jetzt werde ich keinem langfristigen Plan mehr folgen. Keinen Erklärungen mehr zuhören. Alles ist gesagt, alles ist getan. Jetzt werde ich ihn einfach töten, indem ich ihn erschieße. Ich werde abdrücken und das Leben aus dem letzten widerwärtigen König strömen lassen.

Helsinki, Samstag, 27. Juli

Nachdem Mertanen sein erstes Magazin geleert hat, wartet er ab. Er atmet tief ein. Sein Atem geht schwer, er ist angespannt. Er will noch einen kurzen Moment warten, sichergehen, dass im Auto kein Lebenszeichen des Mörders mehr zu erkennen ist.

Was für ein naiver und dummer Mörder! Als ob er ihn zu einem Gespräch zwingen, ihn schikanieren, brandmarken und dann umbringen könnte. Was hat die anderen eigentlich geritten, dass sie dem zugestimmt haben?, denkt er.

Er späht durch das Autofenster. Nichts rührt sich. Er prüft seine Umgebung: rechts, links, frei. Hinter ihm ist alles leer, vor ihm steht nur das Auto, und dahinter liegen der Strand und das Meer. Keine Menschenseele zu sehen. Oder vielleicht eine. Die schwarze Seele des Mörders, die zur Hölle fährt, wohin Mertanen sie soeben befördert hat. Fast lautlos schleicht er über den Asphalt. Nur das leise Knirschen seiner Lederschuhe ist zu hören. Nur noch ein Meter, und er ist beim Fahrerfenster angekommen. Er dreht sich noch einmal um dreihundertsechzig Grad und zielt dann blitzschnell auf den toten Körper des Mörders.

Plötzlich wird er bleich. Da sitzt bloß eine Puppe auf dem Fahrersitz.

Im nächsten Moment entweicht ihm das Blut aus den pulsierenden Adern und fließt als kleines, dunkles Rinnsal aus seinem Körper. Er hört noch die Schritte hinter sich, bevor er unkontrolliert und mit voller Wucht auf den Asphalt donnert. Die Kugel hat seinen Kopf durchbohrt. Er hört nicht mehr, wie die Luft von einem fast lautlosen Kugelhagel durchschnitten wird. Ein Treffer in den Brustkorb, einer ins Herz, einer in die Eier, einer in die Schulter, einer ins Knie, einer ins Auge.

Ich

Welch ein Genuss zu sehen, wie der arrogante Mann begreift, dass er sich geirrt hat. Danach drücke ich seelenruhig den Abzug. Ich bin mir nicht sicher, ob das Resultat so befriedigend ist, wie ich es mir ausgemalt habe. Aber es bringt alles zur Vollendung, schließt alles ab und sorgt zumindest für eine gewisse Art von Frieden. Hass erzeugt Hass. Ich werde noch dieses eine Leben nehmen. Und am Ende mein eigenes geben.

EPILOG

Helsinki, Samstag, 10. August

Es ist die zweite Woche des von Jan verordneten Zwangsurlaubs. Genau genommen ist es noch Wochenende. Vor Heidi liegen noch viele Tage, und sie hat keine Ahnung, wie sie die Zeit nutzen soll.

Was diesen Tag angeht, hat sie das Problem durch Betrinken gelöst. Sie sitzt mit ihren Freunden im *Hercules* und ist, na ja, sternhagelvoll. Mit dem Kopf voller Whisky kann sie zumindest etwas loslassen und im Moment leben. Durch das Gift des Alkohols löst sich das sinnlose Gedankenkarussell in Luft auf. Nur bei hartem Training oder in betrunkenem Zustand hat sie das Gefühl, frei von allem zu sein, in erster Linie von sich selbst.

Gerade ist sie dabei, einen neuen Drink zu bestellen, als die Tür aufgeht. Blondes Haar, aufrechte Haltung. Heidi erkennt sie sofort. Instinktiv schaut sie sich um und sucht nach einem Fluchtweg, aber dann wird ihr klar, dass sie nicht mehr rechtzeitig fliehen kann. Die Bar ist zu klein. Ihre Freunde sehen sie verwundert an.

Eine Welle der Scham überrollt sie. Sie persönlich ist dafür verantwortlich, dass Julia des Mordes verdächtigt wurde. Seit dem Vorfall haben sie sich nicht mehr gesehen. Jetzt liegt der Ball bei Julia. Bleiben oder gehen? Sie könnte die Bar wechseln, hinausgehen und sich auch ansonsten so weit wie möglich aus Heidis Nähe entfernen. Oder sie könnte so tun, als ob sie Heidi nicht sehen würde, und Heidi müsste selbst still und heimlich das Weite suchen. Sie müsste das *Hercules* an Julia abtreten. Heidi war klar gewesen, dass sie ihr früher oder später begegnen muss. Helsinki ist nicht besonders groß. Das lesbische Helsinki ist noch kleiner. Und sie trainieren im gleichen Fitnessstudio. Scheinbar versehentlich schaut sie zu Julia hinüber. Sie sieht gut aus. Wieso wirft sie ihr keinen wütenden Blick zu? Heidi dreht das leere Whiskyglas in ihren Händen und trifft eine Entscheidung. Sie ist kein Feigling. Besser, sie tritt ihr gegenüber, ansonsten würden ihre gegenseitigen Ausweichmanöver noch ewig so weitergehen. Also atmet sie einmal tief durch, steigt von ihrem Barhocker und geht widerwillig auf sie zu. Julia starrt auf ihr Handy, und Heidi ist sich nicht sicher, ob sie sie überhaupt schon bemerkt hat.

»Hallo«, setzt sie an und wartet darauf, dass Julia vom Handy aufsieht.

Ihre Miene ist überrascht, als sie Heidi registriert. Sie sieht sie abwartend an. Heidi glaubt, in ihrem Gesichtsausdruck die Frage zu sehen: *Warum verdammt noch mal stehst du hier?*

»Was willst du?«, fragt Julia und wendet sich wieder ihrem Handydisplay zu.

»Ich will mich entschuldigen«, sagt Heidi und stellt fest, dass es ihr trotz allem aufrichtig leidtut. »Ich habe dich falsch beurteilt«, fügt sie hinzu. Sofort, nachdem sie ihren Fehler laut ausgesprochen hat, kommt es ihr vor, als würde seine Macht auf seltsame Weise schwächer werden.

Zuerst sagt Julia nichts.

Heidi weiß nicht, wohin mit sich. Sie späht zum Tisch mit ihren Freunden, wäre am liebsten schon wieder bei ihnen.

»Du hast einen Fehler gemacht«, sagt Julia schließlich und sieht ihr herausfordernd in die Augen. »Und gibst es zu?«

Lissabon, Montag, 19. August

Saana sitzt auf der Dachterrasse und liest eine Nachrichtenschlagzeile. Ihr schaudert.

> LETZTE WENDUNG IM BRANDZEICHENMORDFALL:
> TÄTER TOT
> Die Polizei hat bestätigt, dass der wegen vierfachen Mordes und eines Mordversuchs angeklagte und polizeilich gesuchte Rikhard Falk ertrunken im Tainionvirta aufgefunden wurde. Nach Angaben der Polizei zog sich der Tote selbst für die vier Taten zur Verantwortung, die er den Sommer über in Helsinki und Hartola begangen hatte.

Saana hält inne. Wie knapp sie davongekommen war ... Der Anruf bei Jan hatte sie letztendlich gerettet. Gewissermaßen hat sie ihm alles zu verdanken. Ihr Leben und ihr neues Glück.

Sie muss an Riku denken. Statt Hass empfindet sie ihm gegenüber Mitleid. Für einen flüchtigen Moment versteht sie all die Trauer, die er gefühlt hatte. Wie viel er doch in sich hineinfressen musste ... Was die vier ermordeten Könige angeht, so hält sie seine Taten nicht einmal für komplett falsch, aber genau das fühlt sich am schlimmsten an. Als ob Böses durch

Böses gerechtfertigt werden würde. Das moralische Dilemma, das hinter allem steht, ist belastend.

Riku hat die Stromschnelle als seinen Abschiedsort gewählt. Denselben Ort, an dem er einst seine Liebe verloren hat. Den Ort, in dessen Wasser er seine Opfer ertränkt hat. Saana hört Schritte hinter sich und muss lächeln. Jan legt seine Arme um sie.

»Guten Morgen«, raunt er.

Im Zuge der Ermittlungen konnten drei weitere schwere Mordfälle aufgedeckt werden, die bis dato ungelöst waren. Nachdem die Polizei Kenntnisse über die Vergangenheit der vier getöteten Männer erlangt hatte, machte sie in Hartola eine Entdeckung. Auf dem Grundstück der alten Villa Koskipää wurden die Knochen zweier Leichen gefunden. Nach Angaben der Polizei konnten die Überreste mithilfe von DNA-Untersuchungen folgenden Personen zugeordnet werden: Laura Malm und August von Reichmann. Über das Schicksal der beiden hatte es bislang keine Informationen gegeben. Die Polizei …

Saana kann nicht mehr. Für sie hat die Geschichte ihr Ende gefunden. Wenn sie von der Reise zurückkommen, wird sie ihr Material zusammentragen und alles so aufschreiben, wie es ihrer Ansicht nach damals passiert ist. Aber jetzt ist es Zeit, abzuschalten, zu genießen und im Moment zu sein. Es gibt so vieles, wofür sie dankbar sein kann. Sie ist am Leben, und sofort, als Jan mit den Ermittlungen fertig war, haben sie einen kurzen Trip nach Lissabon gebucht. Sonne und Wein lassen einen für eine Weile alles vergessen. Es gibt nur sie beide, Saana und Jan, und die fremde Stadt.

Von der Dachterrasse aus betrachtet Saana die schmalen Gassen von Alfama. Auf den Wipfeln der Bäume gurren Tauben. Zwei Wochen, in denen sie einfach nur sein können, liegen vor ihnen. Erst danach kämen der Alltag und neue Fragen. Arbeitssuche, das Schreiben und … Aus dem Augenwinkel beobachtet sie Jan, der neben ihr sitzt. Am liebsten würde sie mit ihm über ihr gemeinsames Leben sprechen, aber sie traut sich nicht. Gibt es zwischen ihnen etwas, wofür es sich lohnt, die Sache fortzuführen? Saana hat zwei Wünsche. Sie will die Story zu Ende bringen, über Helenas Leben schreiben. Und wenn alles so läuft, wie sie hofft, kann sie zusammen mit Jan ihre eigene Geschichte beginnen. Aber alles steht erst am Anfang. Noch kennen sie sich nicht in- und auswendig. Sie beugt sich zur Seite, um Jans zerzauste Haare zu kraulen und an ihnen zu ziehen. Sein Lachen lässt ihren Bauch kribbeln.

Saanas Favoriten sind nicht die Sehenswürdigkeiten oder die Szenerie, sondern solche Momente, in denen sie Wein in der kleinen Weinhandlung und *Pastel de Nata* in der kleinen Bäckerei kaufen und die schmale, steile Treppe bis zu ihrem Airbnb im dritten Stock des alten Hauses hinaufsteigen.

Jan schenkt den Wein in Gläser, und sie klettern durch das schmale Fenster auf die kleine Dachterrasse der Wohnung. Sie rutschen die Stühle so nah wie möglich zusammen und betrachten die vor ihnen liegende Landschaft. Von der Terrasse aus sieht man alles. Die Dächer der alten Häuser von Bairro Alto, einen Kirchturm, fliegende Tauben, Baumwipfel und den Himmel. Wie die Sonne sich rötlich färbt und die Röte langsam in die südeuropäische Abenddämmerung und von der Dämmerung in Dunkelheit übergeht. Wie weich das Licht doch in den letzten Stunden ist, bevor es ganz verschwindet … Sie trinken Wein, werfen den Tauben Gebäckkrümel zu und wundern sich darüber, dass man die Zikaden bis hier oben hört.

»Wir sind solche Dachmenschen«, sagt Jan grinsend, und Saana nickt. Dass er das Wort »wir« verwendet, ist vielversprechend. Es tut gut, zusammen weit weg von allem zu sein. Sie holt noch mehr *Vinho Verde* aus dem Kühlschrank.

»Manchmal frage ich mich, ob das Leben wirklich die ganze Zeit im Jetzt stattfindet«, sagt sie, als sie wieder neben ihm sitzt.

»Ja, tut es«, sagt Jan und reibt sich die Augen. »Und überleg mal, wie viel davon wir mit Fernsehen oder Social Media verschwenden.«

»Kaum jemand schafft es, seine gesamte Zeit sinnvoll zu verbringen«, fügt er hinzu.

Sie trinken ein paar Schlucke.

»Was ist das Schlimmste, womit du dein Leben vergeudest?«, fragt Saana und dreht den Weinkorken in der Hand.

»Die Arbeit«, sagt Jan und schließt die Augen.

»Aber du liebst deine Arbeit doch und bist gut darin, erzähl mir nichts.«

»Na ja, dann Netflix.«

»Bei mir ist es das Ausquetschen von Mitessern und dass ich meine Haut im Vergrößerungsspiegel untersuche«, sagt Saana grinsend. »Hab ich übrigens was im Auge?«

»Zeig mal. In welchem?«, fragt Jan und küsst sie.

»Im linken«, erwidert sie.

»Nein, nichts zu sehen. Sollen wir noch ein Glas trinken?«

»Ja, aber lass uns reingehen.«

Eine Stunde später stehen sie nebeneinander im Badezimmer und putzen Zähne. Saana sieht Jan durch den Spiegel an.

»Ich bin eigentlich zu dem Schluss gekommen, dass es so etwas wie eine große Liebe dem Leben selbst gegenüber gibt. Wenn man die hat, ist alles okay, auch wenn man es zwischendurch schwer hat. Und dann gibt es die romantische Liebe, die nur mit einem richtigen Seelenverwandten möglich ist.«

»Schwer zu sagen«, sagt Jan mit dem Mund voller Zahnpastaschaum.

»Was meinst du?«

»Na, ob es die große Liebe mit dem oder der Richtigen gibt oder nicht. Ich hab so was noch nie erlebt«, gesteht er und spuckt die Zahnpasta aus.

»Ich auch nicht.«

»Bevor ich dich getroffen hab«, ergänzt er und hebt den Kopf.

»Was?«, fragt Saana und sieht ihn im Spiegel aufmerksam an.

»Vor dir hab ich nicht an die große Liebe mit der Richtigen geglaubt. Aber jetzt bin ich mir nicht mehr so sicher.«

Lissabon, Dienstag, 20. August

Belustigt beobachtet Jan Saana, die leicht wütend die Riemen ihrer neuen Ledersandalen verstellt. Sie tut eindeutig so, als ob die gerade erst gekauften Sandalen nicht scheuern würden, obwohl ihr das Gehen schon nach einigen Vierteln ziemlich schwerfiel.

Er denkt darüber nach, wie sie ihm gleichzeitig vertraut und fremd ist. Wie der ganze Urlaub gleichzeitig toll und zu viel ist. Im Augenblick ist sein Leben alles andere als geordnet. Wäre es besser gewesen, wenn er sie erst später getroffen hätte? Aber so läuft das Leben nun mal nicht. Man kann nicht im Vorfeld den perfekten Zeitpunkt konstruieren und erst dann jemandem begegnen. Es läuft so, dass es einem den Boden unter den Füßen wegzieht, ehe man damit rechnet.

Saana zieht die Sandalen aus und mustert sie, als überlege sie, wie sie die Riemen weicher machen oder dehnen könnte. Jetzt ist nicht der richtige Zeitpunkt, um ihr zu gestehen, dass er sie liebt. Aber er will es ihr endlich sagen. »Ich bin dabei, mich in dich zu verlieben.« Nur hört sich das auf Finnisch so kitschig an. Eigentlich will er ihr sogar »Ich liebe dich« sagen, aber das wäre zu früh und zu viel. Obwohl er vermutet, dass sie seine Gefühle erahnt. Schließlich ist nicht zu übersehen, wie er in ihrer Gegenwart den Verstand verliert und völlig hin und weg ist. Wenn er sie ansieht, kann er nicht aufhören zu grinsen. Schon als er sie das erste Mal auf der sonnigen Terrasse in Helsinki gesehen hat, hat er sich in sie verliebt. Es ist ein starkes und noch nie da gewesenes Gefühl. Er fragt sich, warum er ihr nicht schon alles gestanden hat. Warum spielt er immer noch nicht mit offenen Karten? Vielleicht steckt hinter der Vorsicht Angst. Vor Saana ist ihm noch nie jemand so nahegekommen und hat sich so richtig angefühlt. Noch nie zuvor hat er jemandem seine Gefühle und seine Seele offenbart und dabei riskiert, dass beides auseinandergenommen wird. Der Gedanke an eine Liebeserklärung weckt in ihm sofort die Angst, dass er alles Gute verlieren könnte. Aber noch in diesem Urlaub will er ihr alles gestehen. Ich liebe dich. Hier bin ich. So fühle ich, ich bin wehrlos. Mach mit mir, was du willst.

Mitten in seinen Gedanken fängt das Handy in seiner Tasche an zu klingeln. Es ist auf lautlos gestellt, aber er spürt die Vibration an seinem Bein. Sein Unterbewusstsein denkt sofort an Arbeit. Es ist etwas passiert. Ein neuer Fall. Und so zieht er, während Saana sich bückt, um die Sandalen wieder anzuziehen, das Handy aus der Hosentasche und meldet sich leise.

»Jan Leino«, sagt er und merkt, wie sich sein Gesichtsausdruck bereits verhärtet.

HARTOLA

Sommer 1989. Der letzte Abend.

Helena lächelte ihr verliebtes Lächeln. Sie strampelte schneller, wodurch ihr Fahrrad fast vom Feldweg abhob. Im dichten Fichtenwäldchen neben ihr war es ruhig. Lass los, flüsterte es. Lass dich von deinen Gefühlen leiten, glaubte sie die dunkelgrünen Fichten sagen zu hören.

Helena hatte ihn bereits ausgemacht. Und er hatte zurückgeschaut. Sie waren sich ihrer Vereinbarung bewusst, sie wussten, dass sie füreinander geschaffen waren. Noch einen Moment lang ließen sie das Lagerfeuer vor sich knistern, sangen und spielten ganz normale Jugendliche. Aber später würden sie sich zu zweit treffen, zusammen das Schicksal des verschwundenen Mädchens aufklären und sich schließlich gegenseitig ihre Liebe gestehen.

Ein kühler Herbsthauch lag bereits in der Luft. Als ob der Winter kurz zu Besuch gewesen wäre, um sich bemerkbar zu machen, mit seiner Kälte zu drohen. Sofort, als Helena das Wäldchen hinter sich gelassen hatte, spürte sie wieder die Wärme auf der Haut. Von den Bäumen war Kühle und der Geruch von feuchter Erde ausgegangen, aber das offene Feld strahlte wieder die vertraute Wärme ab, die Trockenheit des Augusts und die vom Himmel brennende

Sonne. In der Kurve bremste sie und sah schon die Laternen des Fests. Nur noch ein kurzes Stück, ein stummes, beängstigendes Schauspiel und dann die Umarmung. Alles andere erschien ihr zweitrangig. Sie wollte nur ihn sehen. Sie überlegte, ob sie sich am Ende trauen würde, sich Riku sofort in die Arme zu werfen, oder ob sie ihre stürmischen Gefühle zurückhalten würde. Sie lächelte und ergriff im Geist bereits Rikus ausgestreckte Hand. Kein Grund zur Eile. Sie hätten noch das ganze Leben Zeit, um sich besser kennenzulernen.